即使很多年后，
柏淮也依然觉得十八岁那年，
是他人生中最好的一年。

人生温暖而富有希望的一切，
都随着那个带着光亮
走进黑夜的人，
　来到了他的身边，
　拯他于漫漫孤冷的荒原。

目录 Contents

楔子 001

第一章 柏淮 003

第二章 粉丝团怎么加 041

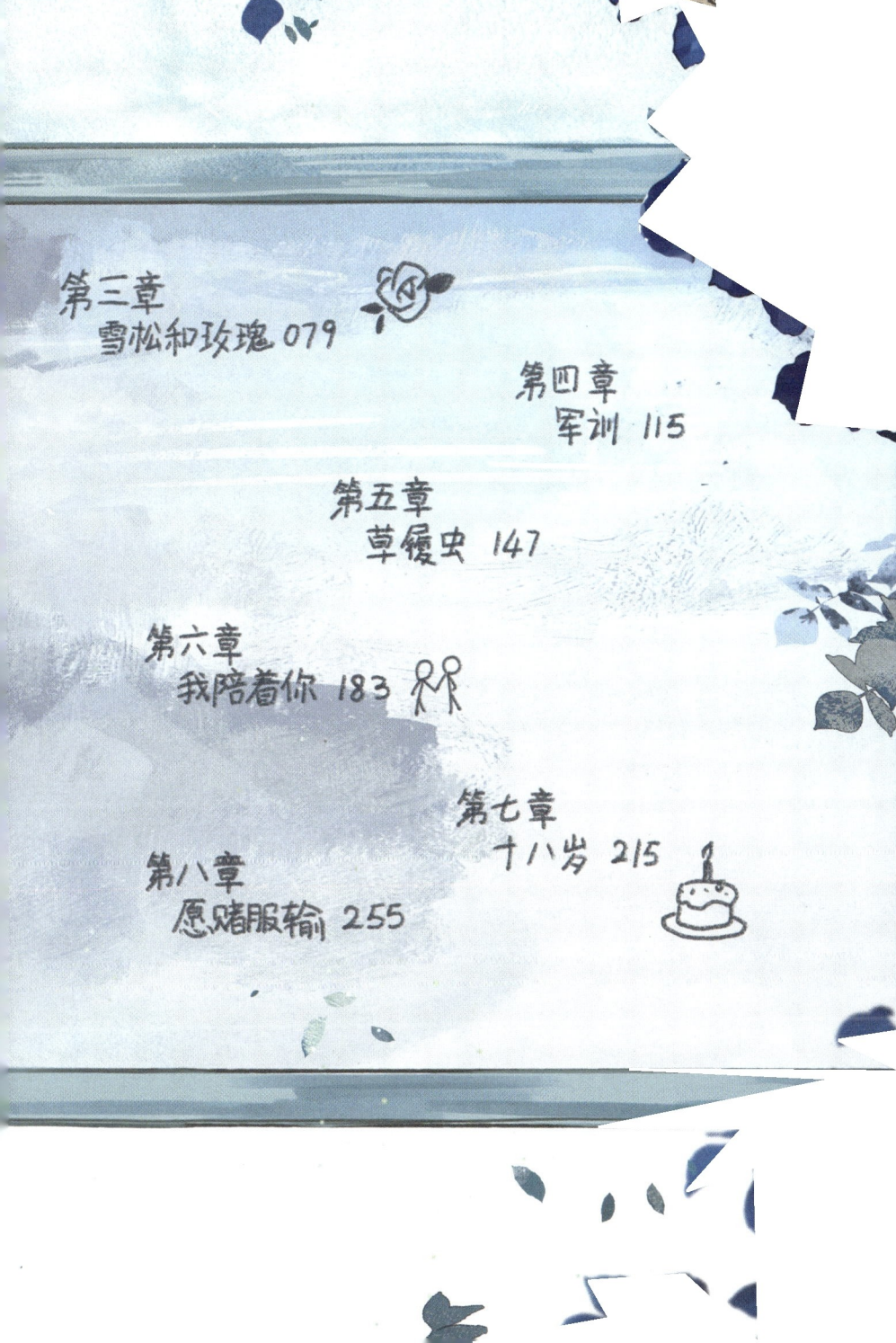

第三章
雪松和玫瑰 079

第四章
军训 115

第五章
草履虫 147

第六章
我陪着你 183

第七章
十八岁 215

第八章
愿赌服输 255

柏淮 × 简松意

楔子

在某个平行时空，因为基因锁的改变，人类当中出现了不同于普通人（无感者）的易感者、支配者两种特殊群体。由于先天基因突变，易感者和支配者会分别散发具有诱导或攻击性的外激素。

支配者天生体能明显优于常人，因而外激素具有压倒性的优势。同时支配者个体体能有所差异，又因天性好斗，支配者与支配者之间很难建立亲近关系，且天生能力更强的支配者会对普通支配者有外激素压制。与此相反，易感者普遍体能相对较弱，但其外激素对支配者具有极强的安抚性和适配性，更容易与支配者建立良好关系。

（本故事纯属虚构，请勿对号入座。）

第一章
柏淮

SONG YI

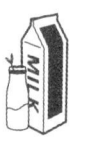

01

南城的夏日总是伴随着雨季，一到八月，就下个没完没了。

窗外天光暗淡，雨水噼里啪啦地砸在玻璃上，南城外国语高三一班的教室里，白炽灯明晃晃的，一群人凑成一堆围着一份答案奋笔疾书。

"徐嘉行，你到底行不行，这字写这么丑，谁能认出来？"

"怎么跟你徐哥说话呢？爱抄不抄，别废话。"

"徐哥，我错了。欸，徐哥，你能把英语卷子也给我吗？我左右手一起抄，求求徐哥了。"

暴雨的喧嚣和教室里的吵闹声杂糅在一起，靠窗最后一排趴在桌子上睡觉的男生有些不满。

他搭在后脑勺儿上的手指微微蜷曲，烦躁地抓了两下，然后费力地直起身子，往后一仰，靠上椅背，翘起椅子，手臂无力地垂下，两条长腿懒散地搭在地上。

漆黑精致的眉眼恹恹地耷着，在白皙的肌肤上投下淡淡阴影。

前桌的徐嘉行回头看了一眼，知道这大少爷又犯起床气了。

"松哥，醒啦？是不是我们太吵了？"

"嗯，还好。"

徐嘉行松了口气："不过松哥，你已经睡了一上午了，不用补作业吗？"

简松意抬起眼："你看我像是要做暑假作业的人？"

少年因为困倦而有些沙哑和不耐烦的声音低低地在教室里扩散开来，埋头苦干的补作业党立马停笔抬头。

学生时代大家总会有一种"法不责众"和"法不责年级最高分"的心

理，似乎只要和那种老师们捧在手心里的学生一起犯错，就能免于重罚。

而简松意显然属于"被捧在手心里"的那种。

"谢松哥不做作业之恩。"

"松哥不做作业的样子像极了爱情。"

"今天又是为松哥心动的一天。"

简松意实在受不了这群大老爷们儿充满"爱意"的眼神，低下头，从桌肚里掏出手机，云淡风轻地补了一句："我和老白说过了，暑假作业太简单，我自己找竞赛题做。"

"……"

南外作为南城最好的私立中学，为了保证每年的重本率在百分之九十以上，无论是考题还是作业，从来没有简单过。

这次暑假放25天，发了25套卷子，6科共计150张，全是照着往年高考最难的程度出的。

然后这人现在说他不做暑假作业的原因居然是太简单。

他怎么说得出口？！

众人震怒。

而某人只是低头玩着手机。

似乎因为刚才的成功耍帅心情好了些，起床气散了不少，嘴角挑起轻佻散漫的弧度，身下的椅子不安分地往后翘着，姿态闲适，整个人看上去带着点儿漫不经心的痞气。

配上他刚才说的话，显得十分做作。

想揍。

揍不过。

众人低头，继续补作业。

算了，和气生财，我们大度些。

教室里终于安静下来，简松意戴上耳机，点开了他母亲唐女士发来的语音。

"小意，今天去学校了吗？"

"你们学校也太过分了，这才八月十几号就开学，害得我们母子分离。你放心，等妈妈一回国就去投诉。"

"不过小意你真的不来玩吗？你爸在这边新买的别墅位置特别好，阳光充足，自带沙滩，我和你爸在这儿每天过得可滋润了，就是特别想你。"

"你要不听妈的，先过来玩半个月，等九月我们再一起回去好不好？反正你上学也不差这十天半个月。"

唐女士明显没有作为高三学生家长应有的自觉性。

简松意勾了勾唇，刚准备点开下一条语音，后门"砰"地被推开了。

一个纤细的身影"咻"的一下窜到简松意跟前，来人双手撑住桌面，俯着身子，喘得上气不接下气："松哥，你知道你们班这学期转来了一个新人吗？"

简松意抬起眼皮："谁这么想不开？"

好学校的好学生如果在本来的学校老实待着，成为校推生甚至保送生都应该是板上钉钉的事，没必要在这个节骨眼儿转学。

而达不到这种程度的学生，在高三转来南外的理科重点精品班，基本只能竖着进来横着出去，实在没必要对自己这么狠。

很难想象会有哪个学生这么想不开。

徐嘉行也很奇怪，转过身来，一脸怀疑："真的假的？你这消息靠谱吗？"

周洛连忙说道："真的呀，我骗你们干吗？我刚在老白办公室听见的，好像是从北城转来的，据说上次联考还是北城最高分。"

一听到这成绩，众人就精神了："那他保送北城大学或者华清大学都应该稳了啊，往南边跑什么？"

周洛耸耸肩："谁知道呢。"

简松意对一个傻瓜的自我灭亡史没什么兴趣，垂眸点开下一条语音。

"不过你不愿意来也没关系，正好你柏爷爷说让你这几天去他们家吃饭，他家那小孩儿回来了。"

简松意的指尖顿住了。

旁边的周洛还在不停地叨叨："欸，让我来查一下上次北城市联考

的最高分是谁……我的天!有点儿帅啊!松哥,现在你们学霸都要长这么帅才配当的吗?名字也好听,柏淮……"

正好唐女士的下一条语音也顺着播了出来。

"就是那个柏淮啊,你们小时候玩挺好那个。"

简松意嘴角那点儿弧度压了下去。

简松意对柏淮的敌意大概是从婴幼儿时期开始的。

那时候刚满周岁的简松意宝宝在熟练地掌握了爬行技能后,开始颤颤巍巍地学习直立行走,但是一走一个屁股蹲儿,一走一个屁股蹲儿,摔了七八十下,简松意宝宝实在受不了这个委屈,嘴巴一咧,"哇"的一声哭了出来。

而柏淮宝宝已经一岁半了,看着哭得惨兮兮的简松意宝宝足足十分钟后,终于放下手中的玩具,站起身,一路走到他跟前,奶兮兮酷唧唧地说了两个字:"看我。"

单纯无知的简松意宝宝于是真的抬起小圆脸,眨巴眨巴眼睛看向他的柏淮哥哥,天真地以为柏淮哥哥是来安慰他的。

然后他的柏淮哥哥就当着他的面在婴儿房里走了一圈。

稳稳当当,堪称健步如飞。

走完后还居高临下地睨了他一眼。

从父母口中听说这件事后,简松意深感自己幼小的心灵受到了巨大的创伤,并且这种创伤随着成长过程中和柏淮的各种不对付,而不断地扩散加深。

这份创伤到简松意得知自己基因检测结果是顶级支配者[1],而柏淮只是一个柔弱的易感者[2]后才得到短暂的缓解。

---

[1] 指基因锁觉醒后能够控制外激素影响的特定群体,通常情况下具有更优秀的体力,好胜心更强,具有极大的生理优势,遂称为支配者。

[2] 指基因锁觉醒后,感知更加敏锐,更易被外激素影响的特定群体,通常情况下身体素质低于支配者,体力偏弱势,更适宜从事脑力工作。

算了,一个脆弱的易感者而已,让着他。

简松意后背绷紧的那根神经松了下来。

然后后门"砰"的一声又被推开了。

这次还伴随着土拨鼠的尖叫:"啊啊啊!姐妹们!我们班新转来的是一个男生!巨帅!我刚刚路过他旁边的时候闻到一丁点儿外激素①的味道,也太好闻了吧!"

铿——

后排角落里传来了金属和大理石相撞的声音。

简松意翘着的椅子稳稳当当地落在了地上。

他旁边的周洛整个人都飞了起来:"啊啊啊,我的妈呀,快带我去看看!我也要闻!"

说完后周洛感觉到身边的气场好像有些不对,立马换上一副义正词严的面孔:"但我觉得肯定没我松哥帅,我松哥南城最帅!没有之一!"

说完他看向简松意:"不过松哥,你暑假也满十七岁了吧,怎么还没分化②啊?我们年级好像只剩你没分化了。"

简松意心情有些不好,但丝毫不影响他装淡定:"我们顶级支配者都分化得比较晚。"

顿了顿,他补充道:"因为强。"

周洛想了想,觉得有道理。

他初一认识简松意,就没见过简松意不是年级最高分的时候,体育也好,身高一米八三,肤白腿长脸蛋俏,一双桃花眼不知道勾了多少小姑娘的魂。

南外还有一个群叫作"想跟松哥恋爱",挤满了各种青春期的花痴小姑娘,足见松哥的魅力。

---

① 一种可以由易感者和支配者释放并感知的信息气味,拥有等级上的强弱区别。
② 指进入青春期身体发育成熟后出现的基因锁觉醒现象。分化后会成为易感者、支配者或无感者。因身体素质等方面的区别,分化结果会作为性别之外的第二身份被记录。

想到这儿，周洛故作花痴地朝简松意抛了一个媚眼："松哥，你放心，我一定坚持松哥最帅主义不动摇，在你分化成顶级支配者之前，为你'守身如玉'！"

周洛刚说完，教室门口就传来了班主任老白憨厚质朴的声音："同学们都安静一下，别吵了，吃东西、玩手机的都停一停，那几个抄作业的也先别抄了，听我说两件重要的事情。

"第一件事，这学期我们班上转来了一个新同学——"

所有人齐刷刷地看向门口，只有简松意低头摆弄着手机，一脸漠然。

有什么好看的，又没他帅。

然后他就听到身边的周洛咽了一下口水："那什么，松哥，对不起，我食言了，这确实有点儿扛不住啊。"

"……"

简松意觉得自己被冒犯了。

他抬起眼皮，不悦地看向门口。

屋外暴雨如注，天光暗沉，屋内一片安静，灯光明亮。

少年站在光影的分界处，身形颀长，神色淡漠，白炽灯给冷白的肤色漆上一道釉光，精致得有些单薄的五官生出一种冷淡的凛冽感。

高挺的鼻梁上架着一副金丝眼镜，琥珀色的眸子显得越发冷冽，白色衬衣纽扣系到了最上面一颗，恰好卡住了突兀的喉结。连带着左眼角下的那粒儿小痣都透着斯文败类的味道。

怎么看怎么不顺眼。

简松意突然心情更不好了。

一般来说，他心情不好的时候就喜欢让别人心情更不好。

搭在桌面的手指缓缓叩了两下，嗓音里有困怏怏的懒。

"周洛，你审美也不怎么样嘛。"

声音不大不小，刚好够门口那个人听到。

02

教室里静默了。

大家看着门口，等一个反应。

这位新来的同学看上去就不是什么省油的灯，只是清清冷冷往那儿一站，就让人觉得怵得慌。

简松意虽然厉害，但毕竟还没分化，还真不一定能占上风。

然而这位大哥从头到尾一点儿反应都没有，就敛着眉眼站在那儿，神色寡淡，连个多余的眼神都不给。

得，又来一个装到登峰造极的。

高三一班的同学们为自己的命运发出了扼腕长叹。

班主任老白倒也不尴尬，憨笑两声，慢吞吞地说道："哎呀，简松意同学还是这么喜欢开玩笑呀，我看你们两个好像还挺投缘的，那要不柏淮你就坐简松意旁边吧。"

……您哪只眼睛看出来他们两个投缘了？

就在所有人都等着简松意或者柏淮提出反对意见的时候，柏淮已经背着包，迈着那两条笔直的大长腿走过去，掏出纸巾，仔仔细细地擦起了桌子。

简松意瞥了他一眼，也没说什么，趴回桌子上继续睡觉。

气氛莫名诡异，又莫名和谐。

教室里再次静默。

站在他们两个旁边的周洛就那么呆呆地看着他们俩，脑袋短路了一会儿，然后突然打了个寒战，像是反应过来什么一样，飞快地逃离了现场。

柏淮。

如果他没记错的话，当年松哥周记上写的就是这个名字啊！

为了确认这件事情，周洛直直拐入隔壁二班，跑到一个剪着板寸、面容俊朗的男生旁边，紧紧抓住他的手臂，急切地问道："陆淇风，柏淮这个名字松哥以前是提过的吧？我应该没记错吧？"

010

陆淇风扫了他一眼:"你问这个干吗?我给你说,你可千万别在小意面前提这两个字……"

"我提了。"

"……"

"我不仅提了,我还看到他了。"

"……"

"我不仅看到他了,我还看到他坐松哥旁边了。"

"……"

"他转到高三一班了。"

"……"

陆淇风愣了愣,然后低低骂了一声:"柏淮居然回来了?我还以为他一辈子都不会回南城了。"

高三一班教室里是死一样的沉寂。

一是因为教室后排诡异的气氛,二是因为老白宣布的第二件事——明天摸底考。

不过好在现在只有高三返校,不算正式开学,所以各方面管理都会松很多。不用穿校服,可以带手机,可以叫外卖,甚至还专门给他们留了一天时间补作业。

这么想一下,南外也挺人性化的。

卑微的南外学子们生出了由衷的感激之情,补起作业来也就更加认真。

除了教室后排那两个人。

简松意戴着耳机,脸朝着窗户的方向趴在桌子上睡着觉。他的颈骨微凸,线条分明,隔着薄薄的布料还能看见少年弓起的肩胛骨弧度。

瘦了。

长高了。

柏淮看了三秒,收回视线,垂下眼睫,拿出一本物理练习册刷了起来。

窗外的雨一点儿要歇的意思都没有,简松意却意外地睡得很安稳。

等他被徐嘉行叫醒的时候,教室里的人已经走得差不多了,那本物

理练习册也被柏淮刷得快见了底。

徐嘉行一边收着书包一边说道:"老白说今天高三第一天,给大家一个缓冲的时间,就不上晚自习了,松哥你回家再睡吧。"

"嗯。"简松意有气无力地应了一声,单手撑起脑袋,另一只手屈指揉了揉眼下的皮肤,一脸无精打采。

徐嘉行有些担心:"松哥,你没事儿吧,怎么跟几天几夜没睡过觉一样?"

"没事儿,就是下雨天容易犯困。"简松意懒洋洋地打了个哈欠,没太把这事儿放心上。

徐嘉行点点头:"也是,你这哈欠一打我都困了,我也要回去睡觉了,昨天晚上补了通宵作业,累死我了。"

徐嘉行走后,教室里就只剩下他和柏淮两个人。

柏淮低头刷着题,旁若无人的样子,不过简松意也不太想和他说话,自顾自地掏出手机,给司机老张发了条微信。

"张叔,学校今天提前放学,你来接我吧。"

张叔很快回复。

"我已经在路上了,就是堵得不行,你和小淮得在教室里等我半小时。"

小淮。

小个鬼的淮。

他们家司机凭什么要接隔壁家这个臭小子?

简松意腹诽归腹诽,也没提出反对。

不就是让他蹭个车嘛,简哥大气。

"你爷爷让张叔帮忙把你顺带捎回去。"

柏淮淡淡"嗯"了一声,又翻了一页练习册,无动于衷。

没意思。简松意悻悻地翻了个白眼,站起身,把椅子往后一推,往门外晃晃悠悠走去。

睡了一天,有点儿生理问题需要解决。

他晃到走廊那头,看见"正在清洁中"的牌子,撇了撇嘴,继续往二楼慢悠悠地晃去。

简松意平时不太爱去二楼，因为二楼是三个文科班和两个国际班拼在一起的，女生的比例格外高，他每次去找周洛的时候都会莫名其妙地带回一封情书或一盒饼干。

被缠多了，他就不爱去了。

不过现在应该没什么人。

然而他刚刚走到二楼就听见了女孩子的声音。

"皇甫轶，求求你让我走吧，求求你了。"带着低低的啜泣声。

简松意挑眉，迈步子的频率快了些，走到卫生间门口，发现男卫生间的门果然被锁着，想也没想，他直接提腿，猛地用力踹了上去。

因为南外发生过学生把自己困在厕所一个周末，最后被臭晕过去这种事情，所以厕所木门都做得不甚结实，被简松意这么一踹，本来就松松垮垮的门闩"哐当"一声就掉了。

而简松意却好整以暇地站在门口，单手插在裤兜里，另一只手敲了敲门框："皇甫铁牛，你在这男厕所干吗呢？"

话说得没个正形，语气里的痞却带了几分冷。

皇甫轶家里有些背景，又是体育特长生，体格不错，在国际班可以说横行无忌，加上坏事儿被撞破，又羞又恼，一时间也没顾得上忌惮面前这位是个什么样的主儿。

他示威般地拽着那个女生的手往自己怀里拉了一下，挑了挑眉："我干吗关你什么事儿？"

那样子像极了奔赴刑场。

简松意低头轻笑了一声，揉了揉鼻子："是不关我什么事儿，但我乐意管。在我面前欺负人就不行。"

在自己喜欢的女生面前被人奚落，皇甫轶脸色瞬时就不好了："简松意，你小子是不是有毛病？"

说着，他松开女生的手，冲了上来，然后——

猝不及防地被简松意摁着跪在了地上。

他想挣扎，但是双手被反剪，后脖颈被捏住，后背也被膝盖抵着，一个大男人的重量毫不保留地压下来，他根本动弹不得。

简松意看着膝盖下柔弱的"小鸡崽",觉得没什么意思,松开捏着皇甫轶脖颈的手,朝那个女生勾了勾手指:"过来。"

女生个子娇小,脸圆圆的,眼睛快占了脸的一半,眼中包着泪花儿,显然吓得不轻,但听话地走了过去。

简松意指了指皇甫轶:"皇甫铁牛老是欺负你?"

小圆脸飞快地瞟了皇甫轶一眼,抿着唇点了点头。

简松意点点头:"行,你先回家吧。"

小圆脸欲言又止,低着头飞快地跑出了卫生间。

狭窄逼仄的空间里只剩下两个人,简松意蹲了下来,冷笑了一声:"刚才怕吓到小姑娘,没和你来真格的。现在奉劝你一句,欺负未成年女孩子是犯法的,懂吗?"

"简松意,你以为你是谁啊,你爷爷我……"

不等皇甫轶说完,简松意一脸若无其事地笑道:"就你也配在我面前自称'爷爷'?你回去问问你老子,借他一百个胆子他也不敢。就你家里那点儿东西,不够看的,所以做人安分点儿。"

"我怎么不安分做人了?那个易感者自己忘记喷阻隔剂①,外激素乱泄,怪我?"

皇甫轶好像想到什么攻击简松意的点,冷笑一声:"哦,我忘了,你不是支配者,闻不到外激素,可是你没发育好是你的事啊,我……啊!"

简松意语气淡漠:"你爸爸没教你别说脏话,我教你。"

皇甫轶本着"好汉不吃眼前亏"的原则,说:"行,我以后不找林圆圆麻烦了,可以让我走了不?"

简松意闻言终于松开了手,晃悠悠地走到洗手池边,打开水龙头,压了三泵洗手液,仔仔细细搓洗起来,似乎这双手刚才碰了什么很脏的东西。

唇齿间还懒洋洋地送出一声"滚"。

皇甫轶心中有气又不敢发泄,只能忍着疼,撑着地,咬牙切齿站起

---

① 一种阻隔外激素气味从而减少外激素对自身和他人影响的保护性药剂。

来，转身朝洗手间门外走去。

皇甫轶一瘸一拐地走过拐角，发现阴影处站了一个人，那人身形颀长，气质冷然，单一个剪影就让人感受到压迫。

紧接着下一秒，还没等他看清楚这个人的脸，就因为突如其来的强大外激素的绝对压制而捂着脑袋痛苦地蹲了下去。

简松意解决完生理需求后又慢悠悠地晃回了高三一班。

柏淮已经背着书包站在门口等着他了。

看见他走来，柏淮偏过头，对他说了久别重逢以来的第一句话："带伞了吗？"

简松意抬着下巴指了指教室外的伞篓。

柏淮顺着看了过去，里面正躺着一把金色浮雕伞柄的黑伞，带着明显的标志，高调张扬。的确像是他的东西。

这人还真是没怎么变。

柏淮又看了他一眼，慢吞吞地道："我没带。"

听到这三个字，简松意顿时来劲儿了："来，叫声'哥'听听？"

柏淮扫了他一眼，抬腿就准备走进雨中。

简松意连忙叫住了他："欸欸欸！算了……谁叫你松哥我心软又善良呢，这声'哥'你先欠着吧。"

晚上还要去柏爷爷家吃饭，让人家孙子淋成个落汤鸡回去，多不地道啊。

雨点砸在黑色纺织物上，噼里啪啦的，像是没有尽头的打击乐乐章。

简松意走路虽然背打得直，肩也放得平，但是不知道为什么，就是有种懒懒散散的气质，慢悠悠的，十分有古时候富贵人家的少爷招猫遛鸟儿的派头。

柏淮也不是什么急性子的人，但共伞的这一路他走得实在有些难受。

等快走到学校门口的时候，柏淮实在忍不住了："你能把伞举得高点儿吗？"

"什么？"

"虽然你矮，但我不觉得这影响你把伞举高五厘米。"

"你说谁……"简松意愤怒地转过头，视线上抬，伞骨下方的垂珠拨乱了一缕柏淮头顶浅栗色的发丝。

他一米八三，站在伞中央空间最充分的地方，正好。

柏淮比他大概高五厘米，站在伞沿附近，就有些不够看了。

但谁让他长这么高的？

还有，这人居然长得比他高？

简少爷突然心中没由来地憋了一口气："爱打不打，惯的你。"说完，自己撑着伞飞快地往前几步，上了路边的一辆私家车。

03

简松意习惯性地坐上后座，柏淮则不知道出于什么原因坐到了副驾驶座上。

他看着柏淮因微湿而头发打绺的后脑勺儿，终于舒坦了些，懒洋洋地瘫在皮质座椅上，掏出手机，点开了微信群聊"三个臭皮匠"。

陆淇风："柏淮真的回来了？"

简松意："嗯。"

周小洛："松哥，快看一中的贴吧！"

简松意："我闲？"

陆淇风："一中贴吧因为柏淮回来都快炸了。"

周小洛："真的，松哥，我们学校还没什么反应，但是一中是真的炸了，新转来的这个人看来很有文化底蕴啊。"

简松意："你们文科生都是这么措辞的吗？"

简松意虽然嘴上说着不愿意，但还是切出微信界面，点开了一中贴吧的网页。

的确是炸了。一页二十个帖子，其中十个挂着柏淮的名字。

热度最高的帖子标题叫作"那个男人，他回来了"。

016

点进去，主楼图片是柏淮在南外门口的照片。

他撑着伞站在雨幕里，挺括的白衬衫显出少年优越的肩宽和腰身，腿更是长得不像话，露出的那一截儿脚踝修长有力，骨骼分明。

比十四岁的时候更加高大、成熟、强势，只有眼角下那颗小痣依然没变。

主楼配文：那个男人离开南城三年后，又回来了，并且变得更加完美。

"我男神回来了！我又可以了！！"

"南城最帅的男人终于回来了！我的暗恋没有 BE①。"

"这个人怎么回事？！怎么变得更帅了？！"

"你们至于吗？柏淮就算回来了，有你们什么事儿？"

"这一届北城和华清的自主招生名额又少了一个，我去刷题了，大家再见！"

"我也去了。"

"啊啊啊，男神为什么去了南外！我现在转南外还来得及吗？！"

"柏淮为什么不回一中啊？"

……

几百层的高楼，因为最后一个问题，戛然而止。

像是某种心照不宣的禁忌。

简松意退出帖子，轻哂一声，就那点破事儿，这群人还没忘呢。

而且至于吗，柏淮走的时候才十四岁，小屁孩儿一个，哪里来的这么大魅力？一群人闭着眼睛瞎吹，还南城最帅的男人，呵。

有我帅？

简松意想到这儿，忍不住又打开了那个帖子，点开那张图，看了三秒。

嗯，确实没我帅，一中的人和周洛一样，审美不行。

看着看着，简松意突然想起什么，皱了一下眉。

这人不是带伞了？

---

① Bad ending 的缩写，指悲剧结尾。

肯定是被哪个缺德的顺走了，结果害他平白无故被嘲笑矮。

简松意唇角略微不悦地抿成一条直线。

柏淮抬眼看了看后视镜，就偏过头望向窗外。

乌云压城，天光暗淡，偌大的雨点砸在街道建筑上，浸润出深沉的颜色，整个城市间笼罩着迷茫灰蒙的雨气，映照出一片繁华。

都是记忆中的模样。

简家和柏家是世交，从太爷爷那辈起就是一个战壕出来的兄弟。

后来简松意的爷爷和柏淮的爷爷又一起被分配到了南城，从北边举家搬来，做了邻居。

再后来简家老爷子牺牲了，简家的房子被收了回去，简松意他爸选择从商，而柏淮他爸却回到北城，借着柏家的根基和柏老爷子的羽翼，青云直上。

本来两家人就该这样渐行渐远，偏偏柏淮他小姑也跟着简松意他爸下了海，两人联手做大了南城的地产和零售行业，柏老爷子又恋旧，几次拒了北城的升迁调职，于是两家人索性又把房子买在了一块儿。

市中心，梧桐树掩映下的欧式小楼，隔着一条林荫道和两个草坪，相对而立，窗户对着窗户，门对着门。

简松意和柏淮就是在这样的环境下穿着开裆裤一起长大的。

不过简家疼儿子，从小学到中学都是拣条件最好的私立学校上，生怕简松意受一丁点儿委屈。柏淮他爸则让柏淮去了公立学校，后来初三又转去北城，所以两个人真正意义上的正面交锋其实并不多。

柏淮转学后，他们父子俩就没回过南城，只有过年的时候柏老爷子才会去北城聚聚，所以其实这三年简松意和柏老爷子相处的时间比柏淮多了去了。

简松意进了柏家就跟进了自己家一样，吃饭的时候一个劲儿提醒着柏老爷子高血压哪些东西要忌口，饭后还顺带提醒着吃了药。

倒显得柏淮这个正牌柏家大少爷跟个外人似的。

不过亲孙子到底是亲孙子，柏老爷子握着简松意的手，说的却是

018

柏淮的事儿："小意啊，爷爷知道你成绩好，现在小淮转到你们班上了，你有空就多帮帮他，不然我怕这孩子跟不上。"

简松意瞟了一眼坐在对面沙发上的柏淮，觉得自己得把今天从身高上丢了的那点场子找回来。

他翘起唇角："行啊，爷爷，这事儿就包我身上了，只是您也知道，我这个人没什么耐心，就怕到时候老是教不会，我一急，和柏淮吵起来了，您可千万别怪我。"

说完，他眼角一挑，眸光从眼尾掠过，扫了柏淮一眼。

他是内勾外翘的桃花眼，这么一扫，把挑衅的味道展现得淋漓尽致。

他没真想辅导柏淮，而且就柏淮这热衷于孔雀开屏的性子，会让他辅导？不可能的。

他就想臊臊柏淮。

然而没想到柏淮只是抬起眼皮，淡淡地看了他一眼。

"你家我家？"

"嗯？"

当简松意坐在柏淮卧室的书桌前，并且距离柏淮的胳膊肘只有一本书的距离的时候，他抬起头，看向对面那栋小楼自己卧室窗户外面的那盆雪松，沉默了一会儿。

到底是他有病还是柏淮有病？

怎么就真辅导起来了呢？

他们是这么友善和谐的关系吗？

简松意沉默且呆滞。

一只手伸到他跟前。

柏淮屈指叩了叩桌面："回神儿。"

他叩动的时候简松意隐隐闻到了什么味道，蹙了蹙眉："柏淮，你怎么还往手腕儿上喷香水呢？"

柏淮斜了简松意一眼："您哪个鼻孔闻到的？"

简松意很认真："我怎么知道我哪个鼻孔闻到的，它们两个离那么

019

近,也没给我打个报告啊。"

"……"柏淮偏过头,像看傻瓜一样看着他,"我压根儿就没喷。"

"不是,我刚真闻到了。"简松意觉得自己受了莫大的冤枉,"我这鼻子贼灵,每次你爷爷一吃夜宵,我在家就能逮到他,绝对不可能闻错,有本事你让我再闻闻。"

柏淮迅速利落地站起了身,侧过身,避开他,垂眸冷然,语气滑过一丝不易察觉的躁意:"简松意,你还有没有点儿常识?"

他"啪"的一声合上了练习册,语气平静:"我最后一道大题也做完了,你回去吧。"

还敢给他下逐客令。

简松意直接被气笑了,二话没说就站起了身,因为动作幅度太大,椅子被往后推了一大截儿,和木质地板摩擦划出尖锐刺耳的声音。

"你当谁稀罕呢?"

说完就"噔噔噔"下了楼,门也被"砰"的一声用力带上。

简松意虽然脾气大,但一般情况下还是比较注意在长辈面前的言行。

这个样子,是被人气厉害了。

柏淮看着对面房间很快亮起的橘黄色灯光,放下手里的练习册,捏了捏眉心,拿起桌上的手机,点开了置顶的那个对话框。

如果说简松意放在古代是个富贵人家的大少爷,那柏淮怎么着也该是丞相世家的嫡长子,只有脾气比他更大的,没有脾气比他更小的。

但是简松意这个人最大的优点就是不畏强权,他觉得柏淮就是装了一点儿,也没什么好怕的,于是铁了心纵着自己的性子不收回来。

偏偏从小到大,柏淮也懒得和他计较,总是有意无意纵着他,真就养成了他一点儿委屈都受不得的脾气。

不过好在简松意脾气来得快,去得也快,洗完澡出来就什么事儿都没了。

简松意一只手抓着毛巾揉搓着头发,另一只手拿出手机准备给柏爷爷道个歉。

离开柏家的时候都没给老人家说个晚安,太没礼貌了。

他打开微信，一个有些熟悉的头像右上角亮起了一个红点。

头像是白茫茫一片，昵称只有一个字母——B。

对话框里的上一条聊天记录还是简松意他妈强制让他发的拜年贺词。

只有一条新消息："以后别瞎往别人身上凑！"

得，怪他太不讲究，没注意分寸，凑太近，让人不舒服了。

是自己的错。

于是简松意指尖微动，飞快回复了过去。

"味道挺好闻的，自信点儿！"

虽然柏淮不承认喷了香水，但是简松意确信自己闻到了。

是清冽的冷香，像下着雪的松林。

的确怪好闻的。

而且在那一瞬间他有一种难以言说的身心舒适感，所以他绝对不可能弄错。

柏淮收到这条微信的时候，抬起头，看向对面窗帘上倒映出来的那个晃晃悠悠的人影，眯了眯眼睛。

有的人就是欠收拾。

04

简松意早上起来看见冷冰冰、空荡荡的厨房和餐厅时，愣了愣。

我的饭呢？

"叮咚"一声，微信响了。

唐女士："阿姨的儿子生病了，她请了一星期假，你自己去对门儿随便蹭点吃的吧。"

唐女士："顺便给你看一下你爸亲手做的烛光晚餐。"

唐女士："牛排。"

我大概是个意外。

简松意觉得这个世界对他太无情了。

他也没那脸一大早跑人家里去蹭吃蹭喝，只能躁闷地抓了抓头发，

顶着满脸困倦的丧气,随手钩了把伞就出了门,而黑色私家车已经停在了门口。

还好给他留了一个张叔。

简松意无可奈何地吐了一口气,然而当他打开车门的时候,那口气卡在了喉咙里。

柏淮为什么会在他家车里,还坐后座,手里还捧着个饭盒?

早起的后果就是脑子不清醒,简松意一边在心里吐槽,一边坐到柏淮旁边,还带上了车门。

直到车开始行驶,他才愣愣地问了一句:"你刚转来就逃早自习?"

简松意实在做不到早上六点起床,所以在唐女士和年级最高分的双重保证下,学校特批他不用上早自习,赶在八点钟第一节课之前去就行了。

但是柏淮凭什么?他能考年级第一吗?

他不能。

柏淮低头打开饭盒,一脸淡然:"爷爷说我身体不好,早上应该多睡会儿。"

简松意是真没看出来他身体哪里不好。

"我对柏爷爷这种宠溺孙子的行为痛心疾首。"

"彼此彼此。"柏淮把饭盒递了过去。

一碗馄饨。

简松意接过碗,很礼貌:"谢谢柏爷爷。"

"叫爷爷倒也不必。"

简松意觉得自己就不该省掉"替我"那俩字。

"哥哥倒是还行。"

"呵。"

简松意发现,这个人只要不戴眼镜,看人的时候就会特别欠揍,而且他发现这人的眼镜其实压根儿没度数,不知道在装什么大尾巴狼。

不过吃人嘴软,他暂时不和柏淮计较。

然而勺子搅了两下,却没能下得去口。

柏淮瞥了一眼,把碗接过来,塞了一盒饼干给他:"你先吃这个。"

然后又拿了双筷子,开始挑拣里面的香菜。

阿姨做饭的时候他还不知道简松意家里没人的事儿,也就没来得及提醒,不过还好香菜只放了几根做装饰,剁得也不碎,很快就拣了出来。

当干干净净的馄饨重新回到简松意手里的时候,简松意咽下嘴里的饼干,倒吸了一口冷气:"柏哥牛啊,居然还了这碗馄饨一个清白!"

等于馄饨配了香菜就不清白了?

柏淮觉得这人说话有问题。

不过那声"柏哥"还凑合。

简松意吃饱喝足以后想起了知恩图报,杵了杵柏淮手臂:"昨天晚上最后那道物理综合题,你做出来后我还没帮你看呢,要不现在拿出来,松哥给你讲讲?"

"不用,到学校了。"

"你自己说的,可别后悔,摸底考试考砸了可别赖我。"

"不会,我成绩还凑合。"

"……"

是挺凑合的,北城最高分呢。

这人自恋起来简直可以和他一较高下。

简松意腹诽着打开车门下了车,倒也没忘撑伞等柏淮一会儿。

雨一点儿也没比昨天小,但到了教室后,柏淮浅栗色的头发却还是乖顺地贴在脑门上,丝毫没有像昨天一样被拨乱。

因为只是一个摸底考试,南外的学生又普遍具有自觉性,也就没布置考场,每个班学生都坐在自己的位置上。

早上考语文,下午考数学和英语,晚自习考理综。

一天之内考完,不打算给学生留下一根头发。

本着给这群高三学生一个下马威以鞭策他们刻苦努力的原则,这次摸底考试的题出得"难于上青天",整个北楼的一层和二层"哀鸿遍野"。

南外是按成绩分班，一班到五班，依次而下，按理说高三一班的氛围应该是最轻松的。

确实本来还算轻松，这种难度也还吃得消，但偏偏他们班有两个大魔王。

简松意本来就属于天赋型选手，脑子灵活，记忆力好，反应快，有时候做题就是凭着第一直觉，所以速度向来遥遥领先，提前半个小时交卷已经属于常态，一班的人也习惯了。

然而他旁边还坐了一个柏淮。

柏淮做卷子的风格和简松意不太一样，看上去很认真细致，慢条斯理，但也只是看上去而已，当简松意还在答最后一道阅读理解的情感分析的时候，他已经翻过背面开始写作文了。

是可忍，孰不可忍。

简松意笔也不转了，小人儿也不画了，立马提起精神集中注意力开始提速，最后总算是和柏淮在同一分钟内交了卷。

而等到下午英语和数学考试的时候，这场没有硝烟的战争愈演愈烈。

英语一个小时十分钟交卷。

数学一个小时二十分钟交卷。

每次听到教室后排角落里传来"啪""啪"两声放笔的声音后，一班同学就会看见两个身影慢腾腾地晃上讲台，交了卷子，再慢腾腾地晃回去，一个开始睡觉，一个开始看书。

悠然自得的样子让一班这群全省尖子中的尖子陷入了自我怀疑。

为什么他们可以这么快写完卷子？

我是不是不应该在一班？

我是不是不配坐在这里？

我好像有点儿自闭。

考完数学到晚自习之间有一个小时。

因为不算正式开学，学校食堂只开了两个窗口，简松意嘴养得刁，瞧着那饭就没食欲，外面下着雨又懒得出去，索性不吃了，留在教室里刷着理综卷子。

白天三门考试他都比柏淮略慢,虽然最后时间差距卡在一分钟内,但是他自己心里清楚,那是因为他的字飘得已经飞上了天。

而他看过柏淮的卷子,干净整洁,字迹清隽。

这就有点儿气人了。

所以他准备先练练手,找到题感,晚上教柏淮做人。

而柏淮显然不在意他的想法,问他借了伞就不知道往哪儿去了,教室里只剩下他一个人,正好图个清静。

然而十几岁的年纪是没有清静的,一个排队打饭的时间,高三一班新转来的那个帅哥是个和简松意一样的大魔王的消息就传了开来。

其中夹杂着高三一班同学们的血泪辛酸和其他班同学天真无邪的崇拜。

差距越大的人越不容易嫉妒,到了四班、五班,能做完卷子的都寥寥无几,所以对于这种几乎只用了一半考试时间就交卷的人,他们完全感受不到压力,只剩下景仰。

因此相比考试成绩,他们更关心这个新转来的帅哥是不是真的大帅哥。

对此,高三一班的同学就很有发言权了,尤其是坐在两位大魔王前面的徐嘉行,那手都快插到胳肢窝了:"那必须帅啊。我们松哥,你们都知道吧?"

众人小鸡啄米,还有几个女生光是听见"松哥"两个字就微微红了脸。

徐嘉行很满意这个反应:"新转来那位,可一点儿都不比我们松哥差,而且瞅着好像比松哥还高了一丢丢,你们品品看,是不是个极品大帅哥?"

语气里那种与有荣焉的自豪感让人觉得仿佛夸的是他自己。

徐嘉行和简松意关系不错,他都能这么说,那十有八九就是真的。

众人开始低声议论起来。

突然冒出一个声音:"嘻,你们初中都是南外直升的,所以连柏淮都不知道,还在这儿议论呢。我跟你们说,柏淮当年在我们一中那就是学霸加校草的存在，而且次次都是年级最高分，如果不是后来转学去了北城，中考最高分指不定还不是简松意呢。"

"这不是我们松哥的剧本吗？"

"那我们松哥不是遇到对手了吗？"

"刺激！"

"决战紫禁之巅！"

"来来来，下注下注，这次摸底考谁理科最高分。"

"那必须我松哥，三包辣条。"

"作为一中升上来的，我信我柏哥的传说，押六包！"

"我也来，我也来！松哥，五包！"

……

"我押简松意，他不是年级最高分的话，我请他们班所有人喝奶茶。"

声音细细小小，在一群大嗓门里显得有些怯生生，却是目前为止最豪气的赌注。

众人纷纷看向这位大款，只见是一个脸圆圆、眼睛也圆圆的小姑娘。

徐嘉行挑了挑眉："林圆圆，别冲动啊，我给你说，就我的一线情报，柏哥做题应该是以极微小的优势领先松哥的。"

"我……我没冲动，我就是相信简松意。"

小姑娘说完这话脸都红了，随便打了两样菜就跑到角落里。

对于这种随处可见的简松意的爱慕者，大家见怪不怪。

只有拿着饭盒刚从教师食堂出来的高挑少年朝角落不经意地瞥了一眼，然后撑着黑伞，缓缓走进雨幕。

柏淮回到教室的时候，简松意正在和一个白净可爱的男生说话。

简松意懒懒散散地翘着椅子，嘴里叼着一袋酸奶，面前放着一份三明治和一个饭团，男生坐在徐嘉行的位置上，帮他拆着塑料包装纸。

那男生低声说了句什么，柏淮也没听清，就看见简松意唇角突然上翘，眉眼上扬，漆黑的眸子里流露出粲然的笑意，澄澈明亮，直达眼底，像是想起了什么记忆深处最耀眼的往事。

不得不承认，简松意从小就是唇红齿白的好看小孩儿，好看得明艳又张扬，不知收敛，"咄咄逼人"。

柏淮走到座位边，把饭盒随手塞进了桌肚，动作自然又迅速，仿佛什么都没发生过。

他坐下来后才看清楚那个男生的正脸，是昨天那个开玩笑要为简松意守身如玉的。

好像叫周洛。身材纤细，白净清秀，看上去就是个好脾气的。

他也就看了一眼，什么都没说，又拿出一本新的物理练习册开始刷了起来。

笔尖划过纸张，沙沙作响，指节因为用力而有些泛白。

从柏淮进来后，周洛就因为周围骤降的温度打了个寒战，他一边飞快地拆着包装袋，一边偷偷打量柏淮。

好看是真的好看。

就是太冷了，气质冷，味道冷，眼神也冷。

不是那种酷炫狂跩冰山美男的冷，就是疏离。

一种高高在上的、漫不经心的疏离。

再想到陆淇风告诉他的关于这位学霸十四岁时候的往事，周洛心里更敬畏了，把剥好的三明治和饭团往简松意面前一推："松哥，你慢用，我先回去背历史了。"说完撒丫子就跑。

简松意取下嘴里叼着的酸奶袋子，慢悠悠地瞥了柏淮一眼："你看看你，多吓人，别人都怕成什么样了。"

柏淮瞥了他一眼："你不怕？"

简松意嬉皮地挑了挑眉："我会怕你？简直好笑。小朋友，你可太天真了，也不想想你松哥是谁。"

柏淮向来不太搭理他这张叨叨叨的小嘴，但是今天不知道为什么，偏偏来了兴致，放下笔，转过身，左手搭上简松意的椅背，凑近一点儿，朝他笑了一下。

"小朋友，相信我，总会怕的。"

柏淮的眼睛是偏长的凤眼，眸色也淡，这么一笑就有点儿斯文败类的味道，泪痣往那儿一衬，唬人得很。

简松意被他笑得怔了怔，一个没留神，失了重心，翘起来的椅子直直往后倒去，眼看人也要倒了，柏淮搭在他椅背上的手连忙往前一伸，接住了他。

……

椅子"哐啷"一声砸在地上。

教室门被推开了。

徐嘉行的矿泉水瓶掉在了地上。

教室门被关上了。

05

或许是因为简松意和柏淮的气场都太强，或许是因为根深蒂固的"两个学霸兼校草不可能和睦相处"的传统观念，总之，明明是一个有些许尴尬的画面，但从徐嘉行那个大嘴巴里传出去，传着传着，最后传成了两个学霸在"广阔无垠"的教室里，打了一架。

砸桌子砸椅子，近身肉搏，你死我活，没完没了。

更有甚者，还传出当年柏淮之所以会一走了之，就是因为他喜欢的人被简松意横刀夺爱。而今天会打起来，也是因为旧事重提。

英雄相争，只为红颜。

说得和真的一样。

简松意差点儿就信了。

他坐在徐嘉行后面，幽幽地盯着徐嘉行的后脖颈，徐嘉行从第一块儿颈椎骨一路凉到了最后一块尾椎骨。

徐嘉行挺直脊梁，勇敢地对抗死亡的威胁，一直到卷子发下来，才敢小心翼翼地转过身，恭恭敬敬双手奉上答题卡。

"两位哥哥，别瞅我了成不？我错了，我不该乱看，晚上回去我就长针眼；我也不该乱说，晚上回去我就长口疮。"

简松意没好气地一把扯过卷子："你后脑勺儿长了眼睛？"

"不是,哥,就你们俩这冷飕飕的眼刀子,都快给我冻感冒了,我还需要看吗……"徐嘉行委屈巴巴。

简松意不耐烦地摆了下手:"转过去,两个小时内别让我看见你的脸。"

"好嘞。"

柏淮在卷子上写下名字,轻哂了一句:"你得庆幸你不是个易感者。"

简松意想了一下,也对。如果他是个易感者的话,今天的剧本可能就是高冷校草帅学霸……

不对。他就不可能是个易感者,这个假设根本不成立。

倒不是简松意歧视易感者,他觉得易感者柔柔弱弱,也挺可爱的。

只是他这个人天生比较强势,习惯了站在制高点去争夺和保护,有着支配者的那种压制和领导的本能。

这种性子的人,当易感者,不合适。

况且哪里去找个子一米八几、八块腹肌、体育年级第一、体能和野兽一样的易感者?

根本不存在。

简松意就这样胡思乱想着写完了大半张理综卷子。

理综对他来说很简单,凭着感觉就能做出来,最开始还会经常犯一些细节性错误,但自从高二下半学期进入复习阶段,他的理综就没有低于 290 分过,满分也是常有的事。

他做理综卷子的速度就跟被狗撵着一样。

当他换第三张卷子的时候,出于攀比心理,瞟了一眼柏淮。

落后他小半张卷子的进度。

他撇了撇嘴,这人理综不怎么样嘛。

渣渣。

还没等他发出一个措辞精湛的嘲笑,"砰"的一声,有什么东西从外面砸到了墙壁上。

简松意听声音判断,应该是个球,砸得还挺用力,如果再砸偏一点儿,就刚刚好砸到他旁边这个玻璃窗上了。

两种可能,一种是故意的,想骚扰他考试;另一种是准头不好,砸偏了。

但无论哪种都没安什么好心思。

简松意舌尖顶了顶腮,唇角扯出一个似笑非笑的弧度,漆黑的眸子沾染上些许戾气。

徐嘉行一回头就看见简松意这样,吓得差点儿直接把笔扔出去,然而简松意只是转了一下笔,就若无其事地继续写起了卷子。

柏淮发现他写题的速度又快了些。

当第二声"砰"传来的时候,简松意刚好写完最后一道题的答案,指尖摁着卷子往柏淮跟前一推:"帮我交一下。"

说完,他就推开旁边的窗子,单手撑着窗台,长腿一跨,跳了出去。

动作行云流水,干净利落。

高三一班的同学们呆呆地看着那个消失在雨夜里的背影三秒,低下头,该干吗干吗。

算了,习惯了。

柏淮跟着看了眼窗外,见雨已经小了很多,淅淅沥沥,挠痒痒似的,不至于把人淋感冒,也就收回视线,继续考试。

小朋友这两天心里估计憋着火呢,有不长眼的送上来给发泄发泄,就随他去。

反正那个不长眼的也成不了什么气候。

简松意再次翻窗回来的时候,考试时间还有二十分钟。

柏淮玩着手机,眼皮都没抬一下。

倒是前排的徐嘉行转过身,低声关心了一句:"松哥,这次又是哪个不长眼的?"

"铁牛。"

"铁牛啊?那小子最近是有点儿嚣张,好像说是国外那边学校基本已经定下来了,所以在二楼横着走,仗着自己是个支配者,整天到处乱放外激素,有毛病。"

"反正我也闻不到。"简松意收拾着书包，显然没怎么把他放在心上。"不过那小子怎么敢找你麻烦的？他又打不过你。"

简松意拉上书包拉链，轻描淡写："他还带了两个人。"

柏淮终于抬起眼皮看了他一眼："所以用了半个小时？"

难怪，他就说对付那个叫什么铁牛的，简松意应该用不了这么长时间。

然而这话落在简松意耳朵里却成了一种挑衅般的质问——就三个人，你居然用了半个小时这么长？

他没好气地冷笑一声："不然我们柏哥觉得应该多长时间？"

柏淮认真想了下，本着诚实的原则，答道："一分钟吧。"

其实这还是他保守估计。

因为支配者和支配者之间的较量，最简单的就是外激素制衡，足够强大的基因会在一瞬间就通过外激素的压制让对方丢盔弃甲。

这保留了进化史上最简单直接的弱肉强食机制。

简松意觉得柏淮这就是赤裸裸的炫耀和嘲讽。

不就是比他先分化成了一个级别还不错的支配者吗？有什么了不起。

下课铃响。

简松意书包往肩上一搭，站起身，朝后门走去，路过柏淮的时候，手搭上他肩膀，低头凑到他耳边轻笑了一下："那柏哥还挺快啊，就是太快了——

"不好。"

少年说这话的时候，有一缕不真切的香味顺着他俯身的动作掠过了柏淮的鼻尖。

柏淮眼尾挑了一下，琥珀色的眸子下闪过一丝异样，浅淡得仿佛春日将化的薄冰，以至于没有任何人察觉。

简松意挑衅完后径直离开教室，只剩下柏淮一个人坐在教室最后的角落里，合上书本，指尖在桌面轻点了一下，发出一声短促的叩响。

意味深长。

简松意这两天晚上都约了陆淇风在他家打游戏，玩得太晚索性就在陆淇风家睡了。

和周洛不同，陆淇风和简松意是从小拜把子的友谊，两人的妈妈是麻将桌上的长年挚友，所以简松意在认识饼筒万的时候就认识了陆淇风。

陆淇风长相俊朗，脑子也不错，性格直爽，脾气好，家境好，出手大方，为人仗义，情商也高，是学生时代朋友最多的那种男孩儿。

小学、初中、高中全和简松意一所学校，两个人一起逃课打架玩游戏，样样不落，革命友谊深厚，是真正意义上的发小。

相比之下，柏淮这个世交就很"塑料"了。

还是劣质的那种。

劣质世交早上一进教室，就看见简松意趴在桌上补觉。

这个年纪的男孩子有一两个要好的朋友，偶尔留宿，也不是什么稀奇事儿。

但是柏淮坐下来的时候还是忍不住蹙了一下眉："哪儿混来的一身味道？"

可能因为支配者对其他支配者的气味天生就有敌意。

简松意却浑然不觉，扯着领口，低下头闻了几下，眉眼间还有些惺忪的茫然："有吗？"

完了他又松开领子，懒洋洋地趴下去："陆淇风明明说这衣服是他还没穿过的，你们支配者的鼻子怎么这么灵？"

说完他又觉得不对，补了一句："我们支配者。"

柏淮指尖夹着笔，有一搭没一搭地点着，薄薄的镜片给眼角那粒泪痣镀上了层略显冰凉的光。

他语气冷淡："你应该不算支配者。"

简松意知道自己十七岁还没分化，这个青春期确实来得晚了一些，但是他对自己会分化成顶级支配者这件事情从来没有怀疑过，听着柏淮这句话就格外不顺耳。

简松意觉得这人这几天就是明里暗里地炫耀外加瞧不起他，懒洋洋地"呵"了一声:"你得庆幸我分化得晚,不然就怕到时候外激素压得你没法儿上课。"

"哦,期待。"

徐嘉行觉得自己身后的气氛实在不怎么美妙,但是又不敢劝,好在老白拿着一张单子进来了。

"摸底考成绩表出来了,你们自己上来看。"

说完就忙着去巡查早自习,剩下一个教室的人炸开锅,争先恐后地涌上去,然后煞白了脸。

简松意挑了下眉。

他就从来不看成绩单,因为"简松意"三个字出现在顶端的样子,他看倦了。

正想着,人群中爆发出一声怒吼:"什么?!松哥居然不是最高分?!"

"松哥是最高分,你看看,他和柏淮分数一样的,只是柏淮是'B',所以在上面。欸,你们看我干啥?"

徐嘉行顿了顿,好像反应过来:"不是,我是说'柏'字是'B'开头,我真不是那意思!你们别看我啊!……柏哥,生日快乐!"

全场寂静。

周洛气喘吁吁跑进来,仗着自己的身形,灵活地挤进人群,蹿到讲台边上:"让让,让让,我来帮我们班的看一下赌局结果……不是吧?!松哥!你居然排在下面!"

"……"

"……"

徐嘉行觉得黄泉路上并不孤单。

简松意重重地把笔放在桌上:"好好儿说话!"

因为力气太大,滚圆的笔身顺着桌面往边缘滚去。

柏淮伸出手指,往桌沿一抵:"人家怎么没好好儿说话了?"

说着,他用眸光瞥了简松意一眼:"那难不成,你在上面?"

"呵。"

简松意朝周洛勾了勾手指。

周洛立马拿着成绩单一溜烟儿跑了过来,双手奉上。

简松意扯过成绩单,往桌上一拍,拿起另一支笔,唰唰两下,把自己的名字写在了柏淮上面,然后把笔一放,将成绩表往柏淮面前一推:"这次算你运气好,下次哥哥名正言顺在你上面。"

柏淮指尖把笔往回一钩,打了个转儿,嘴角一挑:"那可能有点儿难。"

"不好意思,哥哥不知道'难'字怎么写,而且就你这理综成绩……"简松意的笔朝那个 276 分点了点,"不够看啊。"

柏淮笑了一下:"你的语文,彼此彼此。"

语文是简松意唯一的短板,其实也算中上,基础题都能拿满分,就是主观题比较有个性,所以语文成绩怎么样,全看缘分。

而柏淮的语、数、英却相当好,数学和简松意一样,是满分,英语比他高两分,语文比他高了 18 分。

只不过这个差距被简松意一个理综就拉回来了。

理综这回事儿,脑子凑合又勤奋努力的人,成绩维持中上往往没什么问题,但是要想往 290 分以上走需要的是天赋,题越难,天赋的差距越明显。

对此简松意一向很自负。

加上被柏淮一而再,再而三地挑衅,难免心性被撩拨起来。

简松意侧过身,面向柏淮,一只手搭上椅背,另一只手捏着笔竖着在桌面上敲了两下,扯出一个散漫又嚣张的笑容:"行啊,那下次考试谁的成绩低,谁就叫对方哥哥。"

柏淮轻哂:"你对自己还挺不客气。"

简松意抬眉:"我只对你不客气。"

柏淮侧过身,一只手搭上椅背,喉头上下一滚,送出一丝低沉冷淡的笑意:"那行。"

全班静默,屏住呼吸。

不知道为什么,这个赌约听起来有些刺激。

想象了一下其中一位学霸叫另一位"哥哥"的样子,好像还挺

"带感"。

现在学霸都是这么玩的?

两个人就这样对峙着,简松意放在桌肚里的手机亮了一下。

周小洛:"松哥,不是我不信任你,但我觉得你可能稍微有点儿冲动了。"

周小洛:"我那天习惯性地进的是文科查询系统,刚查出来是柏淮,老白就带他进教室了,所以当时我没发现哪儿不对,刚刚才品过来……"

周小洛:"柏淮是上次北城联考的文科最高分啊。"

简松意:"嗯?"

06

柏淮以前是个文科生。

然而现在考了整个南城最好的学校的理科班最高分。

高三一班其他人也陆陆续续得知了这个消息,看向柏淮的眼神从仰慕变成了恐惧。

"大神"是用来仰慕的,变态是用来恐惧的。

简松意总算知道为什么从他见到柏淮开始,这个人就几乎一直在不停地刷理综题了,本来以为是个单纯的勤奋型选手,现在看来好像不是那么回事儿。

简松意突然觉得有点儿意思。

他记忆中的柏淮是一个理性又刻薄的人,不太会做出在高三这年从北城转回南城,还是文转理这种操作。

就算他想,他那个一心想让儿子学文从政、继承父业的爹也不应该同意啊。

简松意觉得自己作为邻居兼同桌,应该给予对方一点儿人文关怀。

他退出和周洛的聊天界面,点开某个白色头像。

"怎么突然文转理了?"

不等他把那条"又和你爸闹了？"发出去，消息就回了过来。

"无聊了。"

……没法儿好了。

这人真是不知好歹，自己就不应该担心他有什么苦衷和难言之隐。

他不配。

正好上课铃响，物理老师带着卷子走了进来，简松意顺势把手机往桌肚里一塞，名正言顺地不用回复。

高三一班的物理老师石青很年轻，平时和学生关系不错，进教室后直接让课代表把卷子发了下去。

简松意的满分卷子日常被当作讲卷。

讲台上传来石青略显嫌弃的声音："简松意啊，你这卷面，我真的……我侄子都比你强。"

石青的侄子今年三岁。

简松意丝毫不羞愧："物理又不给卷面附加分，写得好看有什么用？你还能给我打 101 分？"

"……"

柏淮觉得简松意这人还真挺欠揍，弯了一下唇角，拿起红笔在最后一道大题旁边开始写起来。

简松意用余光瞥了一眼，发现他最后一道大题最后两个小问几乎没得分，欠抽地嘚瑟了一下："你说你耍什么脾气，那天晚上你不耍脾气，这题我不就给你讲了吗，你理综至于这么惨？"

柏淮气定神闲："嗯，对，不然你就名正言顺地排在我后面了。"

气人。

简松意"啪"的一声掏出一本竞赛题册，不说话了。

石青站在讲台上，能清楚地看见教室后面的情形，虽然听不清在说什么，但难得看见他们班这个大少爷吃瘪，心情竟然有些愉悦："同学们把卷子拿出来吧，我们从最后一道综合题讲起。

"这道题是自主招生竞赛题，高考考不了这么难，但是全年级只有简松意一个人做出来，我还是不太满意……"

简松意不知道出于什么目的,又瞥了一眼旁边。

某人用红笔写下的答案和步骤已经完全正确,而石青还在叨叨,没开始讲题。

这人……

算了。

讲卷子的课一般过得很快。

等最后一节课下课铃一响,大部队就一窝蜂地冲向学校小花园的围墙处拿外卖。

教室里只剩下柏淮和简松意等着家里阿姨送饭来。

其实柏淮不太重口腹之欲,主要还是某人挑剔。

稍微有一点儿不对胃口就不吃,不吃了又胃疼,胃疼又憋着不说。

多少年的毛病,也不知道改改,怪不得瘦了。

柏淮瞥了眼旁边玩着游戏的某人,看了下手机:"我去门口拿饭。"

刚起身,教室前门的门框就被敲响了,还伴随着两声篮球砸地的声音。

"小意,雨停了,国际班约球,去不?"

站在教室门口的男生身形高大,一头板寸,五官英挺,嘴角挂着点儿疏朗的笑意。

说完,他注意到柏淮,又笑了一下:"柏哥也在啊,好久不见,一起?"

陆淇风和柏淮认识,但不熟,无恩无怨。

陆淇风问一下只是出于礼貌,毕竟柏淮这种高岭之花在篮球场上挥汗如雨的样子,他想象不出来。

果然,柏淮只回了两个字:"不了。"语气冷淡到没有存在感。

而刚在游戏里拿了 MVP[①] 的简松意听到"国际班"三个字,漆黑的眸子溢出点儿讥讽的笑意,懒洋洋地站起身,伸了个懒腰。

---

① most valuable player 的缩写,在游戏中指最有价值选手。

"走吧。"

高三一班的教室在北楼一层,旁边就是个小篮球场。

绵延了一整个夏天的雨季眼瞅着终于到了尾声,天初放晴的一个下午,露天球场上还有些积水,但憋久了的男生们荷尔蒙总是用不完,骨缝儿里都透出些痒。

不打几场,不舒坦。

国际班来了七八个人,简松意这边刚好五个,自然而然分好了队。

简松意用指尖抓着球,往地上漫不经心地砸了两下:"半场还是四节?"

"人这么多,肯定打四节啊。"

"行。"简松意手腕一勾,把球往皇甫轶的方向一抛,"你们先发球。"

白捡了发球权是便宜事儿,但皇甫轶偏要多嘴:"凭啥我们先发球?"

简松意抬起眼皮儿,扫了他一眼:"我三好学生,让让你。"

皇甫轶拉下脸,朝他们队其他几个男生使了个眼色。

国际班比较特殊,不参加国内高考,不算在升学率里,管理体系也是另外一套,有正儿八经想去世界名校的,但还是以家里条件不错、成绩一般的居多。

其中又有一大部分是中考体育加分升上来的,所以虽然成绩不好,但体格绝对属于一等一。

众人齐刷刷往篮球场上一站,气势看上去比理科班这边要强些。

不过球场边围观的学生们满眼还是只有简松意。

毕竟脸在那儿,不服不行。

皇甫轶约这场球就是要名正言顺找简松意麻烦,所以一开局,对面五个人就全线针对他。

针对不说,动作还不怎么干净。

陆淇风这边刚抢断一个球传给简松意,简松意就被四个大汉围着了。

简松意挑了下嘴角:"怎么,你们家前锋也防人?"

对面受令围堵的前锋脸色不太好。

然而简松意面上懒洋洋，手上和脚上的动作却一点儿没松懈，朝右侧一晃，对面刚往右防，他就又往左带，对面又连忙撤回来。

虽然比较笨拙，但毕竟四个身高近一米九的大汉，人墙堵在那儿，简松意也突破不过去，索性抬起手腕打算就地盲投。

对面反应迅速，起跳，高防。

结果简松意一个背身把球往回一抛，传给了陆淇风，陆淇风篮下一投，进了。

对面蒙住，简松意耸耸肩，慢悠悠晃过去，和陆淇风击了个掌。

四两拨千斤，完全没把他们放在眼里。

两节下来，简松意这边已经 29 分比 12 分，遥遥领先。

场边的观众在周洛的带领下发出整齐划一的土拨鼠尖叫。

"啊啊啊！松哥最牛！！松哥最棒！！松哥天下第一！！！"

林圆圆也混迹其中，挥舞着两瓶饮料蹦蹦跳跳。

皇甫轶脸更臭了。

中场休息的时候，他把几个人叫过去，脑袋凑在一起，嘀嘀咕咕。

陆淇风瞥了那边一眼，朝简松意笑了一下："就他们几个破锣脑袋，也不知道算计些什么。"

简松意拧开瓶盖："你这人别这么刻薄，长成破锣脑袋又不是他们愿意的，你得有点儿同情心。"

他说话总是懒洋洋的，不用力，声音也不大，可是总是恰到好处地让该听见的人听见。

皇甫轶彻底不打算好好结束这场篮球赛了。

第三节一上来，简松意就抢断了一个球，两个假动作一晃，三步往前，起跳，灌篮，命中。

行云流水，一气呵成。

柏淮拿饭回来的时候正好透过窗口看见这一幕。

简松意觉得自己这个灌篮贼帅，扯着唇角，松开手，准备落地。

脚刚刚触地，还没站稳，对方的后卫就一胳膊肘捣上了他的背，他一个趔趄，差点儿栽倒，还好反应迅速，单手撑住了。

这已经不能算违体犯规，就是明摆着的恶意寻衅。

陆淇风直接上来，拎着那个后卫的领子往后一拽："什么意思啊？"

后卫摊了下手："不好意思啊，没注意，没站稳。"

"没站稳？你这么粗的两条腿是义肢啊？"

陆淇风几个也不是什么省油的灯，本来就看皇甫轶他们不顺眼，如果不是和简松意配合得好，一直压着对面打，心里的邪火早冒出来了，哪儿禁得住这么挑衅。

偏偏皇甫轶有恃无恐，巴不得把事情闹大，带着国际班几个身材魁梧的学生走过来，冷笑一声："说了没站稳，也道歉了，还要怎么样？又不是女孩子，就这么娇气，打个球都不能撞了？"

简松意站起来，掸了掸指尖的灰。

陆淇风注意到简松意蹙了下眉，虽然很短暂，但是那个蹙眉明显写着不舒服。

他走过去："没事儿吧？"

"嗯，还行。"简松意抬起眼尾，睨了皇甫轶一眼，"还继续吗？"

声音有点儿冷，眼尾抬的那一下已经很明显在压着戾气了。

他不是怕事儿的人，但他也不喜欢当着一群小姑娘的面动粗，毕竟打架不是什么好事儿，吓着人不太好。

他喜欢让别人输得服气。

比赛继续，简松意整个人的气势变得更加凛冽，进攻也越发犀利，连着进了好几个角度刁钻的 3 分，比分差距一度拉到了 30 分。

教室里吃完饭的人陆陆续续回来了。

徐嘉行坐在自己的位置上扒着窗台看着篮球场，连声啧啧："也不怪这群人叫得跟演唱会现场似的，我松哥这就是帅啊，哪个女孩子扛得住？我要是个女孩子，我肯定追他。"

柏淮："……"

有的人真是天生心里没点儿数。

第二章
粉丝团怎么加

SONG YI

07

简松意身高一米八三，个子不算顶高，但是弹跳力好，灵活，反应快，命中率高，加上和陆淇风多年来的默契，压着国际班那群人打没什么压力。

陆淇风抢断一个球，传给他，他接住后直接起跳想要投篮，结果胸口突然又被一只胳膊肘蓄力一撞。

很重的一声闷响，球没脱手，但人却本能地微俯了身子。

他皮肤白，浸了汗后在白晃晃的路灯照耀下，显出几分惨淡，连嘴唇都没了血色。

旁边尖叫喝彩的也不叫了。

周洛直接把矿泉水瓶一扔，冲上来朝皇甫轶急吼："你们怎么能撞人呢？！"

皇甫轶挑衅般地耸了耸肩："打球磕磕碰碰不是很正常？"

"你们明明是故意撞的！好多次了！我们都看着呢！"

周洛脾气是好，但兔子急了也咬人，眼睛凶得红红的，只可惜他才一米七二，对方一米九二，二十厘米的身高差显得他就是个真兔子，对方压根儿不把他放在眼里。

皇甫轶甚至还吹了个口哨："简大少爷就是简大少爷啊，上赶着献殷勤的人真多。不过，你们这些人真的就这么闲得慌吗，上赶着维护？"

周洛不会骂人，憋得满脸通红。

皇甫轶笑得更不屑了："你们闲，但我们还打球呢，先滚一边去。"

说着，皇甫轶就伸手打算把周洛拎起来扔出去，只不过手腕在半空中被死死钳制住，动弹不得。

"别动手动脚的，脏。"简松意面上没什么血色，漆黑的眉眼就显得更加冷戾。

他最近状态不太好，嗜睡乏力，刚才更是不知道为什么，只是被撞了两下，却好像整个骨架子都要碎了一样，疼得呼吸都有些困难。

不然皇甫铁牛在说完第一句话的时候就该凉了。

球场上发生冲突，不打他，是涵养。嘴里不干不净，打他，也是涵养。

简松意转头对周洛道："带他们散了吧。"

周洛知道简松意不太喜欢在女孩子面前展现暴力，于是点点头，招呼起来。

和他一起的林圆圆一边帮忙，一边忍不住频频回头担忧地看向场内。

她这一回头，可就把皇甫轶激得没边儿了，阴阳怪气地朝简松意笑道："哟，怎么，简大少爷这是担心在这群爱慕你的小姑娘面前丢人，还是怎么，居然要清场？"

"没办法，家丑不可外扬。"

"嗯？"

简松意没管他困惑的眼神，回头看向陆淇风，轻飘飘地说道："我先提前咨询一下，教育'不肖子孙'的过程中不得已付诸的肢体行为，算家暴吗？"

还没来得及离场的群众忍不住发出一阵轻笑。

皇甫轶恼羞成怒，身体比脑子快，等他想起来他的计划是激简松意先动手以便甩锅的时候，他的拳头已经冲着那张精致漂亮的小脸蛋儿去了。

——然后被拦截。

在男厕所发生的一幕完美重现。

简松意抬了下眉，语重心长："你说你这孩子怎么这么叛逆呢？"

"简松意你装什么！还有你们几个，愣在那儿干吗呢？！"

皇甫轶一声怒吼，对面剩下几个人才从刚才简松意那拨操作里回过神来，骂骂咧咧地抡起了拳头。

陆淇风这边几个人也不是软柿子,被对面恶心成这样了,不反击几下都对不起自己,纷纷撸袖子应战。

简松意身体素质和运动天赋从小惊人,而且因为没分化,完全不受任何外激素干扰,所以遇到别人挑衅从没输过。

不过他从不没事找事,不欺辱弱者和女生,虽然脾气不怎么样,但南外真正怕他的没几个,更多的是对学霸兼校草的喜欢和敬畏。

看见有不长眼的和简松意闹起来,"吃瓜群众"是怎么轰也轰不走了。

不敢劝,又不想给老师告状,殷殷期待皇甫铁牛那个瓜皮被揍,又担心他们松哥受伤,一群人缩在球场角落,看得揪心不已。

而皇甫轶被教训过两次,也怵,所以这次连带上他一共来了八个人,还都是前体育生,加上陆淇风他们几个,就是十几个支配者在球场上"群魔乱舞"。

外激素会随着情绪和身体状态的波动而波动,情绪越激动,身体运动越剧烈,外激素越浓,有时候浓到一定程度了,自然而然就外泄出来了。

十几个极度愤怒的、打架打到忘我,以至于没注意收敛外激素的年轻支配者凑在一起,那场面可想而知。

在角落里围观的都有些喘不过气来,面红耳赤腿发软。

简松意以前从来没有受到过外激素的影响,所以他也不知道为什么现在自己会越来越难受。

仿佛有一万种气味同时向他涌来,逼着他闻,浓烈到几近窒息,可又根本意识不到到底闻到了什么味道,胸口也闷得慌,心跳越来越快,四肢越来越无力,好像有什么东西在抽干他的力气,试图让他就此臣服。

头痛得要炸了,那种痛还带着一种晕沉沉的迷乱感。

他脸色太差,电光石火之间,皇甫轶捕捉到了一丝可能。

他突然故意释放出了自己的外激素,带着浓重压迫感的威士忌的味道瞬间涌入简松意的每个细胞。

刚抬腿踹翻一个大汉的简松意,眸子收缩了一下。

接到皇甫轶的暗示,他们那边所有支配者在同一时间也释放了压迫性的外激素,陆淇风他们不明所以,想也没想,也直接释放外激素进行对抗。

这群支配者的等级都没有差太多,不存在绝对压制,十几种搅在一起,有来有回,围观的易感者们想跑,但是腿已经彻底软了,只能不停地喷着阻隔剂和抑制剂①缓解生理臣服本能。

而处于外激素旋涡中的简松意觉得自己简直要被搅碎了,但还是准确地拦截住对方的快速进攻,一个过肩摔把皇甫轶摔倒在地,几乎是同时再背身一个反踢高抬腿扫倒另一个人。

动作干净利落,看上去不受一点儿影响。

简松意寻思着,就算疼死,也要先教教这群混蛋什么叫作服气,不然他们永远不知道怎么当个人。

坐在教室里的徐嘉行隔着一个操场外围、一个花坛、一个灌木小道,看不太真切,再加上他以为简松意跟之前一样完全不受外激素的影响,所以根本没多想,只是一脸膜拜。

"松哥牛了啊,这动作帅的,是不,柏……"

柏淮单手撑着窗台,翻了出去。

"柏哥,你干啥?!你怎么能翻窗户呢?!这是要扣操行分的!你不要和松哥学坏了啊!柏哥!"

柏淮头也没回。

他一直没管,是因为觉得不需要,毕竟简松意还是挺厉害的。

但是他刚才看到了人群里简松意的状态似乎有些不对。

一瞬间他就反应过来了。

简松意应该已经正式进入分化期,这个时期长达七天到一个月,受激素影响,整个人身体状态会降至谷底,而且无论分化成支配者还是易感者,都会对突然出现在世界里的外激素格外敏感和不适应。如果不能

---

① 一种抑制易感者自身外激素分泌从而降低其特殊时期不适感的保护性药剂。

很好地引导，会引起排斥反应。

他知道简松意这人肯定能扛住，可是硬扛住的话，也太疼了。

球场附近的人也不知道发生了什么，就是在某一瞬间，好像下了一场铺天盖地的大雪，碾轧般地盖住了所有浮浮沉沉，只剩下积雪冷冽干净的味道，偶有风过，带来松林清幽香。

山间的积雪冷寂绵厚，压得其他的一切连挣扎着透口气的机会都没有。

刚才还气势汹汹的支配者们瞬间脸色都有些不太好，即使都为了面子强忍着，但还是忍不住蹙起了眉，低喘着气，有的甚至已经蹲在地上抱起了头。

而被十几种外激素搅得痛苦无比的易感者们，虽然依旧感到无力，但好在没那么混乱。他们愿意臣服，并渴求着在这个强大的外激素里寻找到一丝安抚，然而所触及的全是冰冷的雪。

柏淮是要压制这群支配者，但并没有打算给易感者们一点儿安抚。

只有简松意感到格外地舒适，好像有什么东西拥抱住了他，然后透过他的肌肤，一点一点渗透进去，沿着他的血液经脉一寸一寸地安抚着那些陌生的焦灼和疼痛。

他活过来了。

于是，他当即就又给了皇甫轶一个反向过肩摔。

简松意觉得真舒坦。

他蹲下身，敲了敲皇甫轶的脑袋："疼吗？"

皇甫轶倔强，不回答。

简松意掰了掰指节："我大方，过肩摔一般都买二送三，再试试？"

皇甫轶咬牙。

简松意笑笑："知道我为什么打你吗？"

皇甫轶翻白眼。

简松意没耐心了："事不过三，这是第三次了，还有下次的话，你的那些申请书和录取通知，大概就只能擦屁股了，明白？"

皇甫轶这才突然意识到了事情的严重性。

他一直仗着自己家世不错，大学又基本定了，所以才敢没轻没重地胡作非为，但是他忘了，在南城，没几个人会上赶着找简家的不痛快。

更何况和简家站在一起的向来有个柏家，这两家都不是好惹的。

皇甫轶想起这似曾相识的外激素压制，看了眼蹲在旁边似笑非笑的简松意，又看了看简松意身后不远处静静站着的柏淮，知道自己好像有点儿玩脱了。

不过好在这么多年，简松意除了想睡懒觉不上早自习以外，从来没让他家里插手过学校的事儿。

再蠢的人，也有保护自己的本能。

皇甫轶咬了咬牙："知道了。"

"道歉。"

"对不起。"

"谁让你给我道歉了？谁让你在这儿道歉了？"简松意眉眼恹恹，抬手指了一下围观人群蜷缩的角落，"刚你这张血盆大口一不小心犯了什么错自己不记得了？"

"记得，我错了。"

"没事儿，你松哥我这个人大度，明天就这个时间，你去主席台下做个演讲就行，字数也不多，就一万字吧。主题嘛就三个：一、论如何告别大男子主义，做一个爱护弱者、尊重女性的好男人；二、论如何正确地使用牙膏牙刷，永久性告别口臭；三、论南外校草简松意为何如此帅气。"

说着，他面带欣赏地拍了拍皇甫轶的肩膀："虽然你叛逆，但是我宽容。铁牛，振作点儿。"

皇甫轶想直接两腿一蹬。

柏淮在简松意身后站着，不知道这人怎么能这么快就又嘚瑟起来了，若没有自己的外激素给他做引导，他现在不知道该疼成什么样。

"简松意。"

"嗯？"简松意回头挑眉看了一眼，瞥见某人修长的身影，像根冰柱子一样戳在那儿,就觉得自己又被秀了一脸,"干吗?"

"回去吃饭,凉了。"

"哦,行吧。"

简松意站起身,活动了一下筋骨,招呼着陆淇风走了。

陆淇风素质还算不错,只是有些轻微不适,但还是忍不住多嘴了一句:"柏淮那外激素是真厉害,绝对压制。"

简松意一脸茫然:"他刚才释放外激素了?这么多人在呢,他是搞什么?"

陆淇风觉得简松意的神经大概有一万米粗。

但没分化的应该差不多都这样,估计不仅是柏淮的外激素,刚才的外激素混战他应该也没感觉到,又想到他和柏淮不对付,陆淇风也就没多说什么。

简松意走后,柏淮就收起了外激素。

沉迷于柏淮盛世美颜但被他的外激素味道"冻"住的围观群众松懈下来,花痴得更投入了。

"太帅了,真的巨帅,真正的威慑从来不屑于和你废话,直接压制就完事儿了!"

"而且这个人还有一张神颜!气质还这么清冷!腿长得都到我脖子了!还有泪痣!"

"啊啊啊!简直帅爆了!"

柏淮没跟简松意一起走,不是为了留下来显摆的。

他慢吞吞地走到皇甫轶旁边,手插在裤兜里,低头看着皇甫轶,金丝眼镜给眉眼镀上一层冷硬的釉光,居高临下,声音很低,透着股漫不经心的淡漠。

"简松意是个好人,我不是。那天二楼走廊的监控录像都在我这儿。"

皇甫轶整个人都僵硬了,躺在地上像一具尸体。

"所以今天这事儿,你自己看着办。简松意受多大负面影响,你大概、可能得翻个倍,明白?"

皇甫轶面如死灰般点了点头。

柏淮收回视线，转身缓缓向教学楼踱去，那一收的余光里，透着厌弃。

简松意之所以耐心陪着皇甫轶这样耗，是因为担心这人没了底线，说些什么脏话，毁了林圆圆的名声。

但柏淮也不太乐意别的人给简松意惹上什么麻烦。

耽误这么久，汤都要凉了，某人金贵，又该挑剔了。

08

汤倒是没凉，只是今天是鲫鱼汤，简松意不太爱喝，拿个勺子搅来搅去，馋得大半个教室的人直咽口水，他却面无表情。

柏淮实在看不过眼，摘下眼镜，捏了捏眉心："总算知道为什么你一大把年纪了还不长个儿。"

十七岁一米八三的简松意："……"

身高不足一米八三的其他人："……"

简松意把勺子一放："长那么高赶着补天？"

"阿姨说你太瘦，专门给你熬的，因为不能放香菜、芹菜，为了去腥没少费功夫。"

柏淮轻而易举找到简松意的软肋。

果然，简松意虽然不情不愿，但还是捏住勺子，屏住呼吸，一勺一勺慢吞吞地喝起来。

中途班长杨岳过来有事要说，被柏淮淡淡看了一眼，就闭上嘴巴，在旁边站着等，一直到简松意把汤喝完，才开口："老白和老彭找你俩去年级主任办公室一趟，让你们二分钟内必须到，不到的话惩罚翻倍。"

简松意抬头看着他："你站这儿多久了？"

"七八分钟。"

简松意乐了："你说你是不是针对我？"

杨岳委屈："不是，松哥，这不赖我啊，您这不是在喝汤吗？"说着，眼神儿一个劲儿往柏淮那儿瞟，疯狂暗示真正的"凶手"。

柏淮一脸淡定地写着物理题："反正已经迟了，把水果也吃了。"

"哦。"简松意又慢吞吞地打开了水果盒的盖子。

杨岳:"……"

他觉得自己这个班长当得有些过分没有威严了。

杨岳清了清嗓子:"松哥,你俩这样不好,老白和老彭是真生气了,办公室里乌泱泱站了一片,那气场严肃得……你们俩可别火上浇油了……"

"今天这车厘子味道不错,来一个?"

"好嘞,谢谢松哥,可以再多来几个不?"

简松意和柏淮到年级办公室的时候,教导主任彭明洪和年级主任白平山正对着十几个高高大大的男生唾沫横飞。

表情痛心疾首得仿佛家里的小白菜被偷了。

看见简松意和柏淮的时候,估计连白菜帮子也没了。

老白还好,还算冷静。

彭明洪就不行了,他本来就提前步入了中老年男性更年期,又被委以重任带高三。现在没正式开学,校长室的人都不在,就他一个扛大梁的,只能他做主,万一出了点儿什么事,那他可没法儿交代。

捋了一把自己不甚茂密的头发,彭明洪指着他俩说道:"让你们三分钟内过来!这都多久了?!"

简松意看了一下表:"十五分钟左右吧。"

"我是问这个吗?!简松意,你不要以为你成绩好就可以胡作非为、胆大妄为、为所欲为!你们现在是高三!只要给你们一个处分,什么校招,什么保送,就全没了!没了!知道吗?!"

"哦。"

"哦什么哦?!事态的严重性你还不明白吗?北城大学和华清大学还想去吗?!"

"不是,主任,我不用校招保送也能去这俩学校,所以真没那么严重,您消消气儿。"

这语气听上去还挺乖巧,但就是怎么这么气人呢?

彭同志差点一口气堵在支气管喘不上来,老白连忙出来打圆场。

"哎呀，叫你们俩来其实也没什么事，皇甫轶同学刚才也承认了，是他们先动的手。只是毕竟你们一个打人了，一个在公共场合故意释放高浓度外激素，都违反了校规，所以该处罚的还是要处罚，你们不要有什么情绪。"

简松意点点头："嗯，没事儿，我还挺大度的。"

柏淮赞成："我也还行。"

"……"

在座的其他人觉得这两人过于没有觉悟。

然而老白一身浩然正气："经过我和彭主任商讨决定，要对今天参与打架的所有人，一视同仁！一律做警告处分处理！"

大家的心凉了半截儿。

警告处分如果不能尽快撤销，自主招生和出国那可都完了。

"但是……"老白拖长音调转了一下，"你们主动来认错，态度还算良好，也念在你们高三，为了你们的前途考虑，学校决定再给你们一个机会。"

凉的半截儿暖起来了。

"五校联考，总排名在前一百的，处罚可改为通报批评，如果没进前一百……好自为之。"

国际班的八个人，心直接碎了。

这次五校联考国际班也要考，五个学校加起来三四千人，要让他们几个考前一百，不如让他们去死。

老白生怕皇甫轶他们不服气，还特意摆出了一副极其"凶残"的表情："最后，简松意、柏淮，你们两个人作为我班上的学生，我必须严加管教，提出更加严格的要求！他们考前一百就行，你们两个必须要考前五！"

"嗯。"

又是轻飘飘一声。

不过简松意好歹是应了，柏淮全程就站在那儿不作声。

这下皇甫轶他们是真的心中憋屈又不知道该说什么了，到了最后，只能闷闷地说一句:"老师,这决定有点儿太偏心简松意了吧?"

简松意点点头:"是的,老师,我也觉得你们太偏心我了,所以我申请和皇甫铁牛同学交换处罚措施。"

皇甫轶:"……"

听上去好像的确是纠正"偏心"的好方法,是皇甫轶无福消受这份善良。

老白轻斥:"不要瞎给同学起外号。"

旁边一直在发呆的柏淮终于有动静了,偏头看向简松意,一脸认真:"铁牛不是他本名?"

简松意仔细回忆了一下,笃定道:"是他本名,我不记得他还有别的名字。"

皇甫轶:"……"

老白生怕皇甫轶被简松意气晕过去,连忙挥了两下手:"行了行了,都回去上晚自习,学习要紧。"

高三一班和二班的人步履轻快地离开了办公室,国际班的人则抬头看了看天。

今晚月色真好。很适合回家吃"竹笋炒肉"。

回家的路上,简松意在车里就睡着了。

柏淮坐在后座另一侧,看着暖黄的车灯下映出的少年的单薄侧影。

根据他的观察,简松意的反应主要是嗜睡、乏力、倦怠、易疼。

这和自己分化时候的反应不太一样。

据他的了解,大部分支配者在分化期呈现出来的状态都是易怒易暴躁易冲动,渴望宣泄力量,很少会出现这种类似于病弱的反应。

可能是分化太晚,导致身体出现了一些不良反应。

还是得好好养着才行。

车停在家门口,两人各自下车准备回家。

柏淮突然叫住简松意:"我觉得你应该请几天假,或者让唐姨早点儿回来。"

"怎么了?"简松意转过身一脸不解。

柏淮一时间有点儿不知道该说什么,这人聪明的时候跟猴子成精似的,傻的时候也真像个单细胞生物。

他耐心解释道:"你难道没发现自己已经进入分化期了吗?"

"啊,这样啊,我说呢,怎么最近老是感觉不对。"

柏淮觉得自己侮辱单细胞生物了。

他叹了口气,声音有些无奈,在夜色里慢悠悠地说:"你的反应不太好,休息和营养补充不够的话,分化的时候可能会很辛苦,在家里养养,我让刘姨过去照顾你。"

迟钝如简松意也感受到了这话不是挑衅,而是关心。

他说话难得没带刺儿:"没事儿,就是爱睡觉而已,在教室睡、在家睡都一样,今天他们闹那么厉害,我不也一下子缓过来了嘛。"

柏淮没有告诉他,他之所以能缓过来,是因为自己在一旁用外激素做了引导,不然他可能今天疼得走不了路。

柏淮只是点了下头:"随你。"

说完,他准备转身进屋,却被简松意叫住了。

"那什么,我看你今天做的那几道物理题好像有点儿问题,要我帮你看看吗?"

少年勾着书包带子懒洋洋地站在路灯下,目光因为不适应主动示好而瞥向别处,语气里还强撑着死要面子的傲娇。

"不然回头你考不进前五,被警告处分,我哪有脸见柏爷爷。"

柏淮转过身,低头按着密码锁,月光正好落在他微勾的唇角上。

"行,正好有道磁场综合有点儿难。"

那道题是去年华清大学自主招生最后一道题,确实挺难的,简松意估摸着给他们班千年老二杨岳来做也很吃力。

不过简松意只简单点拨了两句,就发现柏淮已经会了。

简松意觉得自己可真是一个天才教师,顿时来了劲儿,"唰唰唰"地找出好几道类似的题,非要柏淮做,做了还要给他批改。

柏淮还真拿着笔,认真做起了自己今天其实已经做过一遍的题,而简老师则坐在旁边，跷着腿，一边吃着水果，一边玩着手机，悠然自得。

两个人难得和平相处，没有彼此挑衅。

直到周洛转发的一个链接打破了这个美好夜晚原有的平静。

"震惊！南外校草或将易主！南外第一支配者艳压全场！到底是颜控的狂欢还是慕强者的胜利？让我们拭目以待柏淮的到来！"

09

傍晚球场的那一出，整个南外高三最花痴、最八卦的人都在，一个个全被迷得神魂颠倒，不能自已，贴吧跟过年了一样。

周洛转发过来的这个帖子是最会起哄的。

楼主昵称：小甜粥。

一楼是偷拍的柏淮站在球场旁的照片。

路灯光正好打在他身上，眼神冷淡，身形挺拔，气场沉默而强大。

身后几个狼狈的男生俯身喘气，像是臣服。

二楼配文："高糊都阻止不了的美颜和帅，太可以了！你们不知道，那一瞬间压制十几个支配者的外激素有多可怕！而且还这么云淡风轻，不动声色！简直就是王者！柏淮最牛！南外校草非柏哥莫属！"

"我是那颗泪痣，我在现场，我证明是真的。"

"真的太飒了！瞬间压得皇甫铁牛那个混蛋没脾气，不是喜欢乱放外激素吗？你倒是放啊！"

"而且太清冷了吧，泪痣我爱了！"

"他这腿都到我脖子了，而且手也巨好看！颜值完美，外激素味道也超级好闻！又清又冷，像雪又有木香，哎呀，我说不出来，反正超级好闻！"

"高二的学妹想提前开学了！"

"高一的学妹发出尖叫！"

"一中柏淮粉丝团投来羡慕的眼神和一万亩柠檬地！"

"我说一句柏淮是南外校草没人反对吧?"

"我说一句柏淮是南外第一支配者没人反对吧?"

"我代表我松哥反对。"

"代表松哥反对加一。"

"对啊,松哥的颜值也很绝啊,那双桃花眼真的绝了!"

"讲真,单讲脸的话其实松哥更好看,松哥五官太精致漂亮了,明艳大帅哥!"

"而且松哥也很帅啊,虽然没有分化,但是收拾那群人的时候不要太帅好吧?!"

"但是我更喜欢高冷系。"

"柏哥更高,柏哥已经分化了!"

"松哥分化后外激素说不定比柏淮更强呢!"

"我不管,柏淮最帅!柏淮最酷!柏淮天下第一!"

……

吵得不可开交。

吵到最后的结果就是,贴吧开了一个投票站。

你心目中的南外校草——

1. 简松意

2. 柏淮

……

周小洛:"咦,这个发帖子的人可太没有眼光了,在我心里一直是松哥最帅哦!"

周小洛:"比心。"

这个"比心"毫无灵魂。

简松意突然心情不太好。

他倒也不是稀罕校草这个名头,只是单纯地不喜欢别人觉得他不是最帅的,尤其是那个可能比他帅的人还是柏淮。

想到到时候如果投票结果出来真的是柏淮赢了,简松意心里就特别不爽,唇角抿成一条直线,手指敲打屏幕敲出雷霆万钧之势,柏淮想装作没听见都难。

"又怎么了？"

如果简松意心思再细腻些，就能从那声音里听出一丝纵容，但是他现在满脑子都在想着怎么引导这群人重新树立正确的审美观和价值观，没空搭理柏淮，眼皮子都没抬地敷衍了句"没啥"。

没啥就是有啥。

柏淮放下笔，拿起手机，点开徐嘉行的朋友圈。

果然，这里应有尽有。

"哈哈哈，松哥多年统治地位终于动摇了，开盘开盘，继续开盘，上次并列第一我都亏死了，这次必须赚回来！"

转发的是那个帖子的链接。

下面评论——

杨岳："难道我不曾动摇过松哥的地位？"

李蒙蒙："万年老二请圆润地离开。"

林圆圆："这是一个颜值评选，请你正视一下自己。"

高林："你发这条朋友圈是不打算活着见到明天的日落了吗？"

徐嘉行："嘿嘿嘿，我屏蔽了松哥。"

柏淮："……"

徐嘉行："完了，漏了一个。"

陆淇风："我截图发给小意了。"

徐嘉行："别啊，陆哥！"

……

柏淮没有理会徐嘉行发过来的长篇忏悔，只是点进帖子遛了一圈。

看完明白简松意又闹哪样了。

柏淮笑了一下，刚准备退出，目光却被一个飘高的帖子吸引。

《细数"渣男"柏淮二三事》。

楼主昵称是一串乱码，内容倒是条理清晰。

"你们不要被柏淮的表象蒙蔽了，这就是一个衣冠禽兽。

"他上幼儿园的时候就骗小女生，还同时骗三个，每天中午收三瓶草莓牛奶，收了三年，结果还不陪人家荡秋千。

"小学就更不做人了，有女孩儿追着他，他就把数学作业给人家做，还是特别难的那种，人家小姑娘做了一晚上没做完，嗷嗷大哭。结果他第二天当着对方的面十分钟做完了，做完了还说人家不聪明就多学习，他不跟笨蛋做朋友！

"初中那可就更渣了，有小姑娘给他送情书，约他周末去天文馆，他明明答应了人家，结果临时变卦，放人家鸽子，大雨天的让人女孩一个人回去了，过分！

"诸如此类的事情，数不胜数，这个人从根本上就是一个漠视他人感情、玩弄他人感情的渣男，大家不要被他的皮囊所迷惑。还是简松意好，长得帅，品行端正，诚实善良，勤劳勇敢，请大家擦亮眼睛，一起支持简松意！"

柏淮："……"

2楼："楼主你说话要讲证据，不要玷污我的男神！我男神冰清玉洁！"

4楼："好的，我知道了，我男神喜欢喝草莓牛奶，喜欢数学好的女孩儿，喜欢天文馆，谢谢楼主。"

12楼："造谣一张嘴，辟谣跑断腿。你说话有依据吗？你站简松意就站简松意，没必要造谣柏淮。"

21楼："谁敢骂我男神，可别来碰瓷儿了！"

43楼："松哥很好，柏哥也很好，我们都喜欢，你不要在这里挑拨离间！"

简松意："……"

柏淮瞥了一眼某人略显呆滞的表情，乐了。

果然，他是不会懂女孩子的战斗力的。

不过简松意也不是那种轻易退缩的人，他呆滞了一会儿，就又振作起来，重新撸袖子战斗，满脸义愤填膺，手指点得飞快，露出的那截儿手臂甚至绷起了肌肉线条。

楼主："你们这些人怎么就不相信我呢？我说的真的是实话，有半句假的就让我永远考不了年级最高分。"

楼主："什么叫我本来就考不了年级最高分？我这辈子只考年级最高分好吧？"

楼主："什么叫我撒谎成瘾？什么叫我冒充你们松哥？什么叫我给他们两个提鞋都不配？！"

楼主："不是，我承认，简松意的确比我优秀英俊聪明帅气，但是有一说一，我肯定比柏淮强！"

如果是动手的事情，简松意肯定不会输，但是论吵架，他永远不可能赢得过对面。

柏淮看着简松意和那群人怎么说都说不明白，又委屈又暴躁的拿毛样子，压住笑意，手伸到他面前敲了两下："行了，别没完没了啊。"

简松意立马心虚地把手机往回一收，一脸正经："什么没完没了？题做完了吗？"

"做完了。"柏淮好脾气地点了点头，"还顺便逛了会儿贴吧。"

简松意哽了一下，耳根子泛起一点儿红。

他万万没想到柏淮这种人也会去贴吧那么无聊的地方。

柏淮嘴角噙起点儿笑意："我还看了一个特别有意思的帖子。"

"……"

"讲了挺多我的往事，我寻思着整个南城知道这些的人好像也就一个。"

柏淮说话慢条斯理，似笑非笑，简松意耳根子更红了。

明人不说暗话，他索性理直气壮："怎么，哪句话说的是假的了？"

"事儿倒是真事。"柏淮屈指一下没一下地敲着桌面，"就是我觉得我可能需要帮某人回忆一下完整版本。"

"草莓牛奶，如果我没记错的话，是某个人特别爱喝，不喝饱不睡午觉，我一个人的不够，所以没办法了。"

"……"

"数学作业是有的人必须做，但又想打游戏，就把作业本扔给我了。"

"……"

"下雨那天也不知道是谁，摔了那么一跤，恰好需要我背他去医院。"说着,他朝窗外指了一下,"喏,就那个无辜的台阶,或许它愿意充当证人。"

简松意想起来好像的确是柏淮说的那么回事儿。

他尴尬地揉了揉鼻子:"你一个大男人,老是记这些婆婆妈妈的事,真没意思。"

柏淮点点头:"嗯,你有意思。"说着还把手机屏幕往简松意跟前送了送,上面赫然停留着简松意的罪证。

简松意好生气。

被别人拿来和柏淮比较就算了,自己多年来的校草名头不保也算了,被他的维护者羞辱也算了。

他就想引导一下青少年的审美观,结果还被当面捉了现行,他想把自己摁进土里埋起来。

这人不是从来不去贴吧那种无聊的地方吗?怎么就能做着如此有趣的物理题还有心思逛贴吧呢?

故意的。

肯定是故意的。

故意要去看一下他简松意打下来的江山是怎么被撬动的,然后以此耀武扬威、理直气壮地表达不屑。

生气。

简松意越想越气,气得站起身,一把扯过书包飞快溜了。

溜走的时候还被柏淮一不小心看见了他绯红的脖子和耳根。

有的人,只是看着嘚瑟,其实脸皮比谁都薄。

柏淮心情还挺不错,往后一倚,继续优哉游哉地逛着贴吧,然后看见一个昵称叫冰激凌小圆子的人发的帖子:"简松意粉丝团今天正式成立!全面招新!注册并投票即可领取奶茶一杯!"

他顿了顿,点进去,指尖飞速移动,以游客身份回了几个字。

"粉丝团怎么加?"

10

林圆圆今天很生气。

她觉得大家都太肤浅了，怎么能因为柏淮轻而易举压制了十几个男生，就对他犯花痴呢？

明明简松意更漂亮，明明简松意打篮球更帅，明明简松意才是碾轧皇甫轶、伸张正义的那个人。

而且简松意那么有温度，那么炽热，像太阳一样，怎么可能输给那个冷冰冰的男人。

这群人，肤浅。

生气。

全世界最好的崽崽，她来守护！

于是简松意粉丝团正式成立。

让她比较开心的是粉丝团人数充足，而且都给简松意投了票。

最关键的是她获得了一个很不错的副团长。

虽然副团长只加了 QQ 小号，也不方便透露真实姓名，但是副团长十分大方，主动承担了粉丝团的奶茶费用。

只要你喜欢松崽，我们就是异父异母的姐妹。

林圆圆开心地把这位 QQ 名叫"B.S."的小姐妹加入了好友列表。

"松崽是最好的！我们明天一定要努力拉票！不能让崽崽输给那个面瘫冰雕！"

面瘫柏淮："……"

B.S.："好的。"

柏淮放下手机，捏了捏眉心，不知道想起什么，突然笑了一下。

其实他也觉得简松意更好看。

从小到大他好像没见过比简松意五官更好看的小孩儿。

第二天上学的时候，简松意一上车就闭眼蒙头睡觉。

柏淮看着他时不时抖一下的睫毛和微红的耳垂,没戳穿他。

不过简松意也是真的困,昨天晚上一整夜他都没怎么睡好。

他早早上了床,觉得不应该和这群无聊的人计较,但是越想越气,越想越气,气得凌晨两点半都没睡着,半夜怒而掏出手机,继续战斗。

他就想不明白,那群人的眼睛怎么长的?怎么会觉得柏淮比他更帅、比他更有魅力?

解释不通,气。

再想想还被柏淮抓包了他发的帖子,显得他很在意这件事情,很小气,很婆妈,很没有格调,他就觉得更生气了,又羞又恼。

他简松意这么多年,什么时候遇到过这种窘境?

柏淮简直和他八字不合。

不过好在他好像有了个什么粉丝团,人还挺多的,投票应该不至于输。

就这么想了一晚上,直到早上坐在车里才迷迷糊糊睡过去。

这一睡就一路睡到了教室。

老白站在讲台上,看着教室靠窗的角落足足三分钟。

两个学霸,一个在睡觉,一个在做理综卷子。

一点儿也没有昨天才被拉到办公室教育了的觉悟!

他用平和温柔的语气婉转地提醒道:"柏淮啊,你同桌这样睡觉,也不是个办法啊。"

柏淮抬头想了下,扯过挂在简松意椅背上的毯子给他盖上,然后就继续低头刷题。

老白:我是怕他着凉吗我?

算了,对待学生要宽容,要温暖,要如沐春风,反正只要把这次五校联考的最高分拿回来就行。

他转头,眼不见心不烦:"说一下最近高三的安排,28号、29号,五校联考,一切按高考的规矩来,成绩也会列入校推和自招的名额考核,请同学们务必重视。"

教室里东倒西歪一片,唉声叹气。

"30号、31号，全体老师参与阅卷，不上课，安排全天自习，请同学们务必珍惜时间，遵守自习纪律，如果其间违反校规，就到开学典礼上念检讨！"

"嗷——"

"得了，你们别拖个调子半死不活的了。都调整调整，没几天就开学了，1号开学典礼，大家都把校服穿上，手机点外卖也不要太明目张胆。我给你们自由，但你们不要过了火，不然回头撞到老彭那儿去，可没我这么好说话，听见没？"

"听——见——了——"

"小样儿！"

一班这群学生虽然保持着这个年纪的少年特有的顽劣和活力，顺风顺水惯了，比较自负，该惹的麻烦从来没少惹，但品行都很端正，学习一事上也都心里有数。

就连简松意已经有这样的成绩，该刷的题也从来没少刷。

都是些表面混子。

所以老白也不一味压着他们。

联考之前整个班倒也的确安分老实了不少，唯一闹出的动静大概就是皇甫轶被简松意逼迫所做的主席台下的演讲。

"我错了！我真的错了！身为一个成熟的男人，我不应该对女孩子出言不'孙'！要坚决贯彻性别平等的观念！尊重爱护每一个同学！

"我也不应该说脏话！作为南外学子，我要体现出我们学校的素质！先成人再成才！

"最后，松哥最牛！松哥最帅！松哥天下第一！你的眼睛笑时宛如四月的朝阳，沉默时恍若秋夜的明月，你的嘴唇仿佛是最娇嫩的玫瑰花瓣，你的肌肤如同初冬的白雪，你的身姿清隽挺拔，如山涧月下的青松，我从未见过如此英俊的男子……"

这种尴尬的吹捧排比句，足足凑够了一万字，就在晚饭时间，主席台下，拿着个喇叭，用他那粗厚雄壮的嗓音声情并茂地朗读，声嘶力竭，直至声音沙哑。

面对简松意和柏淮，皇甫轶只能认怂。

毕竟他虽然混了点儿，但好歹还是个正经八百的高中生，真把事情闹大，搅黄了出国留学的事儿，前途未卜不说，还会被他爸揍死。

所以即使心不甘情不愿，简松意安排的道歉方式，他也只能说到做到。

不过死也要拉个垫背的，主席台是从北楼到食堂和小卖部的必经之路，人来人往，皇甫轶就不信简松意丢得起这人。

结果他在台上吼得脸红脖子粗，简松意在台下叼着根冰棍，听得兴致勃勃，时不时还点评几句。

"不是出言不'孙'，是出言不逊，你中考语文及格了吗？

"比喻还挺生动啊，用词也挺丰富，居然不带重样的，给你加五分。

"娇嫩的玫瑰花瓣不行，我不喜欢，太肉麻了，你换一个。

"我就只是英俊而已？"

皇甫轶："……"

要点儿脸。

最后总结陈词："那什么，最后那段，从'松哥最牛'开始，再来一次，有感情一点儿。"

皇甫轶："……"

想骂人。

深呼吸，莫生气，气坏身体没人替。

"松哥最牛！松哥最帅！松哥天下第一！你的眼睛笑时宛如四月的朝阳……"

简松意认真聆听，满意点头，并随手拦截了正好路过此地的柏某人："既然你路过了，那不妨停下脚步，和我一同聆听一下群众的心声。"

旁边负责录音录像的周洛同学："……"

不知道为什么，他觉得今天的松哥看上去似乎只有三岁。

至于为什么那位浑身上下写着"我很高贵清冷"的柏淮还真的停下了脚步一同聆听，他就更不知道了。

他也不敢问。

五校联考是南城几所重点中学组织的联合考试，其他四所分别是一中、七中、四中、九中。

以前的高考最高分都是被这几所学校包揽的，只不过最近几年开始出现了南外的身影，所以南外也就成了这里面唯一的私立学校。

这次考试是模拟高考，为了营造氛围，考场也是五个学校所有考生统一编号，随机打乱分配。

简松意运气好，留守南外。

柏淮的运气就没那么好了，他被分配到了一中。

不是四中、七中、九中，好死不死，就是一中。

考试的当天早上，柏淮坐了自家的车去往一中考场，没和简松意碰上面。

简松意觉得柏淮这么大个人，就算故地重游，应该也出不了什么岔子。

但考完语文后，他始终有些不放心。

当年那件事，不是柏淮的错，但对于柏淮来说未尝不是一个心结。

这人看着冷，但其实心思比谁都细，万一遇上了什么熟人，撞上了什么旧景，想起了什么不愉快的往事，影响了考试，没能进前五，受了警告处分，那自己怎么面对柏爷爷？

他才不关心柏淮敏感的内心小世界，他只是单纯地觉得不能让柏淮因为自己挨处分而已。

简松意说服了自己，然后掏出手机给柏淮发了一条微信。

"我这次语文考得还挺好的，你小心点儿，别到时候当众叫我哥哥的时候嫌丢人。"

柏淮收到这条微信的时候，正在洗手，已经考试结束半个小时的学校没什么人，卫生间也很安静，水龙头哗哗地流着水，还有隐隐的回声。

他偏头看了一眼洗手台上突然亮起的手机屏幕，勾了勾唇角。

隔着手机也能猜到某人那别别扭扭的心思。

柏淮关上水龙头，甩了甩手，刚准备扯张纸巾把手上多余的水分擦干净，余光就从镜子里瞥见了一个身影，然后刚刚勾起的唇角就重新抿成了一条直线。

那人站在门口，一半身形没入墙角的阴影里，一动不动，像幽灵一般。

他看向镜子里的柏淮，幽幽地开了口："你回来了啊。"

11

简松意这次确实考得不错。

语文基本上只要他主观题稍微收敛一下自己的想象力，作文题再稍微遏制一下自己内心的真实想法，往上提高十分还是不难的。

其他三门的话，本来就很好，正常发挥就行。

加上特别巧的是皇甫轶正好和他一个考场，还就坐在他附近，每次提前做完卷子，看着皇甫轶挣扎后呆滞，呆滞后继续挣扎，最后化为虚无的表情，简松意的心情就特别好。

心情一好，题也做得更顺手了。

考了两天试，简松意两天没和柏淮碰上面，发的那条微信也一直到了当天晚上才收到了一个"嗯"的回复。

简松意觉得柏淮这人可真没礼貌、真冷漠、真无情，所以连带着后面自习的两天都没主动搭话，不冷脸，也不黑脸，就是懒洋洋的，眼角眉梢都写着"我今天有点儿不高兴"。

柏淮知道他在不高兴什么，但是并不打算解释，有的事他不太想和别人说，尤其是简松意。

遇到灰尘，擦掉就好了，没必要把它拿到阳光下晒晒。

两个人就这样莫名其妙地陷入了一种微妙的冷战。

没有任何冲突，也没有言语挑衅，只是彼此心照不宣。

就连徐嘉行都察觉到了不对劲。

虽然他后座的两位一直不太对付，但是平时以松哥的小嘴叨叨叨为主，这两天异常沉默，反而让他脊背发凉。

他想起了某个清晨在这个教室发生的事关男人终身尊严和荣誉地位的那场豪赌。

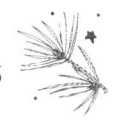

大概成绩快出来了，要决定谁叫谁哥哥了，所以气氛才如此凝重吧。

徐嘉行是个好同学，团结友爱，淳朴善良，觉得帮助同学恢复良好关系是他当仁不让的责任。

于是他鼓足勇气，置生死于不顾，扒拉了两下旁边的杨岳，又转过头："那什么，吃鸡①一缺三，朋友们来不？"

杨岳义正词严："今天晚自习是老彭巡逻，是手机不想要了，还是想在明天开学典礼上念检讨？"

简松意深以为然。

五分钟后，四人集体降落机场②。

简松意落地捡了把喷子③，一喷一个准，柏淮机瞄④扫射击倒另外两个，附近一队直接被灭队。

刚捡了个平底锅⑤的徐嘉行和杨岳满脸问号。

"松哥柏哥救我！我们附近有人！好多人！啊啊啊！！！"

简松意压低声音："闭嘴，我门外有人。"

"呜呜呜呜，我不想当盒子精⑥，你忍心看着我当场猛虎落泪吗？"

柏淮看了一眼简松意的装备，然后低声对徐嘉行道："报点⑦，封烟⑧，我来救你。"

---

① 游戏术语。因在战术竞技型射击类沙盒游戏《绝地求生》中获胜时，游戏界面会出现"大吉大利，今晚吃鸡"的字样，所以游戏玩家将玩此类射击游戏称为"吃鸡"。本作中，"吃鸡"代表玩手机游戏《和平精英》。
② 游戏中，玩家搭载战机进入对战地图，并自行选择地点跳伞降落。机场资源多，是热门降落点。
③ 游戏术语，指霰弹枪。
④ 游戏术语，指机械瞄准，即玩家不装倍镜，只用枪械的基础镜开镜进行射击。
⑤ 游戏中的一种近战武器，可以挡住任何口径的子弹。
⑥ 游戏术语。在游戏中，玩家死亡后会在原地留下一个装备箱子，其他玩家可以从里面拿到对方的装备，被戏称为"快递盒"，进而衍生出"落地成盒""盒子精"等词，指游戏玩得差的玩家。
⑦ 游戏术语。指遇到敌人或空投时，通过屏幕上方的数字和方向报出位置。
⑧ 游戏术语，指扔出烟幕弹放出白烟达到掩体效果。

"好的,谢谢柏哥,C字楼二楼……"

"柏淮,别去……"

简松意话还没说完,就传来了一声凄厉的"砰"!

击杀提示:徐大可爱使用手榴弹击倒B.H.。

"……"

AK789击倒徐大可爱。

AK789击倒杨山丘。

静默三秒,徐嘉行忏悔:"对不起,柏哥,我以为我在为你封烟,但是没想到杨岳这傻瓜给我的是个地雷。"

柏淮:"……"

简松意瞥了一眼柏淮无话可说想骂人又要克制的表情,乐了:"都让你别去了,我和徐嘉行吃鸡一般都开场送走他,不然毫无游戏体验可言。等着啊,看我怎么杀过去把你扶起来。"

说完,他低头继续作战,一枪喷倒和他绕房子的敌方队员,收了把好枪,直接上二楼对刚[①]。

枪枪到头,绝不落空。

击倒徐嘉行他们的那个AK789也成为他的枪下亡魂。

简松意觉得自己牛到不行,然而却没有听到预想中的欢呼和崇拜声,手肘还被柏淮捣了两下,柏淮捣了手肘又扯他衣服下摆。

简松意不耐烦地皱起眉:"别碰我,你死了就自己好好待着,不要影响我操作。"

"……"

气氛沉默得有些诡异,简松意感觉到一丢丢的不对劲。

他抬起了头。

徐嘉行和杨岳都在低头认真写着卷子,柏淮一脸无奈,而桌子边多了一个熟悉的肚腩,浑圆,饱满,有弹性。

肚子的主人笑得和蔼可亲又面目可憎:"手机拿出来吧,顺便准备

---

① 游戏术语,指正面对抗。

一下明天开学典礼的检讨发言。"

"……"

明天正式开学,彭明洪铁了心要整顿高三的风气,简松意三番两次往枪口上撞,自然就被抓了典型。

徐嘉行和杨岳心虚又愧疚,不等简松意开口,就主动把检讨书写好送上。

家里倒是还有备用的手机。只是明天开学典礼上念检讨的事谁也替不了,简松意注定要丢这么一回面子。

新仇加旧恨,挺漂亮一小脸蛋变得又冷又臭,一整晚连带回家的路上愣是没和柏淮说一句话。

柏淮想笑,又怕彻底把人惹生气了,哄不回来。

但是哄吧,又不知道从哪里开始哄,只怕好心好意哄了,某人还觉得他是在冷嘲热讽,幸灾乐祸。

他俩这关系,确实有些不容乐观。

甚至连某人下车关门的声音都比平时大了好几倍。

柏淮忍住笑,绕过车身,走到正在开门的某人跟前:"帮个忙。"

"呵。"

"明天开学典礼,要求穿校服,我的要明天下午才能领,彭明洪让我先问你借一套。"

简松意冷着一张脸,没说话,自顾自开门进去。

进去后也没关门,柏淮就插着裤兜倚在门口,优哉游哉地看着某人进门换鞋,扔下书包,走上二楼,顺带欣赏了一下那矜傲的背影,似乎根本不担心校服没着落。

果然,很快某人就又下来了,手里拿着一叠蓝白相间的运动服,往柏淮怀里一扔,拽过门把手,准备关门送客。

门被某条又长又细又直的腿挡了一下。

简松意没好气:"怎么,还想进屋坐坐?"

也不是不可以。

不过柏淮决定还是不在这个节骨眼儿上火上浇油，只是腾出一只手拽过了简松意的手腕，往他掌心放了个东西。

"晚自习没提醒你老彭来了，怪我，给你赔罪。"

简松意低头一看，掌心里躺着一颗糖，是他小时候最爱吃的那种奶糖。那时候他换牙，唐女士不让他多吃，但是他又馋，柏淮每天就把自己那份儿给他，等他吃完了又盯着他刷牙，才算完事儿。

十年过去，这种糖现在已经不好买了。

一时间简松意也说不上来心里是什么感觉。

他只能强装凶巴巴地扔了一句："给颗糖赔罪，当哄小朋友呢？"

说完就飞快地关上门。

他已经过了喜欢吃糖的年纪，也不太爱吃甜食，只是到底也没有随手扔掉，回到房间，放在了床头柜上。

而柏淮抱着那套明显已经穿过的校服，低头笑了一下。

不过柏淮还是太年轻，低估了他和简松意之间的"仇恨"。

当简松意站在主席台上读检讨的那一刻，那颗糖的情分就全没了。

他下定决心和柏淮老死不相往来。

简松意面无表情地念完检讨，黑着一张脸，周身"生人勿近"的气场彰显着不痛快。

但这丝毫不影响台下众人十分热情地鼓掌。

帅，贼帅，又高又帅，就算是冷着脸也很帅。

几个终于近距离看到简松意本尊的高一小甜心愣是把检讨听出了表白的气势，兴奋得快昏过去。

彭明洪痛心疾首，决定端正一下校风校纪，在简松意念完检讨后，勒令他站在旁边。

彭明洪接过话筒，语气十分严厉："今天，我之所以让简松意同学来做这个发言，就是为了树立一个错误的典型！新学期，新气象，每一个南外学子都需要做到严于律己，摒弃不良风气，把心思都用在学习上！帅有什么用？打游戏好有什么用？能让你们上北城、华清吗？不能！所以希望在座诸位，引以为戒，千万不要像这位简松意同学一样视纪律为无物！"

说完他把话筒递给老白，像一尊煞神一样坐到主席台旁边，颇有几分震慑力。

老白也不客气，接过话筒，呵呵一笑："首先呢，我在这里通告一个好消息，在这次五校联考中，我们南外高三学子取得了十分优异的成绩，第一名和第二名都在我们学校，他们就是高三一班的柏淮和简松意同学。希望大家向他们多多学习！"

刚坐稳准备喝口水润润嗓子的彭明洪同志："……"

人群发出低低的窃笑，有胆大的男生直接扯着嗓子问了一句："所以老师，我们到底要不要向简松意同学学习啊？"

老白本来就护短，知道简松意好面子，干脆一次性把面子给足了："所以简松意同学，有没有什么经验想和你的学弟学妹们说的？"

简松意一本正经："我就想说，长得帅，的确可以上北城、华清。"

"噗——"人群中爆发出一阵压抑的笑声。

彭明洪觉得今天的水可真噎。

简松意一本正经地说完后继续一本正经地看着台下，随意一瞟，就瞟到了人群里的柏淮。

不知道是不是感应到什么，柏淮突然抬起眼皮往台上看了过来。

两人视线相撞的那一刻，简松意突然想，这次到底谁是第一，谁是第二？

应该是自己第一吧，不然还真的要叫柏淮哥哥？那他不如不活了。

"尤其是柏淮同学，第一次参加南城考试，就一举夺魁，特此提出表扬！"

简松意：呵。

靠近主席台的同学们觉得天凉了。

回到教室的时候，简松意的脸已经可以用"冰天雪地"来形容。

徐大可爱浑然不觉，"英勇无畏"地从袖口掏出一个手机，递给简松意，低声说道："松哥，你快看贴吧，校草评比结果出来了。"

袖口露出的那截屏幕不大，但是足够显示出那几排字。

"南外第一届校草评选大会圆满结束，让我们恭喜高三一班柏淮同学！"

简松意："……"

徐嘉行怕他不高兴，连忙解释道："松哥，这次投票其实根本不公平。柏哥以前是一中的，好多一中的人来瞎凑热闹，乱投人情票。你也知道，一中每个年级一千个人，哪儿是我们学校打得过的啊，其实单论我们学校的票数，你还真没输。"

简松意现在就听不得这个"输"字，眉一挑，语气不善："什么叫输？我怎么就输了？"

徐嘉行觉得这个话题继续下去可能会出暴力事件，于是灵机一动，换了一个话题："欸，这次柏哥居然考了五校最高分欸，挺牛啊，你看刚才彭明洪那脸色尴尬的，啧啧。"

"……"

众人在心里为徐嘉行送上挽联。

简松意从桌肚里掏出一本书，"啪"地砸在桌子上，力道之大，震得笔都滚落地上。

柏淮弯腰捡起笔："跟书发什么脾气？"

简松意翻着书，没理他。

柏淮皱了皱眉："怎么，是打算赖账，还是不敢叫？"

简松意捏着纸张的指节瞬间泛白，三秒过后，重新泛起血色，轻哼了一声："只要你敢听，我就敢叫。反正下次随时让你叫回来。"

柏淮颔首，指尖点着桌面，一副洗耳恭听的架势。

这还没完了。

算了，男子汉大丈夫，敢作敢当，言出必行。

简松意咬咬牙，深吸一口气，视死如归，然而嘴唇翕动，"g"音送到唇边好几次，愣是发不出来。

从柏淮的角度，还可以清清楚楚地看见他额头的青筋隐隐跳动，耳根红得滴血。

再逗下去，该哄不回来了。

柏淮见好就收，把笔放到他跟前，轻飘飘道："算了，看在你借我校服的分上，这次先免了。"

反应过来自己刚才好像挑了事，正忐忑不已的徐嘉行，听到这句话，终于松了一口气，转过身，把脑袋埋起来，假装一切与自己无关。

八卦群众纷纷效仿。

总算是落了个清净。

简松意正想着柏淮怎么会突然变得这么好心，柏淮就凑过来，压着嗓子，在他耳朵边上轻笑了一声："就这一次啊，下次可必须得叫了，时间、地点，我挑。"

唇齿间送出的温热气流慢腾腾地掠过他的耳郭和脖颈，加剧了简松意的情绪，一瞬间他愤怒不已。

挑衅！

赤裸裸的挑衅！

还故意说悄悄话来挑衅！

看看这个戴着没有度数的金丝眼镜装相的人，就是一个活脱脱的衣冠禽兽！

还下次？

不可能有下次。

他简松意绝对不会输给柏淮第二次。

绝对不会。

出于天之骄子的自负，也出于争强好斗的本性，简松意在自认为被屡次挑衅后，终于忍不住了，冷笑出声，立下了他这辈子最后悔的一个 flag[①]。

"柏哥挺厉害啊，南外第一支配者是吧？行，我今天就把话撂这儿，

[①] 本义为旗帜，在游戏汇编语言中，指某一事件的判定依据往往是前面某段程序代码，这段代码一般被称为 flag。"立 flag"，网络用语，指立了一个目标但后来被"打脸"。

一山不容二虎,我简松意不让你输得心服口服地离开南外,我就不当这个支配者了!"

12

简松意说完就戴上耳机,拿出他平时从来不碰的语文阅读训练册埋头做了起来,只留给柏淮一个冷冰冰的侧脸。

他是桃花眼,内勾外翘,双眼皮一点点向外延展开来,眸子漆黑,睫毛纤长,还带点儿卷,怎么看都是多情的模样。

这会儿冷了下来,眸子里写满不悦,没有平时那么招摇,却不知道为什么,让人总想哄哄。

柏淮觉得这两天这么一闹腾,可能让小朋友面子上有些过不去,刚那话明明只是想逗逗他,结果却一不小心把人气成这样。

自己不会离开南外,简松意也不可能不是支配者,狠话说得这么绝,这摆明是记恨上了,非要拼个你死我活。

柏淮捏了捏眉心。

算了,他记恨自己也记恨十几年了。

总归,道阻,且长。

下了课,柏淮一句话也没说,出了教室。

简松意自然巴不得他走得越远越好,眼不见心不烦,只是不知道为什么,柏淮一离开,身体不舒服的反应就更加明显了。

浑身酸软,没有力气,头也昏昏沉沉的,脖子连着脊椎下去那一条尤为疼,带着五脏六腑灼烧起来一样地疼。

分化的反应这么强烈吗?

好像的确有分化越晚反应越大的说法,实在不行自己还是请个假吧。

算算日子,唐女士也该回来了,到时候就算他不愿意,唐女士也不会让他出门。

想到这儿,简松意打算给唐女士发个微信报备,一摸裤兜,才想起来自己手机被没收了,备用机也没带,再一看平板电脑,听歌听没电了。

顿时心里更堵得慌。

今天也不知道是个什么日子,诸事不顺。

简松意趴在桌上,把头埋进臂弯,一只手搭上后脑勺儿,冷白瘦削的手指微微蜷曲,骨节用力,漆黑的短发从指缝里支棱出来,整个后脑勺儿都是大写的不开心。

趴了一会儿,他突然感觉自己旁边有了动静,好像有一只手穿过校服和桌子间的空隙探进了桌肚。

校服空空荡荡,那只手的动作也小心翼翼,没有触碰到他,像是在刻意避免。

这人还做贼!

简松意生气地抓住那只魔爪,直起了身子,晃眼一瞥,果然拿着赃物。

再定睛一看,是自己被没收了的手机。

他呆了呆。

柏淮弯着腰,一只手撑在桌子上,另一只手被拽着,看着简松意因为趴着睡觉而立起来的几根呆毛,勾了勾唇角:"原来没睡着啊。"

"……"

柏淮晃了晃手机:"本来还想给你个惊喜的。"

"……"

"给你要回来了,所以不生气了,行不行?"

"……"

彭明洪是出了名的魔鬼教师,很难缠,柏淮把手机要回来应该费了不少口舌,甚至可能还答应了彭明洪什么条件。

简松意觉得这人人性还算未泯灭。

他松开手,接过手机,往桌肚里一塞,耷拉着眉眼,瓮声瓮气地扔出两个字:"再说。"

"还行,愿意开口说话了。"

柏淮抿唇笑了一下,就着俯身的姿势,顺势拨正了简松意额头上的几根呆毛,然后把自己桌上的一个保温杯往简松意桌子上一滑,坐回座位,该干吗干吗。

一切自然而然，自然到简松意根本没有反应过来自己被揉了脑袋。

晚上放学的时候，柏淮收到了自己新认识的小姐妹"冰激凌小圆子"的消息。

她很愤怒："BB，你说这群人是不是没眼光，怎么会觉得柏淮那张面瘫脸比我家崽崽帅！"

柏淮："……"

他其实觉得自己表情还挺丰富。

但是他不能在简松意粉丝团团长面前维护自己，于是淡定地回复道："是的，我也觉得简松意更好看。但是你为什么叫他崽崽？"

冰激凌小圆子："因为我是妈妈粉啊！妈妈粉当然要叫崽崽！"

冰激凌小圆子："等等，你不会是女友粉吧？"

柏淮卡住了。

冰激凌小圆子飞快回复："你可不能是女友粉！崽崽现在才十七岁，还没有成年，没有分化，没有高考，绝对不能谈恋爱！要好好长高，好好学习！妈妈不准他谈恋爱！如果你是女友粉的话，可能我们就是敌人了。"

柏淮："……"

B.S.："我不是。"

冰激凌小圆子："真的？"

B.S.："真的。"

冰激凌小圆子："那就好，那我就放心了。"

冰激凌小圆子："我今天放学的时候远远地看见崽崽了，好像心情特别不好，呜呜呜，心疼，都怪柏淮那个大坏蛋！选个校草还去一中拉水军，考试非要比崽崽高一分，我崽那么优秀，什么时候遇到过这种打击！"

冰激凌小圆子："也不知道怎么样可以让崽崽高兴一点儿，唉。"

柏淮偏头看向旁边倚在后座角落里眉眼恹恹的崽崽，表示他也很想知道这个问题的答案。

冰激凌小圆子又发了消息过来："大概只有柏淮那个面瘫狠狠被虐几次或者转学了，松崽才会开心起来吧。我们要不要想办法把柏淮赶走？"

075

柏淮一直觉得自己人气还挺高,第一次遇见一天之内有两个人想赶他走。

他苦笑了一下:"柏淮不会走的。"

冰激凌小圆子:"唉,也是,好不容易转过来了,怎么可能走?那只能希望崽崽早点分化,外激素碾轧那个面瘫!"

冰激凌小圆子:"不行,越想越心疼,崽崽今天的表情真的太丧了。为了让崽崽开心,我愿意一年不吃芋圆,祈求上天让柏淮拜倒在崽崽脚下,膜拜崽崽膜拜到神魂颠倒,那崽崽一定开心死了!"

柏淮觉得自己的年级最高分可能是白考了,居然有点儿跟不上这个女生的逻辑,他迟疑道:"柏淮膜拜简松意的话,简松意就会开心吗?"

冰激凌小圆子:"当然啊!因为崽崽肯定不会喜欢他!抢了校草的位置又抢年级第一,把我松哥气成这样,我松哥看他能顺眼?现在他有多嘚瑟,到时候就会有多惨。让松哥狠狠虐他!想想就爽!"

柏淮:"……"这都哪儿跟哪儿。

他没有再回复。

但是等回到家吃过饭,洗过澡,躺在床上,柏淮突然就想起了这几句话。

校草这件事情,他本来就没这个心思,而且是他占了一中人数的便宜,算不得数;年级最高分这事儿,也只是恰好这次理综简单,所以捡了便宜,凑巧总分比简松意多了一分。

他没想故意气简松意,只是好像阴错阳差确实把人惹不高兴了。

按小圆子的说法,大概自己要输给简松意几次才是哄人的法子,可是这人这么骄傲,自己如果故意让了,只怕到时候真的要决裂。

柏淮躺在床上,沉默地看了会儿对面的窗户,突然起身,打开房门。

"刘姨,今天换下来的校服烘干了吗?我给对面送去。"

简松意自认为不是一个好脾气的人,还挺自负,爱瞎显摆,喜欢原地"开屏",臭嘚瑟。

不过也不是输不起。

他只是不习惯输，真输了，也不至于记恨上对方。

他之所以会感到烦躁，只是因为那个人是柏淮。

不知道为什么，他就是不太乐意输给柏淮。

从小到大都是这样。

他也觉得自己今天放的狠话太过了些，有点儿伤感情，毕竟校草评选不是柏淮要评的，赌约也是自己立的，考试输了也是自己技不如人，到头来，自己这脾气发得有些没道理。

不过说出去的话，泼出去的水，自己立下的 flag 只能认了，他总归要让柏淮输得心服口服才行。

简松意自嘲地笑了笑，却扯得脖颈疼得痉挛了一下。

今天一天都很疼，到了晚上，那种疼痛和不适越来越强烈。

他估摸着自己可能要分化了。

好在支配者分化不需要准备什么，说不定一觉起来就可以告诉唐女士这个好消息，免得她总是担心。

简松意深吸一口气，调整了一下姿势，试图让自己更舒服一点儿，然而并没有用。

分化都这么疼的吗？听说易感者反应会比支配者严重十倍，那些易感者是怎么熬过来的？

简松意有些心疼那些小可怜。

他强迫自己睡着，以图减轻疼痛感，迷迷糊糊地，终于睡过去一会儿，再醒来的时候嘴唇干得要裂了，喉咙也疼得冒烟，小腹处一阵一阵绞痛，翻江倒海。

他想喝点水，刚刚站起身就又倒了下去。

头重脚轻，没有力气，浑身发冷。

可能发烧了。

简松意这么猜测着，却没有多余的精力做出反应，只能凭借着本能把被子裹得紧紧的，整个人埋进去，任凭身体深处的灼痛一点儿一点儿蔓延。

手机响了，简松意没力气把手伸出被窝，也没力气张嘴说话。

不停地响，大概打电话的人很着急，可是简松意实在没有办法。

他这辈子还没这么疼过，疼到最后都麻木了，昏昏沉沉，随时在失去意识的边缘，却在昏睡过去前依稀听见了楼下密码锁被按响的声音。

门开了。

上楼的脚步声很急促。

他闻到了一个很好闻的味道。

他感觉自己似乎被雪包裹住了，灼热和疼痛都得到了温柔的安抚。

他听见一个熟悉的声音。

"没事了，我来了。"

第三章
雪松和玫瑰

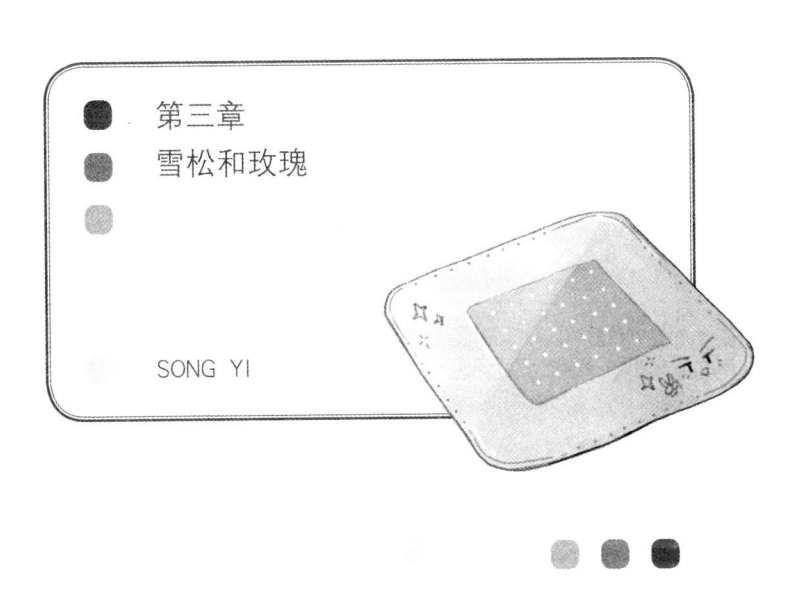

SONG YI

13

那人想要抱起简松意，但简松意觉得不行，一个大男人怎么能让人抱呢？

实在是太没排面了。

于是挤出最后的力气推开他："谁准你进我家了，你这是私闯民宅。"

推得猫挠似的，柏淮好气又好笑，直接半强制着把他拽到自己背上。

"什么时候我进你家还需要你同意了？"

"恶霸。"

简松意用最后的力气呛完柏淮后，失去意识，陷入半昏迷状态。

他上初一的时候受过一次伤。

也是个雨天，梧桐叶子被风雨摧残，堆落了一地，紧紧贴着地面，泥泞湿滑。

简松意走路眼睛长在顶上，摔了一跤，脚踝骨折。

当时就是柏淮把他背去医院，前前后后伺候着，一直到唐女士赶来。

那时候简松意脸皮也薄，不好意思让柏淮背，闹着别扭，各种推辞拒绝，不过柏淮根本不搭理他，把人扛起来就走。

当时被背着具体是什么感觉，简松意已经记不太清楚了。

他就记得那天雨很大，他撑着伞，雨点噼里啪啦地砸着，风也有些嚣张，空气湿冷得很。

他身下的少年味道却干燥温暖，一步一步走得稳当。

就像现在这样。

简松意烧得没了意识，分不清今夕何夕，趴在某人背上，闻着某个熟悉的味道，恍惚又回到了好几年前那个雨天。

手下意识地搂紧了对方的脖子，嘴唇嗫动，他低低地呢喃了一声："淮哥哥。"

那是很小很小的时候，小到简松意还是个奶娃娃的时候的叫法。

柏淮搂着他双腿的手一顿，本来严肃紧绷的面容突然柔软下来，然后笑了一下。

他本来只是想借着还校服的由头来哄哄人，可是一到楼下，外激素铺天盖地地涌来。

柏淮从来没见过哪个支配者分化时外激素会如此失控，给简松意打电话又不接。

没把门砸了，已经算他十分理智。

他根本不敢想象如果他今天没来会发生什么。

过度的担忧和紧张让柏淮没有意识到事情有哪里不对。

柏淮把简松意在病房安顿好后，去找医生了解情况。

医生看见两个人来就诊，深更半夜也没个大人跟着，难免会多想些，试探地问道："你和病人是什么关系？"

柏淮想起那声呢喃，垂眸道："我是他哥哥。"

医生点了点头，语气有些不满："易感者分化，还是一个大龄易感者，这么危险的事，家长怎么能放心不守在旁边？"

"易感者？"柏淮抬起眼皮，素来平淡无波的琥珀色眸子在一瞬间涌现出千万种难以言说的复杂情绪。

"对啊。"医生一边开着单子，一边说道，"这么高的易感者的确不常见，但确实是个易感者。他体内的激素已经达到临界值，器官也发育成熟，今天晚上就会完成分化。不过他身体素质好，没什么大问题，等烧退了就好了。我再给你开张单子，你去领抑制剂和阻隔剂。"

柏淮听着医生讲话，试图努力记下各种注意事项，然而力不从心，他有些乱。

易感者。

简松意怎么会是个易感者？

回到病房，坐在床边，看着那张过去三年在自己脑海里勾画过无数次的脸，柏淮突然不知道该说些什么。

这张脸确实很漂亮，每一处都透着精致。

个子还算高，但是骨骼确实比普通支配者细一点儿，人也瘦，背着不费力。

这么看来，也有那么一些像易感者。

再想想，自己闻到他的外激素的时候分明是被安抚的，压根儿不是支配者之间的彼此敌视。

可是简松意在他心里是个支配者的观念根深蒂固。

为此，他甚至不辞而别，去了北城三年，就是不想看见简松意分化后，两人针锋相对、水火不容。

等他好不容易成熟了，想明白了，决定让着简松意了，选择回来了，结果老天爷却又告诉他，你看，这是个易感者。

一个天生就会臣服于支配者的易感者。

那些本应该有的侥幸、窃喜、长舒一口气，都没有。

心口只有疼。

这么骄傲的小朋友，可该怎么办啊？

他伸出手，拍了拍简松意盖的被子，仿佛这样能给予一些宽慰和安抚。

指尖却被抓住。

简松意翻过身来，微蜷着身子，眉头紧紧皱着，似乎不舒服得厉害，又似乎从指尖的气味得到了一些舒缓。

柏淮被他拽得身体前倾，眼看就要压到他了，索性翻身上床，坐在他旁边，一只手被他拽着，另一只手一下一下顺着他的背，试图用自己的外激素安抚对方。

简松意慢慢平静下来，翻了一下身，有醒来的迹象，柏淮动作轻柔地下了床。

简松意鼻尖耸了耸，皱着鼻子嗅了两下。

柏淮好笑："小狗？"

简松意撇撇嘴，问他："这是你外激素的味道？"

"闻出来是什么味道了吗？"

"像下着雪的松林的味道。"

"好闻吗？"

简松意突然记起自己曾经非要闻柏淮的外激素，还夸好闻，当时不觉得，现在品品，那话和挑衅有什么区别？

他不好意思地移开视线："你说你这人没事瞎放什么外激素啊，也不知道收好，收不好就多喷点阻隔剂。"

柏淮没有反驳他不讲道理地乱甩锅，语气平静又温柔："你在分化，有支配者安抚会轻松很多。"

"我一个支配者为什么需要支配者安抚？"

简松意移回视线，迷茫地看着柏淮。

因为虚弱和困惑，目光钝钝的，显得有些呆。

柏淮看看，短短十秒，涌现出无数次于心不忍，可到底还是把那句话用一种最为平常淡然的语气说了出来。

"因为你是个易感者。"

因为你是个易感者。

很短一个句子，简松意消化了足足一分钟，然后开口："你刚说什么？你再说一遍。"

柏淮没说话，直接把检测报告递到了他面前。

简松意看了一分钟，翻过身，往被子里缩了缩："我真是烧糊涂了，还在做梦呢。"

柏淮："……"

三十秒后，他翻过身，又看了一眼检测报告。

"嗯，我还没醒。"说完简松意又翻过身缩进被子。

柏淮："……"

这人或许是个摊煎饼的。

他知道这件事情对于简松意来说有点儿难以接受，可是再难接受也必须接受。

柏淮忍住心疼，强作云淡风轻："我能闻到你外激素的味道，确实是易感者。"

背对着柏淮的那个身影僵住了，肩颈线条在一瞬间绷得笔直，被子被用力拽住，褶皱一点点变深，落地灯在地面投下的影子，微微颤抖。

简松意没有说话。

柏淮也没有说话。

半晌，绷紧的肩胛线条缓缓沉了下去，简松意语气平静："我自己好像还闻不到，怎么样，什么味道？应该还挺好闻的吧？"

"嗯，挺好闻的，玫瑰的味道。"

"啧。"简松意似乎不太满意，"怎么你就是那么清高的味道，到我这儿就这么俗了呢。"

"不俗。是那种野玫瑰，木质清香感比较重，不腻。"

"哦，那还凑合吧。"

简松意始终没有转过身来。

没有歇斯底里，没有质问崩溃，也没有自暴自弃。

只是平静地，坦然地，骄傲地接受了这个事实。

柏淮本来想问简松意，如果十七年前那份报告的结果是易感者，现在会是什么样？

但是下一秒，他就觉得没有问的必要，因为他可以确定，这并不会影响简松意成长为如今这样一个光彩夺目的少年。

就像他一样，十几年的人生并没有因为当初那份易感者的报告而变得柔弱。

他和简松意是一类人。

刻在他们骨子里的基因不是易感者或者支配者，而是骄傲和强大。

沉默半晌，简松意终于转过身来，看着柏淮，冷静且理智："你的外激素在支配者里属于顶级的那种了吧？"

"嗯。"

"那以后每天没事儿的时候，你对我施放一会儿压迫性外激素行不行？我想试试能不能扛住。"

柏淮抬起眼皮，看向简松意，眸色复杂。

简松意被看得有些不好意思："我也知道这要求挺烦人的，但我就是想练练不被支配者影响，你就帮我个忙呗。"

如果能在柏淮的外激素压制下做到全身而退，那绝大部分的外激素都不会影响到他。

只是这种对抗训练，谁也不知道需要多久，谁也不知道到底有没有效果，而对于易感者来说，训练的每一分每一秒都是折磨。

"可能比你想的还要苦。"

"我知道。但是吧，我既然不凑巧是个易感者了，那能怎么办呢？吃点儿苦就吃点儿苦，你松哥我又不怕吃苦。"

语气轻松戏谑，似乎挑衅命运也不过就是少年翻手为云的一个游戏。

窗外的月色落入了那双漆黑的眸子里。

柏淮想，星河璀璨，大抵也不过如此。

心里的疼又无孔不入地泛了起来，还带着说不清的骄傲。

小朋友从来不会让人失望。

他是易感者又怎样？

他不需要心疼，不需要同情，不需要被故作温柔地哄着宠着。

他只会变得更强大，而自己会一直陪着他，无论路途上有多少荆棘。

柏淮点头："好。"

"柏哥就是仗义。"

如果我不仗义，你现在还能好好躺在这儿吗？

不过，总得讨回点本才行。

柏淮突然勾唇笑了一下，狭长的双眼微眯着："那我帮你这么大忙，你就不表示表示？"

简松意大度一挥手："要求随便提。"

"随便提？"

"随便提。"

"说话算数？"

"必须算数。"

柏淮看着简松意耿直无比的脸，顿了顿，然后说道："行，先记着，别耍赖就行。"

"你见过松哥我耍赖？"

"那声哥哥你可还没叫。"

简松意噎住了："你这人怎么这么小气呢，老惦记着让人叫你哥哥。"

柏淮乐了，恶人先告状的本领可真厉害："你还记得我爸吗？"

简松意刚准备开口，他又补充道："我是说温爸爸。"

简松意当然记得。

温之眠和柏淮的父亲柏寒关系很好，柏淮从小连"干爸"都不叫，都是直接喊"温爸爸"的，连带着简松意也很喜欢温柔的之眠叔叔。

那是一个温柔又强大的男人，很优秀的医生，在柏淮六岁那年，在一场轰炸中为了保护难民孤儿牺牲了。

"温爸爸虽然是个易感者，但也是当年的理科最高分，医术挺厉害。

"我父亲你也知道，连葬礼都是在镜头前办的。我爷爷住院，当时好像全世界只有我一个人在为温爸爸的去世而难过。"

柏淮却好像并不打算伤感，想起什么有趣的事一样，笑了一下："不过那时候你挺有良心，没少安慰我。"

简松意故作邪魅地一笑："没办法，我打小就是个好人。"

"那你记得你当时怎么安慰我的吗？"

"……"

"不要难过，既然你没有爸爸了，那从今以后我就是你哥哥，你随便叫，别客气。"

柏淮慢条斯理："你说的原话。"

所以到底是谁总惦记着让对方叫哥哥？

简松意的笑容有点儿尴尬地僵在嘴边："那……那其实我也还算仗义？"

柏淮点头："嗯，仗义。"

简松意有点儿不好意思，觉得柏淮这人蔫坏蔫坏的，再次翻过身，埋进被子，决定不搭理某人。

偏偏平时沉默寡言的某人今天废话贼多:"温爸爸很喜欢你,他说你是他见过的最聪明的小孩儿。我还挺信他说的话的,所以你能不能成为一个比他更厉害的易感者?"

废话不仅多,还有点儿窝心。

简松意揉了揉鼻子。

柏淮又补了一句:"不然显得我欺负人。"

窝心个头。

"柏淮你……"

人还没骂完,一股异样的感觉就突然从脖颈处开始蔓延,瞬间席卷了全身,带起一股股战栗。

那种需要支配者安抚的不适感又来了。

好汉不吃眼前亏。

简松意咬牙:"柏淮你……能不能凑过来让老子闻一下?"

声音因为战栗变得又绵又软,本人却毫不知情,兀自强撑气势。

奶凶奶凶的。

14

柏淮有些哭笑不得:"刚不是还让我收起外激素吗?"

简松意板着脸不说话,实在难受,又不好意思开第二次口。

不过柏淮笑归笑,还是伸出了手:"给你闻。"

简松意磨了磨自己的虎牙,想咬。

但他觉得自己要克制,要矜持,要高冷,于是边嫌弃边耸鼻闻了一口。

一口不够,再来一口。

"续杯"好几次后,缓和些许,简松意才施恩一般地看一眼柏淮,懒洋洋地缩回被子,姿态骄矜就差说一句"跪安领赏"。

柏淮觉得自己这发小当得跟个保姆似的。

简松意全然没意识到自己刚才的动作多欠收拾。

柏淮觉得有必要给这个一看就没好好上生理卫生课[1]的新手易感者普及一下安全知识。

他收回手腕，捏着转了两下："知道什么是不适期[2]吗？"

简松意耳根子红了。

柏淮点点头："看来知道。"

没想到这人在这方面脸皮还挺薄，看来以后得注意分寸。

心里这么盘算着，柏淮面上却继续一本正经："那你知道难受的时候闻我的外激素会舒服一些这意味着什么吗？"

简松意："……"意味着老子被你抓了把柄。

"意味着我们外激素的契合度很高，起码百分之九十，我的外激素可以有效安抚和缓解你的不适反应。"

"谁要和你……等一下，"简松意突然顿住，"所以，我现在一个人很危险？最好跟你形影不离？！"

从表情和语气看得出他受打击很深。

柏淮觉得自己错了，那份检测报告不是没有影响，起码如果当初检测结果简松意是易感者的话，他不会如此难以接受。

垃圾机构，早该取缔。

他无视简松意怀疑人生的表情，松了松衬衫领口，交代道："在分化后一个月内，就会迎来初次不适期，不适期的时间和强度根据体质而有所不同，所以这一个月内你需要随时携带足够剂量的抑制剂以备不时之需，记住了吗？"

简松意备感疲惫："当易感者真麻烦，还不如不分化呢，实在不行混个无感者也好啊。"

"与其想这些有的没的崩心态，不如先睡一觉，接受事实。"

"那要不你变个易感者试试？看你心态崩不崩。"简松意念在对方还是有苦劳的分儿上，没有翻脸，还顺便关心了一句，"我睡觉，那你呢？"

---

[1] 因基因锁觉醒会出现的不同生理特征和现象而特设的课程。
[2] 指易感者因为外激素大量分泌而出现的感知异常敏锐、身体不适的生理现象。

"作为你的临时监护人,守夜。"

两条大长腿伸直,柏淮往后一靠,一副要驻扎此地的气势。

"没必要吧,明天还上课呢。"

"爷爷会帮我们请假。唐姨也在连夜赶回来,估计你醒了她就到了,然后就没我什么事了。"

语气挺无所谓,眼眶底下淡淡的瓷青却骗不了人,柏淮发色肤色都比常人浅,所以有点儿黑眼圈就特别明显。

看得简松意心里挺过意不去,他抿了抿唇:"这次,谢了啊,麻烦你了。"

"麻烦倒谈不上,"柏淮勾了下唇角,语气里带着若有若无的笑意,"毕竟谁让你叫我一声淮哥哥呢。"

看着简松意倏然睁大的双眼,柏淮心满意足,估摸着他身上那股不舒服应该挨过去了,也就不逗他分散他注意力了。

柏淮比刚才笑得轻松了些:"快睡吧。你要实在过意不去,那就大度点,别生我气了行不行?我这个人嘴笨,不太会哄人。"

"谁要你哄了。"简松意不满地嘟囔一声,到底扛不过身体的疲倦和乏力,昏昏沉沉睡了过去。

满室的玫瑰花香,不知收敛,越来越浓,无处可藏。

柏淮去卫生间掬了一把凉水拍在脸上。

他朝镜子里的人自嘲地笑了笑。

回到病床边,他安抚般地释放着外激素,试图让那双蹙着的眉舒展开来。

简松意在睡意蒙眬中凭借着本能放下了防备,没了那股针锋相对的气势,鸦翼般的睫毛安静低垂,看上去分外无辜。

简松意第二天醒来的时候,阳光很好,透过医院白色的纱帘洒了一室,漾起一圈一圈浅淡的金色涟漪,温和煦暖。

屋子里全是野蛮生长的玫瑰香。

像柏淮说的,不是那种温室里甜腻的玫瑰,而像是长在沙漠,长在悬崖,长在荒芜草丛里的野玫瑰,木质的清香感更重。

闻着有点儿野,好像能看见刺儿。

虽然不怎么霸气,但凑合着闻吧。

分化完后浑身舒爽的简松意伸了个懒腰。

柏淮湿着头发从卫生间里走出来:"醒了?"

声音微哑,应该没休息好。

柏淮一只手拿着毛巾擦着头发,另一只手拿了瓶阻隔剂扔给简松意:"喷上。"

无味阻隔剂。

还好,没整一些奇奇怪怪的味道。

简松意晃了晃瓶子,对着自己一阵猛喷。

柏淮倚在窗边,用手拨弄着头发,语气散淡:"除了特殊时期,易感者平时可以自己收好外激素,别到处浪。"

"谁浪了?"

简松意喷完,嗅了嗅,空气里干干净净,雪松和玫瑰的味道都没了,这才低头满意地打量了一眼手里写满外语的瓶子:"还挺好用。"

"国外研发的新品,目前已知效果最好的一款,喷上后连你是人是鬼都闻不出来。"

简松意掂了两下,心里默默盘算着什么。

过了一会儿,他才反应过来:"医院现在卖这么高端的阻隔剂了?"

"不是医院的。"

"咦……"简松意看向柏淮的眼神略微有些古怪,"你一个支配者怎么还私藏易感者的阻隔剂呢?"

自己在这人心里到底是个什么形象……

柏淮好笑:"你妈的。"

"你怎么还骂人呢?"

"我没骂人,我是说这瓶阻隔剂是你妈妈唐清清女士的。"

话音刚落,不等简松意做好思想准备,病房门就被推开了,一位高贵貌美的女士直直扑向床边,一把将简松意搂在怀里,哭得梨花带雨。

"我的儿啊,我可怜的儿啊,你的命怎么这么苦……呜呜呜……"

简松意:"……"

如果他没记错的话,他应该只是分化了,并没有得什么绝症。

他尴尬地抬手拍了拍唐女士的背:"妈,我没事儿,你别哭了,你眼霜还挺贵的。"

"眼霜哪里有儿子贵,呜呜呜呜……"

简松意耐心地安抚着她,语气也比平时温柔:"我这不是没事儿嘛。"

"什么叫没事儿?怎么就没事儿了?"唐女士直起身子,泪如雨下,"你都变成一个易感者了,还能叫没事儿?"

简松意笑了笑:"看不出来你原来还搞歧视啊,这种思想要不得。"

唐清清知道自己儿子心里肯定不好受,这会儿还要耐着性子哄她开心,心里软得一塌糊涂。

她抹了抹眼泪,压住哭腔,握住简松意的手:"没事儿,儿子,虽然你现在成了这样了,但是你爸有钱,我们可以保护你一辈子,所以你千万不要有心理负担。"

"……"

唐清清越说越激动:"怪我,真的怪我,当时那机构说基因检测百分之百准,我就信了。小淮分化成支配者的时候,我也没想起来哪里不对,还是执迷不悟,才让你沦落成今天这个模样。"

简松意:"……"

我到底沦落成哪样了?

"你看看你,个子又高,脾气又臭,还有腹肌。"说着,唐清清的手还戳了下简松意的腰,叹了口气,"硬邦邦的,一点儿都不软,哪像个正常的易感者?"

柏淮:"……"

简松意:"……"

唐清清忧愁得很真实,简松意狠狠心,安慰道:"妈,没事儿,喜欢我的女孩子还挺多的……"

"多有什么用?遇到危险了,谁来保护你?"

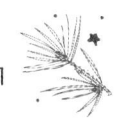

简松意:"……"

柏淮觉得唐女士简直字字珠玑,颇有真知灼见。

唐女士认命般地叹了口气:"唉,算了,实在不行你到时候继承家业,家里罩着你,免得你在外面被欺负。"

简松意:"……"

想得还挺周全。

柏淮觉得唐女士的想法有点儿危险。

他轻咳了两声:"阿姨,不至于,小意才十七岁,还早着呢,指不定以后会发生什么。"

意识到柏淮还在,唐清清收敛了一点儿情绪:"你说得对,还早,慢慢来,万一瞎猫遇上死耗子了呢?"

说着,她又叹了口气:"说实话,当时检测结果出来的时候,我和你爸爸还想过,让小松以后保护你,结果你后来成了支配者,我就没了这个想法。现在呢,小意又变成了一个易感者,我这,我这……我都想着把小意塞给你保护了。"

"可是不能啊。"唐女士动了真感情,看着柏淮,眼中带泪,"我是看着你长大的,我怎么能把你往火坑里推呢?真把小意塞给你照顾,我良心上怎么过得去?你爸爸九泉之下如何能安心?你是个好孩子,我不能因为一己私心害了你!"

柏淮:"……"

简松意:"……"

大概、可能,是亲妈吧。

15

好说歹说,总算是把唐女士的情绪安抚下来。

简松意敲了敲手边的阻隔剂瓶子,低垂着眉眼:"妈,这阻隔剂喷上,是不是一点儿外激素的味道都闻不出来?"

"对啊,我跟你说,这款是国外新品,国内市面上压根儿没有,你爸费了不少功夫才弄来的,本来我是打算留着自己用的,现在都给你吧。"

"也闻不出来是支配者还是易感者?"

"那肯定闻不出来。"

"那您能先别给我登记第二身份吗?"

知子莫若母,唐清清很快就明白了简松意的想法。

可是特殊的生理条件注定了易感者是脆弱的,需要被保护的。

即使科技和政策发展到如今,倡导人人平等,可是稀有又珍贵的易感者,如果脱离了诸多外部保护,单凭自身很难保全自己。

如果隐瞒身份,这就意味着在学校不会享受到任何福利和照顾。

危险又困难。

唐清清抿了抿唇,看向简松意的眼神难得有些严肃认真:"小意,你确定吗?"

简松意低头把玩着阻隔剂,语气随意,好像不是什么大事儿:"确定吧。我倒也不是觉得当一个易感者丢人,就是这么多年了,大家都拿我当支配者,我也拿自己当支配者,突然变成易感者了,多别扭啊,麻烦。"

"可是……"

"没什么可是的。妈,我不觉得我变成易感者后就真的比以前弱了,我不太需要那些保护,也不太喜欢别人八卦议论我。"

简松意顿了顿:"妈,我需要一些时间。"

唐清清太知道她儿子是怎样一个人了。

习惯了强势,也习惯了保护他觉得需要保护的人,嘚瑟又欠揍。

这样的人是不会愿意心安理得地接受任何庇护的。

所以他可能需要一些时间去变得更强,强到可以以一个易感者的身份也无所畏惧,来守护他那份骄傲。

那她愿意帮他守护这份骄傲。

唐清清伸出手,揉了揉简松意一脑袋乌黑蓬松的顺毛,笑了笑:"行吧,我儿子说什么就是什么。"

得到了唐女士的同意,简松意抬起头,扫了一眼窗边的柏淮,语气冰凉:"同流合污和杀人灭口,选一个?"

柏淮没搭理他,只是看向唐清清,笑道:"阿姨,放心吧,在学校里我会帮着小意的。"

唐清清既感动又欣慰:"那可真是太麻烦你了。"

"不会麻烦,小意从小就叫我哥哥,我照顾他是应该的。"

柏淮本来就好看,天生长了张让人省心的学霸脸,这会儿又笑得温柔,像初春刚融的积雪,简直化了唐清清一颗姨母心。

"还是小淮好,从小就懂事,阿姨没白疼你,晚上来家里吃饭,阿姨亲自下厨。"

"好啊,我也好久没吃您做的饭了,有点儿馋了。"

"那今天吃个够,来,告诉阿姨想吃什么,我记一下,下午去买。"

简松意看着相谈甚欢其乐融融的两人,略微有些迷茫。

柏淮是一直这么温柔话多、心暖嘴甜的吗?

唐女士被简先生宠了好些年,做饭对于她来说就和买包一样,图个心理刺激,所以厨艺着实不怎么样。

只是简家父子一向都哄着她,挑剔如简松意,每次也面不改色心不跳地吃个干净。

如今还多了个更加面不改色心不跳的柏姓心机狗,唐女士对于自己的厨艺就更没有自知之明了。

她折腾一下午,做了一大桌子菜,卖相都挺好,至于吃了后需不需要去医院,全看运气。

唐女士摆好盘,再装饰好鲜花蜡烛,去房间补了个妆,然后拉着两人拍了几十张照片,最后精挑细选出九张,上传朋友圈。

"为了庆祝儿子和他最好的朋友再续前缘,今天特地下厨!希望两个小朋友吃得开心呀。"

简松意垂眸看向手机屏幕,淡然地抿了一口茶:"妈,'再续前缘'不是这么用的。"

"啊?这样吗?"唐清清迷茫地眨了一下眼,"那我重发一条吧,'破镜重圆'对不对?"

简松意释怀:"算了,'再续前缘'也还行。"

为了避免再看见唐女士发一些奇奇怪怪的东西，简松意点了左上角，退出朋友圈。

一退出来就看见那个白晃晃的头像上有个红彤彤的小点——"原来你语文不行是有原因的。我错怪你了。"

简松意夹了块成分不明的肉放到柏淮碗里："多吃点。"

毒死拉倒。

阿姨还没回来，吃过晚饭，柏淮帮着唐女士收拾碗筷。

简松意懒，不想做家务，就随便找了个借口，出门走走。

他手插着裤兜，低着头，眉眼恹恹，步伐懒散，漫无目的。

九月的南城，经过了一个漫长的雨季，空气湿润，夜风吹过，带着些黏黏的凉意。

梧桐路上，积叶已经被清理干净，只偶尔有几片卷着黄边的叶子兜兜转转落下，有种零星萧索的美感。

等叶子落光了，天就凉了，到时候下了雪，枯枝上白茫茫一片，也挺好看的。

未必只有六七月的时候枝繁叶茂青郁明翠的样子才好看。

都挺好的。

怎样都挺好的。

支配者挺好的，易感者也挺好的。

没什么大不了。

简松意缓缓吐了一口气，抬起头，才发现自己不知道什么时候已经走到了小区外面。

旁边就是一个便利店，一个男人买了一包烟，走出来，站在路边，蹙着眉，狠狠吸了一口，再吐出一圈圈云雾。

似乎那些烦忧就这样被尼古丁分解，然后随着烟雾呼出体外，烟消云散。

鬼使神差地，简松意走了过去。

他从来不抽烟，只是突然有些好奇，那种传说中可以带来刺激的物质,是不是真的能缓解心里的不舒坦?

他是有些不舒坦。

只是不能让任何人知道。

他必须要坚强,坦然、乐观地接受这一切,才不会让关心他的人担心。

他知道这样是对的。

可是他才十七岁,还是会不甘心的年纪。

也不是不甘心,就是这么多年的习惯和信念突然变了,有些茫然。

他没有见过可以战胜支配者的易感者,不知道自己能不能做到。

应该是能做到的吧,毕竟我可是简松意啊。

简松意扯着嘴角笑了一下。

正好一片梧桐叶晃晃悠悠落下,停在他的肩头。他伸出手,想拈起那片叶子,却被人捷足先登。

拈起叶子的那只手很漂亮,指尖捏着叶柄,转了一圈,声音带着轻笑:"这叶子还挺会选地方。"

说完那人抬起眼皮看了简松意一眼:"人也挺会选地方。"

简松意没说话。

这个地方离便利店已经有些距离了,有条长椅,挺偏僻,也不知道柏淮怎么找来的。

柏淮坐到他旁边,顺着他的视线看向那个路人,轻哂一声:"别看了,你还未成年,不能吸烟。何况你真以为这玩意儿是什么解忧药呢?"

"……"

他唇角勾着,似乎在笑,语气却算不上好:"抽烟就那么回事,一点也不帅,以后也别碰。"

简松意有些不自在,话到嘴边只成了一句:"你怎么知道我在想什么,你也好奇过?"

"嗯。"

"在北城的时候?"

"嗯。"

简松意难得有了好奇心:"你这种人居然也有不良少年叛逆期?"

柏淮手肘搁在长椅靠背上,语气散淡:"当时还小,遇见些事儿,自己把自己轴进去了,想不明白,非要装大人,后来发现没什么意思,也没什么用。"

"那现在想明白了?"

柏淮知道简松意大概想岔了。他没解释,笑了一下:"想明白了。"

他偏头看向简松意,眸光从狭长的眼尾扫过,让人有些看不清里面的情绪,一字一句慢条斯理,语气温和却不容反驳。

"所以以后遇见什么想不明白的、不痛快的,不要自己藏起来,更不要试图干抽烟喝酒这种傻事儿。我不比这些玩意儿好用?"

16

好不好用我不知道,但我们是不是这么好的关系你心里没点儿数吗?

简松意是下定了决心这辈子都不和柏淮和好的,一点儿也不领情,抿着唇角,睨了他一眼:"如果我没记错的话,我昨天刚说过,要让你心服口服地离开南外。"

柏淮点点头:"如果我没记错的话,你昨天说的是,如果不让我输得心服口服地离开南外,你就不当这个支配者。"

"……"

"你看,这不是灵验了?"

"……"

"我就喜欢你这种说到做到的好青年。"

简松意:"……"

牙痒痒。

"小朋友,不要用这种深仇大恨的眼神看着我。"柏淮偏着头,看着简松意,眼睛像狐狸一样微眯,"善意提醒一下,你还用得上我。"

"您真无耻。"

"荣幸之至。"

被柏淮这么一搅和,简松意心里那点儿难得的黯然神伤全没了。

有空伤春悲秋,不如回去做语文阅读理解。

他的感性思维就这么多,可不能浪费了。

丧什么丧,有什么好丧的?

柏淮今天叫自己哥哥了吗?没有。

柏淮今天滚出南外了吗?没有。

所以自己没资格丧。

简松意豁然开朗,站起身,准备回家,留给柏淮一个无情的背影。

柏淮太了解简松意,太知道怎么不动声色地让他摆脱那些负面情绪,在他身后笑了一下,带着那么点儿纵容的味道,站起身,长腿迈了几步,跟上简松意,并肩往回走。

不过一个晚上,梧桐路就又堆起了一层薄薄的叶子,踩在上面,偶尔会发出沙沙的断裂声。

简松意突然想起什么:"你是怎么找到我的?别跟我说碰巧,巧不到那儿去。"

"嗯,你小时候一不开心就会跑那儿躲起来,我习惯去那儿找你了。"

"哦。"

简松意"吧嗒"踩断了一根横在前面的枯枝。

那其实,偶尔用用柏淮,也不是不行。

简松意和柏淮同时请了假。

这可把八卦群众激动坏了,什么流言蜚语都有。

徐嘉行嘴巴没个把门的,关于柏淮如何惹怒简松意,简松意又如何立下军令状,被他添油加醋,说得绘声绘色。

一传十,十传百,艺术加工,永无止境。

于是全校都知道了,他们本来的学霸和新来的学霸极度不对付。

大概王不见王,碰上了总要见点儿血。

据说两人狠狠地干了一架,两败俱伤,缺胳膊少腿,被救护车拖去医院,抢救了一整晚。

柏淮当晚睡前还收到了冰激凌小圆子的消息。

冰激凌小圆子:"柏淮那个王八蛋!居然打我崽崽!还把我崽崽打进了医院,渣男!!啊啊啊!!!"

B.S.:"……"

冰激凌小圆子:"你怎么不骂他?你是不是不爱松崽了?作为副团长,你怎么可以不爱松崽了呢?你不心疼松崽吗?"

柏淮:"……"

真要说起来,昨天他还被简松意挠了一道,他才是被打的那个才对。

可是简松意分化的事情不能说。

柏淮面无表情。

B.S.:"爱。心疼。柏淮渣男。"

冰激凌小圆子:"还是个暴力狂!"

B.S.:"暴力狂。"

冰激凌小圆子:"诅咒他这辈子吃方便面都没有调料!"

B.S.:"没有调料。"

冰激凌小圆子:"唉,算了,你这种软妹子一看就不会骂人,搞得我都不好发挥了,不刺激,我找其他团员去了。"

柏淮:"……"

他本着学习的态度点开了小圆子的签名。

然后他看到了几乎所有他认识的粗话。

他记得,林圆圆是挺甜美害羞的一个小姑娘,现在连女孩子都这么暴躁吗?

那简松意暴躁起来得是个什么样儿?

柏淮咋舌,打算煮个泡面压压惊。

他随手拆开一包,只有孤零零一个面饼,并没有调料……

柏淮觉得,为了打入敌军内部,窥探军情,他可真是牺牲太多了。

第二天,当简松意和柏淮全须全尾地从同一辆车上下来,一起走进教室的时候,八卦群众揉了揉眼睛。

徐嘉行睁大眼睛，扒拉了几下简松意，捏了捏他的胳膊，又拍了拍他大腿，难以置信："居然是真的！咋没少呢？"

简松意有点儿摸不着头脑："嗯？"

知情者柏淮面无表情地把那只在简松意身上摸来摸去的爪子拎开："内伤。"

原来如此。众人恍然大悟。

徐嘉行抱拳："高手过招，在下佩服。"

简松意："嗯？"

什么玩意儿？

柏淮指尖点了点脑门："他这里，你知道的。"

简松意恍然大悟，爱怜地抚摸了一下徐嘉行的脑袋。

徐嘉行："嗯？"

我怎么觉得我刚才好像被冒犯了。

简松意坐下来后，瞥见旁边大组最后一排多了套桌椅，其他都是两张桌子拼一起，只有它孤零零的。

徐嘉行解释道："昨天你们不在，所以不知道，我们班来了个精培生。"

所谓精培生，也就是扶贫生，免学费、住宿费，从乡镇选上来插班借读。

南外是私立学校，各种费用昂贵，从来没收过精培生。

徐嘉行凑近，压低嗓子："听说啊，只是听说，教育局今年给我们学校多拨了一个华清大学保送名额，前提就是拿这个换。"

杨岳也凑近，嗓子压得更低："我觉得换就换，干吗换到我们一班来，在五班混混不好吗？"

徐嘉行压得只用气声说话："可能是为了表现我们学校的诚意吧。"

杨岳用更轻的气声说道："那不怕跟不上吗，拖后腿就算了，万一打击了他自信心怎么办？"

徐嘉行气有点儿喘不上来："不——知——道——呀——"

简松意被两个人的热气喷了一脸，嫌弃地推开他们："得了，叨叨个没完了，杨岳就算了，徐嘉行你自己品品你的成绩，难道你的自信心就从未受过打击吗？"

徐嘉行："我上次好歹是我们班第二十二名好吧。"

全班一共三十个人。

简松意伸出大拇指："厉害，进步神速。"

"谢谢松哥夸奖！"徐嘉行还真美起来了。

简松意不忍心再看他，转过头朝柏淮问道："要换个位置吗？我坐那边儿。"

柏淮拿起简松意的水杯，站起身："不用。"然后走到饮水机旁接水。

简松意看着他的背影，撇了撇嘴。

杨岳很敏锐："松哥，你不是只坐靠窗的位置吗，怎么突然想起来换座位？"

"哦，没什么，就是怕有的人心里有阴影。"

"啥阴影啊？"

"啪——"一个水杯放在了简松意桌上，阻隔了杨岳的好奇心。

柏淮坐回座位，低头翻书："别听他瞎说。"

简松意拿起水杯抿了一口："行吧，我瞎说的最好。"

徐嘉行努努嘴："喏，人来了。"

简松意朝门口瞟去，果然老白带了个生面孔来。

看上去长得倒也清秀，个头也还行，就是瘦，不是清瘦有力的那种瘦，而是有些营养不良的那种面黄肌瘦。

老白清了清嗓子："介绍一下，这是你们的新同学，俞子国，以后就是我们班的一员了，大家要互帮互助，共同进步。"

或许是和上一个转学生差距太大，或许是大家都提前知道了情况，尽管都鼓了掌，却不怎么热烈，敷衍得很礼貌。

这个年纪的学生，说不上势利，就是傲气，尤其是高三一班这群天之骄子，眼高于顶，对于突然闯入这么一个群体的外来者，往往不会太热情。

柏淮之所以能很快被接纳，是因为他有绝对强大的实力。只要实力足够强,这群人也会真心服气。

又或者像徐嘉行那种,天生情商高,智商低,惹人爱怜,走哪儿都吃得开。

但很明显,这两种人,俞子国都不是。

不过他似乎也并没有因为这样算不上友好的反应而产生什么负面情绪,一脸乖巧地径自坐到属于他的位置,拿出了书。

杨岳是班长,又天生是个爱操心的,自觉承担起团结新同学的责任,掏出一个笔记本递给俞子国:"喏,这是我们现在的进度,你看一下,心里有点儿数。"

俞子国受宠若惊地双手接过:"谢谢你。"

"没啥好谢的,我叫杨岳,是一班班长,旁边这个二愣子是徐嘉行,体育委员。"

说着,他又指了指后排:"这个是简松意,人称松哥。这个是柏淮,江湖外号柏哥,我校校草。同时他们两个也是年级前二,帅哥兼学霸,你有什么不知道的,就问他俩。"

结果两个帅哥兼学霸,一个比一个面无表情。

柏淮不好说,简松意嘛,杨岳是清楚的,傲娇,放不下架子,脸臭心善。

生怕新同学误以为自己是被针对了,杨岳连忙打哈哈道:"当然,问我也行,好歹我也是前第二。"

俞子国郑重地点点头:"嗯。前第二,你人真好。"

突然被发好人卡的杨岳:"……"

新同学看上去,好像有点儿不太聪明。

不太聪明的新同学又看了一眼跟他隔着一个过道并排坐着的两位,有些羡慕:"你们好帅啊。"

"……"

"两位帅哥是铁哥们儿吗?"

"嗯?"

"我爷爷能掐会算,我学过一点儿,这位贵中带王霸之气,这位带逢凶化吉之能，如果凑到一块儿就是互为贵人……"

杨岳担心这位新同学今天晚上就被套麻袋，善意打断："他们俩都是支配者。"

顿了顿，杨岳壮着胆子委婉地补充道："而且关系不算融洽。"

"啊？这样啊，对不起，对不起，我学艺不精，我还以为靠窗那位是易感者来着，是我看错了，真的太对不起了，你们千万别生气。"

嘴上说着对不起，眼神里却无法掩饰地流露出意犹未尽的遗憾，满脸大写的可惜。

你到底在遗憾什么，可惜什么？

知道自己还真就是个易感者的简松意，无法理直气壮地反驳，只能抽了抽嘴角："没事儿，不生气，也不怪你，怪我自己非要乱长俩桃花眼。"

柏淮低头无声地笑了一下："嗯，没事儿，我也不生气。"

17

气氛有点儿微妙。

好在老白及时讲话，打破了尴尬。

"上课之前，先宣布一件事情。大家都知道，我们南外高三一直有个传统，就是开学后会组织一次动员会，锻炼意志力，鼓舞士气。

"因为这届高三，是你们彭主任带过的身体素质最差的一届高三，所以学校决定要严加训练，把动员会选在了雏鹰基地，进行为期五天的特别军训，下周六正式开始。"

教室里发出鬼哭狼嚎。

"不是说高三时间紧吗，还弄这些破玩意儿干吗？"

"别的学校都是高一军训，就我们学校高三，这是有毒吧？"

"我想考试，我愿意考五天试。"

"愿意考试加一。"

老白把一张表格交给第一排的同学，慢吞吞地说道："磨刀不误砍

柴工,看看你们这蔫嗒嗒、病恹恹的样子,不去好好训训,就怕你们都撑不过高考就倒了。"

这话倒是实话,一班有一大半人都极度缺乏运动。

又是一阵哀号。

"行了,号也没用,表格传下去,大家填一下姓名、身高、体重、性别,给你们做军训服和分班用,别乱填。下课交上来。"

表格传到简松意这排。

姓名: 简松意
身高: 183cm
体重: 64kg
性别: 男,未分化支配者

简松意毫不犹豫地写完,面不改色地递给柏淮。

柏淮什么也没说,在下面那排写上,柏淮,188cm,70kg,男,支配者,就又传给了俞子国。

小朋友的秘密,不能拿来逗,得好好守着。

表格传过去后,柏淮从桌肚里掏出手机,借着校服下摆的掩护,指尖飞快地摁了几下。

"柏淮。"老白叫了一声。

柏淮担心手机被收,被看见聊天记录,连忙先把刚发出去的那条信息删掉,然后才抬起头。

老白推了推自己的眼镜:"上来拿你和简松意的卷子。"

"好。"

柏淮刚走上去,老白又改变了主意:"你的拿回去,简松意的留下。"

简松意无辜地抬起头。

老白解释道:"我得看看是多狠的心,能在数学、理综、英语都几乎满分的情况下,把我的语文糟蹋成这样。"

这次联考题简单,两人都是数学满分,英语只扣了两分作文分,理综简松意 300 分，柏淮 288 分，语文简松意 117 分，柏淮 130 分。

不多不少，总分刚好差一分。

但凡简松意对语文卷子客气一点儿，字写得端正一点儿，也不至于欠柏淮一声"哥哥"。

语文老师兼班主任老白十分痛心，他看了一眼手里的卷子，叹了口气，取下眼镜，揉了揉眼睛，把眼镜戴好，又看了一眼卷子，再次叹了口气。

简松意撇了撇嘴，至于吗？！

老白似乎知道他在想什么，在讲台上痛心疾首地问了句："简松意，至于吗？！一首初一就学过的诗歌鉴赏，你能一个得分点都踩不对？"

这次是现代诗歌鉴赏，普希金的《假如生活欺骗了你》，简松意一个点都答不对，也挺难得的。

柏淮回到座位上，收起语文卷子，拿出一套理综综合卷。

老白眼尖，本来准备求求简松意对语文上点心，结果突然看见他隔壁一个大大的力学图出现，差点儿一口气没背过去。

但是想想柏淮碾轧文科班的语文成绩和有难言之隐的理综成绩，决定睁一只眼闭一只眼，继续数落他旁边的简松意。

"来，我们看第一问，'生活欺骗了你是指什么状况'，这四分就是完全的送分啊，简松意，你能不能行行好给收下呢？"

柏淮从他这个新班主任的语气里听出了一丝委屈，有些心疼。

简松意就"薄情寡义"多了："我也没在卷子上写我不要啊，但阅卷老师不还是没送。"

"……"

"这算不算生活欺骗了我？"

"……"

老白鼻翼翕动两下，忍住，低头看卷子，一字一句念道："答：这是指有的人自己无能却甩锅给生活的状况。"

读完，老白抬头，看向简松意，想要讨个说法。

结果看见旁边的柏淮正画着受力分析图，十分投入，于是决定"一

105

石二鸟"："柏淮，来，你来评价一下简松意这个答案。"

柏淮停笔，抬头："挺好的。"

"哪里好？"

"实话。"

"我知道你觉得好是实话，我是问你为什么觉得好？"

"我觉得好的原因就是他说的是实话。"

高三一班的同学们觉得自己被绕得有点儿晕。

简松意则朝老白点了点头，以示当事者对这个评价的认可。

可不嘛，生活哪儿有闲心欺骗你，说这种话的都是甩锅。

他都成了易感者了，被骗了十几年，他说什么了吗？他没有。

两个人就这样排排坐，表情一个比一个严肃，再加上头上顶着联考第一和第二的光环，优秀人民教师白平山同志觉得自己有点儿心梗。

他决定转移战火，找点成就感，一下就挑中了两人前排正在睡觉的徐姓"软柿子"。

"徐嘉行，来，你把这首诗朗读一遍。"

"啊？啊？什么？哦，好，假如生活强迫了我！"

老白："生活又不瞎，它强迫你干吗？！你把眼屎抠干净再读！"

他一生向善，到底是造了什么孽，遇上这群学生。

教室里发出低低的、善意的哄笑。

俞子国有些羡慕，又有些不知所措，他偏过头，不自在地低声问杨岳："班长，你们好学校都是这么上课的吗？"

"也不全是，比如老刘的数学课就不行，但差不多都这氛围吧，怎么？"

"哦，没什么，就是不习惯。我们那边上课氛围特别严肃，特别无聊，我还以为你们好学校都是好学生呢。"

"你是想说以为我们都是学习机器吧？"

"没……我不是那意思……"俞子国有些局促。

杨岳无所谓地笑笑："能猜到，反正你慢慢适应吧。"

南外是私立学校，建校时间不长，校长的教育观念比较先进，学生家境也都不错，注重综合素质的培养，一班这群人又都还算得上有天赋，老师管得就更松了，气氛就比较活跃。

也就难免有些看不上那种死熬死磕、玩命学习的学生，其实并没有恶意，只是温室里的孩子不懂得世界上不是所有人生来都拥有一样的条件。

有的人只能笨拙地用尽自己的全部努力，才能有一些希望，让自己的生活变得更好。

温室里的人不懂得他们，他们也不懂得温室里的人。

善意和羡慕，会在这种不理解中发生微妙的变化。

变得更好，或变得更坏，谁也不知道。

杨岳不明白这个道理，俞子国也不明白这个道理，从前的柏淮也不明白这个道理。

柏淮听着耳边杨岳和俞子国的低声交谈，低头写着题，没有任何情绪变化，可是不知道为什么，简松意就是知道他心里在想着事儿。

简松意鬼使神差地掏出手机，想和柏淮聊聊。

结果却被柏淮十几分钟前发来的微信打了岔。

"军训分在支配者班会比较麻烦，需不需要先开始做对抗训练，适应一下？"

简松意自己都还没想起来这事儿，这人倒是上了心。

果然，偶尔还是可以用用的。

"行啊，正好还有四五天，我先练练，适应适应。"

柏淮瞥见桌肚里透出的一丝亮光，他一只手握着笔继续写着题，另一只手掏出手机盲打。

"那你家我家？"

"我家吧，晚上我妈不在，家里就我一个人。"

"行，晚上房间等我，我洗过澡就来。"

挺好的，沟通挺顺利。

但莫名其妙地，简松意觉得这对话哪里有点儿别扭。

他觉得柏淮这人肯定在这几句话里耍心机了，可是找不到把柄。

柏淮余光瞥见某人盯着屏幕认真思考但有点儿愁的表情，忍不住弯了下唇角。

正巧杨岳转过头来想问题，看到他这表情觉得有点儿惊悚。

"哥，你咋能对着一个摩擦示意图笑得这么温柔似水呢？"

柏淮笔尖点了点那个木板边上的小圆球，随手画了个笑脸在上面："你看这个球，它是不是呆得有点儿可爱。"

杨岳："哥，你挺特别啊。"

大概这就是自己永远不能考年级最高分的原因吧，看看人家学霸，对题目充满着怎样宠溺的爱。

简松意觉得柏淮果然是个变态。

居然会喜欢物理小球？

但是他这个人善良又包容，于是宽慰道："小柏，没事儿，你放心，我不歧视你，晚上我房间，风里雨里，小简等你。"

小柏看着这条皮里皮气的微信，忍住了没回小简。

不过小柏觉得晚上训练不是不可以激烈一点儿。

18

柏淮晚上出门的时候，正好撞见唐女士从家里出来。

唐女士一看见他就连忙温柔地招呼道："小淮，你是来找小意的吧？"

柏淮笑着点点头："嗯，有些题不会，找他问问。"

"这么刻苦呀，那快进去吧，不过小意在洗澡，你得稍微等等。我还得去机场接小意爸爸，先走了啊。"

"嗯，阿姨路上注意安全。"

"好嘞，你们也注意安全。"

唐清清说完就脚步轻快地走了，打扮得漂漂亮亮，拿着束花，年过四十，眼睛里却藏不住即将见到爱人的少女般的欢喜。

明明她只比简父早回来了两天而已。

果然，住在对门的人，全都是很可爱的人。

柏淮笑了笑，慢悠悠地晃上二楼，在简松意房间门口站定，屈指敲了敲。

门里依稀传来水声,简松意的声音也有些不清晰:"妈,我洗澡呢。"

"是我。"

"哦,那你先进来吧。"

柏淮也不客气,拧开门把手,真的就进去了。

上次来简松意房间,柏淮被他的样子吓得失了分寸,背着他就跑,也没来得及细看。

现在一看,才发现变了不少,应该全都重新装修了。

浅蓝的色调换成了黑白灰。

墙上的小红花和小奖状没了,变成了书架上一个一个奖杯。

以前放四驱车赛道的地方,现在放着一个规模巨大的乐高。

大屁股电脑也被双屏高配外星人代替。

好像已经没什么一样的地方。

柏淮一眼看见了床头柜上那颗原封不动的奶糖。

小朋友的确长大了,已经一米八几了,也不爱吃糖了。

他离开的这三年,是人生中成长最快的三年。

柏淮有些怪自己,当时怎么就舍得走了,如果没有错过这三年,他会不会不用进退两难?

而不是只会像现在这样,笨拙地、固执地,绕过一条条街头小巷,找到一家陈旧的杂货店,买一盒快要停产的奶糖,只因为记得他曾经缠着自己要吃。

柏淮从小就是最优秀的,从来不认为有什么事是自己做不到的。

唯独对简松意,太过珍视。

柏淮拿起那颗奶糖,在手里拨弄了两下,想收回自己的衣服口袋。

浴室门"吱呀"一声响了。

"你偷我糖干吗?"

柏淮转身,看见只在腰上围了一条浴巾的简松意。

简松意从柏淮手里拿过糖,剥开,扔进嘴里:"你这人送了东西怎么还偷回去呢?"

简松意换好衣服,柏淮罕见地没逗他,直奔主题:"准备好了没?"

"OK。"

"第一阶段训练,每次坚持十分钟,如果十分钟以内实在难受得撑不住的话……"柏淮想了想,"就叫声淮哥哥吧,我就收起来。"

简松意这下是死也不会撑不住了。

"柏淮,你能不能要点儿脸,平时在学校里装得高冷,人模狗样的,怎么换了个地方就不要……呃——"

不等简松意小嘴叨叨完,空气里瞬间就爆发出了雪松的味道,凝聚成一堵无形的冰墙,压在简松意身上,逼迫他弯下腰,屈下膝,俯下首。

简松意咬着牙,双手撑住膝盖,努力地直起身子,抬起了头。

因为过于强力的对抗,身体有些发颤。

基因的影响,支配者的力量,原来这么强大。

血液里的每个细胞都在叫嚣着让他臣服,只要低下头,弯下腰,扮作柔弱的模样,你就会得到安抚,你就可以从挣扎的痛苦中解脱。

而不是像现在这样,每一根骨头似乎都要被折断,每一处肌肉似乎都要被剐去。

简松意突然笑了。

他撑起身子,高高地抬起了下巴,面色苍白,眼睛有些红,咬着牙,扯着唇角,笑得痞气又傲气:"还搞偷袭,太狠了吧。"

他下巴尖巧,下颌线却坚毅,抬着头,脖颈的线条拉长,在灯光下,漂亮极了。

像一朵玫瑰,在悬崖的最高处从顽石沙砾中杀了出来,就那样傲然绽放,睥睨一切。

柏淮别过头,语气淡然:"如果有支配者想找事,你觉得他们会提前给你打招呼?"

"行。"简松意咬着牙,笑意不减,"你就这点儿本事了?也不怎么样嘛,怎么绝对压制那些支配者的,别是演的吧?"

"循序渐进。百分之二十。"

百分之二十的能量,就这样了。

简松意苦笑了一下:"那我还挺道阻且长的。"

"八分钟,再坚持两分钟。"

"我觉得你可以再加个百分之二十,现在这样,对我难度不太大。"

简松意已经基本可以直起身子了,扬着眉,勾着笑,嚣张得很。

柏淮心里松了一口气,还好,比他想的还要好。

柏淮语气却正经冷淡得像个没有感情的教官:"你确定可以直接加到百分之四十吗?这个强度,稍微体能差一点儿的支配者就承受不了。"

"我发现你这人很妇人之仁,这样你的高冷人设会崩的,你知道吗?"

小嘴怎么这么能叨叨。

"十分钟到了,缓一会儿,五分钟后加强度。"

简松意用舌尖顶了下腮帮:"不用缓,继续。"

"我担心你……"

"有什么好担心的,真有支配者找我事,还能给我歇歇?"

挺会举一反三的。

于是下一秒,成倍的外激素直直压来,简松意低估了这个能量,一下子不能承受,整个身子在一瞬间就直接被压跪了下去。

好在最后一秒,他撑住了。

膝盖离地面不足五厘米的时候撑住了。

一只脚脚尖点地,手指撑住地面,骨节从泛白到泛青,因为过度用力而高频率地颤抖。

绸缎睡衣贴着肌肤,少年紧绷着的脊梁和肩胛骨显露无遗,有些嶙峋。

强大的压迫让他喘不过气来,脸上已全然没了血色。

一粒汗顺着他的眉骨,"吧嗒"一下砸在地上。

疼的。

有那么一瞬间,柏淮想马上收起外激素,拽起简松意,差一点儿他就要这么做了。

只可惜柏淮不仅心疼简松意,还了解他,相信他。

而就在下一秒,简松意松开了撑着地面的手,稳住呼吸,一点儿一点儿挺直脊梁。

却在就要站起来的那一刻，体力不支，又被压了下去。

再次撑住地面，再次站起来，再次失败。

撑住，站起，失败。

反反复复，地面已经积攒了许多破碎的汗珠。

柏淮觉得眼角和胸口都酸胀得难受。

这哪里是单单对简松意的折磨。

他咬住牙，下颌线紧绷用力，垂下眼帘，不敢再看一秒。

终于，他听到了一声痞里痞气有些欠揍的声音："啧，柏淮你就这水平啊，一般般嘛。"

柏淮抬起眼帘。

那人已经站了起来，脊梁挺得笔直，头颅高高昂起，挑着眉眼，嘴角挂着玩世不恭的笑，张扬挑衅至极："怎么样，你松哥我厉害吧？"

少年意气狂傲，最是动人心魄。

柏淮看着他，没有说话，就那样看着他。

沉默的，安静的，无声的。

然后往前一步，扶住了他。刚才还如冰墙一般的外激素化作了初春的暖水。

简松意愣了愣，过了好半天才反应过来："柏淮你发什么疯？怎么把外激素压迫撤掉了？不会是想突然来一下，逼我认输吧？！"

柏淮轻笑了一下："我要想搞突袭，你现在已经连皮都不剩了。"

想起那可怕的百分之四十，简松意竟然无法反驳。

"那你这是发什么疯？"

"训练的售后服务。"

"嗯？"

"训练后如果不安抚一下，你会对我的外激素产生阴影，以后见我就怕。"

"真的？"

"真的。"

"行吧。"简松意皱着眉,将信将疑。

而在他看不见的地方,柏淮弯着唇角笑了。

只有这个时候,简松意才看不见他的眼睛,他才能让那些憋坏了的心绪腾出来喘口气。

恰好就在这个方向,他看见了储物柜角落里的一个糖罐。

很旧很旧,掉了漆,还有不少划痕,是简松意小时候最喜欢吃的那个牌子的奶糖,盒子上面歪歪扭扭地用水彩笔写着"淮哥哥"。

那是他五岁的时候送给简松意的第一个生日礼物。

柏淮突然觉得,时间或许比他想象的仁慈,在他离开的岁月里,总还是给他留下了念想,隔着漫长的岁月,赏了他些甜头。

他笑了笑,刚准备松开马上就要孚毛的简松意,门却"吱呀"一声开了。

"小意呀!爸爸回来了,看爸爸给你买什么了……了……对不起,爸爸应该敲门的。"

"砰",门关上了。

门外传来简先生试图压低但其实并没有压低的声音:"嘘!先别进去,我们儿子在里面煽情呢!"

简松意:"柏淮,你说实话,你到底对我有什么成见?要害我至此。"

第四章
军训

SONG YI

19

托简爸爸的福,简松意坚定地认为柏淮是个"心机狗",时时刻刻加害于他。

简松意不知道他爸妈会怎么想,但他觉得柏淮必然是故意的。

还售后服务?真是瞎话张口就来。

简松意面无表情地把柏淮送出了门。

柏淮双手插在裤兜里,在门口站定,看着他的表情,忍不住勾了一下唇角:"你爸妈好像误会了,所以,还继续吗?"

这才百分之四十,而且自己还很勉强,在实战中早就凉了,往后训练的日子还长着呢。

简松意心如死灰:"继续。"

"但是我释放外激素,你爸妈肯定能察觉到。"

"……"

"我爷爷去外地视察,最近不在家。"

"行。下次对抗训练去你家。"

柏淮点点头,转身往自家走去,刚走两步,又顿住,折返回来,掏出插在裤兜里的手,伸进简松意的睡衣口袋,放了个什么东西,然后才又转身走了。

简松意掏出来一看,一颗奶糖。

对面的门关上了,放在口袋里的手机屏幕亮了。

"小朋友今天训练表现很好,小柏教官奖励你。"

这人……

116

幼稚。

简松意腹诽着把糖剥开，扔进了嘴里。

雏鹰基地在南城城郊的一个荒山上，面积大，设备齐全，配套住宿食堂，差不多是全省最大的拓展训练基地了，也基本承包了南城几所学校的所有军训。

据往届学长学姐说，巨人梯、空中单杠、高空断桥、信任背摔、毕业墙、障碍跑、射击打靶、长跑拉练，一个不少。

甚至彭明洪这个魔鬼还给这次集训设定了考核，考核水平没有达到优的，将无缘本学期三好学生的评选。

听到这个消息的学生们想死的心都有。

于是到了周五，整个高三愁眉苦脸，纷纷讨论起了"墓志铭"。

下午最后一节课，老白看见教室里死气沉沉的样子，憨笑两声："告诉大家一个好消息。"

"什么？"

"今天晚上不用上晚自习！"

"乌拉——不对……周五晚上不是本来就不上晚自习吗？"

"嘿嘿。"老白假装没听见，继续憨笑，"当然啦，好消息后面一般都跟着一个不那么好的消息，就是晚上我们要集体乘坐学校的大巴，前往雏鹰基地，明天一早，正式开始军训！"

"啊……"

"昨天生活委员应该提醒大家了吧，东西收拾好了没？还缺什么的话，住校的回宿舍拿，走读的打电话让家长送，实在不行告诉我，我去帮你们采购，不过电子设备和零食不能带，带了也会上交。"

众人哀怨哭泣。

"老师，我不适期马上要来了。"

"老师，我不适期已经来了。"

"你们两个支配者哪儿来的不适期，需要我把你们送去人体研究中心吗？"

"不用了,老师,我不适期它有点儿不开心,又不来了。"

老白深谙打一棒子给颗枣的道理,把教案一收:"算了,这节课大家肯定也没心思上,你们自由活动吧。班长,你和体育委员、生活委员去把我们班军训服领来,给大家发了,大家先试试,有不合适的现在换还来得及。晚上七点半,在校门口准时集合。"

尽管不情不愿,但是板上钉钉的事,改变不了,就只能接受,于是很快大家讨论的话题就从墓志铭变成了军训服装。

南外这次还算有良心,迷彩服质量不错,搭配黑色军靴,按照每个人登记的尺寸发放。只可惜就算按尺寸来,套在这群学生身上,大多也都松松垮垮,不伦不类。

尤其是俞子国,瘦得跟竹竿一样,迷彩服完全成了一个麻袋,腰带扣到最里面的孔也还兜了一大圈,活像京剧里面官老爷的玉带。

他低头怎么摆弄也摆弄不好,有些委屈,又焦头烂额。

俞子国又看了一眼坐在座位上老神在在、无动于衷的柏淮和简松意,善意提醒道:"柏哥、松哥,你俩怎么不试试衣服呢?万一不合适怎么办?"

简松意原地"开屏":"没什么好试的,你松哥底子在这儿,怎么穿都帅。"

柏淮:"……"

行吧,他就假装不知道是因为有的人臭讲究,坚决不肯在公共卫生间换衣服。

况且这话说得也没毛病。

俞子国对简松意和柏淮有种盲目的崇拜和羡慕,觉得他的说法很有道理,于是十分认可地点了点头。

然后他低下脑袋,继续摆弄着那根腰带,愁眉苦脸:"不行,我得想想办法,腰带这么松,我的内裤不是很有安全感。"

简松意被他的说法逗乐了:"我觉得你很有语言天赋。"

柏淮则看着那根宽松的腰带,看了一会儿,想到了什么,站起身,出了教室,一直等到集合的时候才回来。

大巴上已经坐满了人，只有简松意旁边还有一个空位。

座位上放着简松意的书包，看上去似乎是刻意帮他占的。

偏偏等他走过去的时候，简松意又一脸高傲："我的书包难道还不配拥有一个完整的座位吗？"

柏淮懒得戳穿他，拎起他的书包直接放到架子上，坐了下来。

简松意"啧"了一声："恶霸。"

到了基地，已经是晚上九点多钟，各班班主任指挥着分配宿舍，交代各种注意事项和第二天的安排。

宿舍一共六层楼，两人一个房间，每层楼一个公共浴室。

简松意凭借着多年来大家的默认共识，蒙混进了支配者那层楼，谁也没觉得有什么不对。

宿舍按学号分，学号是按中考成绩排，于是简松意和杨岳一个房间，柏淮作为转学生就和徐嘉行一个房间。

看到宿舍安排表，杨岳和徐嘉行一人扛着一个大包冲了过来，喜笑颜开："还行，和熟人分到了一起，万一是关系不好的，那也太折磨人了。"

简松意瞟了徐嘉行一眼："还有和你关系不好的？"

"那倒也没有，但是你们比较帅，看着心情愉悦。"

徐嘉行没别的优点，就是嘴甜。

简松意身心舒坦。

而且他本来也觉得和杨岳一个房间还凑合，这人是个爱操心的，爱干净，好使唤，于是也没说什么，从老白那儿领了钥匙，就拎着自己的包，和杨岳晃晃悠悠地往宿舍楼走去。

柏淮却站在原地没动，低头和老白说了几句什么。

旁边的人也没听清内容，就听见老白突然叫住了简松意："简松意，你和杨岳回来一下，你们俩换换宿舍，你和柏淮一个宿舍，杨岳和徐嘉行一个宿舍。"

"嗯？"

柏淮无视简松意"你又在搞什么玩意儿"的表情，往前走了几步，把简松意指尖转着的钥匙串儿拿下来塞给杨岳，然后朝徐嘉行的方向淡淡瞟了一眼。

杨岳心领神会，立马跑了。

虽然不知道发生了什么，但是跑就对了，神仙打架，凡人遭殃，惹不起。

简松意挑了挑眉："你又怀着什么恶毒的心思？"

"如果你确定接下来五天训练，你不会被发现喷阻隔剂，不会遇上不适期，也不介意看着一个圆润的支配者穿着睡衣在你面前晃的话，我可以和杨岳换回来。"

柏淮一边说着，一边接过简松意的包，往宿舍楼走去。

简松意这才发现，他好像又忘记了自己是个易感者这件事，心里有点儿感谢柏淮想得周到，但就是嘴上不饶人。

"难道你就不会穿着睡衣在我面前晃吗？"

前面走着的柏淮顿住脚步，回头淡淡地看了他一眼，慢条斯理地说道："可能会。但起码我不圆润，而且身材很好，你应该不吃亏。"

简松意恨不得现在就找个扩音喇叭让柏淮把他的话复述一遍，让那群沉迷于这个人高冷气质的花痴听听，这是怎样一个不要脸的自恋狂！

他一把从柏淮手里抢过钥匙，加快脚步，飞速地窜进了宿舍楼。

柏淮拎着他的包，在后面慢慢跟着，抿唇笑了下。

军训什么的，感觉也还不错。

到了房间，简松意还是打算试一下军训服，毕竟想到俞子国那个样子，他觉得自己的内裤也不是很有安全感。

柏淮自觉地没有跟进去，站在宿舍外面，倚着墙，等着简松意开口使唤。

果然，五分钟后，门开了一条缝。

他转身，推开门，走了进去，看见里面的光景的时候，眸子亮了亮。

果然，什么衣服穿在简松意身上都会很好看。

别人穿着显得宽宽大大的迷彩服，穿在他身上却刚刚好，肩平而直，恰好撑起了衣服的廓形，因为比例好，一双腿格外修长，有些宽阔空荡的裤腿被黑色的军靴收束起来，笔直挺拔，干练利落。

20

训练完，洗过澡，大家回寝室。

第二天早上六点就要起床，六点半就要整理完内务到训练场集合，所以一回到宿舍两个人就收拾睡下了。

宿舍房间很小，十来平方米，两张行军床面对面地放着，中间距离不超过一米。

床也不过一米二宽，遑论被子不是纯棉的，垫褥不是鸭绒的。

简松意这辈子还没有睡过如此"艰苦"的环境，虽然早早上了床，但翻来覆去就是睡不着。

钢架搭的床一直"咯咯"作响。

柏淮安安分分地平躺在床上，听着旁边不停扭来扭去传来的动静，终于忍不住："嫌床硬？"

简松意瓮声瓮气："还好。"

柏淮起身，弯腰把自己的被子抱在怀里，走到简松意旁边："起来。"

"干吗？"

"再垫一层，应该就能凑合睡了。"

简松意不扭来扭去了："不用，我没那么挑剔，你用不着这样。"

柏淮最近是不是对他有些太好了。

"你翻来覆去，咯吱咯吱的，我也睡不着，我明天早上可不想迟到。"

简松意："……"

好的，是他自作多情了。

"没事儿，我不扭了，你快去睡吧。"

柏淮抱着被子站在原地不动，似乎并不罢休。

简松意没办法，揉了揉鼻子，老实交代："不是因为床硬，而是太热了，有点儿痒，不舒服。"

热?

柏淮蹙了蹙眉,借着窗外月光,这才看见果然简松意只松松垮垮搭了一角被子。

九月初的南城,说不上冷,但也绝对说不上热,何况这还是城郊荒山,昼夜温差大,入了夜后有些寒凉,怎么可能热?

简松意也反应过来这点,伸手摸了摸自己的额头,嘟囔道:"不会是冲凉水冲感冒了,发烧了吧?"

"发烧了应该感觉冷才对。"

柏淮放下被子,弯下腰,一只手撑住简松意的床沿,另一只手贴上他的额头。

"有些热,但应该不算发烧的温度,头疼吗?昏涨吗?"

简松意摇摇头。

柏淮抿唇,想了一会儿,问道:"除了觉得热,还有什么反应?"

"就是热,然后浑身软,使不上力气。"

柏淮把腰弯得更低了,凑到简松意身侧,嗅了一下。

柏淮也没多停留,浅浅地闻了一下,就很快抬起头,看向他的脸,缓慢观察着,冷静理智得像个医生:"除了热和没力气,是不是还觉得口舌干渴,注意力很难集中,思维有点儿不受控制?甚至……有点儿冲动?"

柏淮一说,简松意才发现确实是这样,而且感觉比刚才又强烈许多,难受得他忍不住咬了一下唇。

柏淮注意到他的反应,直视着他的眼睛,淡淡地命令道:"看我。"

"嗯?"简松意虽然觉得莫名其妙,但也真的就看向了柏淮。

柏淮长得的确挺好看的。

"是不是觉得现在看我很好看?"

"嗯?!"

这个人居然会读心!

简松意骤然睁大双眼。

柏淮点点头:"看来是了。"

不等简松意把那句"自恋"骂出口，柏淮又伸出自己的手腕，送到简松意的鼻尖："闻闻？"

简松意嗅了一口。

往日熟悉的冷香，今日格外好闻，简松意觉得身上温度好像更高了。

柏淮看他这样子，什么都懂了，了然于心："这位易感者同学，你难道不知道，你不适期来了吗？"

"嗯？！"

柏淮直起身："先掀开被子凉一会儿，免得热得难受，我去帮你拿抑制剂和阻隔剂。"

"不用了，我自己来。"

简松意站起身，打算走到放包的地方去，结果突然腿软，身体往下一滑。柏淮手疾眼快，一把扶住他的胳膊。

简松意只是单纯地觉得柏淮身上那种雪后松林般干净清冷的味道很舒服，偏凉的体温也很舒服，怎么都很舒服。

都是兄弟，关键时刻，当个冰块用用，应该不会介意吧。

简松意认准了冰块就不撒手。

柏淮只能一只手圈着他，免得他摔了，另一只手在包里翻找抑制剂和阻隔剂。

好不容易翻出来，旁边的简松意反应已经十分严重。

柏淮将简松意扶到床上躺下，拽住他的右腕，低声道："别乱动，不然待会儿注射废了，你自己受苦。"

他一边小心施放着不会被其他人察觉的浓度的外激素安抚着简松意，一边拿出阻隔剂对着简松意喷了个结实，又给他注射了抑制剂，以免在这层全是支配者的楼道里引起腥风血雨。

同时也免得自己被他的外激素影响。

抑制剂往往五分钟就见效，而二十分钟过去了，虽然简松意的不适反应没有进一步加剧，却也根本没得到缓解。

柏淮想起医生说的，根据易感者的体质不同，不适期的强度和时间也不同，像简松意这种分化得晚的，往往反应会更加强烈，尤其是初次

123

不适期的时候,很难控制,需要的抑制剂可能比平常多两到三倍。

柏淮苦笑,想把身上的人扒拉开,去拿第二支抑制剂,然而简松意一点儿也不配合,不仅不配合,还试图捣乱。

柏淮千哄万哄,才终于把第二支抑制剂注射下去,抓着自己的那人终于松开了一些,肌肤的温度也慢慢降下去,只是眉头依然不适地蹙着,仍然不太想离开"冰块"。

不过柏淮把他扒下来塞进被子的时候,他也没有反抗,乖乖地被裹在被子里。

柏淮看着他眼角还没有完全褪去的红意,伸手试了试他额头的温度,眉头微蹙:"身上还是没力气吗?"

"嗯,好多了,但还是有一点儿,怪不得劲的,还有点儿热。"

看样子还没有完全压下不适期的反应。

柏淮刚才翻包的时候,只找到了两支抑制剂,想来应该是给简松意收拾东西的人觉得两支够用了。

不过看现在这个情况,应该只是暂时勉强控制住,可能还需要第三支。

易感者领取抑制剂都需要严格的审核流程,一旦向医务室申领,简松意的易感者身份肯定就瞒不下去了。

但是如果没有第三支抑制剂控制,明天训练简松意肯定受不了,就算体能可以勉强支持,外激素也难免会失控。

即使有阻隔剂在,但这么多支配者,只要泄漏一丁点儿就会被发现。

他不会让简松意冒一点儿风险的。

柏淮唇角抿成直线,垂下眸,给简松意掖好被子:"你现在激素和荷尔蒙已经暂时控制住了,不会有冲动,只是可能还有点儿不适反应。先睡一觉,缓一缓,我出去一趟。"

本来想等柏淮回来,可是抑制剂的作用让简松意很快就昏昏沉沉睡了过去。

柏淮走到走廊尽头的公共浴室,进了最里面的那个隔间,打开花洒,把水流控制到门外听不见的大小,然后让冰冷的水从头顶凉浸全身。

凌晨两点的荒山，远远比想象的冷，空旷的浴室里，水流独自潺潺地响着，漫长而孤独。

等他终于觉得差不多了，才关上水龙头，穿上衣服，头发上的水也不擦，走到阳台上，任凭郊外湿寒的夜风吹着。

寒冷让人清醒，也让人理智。

柏淮在那里站了不知道多久，回到房间的时候，简松意已经睡着了。

只可惜被子不够软，床不够宽，抑制剂的效果不够强，他睡得不够安分。

被子被踢到地上，人挂在床沿，蜷缩成一团，只要翻个身就会摔下去。

柏淮走过去，摸了摸他的额头，果然还是有些烫。

睡着了的简松意，没有清醒时候那股高高在上的傲慢和骄矜，面容柔软下来，微微蹙着眉，感受到额头传来的凉意的时候，乖乖蹭了两下，带着点小孩子般讨好的意味。

又乖又可怜。

柏淮叹了口气，把简松意往床内侧推了推，然后翻身上床，侧躺到床沿处，给简松意留下足够的空间后，屈起一条长腿，挡住边缘，防止某人掉下床。

一夜都睡得不太安稳。

闹钟响的时候，窗外天色是泛着微光的藏蓝。

简松意翻了个身，把自己埋进被子："天都还没亮，起什么床，谁规定的这破时间？"

如果不是他的起床气大得可怕，唐女士也不至于和校方沟通让他不用上早自习。

而柏淮已经穿好了衣服，叉腿坐在自己的床边，手肘搁在腿上，手握着拳，抵着额头，有些无精打采地说道："起床吧，我好像发烧了，你陪我下山去趟医院行吗？"

嗓子沙哑，鼻音很重。

简松意一把掀开被子，坐起来，身体前倾，手掌直接搭上他的额头。

烫得惊人。

他低低骂了一句："怎么烧成这样了？！"

然后三下五除二地把衣服换好，就准备背柏淮："走，我送你去医务室。"

柏淮推开他："没事儿，还用不着背。你现在去找白平山，就说我发烧了，需要下山去医院输液，你好像也被我传染了，有点儿头疼，想陪我一起去，照顾我，顺便自己也拿点药。"

简松意强制性地把他胳膊搭到自己肩上："这不废话吗，我还能不陪你一起去？"

柏淮拿开胳膊，摇了摇头："主要是不能让其他人跟着。"

他顿了顿："你只带了两支抑制剂，不够用。我是支配者，医院不会卖给我的，你得自己去领。"

简松意顿了一下，呼吸一紧："行，你先坐着，我去找老白。"

一推开门，正好撞见杨岳出来洗漱，简松意叫住他："杨岳，老白在哪儿？"

杨岳刚醒，还有些呆滞："老白在一楼值班啊，怎么了？"

"柏淮发高烧，我要带他去医院。"

"什么？"杨岳瞬间清醒了，"柏哥发烧了？我就说嘛，你们臭讲究什么，和大家一起洗热水澡不好吗？非得深更半夜一个人去洗冷水澡。"

"深更半夜，一个人？"

"对啊，昨天晚上一两点的时候吧，我起来尿尿看见的，当时给我吓的哟，哎呀妈呀，我差点儿以为闹鬼……"

简松意没有听完杨岳的话，整张脸瞬间冷了下来，他咬咬牙，攥紧拳头，深吸一口气，没有说什么，只是步伐飞快地下楼去找老白。

老白上来看了一下柏淮的情况，确实需要去医院，再加上被柏淮和简松意两个睁眼说瞎话技能满级的人一顿忽悠，给家长打了电话说明情况后，就同意了他们两个外出就医的请求。

毕竟这次彭明洪没来，整个年级的学生都要他管，他确实也抽不开身陪着,这两个也都是一米八几的大小伙子,发个烧,没必要把动静闹得太大。

只是为了方便,还是让基地派了车送他们去。

一路上,两人相对无言,简松意的唇一直不悦地抿着,眼角眉梢也隐隐压制着怒意。

这种压抑的怒意甚至让他忘却了不适期带来的不适。

他陪着柏淮挂号、就诊、抽血、输液、排队拿药,拿着各种单子,板着脸,来来回回地跑着。

柏淮觉得,简松意估计这辈子都没来过这种小卫生站体验,怪难为他的。

一直等到把柏淮安顿好,挂上水,确定没事儿了,简松意才嘱托护士几句,自己离开了。

过了十几分钟,他拿着一支抑制剂回来,拍到柏淮跟前,语气不善:"这下你满意了?"

柏淮低着头,盯着手背上的针头,没说话。

这种无言的默认让简松意更生气了:"柏淮,你有意思吗?大晚上的明明已经洗过澡了还去洗那个破冷水澡,就为了发个烧,下个山,来个医院,帮我拿一支抑制剂?"

柏淮缓缓抬起眼皮,语气冷淡:"不然呢?你是觉得你初次不适期的第一天,在抑制剂不充分的情况下,可以跟一大群支配者一起进行高强度的体能训练?"

"我会怕这个?"

"我知道你要说你厉害,你体能撑得住,但是你有没有想过,你根本不知道怎么当一个易感者,万一外激素失控了怎么办?"

柏淮的语气很平静,简松意知道他说的是对的。

看见简松意沉默了,柏淮才勾着唇角笑了一下:"不过你也别太感动,这只是小柏教官分内之职,毕竟你叫了我这么多年淮哥哥,我还能不罩着你吗?而且万一别人都知道你是个易感者了,那我赢你赢得也没什么面子,别人还说我欺负人。"

127

从前柏淮这么说，简松意肯定就炸毛了，不顾三七二十一非要先反击一顿过了瘾再说。

往往一顿叨叨完，本来要生什么气就忘了。

这一套，这么多年，柏淮已经用得很熟练了。

这是他哄简松意的法子，鲜有失手。

可这次简松意居然很平静。

他只是站在柏淮跟前，垂着眼帘，语气带着点儿躁意："你说你这嘴怎么就能这么不饶人呢？你从小到大但凡少气我两句，我现在能这么看你不顺眼？"

顿了顿，简松意继续道："但是柏淮，我也不是个狼心狗肺的傻瓜，谁对我好，我不至于看不出来。"

21

——但是柏淮，我也不是个狼心狗肺的傻瓜，谁对我好，我不至于看不出来。

这一句话砸进柏淮心里，他抿了抿唇，刚想说些什么，简松意就又开口了。

"我知道，这么多年你没少照顾我，我这人也不是不识好歹，虽然我们一直不太对付，但是……"

简松意不等他问，自顾自道："像小时候我妈说的那样，哪家亲兄弟不是打着吵着长大的？你不故意招惹我气我，我怎么可能不拿你当最好的哥们儿？"

"……"

看柏淮的表情似乎不太动容，简松意有些不自在地揉了揉鼻子："我虽然不太会说话，但我这人其实还挺仗义，不会欠别人情，反正就是，你对我的好，我都记着，我也会对你好。所以以后你能不能别老是故意气我？我脾气不好，容易甩脸子，但是其实吧……我也没真讨厌过你。"

这份情欠不欠，柏淮不好说。

但是他没有想到有一天会是简松意率先打破了他们之间那层心照不宣、针锋相对的薄冰，朝着自己，主动走了一步。

他主动走的这一步，本身就已经足够了，其他的对于自己来说，已经不太重要了。

柏淮身体素质好，退烧后观察了两个小时，没其他问题，医生开了点儿预防感冒的药，就让他回去了。

简松意打过第三支抑制剂，身体已经恢复正常状态，还顺便又领了两支以备不时之需。

柏淮看着他把抑制剂小心翼翼塞到包里的样子，鬼使神差地说了句："也不知道这玩意儿打多了对身体有没有坏处。"

"嗯，应该影响不大。"简松意拉上背包拉链，勾着带子，单肩背着，"医生说了，现在抑制剂技术已经很成熟，有的易感者可以一生依靠抑制剂生活。"

柏淮挑了挑眉："你这副如释重负的表情是什么意思？"

"能是什么意思？当然就是表面意思啊！可以选择抑制剂，而不是必须依附支配者生活，我难道不应该感到快乐吗？"

快乐是你的，和我没什么关系。

柏淮没说话，径直往基地派来的那辆车走去。

路过便利店的时候，他进去买了几瓶水和一些零食，上车后递给司机师傅，客气又礼貌："这次麻烦大哥跑一趟，还等这么久，真的很过意不去。"

"没有没有，反正我们也是拿工资办事儿，闲着也是闲着，你千万别客气。"

司机说的倒也是实话，他正好捡了个空看了一上午球赛，眼下柏淮这么周到懂事，倒弄得他不好意思起来了。

柏淮又说了几句，他也就挠挠头收下了，回到基地汇报情况的时候，把柏淮的病情又说得凶险了几分，军训教官那边有些不满，但也不好再说些什么。

老白也是心疼学生的人,简松意和柏淮俩孩子平时就挺好的,身体也好,学习也好,别因为这个反而给累坏了,病倒了,回头不好向学校和家长交代。

于是两个人回来后没马上参与训练,而是被赶回宿舍休息了。

两人趁宿舍没人,舒舒服服洗了个热水澡,换上睡衣,躺在床上玩手机,桌上还放着柏淮从小卖部买回来的零食。

晚上徐嘉行和杨岳互相搀扶着回来的时候,因为惦记两位大哥,第一时间赶来慰问,看见这幅场景,整个人都不好了。

徐嘉行好说歹说才拦住了想去冲冷水澡发个烧的杨岳。

杨岳见计谋失败,一屁股坐到简松意凳子上,一把鼻涕一把泪:"松哥,你不知道,这根本不是人过的日子,你知道我们有多苦吗?起床就跑五公里,然后就是四百米障碍跑,完了下午站两个小时军姿,军姿站完还让我们练枪!枪啊!真的枪啊!我一个和平年代的小乖崽我没见过这阵仗呀!"

徐嘉行抱住杨岳的头,边哭边哇哇大叫:"练就算了,还要求准,到了考核时总环数没有四十五环就没有优呀,没有优三好学生就没了呀,苍了个天啊!"

简松意第一次见识到字面意义上的抱头痛哭,看得津津有味,等看够了,才善意提醒道:"杨岳哭一哭就算了,徐嘉行你哭啥?三好学生有你什么事儿?"

徐嘉行抹抹眼泪:"你说得好有道理哦。"

然而眼泪止不住,他嘴巴一扁,继续号啕大哭:"松哥你不知道,易感者班和无感者班都还好,我们支配者班真的不是人过的日子,那个教官绝对是个虐待狂,真的,说话阴阳怪气的,脾气还很暴躁,特别喜欢人身攻击,贼瞧不起人。"

杨岳点头附和:"真的!"

"重点是我觉得我没办法活着回到南外了啊,松哥你救救我们吧,呜呜呜呜……"

惊天动地，如丧考妣。

闻讯过来探病的陆淇风同学站在门口，慎重地问道："你们是去医院查出什么绝症了吗？他们怎么哭得如此惨烈？"

总算来了个精神正常的。

简松意问道："老陆，听说 A 班教官特别不是人？"

陆淇风走进来，坐到简松意床边，扒拉过他旁边的一包薯片，一边打开一边说道："确实有点儿。"

简松意踹了他一脚："别坐我床上吃。"

"你坐我床上吃薯片的时候少了？"

"反正掉渣子了你得给我洗了。"简松意日常不讲道理，又回归正题，"听说还练枪了？"

"怎么，来劲儿了？"陆淇风瞥了他一眼，"经验告诉我，你明天又要作，不过我劝你收收，那教官人真不怎么样，小心作过头，到时候不给你评优。"

"我又不差那个三好学生。欸，你别自己吃完了啊，给我喂一片。"

"你手受伤了？"

"我懒得洗。"

陆淇风翻了个白眼，选了块大的，往简松意跟前递过去。

一直沉默不言在床上看着书的柏淮，突然"啪"的一声重重地合上了书。

他抬起眼皮，目光在屋里三个外人身上淡淡扫了一圈："串寝是要扣分的。"最后，目光停留在了陆淇风身上。

算不上友善。

陆淇风有点儿莫名其妙，但是也听说过这人不好相处，怕简松意夹在中间为难，把薯片往自己嘴里一塞，拍拍手，站起身："也是，估计马上要巡寝了，你们病号好好静养，我先走了。"

徐嘉行和杨岳明显感觉到柏哥被吵烦了，十分有眼力见儿地相互搀扶着，颤颤巍巍地离开。

热热闹闹的房间顿时变得冷清。

简松意撇撇嘴:"你看看你这毛病,果然你人缘差不是没有道理的。"

柏淮不想跟他说话。

第二天早上六点,简松意被柏淮薅起来套上迷彩服和军靴的时候,才明白了徐嘉行和杨岳的苦。

真不是人过的日子。

因为起床气,简松意眉眼耷着,皮带把腰束成一柄窄刀,军靴裹得小腿又长又直,步伐却很懒散,骨子里那股骄矜气怎么也藏不住。

又痞,又傲。

轮到柏淮,就只剩下傲了,他个头还要高些,肩也宽些,腿更是长得不像话,那身制服穿在他身上,熨帖又挺括,没有一寸不完美。

没有戴平时那副装样的金丝眼镜,眉眼就显出一种漫不经心的淡漠和不屑,凛冽又冷傲。

两个人没有经历过军训的艰苦,卡着点到训练场的时候,所有学生和教官都已经先到了。

偏偏两人觉得要求是六点半集合,现在才六点二十六分,不着急,于是迈着大长腿慢悠悠地从训练场最这头往最那头的A班晃去。

两个人中任何一个人单独出现都足以吸引人们的目光,当两个人同时出现的时候,效果就呈几何式爆炸增长。

"好帅!啊啊啊,快给我氧气瓶!"

"盛世美颜抚慰了我受到创伤的心灵。"

"他们穿的和我们真的是同一款军训服吗?!"

"啊,我松哥太帅了,天啊,不要看我,松哥你不要看我,再看我我要晕过去了!"

"松哥明明在看我!"

"松哥是你们的,我只想静静欣赏柏淮。"

"他们两个真的都好帅啊,以后也不知道便宜了谁。"

"他们两个将来不管跟谁恋爱、结婚都感觉好可惜哦。"

"你说得好有道理。"

"你说得好有道理。"

"你说得好有道理。"

……

只有易感者班某人对此嗤之以鼻，暗暗腹诽。

林圆圆：我崽要好好学习，柏淮那个坏人给我走开！我要吸一口我崽盛世美颜！

本来死气沉沉的训练场因为两人的出现骤然沸腾，窃窃私语和土拨鼠的尖叫声不绝于耳，教官们高声训斥了几句，但无济于事。

罪魁祸首浑然不觉，依旧不紧不慢地走着，坚持耍完了整场帅。

两人走到 A 班前准备进队列的时候，却被 A 班教官叫住："你们两个，立定！"

简松意顿住脚步，回过头，挑了挑眉，柏淮也顿住脚步，抬起眼皮，淡淡地看了那个叫黄明的教官一眼。

"有什么事儿吗？"

还挺不耐烦。

被训了一天的 A 班众人屏住呼吸。

教官也没见过这样的学生，冷笑一声："你们就是昨天那两个弱不禁风去了医院的学生？"

听到"弱不禁风"四个字，简松意可就不乐意了，他想把说话这人在大半夜摁到冷水下面冲一个小时，看他是不是还能生龙活虎。

简松意上下打量了对方一眼，是个挺高的支配者，迷彩服也遮挡不住他壮实的肌肉，但偏偏脸很窄，额头很尖，眉目间有种让人不舒服的阴鸷暴戾。

说话也的确是阴阳怪气的。

教官往前两步，扯着唇角，笑得有些阴恻恻："整个年级就你们两个来得最晚，还慢腾腾的，是来军训还是来走秀？摆谱耍帅给谁看啊？"

柏淮抬手，看了一眼表："六点二十九分四十八秒。没迟到。"

"上战场的时候有谁会给你们掐表？"

简松意从小到大最烦这套动不动就上战场的比喻，懒洋洋道："维护世界和平人人有责,太平盛世的,你诅咒打仗干吗?"

人群发出一阵低笑。

黄明知道和两个学生逗口舌之快对他并没有什么好处,不如直接给个下马威。

他一声冷笑:"那你们最好祈祷世界一直和平,不然就你们这种养尊处优的懒蛋,连自保和反击能力都没有,别到时候死得比谁都快。我也不是故意为难你们,只是昨天射击打靶都已经教了,我没时间给你们开小灶,你们好自为之,到时候考核别拖我们A班后腿。"

"行吧。"简松意瞥了一眼旁边一箱一箱整整齐齐的军训枪支,"56式半自动步枪?"

黄明有点儿意外:"挺有眼力。"

"还凑合。"简松意偏过头扫了柏淮一眼,"手生没?"

"还行。"

简松意点点头,又看向黄明:"教官,这枪现在能打吗?"

黄明以为就是这个年纪的男生看到枪手痒,想摸摸玩。

他有些不屑地扫了简松意一眼:"怎么,想过手瘾?我可说好了,打靶我昨天是定了规矩的,一共十发,脱靶一发,跑一公里,连续三次不进三环,跑一公里。你想打可以,但是得按规矩来。"

人群齐刷刷地倒吸了一口冷气。

松哥和柏哥昨天教习的时候可不在啊,十发下来,五公里打底得有了吧?

两个当事人却神色淡然。

简松意食指按住拇指,扳了一下,发出清脆的声响,晃了两下脖子,语气满是懒洋洋的嚣张。

"也没怎么,就是想让你看看,我们这种养尊处优的懒蛋,其实可能……还挺强的。"

22

挑衅的意味很足了。

黄明是山沟里摸爬滚打长大的，小时候家里穷，上不起学，吃不饱饭，十几岁就出来打工，挨了不少打，吃了不少苦，最后机缘巧合去了军训机构当了教官。

他自认为是吃苦吃出来的汉子，对那些含着金汤匙出生而不努力、不知进取的人就不大看得上。

尤其是简松意这种看上去一副纨绔子弟做派的人，怎么看怎么不顺眼。

本来看不顺眼的话，其实也不能做什么，毕竟纪律在那儿，但是现在简松意自己噌瑟着往枪口上撞，就别怪他非要杀杀这群小子的威风了。

"归队！"

"稍息，立正！"

"向左向右看！前后左右对齐，报数！"

"检验枪支！整理装具！"

"靶场就位！"

A班六十二个人一一领好枪支，到训练场前段的靶场集合就位，剩下其他班的三百米号人原地站军姿。

表面站军姿，实际光明正大看戏。

教官们都想看看那两个嚣张的小兔崽子的笑话，而学生们都希望他们的松哥能争口气。

昨天一整天可被这群教官欺负得太惨了，又被训又被骂又被罚。

虽然简松意昨天没有参加射击教学，可是莫名地，在南外这几年的经历，让他们总觉得没有他们松哥要不下来的帅。

毕竟简松意天下第一。

黄明也察觉到这两个人在学生中人气似乎很高，大家都眼巴巴地盼着。

他觉得这样也好，杀一儆百的威力会更强，于是气沉丹田，用整个训练场都听得到的声音喊道："你们两个出列！报名字！"

"简松意。"

"柏淮。"

"你们两个是否确定申请用 56 式半自动步枪进行打靶训练？"

"确定。"

"确定。"

"好！一人十发，规矩我已经说过了，不过因为你们是训练之外的特殊申请，耽误了大家晨跑时间，所以，你们的失误，将会连累整个 A 班！你们每多跑一公里，全班就跟着你们在原来五公里的基础上多跑一公里！"

这下本来只是看戏的众人可就蒙了，看戏咋还能把事看到自己头上来呢？

皇甫轶第一个不干："凭什么啊？他们惹的事儿，凭什么我们跟着挨罚？"

黄明呵斥："皇甫轶出列！"

皇甫轶不情不愿。

"在队伍里，不打报告，擅自讲话，罚做俯卧撑五十个！"

"教官，我……"

"一百个！"

皇甫轶憋着气，但是一句话都不敢再说了，只能自认倒霉，到旁边做起了俯卧撑。

简松意依然懒洋洋的，似乎黄明说的话他压根儿没放在心里，擦拭着手里的枪支，随口问道："报告教官，可不可以申请如果我和柏淮失误，我一个人跑完整个 A 班需要罚的圈数？"

似乎是担心黄明听不明白，他继续慢悠悠地解释道："也就是说，整个 A 班，六十二个人，我每脱靶一发，我就一个人多跑六十二公里，但如果我们俩发发红心，那今天 A 班的晨跑就改成自由活动。你看，这样行不行？"

全场震惊得已经不知道该说什么好了。

松哥，这……是不是有点儿装过头了啊，兜不回来怎么办？六十二公里，脱一次靶可就要了人命啊。

还发发红心，以为随随便便就能做到呢？

黄明觉得这小子真是狂得可以，狂得有点儿水平。

他居然扯着唇角点了点头，同意了："行，批准申请。"

简松意得到满意的答案，偏着脑袋，看向柏淮，挑了挑眉："怎么样，柏哥，敢不敢陪我玩一把？"

柏淮一只手插着兜，另一只手拎着枪，看向简松意，眯了眯眸子，勾唇笑得有些纵容："放心，我在这儿，还能让你受了罚？"

东方天际，暖橘色的初阳，已经洒落了微光。

射击就位。

卧倒，装弹，构筑依托物，右手握枪，身体一线，左手握弹匣，双肘着地，身体贴地，枪托抵肩，头稍前倾，自然贴腮，瞄准，预压扳机，屏息，射击。

十环。

十环。

十环。

……

两个人从头到尾，从节奏到动作，完全一致，枪枪十环。

即使射靶距离不到百米，相比正规的四百米射击训练简单了许多，但是这种标准的卧姿射击动作和成绩，已经足够让南外所有学生瞠目结舌了。

"我服了，松哥和柏哥真的牛。"

"绝了绝了，真的绝了。"

"还有什么是学霸不会的吗？没有。"

"这两人是双胞胎吧，怎么能一模一样呢？我还以为我大脑自动复制粘贴了。"

相比其他人的震撼和惊艳，陆淇风就平和许多了，露出一副"我就知道"的表情,低声道:"这两个人的射击都是同一个人手把手教的,能拿枪的年纪就开始一起学了,能不一样吗?又能不厉害吗?"

他这么一说,其他人想起简柏两家的背景,也就不觉得奇怪了。

家学渊源,到底和普通人家的孩子不一样。

两个人收好枪,站起来,也没露出得意的表情,一脸无所谓,简松意甚至还打了个哈欠,仿佛刚才只是顺手滋了个水枪。

简松意把枪顺势往肩上一扛,朝黄明抬了抬下巴:"报告教官,两人共射击二十发,上靶二十发,平均环数,十环。"

发发红心,竟然真的做到了。

这个射程,固定弹道56半自动卧姿射击,枪枪中红心,只要规范训练过,也不算太难。

可这只是两个高三学生。

黄明本来是想杀杀这群纨绔子弟的威风,没想到这两人居然真有两下子。

当着这么多人的面和简松意谈好的条件,可不能反悔,不然这教官的威望和面子就没了。但如果真的免去晨跑,擅自减少训练任务,算是他作为教官的失职违规。

他当时就是看不惯简松意那副上天下地我最牛的嘴脸,以貌取人,被激将了一下,结果现在杀威风不成,反而使自己进退两难,下不来台。

黄明掂酌了一下,咬了咬牙根,决定先把面子保下来,其他的以后再说,毕竟还有四天,他还是他们的教官,多的是机会。

于是他冷下脸,沉下嗓子:"简松意、柏淮,归队入列!A班晨跑时间原地活动!就地解散!八点半准时集合,开始四百米障碍跑训练!"

"哇——"

无感者班和易感者班传来艳羡的惊叹。

A班振奋了。

徐嘉行和杨岳高举双臂,带头欢呼:"牛奶皮肤简松意!南外最帅简松意!无所不能简松意!"

他们两个声情并茂,真情实感,十分富有感染力,带得A班一群身强体壮的男生粗着个嗓子跟着一起呐喊。

包括皇甫铁牛那个憨憨。

场面之惊悚、尴尬,难以想象。

简松意转过头,认真地看向黄明:"报告教官,现在让这群傻瓜去晨跑还来得及吗?"

黄明不想搭理他。

柏淮在心里认可了"牛奶皮肤简松意"的说法,顺便"啧"了一声:"我这好不容易拿到的'南外最帅'的称号,就这么没了,等于我打的十发十环是白打的?"

简松意睨了他一眼:"你应该从自己身上找找毛病,反省一下为什么自己人缘这么差?你有想过用自己的优秀为大家谋取利益吗?你没有,所以不要不服气。"

说得有道理。

"不过我觉得他们说得也对,我们松哥是挺帅的,我还挺服气。"

柏淮说着手掌搭上简松意的脑袋,笑得有些温柔。

简松意愣了愣:"柏淮,你说实话,你是不是昨天发烧烧傻了?"

柏淮搭在他脑袋上的手无言地僵了一下,然后顺势拽住他的帽檐,用力往下一压,挡住简松意的视线,轻笑一声:"昨天不是说好了吗?我要嘴甜点儿,多哄哄你。"

简松意藏在帽子底下的脸有点儿不自在。

"够甜吗?不够的话,我其实还可以再甜点儿。"

柏淮的声线偏清冷,但此时此刻压着声音,藏着笑意,听上去低沉而有磁性。

"比如我不仅觉得我们松哥最帅,还觉得我们松哥打枪的时候很迷人。或者你想听'牛奶皮肤简松意',我都可以多说几句。"

语调舒缓温柔,又很认真,和之前的挑衅嘲讽全然不一样。

简松意觉得帽子捂得脸真热。

他转身就走:"我去找个地方睡个回笼觉。"

简松意一向很嘚瑟,但凡别人夸他,都是照单全收,顺便原地

"开屏"。

他也一直觉得柏淮那张嘴很气人。

可是当柏淮真夸他的时候,他又臊了起来,哪儿哪儿都不自在。

就好像他夸自己和别人夸自己有什么不一样似的。

简松意转身就走,却走得很慢,柏淮两步就跟上了,压着笑意问:"这个点宿舍也进不去,你去哪儿睡回笼觉?"

简松意把帽子摘下来,理了理头发,漫不经心:"随便找个椅子或空地躺一躺不就行了?哪儿那么娇气?"

说着还真走到训练场外面树荫下的一条长椅上坐了下来。

简松意往后一靠,脖子靠上椅背,半仰着头,把帽子往脸上一扣:"八点多叫我,免得那个教官又阴阳怪气说我们不守纪律。"

柏淮坐到他身旁,侧过身,右手肘搁上椅背,左手把他脸上的帽子拿掉,看着他困惺惺忪的眉眼,问了一句:"这么睡,就不觉得不舒服吗?"

废话。当然不舒服。

我想在家里两米宽的加厚定制软垫上裹着高级鹅绒的被子打滚儿,你能给我抬来?

简松意一肚子起床气,但因为实在太困,连张嘴都嫌费力,就没把话说出来。

柏淮看出了他的不爽,嘴角噙了点儿笑意:"这么睡不舒服的话,那我其实可以把肩膀借给你枕枕,当然,大腿也不是不行。"

嗯……

看上去好像确实会比这破木头椅子舒服些。

23

都是兄弟,能当冰块用,自然也能当枕头用,应该没有什么区别。

简松意认真思考了三秒,身体已经开始启动调整姿势。

第四秒的时候,被一阵鬼哭狼嚎阻止了动作。

"松哥!哥哥!简哥!求求你救救孩子吧!!"

不知道哪里冒出来的杨岳抱住了简松意的大腿。

柏淮："……"

简松意："……"

杨岳匍匐在地，抱住简松意大腿："哥哥，教我怎么打靶好不好？你知不知道昨天的测验我跑了足足三公里啊！"

"他连续十发没有进三环，教官还把余数给他省了，是真的惨。"

简松意："……"

徐嘉行又是从哪里冒出来的？

简松意头疼地捏了捏眉心："你就算凭手气纯蒙也不至于这样吧？"

"不是啊，松哥，我肚子有肉，我贴不住那地！"

理由好充分。

简松意抬了一下腿，示意杨岳松开，杨岳乖乖放手，蹲到一旁暗自抹泪，活像一朵楚楚可怜的胖蘑菇。

简松意于心不忍："早让你减肥了，你把身上的肉扒拉一点儿给俞子国，多完美？"

杨岳委屈："我也想啊。"

其实杨岳身高有一米八，体重一百六十斤也不算很胖，但是他皮肤白，肉不紧实，看上去就很膨胀，像个发酵过头的白面馒头。

白面馒头也是真的委屈："我知道你和柏哥不在乎三好学生评选，但是你们也知道，每年北城和华清给咱们学校的自招名额就那么几个，我不能考年级最高分，只能从这方面加加分了。"

"你这成绩高考又不是考不上。"

"有兜底的才能安心啊，临场发挥谁也说不准，万一到时候出个什么岔子，我就差自招这点成绩呢。"

简松意看得出来，杨岳是真的愁，他懒洋洋地打了个哈欠："行吧，下午训练的时候，指点指点你。"

"谢松哥救命之恩！"

杨岳破涕为笑，立马从怀里掏出了一个瘪瘪的充气软枕，鼓着腮帮子，呼呼几下，吹得胖胖的。

他毕恭毕敬，双手奉上："陛下龙体金贵，臣等自当为您准备周全，望陛下好好休息，圣体安康。"

"嗯，退下吧。"

"谢主隆恩！"

傻大个带着胖蘑菇走开了。

简松意把软枕放到柏淮腿边的位置，身体一横，躺上长椅，枕着枕头，屈着腿，闭上眼就开始睡回笼觉。

柏淮十指交叉，按住指节，发出"咔嚓咔嚓"的声响。

行，杨岳是吧，记下了。

深山老林，草木多，空气湿，孑孓虫豸泛滥成灾，扇着翅膀的小虫儿络绎不绝地觊觎着简松意，简松意隐隐有豸毛的趋势。

柏淮用帽子盖住了简松意的脸。

小虫儿们见小玫瑰被捂严实了，于是纷纷换个地方，都是细皮嫩肉的年轻人，哪里好拱拱哪里。

帽子下，简松意蹙着的眉平了下去，回笼觉睡得安稳。

柏淮冷白的皮肤上起了些小小的粉色疙瘩。

其他班的人出去晨跑，A班的人都逮着时间休息，偶尔有几个没眼力见儿的，也被陆淇风不着痕迹地挡住了，所以倒也没人过来打扰。

简松意这一觉睡得还算踏实。

简松意坐起身，拿过旁边的帽子，往脑袋上一扣，稍微挡住点自己的脸："我睡这么久，怎么也不叫我起来？"

"我自己也寐了一会儿。"

柏淮的表情和语气一如既往地淡然。

简松意眸光从眼尾扫过，顺着帽檐下方瞥了旁边一眼。

视线被遮挡，只能看见柏淮自然垂放在腿上的一截手臂。

筋骨修长，清瘦有力，白皙清透的肌肤上泛起了一些小红点。

简松意把帽檐往上抬了抬，看向不远处。

易感者班晨跑只需要跑一公里半，所以早早就结束去食堂吃了早饭，然后陆陆续续回到训练场。

他站起身，往易感者班走去，顺便给柏淮留下一句："你就在此地，不要走动。"

柏淮挑眉："怎么，你要去给我买几个橘子？"

简松意嘴角轻扬，头也没回，朝身后比了个 OK 的手势。

他边走边整理仪容，收起刚才睡醒时候的惺忪懵懂，换上一副散漫冷戾的表情，径直走进易感者人群中。

一瞬间，易感者们屏住呼吸，双手紧攥，一边做着简松意走到自己跟前，说"小子，你引起了我的注意"的美梦，一边眼神死死黏着他，看看到底是哪个幸运儿。

幸运儿周洛同学拎着一大袋面包和牛奶，蹦蹦跳跳地朝简松意走来："松哥，你终于来找我了！你知道吗？自从柏淮转学过来后你都不怎么找我了！我还以为我失宠了！"

简松意视线躲闪了一下："怎么会，他能和你比？"

周洛捧着一大袋早餐开心地小鸡啄米式点头。

太好了，松哥还是更偏爱他的，真好。

周洛想想还有点儿感动："所以松哥你找我干吗啊？"

简松意把眼神往周洛手上的塑料袋放了放。

周洛了然："哎呀，这个早餐本来就是给你和陆淇风买的，还有杨岳和徐嘉行。你们 A 班估计训练强度太大了，都累得没去吃早饭，待会儿四百米障碍跑怎么扛？"

说完就把袋子挂到了简松意手指上。

然后又想起什么，他从袋子里又掏出一盒牛奶和一小袋面包，用说悄悄话的声音说道："这份是给俞子国的，我待会儿给他送去，我看他昨天都没舍得吃，只啃了个窝窝头，哪受得了啊？"

声音很轻很轻，生怕旁人听见，语气是善意的抱怨。

简松意伸手揉了揉周洛的一头小卷毛："乖。"

周围的易感者们连心跳都要停了。

周洛本人也惊呆了，以前和松哥关系好归好，但是松哥从来不会对自己这么亲近，现在居然对自己这么温柔！

难道松哥终于开窍了，要从暴躁学霸转型温柔校草了？

他可以！

对于周洛丰富的内心活动，简松意并不知情，只是拎着袋子，又问了一句："我记得你的血型挺招虫子的？"

"嗯！"

果然，松哥如此在意自己，连细节都记得。

"那是不是带了很多驱蚊水、花露水和抹疙瘩用的东西？"

"嗯……"

走向似乎不太对。

"能借我点儿吗？"

"哦，好。"

周洛对即将发生的事情一无所知，走到放包的地方，翻出自己的双肩包，打开，拿出一个大的化妆包，里面满满当当全是驱蚊止痒的。

"松哥，你要哪种？"

简松意蹲下身，对着那堆瓶瓶罐罐看了会儿，有些不理解易感者的精致生活，然后伸出手，拿了一瓶最小的出来。

周洛："松哥，你别和我客气，这个是小样，不……"

简松意把小样塞到了周洛怀里。

然后他单手抱住那个化妆包，站了起来："给你留一个，其他的我先带走了，不合适的待会儿再给你送回来。"

"不……够用的。"

周洛把话说完的时候，简松意已经走远了。

他低头看了看自己手里的小样，又抬头看了看松哥的背影，视线越过松哥，望向那个坐在长椅上淡淡笑着等他的柏淮。

说好的他不能和我比呢？

这么个不能比法？

旁边几个和周洛平时关系还不错的同学回过神来，凑近小声问道："洛洛，你对松哥是真好。"

周洛笑道："你们觉得我对松哥太好了，那是你们不知道松哥对我有多好。"

虽然花痴,但旁边的同学还是有几分理智,对这句话保持怀疑:"松哥那脾气……会对人好?"

周洛很认真地点了点头:"很多事儿你们不知道。其实,松哥不只是会耍帅,他真的很好很好,比你们想象的还要好。"

"那得是有多好?"

"大概,像太阳一样好吧。"周洛看向东方已完全露出天际的旭日。

简松意永远永远会是他最好的朋友,因为这个人曾像太阳一样带着温暖和光亮照进了他不安惶恐的那些日子。

他也知道,这个太阳或许还曾经照进过另外一个人孤独暗淡的岁月。

所以,哪怕简松意这个臭大猪蹄子骗走了他所有的花露水给别的大猪蹄子,他也可以原谅他。

真的原谅,一点儿都不气。

第五章
草履虫

SONG YI

24

简松意空手离开,满当当地回来。

柏淮打量了一眼:"打劫去了?"

"劫富济贫。"

简松意把袋子往柏淮怀里一扔。

第一次被"扶贫"的柏淮看着那个粉嘟嘟的化妆包,有点儿好笑:"周洛没和你绝交?"

"大家都是好兄弟,不存在。"

柏淮慢条斯理地喷着花露水,幽幽地道:"请问我一个支配者,为什么要和你们两个易感者做兄弟?"

"花露水给我还回来。"

柏淮轻笑:"你这人怎么这么小气?开个玩笑而已,陆淇风不也是支配者吗,和你们两个关系不也挺好?"

"那也确实。不过陆淇风不一样,那是过命的交情。"简松意跷着个二郎腿,嘴里叼着袋牛奶,懒洋洋的。

柏淮"啪"的一声盖上花露水的瓶盖。

柏淮垂眸,放下袖子,理着袖口,试图单手把袖扣扣上,白皙的指尖拨弄着那枚深绿色的纽扣,就是怎么塞也塞不进去。

看得简松意这个暴脾气心烦,直接拽过柏淮的左手,三下五除二给系上了:"开个口让我帮你弄会死?"

柏淮顺势伸出右手:"还有这只。"

人就不能惯着。

简松意翻了个白眼，帮他把另一只也扣好，然后就拎起袋子："走了，给杨岳那小胖墩儿送早饭去。"

他丝毫没有意识到柏淮刚才的行为只是单纯地在找存在感。

简松意说陆淇风不一样，主要是针对陆淇风和周洛的关系，而柏淮不一样，主要是针对柏淮和自己的关系。

不过这种话本来就是随口一句无心之言，没有经过推敲和思考，柏淮不知道原委，简松意自己更是没有觉得哪里不对。

而对于柏淮来说，他在意的是，自己在简松意眼里，和陆淇风、周洛，或者和徐嘉行、杨岳，没有什么区别。

大家都是兄弟。

顶多是认识的时间更长，彼此更了解，一起经历过更多事情而已。

他自嘲地笑了一下。

简松意露出狐疑的目光："你又在琢磨什么阴谋诡计？"

柏淮淡然一笑："没什么，就是觉得杨岳吃面包的样子特别像吃豆豆游戏里面那个黄球。"

他顿了顿，补充："加大号的。"

旁边刚刚被投喂的杨岳一口面包堵在了嘴里："嗯？"

胖子做错了什么？胖子很可爱的好吗？

然而这个世界对胖子是不友好的。

不知道什么时候出现的黄明吹响了口哨："A班立刻、马上集合！那个吃东西的胖子！谁允许你在训练场吃东西了？深蹲纵跳40个！"

杨岳讨厌军训。

杨岳体能不太好，做完40个深蹲跳，大汗淋漓，弯着腰，撑着膝盖，大口喘气。

黄明看到他这个样子，蹙起眉："马上归队！"

杨岳想缓会儿，一只手撑着膝盖，另一只手举起："报告，报告教官，我申请原地休息三十秒。"

黄明厉斥："军人的天职是服从！现在是军训，你必须无条件服从教官的命令！"

杨岳不喜欢惹事，忍了，强撑着直起身，回到队伍中，站到简松意旁边。

黄明扫了他们那排几个人一眼，扯着嗓子道："今天上午的训练任务，还是四百米障碍跑，不过是升级版的。昨天只是让你们跨桩，今天，低桩网、独木桥、跨桩、壕沟、高墙以及高台跳板，全部都有！"

想哀号，不敢号。

黄明继续说道："我们的要求都是两分三十秒合格，优秀的会努力追求一分三十秒！不过，你们……"

黄明没说后面的话，只是扫了众人一眼，挑了一下嘴角："为了训练你们的集体意识，该项目考核非单人考核，而是四人接力合作，可以自由组队，总用时十五分钟以内为优，二十分钟以内为合格。明天下午考核，所以你们有今天上午和明天上午两个半天的训练时间，所有人必须抓紧时间训练，听到没？！"

"听到了！"

"报告教官，A班共六十二人，四人分组会多出两人，怎么处理？"

黄明心中早有打算，看了柏淮和简松意一眼，又看了杨岳一眼："今天单人训练，用时最短的两位同学，直接评优，不用参与明天下午的考核。"

杨岳因为"自由组队"四个字而燃起来的希望熄灭了。

想都不用想，用时最短的两个人里面肯定有松哥。

松哥不参与考核了，谁还能拉他一把？

愁。

愁归愁，训练还是要继续。

教官示范了一遍后，众人开始排队依次训练，两人一组，同时进行。

绝大部分支配者的体能和运动天赋都是不错的，但是杨岳小时候经常生病，吃多了含激素的药，导致身体虚胖，前面的矮桩和壕沟还算勉强过了，在过低桩网的时候却卡住了。

低桩网最高离地不过五十厘米，到了网中部，自然下垂，连五十厘米都没有，就算同组的徐嘉行有意等他，替他把网偷偷摸摸撑起来一点儿，他也卡在中间没过去。

一是空间实在不够，网总是挂在身上；二是体力有限，不能支持高速匍匐前进；三是"肚子有肉，贴不住那地"。

杨岳尝试了好几次，始终没能突破。

黄明冷眼看着，只想把早上没杀成的威风好好杀杀，走过去，蹲在旁边，厉声呵斥："你知不知道，因为你一个人耽误了大家多少时间？你这种身体素质，就是集体的拖油瓶！还在训练场吃东西，无组织无纪律的人将来怎么为国家、为社会做贡献？！"

说得义正词严。

其实就是一顿瞎嘲讽。

杨岳怕当众顶撞，黄明会扣他纪律分，到时候不给评优，于是生着闷气，忍了。

反正说得再难听也没关系，又不会少两斤肉，而且如果真能少两斤肉，也是好事。

黄明终于捡到一个软柿子可以拿捏，还打算再说，却听到懒洋洋的一声："报告教官，我有话想说。"

"憋着！"

"憋不住。"

简松意排在杨岳后面，现在站在队伍的第一个，正好可以直视黄明和杨岳。

他指了指杨岳，慢条斯理地说道："您说的这位集体的拖油瓶，从初三开始就参加高中生物竞赛，连续三年获得省一等奖，是全省顶尖的生物学苗子。他以后可是要考华清的，本硕博连读，然后成为国内最优秀的生物医学专家，会研发出很多种预防和治疗疑难杂症的特效药，造福数以万计的人，您或者您的家人在重病之际也都可能会受益于他的科研成果。所以……

"你凭什么说他不能为社会做贡献？就因为胖吗？那我可能会写一封投诉信，指责教官对未成年人进行外貌上的歧视和人身攻击，严重伤害了未成年的心灵健康，甚至可能使一位未来的伟大的科学家就此一蹶

不振。"

简松意无论是表情还是语气，都很严肃正经，说得跟真的一样。

当事"科学家"杨岳偏过头，看向徐嘉行，迷茫地低声问道："我初三那年试水不是连复赛都没进吗，高一也只是二等奖，还有我真的考上华清本硕博连读了吗？我觉得我自己好牛啊，有点儿自豪。"

徐嘉行："你还是先严重伤害一下自己的心灵健康吧。"

杨岳反应过来，立马流出眼泪，握紧拳头，咬紧牙关，倔强又脆弱地说："教官，我知道我体能不如其他人，但是我也很努力，我也在尝试，我每天都好好学习，团结同学，你为什么说我好吃懒做？我太受伤了，我好难过。"

黄明："……"

他没有完全听明白简松意说的那一大段话，但是在他的认知里，能考上华清大学的都是最厉害的天才，更何况还是博士。

他被说得有点儿蒙。

他是看不上这群娇生惯养的小孩儿，但是他内心里很羡慕、尊敬文化人，又看到这个学生真的哭了，突然有点儿后悔自己刚才说的话。

说到底，他和这群学生无冤无仇，只是看着他们年轻得无忧无虑，所以总想让他们吃些苦头，磨炼磨炼少年的意志。

黄明沉下脸："简松意擅自讲话，罚做俯卧撑20个！训练继续！所有人耐心等待！"

然后黑着脸走到一旁，除了必要的训练纠正，没有再说一句话。

而杨岳最终也完成了整个四百米障碍跑。

耗时二十分钟。

他一个人，用了二十分钟。

如果要评优的话，四个人总共最多只能用十五分钟。

没有人会愿意和杨岳组队。

下一组是柏淮和简松意。

柏淮的目光掠过眼尾，扫了旁边正在活动手腕的简松意一眼，挑眉道："小时候的游戏还记得吗？"

"记得。试试?"

"也不是不行。"

"别放水。"

"当然不会。"

刚刚回到队伍里的杨岳,听到这段对话,心凉了,如果他们俩不放水,肯定直接评优。

不过也好,松哥和柏哥这么牛,就该拿优。自己不过就是少当一回三好学生而已,还有竞赛奖项在呢,校推名额总能落一个在自己身上。

杨岳安慰着自己,然后听到一阵惊呼,抬起头,看向训练场,愣住了。

这又是什么操作,还能这么玩儿?

25

柏淮的腰带不在他腰上。

柏淮的腰带绑在了简松意的左手手腕上。

总之就是柏淮用腰带把简松意的左手和自己的右手紧紧绑在了一起,从腕骨处一直往上缠到了接近手肘的地方,再用搭扣固定。

这么一绑,基本上就等于一人失去一只手,还被彼此牵制,活动能力和活动范围直接打了个半折还多。

这是觉得游戏的困难模式也太过容易,所以自己折磨自己,非要升级成地狱模式?

魔鬼? 变态?

而训练场上俩魔鬼的背影儿几乎完全同步,每一个步伐的幅度,每一次迈步的频率,几近一模一样。

二人飞快地过了跨桩和壕沟,到了低桩网,同时卧倒,一人一只手臂用力,匍匐前行,配合默契,竟然一点儿不比单人的慢。

独木桥,两人侧身上桥,横向飞快移动,没有一点儿摇晃就过了。

高墙下,一人一只手拽住绳子,手臂发力,腿蹬墙,柏淮先一步上墙,给简松意留下空间，简松意随后长腿一个侧抬，踩上墙顶，轻跃而上。

最后同时向前小跑上高台跳台，果断从两米五高的地方跳下。

动作干净利落，简洁帅气，没有失误，没有赘余，英姿挺拔，且刚且飒。

总用时一分四十八秒，目前最短。

众人抬头看了看天，这两个人是不是老天爷的bug[①]？

以前松哥这个人就很能嘚瑟，柏哥来了后，两个人一起，嘚瑟指数和难度指数直接平方了一下。

还有这该死的默契，明明传闻中这两位已经拼得你死我活了啊，这到底是个什么情况？

最关键的是，这两个人耍帅竟然从未失手，简直是我等难以逾越的两座高山。

千言万语到了最后，在心中汇成一句话，真牛啊！

然而他们不知道，高墙后面到达终点的响铃迟迟没被摁下，是因为这两个人，耍帅翻车了。

跳台下方铺着一个软垫，跳下来的时候，简松意的脚踩到了软垫的边缘，脚踝别了一下，本来不是大问题，可以稳住，偏偏还有一个柏淮和他绑在一起，他一不小心就倒在了软垫上。

而和他绑着的柏淮，就直直砸在了他身上。

因为手臂的束缚，两人之间没有一丝间隙，柏淮浅棕色的刘海儿垂下，和简松意的额发浅浅纠缠。

简松意偏过头，让开视线："你怎么这么重，快起来！"

柏淮手撑在简松意身侧，试图站起来，但因为另一只手和简松意绑在一起，要站起来需要承担两个人的重量，而简松意的双腿之间没有空隙，他完全找不到合适的着力点，试了几次，结果都是徒劳。

几次尝试后，柏淮轻笑一声："腿分开点儿。"

"干吗？"

[①] 本义指系统故障、程序错误，此处指能力过于专业，已经超出了常人范畴。

"你躺这儿不动是指望我一只手把你拎起来？你不让让，我怎么发力？"

简松意没说话，只是照着做了。

柏淮总算找到着力点，单膝跪在他两腿之间，然后直起身子，用力往上一带，简松意腰腹同时也跟着发力，坐起身，踩住地，相互扶着站了起来。

站起来后，简松意没有像平常一样为自己的成功耍帅而原地"开屏"，只是埋头解着腰带，一言不发。

柏淮默默地看着他，看得他浑身发毛，简松意忍不住抬头回瞪了一眼："看什么看？！"

柏淮平静地道："没看什么，我就是在想，刚才我们为什么不先解开，再起来，不就很轻松了吗？"

柏淮说得很对。

这么简单的道理，聪明如简松意，居然没有想到，只是因为刚才他脑子有些空白。

简直没脸见 A 班父老。

好在黄明及时赶来，缓解了他的尴尬："你们两个怎么回事？为什么擅自增加任务难度和危险系数？完成任务后为什么不按铃？又为什么不及时归队？你们这样根本就是视纪律为无物！"

简松意认可地点点头："教官说得对。"

"嗯？"习惯了他犟嘴的黄明突然有点儿不适应。

简松意义正词严，正气凛然："所以我们这种视纪律为无物的人，这次的成绩就应该作废！"

黄明："……"

第一第二免考核资格顺延给了陆淇风和皇甫轶。

但没人在意。

简松意和柏淮的光荣事迹随着八卦之风吹遍了"祖国大地"，被传得神乎其神，慕名而来的人基本是仰着头看他俩的。

至于在高墙后那微妙又尴尬的几分钟，也只被当作他们为了和杨岳

155

组队，故意拖延的时间。

吃晚饭的时候，柏淮和杨岳继续训练，简松意没陪他们，跟着陆淇风先走了。

柏淮淡淡地看向两人的背影，眸子里看不出情绪。

杨岳杵了杵他的胳膊，小心翼翼地问道："柏哥，怎么了？和松哥闹别扭了？"

柏淮收回视线："没。收腹，身体贴紧地面，注意力集中，别分心。"

"哦。"杨岳悻悻地应了一声，又开始认真练习起来。

陆淇风是个情商很高的人。

所有人都觉得简松意和柏淮不对付的时候，他就已经看明白了这两个人根本不是不对付，只是各自轴着各自的心思，小朋友一样地闹着别扭。

而自从柏淮回来后，简松意的一日三餐都是吃的柏家的，以前的三人行只剩下了自己和周洛两个。

现在这个塑料发小居然又想起了自己，那必然是他和柏淮之间又闹什么小别扭了。

陆淇风试探道："你和柏淮今天配合很默契啊，专门练的？"

"也不是专门练的。在七八岁的时候，也不知道怎么回事儿，我俩就开始经常吵架打架，我爷爷和柏爷爷觉得我俩贼烦，每次教育我们又被我们气得高血压，就干脆直接把我俩绑一块儿，扔训练场去，眼不见心不烦。我们自己无聊，就开始各种折腾，后来就当游戏玩了。"

"你们俩还真是从小就有当大魔王的潜质啊。不过好几年没见还能这么默契，你们这是什么感天动地的兄弟情？"陆淇风半开玩笑半认真。

简松意没搭理他，扒拉着餐盘里的饭菜，扒拉了半天，突然放下筷子："陆淇风，过来抱我一下。"

陆淇风："你今天跳高台跳下去把脑袋摔坏了？"

"别废话，过来抱。"

"等我吃完这个鸡腿，我们换个地方行不行？大庭广众之下两个大老爷们儿抱一起,你不怕恶心,我还怕呢,别恶心得无辜八卦群众吃不下饭。"

简松意拿筷子戳了戳鸡腿。

陆淇风啃着鸡腿,突然朝简松意身后抬了抬下巴:"黄明怎么和俞子国坐一桌了?是在 A 班没欺负够人,再去无感者班找个软柿子捏?"

简松意回头看了一眼,了然,又转过身来:"没事儿,他不会找俞子国麻烦的,你吃完了吗?吃完了就去办正事儿。"

正事儿就是让陆淇风抱抱简松意。

两个大老爷们儿抱得贼尴尬,陆淇风那两条胳膊怎么放怎么不对劲,好不容易视死如归地绕过简松意两条胳膊把他圈住,简松意身体僵硬得像一块板砖,真想一脚把陆淇风踹开。

极力忍住,抱了一会儿,发现还是想踹开,终于付诸行动。

陆淇风捂着自己的膝盖:"简松意,你这个人讲不讲道理,一会儿要我抱你,我抱了你又把我踹开,你以为我愿意抱你啊,你又不是女生,抱起来又软又乖,我图啥?"

简松意没理他,只是默默地松了一口气。

还好还好。

那股庆幸和烦躁从眉梢间溢出,陆淇风观察着他的神情,再想到今天一系列事,心中隐隐有了些大胆的猜测。

还没等那个猜测浮出水面,简松意就先发制人,偏过头,一脸狐疑地看着他:"你刚才说什么?谁抱起来又软又乖?"

陆淇风:"……"

简松意眯着眸子打量了他三秒。

"你以后和我保持距离,别对我动手动脚。"

陆淇风:"嗯?"

什么玩意儿?我为什么要对你一个男的动手动脚?

简松意无视陆淇风怀疑人生的表情,转过身,打包了两份饭菜又买了些零食饮料,往训练场走去。

军训每天晚上八点结束，一结束，一群"濒死之人"就乌泱泱地往宿舍蠕动。

训练场空空荡荡，只剩下简松意、柏淮、徐嘉行，还有杨岳。

他们要抓紧时间，把一个可爱的胖子，变成一个灵活的胖子。

这种时候，很多事情已经和评不评优、拿不拿三好学生没有关系了，只是关乎这个年纪的少年那份骄傲、尊严和不服输的勇气。

大家都年轻，没道理做不到。

如果一个人不可以，那还有我们。

总归不能让别人看轻了去。

杨岳做好热身运动，发誓要把这一关拿下。

刚准备开始训练，俞子国就拎着一个塑料袋匆匆跑来，一路到了杨岳跟前，打开塑料袋："这一盒是创可贴，这个是手套。"

四百米障碍跑容易受伤，尤其是杨岳最困难的匍匐过低桩网和拉绳上墙，容易磨破手。

俞子国还是要比他们几个细心些。

但俞子国是一个早饭都舍不得去小卖部买牛奶面包的人，一盒创可贴和一副手套，对他来说，可能得咬咬牙才能买。

杨岳懂，但杨岳没说，大大咧咧地收下了，然后一挥手："我刚买了好多零食放那边，结果松哥让我减肥，不准我吃，你把它们拿走吧，不然我看着馋。"

俞子国认真地点点头："那我拿走帮你收好，你什么时候要我什么时候给你。"

这孩子怎么这么实诚，杨岳捏了捏自己肚子上的肉肉给他看："在我的身材和松哥一样好之前，我都不会要。"

"啊？那到时候肯定早过期了，还能吃吗？"

太实诚也会伤人，杨岳梗了梗，顺着道："所以你自己吃了吧，不要浪费粮食。"

俞子国挠挠脑袋，想了一会儿，然后说道："好吧。不过，为什么今天大家都赶着给我送吃的啊？"

"大家？"

"对啊，就你们班黄明教官，晚饭的时候说自己鸡腿打太多了，非塞给我两个，也是说吃不完，不能浪费粮食。"

训练场上短暂地沉默了一会儿。

杨岳拍拍他的肩："嘻，本来就不能浪费粮食，而且你太瘦了，本来就该多吃点。你拿了零食就先回去吧，我们要抓紧时间训练，你在这儿也帮不上忙。"

"嗯嗯。"俞子国乖巧地拎起零食袋子走了。

走了两步，又停下来，转过身朝简松意和柏淮竖了个大拇指："两位学霸，你们穿同款衣服真的很帅！"

说完就溜了。

这……全年级三四百个人穿的不是一样的?

简松意好气又好笑。

"这俞子国，真的是无知无畏，胆子真肥。"徐嘉行咂了两下嘴，"不过这黄明看不出来啊，还是个暖男，怎么对我们就那么坏呢？"

柏淮淡淡道："正常，每个人都有招人喜欢的一面，也有招人讨厌的一面，只是我们恰好招黄明讨厌，所以他也招我们讨厌。"

吃过太多苦的人，面对顺风顺水的人，自卑又自负；但是看见曾经和自己一样的孩子，也会想要照顾。

没有谁有想象中那么好，也没有谁像想象中那么坏。

这些道理，柏淮在十四岁那年就懂了。

简松意听到柏淮这句话，突然偏过头，眯着眼睛看向他，语气危险："那你说说，我招人讨厌的一面是什么？"

柏淮轻笑："好像暂时还没发现。"

"……"

"那你觉得，我招人讨厌的一面是什么？"

简松意收回视线，转过头，板着脸，酷酷地扔出两个字："全部。"

柏淮觉得"全部"这两个字，比"没有"还好听，唇角忍不住翘了起来。

柏淮视线从简松意脸上收回，看向前方，发现杨岳和徐嘉行正惊恐又呆滞地看着自己。

他们看看柏淮，又看看简松意。

"你们……你们刚才……松哥是在口是心非吗？"

简松意黑脸。

柏淮微微一笑："杨岳，加五公斤沙袋训练。"

杨岳："嗯？"

为什么受伤的又是我？

算了，绑吧，跑吧，练吧，人生就是这样，有的人有颜值有智商有武力有家世有人宠，而有的人，他只有脂肪不离不弃。

夜色里，可爱的胖蘑菇滴溜溜滚来滚去，而胖蘑菇的朋友们则一边"贬损"他，一边陪着他。

终于达到给他定下的八分钟标准后，胖蘑菇把自己埋进沙坑，进行无声而自闭的有丝分裂，旁边柏淮还在和徐嘉行讨论着明天最稳妥的战术安排。

简松意无所事事，拽着绳子，上了高台，躺下，双手枕着后脑勺儿，跷着腿，看着藏蓝色的天幕。

南城位于内陆，市区是平原，被群山环绕，地势低平，云层厚，鲜少能在夜晚看见星空。

如今到了郊外的山上，空气也清新了，天也近了，星河也璀璨起来了。九月的夜风吹过，带来山间桂花清甜的香，残叶婆娑，草虫喓喓。

都说以鸟鸣春，以虫鸣秋，秋天大概是真的来了。

秋天要来了。简松意想到这句话的时候，第一时间就想起了柏淮。

过几天，得记着买束洋桔梗。温叔叔喜欢。

刚想着，身旁的绳子就被拽了一下，很快一条修长的腿踩了上来。

柏淮轻巧一跃，落到简松意旁边。

简松意起身，想直接从跳台跳下去。

柏淮低声道："躲我？"

简松意顿住了，然后又慢慢躺下去，恢复原来的姿势："没。"

说不上躲，就是如果这么和柏淮独处的话，难免又会想起今天上午，总归有些不自在。

柏淮在他身边用同样的姿势躺下，轻描淡写地说道："那最好，反正躲也没用，毕竟晚上我们还要睡一个房间，低头不见抬头见。你总不能把我扔去厕所睡觉吧。"

简松意现在正是心虚的时候，没好意思挑刺儿。

他怕柏淮多想，开口解释："晚饭没等你，是看你和杨岳训练一时半会儿结束不了，想去给你们打些热饭菜，早点儿带回来。"

其实男生之间的友情向来是大大咧咧的，并不会像女孩子一样，计较今天谁和谁吃了饭，谁和谁一起上了厕所，谁和谁讲了悄悄话。所以这种解释就有些不伦不类，笨拙而不自然。

柏淮在简松意视线以外的地方勾起了唇角，柔声道："我知道，我没那么小气。"

"知道就好，还有就是……"简松意欲言又止。

他一向是个嘴巴不饶人的，今天却偏偏觉得舌头不听使唤，有些字音在舌尖转了几圈，始终就是送不出去。

柏淮也不急，慢条斯理地温声问道："还有什么？"

"还有就是……以后我们俩之间得注意点。"

柏淮偏过头，看向简松意。

少年精致漂亮的侧脸在夜色中少了几分平时咄咄逼人的明艳，变得柔和起来，星河落在眸子里，清澈透亮，耳尖有点儿浅浅的红。

他不知道简松意说这句话是因为什么，只是心里突然紧了一下，像是棉团骤然被抽出一缕，不安又绵软。

他努力让自己的声音听起来更温和："为什么？"

简松意抿了抿唇，斟酌了一会儿，才用极低极低的声音说道："我知道我们俩从小一起长大，亲兄弟似的，有很多习惯不好改，但是吧，兄弟归兄弟，我现在毕竟是个易感者了，身份不一样了……你说对不对？"

说完，他别过头，佯装看向不远处在沙坑里打滚的两个傻瓜。

161

柏淮先是愣了愣，然后偏回头，看向夜空，轻笑了一声："对，你说的都对。"

在某个初秋的夜晚，星空下，桂花香里，一只可爱的草履虫在被盐汽水喷死前，稍微进化了一点儿。

26

两人肩并肩躺着，空气静谧地流淌，草虫蛰鸣之声越发明显，桂花的清甜也更加温柔。

柏淮突然侧起身子，屈肘，右手半握拳，抵住脑袋，垂首看向身旁的简松意："那你觉得，我们需要注意到什么地步？"

简松意依旧偏着头，唇角抿成一条直线，没有回答。

他觉得柏淮对他这么好，不太想伤这份感情。

于是简松意晃了两下腿，扯出平时那抹漫不经心的痞笑："嗐，没事儿，我说着玩儿的，你当我没说过，以前该怎么样，以后还怎么样。"

"可是你不是个易感者吗？"

"易感者怎么了？就不能和支配者当好哥们儿了？那我以后不是只能跟周洛一起玩？反正只要我们坦坦荡荡，问心无愧，还不是该干吗干吗，你说是不是这么个理？"

他能这么说，柏淮当然很高兴。

而且简松意脸皮薄，说出去的话就不大好意思反悔，他说该干吗就干吗，就是真的可以，哪怕他觉得有点儿臊了，也碍着面子不会讲出来。

这种时候，就很好欺负。

还有比这更好的结果吗？

柏淮心情很好，没有正面回应简松意的话，只是眯着眸子，挑唇笑了下。

"时间也不早了，回宿舍吧。"说完，柏淮就起身跃下了跳台。

紧接着简松意也跟着跳了下来。

偏偏不知道这软垫是不是故意帮柏淮欺负人，简松意跳下来的时候又踩到了边缘，又别了一下，只不过这次他没有倒，而是被柏淮伸手扶住了。

柏淮自然而然地收回手，问道："怎么了？"

"没怎么。"简松意飞快地扔出三个字，压低帽檐，步伐匆匆，把柏淮落在了后面。

柏淮唇角的弧度更明显了。

还真的是，脸皮太薄了，太好欺负了。

第二天考核名单出来的时候，A班其他人都表示杨岳这组是三个王者带一个青铜。

简松意和柏淮自然就不用说了，徐嘉行作为一班的体育委员，虽然成绩在一班垫底，但是运动细胞在一班绝对是拔尖的。

所以，十五分钟的时间，他们规划给杨岳的是七分钟到八分钟，徐嘉行两分钟到三分钟，而简松意和柏淮每个人则必须在两分钟以内完成。

杨岳用时最不稳定，所以被安排在第一棒，后面的人才好根据情况弹性发挥。同理，徐嘉行被安排在第二棒。现在的问题就是谁是最后一棒。

柏淮几乎没想："简松意最后一棒吧。"

逆风翻盘拯救队伍的任务如果交给小朋友，到时候他一定会完成得很帅，可以让小朋友高兴高兴。

其他两个人也觉得没什么问题，反正他俩谁最后一棒都差不多。

简松意却突然出声反驳："柏淮最后一棒吧。"

柏淮抬起眼皮看了他一眼。

简松意漫不经心地理着袖口："我不要背锅位。"

杨岳的发挥其实很不稳定，昨天晚上训练，七分钟到九分钟甚至十分钟都有可能。

一旦杨岳出问题，那他和柏淮就需要挑战极限。

而柏淮是支配者，无论简松意愿不愿意承认，柏淮的体能和潜在爆发力其实都是高于自己的，这是基因决定的先天体质问题，没有办法。

简松意并不认为自己真的比柏淮弱,他只是觉得,柏淮不是他的敌人,而是他的朋友,是一个可以无条件信赖的人,那么,为什么不做出最好的安排?

所谓骄傲,并非一味地争强好胜,而是我和你一起,把所有的事,做到我们所能做到的最好。

十几年的相知相伴,简松意虽然嘴上没好话,但是实际怎么想的,柏淮明白。

他突然觉得自己还是低估小朋友了,在他离开的这三年,简松意成长得比他想象的还要好,那副孔雀开屏的样子,并不是自负愚妄,而是且韧且强。

还很懂事。

他笑了笑:"放心,教练,我一定不负众望。"

信号枪响。

杨岳第一个出发,前面的勉强都还算顺利,低桩网也在预期的时间过了,结果不知道怎么回事,卡在了高墙。

他拽着绳子,拖着略显臃肿的身子,努力蹬着墙面,试图上行,可是每次都恰好只差那么一点儿力气,就支撑不住,滑了下来。

一次又一次,时间不停地流逝,围观的其他组的人都揪起了心,甚至想劝他们放弃,让杨岳回来算了,不然那手都不知道该被麻绳磨成什么样了。

可简松意和柏淮只是站在那里,安安静静地看向杨岳,笃定而从容。

就连徐嘉行也一点儿没有分心和担忧的意思,做着热身活动,随时准备出发。

这种无言的信任和坚决,隔着几百米的距离传递到了杨岳那里,终于,他狠狠咬住牙,憋住最后一口气,翻上了高墙,飞快地跑到跳台,果断跃下,按下了响铃。

而就在同一瞬间,徐嘉行也飞快地出发了。

这时候已经过去了九分四十秒。

也就是说留给剩下三个人的时间,只有五分二十秒。

专业教官评优的标准是一分三十秒，徐嘉行觉得自己必须给简松意和柏淮至少留下三分钟的时间。所以，他也要挑战自己的极限成绩。

　　——他做到了。

　　徐嘉行是再随遇而安不过的人，什么都不放在心上，这次却发了狠，拼命冲，挑战了自己的极限，给剩下两人争取了三分十五秒的时间。

　　然而即使这样，情况也不容乐观。因为大家都知道，那两人再厉害，也只是学生，没有经历过日日夜夜的训练，如果能完成，那简直就是一个奇迹。

　　简松意心里却很放松。

　　他觉得一分四十秒虽然很极限，但是自己可以。

　　退一万步，就算他失误了，他的后面还有柏淮。

　　那个人，一定可以做到。

　　所以，没什么好担心的。

　　因为没有压力，整个身体放松下来，矫捷又灵敏，迅速而利落，身轻如燕，韧如顽竹。

　　到按下响铃的时候，用时一分三十九秒。

　　全场惊呆了。

　　这一个新纪录，让本来觉得他们这一组已经毫无希望的人突然开始期待，在剩下的一分三十六秒里，是不是有可能真的出现一个奇迹？

　　所有人都希望奇迹出现，包括黄明。

　　少年热血努力至此，无人不动容。

　　柏淮出发。

　　修长挺拔的身影如苍竹，随着一阵风，掠过了这片黄土。

　　跨桩，壕沟，低网，独木桥，共三百五十米。

　　还剩十四秒。

　　拽住了高墙的绳子，蹬墙，上墙。

　　还剩六秒。

　　跑到跳台。

　　还剩三秒。

跳下。

铃响。

黄明摁下计时器,高声道:"柏淮、简松意、徐嘉行、杨岳,考核完毕,考核成绩,用时共十四分五十九秒,优!"

所有 A 班的人,无论自己组的考核成绩如何,无论平时和这几个人交情好不好,全都鼓起了掌。

为这莽撞不讲道理的友情,也为少年意气不言败。

黄明看着这群热血沸腾的少年,突然觉得自己心里那些不平衡实在没必要。

这世界上就是有人天生命好,有人天生命苦,并不公平,可是公平的是,他们都有过十七岁。

十七岁,那个在训练时被骂到哭的年纪,他也觉得是最好的年纪。

而训练场那一头,柏淮一只手推开要扑上来熊抱他的杨岳,一条腿从徐嘉行胳膊里抽出来。

他缓缓走到一旁叼着根狗尾巴草、懒洋洋地倚着树的简松意跟前,站定:"怎么样,教练,对我的表现还满意吗?"

简松意勉勉强强点了两下头,以示还行。

柏淮见状,又往前走了一步,两人之间只有不到两拳的距离,他低下头,问道:"满意的话,教练能给个奖励吗?"

简松意挑了下眉,以示询问。

柏淮伸出手,摘下他含在双唇间的狗尾巴草,夹在两根手指间,转了一圈:"我看这个就挺好。"

简松意觉得柏淮脑子有问题,白了他一眼,指了指旁边的野草地:"你想要,半夜我带人来把这地薅秃噜皮儿都行。"

柏淮轻笑:"不用,这根就够了。"

够做一个小礼物了。

军训结束的时候,基本上 A 班所有的人每个项目都拿到了优。

老白对这个结果很满意,在返校的大巴上着重表扬了简松意他们四个人,不抛弃不放弃,团结友爱,自强不息。

一顿乱夸,夸了几十公里路,到了学校大门口的时候还意犹未尽。

他略感遗憾地说道:"今天就先说到这儿,下周一升旗仪式上我再具体表扬。明天周四,大家还是要按时来上课,只是考虑到这几天大家也很辛苦,所以学校决定今天下午的课和晚自习都不上了。你们住校的回宿舍休息,走读的回家休息,多吃点肉,多睡会儿觉,我不想明天看见一班'烂茄子',听到没?"

终于从地狱中出来的学子们,有气无力:"听——到——了——"

下了大巴,杨岳拽着徐嘉行到简松意和柏淮跟前,一脸喜气洋洋:"两位哥哥,小的今天想尽点孝心,不知道二位能不能赏个面子?"

简松意没好气:"说人话。"

"我为了感谢你们,想请你们去吃烤肉撸串再来十斤小龙虾,行不行?"

"我没什么问题,你问问柏淮,他这个人贼讲究,从来不去路边摊。"

柏淮闻言偏过头看向简松意,眼神有点儿意外:"你难道去路边摊?"

他记得吃的方面,简松意可比他挑剔多了。

简松意挑挑眉:"我当然吃啊,我挑食是只挑味道,不挑贵贱,和你这种高贵、讲究的大少爷不一样。"

柏淮不知道这人怎么有脸说别人讲究,没搭理他,只是朝杨岳点点头,算是同意了。

杨岳顿时喜笑颜开:"行,那我再去问问周洛和俞子国他们,要去大家一起去,人多热闹。"

大家都秉着"不管我想不想吃,只要能宰别人　顿就很开心"的心理,全部答应了。

七个人浩浩荡荡地向烤肉店出发。

军训结束,大家都换回了自己的衣服,恰好七个人还都是不同颜色,周洛和俞子国一时兴起,给这个组合命名为"欢天喜地七仙女"。其他人大怒,于是两人分别被扣掉了一盘五花肉,倍感委屈。

就这样一路打打闹闹地到了烤肉店。

杨岳找的这家烤肉店离南外不算近，是在老城区的一条巷子里。

出租车司机在杨岳的指挥下七弯八绕，其他人压根儿就认不出来是到了哪儿。

等车终于停了，下了车，再拐过一个巷子口，才看见一个往下走的楼梯，楼梯的缺口处露出一个有些陈旧的招牌。

——瞎子烤肉店供自助烤肉烧烤龙虾夜宵酒水饮料

楼梯旁边有铁栏杆，生了锈，绕着不知名的藤蔓。下了楼梯是一片空旷的水泥地，不算平整，却很干净，架着烧烤架，摆着桌椅，撑着几把大伞。

水泥地那头有两间低平的矮屋，算是厨房。

杨岳带头往下走："别看这边环境简陋，但是很干净，味道好，肉也不是奇奇怪怪的肉，性价比特别高，在这一片出了名地好，你们几个别嫌弃。"

然后他又想起什么，顿住，回头压低声音说道："这是老两口开的，老板是个盲人，但是真的会烤肉，老板娘也特别能干，都是老实人，就是命不好，你们待会儿注意点，别说些不该说的话。"

众人了然地点点头，跟着往下走去。

简松意走了几步，突然觉得不对，回头一看，果然柏淮站在原地没动，垂着眼帘，像是有什么心事。

他转身往回走到柏淮面前："有事儿？"

"没事儿。"柏淮钩了钩肩上的背包带子，语气自然，"就是不习惯来这种地方，怕吃了拉肚子，所以有点儿犹豫要不要下去。"

"那犹豫的结果呢？"

"你都下去了，我能不下去？走吧，不然杨岳不知道又要脑补些什么。"

柏淮笑了一下，伸手勾过简松意的肩，两人并排着，踩着台阶一步一步往下走。

有风吹过，绕着铁栏的一株已经泛黄干枯许久的藤蔓，终于"啪"的一声，断了。

27

两人下去的时候,其他五个人已经围着离楼梯最远的一张大圆桌坐了下来。

杨岳挥手高呼:"老板娘!"

然后他转过身,对正掏出纸巾仔仔细细擦着桌椅的柏淮说道:"柏哥,拜托你们俩能不能识点人间疾苦?这椅子就算有点儿灰,坐了也不能烂屁股,你们磨磨蹭蹭的,是不是不给我杨某人面子?"

柏淮没抬头,简松意却抬起眼皮,瞟了杨岳一眼。

杨岳面不改色,淡定如常:"我杨某人就不配有面子!柏哥擦得好!"

陆淇风忍不住轻笑:"出息。"

"我这叫大丈夫能屈能伸。"杨岳嘿嘿一笑,又转过头催了一声,"老板娘,来了没?"

"来了来了。"

一个面容和善,但瘦得有些过分的女人拿着菜单匆匆跑了出来,面上皱纹繁细,看上去分不出到底是四十多岁还是五十多岁。

她赔着笑嗔道:"这才五点半,我们还没正经开门呢,你们来得也太早了。"

杨岳接过菜单,打趣道:"可不得来早点嘛,不然要么没位置,要么人多,等菜就要等一个小时。不过说实话,你们生意这么好,真的可以再多请几个帮工。"

老板娘双手在围裙上擦了擦:"嗐,我们这小本生意,人请多了还赚得到什么钱?都不够发工资的。有两个洗菜切肉的就够了,再说了,我儿子每天放学回来还能帮忙呢。"

"你儿子好像也高三了,你还不让他安心学习?"

老板娘无奈一笑:"就我儿子那成绩,就是学破脑袋也考不上大学,随便读个专科,回来接手馆子,比什么都强。"

杨岳还想再叨叨几句,柏淮突然开口:"你是来吃饭的还是居委会过来做工作的?"

老板娘也不太想继续聊自己儿子:"对对对,你们快点菜,我让小丁和我家老头先给你们做,拣最好的那批肉,不然待会儿人多,又没了。"

说着,她视线不经意间掠过柏淮,像是想起什么似的,偏着头,轻轻"咥"了一下:"这位帅哥感觉有点儿面熟,杨岳以前是不是带你来过啊?"

杨岳一边埋头点菜,一边说道:"怎么可能,我才认识他,老板娘你别看见一个帅哥就搭讪好吧?你要不要看看他旁边那位帅哥是不是也面熟?"

老板娘看了一眼,微微蹙眉,好像还真在回忆似的。

柏淮怎么回事,简松意不确定,但是自己从没来过,也没见过这老板娘,这是肯定的。

他挑唇笑了一下:"眼熟也正常,别人都说我长得像明星,旁边这位长得像天蓬元帅,都是大众情人,谁不眼熟呢?"

这下可把老板娘逗乐了:"瞎说,这位帅哥最少也要像个二郎神。好了,不跟你们贫了,我去忙了,需要什么就叫我或者小丁。"

说完,她接过杨岳递过来的菜单,转身回了小平房。

柏淮偏过头,半眯着眸子:"嗯?"

"怎么?都是俩眼睛一鼻子一嘴巴,哪儿不像了?"

军训期间,没少受柏淮照顾,简松意不好意思开口说他,现在脱离了那个环境,疯狂想挤对柏淮的欲望就按捺不住了。

柏淮也不生气,就是笑了一下,然后这人用桌上的茶水,帮简松意把所有的餐具都烫了一遍。

柏淮另一边的杨岳相当眼红:"柏哥,人家也要烫餐具嘛……"

柏淮慢条斯理地晃着杯子,语气十分温柔:"想死吗?"

杨岳:"……"

这家烤肉店是自助的,桌子中间被挖空,下面烧着炉子,上面架着铁网。

刷上一层油,等油吱吱地响了后,再铺上肥瘦相宜的五花肉,五花肉很快卷起一层金黄的边儿，渗出晶莹的油珠来，肉就变得香而不腻了。

再细致均匀地撒上一层秘制的孜然和辣椒粉，稍微抖一下，把多余的调料抖落，也不包生菜叶，就直直一大片塞入嘴里，纯正的肉香瞬间浸润舌尖，溢满整个口腔，回味无穷。

大口吃肉的爽点就在这里了。

风卷残云般吃了好几块后，杨岳犹不知足："不行，单是大口吃肉怎么能过瘾，老板娘，来一箱饮料，罐装的，冰过的！"

"好嘞！小丁快抬过去！"

一人面前发了一罐，杨岳、徐嘉行、陆淇风三个人，直接拉开拉环，吸溜了一口，发出爽极的叹息。

简松意刚准备打开自己的那罐，柏淮就先他一步把易拉罐推远了，睨了他一眼："你能跟他们仨一样喝冰的吗？不怕胃疼了？"

简松意："嗯？"

柏淮不理他，转头对正在给他们上菜的小丁说道："麻烦来听可乐，要常温的，谢谢。"

周洛一边吃着肉一边举爪子："我也要常温可乐，我们易感者都不能冰的热的一起吃！"

柏淮忍住笑，又睨了简松意一眼："听到没？"

简松意好气，但又怕他继续提自己易感者的身份，只能愤愤不平地接过一听可乐，趁柏淮帮他烤肉的时候，背在身后，狠狠摇了几下。

然后若无其事地推到柏淮跟前，一副大少爷十指不沾阳春水的骄矜模样："手疼，打不开。"

在座其他五"仙女"："……"

信了你的邪。

俞子国小心翼翼地说道："或许，你们有没有听过一句话？平时可以单手举哑铃的暴躁老哥，到了某些人面前，就会娇弱得连瓶盖都拧不开。"

"……"

热腾腾的烤肉桌陷入了死亡般的宁静。

半晌，剩下的四个人不约而同地朝俞子国竖起了大拇指："勇士。"

简松意的脸瞬间黑了，刚想把可乐收回来，柏淮就已经接了过去。

只不过他没有在自己跟前打开，而是伸直胳膊，一直推到了杨岳跟前，并且把开口方向对准了杨岳。

拇指和中指捏住罐身，食指钩住拉环，修长白皙的指尖，衬着红色的瓶身，温润如玉，轻轻一拉。

"扑哧——"冒着气泡的快乐水喷涌而出。

距离易拉罐最近的杨岳被"洗礼"了。

杨岳呆愣片刻，泪汹涌而出："柏哥！为什么？你为什么要这样对我？你是不是不爱我了？明明军训的时候我还是你的小心肝啊！"

"啊，抱歉，我不是故意的，我也不知道这可乐在交给我之前居然被摇过。"

柏淮淡定地抽出纸巾，把罐身和罐口擦干净，放回到简松意面前，唇角挂着点儿蔫坏儿的笑意："是吧，松哥？"

简松意接过易拉罐，更加淡定地抿了一口："嗯，我也不知道，可能是小丁摇的吧。"

杨岳："……"

这两个家伙，无论他们是耍帅、吵架，还是狼狈为奸，受伤的只有自己，自己到底做错了什么？

他生气又委屈，拿起一罐饮料狂摇，然后对准徐嘉行，猛地拉开。

正在吃肉的徐嘉行："嗯？"我又做错了什么？

他放下肉，一只手一个易拉罐，向杨岳和陆淇风同时宣战。

战火蔓延开来，几个人闹成一团，又骂又笑又躲，最后干脆在空旷的水泥地上追逐起来。

好好一个聚餐，莫名其妙地变成了打水仗。

一旁围观的小丁伙计："老板娘，他们真的是南外高三重点实验班的学生吗？我为祖国的未来感到担忧。"

老板娘："……"

没人敢闹柏淮和简松意，他们两个也不想把身上弄得黏糊糊的，就坐在位置上，慢条斯理地享受着烤肉，再也不用担心其他五个饿死鬼投胎的人和他们抢。

简松意一边享受着柏淮略显生疏的烤肉服务，一边问道："你老欺负杨岳干吗？"

"我没欺负，就是想搞点事儿，不然你觉得你抢肉能抢得过他们？还是你想听俞子国继续讲述我们之间'温馨而动人'的故事？"

简松意："……"

刚才的确得亏柏淮打岔，不然自己确实很尴尬。

他扒拉着柏淮刚夹给他的肉，嘟囔道："你说俞子国是不是发现我是个易感者了？不然怎么整天神神道道的。"

柏淮淡淡笑道："放心吧，以他的智商，如果发现你是个易感者了，第一时间就会露出马脚。"

俞子国应该是相信简松意是个支配者的。

他之所以会这么八卦，或许是因为看出了什么。

有的事，往往是"当局者迷，旁观者清"，而俞子国于他们这群人来说，来得最晚，知道得最少，也就看得最清。

等几个人闹完，素菜、羊肉串、掌中宝、生蚝这些也已经烤好了。

来了新的客人，老板娘和小丁忙着去招呼，端着烧烤盘子过来的是烤肉店的老板。

很瘦很瘦的一个中年男人，行动自如，绕过桌椅板凳，稳稳当当地把盘子放在了该放的架子上，如果不是双眼灰白混浊，应该没人会相信这是一个视力有障碍的人。

他放好烧烤，有些拘谨地笑道："你们尝尝今天味道好不好？"

"那肯定好啊，叔，你的手艺绝对没话说。你快去忙吧，不用管我们。你们也快尝尝。"杨岳往每个人盘子里分着烧烤。

众人尝了尝，味道确实很好。

不生不煳，火候刚刚好，调料也都恰到好处。

众人不免好奇："这真是盲人烤出来的？怎么做到的？"

杨岳吸溜了一个生蚝，抹了抹嘴，才压低声音解释道："他们这家烧烤店，开了十几二十年了，最开始就是个小推车，后来就一个小板房，再后来他们儿子出事了，被赔了一笔钱，才做成现在这个样子的。

"老板本来不是盲人，是因为常年烟熏，得了白内障，本来不严重，因为要供两个儿子上学，经济压力大，舍不得花钱，一直没去看病，还天天持续烟熏火燎，后面就越来越严重了。

"好不容易决定去做手术，结果突然又遇上其中一个儿子出事。从六楼跳下来了，你们敢信？人虽然没死，腿却废了，你说这两口子伤不伤心？只能每天以泪洗面，这眼睛就彻底治不好了。现在虽然不是真瞎，但是也比真瞎好不到哪里去。"

杨岳叹了口气："不过我也是道听途说，具体怎么回事儿，也不太清楚，就是觉得人这个命啊，唉……能照顾点生意就照顾点吧，反正也还挺好吃的，对不对？"

周洛和俞子国两个人都快听哭了，红着眼拼命点头。

陆淇风和简松意却都不由自主地把目光放到了柏淮身上。

柏淮的神情看上去没有丝毫异样，一如往常地平静淡然。

他慢条斯理地吃完自己餐盘里的东西后，擦了擦手，站起身："我去个洗手间。"说完，就向平房处走去。

杨岳见状，十分费力地囫囵吞下嘴里几块大肉，然后扯着嗓门喊道："洗手间得上楼梯，去公厕，你别找不到地方就随地大小便！"

他说完的时候，柏淮已经从平房出来，径直走向了楼梯，可能是刚才向老板娘问了路，也可能是想去其他地方。

简松意盯着他的背影，看了三秒，心里突然生出了一种熟悉的感觉。

每次柏淮心情不好的时候，他就会这样，好像什么事都没有发生，自己一个人离开，直到调整好了，才会再次出现。

简松意想到这里就有点儿烦躁，站起身："我也去个洗手间。"

步幅很大，频率很快，他几步就跟上了柏淮，叫住他："你是不是准备上了洗手间就不回来了？然后晚上告诉我你拉肚子要休息，不方便见人，直到你觉得没事儿了为止？"

柏淮顿住。

简松意深呼吸了一下:"柏淮,我现在很认真地告诉你,我生气了。"

柏淮缓缓转过身,低头看向简松意。

他本来就比简松意高五厘米,现在又多踩了两个台阶,简松意看他的时候,就需要抬着头,下颌处的线条绷得越发地紧了,眼尾也上挑着,整个人显得很有攻击性。

和被欺负的时候判若两人。

就连他的声音也变得很冷:"柏淮,我真的生气了。"

柏淮垂眸:"我的错,我不该骗你说没事儿。"

"我气的不是你骗我。"简松意冷淡的声音中多了几分躁意,"我气的是每次我遇到事儿了,你都在,但是你遇到事儿了,却每次都只想自己一个人扛。

"上次你去一中考试的时候,明明遇到王海了,陆淇风都看到王海和你吵架了,你却一个字都不跟我说,还两天不见人影。行,那时候我们关系不好,你不愿意说,我理解。

"但是这次呢?我明明都主动问你了,你还是什么都不说,还打算一个人买了单先走,对不对?你到底有没有拿我当朋友?

"柏淮,那件事从头到尾你都没做错什么,你也是受害者,你到底为什么非要怪自己呢,还去北城三年?

"整整三年,一次见面、一个电话、一条微信都没有,就连我群发的拜年短信你都不回,突然回来也不告诉我,你说我要怎么想?我怎么能不生气、不讨厌你?

"现在好不容易我不生你气了,又来这么一出,我一想到你以前被那破事儿闹得把自己关在房间几天几夜,两三个星期没开口跟我说一句话,最后再见都没说一声就走了,我就觉得烦得不行。

"所以,你以后遇到事儿能不能别老是想着一声不吭地躲起来,就给我说一声你今天不高兴了,不开心了,不痛快了,让我哄哄你行不行?!"

简松意说完,深深呼了一口气,转过身,一眼瞥见铁栏上乱糟糟的枯败藤蔓,觉得更加糟心。

柏淮低头看着简松意。

他的眼尾因为情绪激动有些泛红，双手叉着腰，胸膛不住地起伏，脚下不耐烦地踢着石子儿。

他真的生气了。

柏淮突然觉得心里疼得不行，绵绵不断的，一层比一层更加钻心地疼。他一直以为，简松意针对他，讨厌他，只是因为性子骄傲，又被压了风头。

他没有想到，原来简松意一直生气的是自己当年的不辞而别。

自己可真不是个东西。

只知道自己那孤独漫长不可言说的时光苦，只知道自己的迷茫挣扎苦，却没想过，小朋友一个人在南城的时候，其实是不是也在想念自己。

柏淮总觉得简松意什么都有，有可爱又恩爱的父母，有关系很好的发小，有许多许多热闹善良的朋友，有数不清的喜欢他的人，所以少自己一个，也没什么。

很多事，柏淮不和简松意说，不是因为不在意他，而是太过珍惜和不舍。这么这么好的小朋友，柏淮一点儿也舍不得让他看见那些阳光之外的阴暗角落。柏淮以为，简松意也不会在意这些。

可原来不是这样。

他从来没有一刻，像现在这样，如此后悔离开南城。

他不敢想象在他离开以后，小朋友会不会难受得一个人躲进被子里，想打个电话，问问自己到底为什么走，什么时候才会回来，斟酌许久，最后却又取消拨号，如此反复，直到天明。

柏淮也不敢想象，在简松意发出每一条群发的节日问候后，会不会守着微信，等一个白色头像亮起红点，然后自然而然地叙一下旧。

柏淮也不敢告诉简松意，当年躲着他的那几天，是因为自己分化成了支配者。而选择离开，也并不仅仅是因为那起事故。

柏淮知道，这一切对于简松意来说，可能无关其他。他说出的这些话，大抵只是站在一个从小一起长大的最好的朋友的立场上，又或许比朋友会多上那么一些东西。

但无论是什么立场，简松意没有骗他，他们终究是和别人不一样的。而他亏欠简松意的这三年，不知道该怎么给他一个交代，又如何让他原谅，大抵只有往后余生才能补偿。

半晌，柏淮缓缓开口，声音低沉温柔。

"对不起，都怪我，以后我再也不会走了，也不躲着你了，我陪着你，所以如果你真的愿意原谅我，给我一个拥抱，行不行？"

夕阳的余晖洒在枯萎的藤蔓上，据说只有断了陈旧枯败的残枝，到了来年春天，才会生长出新的绿意。

一年一年，越来越好。

28

柏淮的声音很温柔，他身后缓缓坠下的落日也很温柔，傍晚清浅吹过的凉风依然很温柔。

温柔到刚刚还一身炸毛的简松意，莫名地就蔫儿了下去。

一边没了脾气，一边又要立住自己暴躁的人设，只能丢过去一个自认为酷毙了的白眼："谁要抱你，两个大老爷们儿这么煽情，你也不怕把刚吃的肉给吐出来。"

说完，转身就往下走。

柏淮在他身后，忍不住轻笑："你说你这人怎么翻脸不认人呢？我就去上个厕所，你突然冲上来把我骂一顿，说哄哄我，我让你哄，结果你又不哄了，怎么这么难伺候？"

简松意没忍住，回过头，一脸凶巴巴："你要真是去上个厕所，我能跑过来凶你一顿？"

"我不是真去上厕所，我还能怎么样？我书包还在座位上呢。"

简松意愣住了。

对啊。柏淮书包还在座位上呢。

想到自己刚才那一顿没头没脑、自我感动的输出，简松意恨不得现在就挖个地缝把自己埋进去。

自己最近真的越来越冲动，越来越不理智了，都是被柏淮给气的，果然，还是不应该轻易原谅他。

对，不和他做朋友了，他不配。说好了这辈子都不和柏淮好的，就因为一支抑制剂，几次小帮忙，几个小细节，自己居然就原谅了他？

简松意"呵"了一声，准备出言嘲讽。

柏淮却又温声道："但是你说的都是对的，我确实心里有点儿不舒服，但也就一点儿，没你想的那么严重。当时去北城，是我的不对，但其实也不是因为这事儿，至于到底是因为什么，以后我会告诉你的。至于以后是多久以后，要看你的表现。"

简松意心情这才缓过来一些，轻嗤一声："谁稀罕知道似的。"

这么说着，往下走的脚步却不由自主地放慢了。

柏淮不紧不慢地在后面跟着："你放心，这事在我心里真的早就过去了，那天和王海也算不上吵架，就是他情绪有点儿激动。我如果心里真的有什么过不去的坎儿，就不会回来了。我回来了，就说明真的什么事儿都没有了，你也不用担心我。"

"谁担心你了，可别自作多情。"

"行，刚才急赤白脸的人反正不是我。"

"我这叫够兄弟，讲义气，今天换成陆淇风、周洛、徐嘉行、杨岳，我都会这样，您可千万别抬举自己。"

简松意说着说着，突然停住脚步，转过了身。

柏淮差点儿被撞个满怀，挑眉："干吗，还真打算拥抱我一下？"

简松意冷酷："滚。我们俩是出来上厕所的，在楼梯上站半天就回去，是想让杨岳觉得我们随地大小便吗？"

"行吧，就是手牵手上厕所，有种让我梦回幼儿园的感觉。"

"滚。"

"你才滚，你滚到隔壁厕所去。"

"反正都有隔板，怕什么？你是不是怕被我比下去？"

柏淮觉得这人真有本事，前一秒能把自己搞得心软，后一秒就能把自己气得心肌梗死，恨不得把他脑袋挖出来看看。

他忍无可忍，把简松意拎出来，塞进了隔壁厕所。

然后长叹一口气。

以后真得好好教教这个不知天高地厚的小朋友做个人。

坐在空地那头的大圆桌上的另外五个人，一边吃吃喝喝，一边津津有味地看着楼梯上那两个人推推搡搡。

直到他们消失在厕所尽头，俞子国才意犹未尽道："我仿佛在看什么八点档狗血剧情，你们觉不觉得？"

徐嘉行拍了一下俞子国的后脑壳："你一天到晚想些什么呢？你别整天瞎琢磨些有的没的，不然哪天怎么死的都不知道。"

杨岳附和道："就是就是，你再这么脑补下去，你哥哥我也保不住你。"

陆淇风抿了一口饮料，冷哼一声："俞子国保不保得住我不知道，但是我觉得杨岳你很危险。"

杨岳："不是，又关我什么事儿？你们是不是都看我脾气好，好欺负？"

陆淇风把手里空了的易拉罐捏瘪，淡淡地问道："我就问你，这家两个儿子，是不是一个叫王山，一个叫王海，双胞胎？王山在一中出事后，学校为了息事宁人，才破格录取了王海？"

"这你都知道？"

关于这起案子，陆淇风大概了解一些："那你知不知道王山当时跳楼的原因是什么？

"你又知不知道当时整个一中，柏淮是唯一照顾王山的人。结果出事那天，柏淮请假外出，回来的时候晚了，刚好看见王山从六楼跳下来，还正好摔到了他面前。

"而且我听我一中的朋友说，当时王山抢救回来后，柏淮和其他同学去看他，王山跟柏淮说，他恨柏淮。"

"为什么呀？柏淮有什么错？柏淮不是对他很好吗？"

"对啊，柏淮对他很好。但王山觉得如果柏淮那天不请假外出，他就不会出事，而且王山这个人……嗯，怎么说呢，很偏激，这儿有点儿

179

不太正常。"陆淇风说着,手指敲了敲自己的脑袋。

"不过中间肯定还有其他隐情,具体是什么,我也不清楚,反正这事儿很快就压下去了,柏淮也转学了,一中的人都闭口不提,你们不知道很正常。"

陆淇风把手里的易拉罐转了个圈:"说实话,我要是柏淮,对一个精培生挺好的,结果那人从我跟前跳楼摔残了,完了还恨我怪我,我能当场自闭。所以柏淮回来的时候我特别惊讶,他还能这么正常,我就更惊讶了。"

他还没说完,周洛就狠狠戳了他腰窝一下,他才惊觉俞子国还在,一时间抱歉至极,想解释又有点儿不知道该怎么开口。

俞子国却大度地一挥手:"世界上不是所有精培生都一样,我就属于特别招人喜欢的那种,你说对不,班长?"

杨岳立马一顿吹捧把俞子国吹得直傻笑。

为了缓和气氛,周洛故弄玄虚地说道:"我给你们说个秘密,当时柏哥走后,松哥应该挺有感触的。"

徐嘉行不信:"当时你认识柏哥吗你,你就又知道了?"

周洛悄悄地说:"虽然我当时不认识柏哥,但是我和松哥在一个班啊,我们那时候每周要写周记,我记得很清楚,松哥唯一一次周记得A+,就是那次。你们猜周记题目是什么?"

其他四人果断摇头:"不想知道。"

"你们怎么这么没有求知欲呢?"周洛恨铁不成钢,"那篇周记题目叫《缅怀我的朋友——柏淮》,我的妈呀,你们不知道,'缅怀'那个词儿用的,真的是鬼才,全文看下来我泪洒当场,差点儿就想去买个花圈送给这位叫柏淮的烈士了。"

"……"

"你们什么表情?你们别不信啊,真的,我当时真的以为松哥有个叫柏淮的朋友壮烈牺牲了,我还替他难过了好久。结果,嘿,这人突然转到咱们学校来了,你们说好笑不好笑?不是……你们这到底都是什么表情?"

周洛突然有种不祥的预感，一回头，呆住了。

陆淇风顶着简松意"你死定了"的眼神，把自己的椅子往前挪了挪，挡住瑟瑟发抖的周洛同学。

柏淮则饶有兴味地偏过头看向简松意：《缅怀我的朋友——柏淮》？

简松意很淡定："艺术创作。"

"有机会拜读一下吗？"

"没有。不过百年以后，我定为你再作一篇。"

"借您吉言。"

……

你一句，我一句，"革命友谊"全忘记。

众人确定，这两人在军训时候一致对外的团结友爱都是假象，你死我活才是他们的本来面目。

简松意回嘴了柏淮几句后，低头看了一下时间，六点半，一中该放学了，拎起包，往肩上一搭："你们慢慢吃，我困了，先回家睡觉。"

柏淮也背上自己的包："我跟他一起。"

两个人慢悠悠地朝着夕阳的方向晃去，距离不近不远，谁也没说话，步伐轻松，没有其他人想象中该有的沉重，看上去还挺和谐。

杨岳挠了挠头："这事儿我一个外人听上去都有点儿惨烈，怎么他们两个看上去还跟没事人似的，还能一起回家睡觉？"

陆淇风打了个哈欠："不然呢？这事儿早过去了八百年，明眼人都知道柏淮没有一点儿责任，唯一的错可能就是对别人太好，让别人得寸进尺，所以他现在才这么个生人勿近的样子。你看除了简松意，他还和谁关系好？和我们关系不错也只是因为简松意跟我们铁，所以啊，只要简松意在，柏淮就不会有什么事儿。"

其他几个人听得晕晕乎乎，一知半解。

陆淇风懒得和这几个人解释，懒洋洋地掏出手机。

"叮咚"一声，简松意的微信响了。

陆淇风："军训时候我就想问了，你和柏淮现在怎么回事？"

简松意不知道陆淇风在说什么："什么怎么回事？"

陆淇风:"你不是看他不顺眼吗?不是要把他赶出南外吗?怎么最近关系这么融洽?冤家变死党了?"

简松意飞快地回复道:"死党个鬼,你可别被俞子国传染了。不过……我和柏淮好歹也算是兄弟。"

完了又觉得还不够妥帖,他补充道:"打归打,闹归闹,但还是要讲义气的那种兄弟。"

陆淇风笑了,把聊天记录截图,保存到"打脸"分类。

他发送给柏淮:"恭喜柏总,喜提兄弟。"又转过头对俞子国说道:"你写一个心机狗和一个二傻子的故事,保证火,信我的。"

正站在路边和简松意等着出租车的柏淮,收到这张截图,放大,指尖在"兄弟"两个字上敲了两下。

然后他偏过头,凑到简松意面前,眯着眸子笑道:"我记得我们松哥从小到大都说话算数。"

简松意钩了钩书包带子:"我当然说话算数啊。"

"那你刚说的要哄哄我,可还没哄。"

"……两个大男人煽情个什么啊!"

"但我现在挺不开心的,特别不开心,怎么办呢?"

柏淮本来只是想逗逗简松意,可是他没有想到,这么近的距离,让他心里那抹淡淡的失落和酸涩无处遁形,一不小心,就偷偷从琥珀色的眸子里溜了出来,被简松意一下子抓住了。

简松意不知道这份失落的由头,但他看得出来,在这份看似调侃的促狭笑意下,柏淮是真的不开心了。

说出去的话,泼出去的水。自己跟柏淮说的,让他不开心就说出来,给自己哄哄,不能食言。

于是,简松意钩着背包带子的手紧了紧,咬咬牙,挺直腰,梗着脖子:"虽然我不能理解你这个人奇怪的癖好,但是我决定还是给予你人文主义的关怀,所以……我这是为了安慰你,听到没?而且这是最后一次,以后再提这种矫情兮兮的要求,别怪我翻脸不认人!"

说完,他硬邦邦地圈住了柏淮。

第六章
我陪着你

SONG YI

29

这一抱，怔住的却是柏淮。

简松意不是第一次抱他。

小时候不懂事的时候，简松意就天天往他身上黏，后来遇上分化和不适期，也都抱过。

但是都和这一次的感觉不一样，小时候是软软的，有点儿小赖皮。

这个抱虽然僵硬，却是清醒主动的，带着点儿别别扭扭的安慰。

柏淮没有想过，简松意真的会答应。

本来只是有些气简松意，想逗一逗他，结果却突然给了自己这么大一个惊喜。

向来淡定从容游刃有余的柏淮，一时间竟然也会手足无措，只是僵硬地站在原地，被同样僵硬的简松意抱着。

本来设想的反应全都忘了，钩着书包带子的那只手，掌心还沁出了一层薄汗。

柏淮嘲笑自己，可真没出息。

拥抱的动作，让简松意的余光瞥见了柏淮后脖颈处一道伤痕。

很淡很淡，没有凸出，和肌肤一个平面，只是颜色比本身冷白的肤色略微暗淡了一点儿，在头发茬儿的掩映下，不仔细看根本看不出来。

"留疤了？"

柏淮轻笑："观察这么仔细，是不是舍不得撒手？"

简松意这才突然反应过来自己在干吗，连忙收回手，一下子又别扭起来。

出租车及时赶到，他直接拉开副驾驶座的门坐了上去，抱着书包，倚着车窗，闭眼装睡。

柏淮坐在后座上，透过反光镜，看着简松意，手指有一下没一下地敲着车窗玻璃，若有所思。

之后学着简松意的样子把脑袋抵上车窗，缓缓合上双眼，听南城秋天的梧桐叶落在玻璃窗上的声音。

出租车停在两栋欧式小楼中间，一人一边下了车，各回各家，再见都懒得说一声。

简松意一打开家门，就看见自家沙发上坐着一个身穿套装的女人。

裁剪得恰到好处的高级定制套装，梳得一丝不苟的盘发，优雅而笔直的坐姿。

从头到尾，都透露着柏家家族遗传一般的理智自持，和旁边娇艳天真的唐女士形成鲜明的对比。

但偏偏又是唐女士最好的朋友。

简松意没关门："韵姨，你什么时候回来的？要我去叫柏淮吗？"

柏韵朝他温柔地笑道："不用了，你快过来坐，韵姨有话和你说。"

简松意依言坐了过去。

柏韵是个女支配者，至今未婚。小时候两家老爷子管不住他们，简家父母又支持放养，柏淮父亲忙得不着家，严厉管教两个小孩儿的事，就落在了柏韵头上。所以简松意和柏淮都很尊敬她。

不说两个小孩儿了，就是柏淮的父亲，有时候都得让着他这个妹妹三分。

一个能撑起南城商界小半边天的女支配者，必然不容小觑，温柔却强势，优雅却倔强，只要她认定的事，就没人能动摇。从小柏淮就是在她身边长大的，没少受她影响，叫着小姑，其实也和母亲差不了多少。

简松意几乎可以确定，柏韵要跟自己说的事和柏淮有关。

果然，柏韵伸手轻柔地替他把因为抵着车窗睡觉而变得凌乱的额发拨好："刚才是和小淮一起回来的吧？"

"嗯，军训完，几个朋友去聚了个餐。"

柏韵满意地点点头："本来还担心他回来会不适应，没朋友，又是文转理，会影响成绩，结果听说他考了两次年级最高分，现在还有朋友一起聚餐，我就放心了。不然到时候他爸问起来，我还不知道怎么交代。"

简松意很快抓住了重点："到时候？"

"对呀，到时候。因为现在他爸还在大西北，不知道这事儿。"柏韵笑着抿了口茶，仿佛说的是再轻巧不过的事。

简家一家三口却愣住了。

本来还奇怪老柏那个精明又古板的性子，怎么可能同意柏淮这种操作，原来人家压根儿就被蒙在鼓里，什么都不知道。

那到时候知道了，对门不得翻了天？

唐女士想到对门两兄妹冷着脸互相争吵的样子，握着茶杯的手都在抖："你们姑侄俩怎么想一出是一出？"

柏韵很淡定："也不是想一出是一出，最开始小淮就想学理，是我哥想让他从政，非给他填了文，但是小淮又想当医生，就求到我这儿来了。你们也知道小淮这个臭脾气，认定的事情就拉不回来，他高二下学期就开始自学理科，还偷偷报了补习班，又集训了一整个暑假，除了学理综，什么都不干。我也知道他是想继承他温爸爸的遗愿，所以就答应了。"

简松意心里被拨了一下："那文转理就文转理，干吗非得转回南城来呢？虽然现在都是全国统一考卷，但是北城保送资源还是好得多。"

柏韵垂眸，淡淡笑了一下："谁知道呢！他就说他在南城有牵挂，想回来看看。正好他爷爷这两年身体不好，也想他，我就和他爷爷背着我哥，把他弄回来了。到时候就算我哥知道了，一家四个人，就他一个在敌对面，还能翻了天？"

有柏老爷子和柏韵在，那肯定是翻不了的，但是柏淮在南城的牵挂又是什么？

简松意觉得自己最近脑子有点儿不好用，总是想不明白事情。

不等他静下心来捋一捋，柏韵又继续温声说道："入秋了，马上之眠的忌日就要到了，小淮十八岁成人礼也快到了，但是他爷爷在乡下，他爸爸在西北，我马上也要去北城，家里就剩他一个。所以我这次来，是想拜托你们，能不能照顾一下小淮，陪陪他，让他这个十八岁，不至于太难过。"

唐女士没忍住，嗔怪了一句："我就想不明白，有什么天大的事儿，能让孩子成年礼没一个家人陪着？你们家的人也太狠心了，这要换作小意成年，我能去天上把星星给他摘下来。"

柏韵也没生气，声音平静温柔："没办法，不是所有孩子都和小意一样有福气的，而且小淮未必就想和我们一起过。我觉得从小到大，小淮也就和小意在一起的时候高兴些，所以我想拜托小意多陪陪小淮，就是不知道小意愿不愿意？"

也不知道怎么回事，在她们口中，柏淮突然就变成了凄凄惨惨一可怜孩子。

说得这么可怜，简松意就算再不愿意，再铁石心肠，也只能答应了。况且他也没有不愿意。

早在军训的时候，他就想到了，秋天来了，又到了该买一束洋桔梗的时候了。

不过不等他开口，唐女士就已经帮他答应下来了："那陪，必须陪。你都不知道，我们小意和小淮现在关系多好，那简直是形影不离，寸步不分，如胶似漆！"

简松意："……"

至于吗？

他想提醒他妈，成语不是这么乱用的，然而在两个四十岁的女人中间，他就不配拥有发言权，于是他一句话没说，这事儿就被这么定了下来。

唐女士喜气洋洋地送走柏韵后，就从自己的钱包里拿出一张亮晶晶的黑卡塞给简松意："儿子，拿去花，随便花，想买什么买什么，想吃什么吃什么，千万不能委屈了小淮！"

没必要，实在没必要。

简松意没接:"妈,你这也太夸张了,你随便往我卡上打一两万元就够了。"

唐女士不依:"一两万元哪够啊?现在买双绝版球鞋都不止一两万元了,你这人怎么这么没有心呢?万一到时候小淮觉得咱们家亏待他怎么办?"

简松意:"嗯?"

"拿去!必须拿去!这不是你一个人的事儿,这是我们全家人的心意,你懂不懂?"

简先生的人生宗旨就是,唐女士说什么就是什么。

于是他也帮忙劝道:"给你你就拿着,又没有非逼你用完。小淮这孩子,也就看着光鲜,虽然什么都好,但从小到大都过得冷冷清清的。我们家再不对他好点儿,对得起当年他为了你后脑勺儿挨的那一下子吗?你心里过意得去吗?"

简松意无话可说,只能收下。

不知道为什么,他总觉得唐女士和简先生的态度很奇怪,很像电视剧里那种有钱人家替自家傻儿子操碎了心的老两口。

简松意吐槽着自己的爹妈,回了房间。

他把背包一扔,扑到床上,掏出手机,对着日历上被标注出来的两个日期陷入沉思。

九月十三日,温叔叔的忌日。

九月十五日,柏淮生日。

他还记得十二年前的那个秋天,他陪着柏淮给远在国外的之眠叔叔打电话。

明明还奶声奶气的柏淮,非要假装小大人,一本正经地说,如果温爸爸忙,不回来也没关系的,小淮可以一个人吃蛋糕。

当电话那头温柔地说明天就会坐飞机回来的时候,小大人柏小淮到底还是没有忍住小孩子的天性,开心地抱住简小松蹦蹦跳跳,转圈圈。

然而还是没有等到他的温爸爸回来。

他的温爸爸,为了保护别的小孩子,离开柏小淮了。

从此，再也没有人可以温柔地陪着他度过春夏秋冬、年年岁岁了。

那时候的简松意对柏淮说："不要难过，既然你没有爸爸了，那从今以后我就是你哥哥，随便叫，别客气。"

虽然现在听来，他是在占便宜，可是那时候五岁多的简小松同学，只是在笨拙地告诉柏小淮，以后我陪着你。

以后的春夏秋冬、年年岁岁，换我来陪着你。

十八岁了。

十二年了。

简松意起身，翻出储物柜角落里那个大大的收纳箱，坐在床边，盯着收纳箱里那些零零散散的东西发呆。

不知道为什么，他突然觉得心里有点儿酸。他觉得柏淮这个人运气可真背。

背到自己想做点什么，给他转转运，让他十八岁以后的人生，能幸运点儿、高兴点儿。

他挠了挠脑袋，掏出手机，选了几个关系最好的人，群发消息。

"你们十八岁生日的时候，收到什么会最开心？不计人力，不计时间，不计成本。"

30

他本来是想群发，结果一不小心拉成了群聊。

消息一下密密麻麻。

我是一朵胖蘑菇："超好用的减肥药！"

徐大帅："和女神谈恋爱！"

周小洛："和女神谈恋爱！"

徐大帅："等等，松哥你是不是漏了一个人？"

陆淇风："别假如我们生日了，你就直说，你是不是想给柏淮送？如果是给柏淮送的话很好办，你送的就行。"

陆淇风："可以参考一下周洛的意见。"

简松意："怎么参考？给柏淮找个对象？能行吗？"

B。："理论上来讲，不太行。"

周小洛："……"

杨岳："……"

俞子国："……"

陆淇风："……"

大家盯着那个"徐大帅邀请B。加入群聊"看了三秒，纷纷退出群聊。

徐嘉行："咋回事？咋都退群了？你们是排挤我还是排挤柏哥？"

徐嘉行："你们要给柏哥找对象？！这么刺激？！"

简松意退出群聊，并扔掉手机，用枕头捂住自己的脑袋。

一群傻瓜。

他终于理解柏淮为什么不愿意交朋友了，因为你不知道这群朋友是不是一路走一路挖坑，还顺手把你给埋了。

手机滚落在地，"叮咚""叮咚"地响，简松意假装听不见。

本来想给柏淮准备生日惊喜，结果被他亲自抓包自己和陆淇风讨论给他找对象……

不过这个年纪的男生开开这种玩笑好像也还正常，好像也没到要羞愤自尽的地步？好像也不是不可以释怀？

一直不停"叮咚""叮咚"的手机终于不响了。

门响了。

还伴随着柏淮低低的声音："怎么？敢给我找对象不敢回我消息？是不是现在连门都不敢给我开？"

简松意："……"

还是别"释"了，直接重新"怀"吧。

他捂着脑袋，不说话，装死。

外面传来门把手被扭动的声音："不说话我就直接进来了啊。"

"别！我没穿衣服！"简松意把自己的脑袋从枕头里拔出来，口不择言。

柏淮轻笑:"原来你在家还有这癖好?我更想进来了怎么办?"

简松意一口气堵住了,柏淮这个人原来脸皮这么厚吗?

"非礼勿视懂不懂?你这人怎么这么流氓?"

"有你流氓?"

简松意每次一害臊就心虚,一心虚就说不出话,憋了半天憋出一句:"我睡着了。"

柏淮忍住没笑:"行,你睡着了。那请你帮我转告一下某人,就说我不需要什么生日礼物,也不需要什么仪式,我这个人不太喜欢麻烦别人,也不太喜欢热闹。"

"哦,知道了,我会转告的,你走吧。"

不知道怎么回事,柏淮从简松意声音里听出了一丝闷闷不乐,还有点儿委屈。

他犹豫了一下,最终还是松开拧着门把手的手,转身走了。

魔鬼高三始终是魔鬼高三,拓展训练一回来,所有人就无缝衔接到做卷子、讲题、抠知识点的模式。平时吊儿郎当,嘻嘻哈哈,没个正形的人,也都变成了冷酷无情的刷题机器。

短暂的热闹和喧嚣沉寂下来,好像那只是一段时日已久不痛不痒的记忆,只有简松意和柏淮明白,在过去那五天里,这三年堆积的冰墙,在日出之时,已彻底融化于长街。

取而代之的是另一种微妙的尴尬。

简松意一整天一句话也不说,捧着一本高考语文阅读真题,埋头苦刷,在一众被理综和数学折磨得晕头转向的学生中间,显得十分清新脱俗。

老白感动得眼泪都要出来了,他摘掉眼镜,单手抚脸,肩膀颤抖,激动得半天没说出话来。

最后他抹了抹眼角,重新戴回眼镜,拍了拍简松意的肩膀:"我就知道,我总能等到你回心转意的那一天,世界上所有的一厢情愿,都是值得的。"然后步履蹒跚地离开,背影沧桑又欣慰。

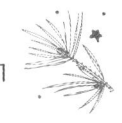

简松意:"至于吗,我之前有这么蔑视语文?"

"你有。"徐嘉行一边推开杨岳,一边嘴欠,说完就从桌子缝儿之间挤出去,"咻"地跑远了。

挤得简松意笔都掉地上了。

他不满地蹙了蹙眉:"这是赶着去投胎?"

杨岳幸灾乐祸:"他这是昨天吃太多肉,拉肚子了,你说是不是他缺德事儿干多了,怎么这么多人就他一个人拉肚子呢?"

"我其实也有点儿不舒服。"简松意捡起笔,不经意间随口说道,"胃疼了一晚上,现在还难受呢。"

杨岳日常双重标准:"你那是少爷身子,金贵,徐嘉行那就是作孽,不一样。"

正在修改错题的柏淮,公式写到一半,突然不写了,站起身:"我出去一趟。"

简松意挑眉:"晚饭时间都要结束了,你出去干吗,想翘晚自习?"

柏淮轻笑:"我翘晚自习不得带上你狼狈为奸?不然你回头给我小姑告状怎么办?"说完,拿着手机就走。

简松意撇撇嘴,埋头继续做阅读理解,做了半天,一道题都没写出来。

他就不明白,这些出题人老问他作者在想什么,他看上去是那种能猜出来作者在想什么的人吗?

柏淮就在他身边戳着喘气儿呢,他都猜不出来柏淮的心思,这些已故好几十年,连面儿都没见过的人,他拿什么猜?

烦躁。

"还是数学和物理可爱,多简单啊,随便写写就满分了。"

简松意一不小心嘟囔出来,惹得周围所有人齐刷刷地回头用一种看变态的眼神看着他。

俞子国更是差点儿当场昏厥:"如果不是算出了所有选择题的答案,我物理和数学加起来估计都没你语文分数高。"

"能算出选择题答案?!俞子国,你快教教我,我包你一个学期的鸡肉卷儿!"

智商赶不上大佬的人,只能寄希望于玄学。

俞子国嘚瑟地摇着扇子:"那当然能算出来,你们小俞同志我,这方面从来没失误过,只不过独家秘籍,概不外传。"

杨岳"打脸":"你不是还算松哥是易感者吗?就这还准呢?脸疼不?"

俞子国:"……"

简松意:"……"

俞子国有点儿尴尬,简松意更尴尬。

好在徐嘉行捂着肚子,虚弱地回来了,气若游丝:"多年宿便终于得偿所愿,我死而无憾了。"

简松意愣了愣,这话是这么说的?欺负他语文不好?

徐嘉行跟跟跄跄,一边撑住简松意的桌子,一边说道:"我刚才去厕所,遇到校门口值日的了,他说,有外校的人找柏哥。"

简松意警觉地抬起头:"前门后门?"

"当然是前门啊,外校的哪儿找得到后门。"

简松意略微松了一口气。

南外后门是一条小商业街,逃课出校或者买东西,都是去后门,所以柏淮应该没和那个外校的碰上。

理性判断和直觉都告诉简松意,那个外校的人,是王海。

他站起身,抄起椅背上的校服外套就往外走,走了两步,又停下来转身对徐嘉行他们说道:"别告诉柏淮有人找他,他回来了如果问的话,就说我去办公室问问题了。"

南城一入了秋,就凉得快,吹了风,胃更难受了。

简松意随意把外套一罩,就往校门口快步走去。

王山的事儿,简松意知道。

乡镇插班过来的贫困生,家境不好,最开始只是沉默寡言,过于内向,所以大家都不爱和他说话,后来每次班级交费用的时候,他都各种推迟不交,次数一多,其他人就有些烦他。

柏淮作为班长,每次都帮他垫交,也没别的意思,但王山看在眼里，就把柏淮当作了他的朋友。

柏淮那时候还没有现在这么高冷，虽然也不是热络性子，但每次王山找他帮忙的时候，他能帮就帮一把。

结果后来有人说王山偷东西，王山不承认，让柏淮帮他做证。柏淮没办法做证，只说他不确定的事情，不发表意见，他主张说王山盗窃的人需要自己举证。

王山觉得柏淮背叛了他。

然而就在当天晚上，柏淮丢了东西，那东西在王山的抽屉里被发现了。

他让王山还给他，他可以不追究，但希望王山不要再偷东西，王山却把那东西直接从六楼扔了下去。而从来不会情绪激动的柏淮，那次居然发了火，两个人在教室里吵了一架，不欢而散。

恰好就在第二天，之前丢了东西的人一起找到王山，打算出口气，而柏淮请假外出了。

悲剧发生了。

简松意觉得柏淮真的挺冤的，那时候也就十四岁，面冷心热一小孩儿，结果成了东郭先生。

但有件事简松意一直没想明白，柏淮对大多数事情都不在意，还有点儿洁癖，如果什么东西被偷了，估计也就不想要了，结果那一次不但非得要回来，甚至还吵了一架。

所以，王山到底偷了什么，他一直很好奇，可是柏淮不说。

如果说王山恨柏淮还有渊源，那王海找柏淮麻烦，就只是泼皮无赖想要钱而已了。

简松意冷笑一声，发现自己已经走到了校门口。

他一出门，就看见了正倚着学校外墙站着的王海。

其貌不扬的男生，普普通通的一中校服，但是莫名地就是让人看着不舒服。

王海也看见了他，眯着眼睛打量了一会儿，扯出一个古怪的笑："是你啊，柏淮不敢来，让你来了吗？"

"柏淮贵人多事，我比较闲，抽空帮他出来看看。"简松意松松垮垮地罩着校服外套,语气懒洋洋的,"你有什么话就快说,我虽然闲,但没什么耐心。"

王海也没心思叙旧,直入主题:"你们昨天去过我家店里了?"

"凑巧而已,犯不着让你大老远跑一趟。"

王海吐了一口唾沫,在地上蹭了两下,一脸无赖样:"我这次来,就是想问柏淮要点钱。精神损失费,懂不懂?"

"精神损失费?"简松意笑了,他是真没见过这么厚颜无耻的人,往前逼近一步,低头俯视着王海,"我不太明白,你凭什么来要精神损失费?就凭柏淮是个傻瓜,没跟着别人一起欺负你哥?"

王海理不直气也壮:"我就问你,柏淮如果没拿我哥当朋友,当时干吗要帮他?如果拿我哥当朋友,又凭什么每次都要考最高分,让我哥拿不到奖学金?他缺那点钱吗?而且还诬陷我哥偷东西。出事那天,我哥明明跟他说了觉得有人要找麻烦,他还是非要请假外出,这摆明了就是他指使那群人这么干的!所以,我哥出事了他能不负责?我要点精神损失费怎么了?"

说完了他还大发慈悲一般地挥挥手:"我也不贪,要得不多,给我两千元,充点网费,这事儿就算过去了。不然我就要把这事明明白白全部写出来,往你们学校贴吧发,往一中贴吧发,往所有社交平台发,让别人好好议论议论,看柏淮怎么做人。"

这是彻底耍上无赖了,说白了,就是想要钱。

简松意不差那点钱。可是他宁愿打发叫花子,也一分钱都不想给面前这个垃圾。

简松意一把拽住王海的衣领,拎着他往上一提,抵到墙上,扯着嘴角笑道:"你哥自己有心理疾病,偷盗癖加偏执,不好好去看医生,赖别人?"

"你胡说!"

"我有没有胡说不是你说了算,反正刚才我们的对话,从头到尾我都录下来了,告你一个讹诈未成年人,不过分。不过我估计你没那个胆子学你哥,所以到时候是进去关几天,还是让你爸妈花钱和解,你自己看着办吧。"

王海从小不学好,平时没少勒索学生的钱,本来以为这种富家少爷钱多好拿捏,都愿意花钱买个清净,没想到遇到了硬茬儿。

王海只能怂了,梗着脖子:"不给就不给,不给拉倒。但我今天来,还有一件事儿,就是我哥想让柏淮去见他一面,说是之前的心结想解开……你干吗……你……你疯了……"

简松意没疯,很冷静地抬起胳膊,手指攥紧王海的领口,反方向拧了一圈,勒得他喘不过气。

简松意眉眼冷厉:"那你就转告你哥,柏淮现在每天开心得跟个傻瓜似的,没什么心结好解。他不是想知道柏淮那天为什么非要请假外出吗?我告诉你,因为那天我急性肠胃炎,去医院了。所以,你们兄弟俩一定要找个人赖上的话,就算我头上,别找柏淮麻烦。"

王海想说话,简松意不给他机会:"你也别问我'如果非要找柏淮麻烦又能怎么样'这种没脑子的话。我不会怎么样,顶多就是柏淮有多不痛快,你和你哥就有多不痛快。我不喜欢威胁人,但如果你们想让你们爸妈多过几年安生日子,就好自为之。

"还有,如果柏淮有一天自己想骂你哥一顿了,我会陪他去,但不是现在。明白了吗?"

王海已经完全喘不上气来了,脸涨得紫红,只能拼命点头。

简松意松开手,懒洋洋地转了一下手腕,回身往校门口走去,一个眼神都不想多给。

王海俯着身子,喘了几口气,突然嘲讽地笑了一声:"你这双鞋子,现在市面上怎么也得七八千元了吧?"

简松意顿住脚步。

王海继续笑道:"我倒腾过这款的假货,可是我连假货都买不起。你知不知道我哥其实在出事前就讨厌柏淮了?你们这种人,有钱,成绩好,长得好,所有人都喜欢,什么都有了,然后再假惺惺地对别人好,满足你们心里那点儿优越感。等你们一不开心了,就把施舍的那点好收回去,有没有想过我们这种人是什么感受?你们凭什么瞧不起我们?你们也就是投了个好胎而已。"

简松意不觉得自己是圣人,不想和他讲太多道理,只是淡淡地说了句:"投胎是我的本事,你羡慕不来。没有投到好胎,能把生活过好,是别人的本事,你也羡慕不来。"

可是走了两步,他想起昨天烤肉店遭遇不幸却和善爱笑的两口子,又实在忍不住多说了一句:"你们家现在的生计,是用你哥的两条腿换来的,全家现在就你一个全须全尾的,你能不能活得有点儿人样?"

说完,才真的头也不回地走了。

简松意觉得自己一点儿都不酷。

他是真的很讨厌王山这个人。

柏淮看着冷,但心思细腻敏感,所有情绪都会敛在心里自己消化,付出善意,却被伤害,伤害之余,还被指责怨恨,明明是受害者,却又因为善良,而陷入自责。

也难怪柏淮会把生活过得越来越冷清,如果不是自己还陪着他,他和孤家寡人有什么区别?

简松意突然一点儿都不气柏淮抢了他的校草名号和年级第一了。

这人运气这么背,自己让让他,也应该。

简松意一边揉着胃,一边回了教室。

柏淮已经坐在位子上开始刷题,而自己的桌子上放着一杯冒着热气的冲剂。

简松意皱起眉,转身想走。

柏淮头也没抬,淡淡地开口:"回来,喝药。"

简松意觉得在教室里被哄着喝药的话,有点儿丢人,只能不情不愿地蹭过去,看着那杯药,苦大仇深。

自己刚刚帮柏淮出了头,这个人转眼就恩将仇报。没良心。

柏淮停笔,偏过头看着他:"不是胃不舒服?"

"我不爱喝这个。"简松意语气里已经开始闹脾气了。

柏淮哄小孩儿一样:"这是甜的。"

"黑色的液体,但是味道甜的,我迄今为止,只知道可乐。"

"真是甜的,我骗你干吗?"柏淮看着简松意一脸严肃的样子,实在是想笑。

简松意还是不信,他一点儿带苦味的东西都不能吃,吃了就想发脾气。

柏淮无奈地摘下细边眼镜,捏了捏眉心:"之前在医院,你说我帮你忙,你就答应我一个要求。"

"是有这么回事儿。"

"你自己说的,说话算数?"

"是……但是……"

"我的要求就是,你一日三餐,按时喝这个胃炎颗粒,喝完一个疗程。"

"不是。"简松意终于忍不住了,"这么好一个机会,你就浪费在这上面?这种损人不利己的事,对你有什么好处?你好歹提点有价值的要求啊?"

柏淮四两拨千斤,轻描淡写:"不答应也没关系,正常。"

心机狗!居然用激将法!

简松意板着脸,屏住呼吸,喝完了。

嗯?居然真的是甜的。

简松意舔了舔唇角,不好意思道:"那什么,这个要求,我觉得不算要求,你要换一个也行。"

柏淮右手写着字,左手把自己桌上的一杯温水递过去:"不用了。喝点水,润下口,不然待会儿嘴巴苦。"

左手掌心悄悄滑落了一颗奶糖,落下的位置被杯子挡住,其他人的视角看不见。

简松意飞快地把糖拿到桌子底下,剥开,扔进嘴里,抿着糖,舌尖渗出丝丝甜意。

没人发现,没有影响到他的光辉形象。

简松意突然觉得柏淮这人,其实好像还是有点儿好的,也就嘴巴坏,但心里没什么算计,还很体贴,是自己之前错怪他了。

又想到这人从小到大运气都不好,总是遇上倒霉事儿,还能这么心地善良,居然有些心疼,下定决心以后要对柏淮再好一些。

他的朋友,就是柏淮的朋友;他的爸妈,就是柏淮的爸妈;他的运气,也可以分给柏淮。

总归,会让柏淮过得再好一些的。

而"心里没什么算计"的柏淮同学,淡然地翻过一页题册。

简松意挺好哄的,以后估摸着还能哄到好多次提要求的机会,这一次也就不可惜,反正他对简松意最大的要求,就是健康快乐地活到一百二十岁。

不过这么想想的话,倒也不是不可以过一过生日。

哄简松意欠自己几个成人礼的愿望,有利于以后生活调剂,也是个不错的主意。

柏淮转了一下笔,若有所思。

31

简松意如果知道柏淮在想什么,估计又不想跟他好了。

只可惜他不知道,所以心里只想着对柏淮好。

第二天凌晨五点,简松意一分钟也没拖沓地起了床,仔仔细细洗漱,把一头偶尔会奓开的黑毛梳得规矩服帖,换上黑色银扣的衬衣和修身的黑色西裤,球鞋也换成了正式的黑色皮鞋。

看上去像是大人的模样。

五点半,他就已经在楼下的黑色私家车旁等着,手里握着一束开得正好的白色洋桔梗。

初秋的早雾缱绻地氤氲在他的周遭,落在桔梗花瓣和漆黑的睫毛上,沾染成温柔的露水。

柏淮一打开门,就看见了这样的简松意,而天幕还是极深的蓝。

他穿着同样的黑色衬衣和西裤,只是手里握着的是一束白色雏菊。

柏淮缓缓走到简松意跟前,声音低而柔:"困就回去再睡会儿,不然你又闹起床气。"

简松意没回答,只是打量了他一眼,伸手帮他理了一下领子:"你穿黑色也还挺帅的嘛,差点儿就赶上我了。"

柏淮皮肤是异于普通人的冷白，五官精致立体得有些单薄，眉眼也就生出冷意，衬上极致的黑色，视觉上强烈的反差，让这种冷变得浓烈起来。

一个微微垂首的弧度，一声温柔低沉的嗓音，就生出了一种与平时的淡漠截然不同的冷艳。

简松意打开车门："早点出发吧，别让温叔叔等我们。"

黑色的车辆，从市区缓缓驶向城郊的公墓，薄雾始终未散，微凉的空气撞上冰冷的玻璃窗，镀上浅浅的磨砂，试图把狭窄的车厢和这个伤感的初秋隔离开来。

可是当车停了的时候，少年们始终还是要走进那个清冷又孤独的秋晨。

两束白色的花，两个身穿黑衣的少年，就是对那个温柔又勇敢的易感者身故十二年后，全部的悼念。

而他生前羁绊最深的柏寒，甚至连回来看他一眼的时间也没有。

一束白色雏菊，是柏淮对他刻骨的想念。

一束白色洋桔梗，是对他无瑕一生的赞美。

墓碑上简简单单地写着一行字：当我生来，我愿爱这个世界；当我死去，我愿世界不再爱我——温之眠。

那张黑白照片上的容颜，柔美俊秀，笑容恬淡。

柏淮很像他的父亲柏寒，从容貌到气质，还有那份属于天才的高傲，全都如出一辙，这大概也就是为什么明明这个男人冷漠至此，之眠叔叔却始终将其引为知己。

简松意有点儿伤感，觉得自己应该避一避，给柏淮和之眠叔叔一点独处的时间，柏淮却拽住了他的手腕："陪我一会儿吧，我不想一个人。"

这是第一次，柏淮告诉简松意，他不想一个人，他需要陪伴。

上次吵架，总算还是有点儿用。

简松意有点儿欣慰："行。"

两人沉默地站立着，过了很久，天际泛出微茫的白光，简松意突然开口："柏淮，你知道吗？你其实不像柏叔叔，你更像温叔叔。"

柏淮偏头看向他。

这是十八年来,第一次有人这么说。

简松意看着墓碑上的照片,带着笃定的笑容:"真的,你其实更像温叔叔。我觉得你学医还挺好的,而且你穿白大褂应该也特别帅,所以你要不要让温叔叔保佑你,考上华清大学的医学院?"

柏淮轻笑:"我考个华清大学还要我温爸保佑的话,那我温爸估计也就不稀罕我这儿子了。"

"你这话出去说会被打的,你知道吗?"

"难道你觉得不是这样?"

"那倒也确实是。不过你真的没让之眠叔叔保佑过什么吗?"

"有啊。"

"什么?"

"不告诉你。"

"不说拉倒。"

那种沉痛的伤感,随着太阳的升起,和薄雾一起散去。

柏淮看着墓碑上的照片,心底柔软平静,眸子里渗出无奈的笑意。

温爸爸,你看,他总是能哄我开心,我没办法不在意他、珍视他。所以,能不能麻烦你,保佑我一下?保佑我能够得偿所愿。

风轻轻吹过,花束晃了两下,算是答应了下来。

两人离开公墓的时候,已经八点,等回了学校,早迟到八百年了。

反正都已经迟到了,那就不急。

简松意正好不想穿成这样去学校招摇,更不想让柏淮穿成这样去学校招摇,懒洋洋地打了个哈欠:"想不想逃学?"

柏淮瞥了他一眼,然后走过去,对在墓园外等待的司机低声说道:"张叔,不好意思啊,麻烦你久等了。我们俩暂时不回去,你帮忙跟唐姨说一声,我和简松意今天打算逃个学。"

张叔:"……"

孤陋寡闻如张叔,一时不知道是该惊叹有人能把逃学说得如此理直气壮,还是表扬柏淮就连逃学也如此有礼貌。

但是他也清楚简家的教育方式,于是嘱咐了几句,就应下来,回去向老板汇报工作了。

剩下两个人就那样漫无目的地沿着马路晃，晃着晃着竟然晃到了墓园旁边的灵安山上。

灵安山顶的大觉寺是南城最有名的寺庙，放在整个南方，也是叫得出名号的。

尤其是那棵许愿树，出了名地灵。

简松意不太信这个，不过唐女士信。

唐女士说世间无神佛，但是人如果内心坚定地相信什么东西，那愿望就一定会实现。

自己的内心坚定不坚定，简松意不知道，但是他知道卖许愿树红布的小姑娘内心很坚定。

小姑娘缠着他们从山腰一路到了山顶，缠得简松意实在受不了了，花五十块钱买了两根红布条。

柏淮拿着他塞给自己的那根，忍不住轻哂："我都不知道原来极乐世界的科技已经发展到可以使用二维码了？你是不是早衰，到了需要缴智商税的年纪？"

简松意一脸冷漠："没办法，我太希望你变成一个哑巴了，以至于'饥不择食'。"

两人不欢而散，一东一西，隔了十万八千里。

柏淮拿着那根丑不拉几的红布条，看了一会儿，突然觉得自己也不是不可以"饥不择食"一下，找了一支笔，在红布条上仔仔细细写了起来。

写完了，走到许愿树边上，找来找去，却发现没有一根树枝配得上他的愿望。

他回头，发现许愿台另外一头的简松意压根儿就没写，只是蹲在一个摊位上，和一个老和尚说着什么。

背对着，看不见表情，也看不见摊位上卖的什么东西，只是那根破红布条被他遗落在了脚边，不闻不问。

柏淮突然笑了一下，他刚才居然还指望着简松意买这两根破红布条是因为想在这个特殊的日子帮自己许个愿什么的。

是他想太多了。

柏淮把红布条细细卷好,放进裤兜里,朝简松意走去。

柏淮到的时候,简松意似乎已经和老和尚完成了某种交易,看见他过来,从容地把东西收进了裤兜。

柏淮眯了眯眼。

简松意站起来,拍拍裤子,面不改色:"给俞子国买的,他喜欢这些小玩意儿,上次陆淇风说了得罪他的话,问我怎么赔礼道歉。"

他顺便转移了话题:"你那许愿布写了没?"

"你看我像是会做这种事情的人?"柏淮一边说着,一边用手指把裤兜里的红布条往里压了压,生怕露出来。

简松意撇撇嘴:"你这人就是活得太理性太刻薄了,能不能浪漫一点儿、感性一点儿?"

柏淮脚尖拨了拨泥土地上那根身价二十五元的红布条,朝简松意挑了挑眉:"说我?"

简松意:"其实做人,还是不能太迷信。"

然而他放进裤兜的手,却轻轻握住了那个迷信的小玩意儿。

也不知道唐女士说的心诚则灵,到底是不是真的。

两个人对这里都没有太大兴趣,心里又都装着事儿,随便逛了几圈,就揣着各自裤兜里的小秘密下了山。也做得没太过分,回家吃了个午饭,睡了个午觉,换了身衣服,还是老老实实去学校了。

下午一到教室,杨岳他们几个就朝简松意挤眉弄眼,奈何简松意还在犯困,半天没接收到暗号,一到座位上,就开始趴着补觉。

倒是柏淮实在受不了,把笔往桌上一拍:"你们有什么想背着我跟简松意说的,可以直接微信私聊,没必要虐待你们那几张本来就有些可怜的脸。"

俞子国:"哇!柏哥!你居然会对我们说这么长的句子!你知不知道这是我们认识以来,你第一次主动对我说超过十个字的话!我简直享受到了松哥级别的待遇!"

柏淮："……"

简松意听到这话，也不睡觉了，支起脑袋，看着柏淮，懒洋洋地嘲讽道："所以拜托你以后能不能别只针对我一个人，把气我的本事也往他们身上撒撒，雨露均沾，不然别人还以为你面瘫加哑巴呢。"

刚嘲讽完，桌肚里的手机屏幕就亮了。

徐嘉行拉了个群聊，边拉还边喊："除了柏哥以外的我都拉进来了啊，你们快看看。"

柏淮："……"

背着别人说坏话的事，实在不必如此大张旗鼓。

简松意看着柏淮一脸冷漠的表情，觉得有趣，忍不住嘚瑟地把手机屏幕往柏淮跟前晃了几下，翘着唇角，十分欠揍："都跟你说了，平时好好做人，不然哪儿会沦落到如今被孤立的下场？"

说完就收回手机，想看看这群猪队友又要搞什么玩意儿。

我是一朵胖蘑菇："根据本班长一手资料，星期天是柏哥十八岁生日，哥儿几个要不要……帮助柏哥从少男蜕变成一个真正的男人？"

徐大帅："集资找对象的话，我可以出一百块钱。"

可爱小洛洛："我可以当那个对象，免费。"

陆淇风："嗯？"

算命找我打6折："我也不是不可以。"

简松意："你们图什么？"

可爱小洛洛："开个玩笑嘛。性感小洛，在线包邮。"

可爱小洛洛被移出群聊。

陆淇风："好了，继续，说正经的，我个人觉得柏淮不会喜欢这种闹哄哄的生日聚会，你们也别瞎操心了，让简松意看着办就行。"

我是一朵胖蘑菇："那哪儿行啊？过生日请吃饭，是我们几个这么多年的传统好不好？柏哥既然是我们的一份子，就必须遵守这个传统！而且我礼物都准备好了。"

徐大帅："对啊！就算生日当天有其他安排，不方便跟我们过，那提前一天，大家吃个饭，高兴高兴总行吧？"

俞子国:"我也准备了礼物……虽然不值钱,但是我做了好久。"

陆淇风:"小意,你问问柏淮,周六愿不愿意出来聚一聚。愿意,我们几个就准备准备;不愿意的话,就把礼物给你,你帮我们转交一下。"

简松意敲了敲屏幕,想了一下,退出群聊界面,点开和"倒霉蛋"的聊天界面,飞快发送——

"明天杨岳他们几个想一起吃个饭,你来吗?没安排在后天,就明天,你就当普通地和朋友们聚一聚。"

"我知道你不喜欢人多,但不是所有人都是白眼狼,这几个傻瓜虽然脑子都有点儿不太行,但人都凑合,也拿你当自己人,所以,我就想你能不能别老是那么装样,下凡沾点人气儿行不行?"

"你自己看着办吧,我也不劝你,反正不关我的事儿。"

然后是几张截图。

"你看,都在操心你的事,就连俞子国都给你准备礼物了,你好意思伤人家心吗?"

微信一条接一条,不带停的。

语气暴躁,措辞生硬,不耐烦中还很嫌弃。

柏淮却抿着点儿笑意,毫不犹豫地回复了一个字:"好。"

柏淮知道,简松意其实也不是很喜欢这种社交聚会,他攒这么一个局,无非想把他的朋友分享给自己。

就像小时候一样,简小松每次都会把自己最喜欢的玩具偷偷藏进一个大箱子里,然后哼哧哼哧地拖着大箱子,塞进柏小淮的房间。

就是自己觉得好的,就想一股脑儿地分享给你。

草履虫的思维方式,就是这么笨拙又直白。

却那么有趣。

柏淮翘起唇角,压着笑意,推了推鼻梁上装模作样用的金丝眼镜。

周六的聚会定在了晚上八点,吃过晚饭后,一群人直接去同学家唱歌。

主角柏淮从头到尾一脸淡定,坐在角落里,低头玩着手机。简松意也兴致缺缺,坐在柏淮旁边,时不时往他手机屏幕瞄两眼。

场面有些冷。

陆淇风平时出来玩得最多,他觉得既然出来玩了,就要玩个尽兴,不然不如别出来,于是自觉地承担起了暖场义务。

他找到一个骰盅:"骰子都会玩吧?咱也不玩复杂的,就最简单的,比大小。谁最小,就罚喝整杯饮料,比倒数第二少几个点,就喝几杯。然后点数最大的,可以选择问点数最小的一个问题,无论什么问题,都必须如实回答。敢玩不敢玩?"

柏淮不喜欢闹腾,但是他知道这几个人后面肯定还给他准备了惊喜,现在的这些游戏只是欲盖弥彰的前戏。

他不愿意扫大家的兴,也不想辜负这份心思,放下手机,笑道:"没什么不敢玩的,就是简松意有胃病,出门前他妈特意叮嘱了的。"

简松意:……我怎么不知道我妈这么说过?

算了,天大地大,寿星最大,我忍。

陆淇风作为组织者,心里明镜似的:"那行,那如果松哥输了,就柏哥帮忙喝。"

简松意刚想反驳,柏淮就已经拿起骰盅,淡淡地道:"好。"

算了,天大地大,寿星最大,我继续忍。

好在简松意运气不错,第一个开盅,五个骰子,二十八点,无论如何也不会输了。

他往沙发上一靠,懒洋洋地伸直两条大长腿:"你松哥我纵横江湖这么多年,什么时候输过?"

然后就傲慢地看着陆淇风摇了二十四点,周洛摇了二十二点,杨岳摇了十八点。

倒是俞子国很厉害,拿出了摇签筒的本事,摇了个二十九点。

之后就是徐嘉行,四个二,一个一。

看到这里所有人都忍不住笑了。

杨岳甚至已经开始帮徐嘉行倒饮料:"你说你这是什么破手气?上来四个二带个尖儿,斗地主也没你这么玩的啊。"

徐嘉行不服:"一切还未成定局!我还有柏哥!万一他比这个还

小呢!"

"你用用你的脑子算算,这是个什么概率?这要比你还小,我就倒立拉……稀……"

柏淮开盅了。

五个一。

场面沉寂。

柏淮一点儿也不意外,淡然地笑了一下。

简松意看着那五个一,真的不知道该说什么好,只能找了个很牵强的理由:"是不是骰子有问题啊?"

他不信柏淮真的就这么背。

简松意坐直身体,手伸到柏淮面前,握住他的骰盅,顺着桌面下滑,空中一晃,扣了上去。

开盅。

五个六。

杨岳痛心疾首:"松哥,我知道你不喜欢柏哥,但是好歹人家生日,你何苦往伤口上再撒一层盐呢?"

这一次简松意是真的无话可说,站起身往门口走去:"我去个卫生间。你要不要跟过来?我还没见过人倒立拉稀。"

杨岳:"……谢邀,不了。"

陆淇风自然是乐意看见柏淮输的,幸灾乐祸地趁热打铁:"俞子国,你点数最大,想问什么就快问,错过这村儿可就没这店了啊。"

说着打了个暗示性的眼神。

俞子国可是机灵得不要不要的人,八卦之魂熊熊燃烧,激动地搓着手,毫不犹豫地问出了他心中憋了很久很久的那个问题:"柏哥,我想问的就是,你有喜欢的人吗?或者无关爱情,但珍视的人,很重要很重要的那种。"

"这个问题……"柏淮轻笑了一声,欲言又止。

居然没有直接否认。

刚走到门口的简松意不由得顿住脚步,抑制不住好奇心,推门的手悬在半空，忍不住回头看了柏淮一眼。

柏淮倚着沙发靠背，伸手解开两颗衬衣扣子，松了松，露出修长的脖颈和锁骨，全然没了平素清冷的自觉。

眼睛微微眯着，唇角噙起一抹似有似无的笑。

轻描淡写的一个字。

"有。"

32

俞子国步步紧逼："那你喜欢的人是谁啊？"

所有人都默契地忽略了后面那句"无关爱情，但珍视的人，很重要很重要的那种"，屏住呼吸，等待回答。

柏淮却往后一躺，半匿在阴影中，语气漫不经心："这就是下一个问题了。"

一直到上完厕所出来洗手的时候，简松意心里都还在惦记着，柏淮居然真的有喜欢的人了？

自己每天和他在一块儿，怎么一点儿都没察觉到？

到底是谁呢？

应该不是南城的，如果是南城的，柏淮瞒不了自己，所以只能是在北城的时候认识的。

想想也还合理。

在南城受了伤，一个人孤孤单单地去北城，没有朋友，没有亲人，这个时候如果出现了一个温柔甜美、懂事贴心的女孩子，柏淮沦陷了也很正常。

可是想到他居然都不告诉自己，简松意心里有点不是滋味儿。

他又想象了一下，如果明年两人一起考到北城去了，结果柏淮突然带了一个女朋友到他跟前，让他叫嫂子，还在他面前疯狂秀恩爱，撒狗粮，嘲笑他还是单身狗……就更不是滋味儿了。

不过如果真的是这样，到时候自己该包多少红包？或者要不再拐两个人一起去北城？毕竟柏淮孤家寡人，如果有个女朋友陪着，也算是好事，自己总不能当电灯泡。

可是无论怎么想，心里都始终有点儿不高兴。

柏淮有小秘密不告诉自己。

简松意关上水龙头，扯了两张纸巾，心不在焉地擦着手。

"别擦了，再擦该擦秃噜皮儿了。"

简松意听见声音，抬头，发现陆淇风不知道什么时候站到了他身后。

陆淇风拍拍他肩膀，笑得有些意味深长："你走了后，我们玩了四五把，柏淮可一把没输啊。"

简松意不乐意了："你的意思是说，我把柏淮带倒霉的，我是扫把星？"

陆淇风看了他三秒，嫌弃地转身进了厕所。

谁跟简松意较真，算谁倒了八辈子血霉。

简松意回到包间的时候，刚好结束了一把，周洛输了，赢的人又是俞子国。

气氛比之前热络了不少，问题的尺度也更大，俞子国的脚都已经盘上了沙发："周小洛，听好了，我就问你，你的初吻还在吗？"

简松意刚想说，废话。

结果周洛居然脸红得磕磕绊绊："那个……那个亲嘴……算初吻吗……"

不然呢，难道亲脚丫子算？

简松意面无表情地坐回自己之前的位置。

柏淮懒懒地倚在沙发上，养着神，看见他回来，问道："你这是什么表情？"

简松意持续冷漠："一晚上被背叛了两次的表情。"

柏淮闻言，偏过头，眸光从眼尾扫向简松意，想从他脸上看出点什么，缓缓开口："被背叛了两次？"

"我最好的兄弟都有了'奸情'，而我却对此一无所知。"

"就这个？"

"这个还不够？"简松意挑着眉，回睇了他一眼。

有点儿不高兴。

209

可是也只是有点儿不高兴而已,其他什么都没有。

柏淮收回视线,转过头,慢腾腾地坐直身体,手指搭上骰盅:"下一把吧。"

轻轻一摇,五个一重出江湖。

简松意跟着一摇,五个六再现人世。

简松意开始怀疑自己是不是真的吸走柏淮的运气了。

偏偏这次大家手气都不错,点数倒数第二小的杨岳也有十三点。

又是八杯。

杯子大,一杯可以装大半罐。

简松意想都没想,给自己拿了一个杯子,单手拉开拉环,倒进去:"我和柏淮一人一半。"

杨岳和徐嘉行两个憨憨可就不干了:"松哥,刚才我们俩可是实打实地喝了有十几杯,不兴代喝的啊。"

简松意懒得搭理他们,拿起杯子,刚抿了一口,结果就被一只手夺走了。

柏淮凑到他耳边,声音低沉,压得只有他们两个可以听见:"我说了,小朋友不能喝,怎么不听话呢。"说完,两根骨节分明的手指握住杯口,轻飘飘地往回一收,送到唇边,一仰头,一杯就没了。

仰着头的时候,脖颈线条拉长,被房间里晦暗迷离的灯光剪出了一个极致的轮廓,喉结上下滚动的弧度格外明显。

无声的、安静的,一种莫名的气氛就这样悄然散发出来。

简松意移开视线。

而他这一避,柏淮就已经把八杯喝完了。

慢条斯理,举止优雅,一杯接一杯,丝毫没有其他人被灌饮料时会打嗝儿的狼狈。

喝完了,柏淮也没失态,他捏着眉心,淡淡地道:"先把问题问了,不然待会儿问不出来,别怪我耍赖。"

俞子国连忙起哄:"对对对,松哥,你快问!"

简松意这才想起来,自己摇了五个六,该自己问。

可是问什么呢?

问他喜欢的人是谁?这里这么多人,这么隐私的问题问出来,实在是不太好,简松意不想柏淮难堪,也不想勉强柏淮。

问他为什么不告诉自己有喜欢的人了?这样又显得太把自己当回事儿了,实在没必要。

再问些别的……有什么好问的?他连柏淮右边屁股有颗痣都知道,还能问什么?

想了半天,他突然想到刚才柏淮喝酒的那个剪影,于是鬼使神差地问道:"柏淮,你觉得我好看吗?"

他发现自己最近觉得柏淮越来越好看了,以前也知道柏淮好看、受欢迎,但只是一个概念而已,不像最近,会突然在某个瞬间发现这人是真的好看,很有魅力的那种好看。

所以为了公平,他必须知道柏淮觉得自己好不好看,如果柏淮觉得他不好看,他也不要觉得柏淮好看了。

这个问题一问出来,房间里其他人原地僵住,半天没回过神来,我们玩这个游戏不是为了问这种幼稚问题的啊喂!

柏淮忍不住"扑哧"一声笑了出来:"你最好看,没人比你好看。"

"你别笑!有什么好笑的!严肃点儿!"

简松意也意识到自己问的问题可真傻,强行板着脸,想用自己的气势让这个问题显得不那么幼稚。

可是偏偏他是一害臊就会红耳朵的体质,从柏淮的角度,能清清楚楚地看见他白皙圆润的耳朵是怎么变得红扑扑的。

"好,我不笑,我也很严肃,你就是最好看的。"

虽然强忍住了笑,可是眸子里的笑意太明显。

再一看旁边几个人一脸"我知道你自恋但没想过会这么自恋"的表情,简松意就觉得自己丢人丢大发了。

自己怎么就脑袋短路了呢?

简松意耳朵发烫,板着脸站起身:"我去卫生间。"

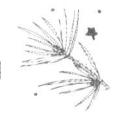

柏淮一出门就看见简松意正倚在走廊的墙上，手上把玩着什么。

见他出来了，简松意拽过他的左手手腕，不容分说地系了上去："你把这个戴上再回去，不然你运气这么差，又爱面子，喝吐了怎么办？我明天还有安排呢，可不想照顾你。"

明天还有安排。

柏淮翘起唇角，低头看向自己的手腕。

一根编得精巧的黑绳，串着几颗黑曜石，正中间则是一颗晶莹圆润的葡萄石，葡萄石的表层刻着一排字。

仔细一看，才发现不是一排字，而是半排，竖着从中间一分为二的半排。

而简松意的右手手腕上，有一串一模一样的。

柏淮抬起眼皮，看向简松意，等一个解释。

简松意似乎觉得有点儿不好意思，没看柏淮，低头摆弄着自己手腕上的珠串。

"这颗葡萄石是昨天在大觉寺买的，老和尚说葡萄石是运气石，如果有两颗一模一样的，把两个人的名字，一颗刻一半，就能把我的好运气分给你……

"你别笑！你不许笑！我知道迷信要不得。就是……我觉得你运气实在有些不好，然后我这个人又恰恰运气好得有点儿过分，好到我自己都觉得运气太好了，没挑战，所以我就分你一点儿，我们两个就都刚好。

"你也别嫌不好看，我昨天晚上求了我妈好久，她才帮我编的……这玩意儿比你想象的难，我学了好久都没学会，也算我妈的心意……所以，你如果觉得凑合，就戴戴。

"而且万一呢，万一这个东西真的能把我的好运气分给你呢，反正你戴戴又不吃亏，所以你要不要……就先试试？没用再说。

"柏淮，其实我也没别的意思，我就是希望你十八岁以后，能幸运一些、开心一些，你这么好的一个人，没道理一直苦。你别嘲笑我迷信，相信我一次，行不行？"

柏淮大概还没见过有人明明用着凶巴巴的语气，却能说出这么温柔的话。

简松意真的就是个傻瓜，如果不是傻瓜，谁会想把自己的好运气分给别人。

柏淮垂眸，指尖轻轻摩挲着那颗葡萄石："我不嘲笑你迷信。"

十几岁的年纪，什么都开始明白，却又什么都没有彻底明白。

好像世界上一切的事情都难不倒我们，只要我们愿意，就可以让世界为我们低头。

可是又好像太过年轻，以至于一切都显得无能为力，不知所措，所以只能小心又笨拙地试尽所有的方法，哪怕明知道这个方法或许很可笑。

但那又怎么样呢？年少时，我们为了彼此拼尽全力努力过，那么终究有一日，我们都会得偿所愿。

柏淮抬起左手，看着葡萄石上刻着一半的字，笃定地笑道："我也觉得我十八岁应该会很幸运。"

第七章
十八岁

SONG YI

33

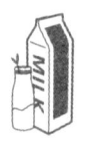

简松意这么看着,又觉得柏淮清醒得很,不像难受的样子。

可是如果不是难受,刚才为什么……

不等他细想,地面突然颤抖,然后呼啦啦地,五个"庞然大物"冲了过来。

"咦,柏哥你手上戴的啥玩意儿?"

柏淮没说话,只是抬起左手,用右手慢条斯理地把衬衣袖口挽起来,明晃晃地露出一截儿筋骨修长的手臂,以及那串缀着莹绿葡萄石的黑色手链。

衬着骨骼分明的瓷白手腕,很好看。

其余几人忍不住"啧"了两下:"小东西长得怪别致的啊。"

柏淮一脸淡然:"你们松哥送的。"

虽然表情很平淡,语气也很平淡,但是其他几个人就是莫名其妙地听出了一种自豪、炫耀和嘚瑟。

这种奇怪的泛柠檬味儿的不适感是怎么回事?

"我能插一句嘴吗?"只有俞子国躲在人群最后面,眼睛亮晶晶,"你们那个,是同款吗……"说话间手指在两个人中间比画了一下。

其他人这才发现,简松意右手上,戴了串一模一样的。

柏淮一脸淡然地说道:"算命的说我运气不好,你们松哥这是给我转运呢。"

简松意假装不经意地顺着手腕转了两下,学着柏淮淡定的面瘫脸,底气十足:"想什么呢?这是我妈编的兄弟款。俞子国你能不能消停消停？把你用来八卦的脑子用来配平化学方程式，还至于周考 38 分？"

俞子国委屈了。

陆淇风看不下去这俩人欺负人，直接两只胳膊一手搭上一个，推着往前走："行了行了，谁管你们是不是兄弟款，反正先回房间，我们战斗到底，满满一桌子饮料可都摆那儿等着你们呢。"

然而房间门推开，满满一桌子饮料没有，满满一桌子礼物倒是有。

徐嘉行拿出一个鞋盒："柏哥，这是我和杨岳一起送的，我们俩都是俗人，也不知道送啥，就买了一双球鞋，特别特别特别难搞，还是杨岳他哥托人带回来的。反正就希望你以后的人生能步步高升！高考考他个全省最高分！"

杨岳求生欲上线："和松哥并列最高分！"

周洛的最简单直接，是一个一米八的超大薰衣草熊："陪聊陪睡最佳选择！又萌又安静又可靠！让你的每个夜晚，再不寂寞！"

柏淮额角跳了一下，简松意笑道："你收下吧，每个人生日他都送了一个，他就喜欢送熊。"

周洛抱住熊，哼哼唧唧："等你们晚上不敢一个人睡觉的时候，就知道小熊多好了。"

相比前面一个价格高达五位数、一个高度达一米八的礼物，俞子国觉得自己手里这个小玩意儿有点儿拿不出手，扭扭捏捏了半天，还是拿出一个小锦囊。

打开锦囊，里面是一朵木雕小桃花。

俞子国把木桃花竖着拿，两只手扣住桃花边缘，轻轻用力，掰开后里面竟然是镂空的，刚刚好够放一个小字条。

"我们老家那边有座桃花山，我爷爷跟我说，用桃花山上的桃花木，雕刻成桃花符，在里面放上自己和重要的人的名字，就可以被桃花娘娘保佑。虽然我不知道柏哥你最重要的人是谁，但我觉得像你们这种好人，喜欢的肯定也是好人。我没什么钱，就自己雕了个桃花符。他们祝你学业有成，那我就祝你生活美满，这样你一辈子就什么也不缺了。"

说完，他不好意思地搓了搓手，隐隐约约可以看见指尖几道细小的伤口,像木刺儿钩的。

柏淮知道俞子国为了赶上进度,学习很刻苦,抽时间做这个东西,应该熬了好几夜,双手接过,笑着道:"这个礼物我挺喜欢的。"

这一笑,可把俞子国激动坏了:"啊啊啊!柏哥对我笑了!我好激动!我要去贴吧炫耀!还有,柏哥,既然喜欢的话,那我能不能请求继续追你和松哥的双学霸组合,不被骂?"

柏淮觉得如果有机会的话,可以把林圆圆介绍给俞子国认识认识,两人估计能打一架。

他轻笑一声:"这事儿你得问另一个当事人。"

简松意冷漠:"不能。"

俞子国顿时整个人蔫儿了,失望得不行。

柏淮垂眸摆弄着礼物,状似漫不经心地问道:"人家俞子国一点儿小爱好就这么被你抹杀了。就这么介意?"

"那废话,我当然介意啊,难道你不介意?"

柏淮想说,我还真不介意,而且没想到你会这么介意。

陆淇风附到柏淮耳边,说了几句话,然后拍了拍柏淮的肩膀:"我准备的礼物,还可?"

柏淮翘起嘴角:"可。"

其他人一头雾水。

简松意有点不高兴。

他觉得柏淮和陆淇风有事情瞒着他。

可是不喜欢自己的好朋友和自己的另一个好朋友玩得好,这种心态也太小家子气了。于是,简松意把那点不高兴压了回去。

他懒洋洋地走到沙发边上,一屁股坐下去:"我又穷又懒,没给你准备礼物。"

柏淮转了转自己的手链。

行吧,简松意说没送,那就是没送。

徐嘉行却逮着机会道:"没准备礼物那可得自罚三杯啊,柏哥,你这次不许代喝,一会儿我们一人还要敬你一杯呢,这是规矩!"

"就是，不喝就是不拿我们当朋友！"

几个人一边笑着，一边闹着。

等到站在路边等车的时候，后遗症才显露出来，一个个捧着肚子找厕所。

只有简松意和柏淮还站得笔直。

一个是因为被护着，没怎么喝，一个虽然的的确确喝了不少，但是十几年的家庭教养，不允许他失态。

车来了，简松意拽住柏淮的胳膊，带着他往马路对面走去。

刚走到车旁，身后就传来了一声响亮的叫喊："柏淮！"

两人在车旁驻足，回首看去。

马路对面的几个人，不知道什么时候已经乖乖站成了一排，笔直笔直，从高到低，像手机的信号格。

他们双手圈着嘴，高声呐喊："柏淮！十八岁生日快乐！"

一个个全都铆足了劲儿，声音嘹亮高亢，中气十足，整齐划一，震得路边的树叶都落了几片。

邻街的居民楼有大爷不满地推开窗户："那个叫柏什么淮的，十八岁了不起啊！十八岁的就可以不让八十岁的好好睡觉了吗？哎哟，你们小年轻，真的是不懂事。"

五个罪魁祸首扭在一起，笑作一团。

莫名其妙背了一锅的柏淮，也笑了："一群傻瓜。"

简松意惊讶地看了他一眼："柏淮，我好像第一次听你说傻瓜这种话。"

挺好的。

生活不是电视剧，高冷不食人间烟火的仙人也不会有成千上万的观众爱，所以不如一起到这红尘，热热闹闹，痛痛快快，为自己走一遭。

简松意把柏淮连人带那只一米八的薰衣草熊一起塞进车里，然后抬头朝刚才那个窗户大声喊道："大爷！对不起！但我还是想说，十八岁就是了不起！我，柏淮，我的十八岁尤其了不起！"

喊完立马溜进车里。

结果一上车,就被柏淮死亡凝视。

司机听到刚才的宣言,从后视镜瞟了一眼,默默地把车开出去。

现在的小年轻哟。

张扬哟。

啧啧,真好。

作为一个专业的专车司机,这就是职业素养。

而简松意以为是自己刚才皮过头,要被揍了,抬了抬眉,挺起小胸脯,摆出不服的气势:"你要干吗?我先说清楚,你打不过我的啊。"

睫毛却心虚地抖了两下。

柏淮手上力气没松,眯着眸子,语气不善:"你倒是说说,我的十八岁到底怎么个尤其了不起法儿?"

"可以光明正大去网吧,不用开黑机了。"

"出息。"

"那你说说十八岁还有什么了不起?"

"比如,可以谈个恋爱什么的。"

简松意眼前突然浮现出之前脑补的柏淮温柔地牵着一个女孩子的画面。

他蹙起眉:"谈什么恋爱,高三有什么好谈的?你知不知道这叫早恋?不好好学习,成天想些有的没的。"

语气实在算不上好,很不耐烦,还有点儿不易察觉的说不出究竟算什么的抗拒。

柏淮的眸子暗了暗,却还是不甘心:"十八岁都成年了,怎么算早恋?"

压抑在心中许久的那些酸涩忍不住翻涌起来,渗进血液和神经,柏淮一只手撑在简松意身侧,握住坐垫边缘,另一只手抵着简松意的肩膀。

简松意基本呈现出任人宰割的姿势,却毫无防备意识,依旧懒懒散散地靠着。

他还天真地眨着眼睛:"你干吗?真要打我?这么多年交情,就因为我在外面报了一个你的名字,你就打我?还是不是兄弟了……"

最后一句，高高喊出，低低落下。

简松意刚想把柏淮推开，又听他没头没脑道："我爷爷昨天晚上回来了。"

"嗯？"

"他今天在家。"

"嗯？"

"他睡眠特别不好，一有动静就醒。"

"嗯？"

"他还不准我晚归。"

"……"

"所以，我回不了家了，我没地方睡觉了。"

"……"

如果一个人没有听过柏淮撒娇，那么他就没有资格指责我没有原则。

简松意想了一下，自己的床，挺大的。

34

简松意觉得柏淮是他见过的教养最好的人。

并且居然能记住别人家大门密码，还能熟门熟路稳稳当当地上二楼，走进对的房间，甚至还能选出价格最贵、质地最柔软的那件睡衣，占为己有。

简松意洗完澡，回到房间，两人换下来的衣服已经被仔细地叠好，搁在衣物架上，床头放了一杯温水，而柏淮已睡着了。

他平躺着，被子盖及胸口，呼吸浅淡均匀，黑色绸缎睡衣微敞，面容和锁骨被衬得脆弱苍白，眉眼愈发冷清，唇也薄，颜色也淡。

明明这么矜贵冷淡的一个人，自己最近怎么总觉得他哪里不对劲。

简松意觉得自己一定是哪里出了问题。

柏淮虽然嘴欠，却是个真正的君子，无论简松意是分化还是不适期，或者是抑制剂不够，他都尽职尽责做到了一个朋友的本分。所以不对的一定是自己。

大概是分化后受到激素影响，他看支配者感觉不一样了。不过简松意觉得这不是问题，既然他和柏淮都没有那个心思，也就没必要太在意所谓的第二身份。毕竟这么多年，柏淮身边只有他，而他可以无条件信任和发脾气的人，也只有柏淮。

想到这儿，简松意随便擦了两下微湿的头发，掀开被子，躺上床，关了灯，准备睡觉。

他躺下去的时候，一不小心碰到了柏淮的手臂。

似乎吵醒了他，低低地呢喃了一句什么，发音含混，简松意没听清，只觉得像个人名，起了兴趣，侧过身，凑到柏淮跟前，低声问道："你刚说什么？"

本来是想趁柏淮意识不清，套点秘密出来，结果柏淮迟迟没有动静，简松意没耐心地撇撇嘴，转回身子准备继续睡觉，结果被褥窸窸窣窣之间，隐隐约约又听到模糊的几个字眼。

"我回来。

"别生我气。

"好不好？"

柏淮在想念一个人，想念到在梦里都在哄着她，还想回去找她。

大概是在北城喜欢的那个人吧。

看来是自己想太多，柏淮这么优秀完美的支配者，肯定会有很好的人陪他度过这一生，而自己则会作为所谓的曾经最好的朋友，渐渐地在他生活里淡去，甚至消失。

想到这里，简松意突然有点儿生气，他觉得柏淮可真是一个重色轻友的大垃圾。

居然为了娶老婆，不要朋友。

可能他老婆还会因为自己是个易感者，不准柏淮和自己玩，柏淮那么喜欢她，肯定会听她的话，就真的不和自己玩了，那十几年的情分就喂了狗。

简松意越想越气，恨不得把柏淮这个没良心的掐死算了。

可是这又怎么能怪他。

简松意现在还记得，温叔叔离开后，整个柏家忙得脚不沾地。到了晚上，偌大一栋欧式小楼，只剩一个六岁的、刚刚失去爸爸的孩子。

那时候简小松会趴在自己的窗户上，看着对面窗户的灯什么时候关，结果一直到他眼皮开始打架了，对面的灯都还亮着。

他猜柏小淮一定是害怕自己一个人睡觉，于是哭着闹着缠着让柏小淮和他一起睡。

那时候的床也很大，边缘还围着包着软膜的栅栏，两个小小的孩子，就依偎在一块儿。

简小松想像妈妈安慰自己一样安慰柏小淮，想抱住他，可是小胳膊实在太短，努力伸到柏淮胸口，就再也伸不过去了。

明明该是睡觉最沉的年纪，柏淮却一碰就醒，抓住自己胸口那只小短手，眼神警惕又不安，等看见是简小松，才露出笑容，然后翻过身，抱住了他。

两个小孩子，睡得很好很好，谁也没闹。

时隔十二年，这一幕仿佛重演。

柏淮缓缓地抬起眼皮，看了一眼眼前人，唇角勾起淡淡的笑，然后又垂下眼帘，翻了个身，沉沉睡了过去。

简松意也慢慢放松，不知不觉地就沉沉睡着了。

和从前一样，两个小孩睡得很好很好。

这于柏淮来说很难得。

前几次和简松意待在一个房间的时候，简松意的情况很特殊，他得随时绷着弦，一刻也不敢放松，生怕简松意出了什么问题。

而这一次，他终于可以放松下来，纵容自己，睡了一个好觉。

柏淮向来觉浅，每每做了噩梦，就会很快醒来，然后灌一杯凉水，再躺回去，至于能不能继续睡着，全看运气。

这是十四岁那年，去北城后养成的习惯。

那三年，他最常做的噩梦，就是自己一个人，站在白茫茫的雪地上，在无止无尽的孤独和绝望里醒来，守着漫漫长夜。

可是这一次，醒来后很快就再睡着，那片白茫茫的雪地，也有了路，路的尽头开出了玫瑰，在荒凉无人的贫瘠雪地，嚣张又繁盛，美得不可一世。

他一步一步走过去，伸出手，拥抱它，刺儿扎进肉里，也不觉得疼。

还好玫瑰很心软，扎了一下，就立马收起了所有的刺，然后把自己娇嫩的花瓣，放在他的掌心蹭了蹭，像是安抚。

予他满腔欢喜。

梦醒了。

一切都没了。

只有一个简松意，安静地睡着，像小时候一样。

柏淮失笑。

那些天天吼着"松哥牛、松哥最帅、松哥举世无双"的人，大概怎么也想不到，一只高贵冷艳又喜欢爹毛的猫，背地里却软乎乎的，哄一哄，就可以抱着揉一天小肚子，就算偶尔挠几下，也不疼。

柏淮想敲敲他的脑袋，看看里面装的都是什么，结果刚抬手，简松意就皱着眉头，蹭了两下，然后不耐烦地睁开眼。

一睁开眼，看见柏淮，条件反射地一把推开，反弹后退。

柏淮此时眉眼慵懒，看上去没有平时刻薄，但看见简松意这个动作，仍然不失嘲讽："你是不是还要尖叫一声，甩我一巴掌，然后质问我这是怎么回事？"

好熟悉的流程，好像在电视上看到过。

柏淮看着简松意还有点儿蒙的表情，轻哂："这是你家，你慌什么？"

简松意觉得哪里不对，想反驳。

结果他抿着嘴，板着脸，憋了半分钟，只凶巴巴地憋出一句："你放心，我什么都没对你做。"

柏淮实在忍不住，轻笑出声。

他这一笑，简松意才反应过来，自己能对柏淮做什么？

明白过来柏淮是在调侃他，简松意顿时就生气了，操起枕头就朝柏淮的脸砸去。

柏淮轻轻一挡，枕头就被挡住了。

简松意不服气，柏淮怕挣扎起来，自己力气太大伤了对方，索性顺势翻身，把简松意摁住，挑了挑眉："你是想让我生日变忌日，这么狠的心？"

简松意一皱眉："你快呸呸呸！"

"怎么了？"

"快呸！"

柏淮失笑："好，呸呸呸，行了吧？"

"过生日不说不吉利的话。"简松意生气得都忘了自己的姿势多像一只被放在案板上的小猫咪。

柏淮觉得这是只许州官放火，不许百姓点灯，质问道："难道不是你先在我生日动手的？"

简松意自知理亏，态度良好："我错了。"

柏淮挑眉。

这么好说话？这么快就认错了？简松意什么时候变这么乖了？

一个分神，下一秒简松意的手就挣脱出来，反击柏淮："打架居然还挠痒痒，你算什么男人？"

"简松意，你完了，你居然都学会使诈了。"

柏淮也怕痒，立马去逮简松意的手。

两个人又笑又骂互相攻击。

35

等简松意磨磨蹭蹭洗完澡出来，柏淮已经换好了衣服。

不知道为什么，没穿简松意找出来的干净衣服，而是凑合穿上了柏淮自己昨天的衣服。

白衬衣的银质纽扣又规规矩矩地系到了最上面一颗，金丝眼镜也被从包里拿出来，架在鼻梁上，衣冠楚楚。

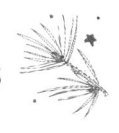

坐在窗前的书桌旁，靠着椅背，翻看着一本书，目光顺着半垂的眼皮落下，没有别的表情，翻着书页的指尖，在阳光下呈现出几近透明的错觉。

疏离得简松意突然有点儿失落。

好像昨晚的喧嚣吵闹和方才那幕，都不过是一场闹剧。

闹剧结束了，落幕了，演员就又回到了原本的模样。

什么都没留下，什么都没影响。

所有情绪都戛然而止，那些不清不楚的情绪，都只是自己一个人的内心戏。

而柏淮自始至终都是个理中客。

简松意觉得这样的柏淮才是合理的。

他擦着头发走过去："看什么呢？"

"你这本物理题册挺有意思的，很多题型我以前都没见过。"

"哦，这都是竞赛题，超纲的，高中不学。"简松意说着用力甩了两下头，故意让水珠往柏淮身上飞。

柏淮往旁边一躲，伸出大长胳膊，两根手指抵住简松意的脑袋，忍不住笑道："小学生吗，还玩这套？说正经的，全国竞赛定在什么时候？"

"十二月。"

"能拿奖吗？"

"废话，不拿个全国一等奖保送华清，我都没脸见人。"

简松意的语气，理所当然地很欠揍。

柏淮觉得幸亏这人从小就被扔去训练了一身好本事，不然能安然无恙活到十七岁，也算奇迹。

他随口问道："既然肯定能保送，你现在每天还做语文阅读题折磨自己干吗？"

简松意听到这句话，一把打掉柏淮抵着自己脑袋的手，神色严肃："保送是一回事，考年级最高分是另外一回事。有一说一，虽然我们关系好，但这年级最高分我势必要拿回来。"

"有点儿难，我理综进步挺快的。"

"呵，你也就仗着联考理综简单，等你见识到我们年级组组长出题难度的时候，你就该叫我哥哥了。"

简松意没吹牛，年级组组长出题向来难度高，只是难度再高，简松意也能考290分以上，这差距轻轻松松就拉开了。

月考他考年级最高分的概率，比柏淮大得多。

而且以前因为没有竞争压力，他觉得语文凑合凑合就过了，反正第一和第二向来分数断层，总分不影响他拿第一就行。

但是自从柏淮来了后，压力变成动力，虽然他现在还是猜不出来作者在想什么，但已经学会像套公式一样套用模板推理答案了。

进步之神速，柏淮难以想象。

他要让月考光荣榜第一位，赫然写上他的大名，把柏淮死死压在下面，让那群人看看谁是南城第一。

柏淮对此倒也不否认，收回手，继续翻着题册："这书能借我吗？"

"拿去吧，反正这上面的我都会了。不过你现在准备肯定来不及，毕竟你学理科的时间有限，而且没有竞赛经验，还是专心准备高考物理比较实际。"

"我自己心里有数。这些题我只能用来拓宽解题思路，难度暂时不是我现在可以轻松驾驭的。"

简松意听到这话就高兴了，拍拍柏淮的肩："别灰心，不是所有人都和你松哥我一样，是个天才。"

也对，上帝是公平的。给了有的人草履虫一般的右脑，自然会补偿给他一个爱因斯坦般的左脑。柏淮轻笑。

简松意警惕地问道："你笑什么？"

"没什么。"柏淮不想气他，转移话题，"你看一眼手机吧，刚一直叮咚叮咚的，应该有什么事儿。我手机没电了，你顺便找个充电器帮我充一下。"

"哦。"简松意扔下毛巾，把柏淮的手机放到床头充电，再拿起自己的手机，打开一看，消息是"七仙女"群里发的。

他很瞧不起这个群名，然而群主周洛坚持不改，俞子国十分支持，杨岳和徐嘉行也觉得挺美，陆淇风……

算了，不说他了。

简松意一脸嫌弃地打开群聊。

我是一只胖蘑菇："哈哈哈，松哥，你快去贴吧看看，居然有人说你和柏哥的双学霸组合，笑死我了。"

可爱小洛洛："这还好，最好笑的是居然有人深度分析你不是支配者，是个易感者，哈哈哈，这才笑死我了，我还等着松哥分化呢，松哥如果不是支配者，我生吃三吨卷子。"

陆淇风："就算是支配者也跟你没关系。"

可爱小洛洛："为啥？你瞧不起我？"

简松意："什么玩意儿？"

徐大帅："松哥，我错了。我真的错了。我就是把昨天晚上我们几个的合照发朋友圈了，结果你俩的同款手链实在是太显眼了，然后就……"

徐嘉行的朋友圈，约等于南外的宣发部，外加半个南城的高中外联部。

场面之壮观，简松意已然能想象，不满地皱了皱眉，看向一旁的柏淮，见他低头看书，才想起来他手机还在充电，松了一口气。

他低头回复道："徐嘉行，你最好想办法解释清楚，不然就等死吧。"

徐大帅："呜呜呜，松哥，我解释了，我真解释了！可是他们不信啊！你不知道这群迷恋你们双学霸组合的人有多疯狂，我真的吵不过他们。松哥你就放过我吧。"

我是一只胖蘑菇："反正松哥你快去贴吧看，他们都吵起来了，笑死我了。"

简松意一脸无语。

这群人是不是闲的？是作业太少，还是考试太简单？脑子里天天都在想些什么玩意儿。

最后，他的目光停留在那句"有人深度分析你不是支配者，是个易感者"上，抿唇，打开了贴吧。

大多数帖子都没有恶意，无非就是日常吹一拨简松意，再日常吹一拨柏淮，最后脑补一篇曲折离奇的温馨故事，再来一拨土拨鼠尖叫。

这群人虽然闲得发慌，但是说话还挺有意思的，小段子一套一套的，还挺好玩儿，吹捧得简松意这个孔雀性子也舒服极了，就连"松柏"这个组合名字他也比较满意，起码自己是在柏淮前面。

简松意扫了一圈儿，嘴角挂了点儿笑意。

最后才点进热度最高的那篇帖子——《我迷恋双学霸组合的那些年》。

主楼："主楼发我们双学霸照片镇楼。"

图上是简松意和柏淮，两个人站在街边，昏黄的路灯透过梧桐枝叶落在两人身上，在夜色里圈出一个双人舞台，柏淮抱着一只熊，偏着头，看着简松意，简松意也抿着唇，挑着眉眼看着他，相视而笑。

这像素，一看就是俞子国那个价值几百块钱的小手机拍的，但是因为模糊，反而显得柏淮那张面瘫脸更温柔了。

简松意内心不屑一顾，手指却不听使唤地继续下滑。

2楼："楼主作为当事人，细数一下最近观察到的细节。松哥胃不好，柏哥每天给他安排一日三餐，把他不喜欢吃的一样一样挑出来，他喜欢吃的柏哥一口都不碰。"

3楼："柏哥每节课下课第一件事就是给松哥接热水，还翻墙出去给他买胃药，松哥嫌药不好喝，还偷偷给他糖吃。（偷偷地，有一天被我不小心发现了，松哥居然喜欢吃奶糖！萌死我了！）"

4楼："每次柏哥刷题，别人找柏哥，柏哥都是面无表情，松哥找柏哥，柏哥就是有求必应，双重标准，不要太过分！"

5楼："而且每天一起上学、放学就算了，军训的时候，两个人本来不是一个房间，但是最后突然变成一个房间，你们说，这是为什么？不就是柏哥不愿意松哥和别人住一个房间吗？！（再脑补一下两个人穿制服的样子，啊，好帅！）"

6楼："打断一下楼主，不是说这两个人为了争年级最高分已经关系破裂了吗？好像还打了一架？"

7楼:"私以为,学霸之间,正常竞争而已。"

8楼:"啊啊啊!五班的路过!膜拜两位学霸!学霸和学霸的默契就是谁考年级最高分另一个都不服,我的天,太带感了!"

9楼:"我本来以为他们俩关系不好,原来如此!强强联合太让人心动了!冲呀!!支持月考松哥反超成功!"

……

79楼:"那你们说下次考试成绩到底是柏淮在上面,还是简松意在上面?"

80楼:"不管他们谁在上面,总之是支配者和支配者,强强之争。"

82楼:"楼上的,太武断了啊,谁说是支配者和支配者?有的人可还没分化啊,说不定他就是个易感者。"

83楼:"楼上,不要说没有证据的话。"

84楼:"你们怎么还质疑上松哥的第二身份了?乱造谣。"

85楼:"别急着骂人,听我给你们深度分析一下。简松意分化了吗?有支配者的外激素吗?为什么军训不敢和别人住一个房间?为什么突然就要去医院?难道不是怕身份暴露?而且之前和皇甫轶他们起冲突那次,他可是明显不适应支配者的外激素压迫啊,当时要不是柏淮帮忙,他估计被压制得死死的,这能是一个支配者的反应?"

86楼:"哟,你家易感者这么牛?不适期的时候还可以每天跑五公里?可以打破障碍跑时间纪录?可以所有体能测试甩其他支配者一大截?打架还可以不用外激素就能把支配者打趴下?松哥要真是易感者,你们这群支配者也别做人了。"

87楼:"我们松哥就是最帅的!成绩好,长得好,人缘好,你们就是嫉妒!抱走我松崽独自美丽,哼。"

88楼:"行行行,你们说简松意最牛,那就只能是柏淮平时装高冷,实际上,啧啧啧。"

……

简松意皱起眉,强压住心头的怒火。

他"@"群里所有人:"@所有人 俞子国,你自己申请把帖子删了。徐嘉行，你找到吧主，该删帖删帖，该封号封号，还有把那几个狗嘴里吐不出象牙的家伙IP地址给我，我看看哪儿来的恶心玩意儿。"

简松意知道自己平时有点儿嚣张，不知收敛，脾气也不好，所以得罪的人不少，嫉妒他的也不少，找着机会就想往他身上泼点脏水寻找平衡感的人也不少。

可是这些关柏淮什么事？

柏淮这么好一个人，凭什么被这群玩意儿骂？就他们也配？

再想到柏淮是被自己连累的，简松意心里就更不好受了。

他不停地刷新贴吧页面，一次一次往下滑，看着那个圈圈一次一次地转，等终于看见首页的那几个帖子消失后，才长舒了一口气。

自己被发现是易感者其实没什么，反正最开始隐瞒也只是嫌麻烦，而不是怕什么，他简松意有的是办法教那群人做人。

但扯上柏淮就不一样了，简松意不想让柏淮和这些污言秽语有什么关系，更不想让他因此而不高兴，尤其是在今天，他不想让柏淮有哪怕一丁点儿的不开心。

他说过的，要让柏淮的十八岁幸运起来，他得说到做到。

只是从小到大，只要简松意不高兴，就没有柏淮发现不了的。

柏淮抬眸看了他一眼，放下书，走到床头，拿起正在充电的手机，开机。

最先弹出来的消息来自"冰激凌小圆子"："姐妹！我气死了！居然有人追我崽崽和柏淮的双学霸组合！虽然我对柏淮这个人没有什么恶意，最近对他感觉也算良好，但是我崽崽才是最棒的，不能让他独自美丽吗？！"

冰激凌小圆子："我把链接发你，你快帮我一起回嘴，不用骂柏淮，遇见那几个说话难听的，就骂他们！虽然我不喜欢柏淮，但也轮不到他们乱造谣！"

冰激凌小圆子："链接《我迷恋双学霸组合的那些年》。"

柏淮点进去，显示帖子已被删除。

正好密密麻麻的群聊消息推送出来了。

松:"@所有人 俞子国,你自己申请把帖子删了。徐嘉行,你找到吧主,该删帖删帖,该封号封号,还有把那几个狗嘴里吐不出象牙的家伙 IP 地址给我,我看看哪儿来的恶心玩意儿。"

恶心。

柏淮念着这两个字,偏头看向简松意。

他正岔着腿坐在床边,手肘搁在膝盖上,上身微弓,手指不停地敲击屏幕,唇角不悦地抿成一条直线,凌厉又好看的眉眼里,有着掩饰不住的冷厉和暴躁。

简松意不是开不起玩笑的人,俞子国的帖子也不可能有太大恶意,他却非要动用人脉删帖,只能说明他的确很不喜欢这个话题。

柏淮关掉手机,什么也没说,重新坐回桌前,低头拨了一下手腕上的葡萄石。

青绿色的葡萄,终归还是没熟透,涩。

可是那点儿甜味,他又怎么都舍不得。

36

柏淮又翻了几页,却什么都没看进去,瞥了一眼旁边低头不停打字的简松意,语气漫不经心:"很忙?"

"哦,没什么,还好。"简松意敷衍地应了一声,眼皮也没抬。

他正在让徐嘉行联系吧主,想查到那几个人的 IP,可是吧主说他的权限也仅限于定位到市。

定位到市有什么用,用徐嘉行的脚指头都猜得到是南城市。

简松意不喜欢没有证据乱定罪。

他想到这些有点儿烦,把手机一扔,抓了几下头发,骨节用力,手腕上的珠串碰撞出清脆的声响,在静谧的清晨格外突兀。

柏淮听着那声响,淡淡地道:"不方便的话,就摘了吧。"

简松意立马抬头,眉眼不耐烦:"摘什么摘?摘掉就不灵了。"

因为情绪不太好,这话说得又急,听上去就有点儿像发脾气。

可是就这么一句语气不好的发脾气的话，让刚刚心生酸涩的柏淮，又生出了点儿宽慰的欢喜。

无论怎么样，简松意都惦记着他，没有经过思考，凭借着本能地在惦记着他。

他觉得自己还是先缓一缓，合上书，放回桌上，站起身："我回家换件衣服。"

"哦。"简松意点头，"中午一起吃饭吗？"

"不了，我陪爷爷。"

"晚上呢？"

"也不了，估计家里会来客人。"

"但是……算了，没事，你先回去吧，我正好约了陆淇风打游戏，没时间陪你。"

简松意迟钝，但不傻，柏淮明显疏离的态度，他感受得出来。

柏淮都这样了，十有八九是看到那些话了，那他能说什么呢？他是觉得什么流言蜚语都无所谓，但是柏淮这么清高的一个人，哪儿受得了那种混不吝的话。

于是简松意没再留他，也没送他，就让他走了。

尽管自己还专门给他订了一个翻糖蛋糕，可是现在看来，已经不适合再送出去了。

简松意重新躺回床上，把自己埋进被窝，觉得胸口有点儿难受，闷闷的，酸酸的，不透气儿。

又突然想到柏淮刚才暗示自己把那条手链摘了，觉得有点儿生气。

这是自己专门给他准备的，葡萄石上的字也是自己辛辛苦苦刻的，都是为了他好，他怎么就能让自己摘了呢？

摘就摘，自己图什么呀？怕什么呀？

简松意想着就准备撸下手串儿，可是当手串儿滑到指尖的时候，却没有再往下用力，顿了顿，最后还是又送回手腕上。

他想起了那个帖子。

那个帖子虽然后来走向莫名其妙，可是前面说得都对。

柏淮做的那些事，实实在在，只是平时自然而然地隐匿于细枝末节处，自己又太习惯，所以没觉得有什么特别。

可是旁观者看得明明白白。

从小到大就是这样，简松意任性、挑剔、娇气、金贵，有时候连爸妈都嫌他烦人，可每次都是柏淮想办法，把他安排得妥妥帖帖的。

比如上幼儿园的时候，每天中午送来的四盒草莓牛奶；比如换牙的时候，简松意非要吃的奶糖；比如初中住校不好好吃饭弄坏胃后，柏淮包里随时放着的胃药。

而在旁观者看不到的地方，还有柏淮陪着他分化，陪着他度过不适期，为了搞一支抑制剂把自己弄到发烧，不厌其烦地一遍又一遍陪他练习对抗支配者的外激素。

简松意说过，他也不是傻瓜，谁对他好，他不至于看不出来。那么多的好，不应该被这么一次疏离就抹杀掉。

可是想到那些好，简松意又觉得胸口更难受了。

憋闷。

都怪那几个混蛋。

等找出来是谁，非揍他们不可。

柏淮回到家，家里空空荡荡，只有刘姨在忙着打扫卫生，看见他回来了，一边擦着手，一边出来迎道："小淮你怎么回来了？我以为你要在对门吃饭，就没准备。你吃了没？没吃阿姨给你现做。"

"我吃过了，刘姨你去忙吧。"

"到底吃过没？没吃刘姨给你煮碗面，或者中午想吃什么好吃的，刘姨去给你买？"

"真吃过了，我先回房间了，刘姨你中午随便做点吧。"

柏淮说完就上楼了，表情淡得看不出心里在想什么。

刘姨无奈地叹了口气。

唉，有钱人家的孩子又怎么样，爷爷去乡下慰问别人，爹在大西北扶贫，姑姑去北城做慈善，只有自家小孩的十八岁生日在家里冷冷清清。

如果温先生还在就好了。

只可惜……算了算了，中午多做点好吃的吧。

柏淮回到房间，给手机充上电，换了件衣服，再拿起手机的时候，消息已经堆积了好多条。

算命找我打6折："对不起，柏哥，真的对不起。"

柏淮自己默许的俞子国的行为，所以事情发展成这样，也怪不着他："没事儿。这事不怪你，但你以后别说了，也别在简松意面前提。"

算命找我打6折："可能我没什么见识，没见过你们这么好的人，长得又帅，成绩又好，家境也好，最关键的是人也好，哪儿哪儿都好，我就羡慕你们，又觉得别人站在你们旁边都有点逊色。"

算命找我打6折："我不知道我有没有资格说这句话，如果我太冒昧了，你就骂我吧。我就是觉得，当局者迷，旁观者清。柏哥你如果有什么话想说，不如直接说出来。"

俞子国看着傻，其实心思细，从小过得苦的孩子，对于人情冷暖、爱憎喜恶，比别人都敏感。

可他是个外人，什么都不敢说。

只能回了一条："对不起，还是怪我，要不是我乱发帖子，那些人也不会说那些恶心话，你和松哥也不会生气，都怪我，我对不起你们，你骂我吧。"

柏淮蹙眉："什么恶心话？"

算命找我打6折："柏哥你不知道？你没看见帖子？也对，帖子已经删了。没看见就好，看见了也是生闲气。"

柏淮垂眸，半晌，发了条微信给徐嘉行："把吧主联系方式给我。"

徐嘉行很快就甩了个名片过来，并且打字："柏哥，你说这些人有没有意思，居然质疑松哥不是支配者。"

"还有俞子国真是疯魔了，你和松哥两个人当时剑拔弩张的，我们可都在现场啊。"

"不过不管怎么样，反正先搞定这群嘴巴不干不净的人，不管你和松哥怎么样，轮得到他们胡说八道？这群混蛋，就是看不得别人好。"

柏淮直接联系管理员,查到了那些人的地址。

他把那几个地址记下来,发给徐嘉行:"这几个地址有眼熟的吗?"

过了好一会儿,徐嘉行才回复道:"其他的不清楚,得等明天回学校去翻登记表。但是嘉茂花园那个,我知道咱们年级有几个从一中考过来的住那儿。"

过了会儿,他又补充道:"其中有一个好像和铁牛关系还可以,之前在篮球队的时候,铁牛经常请他们吃饭。"

一中。

皇甫轶。

绕来绕去,还是绕不开这些人。

柏淮捏了捏眉心,想了一会儿,继续回复道:"行,明天我去翻登记表,这事儿我会解决,你们别和简松意说。"

徐嘉行:"你们俩真有意思,怎么都喜欢把事情往自己身上揽呢。"

柏淮:"什么意思?"

徐嘉行:"松哥刚也跟我说,这事儿他来解决,不许我们再在你面前提。"

柏淮心悬了一下:"他查到是谁了吗?"

徐嘉行:"这倒没有,我们又不是黑客,哪儿有那本事啊。不过话说,柏哥你怎么查到的?"

柏淮没说,他是去年北城信息技术竞赛唯一获得特等奖的文科生,只要他愿意,可以直接保送,只是他偏偏回了南城。

只要简松意还没确定是谁就行,这人虽然暴躁,却不莽撞。

他倒不是怕简松意惹事,只是担心如果对方真的察觉到简松意是个易感者,到时候被逼得狗急跳墙,用些腌臜手段,简松意出个什么事儿,那自己可能得疯。

所幸这几个人估计也是厌包,只敢借着匿名网络的保护,拿着键盘乱说,不敢当面找事儿,所以柏淮还有时间,一个一个,慢慢解决。

比如在此之前,给他们一些小小的警告。

等他忙完这些,已经是傍晚,中间刘姨催了好几次吃饭,他都敷衍而过，等刘姨再来催的时候，已经是晚饭时间，他才终于慢腾腾下了楼。

柏淮确实没什么胃口。

一大桌子菜，一个人，吃着怎么都有些乏味。

他刚拿起筷子，准备扒拉几口白饭应付过去，门铃响了。

一开门，简松意端着一个碗站在外面。

简松意板着脸，态度不算好，看见他，把碗往他手里一塞，语气不善地埋怨："你早上出门的时候也太不小心了，居然被我妈发现了，害得我被她逮着盘问了半天，还非让我给你送一碗长寿面来。"

柏淮低头一看，果真是热气腾腾一碗面。

"我妈又不会做，和面、擀面、做面用了一整天，没做好的全让我和我爸吃了，差点儿没噎死我。这碗估计也不怎么好吃，不过你别嫌弃，毕竟你生日的时候都还没吃到过。"

柏淮心中一暖："谢谢唐姨。"

简松意没理他，视线越过他的肩头，往他屋里一瞟："你爷爷呢？"

柏淮扣着碗沿的手指，泛出青白的颜色。

他爷爷压根儿就没回来，昨晚他就是鬼迷心窍，随口编了个瞎话，当时没什么，但如果现在被简松意发现了，不知道他会不会觉得自己耍心机。

然而简松意只是一挑眉，质问道："不是说要陪你爷爷？"

柏淮松了一口气，指尖也重新恢复红润，还好，单细胞生物的好处就是，隔夜的仇，记不住。

简松意见他不解释，确定柏淮是在撒谎找借口躲着自己了，顿时气不打一处来，忍不住爆发。

"柏淮，你空口说瞎话不就是为了躲着我吗？有意思吗？至于吗？这么多年情分，就为了几句闲话你就躲着我，你有没有良心？

"我知道你这个人事儿多，敏感，爱瞎想，所以好不容易找人把帖子删了，就是不想让你看到后不高兴，胡思乱想，结果不知道为什么你还是看见了。

"最气的是，你居然还真的因为这事儿就不理我了，什么意思啊你？觉得和我凑一块儿委屈你了是不是？我都没嫌弃你，你凭什么嫌弃我啊？要绝交？行啊，绝交就绝交，谁稀罕你这个臭傻瓜！"

简松意越说越气，转身就走。

柏淮却一把抓住他的手腕："你说谁臭傻瓜？"

"还能是谁？某个昨天晚上吃我的、用我的，结果一觉起来就因为几个恶心玩意儿翻脸不认人的混蛋，不是臭傻瓜？"

"那你说谁恶心玩意儿？"

"你是不是脑子坏了，失去基本判断能力了？别人都说你平时装高冷，实际上……你还问我谁是恶心玩意儿？你心理承受能力怎么这么好呢？你这么善良我怎么不知道呢？不是……你笑什么啊？我还生着气呢，你能不能严肃点儿，不准笑了！"

柏淮努力克制，却仍然藏不住笑意："没笑什么，就是俞子国以为你是因为他发帖子引起的这件事生气，我现在知道是他想多了，就觉得挺好笑的。"

"他虽然想问题的角度清奇了一点，但说的基本都是事实，又没做错什么，怎么会觉得我因为他生气？这脑袋到底怎么长的？不行，我要找他解释清楚，我最讨厌这种误会了……不是，你怎么又笑了？！到底有什么好笑的？！"

柏淮眉眼微弯，笑意从唇角、眉梢溢出，带着点儿欢喜："也没什么，就是突然想吃葡萄了。"

简松意发现自己完全无法和柏淮交流，一口气憋住："柏淮你是不是有毛病！"

柏淮看着眼前因为不明所以而炸毛的坏脾气少年，忍不住伸出手，揉着他的脑袋，挠小猫似的挠了两下。

是有毛病。

无药可医。

甘之如饴。

37

柏淮手指轻轻地顺着简松意的发梢,骨节过于分明,不够柔软,指尖还有些凉,但就那么挠了几下,简松意那股没头没脑的躁意,就缓缓地平息了下去。

简松意抿着唇,垂着眸,站在原地不动了。

他又冲动了。

本来在房间里闷了一天,觉得自己想明白了,也想好了,打算心平气和地和柏淮聊一聊,可是忍不住,还是发了脾气。

他脾气向来不好,但在旁人面前,往往显得冷厉不好惹,不会像个暴躁易怒的毛头小子,偏偏每次到了柏淮面前,就会显得无理取闹起来。

他也说不出为什么,就是觉得有点儿委屈,觉得他们之间的情分,不至于为了这么点儿事就要躲起来。

他是生气的,但这份生气,不是因为怪柏淮,具体是因为什么,又说不上来。

所以,柏淮这么一笑,一挠,他就觉得有点儿不好意思,挥手打了一下柏淮手腕:"别摸我头。"

柏淮顺势收回手,端住碗:"晚饭要一起吃吗?刘姨做了一桌子菜,我一个人吃不完。"

简松意不屑:"我看上去像是那种缺口饭吃的人?"

"但我缺个人陪。"

"……"

简松意扒拉开柏淮,径直进门换鞋,走向餐桌。

这人装什么可怜,害得自己都不好意思再生气了。

两个人面对面坐着,简简单单的家常菜,两碗白饭。

日暮将至,努力地把自己最后的金光,透过落地窗,送给屋里的两个小孩儿,然后才换上静谧的秋夜,让餐厅亮起暖烘烘的蛋黄灯光。

一个挑挑拣拣，吃得磨磨蹭蹭；一个规规矩矩，恪守着礼仪，偶尔伸出筷子，把一两根误入某人碗里的芹菜和胡萝卜抓回来。

　　柏淮不贪口腹之欲，七分饱后就放下筷子，拿起一个瓷碗，打开紫砂罐的盖，一勺一勺盛着汤，盛完还别了一大块鸡腿肉放进去，再把碗放到简松意跟前。

　　简松意挑眉："喂猪呢？"

　　柏淮从容作答："你这种重量的猪送去屠宰场都没人收。"

　　简松意无言以对。

　　"你说你一米八三的个子，连一百三十斤都没有，怎么长的？"

　　"我又不是不吃饭，我吃的明明不比你少。胃不好，我能怎么办？"简松意说着就打算把汤倒进碗里，泡饭吃。

　　"我不是帮你养着了吗？"柏淮拍了一下简松意跃跃欲试的手，"米饭吃完了再喝汤。"

　　"你真该当医生，儿科的一把好手。"

　　"也是，毕竟有十几年照顾'智障儿童'的履历，也算年少有为。"

　　简松意气饱了。

　　柏淮抬眼，看他敛着气的样子，轻笑："还生气呢？"

　　简松意不搭理他。

　　柏淮夹了块鱼肉，慢条斯理剔着刺儿："别气了，我今天躲着你，不是嫌弃你，是怕你觉得别扭，以为你觉得不舒服，想着避避嫌。"

　　"哦。"简松意拿筷子戳了两下饭。

　　"不介意？"

　　"我又不是开不起玩笑的人。而且你也知道的，我是易感者，没办法，所以别人如果真觉得……说不定还省事儿了。"

　　"你就这么不喜欢当易感者？"柏淮低头仔细挑着鱼刺，语气轻淡，仿佛再事不关己不过。

　　简松意漫不经心地戳着米饭："其实还是因为不能接受被标记，被标记了感觉就好像成了支配者的所有物一样，我这么牛，哪个支配者配？"

　　"还挺自恋。"

"这叫充分合理的自我认知。"

"那简松意，你有没有想过另一种可能？"柏淮把鱼肉放进简松意碗里，双手撑着桌子，看向他。

简松意嚼着鱼肉，抬起眼，不明所以，含混道："嗯？"

"就是我凑合收养一个大龄幼稚儿童，当日行一善。"

"喀喀喀——"简松意一口噎住，呛得脸通红。

柏淮浅笑着递过去一杯水："吓成这样？"

简松意狠狠灌了一口，好半天才顺过气儿："你想什么呢？像我妈说的，我俩从小一起长大，我坑谁也不能坑你啊。而且你不是有喜欢的人了吗？你这牺牲未免太大。"

"不是你想的那种喜欢。不过确实是很重要的人。只不过，对方好像不怎么喜欢我。"

"嗯？"简松意不高兴了，"她是不是眼光不好？"

柏淮打量了简松意一眼："也不是。就是不太聪明，脾气也不好，难哄。"

"那你在意她什么呀？"

"鬼迷了心窍呗。"

"啧。"简松意咂嘴，"没想到我们柏哥这种顶级支配者居然也有吃瘪的时候啊，这易感者够有排面啊。是易感者吧？"

"是。"

"那还不简单，哄着她，对她好，给星星，给月亮，再拿出你顶级支配者的魅力，最后让她欲罢不能。虽然听上去土了一点儿，但现在易感者都吃这套路，只要你又帅又温柔，对方早晚会被你拿下的。"

柏淮眯了眯眸子："你确定？"

"确定啊！小柏你放心大胆地去做，要是失败了，小简拼了这张帅脸也帮你搞定，行不？"

简松意心里清楚，柏淮不会做这种事，他这么说是因为想不出来一个易感者会有什么理由不喜欢柏淮。

天仙吗，连柏淮都看不上？钥匙十元三把，她配吗？

不存在，肯定是傲娇而已。

柏淮这人就是太君子，别人害个羞，就能当成是拒绝，所以必须得让他主动一点儿。

简松意想到这儿，觉得自己特别够哥们儿，分外自豪。

而柏淮默默地把简松意这段话一字不落地记下来了。

只可惜没录音，不然以后有人翻脸不认账，还有证据。

柏淮想着，忍不住轻笑："我一直认为我们松哥是个纯爷们儿。"

"那必须。"

"纯爷们儿肯定会为自己说过的每一句话负责。"

"那肯定。"

"行，我记住了，我回头琢磨琢磨你说的套路。"

简松意喝了一口汤，满意地点点头："孺子可教也。正好我还给你订了一个翻糖蛋糕。"

"我不爱吃。"

"我知道你不爱吃，我也不爱吃，就是买来许愿的，用生日蜡烛做见证，我们柏哥一定会早日得偿所愿。"

"行，借你吉言。"

灯光熄灭，屋外黑夜沉沉，袭入房间。

烛火亮起，映照出少年好看的眉眼，连有些冷淡的那粒泪痣，也温暖起来。

闭上眼，许愿。

暖黄色的烛火熄灭的那一刻，迎来了柏淮真正的十八岁。

即使很多年后，柏淮也依然觉得，十八岁那年，是他人生里最好的一年。

虽然往后的日子越来越好，身边的人也越来越好，却始终都不如记忆里的那一年来得惊艳。

陪伴，友情，梦想，人生温暖而富有希望的一切，都随着那个带着光亮走进黑夜的人，来到了他的身边，救他于漫漫孤冷的荒原。

然而绝大部分人的十八岁，都没有想象中和记忆中那么温柔又惊艳，从容又跌宕。

大部分人都过得兵荒马乱，因为这个年纪，代表着高考。

而高考，代表着没完没了的题册和考试。

以及开始早秃的头顶和后退的发际线。

周一一大早，老白就站上讲台，捋着自己"地方支援中央"的发型，端出每次宣布噩耗前的那种憨笑："嘿嘿，同学们啊，老规矩，一个好消息，一个坏消息，你们先听哪个？"

"坏消息。"众人异口同声，无精打采。

"坏消息就是，我们28、29号两天，要进行月考。这次月考和上次联考一样，还是模拟高考，我们五个班也要拉通，随机打乱，重新排考场。月考成绩也和联考一样，会计入平时成绩，作为自招和校推的重要参考指标，所以希望同学们重视起来。"

"哦……"

习惯了，不算坏。

"那么接下来，我们就说好消息。好消息就是30号，将要举行全校运动会。考虑到大家的高三生活十分枯燥，为了让你们劳逸结合，有利于身心健康，学校决定，考完试第二天，全体高三学生也可以参加运动会，大家去体育委员处，踊跃报名！"

"啊……"

这分明是一个不算坏的坏消息和一个很坏的坏消息。

老白连忙补充："运动会结束后，就是万众瞩目的国庆假期，足足三天！"

"呼……"

居然有三天，不错。

老白"痛心疾首"："你们年纪轻轻的，怎么这么死气沉沉？朝气呢？阳光呢？活力呢？"

众人一脸呆滞，低头刷起物理、化学、生物、数学试卷，并无人回应。

老白一走，教室里就热闹起来，传来一阵阵窃窃私语。

虽然声音小,但吐字清晰,摆明了就是巴不得八卦群众一个不落。连角落里的简松意他们几个都听到了。

"听说了吗?五班有个人,昨天大半夜的,电脑突然自动开机,然后滚屏播放一排大字——'你被看见了',鲜红鲜红的,贼吓人。"

"真的假的?吹的吧。"

"真的啊,他说心脏都要给吓停了,刚反应过来,准备叫人,结果电脑又好了,他妈以为他是大半夜偷偷起来打游戏,把他给揍了一顿。"

"为什么明明是个恐怖故事开头,我却如此想笑。"

"好像还不只一个,三班也有一个。"

"对对对,高二体育部部长,就我之前那小学弟,也在说。我本来以为他说着玩儿的,没想到是真的,这还是个集体灵异事件啊?"

"这也太吓人了吧。"

"有什么吓人的,肯定是电脑被黑了。"

"当事人和你看法一致,但是他自己也是搞信息竞赛的,翻了半天,没发现有病毒,也没发现信息被窃取,连硬盘浏览痕迹都没有,你说要是黑客,这黑客图什么啊,就图吓人好玩儿?"

"得罪谁了呗。"

"能得罪谁啊?"

"谁知道呢。"

简松意被迫吃了个瓜,兴味索然,拿出一本《诗词鉴赏大全》,轻哂道:"谁这么无聊,还吓唬人?违反网络安全法了知不知道?"

徐嘉行刚准备开口,就被柏淮一个淡淡的眼神堵了回去。

柏淮神色自然,看了一眼简松意拿出来的书,抽过来,翻了几页:"这个不好用,答案不规范,按阅卷标准是给不了分的,你别看了。"

简松意果然被转移了注意力:"不好用吗?我花了好几十元呢,我就看这本封面最漂亮。"

你买教辅书是看封面漂亮不漂亮吗?

"下次买语文类的教辅书,我陪你一起去,你先看我这儿的资料,我自己整理的。"柏淮说着掏出一沓装订好的 A4 纸,一看就饱含学霸的气息。

简松意勉为其难收下,顺便在柏淮的卷子上画了几笔:"喏,看明白没?"

柏淮点头:"可以,你这辅助线画得有灵性,和佛祖背后的金光有一拼。"

"画得丑怎么了?丑归丑,实用啊。我这辅助线起码值 15 分。"

"行吧。"

俞子国在一旁抠着小手:"那个,两位大哥,这个资料你们不用的时候,可不可以借给我呀?就借一个晚上,很快就还。"

高中复印学霸整理好的笔记和资料是常有的事。

柏淮觉得之前俞子国莫名其妙替自己背了一锅,也不容易,于是点头:"没事儿,你拿去吧,其他科有需要的也可以问我,我这儿还有几份理综的基础知识点梳理。"

俞子国受宠若惊:"谢谢柏哥!"

然后又埋头开始认认真真地修订错题。

虽然这次没谁怪他,但俞子国自己心里还是特别愧疚,所以暗自下定决心,要从双学霸的粉丝转成双学霸的忠实粉丝,以后谁说他们坏话,他就骂谁,而第一步,就是把成绩提起来,不丢学霸哥哥的脸。

所以就先定个年级倒数第二的"激进"目标吧!

而简松意看着柏淮整理的笔记,不得不承认,这个人比自己更有学霸的气质。

简松意学习好,更多靠的是灵气和天赋,很多东西他一看就懂,有时候还会觉得这种一看就知道答案的题,怎么有人不会做?

感觉大于分析,所以他不是一个好老师。

然而柏淮不是。

简松意相信柏淮不可能不如自己聪明,不然也不会只用两三个月就能把理综学到全市前列的水平。

但是柏淮比他细致,比他较真,很多问题,柏淮一看也可以知道答案,但会思考为什么是这个答案。

一步一步，要全都严丝合缝地扣上，才算罢休。

哪怕是语文主观题，也是这样。

简松意之前以为柏淮语文比自己好，是因为他比自己感性，直到看到了他的笔记，才明白这个人是真的理性到了骨子里。

每一个字，每一个推断，都务必追求最完美的结论，容不下一点儿差错，哪怕是一点儿随机可能带来的误差。

这么小心翼翼，慎重缜密，如果面对其他事情也这样，不累吗？

而且生活里很多事，正确的过程未必就会有正确的结论。

简松意觉得柏淮迟早会因为这个性格，走一段儿弯路。

虽然这么腹诽着柏淮，但是一天的笔记看下来，简松意觉得自己的诗词鉴赏水平得到了"原地飞升"，忍不住想奖励一下小柏同学，赏他和自己共进奶茶。

结果柏淮先背着书包起身了："我今天晚上约了人，你自己先回去吧。"

柏淮出了教室，往学校后门走去。

学校后门的爬山虎已经枯萎，几株老树也都开始落着残叶，路灯失修，只有后门外老街的灯光透进来，模模糊糊地勾出一个匿于枝叶里的人影。

那人见柏淮来了，低声道："你要怎样？"

柏淮缓缓踱步过去，站定，慢条斯理地摘下自己的金丝眼镜，叠好，低着头，唇角勾出一抹冷嘲。

"我记得我说过，简松意是个好人，而我不是。"

38

皇甫轶怕简松意，是因为这人刺儿、倔、狠，嚣张得不留情面。

皇甫轶怕柏淮，则是单纯源于支配者和支配者之间外激素的碾压。

这是写进基因里的弱肉强食，凭皇甫轶的韧性和骨气，他克服不了。

皇甫轶咽了下口水，语气无奈又急于解释："你是说过，可是我最近也没找事儿啊。监控还在你手里,我有毛病才没事找事。就算我真的要找事儿,也得等我拿到录取通知离校了再说,你说是不是这个道理?"

柏淮垂首,摆弄着眼镜,缓缓点头:"你说的有点儿道理。只是不太巧……"

他抬头,看了皇甫轶一眼,笑得很有礼貌:"只是不太巧,有那么几个人,似乎和你关系都还不错。"

"哪几个人?"皇甫轶蒙了一下,然后突然想起什么,有些惊诧地睁大眼睛,"那事是你干的?"

柏淮挑起唇角,语气散漫:"没证据的话,可别乱说,祸从口出这个道理,我以为你懂了。"

皇甫轶哑然,他知道柏淮在说什么,但也真的有点儿委屈。

"这事儿真和我没关系,那几个人,有两个是那天一起打篮球的,有两个是学校篮球队的。之前随口聊过几句,说打架的时候简松意对支配者外激素的反应怎么和易感者有点儿像,该不会其实是个易感者……"

皇甫轶说着,也觉得十分荒唐。

当时他们的确是觉得简松意对支配者的外激素的反应不太对劲,也的确是隐隐约约闻到了一点儿模糊的花香,所以才开始释放外激素,想看看能不能把简松意压下去,把面子挣回来。

结果还是被简松意撂翻了。

但最后是柏淮出现,用外激素强制碾压,才结束了混战,所以简松意到底是个什么情况,他们有点儿存疑。

加上简松意迟迟没分化,那之后又突然请假一天,军训还换了房间,脑补一下,又觉得这个推论好像真的还挺符合逻辑。

唯一不符合的就是简松意太强了。

不可能有哪个易感者会这么强,能顶着一群支配者的外激素撂翻支配者,还能在军训各项考核成绩里,不是第一就是第二,所以大家也只是怀疑,没谁敢问,顶多就是匿名在贴吧瞎说几句。

但是柏淮这个反应……怎么好像是来封口的?该不会……

皇甫轶正想着,柏淮就轻嗤一声,极尽嘲讽:"谁和你说这个了?

你们说简松意是易感者，说出去也得有人信才行。这种明摆着的事儿，我觉得我还没有管的必要，毕竟大家都不瞎不傻。"

他这话通篇没有直接明确地否认简松意是个易感者，但给皇甫轶的感觉却是，在柏淮心里，简松意确确实实不是个易感者，所以对这种说法嗤之以鼻，好笑得都懒得搭理。

皇甫轶心里那点儿荒唐的猜测彻底没了，也略微松了口气，毕竟被支配者撂翻还说得过去，如果真的是被易感者撂翻，可就太丢人了。

他揉了揉鼻子："那你找我是为了什么事？"

柏淮抬起眼皮，他眼皮薄，眸色浅，每次缓缓抬起来直视人的时候，就有种漫不经心的威慑力，皇甫轶打了个寒战。

柏淮轻飘飘地道："是要我把那几个帖子一字一句读出来？比如我们狼狈为奸，又比如我平时装高冷，恶心不恶心……都读出来，你才明白？"

他声音清冷，语调平缓，说出这些词汇的时候就格外讽刺，让人不安。

皇甫轶不玩贴吧，但是大概也听说了都有些什么污言秽语，想到那几个人确实是自己的狐朋狗友，源头也是自己，忙说道："这事确实是他们嘴巴不干净，柏哥你说怎么处理就怎么处理。"

"这事儿呢，说大也不大，但是说小……简松意的脾气你也是知道的，你什么时候见他眼里容下过沙子？而且更不巧的是，只要他容不下的沙子，我就更容不下，你说这该怎么办呢？"

柏淮说完拍了拍皇甫轶的肩，笑容温和浅淡。

而下一秒，皇甫轶就蹲了下去。

雪后松林的味道，一瞬间仿佛隆冬铺天盖地席卷而来的暴风雪，直接把威士忌的味道冲击得狼狈不堪，微不可闻。

皇甫轶匍匐在地上，大口大口喘着气，整个人被强大的外激素压制，连头都抬不起来，剧痛难忍。

这是柏淮第三次压制他，而每一次，都是因为简松意。

皇甫轶知道自己惹不起这两座煞神，只能忍着难受，断断续续说道:"其他……其他的我不敢保证,我只能说,我和我的朋友,以后绝对不会说半句不利于你和简松意的话。我处分还背在身上呢,监控还在你手里,你完全可以信我,把这事交给我。"

风雪终于敛了回去。

柏淮重新戴上金丝眼镜,理了理袖口:"行。还有……"

"今天的事儿,我也一个字都不会说出去。"

柏淮点点头,转身走了。

他相信皇甫轶会说到做到,这个人马上就能去国外顶尖的商科学院,前途不错,和简松意顶多也就是互相看不顺眼,意气之争,犯不着搭上自己的前程。

而且这人人脉不错,高中部最爱惹事的那群人和他都算得上热络,柏淮就是看中这一点,所以才找到他,想利用他把那些怀疑简松意是易感者的猜测扼杀在摇篮里。

毕竟如果柏淮一个一个找上门,太麻烦,而且欲盖弥彰。

尤其五班那个从一中升上来的篮球队的,初中时就因为一些事和柏淮关系不太好,如果是他出面,反倒徒惹麻烦。

所以,吓一吓铁牛同学,可以事半功倍。

还好,铁牛同学,人如其名。

柏淮思忖着,不知不觉已经走到学校前门,拿出手机,刚准备叫车,却突然被远光灯闪了两下。

他眯着眼睛,抬起头,看见街对面简松意正搭着书包,站在车边,一脸不耐烦:"看什么看,就等你呢,还不快点儿,磨蹭死了。"

这脾气,怎么就这么臭。

柏淮无奈地笑了一下,走过去,和简松意一起坐上后座。

简松意也没有问他去了哪儿,去见了谁,说了些什么,做了些什么,好像对于这一切都漠不关心。

只是下车的时候,他跟着柏淮一起走进了柏家的门。

柏淮挑眉看他。

他懒洋洋地打了个呵欠:"好几天没有对抗训练了,今天练练吧,

249

加到百分之八十行不行?"

柏淮一直以为过于骄傲的人,都会过刚易折。

但简松意不是。

简松意的骄傲,化为了他骨子里的一股韧性,怎么压也压不断,怎么压都还会再直起来,然后扬着下巴,睨着眉眼,笑得痞气嚣张,不可一世。

短短半个月,就能从对抗百分之四十外激素的强度,提升到了百分之八十。

因为他从来不给自己适应的过程,往往是刚突破一个关卡,就立马顶着压力往前攻克。

哪怕疼得面色惨白,哪怕疼得汗水浸湿衣物,哪怕训练完后,浑身酸软,几乎无法直立,连说话都打战,却没有缓一秒。

只有前进,没有停歇。

骨子里的那股劲儿,是对命运无止无尽的挑衅。

每天晚上都训练到十二点,体力已然透支,却因为不适应和疼痛,到凌晨三点多才能勉勉强强睡去。

然而一到白天,又恢复懒散矜贵的模样,看上去懒洋洋又漫不经心,但该学的东西、该做的题,认认真真,一样没落下。

他聪明,但也不是举世无双的天降奇才,他为人艳羡的那些品质,都是他努力得来的,并不是真的天天睡觉就成了年级最高分。

有时候柏淮看着心疼,找借口想让他休息休息,暂停训练,却每次都被简松意不动声色地驳回。

柏淮理解简松意,但总觉得简松意好像有些急,甚至比刚刚分化的时候还要急,好像突然发生了什么事,让他急不可耐地想要蜕变成一个可以不被支配者外激素压制的易感者。

柏淮沉着眉眼,收起外激素,想伸手扶住刚完成训练还有些摇摇晃晃的简松意,但扶的那一下,居然落空了。

太瘦了,比他想象中的还要瘦,以至于校服太空,他没有找准简松意胳膊的位置。

简松意却没注意到,只是大大咧咧地把他推开,轻轻"哒"了一声:"百分之八十有点儿强啊,我这虽然站起来了,但半条命都没了,和没站起来有什么区别?我觉得这一截儿,我起码还要练两三个月。"

"够了。"柏淮不动声色地收回手,拨了拨他被汗水浸湿的额发,"对上一般的支配者够了,吃不了太多亏。"

简松意撇了一下嘴:"连你都打不过,算什么男人?"

说完转身下楼。

正好吹过一阵穿堂风,校服兜了起来。

柏淮从后面看着,觉得小竹竿儿人都要被吹飞了,便跟上去扯了扯他空荡荡的校服:"再瘦下去,校服里面都能藏人了。"

简松意拍掉他的手:"你就是嫉妒我身材好。"

柏淮眯了眯眼睛:"是吗?我还以为你嫉妒我的腹肌来着。"

简松意也有腹肌,精瘦干练,就是太瘦了,看着不如柏淮的那么结实和有安全感。

不得不说,从一个想当支配者的易感者的角度来说,他的确有些嫉妒柏淮的身材。穿衣显瘦,脱衣有肉,看上去就很有安全感。

自己堂堂一米八三的帅哥,被放到他跟前,竟然显得像根小竹竿儿。

简松意不满地嘟囔道:"不就是比我高五厘米,比我重十几斤嘛,有什么了不起的。我妈说男孩子到了二十岁都还能蹿一蹿,我还没成年呢,过两年我肯定就比你高了。"

柏淮轻笑:"你觉不觉得这话有些耳熟?"

简松意:"嗯?"

两人刚好走到门口,柏淮先出门,走了几步,往右一拐,停在被一棵古槐树掩映住的外墙前,敲了敲:"喏,自己过来看。"

简松意凑过去一看,顿时不好意思起来。

墙面上歪歪扭扭画满了杠子,从小豆丁的高度,一直到了一米七几。

大致分成两排,右边的那排,每一道都比左边的高上一些,然后这个差距在十二三岁的时候被突然拉大了十厘米,好在现在又缩回来了点儿。

柏淮指了指最下面那两道:"你这话,从你这么丁点儿高的时候就开始说了,这么多年过去,你脸疼不疼?"

简松意震怒,一拳过去,却被柏淮接住拳头,往回一带,带到自己跟前:"所以,你能不能好好吃饭?多吃点儿,不然你可能就要一辈子比我矮了。"

"你……"

不等简松意说完,柏淮就不知从哪里掏出一盒牛奶,塞进他校服兜里:"你妈说得对,男孩子二十岁之前还能长,所以多喝牛奶多睡觉,才能比我高。"

哄小孩儿呢?

"今天没事儿了就快回去休息,不然明天月考考不过我,到时候又生气,羞不羞?"

简松意不屑地冷笑一声:"呵,你就等着看我怎么碾压全场吧。"

他收回手,放回校服兜里,指尖一下就触碰到了牛奶的纸质包装。

还是温热的。

不是一直在一起训练吗,什么时候热的牛奶,怎么自己都没发现?

柏淮真该去当儿科医生。

简松意这么想着,酷酷地转过身,往家里走去。

刚走几步,身后突然传来一道低沉温柔的声音,说的话有点没头没脑:"如果太累的话,其实可以歇歇,不用着急,我还在呢。"

"哦。"

简松意听明白了,敷衍地应了一声,心跳也跟着漏了一拍。

没有多的言语,也没有停下脚步,背影肩膀的线条却自然而然地松弛地沉了下去。

是着急了些,简松意知道。

但他也知道,柏淮这么冷淡的人,会为了几个帖子就去找皇甫轶,背着他偷偷摸摸地不那么君子了一次,就是怕他易感者的身份猝不及防地被戳穿,会让那些和他有过节的支配者动歪主意。

当然，也是为了守护他的骄傲和自尊。

所以，简松意莫名地就想早一点儿变得更强一些。

他知道某人厉害，可就是因为某人厉害，所以才更想要早一点儿变得和他一样厉害。这样，才能像他对自己好一样，对他好。最起码，真遇到什么事，总不至于拖了某人后腿。

然而尽管如此，听到那句"我还在呢"的时候，心里还是被戳了一下，柔软得忘了跳动，生生漏了一拍。

柏淮有时候是真的温柔。

如果不是见过柏淮对待别人有多冷，他甚至要怀疑柏淮一直都是这么温柔的一个人了。

好像……俞子国说得没错，柏淮只有对着自己的时候，才不那么面瘫脸。

简松意想到这儿，突然停住，转过身，看着站在老槐树下目送着他回家的柏淮，开口道："明天月考，要不要再打一次赌？"

柏淮挑眉："又赌谁叫哥哥？"

"滚。"简松意恼羞成怒，"有完没完了，你想打架是不是？"

柏淮轻笑。

简松意懒得搭理他，白了他一眼，继续说道："如果这次我考了年级最高分，你就得老老实实回答我一个问题。"

"什么问题？"

"到时候再问。你就先说你答应不答应吧？"

"好。"

第八章

愿赌服输

SONG YI

39

月考座位是一到五班所有名单拉通,随机排列。

柏淮留守一班,简松意被分去了五班。

考试的时候抽屉要被清空,身上不能带任何电子产品,手机装进书包里,书包放在教室后排的铁皮柜上。

然后才拿着文具袋,去各自的考场。

简松意晃到五班,按照准考证号找到位置,第二组最后一排。

他到得比较晚,到的时候,他的前排正拉着旁边那个人低声絮叨着什么,一个压着急色,一个唯唯诺诺。

前排的那个人,简松意觉得面熟,好像以前一起打过几次篮球。但他不爱记人名,到现在都以为皇甫轶真的叫皇甫铁牛,就更别说这种没什么存在感的路人甲了。

他懒得管闲事,打了个呵欠,趴在桌子上补觉,等着发卷子。

卷子一发下来,简松意就乐了。

这次诗词鉴赏和阅读理解都出得中规中矩,很好套模板,尤其是诗词鉴赏,简直像是长在了柏淮给的那份资料上一样,简松意第一次做语文做出了数理化一般的流畅感。

只要语文拿下,江山回归。

简松意心情愉悦,连带着下午考数学的时候,手感也很好。

除了前排那个憨憨总是时不时弄出点儿动静,经常把东西弄到地上,还会碰到他的桌子以外,总体来说考试体验还不错。

一般情况下,简松意觉得自己考得很好的时候,都会在柏淮面前开个屏,顺便挤对几句,搞一下柏淮的心态,但是这次不知道为什么,考完试回到教室后,有点儿没精神。

懒恹恹,软绵绵,不想说话。

晚自习趴在桌子上睡了整整两个小时,放学的时候还是觉得困倦无力,一路上一句话也没和柏淮说。

柏淮伸手碰了碰他额头,温度正常。

柏淮问道:"考试考'瘸'了?"

简松意白了他一眼:"你才考'瘸'了。你看见我背后的翅膀没?那是我考飞起来的象征。"

柏淮煞有介事地点点头:"看见了,俩小短翅膀,胖嘟嘟的,就是蔫不拉几,看着要坠机。"

"谁蔫了,我就是困。"简松意说着又打了个呵欠,然后蹙了蹙眉,"你昨天给我的牛奶是不是下毒了?我怎么觉得哪儿哪儿都不舒服呢。你这种恶意竞争的手段,要不得。"

柏淮想到什么,算了一下,又觉得时间不对,也就没说,只是提了一句:"你就是没休息好,今天不训练了,你回去早点睡。"

"哦。"

反正不差这一天,简松意也没逞能。

睡了一觉后,症状依然没得到缓解。但是为了不让柏淮担心,简松意还是强打起精神,装出没事的样子,直接去了考场。

看到理综卷子的时候,他才勉强精神起来。

数理化组长不知道同时抽了什么风,题出得极难,尤其是物理,每一个题型的最后一道题都是竞赛范畴的。

简松意随便扫了一眼,就知道这次年级最高分稳了。

柏淮这个小垃圾,是时候让他见识哥哥真正的实力了。

可能因为题实在太难,考场氛围有些焦躁,在草稿纸上"唰唰唰"写字的声音、唉声叹气的声音、咬牙切齿的声音、转笔的摔笔的声音、桌椅碰撞的声音……

各种声音杂糅在一起,无限放大,吵得简松意头疼。

他眉眼不高兴地耷着,捏着2B铅笔的手指有些轻飘飘。

终于,当前排那个憨憨第四次把笔摔在地上,捡起来,椅背碰到简松意的桌子,发出哐啷哐啷的声音,并且让简松意的机读卡被迫涂歪了一笔的时候,简松意把笔往桌上一拍,往后一靠,懒洋洋地问道:"同学,能低调点吗?"

声音不大,监考老师却立马警觉地抬起头:"简松意,怎么回事?"

"问他。"简松意不耐烦掺和这些破事儿,扔出两个字,便继续写卷子,懒得搭理。

前排的憨憨却紧张得忘记呼吸,攥着纸团不知道该往哪儿藏。

监考老师走过来,在他们几个身上来回扫了一圈,多年的职业素养让他立马做出了判断,屈指在简松意前排那个人桌子上叩了两下:"李停,跟我出来。"

那个叫李停的男生知道自己被人赃俱获了,只能站起身,跟着监考老师出去了。

临出门的时候,他回头恶狠狠地瞪了简松意的背影一眼。

他的处罚结果是取消此次月考成绩。

自主招生会参考平时成绩,而这个成绩的依据,一共就是两次月考、一次期中考、一次期末考。

直接取消一次月考成绩,意味着他的自招全然没了指望。

本来是想作个弊,争取一个本省的重点高校自招名额,但现在别说重点高校,连省内普通的高校都不会收他的自荐表。

李停又怨又气,偏偏理亏,无话可说,加上皇甫轶的前车之鉴,知道自己惹不起简松意,只能把怨气憋回去,索性下午的英语也直接弃考。

没了前排哐哐哐的动静,简松意考英语的时候没那么烦躁了,但还是没力气,好几次涂机读卡的时候,差点儿涂歪。

简松意放下笔,捏了捏眉心,想缓一缓。

却在一瞬间绷紧了身子。

捏眉心的那一刻,手腕靠近鼻尖,他闻到了一缕微不可察的玫瑰花香。

他平时能很好地控制自己外激素的味道,如果外激素在他无意识的情况下泄漏出来了,那就只能是一个原因。

——不适期来了。

简松意警觉地打量了一下四周,发现没人有反应,想起来自己今天早上习惯性地喷过阻隔剂,现在刚开始发作,外激素浓度很低,应该还没被人发现。

只是他懒,每次就是随手喷花露水儿一样地喷一下,能阻隔多久,可就不知道了。

简松意还抱有侥幸心理,一股热流突然就席卷了全身,他战栗了一下。

又来了,这该死的熟悉的感觉又来了。

而他的第一反应竟然是想要柏淮的外激素。

他晃了晃脑袋,把那个可怕的没出息的想法晃了出去,然后握着笔,用前所未有的速度写着题。

还好英语基本都是选择题,写起来不费时间。

简松意不分析,也不看语法,甚至不仔细看题,草草地一目十行,然后靠语感选一个答案;到了作文的时候更是直接凭着感觉,龙飞凤舞写满一百二十个单词,然后"啪"的一声放下笔,提前交卷,冲出教室,转身进了厕所。

五班教室没有其他优点,就是离厕所近。

而一班教室则在走廊最那头。

简松意把自己关在隔间里,背抵着浅蓝色的隔板,俯着身子,喘着气。

他后面几乎都是随缘答题,只拼速度,这会儿距离真正的交卷时间还有将近一个小时。

而抑制剂和阻隔剂还有手机都在书包里,考试结束之前,他不能回去拿。

感觉越来越明显,热流浑身上下乱窜,骨子里透出酸软酥麻,身体干渴焦躁,他努力克制,收敛外激素的味道,然而潜意识里却越来越想念那份清冷温柔的雪意的安抚。

他渴望柏淮的外激素,在某一瞬间,甚至超过了理性上对抑制剂的需求。

不过很快,还是理性重新占了上风。

可是真的难受。

简松意总算明白了为什么易感者很难成为高位者,因为不适期这个体质,实在是太拖后腿了。

基因,真的是最公平又最不公平的东西。

简松意双手搁上膝盖,俯身撑着腿,浅蓝色的校服裤子被抓出深深的褶皱,指节泛着青白,牙齿咬着唇,唇角隐约渗出了血珠。

疼痛和意志力让他强撑着保持清醒,不至于被激素和欲望左右,也避免外激素散发出去,引起骚乱。

其他的他什么都做不了,只能祈祷时间过快一点儿,祈祷自己运气好一点儿,能撑过考试时间,不被人发现。

这次柏淮大概是帮不了他了。

也好,自己不能太依赖柏淮。

柏淮总会有他自己的人生,无论他这次回南城是不是因为自己以为的那个理由,他迟早还会再走,所以自己不能真把他的好当作理所当然,也不能真的把他当成抑制剂用。

不然就全都乱套了。

简松意胡思乱想着,时间缓慢地流淌。

他热得发躁,源于身体深处的渴望随着温度的上升,被催化得越来越强烈,他几乎快站不稳了,靠着隔板,才没有滑落在地。

简松意拉开校服,扯着T恤领口,即使看不见,他也知道自己现在脸肯定红透了。

他想出去用冷水洗洗脸,却突然听见了脚步声。

这是支配者的卫生间,进来的只能是支配者。

简松意瞬间屏住呼吸,尽全力收敛外激素,并寄希望于早上草草喷了几下的市面上效果最好的阻隔剂,以及自己还算不错的运气。

然而隔间的门被叩响了:"里面有人吗?"

不算熟悉的声音,带着狐疑。

简松意觉得自己这次可能运气不太好。

整个走廊,所有的教室,安静又沉闷,走廊那头的一班更是静谧得只有笔尖划过纸张沙沙的声音。

什么都没发生。

柏淮却突然停笔,眉头微蹙。

他刚才似乎闻到了一缕很淡很淡,淡到有些像错觉的野玫瑰的香味。

是简松意外激素的味道。

可是简松意明明在五班考试,如果一班都能闻到,那在四班和三班的支配者早应该闹起来了,现在整个楼层却很安静,四周的支配者也毫无反应。

一瞬间,柏淮就确定简松意的不适期来了。

大概因为柏淮和简松意外激素的契合度远远高于常人,再加上作为一个顶级支配者,他的捕捉能力远高于普通支配者,而简松意的外激素又是自己熟悉的味道,所以即使很淡很淡,淡到几乎没有,还隔着不算近的距离,柏淮也能捕捉到。

应该是阻隔剂的作用,再加上简松意的自控力,所以其他人暂时没有察觉。

但这只是目前的情况,如果再推迟下去……

柏淮连笔帽也没盖,拿起卷子快步走向讲台:"交卷。"

监考老师翻了 下,忙冲着柏淮背影喊道:"交什么卷,时间还没到,你还有一面卷子没写呢。"

"太难了,不会。"

柏淮冷冷地留下一句,拎起简松意的包,就往走廊那头赶去。

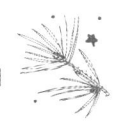

40

　　李停觉得有点奇怪。

　　他似乎在支配者的卫生间里闻到了一点易感者的味道。

　　不算很甜，却能让支配者一瞬间就升起一种特殊的感应。

　　不过也只是一瞬间，夹杂在消毒水刺鼻的味道里，转瞬即逝，恍惚得像错觉，再仔细一闻，又闻不到了，仿佛压根儿没存在过。

　　李停觉得自己闻错了，毕竟这是支配者的厕所，怎么会有易感者进来。但他还是奇怪，扫了一眼，忍不住叩响唯一紧闭的隔板："里面有人吗？"

　　里面有简松意。

　　如果不回答，反而此地无银三百两。

　　简松意只能稳住心神，用惯有的懒洋洋又有些不耐烦的语调说道："废话。没有人的话是有鬼？"

　　简松意？

　　李停顿时心里转过千百个念头，刚想开口说什么，突然觉得光线变暗，偏头一看，一道颀长的身影缓缓走进来，挡住了门口的自然光。

　　不等李停看清楚，那人就站到了他跟前，语气冷淡："麻烦让一下。"

　　李停眯了眯眼睛。

　　柏淮？还背着个包，这是考完了？但离考试结束还有一个小时吧，怎么回事儿？

　　李停觉得更不对了，转着脑筋，站在原地没动。

　　柏淮略微不耐烦地抬了一下眉："还有七个隔间空着，你非要在这儿排队，我没意见，但是麻烦不要挡别人。"说着，伸手把李停往旁边挡了一下，径直走进简松意旁边的隔间，带上了门。

　　听到柏淮声音的那一瞬间，简松意有些意外，却又没有太意外，只是突然安下心来，扯了一下唇角。

　　吃了定心丸，简松意语气掩饰得更好，有些痞气地戏谑道："可能这位同学想瞻仰一下我蹲过的坑,你理解一下,毕竟是王者的气息。"

柏淮:"理解。"

两个人你一言我一语,李停有些尴尬,但还是不甘心:"你们刚才有没有闻到易感者的味道?"

简松意正在想怎么回答,柏淮先轻哂一声:"哪家易感者的味道是消毒水或者厕所的味道,那也挺惨的。"

他一边说话,一边背靠着隔板,蹲下身,反手将一支阻隔剂从隔板下方递了过去。

隔板那一侧的简松意也以同样的姿势,反手接了过来,借着柏淮说话声的掩护,拧开瓶盖,把液体倒在手上,涂抹在腺体和动脉处,避免发出按压喷雾的声音,被李停听见。

他嘴上还顺便镇定自若地嘲讽道:"你别问我,我没分化,我只能闻到氨气的味道。"

李停却总觉得不对。

如果真的是他闻错了倒没什么,但如果不是,那就只能说明……

心念电转之间,他释放出了诱导性的外激素。

诱导性的外激素并不会挑衅支配者,但是会诱导易感者释放出外激素回应,尤其是处于不适期的易感者,十个有九个会上钩。

严格来说,法律法规禁止支配者未经易感者同意就对其进行诱导。

然而既然没人承认这里有易感者,那李停这个行为就不算故意诱导,也不能真把他怎么样。

投机取巧,心思真没用在正道上。

柏淮察觉的第一刻就想反压回去,垂在隔板下方的手却突然被握住了。

简松意的手从缝隙里探过来,抓住他的指尖,轻轻捏了两下。

这是在告诉他,没关系,不要闹大了。

而门外,李停释放了半分钟诱导性的外激素后,见无事发生,又不甘心地使劲嗅了几下。

——然后,有点儿被臭到。

除此之外，什么都没有。

他狐疑地皱起眉，却又无可奈何。

只能当刚才是他自己闻岔了，再加上被厕所和消毒水的味道刺激得有点儿吃不消，火速解决完生理问题后，径直离开。

他一离开，柏淮立马拎着包从自己的隔间出来，敲了两下简松意的门。

"吧嗒"一声，锁开了，柏淮闪身进去，从里面再次锁上。

简松意刚刚抵抗住一个支配者的诱导，现在整个人都支撑不住，蹲在了地上。

柏淮移开视线，准备从包里拿出抑制剂。

简松意想站起来，却突然腿软，眼看就要滑到地上了，柏淮连忙把包一扔，伸手拽住他的胳膊，把他捞起来。

下一秒，门外响起了脚步声和对话声。

"现在的学生真是越来越猖狂了，居然卷子都不写完就交卷，还说太难了，不会。英语有什么不会的？以为我们体育老师就没学过英语？瞎蒙几个单词几个选项也行啊。而且那个学生听说还蝉联两次年级最高分，他不会？你说气人不气人？"

"哎呀，可能人家年级最高分拿腻了，不想要了。"

"这就是不尊重考试！谴责！"

简松意看向柏淮。

柏淮垂眸，没有看他。

听两个人的声音，应该是一考场的副监考老师和二考场的副监考老师。

柏淮觉得这两个二十几岁的支配者，居然还结伴上厕所，有意思没意思？

这就算了，居然还这么八卦。

其中一个"啧"了两声："这你就不懂了吧，我跟你说，我觉得肯定有情况。"

两个人说着，又聊起了其他的，明显不是为了上厕所而上厕所，就是觉得监考无聊，出来躲一躲，聊个天。

这样一来，两个人什么时候走，全随缘。

柏淮头疼。

而简松意虽然身体不听使唤，但意识还算清醒，一边生气柏淮怎么能卷子都不写完就跑出来，一边又因为外面两位老师聊个不停而焦急。

简松意心里无声地催促着，身体却很老实地一动不动。

外面就有两个支配者，还是老师，如果被他们发现厕所隔间里藏着一个提前交卷的支配者和一个不适期的易感者，那还得了。

所以，柏淮根本不敢释放外激素，又担心简松意发出动静，只能扶稳他。

简松意有点儿不好意思，想推开。

柏淮低头看着他，无声地做出口形："听话，别动。"

简松意蔫下去，不动了。

他太难受了，这次没有像上次一样及时打抑制剂，还和一个支配者待在一起，而他还没办法对这个人提起一丝防备，他那引以为豪的意志力也只能一点儿一点儿松懈下去，有些迷离。

一滴汗从额角滑落，砸在柏淮锁骨处。

简松意盯着那滴汗珠，盯久了，觉得实在碍眼，于是鬼使神差地凑上去，伸手擦掉，似乎尤嫌不够，还挠了两下。

等门外那两个一无所知的话痨终于离开，狭小的隔间里仿佛已经过了一个世纪那么漫长。

柏淮第一时间松开简松意，深深呼出一口气，退后一步，拎起包，翻找起抑制剂。

简松意被放开后，离柏淮的气息远了，身上的难受并没有得到想要的安抚，不知道柏淮在磨蹭什么，他不耐烦道："你找什么呢？"

"找你的抑制剂。"

"哦。"

简松意这才回神过来，恢复了点理智，想起这时候的确是应该打抑制剂才对，是自己刚才忘了，忘了还有抑制剂这个东西，本能地在等待另一种解决方法。

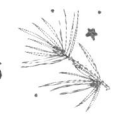

他可是最有骨气的易感者，永远不接受被标记。

明明简松意已经自个儿把自个儿安排得明明白白，自己却非要当这个君子，图什么呢？

柏淮垂眸思忖，不动声色地替简松意注射完抑制剂，然后理了理他被扯得狼狈的衣衫，低声道："最后一次了。"

没头没脑的一句。

堪堪恢复理智的简松意茫然地抬起头："什么最后一次？"

柏淮帮他把拉链拉到最顶端，立起来的校服领子挡住他小半个下巴，显得他茫然的眼神呆得可爱。

仿佛刚才那个磨人精不是他一样。

但是柏淮心里可把这账给他记得清清楚楚，拍了拍他的脑袋："事不过三。"

41

"什么事不过三？"

简松意蒙了，然后反应过来，肯定是每次自己不适期柏淮都要帮自己擦屁股，他烦了。

他声音低了下去，苍白地辩解道："我第一次当易感者，没经验……"

"等于我是第二次当支配者？"

柏淮把瓶瓶罐罐还有针管那些东西收好，放进背包最底层内侧，拉好拉链，调侃似的瞟了简松意一眼。

简松意继续苍白地辩解："我以为自己是支配者，所以生理卫生课就没好好上……"

说到这个，柏淮对易感者的了解确实比简松意多，毕竟在初一的时候，他还在很认真地听着易感者的生理卫生课。

想到这一点，简松意突然坏兮兮地问了一句："小柏同学，当年你以为自己是一个易感者的时候，有没有过一些做'贤夫'的幻想？"

柏淮睨着他："莫非你现在得知自己是个易感者后，想做一个'贤夫'了?"

简松意:"你这是性别歧视,我瞧不起你。"

不讲道理。

柏淮并不打算和简松意讲道理,看他状态恢复得差不多了,背起包就往外走。

出门的时候,学校广播正好响起"离考试结束还有十五分钟"。

简松意突然快走几步,挡在柏淮跟前:"差点忘了,还有账没跟你算呢。你说说你为什么要交白卷?"

看上去有点生气。

柏淮钩了钩背包带子:"没交白卷,就是最后的单词填空和作文没来得及做。你做完了?"

"从阅读理解开始就随便瞎写的。"

柏淮点点头:"那我们半斤八两。这次大概会让杨岳捡个便宜。"

"那倒也不至于。"简松意十分自信,"这次理综难,我估计我分数能领先一个大断层,不差英语那点儿,不过你就不好说了。"

柏淮谦虚:"我理综也还考得马马虎虎,凑合。"

"不会掉出前三吧?一次不进年级前三,华清的校推名额可就没希望了。"

"应该不至于掉出前三。不过就算我每次考试都是年级最高分,也拿不到华清的校推名额,所以不影响。"

简松意警觉地问道:"你是不是有什么瞒着我?"

柏淮笑了一下:"没什么,以后你会知道的。我就是想告诉你,这次月考对我不重要,所以你不要有心理负担。"

"怎么会不重要?怎么可能没有心理负担?"

"也对,我们还打着赌呢,那还是挺重要。"柏淮明显不打算就这个话题说下去。

简松意却不想和他打哈哈,罕有地认真又冷静:"你别打岔,我说正经的,无论这次有没有影响,你都得答应我以后不能再这样。不要为了我的事,影响你自己的事。"

顿了顿,他又道:"柏淮,你知不知道,你总这样做,我真的有点儿吃不消。"

说完简松意就把下巴埋进校服领子里,转身走了,也不等柏淮的回答。

柏淮看着他的背影,缓缓垂下眼帘:"行,我知道了。"

语气里听不出情绪。

秋风吹过。

简松意脸上的燥热褪去。

北楼外的银杏树,枯叶簌簌落下,像蝴蝶一样。

有一片贪恋美色的,一个劲儿地摆着自己的小翅膀,往柏淮这里飘,柏淮伸手想抓住,它却突然打了个转,换了个方向。

就绕着柏淮,兜兜转转,也不知道到底是想落下,还是不想。

柏淮有些猜不透这小叶子的心思,干脆直接稳准狠地伸出两根手指,把它夹住,揣进了兜里,然后慢吞吞地跟着简松意,并肩站在了一班外的台阶上。

两个人沉默着,一言不发,各自想着各自的心事,关于彼此。

考试结束的铃声响起,所有人一窝蜂地从教室涌出的时候,两个人才一前一后转身,逆着人流,往教室走去。

很奇怪,大家看向柏淮的眼神有些耐人寻味。

徐嘉行迎面走来的时候,甚至直接倒吸了一口冷气。

柏淮冷冷地看着他,示意他有话快说。

他颤颤巍巍地举起手,指向柏淮的胸口:"柏……柏哥……我本来还在想,你提前交卷是为哪般,原……原来如此,嘤。"

"嘤"你个大头鬼。

简松意一阵恶寒,顺着众人视线回头一看,然后呆住了。

柏淮今天穿的是一件圆领的白色 T 恤,露出了锁骨,锁骨上正好有个红印。

颜色不算深,偏淡粉,但是柏淮皮肤白,有一点儿印子就明显得不行。

268

想起那个印子是被自己挠的,简松意"唰"的一下又原地变身,变成简"红"意了。

真的是……

简松意立马板着脸走过去,"唰"的一下把柏淮的校服拉链拉到最上面,还不甘心地帮他把领子立起来。

徐嘉行来来回回打量了他们两眼,神色困惑:"今年流行这么穿校服?你们帅哥的时尚我有点儿看不懂。不对,这不重要,重要的是柏哥你从实招来!这个红印怎么回事!"

柏淮面不改色心不跳:"上厕所,被蚊子咬的。"

徐嘉行觉得自己的智商受到了侮辱:"得多大的蚊子能咬出这么大个印子?这蚊子嘴够大啊。"

"还行吧,也就这么大。"说着他伸手比画出一个和简松意手指差不多大小的长度。

徐嘉行信以为真,倒吸一口冷气:"那这蚊子是真的够大的,不愧是在厕所长大的。"

简松意听不下去了,踹了他屁股一脚:"滚。"

徐嘉行捂着屁股"嘤嘤嘤"滚去食堂。

人群渐散,教室里只剩下他俩。

柏淮慢条斯理拉下校服拉链,拿出手机,对着自己的锁骨自拍了一张。

简松意被他这个举动气得骂脏话:"你是不是有病?"

柏淮懒洋洋地靠着椅背,拿着手机,屏幕朝简松意晃了两下:"我这个人小气、记仇,所以得先留下证据。"

简松意白知理亏,恼羞成怒:"所以你想怎样?"

柏淮微眯着眼睛,挑唇朝他笑了一下:"也不怎么样,就是以牙还牙,你让我咬一口,这事儿我们就算两清了。"

简松意觉得这人就是故意找茬,很生气:"你这人怎么这么小气?难道狗咬了你,你也要咬回去?"

"汪几声听听?"

"……"

"不汪就是要做人了，做人就得知道，出来混迟早要还的。"

简松意真是恨得牙痒痒："柏淮，我以前怎么没发现你这个人这么过分呢？"

柏淮从容淡定，指尖点了两下自己的锁骨："说清楚，谁过分？"

简松意一口气憋住，气呼呼地埋头刷题，决定今天都不理柏淮了。

两耳不闻"柏淮"事，一心只读圣贤书。

然而不知道为什么，这圣贤书读着读着，耳朵尖儿就又红了。

柏淮坐在旁边，看在眼里，假装不知，低头抿唇轻笑，有的人的心思，是写在耳朵上的，藏不住秘密。

在十几岁的人扎堆的校园里，也确实没有秘密。

柏淮锁骨上的那个红印，看见的人不少，还有八卦的小姑娘第一时间就偷拍一张，上传了贴吧。

李停看见帖子的时候，一直在他脑海里转来转去的那个念头突然就定住了。

他点开那张图，放大，盯着那个红印仔仔细细看了半天，确定柏淮刚进卫生间的时候，他锁骨上是没有这个印子的。

那个大胆的念头仿佛得到了佐证，一下就刺激起来。

李停初中就和柏淮一个班，那时候基本全班都知道，柏淮有个要好的外校朋友，是南外的简松意。柏淮好像还为了他和王山吵过一架，但是柏淮转学回来后，两个人的关系却似乎变得很恶劣。

然而现在看着，关系未必恶劣。

厕所里不知是真是假的易感者的味道，唯一在场的简松意、没做完题就交卷的柏淮，还有从初中开始就为人津津乐道的两个人的关系，仿佛散碎的珠子，被这一个红印穿成了线。

这年头，大家自己脑补是一回事，事实又是另外一回事。

而如果简松意不是支配者，那就更刺激了。

什么最帅的支配者，不过就是一个骗子，一个软弱可欺的易感者。

自己反正已经没了自招资格，还背着处分，光脚的不怕穿鞋的，大家都别好过。

李停想到这儿,翻出通讯录,找到自己以前在一中的同学:"你还能联系到王山或者王海吗?"

而那个帖子在争论猜测了好几页后,终于得到制止。

350楼:"我是柏淮本人,真的是蚊子咬的,提前交卷是因为我和简松意中午吃了不干净的东西,拉肚子。谣言止于智者,望好自为之。"

351楼:"男神也逛贴吧?!"

352楼:"前排和男神合影!"

353楼:"本尊下场辟谣!粉丝原地复活!"

……

而柏淮本人在小圆子截图并发了一条"还算柏淮有点儿良心,没有玷污我崽的名声"的消息过来之前,对此一无所知。

他拿着手机,对着简松意晃了晃:"我本人?"

简松意坦然:"你我兄弟二人,自是不分彼此。"

说完,他要去抢手机,手机没抢到,但指尖碰到屏幕,图片缩小,出现了一个聊天界面。

他眼尖地发现不对:"你什么时候还用QQ了?还有,这是谁发给你的?什么粉丝团?你还追星?"

柏淮收回手机:"没有。"

"肯定有!什么粉丝团?快给我看看,我要看看是谁能让我们柏哥如此崇拜?"简松意说着就又要去抢。

柏淮怕他抢来抢去,又磕着碰着,直接把手机锁屏,放到桌子上。

简松意不甘心,一把抢过来,开始试密码。

把柏淮生日、柏淮爸妈生日、柏淮爷爷生日,翻来覆去倒腾了几遍,直到手机提示被锁三十分钟,也没试出来。

柏淮没拦他,就是好笑:"我就问问你,我这手机锁了三十分钟你打算怎么办?"

"我这是为了让你专心复习,你懂不懂?"简松意说完还很赖皮地把柏淮的手机放进了自己的桌肚,"手机没收,做完一套卷子我再还给

你,听小简老师的话。"

说完,他心虚地自己先开始做起卷子。

柏淮看简松意跟自己耍赖的样子,笑了一下,也拿出一套卷子开始做。

做了一会儿,他想起什么,开口道:"你看看手机,阿姨发微信来没?饭应该快送到了。"

"哦。"简松意右手刷着题,左手从桌肚里摸出一个手机,习惯性地输入了自己平时常用的密码。

成功解锁。

却有点儿不对。

屏保不是他常用的那个。

而是那幅著名油画——《冥想的玫瑰》。

可密码,又的的确确是他自己的密码。

0101,他的生日。

42

简松意愣了一会儿,反应过来,又从桌肚里掏出一个同款手机,按下"0101",解锁。

简松意一手拿着一个,左瞧瞧,右看看。

"柏淮。"

"嗯?"柏淮偏头,看见简松意手里两个被解锁的手机,若无其事,"怎么,密码试出来了?"

"试出来了,0101。"

"哦,不错。"

语气淡然,笔尖却在干净整洁的卷子上划出了一道突兀的痕迹。

"为什么?"

"什么为什么?"

"0101啊,密码啊,我生日啊,你密码怎么会是我生日?"

"嗯，对啊。"

轻飘飘一句话落下，空气陷入死寂。

简松意把柏淮的手机往他桌上一扔，发出沉闷的一声"哐啷"。

"逗我好玩儿是吧？你觉得有意思吗？耍我是吧？再这样下去我们兄弟可就没得做了啊。"

简松意心里突然感到一丝慌乱，为从前必然会被当作玩笑的一句话而感到慌乱。

这份没来由的慌乱让他不知所措，却又不想表露，只能用嚣张跋扈来虚张声势，用直接的否认来粉饰太平。

语气急厉，显得有些生气。

柏淮神色不改，语气如常，轻哂道："知道我是逗你的就行。0101和0000、1111等密码，为国际惯例常用密码，你要怪就怪自己生日太简单。"

说完，他拿着手机，起身往门外走去。

简松意看他走，更慌了，忙叫住他："你去哪儿？"

"去校门口拿饭。"

"哦。"

简松意反应过来，看着那道修长的身影转出门，消失在自己的视野外。

而柏淮一转过拐角处，就停了下来，肩抵着墙，微俯下身，手指紧紧攥住，深深呼出一口气。

刚刚那短短的几句对话，他也不知道自己为什么会紧张到这种地步。

半晌，柏淮终于缓过来，垂下手，敛起神色，恢复平常的淡漠，拿了饭，回到教室，放到简松意的桌上。

如同每一个两人独处的傍晚，什么也未曾发生过。

只有简松意在看到他如常回来的时候，心中暗自松了口气，然后没有像平常一样等着被服务，而是少有地、主动地接过饭盒，一层一层拆了起来。

他边拆边有点不自在地解释道："我刚那话是说着玩儿的。"

柏淮似乎没放在心上："什么话？"

"我说再这样下去兄弟就没得做了这句话，是说着玩儿的。"

柏淮抬起眼皮，淡淡地看了他一眼。

他低下头，避开柏淮的视线："反正就是……哎呀，反正就是我错了，我给你道歉，你别生气，行不行？"

"我又没生气，你这是干吗？"

简松意也不知道自己在干吗，脑袋里一团糨糊。

他觉得自己说话可真不过脑子。

他明明不是这个意思，他就是慌。

但是在慌什么，他也不知道。

就感觉自己像个傻瓜，心底隐隐有什么东西在挠动，呼之欲出，可是偏偏隔着一层，他看不真切，也抓不住。

唯一确定的就是，他不想让柏淮误会，也不想让柏淮生气，更不想有一天和柏淮的关系比现在远。

他觉得是自己说错话了，所以得跟柏淮道歉。

但是他脑袋里全是糨糊，又不知道能怎么办，只能狠狠心："要不你咬我一口吧。"

柏淮："嗯？"

"你咬回来，就当我刚才那些垃圾话没说。"

看着简松意毅然决然、英勇赴死一般的表情，柏淮笑了："下次吧，你刚在厕所待了将近一个小时，还没洗澡，我下不去口。"

简松意酝酿了很久的心乱如麻，突然就没了，也突然觉得碗里这饭不香了，不想吃了。

但柏淮敲了一下他的碗边，他只能忍忍，低头老老实实吃了起来。

扒拉几口后，简松意还是觉得不放心，别别扭扭地开口："我以后再也不会说这种话了，什么不当兄弟不当朋友，都是假的，如果说了，也是一时没脑子嘴瓢，你千万别信，也别生我气。"

"好，不信，不生气。"

柏淮平静得仿佛这些事于他来说，不过是扔进平阔江面的小石子，不痛不痒。

然而江面之下，早已被搅起惊涛骇浪。

柏淮不知道简松意这话是不是在给他退路，是不是在说，无论怎样，无论发生什么，我们永远是朋友。

柏淮猜不出答案。

因为就连简松意自己都不知道答案。

少年心事，自己都不懂得，又怎好赋予旁人。

像黑夜里隔着一层窗棂跳跃的烛火，就在那里，让人无法忽视，却朦胧不可窥得，只等着一个机缘巧合，戳破那层薄薄的窗户纸，荧荧烛火，从此得以燎原。

那天晚上，梧桐道两边的小楼，都住着一个失眠的少年，想着各自隐晦不安的心事。

一个懵懂，一个谨慎。

待得终于睡去，才入了彼此的梦。

第二日醒来，又都心照不宣地不再提及，如往常一般，仿佛什么也没发生过，只是小心翼翼地守护着彼此之间那玄之又玄的平衡，唯恐摔碎心底最珍之重之的精美瓷器。

只是当两个人出现在教室里，被杨岳逮住质问"你们两个昨天晚上是不是一起去偷牛了，这俩黑眼圈给整的，可以送去卧龙山了"的时候，还是尴尬了些许。

好在徐嘉行打破了尴尬，一只胳膊抱住简松意大腿，撕心裂肺地喊："松爷！"

简松意一脸无语。

又来了。

柏淮没见过这阵仗："你这年拜得有点儿早。"

徐嘉行闻言，另一只胳膊连忙也抱住柏淮大腿："柏爷！"

简松意更无语了。

徐嘉行一把鼻涕一把泪："我们高三的不用准备方阵，但是老白说了，如果连八个项目都报不满的话，我这个优秀班干部就别当了，松爷、柏爷，求求你们疼疼我吧。"

一班本来就只有三十个人，和年级其他班级比起来，人数甚少，还主要都是些头脑发达四肢简单的，所以历来运动会都是重在参与，全靠简松意和徐嘉行他们几个人勉强撑着，才不至于吊车尾。

　　而这次运动会居然在月考之后第二天，还是一次魔鬼月考，就更没人想参加了，徐嘉行真的是求爷爷告奶奶，可怜死了。

　　简松意心最软，知道他不好做，哪儿禁得住他这两嗓子号，嫌弃地踹了他一脚："行了行了，起来吧，还差哪几个？"

　　"现在主要剩下两个特别艰巨的，等着松哥大驾。"

　　"嗯？"

　　"四百米和三千米。"

　　"你可以滚了。"

　　"松爷。"

　　简松意被磨得懒得说话。

　　徐嘉行高高兴兴地在报名表上填上简松意的名字，然后又朝柏淮抛了个媚眼。

　　柏淮则冷漠得多："不。"

　　"柏爷。"

　　"不送。"

　　"呜呜呜……"

　　柏淮完美无视，冷酷到底。

　　徐嘉行还要号，简松意一个眼神让他闭嘴："你见好就收吧，运动发热，你柏哥是冰块成精，一发热就化了，所以从来不参加运动会，你可以滚了。"

　　简松意都这么说了，那就是真没辙了。

　　但徐嘉行还是决定物尽其用："柏哥，那你看这样行不行？现在班上其他人都被我抓壮丁了，连俞子国那个竹竿竿都要去跳高，所以能不能劳驾柏哥您当一下摄像，录一下我们在南外的最后一次运动会，纪念一下我们的峥嵘岁月！"

　　徐嘉行准备好了一万句说服柏淮的话，还没来得及发挥，柏淮就点头:"好。"

幸福来得太突然,徐嘉行愣了一下,然后连忙取下脖子上的DV机塞给柏淮:"柏哥人美心善!我爱你一万年!"

说完他就心满意足地拿着报名表跑了。

柏淮轻哂:"出息。"然后调试起DV。

简松意"啧"了两声:"你实在是太不热爱运动了,批判你,并且怀疑你的腹肌是画上去的。"

柏淮瞟了他一眼,挑唇:"你回头可以试试。"

单纯如简松意:"怎么试?"

"比如切身感受一下我的腰腹力量到底行不行。"

简松意觉得自己被挑衅了:"你这是在向我炫耀你的腹肌吗?"

柏淮突然不知道该说什么,忍不住笑了一下。

这人怎么能这么呆?

说着不愿意被标记,却呆呆地忘了抑制剂,说着兄弟没得做了,却又主动跟自己道歉,怎么想都像是好哄好骗的样子。

想到某人害臊的样子,又觉得怪有趣,唇角的笑意更明显了。

简松意看着他盯着DV机笑的样子,觉得莫名其妙:"你笑什么?"

"没笑什么。快去操场吧,人都走光了,再磨蹭,又要迟到了。"

"你别打岔,到底在笑什么?"

"我笑你乖。"

"你真的有毛病!以后再说我乖我要生气了!"

"乖。"

"闭嘴!"

……

两个幼稚鬼终于吵着架走远了。

一个身影闪进空无一人的教室,找到简松意的书包,翻找着,最后拉开了最里层最底侧的拉链。

两人果然不负众望地迟到了。

然而简松意作为一班除了体育委员徐嘉行以外，唯一能参加长跑的选手，老白恨不得把他供起来，不但没说什么，简直恨不得提供捏腿捶背揉肩一条龙服务。

老白语气和蔼殷切："简松意同学啊，我也不要求你一定要跑第一，但是我们一班的生死荣辱全系在你一个人身上了，你要带着我们全班人的希望冲呀！"

年过四十岁的老白，说起"冲呀"来，还怪萌的。

简松意忍不住哥俩好地勾住老白的肩："放心吧，白哥，月考第一，还有长跑第一，我都给你拿回来，不辜负你这两年来这么辛苦地罩着我。"

老白提腿佯装踹了他一脚，笑道："臭小子，给你点颜色你还蹬鼻子上脸了，快去做热身活动。"

简松意皮这一下很开心，笑着朝签到处走去。走着走着，背对一班群众，抬手，做了个胜利的手势。

一班众人知道，这意味着，他们可以等着松哥凯旋了。

大部分项目，包括四百米都在上午，而三千米在下午，中间有足够的时间可以让简松意调整状态。

对于简松意的体能来说，小菜一碟儿。

但他还是忍不住问了柏淮一句："你确定不帮我分担一下重任？"

柏淮挑眉。

简松意撇撇嘴："没有集体荣誉感。"

柏淮不置可否，自顾自打开 DV 机，镜头对准简松意。

少年脱掉了校服外套，挽起裤腿，露出修长有力的小腿，站在起跑线上，准备起跑。

信号枪响，他像离弦的箭一样冲了出去。

遥遥领先于第二名的徐嘉行。

然而即使是这样的速度，他的身影也始终没有离开过镜头可以清晰拍到的范围。

号称不爱运动的柏淮，并没有真的就站在原地。

镜头始终跟随着那个少年，DV 机的屏幕上，他率先闯过了终点，帅气而利落，赢得一片欢呼声。

少年在欢呼声和掌声中甩了两下头发，汗水四落，在阳光下折射出光芒，然后回头笑了一下，唇红齿白，意气风发，明媚张扬，动人心弦。

柏淮唇角勾起淡淡的笑意。

屏幕上出现了好几个小姑娘，一窝蜂跑向简松意，一人手里拿着一瓶冰水，脸上还带着红晕，围着少年，叽叽喳喳，勇敢又羞涩。

而天生神经粗的某人居然一瓶一瓶接了过去，还对着小姑娘们笑得招人，不知道说了句什么，惹得小姑娘们笑成一团。

祸害。

43

柏淮走到与简松意还有一段距离的地方停下，隔着几个小姑娘，语气冷淡："老白找你。"

两人个子都高，一群身高一米六的小姑娘站在他们中间，根本挡不住他们的脸，简松意看出柏淮不高兴，有些莫名其妙，但还是立马朝他走去，小姑娘们也全都很懂事地让开了道。

简松意抱着好几瓶冰水，走到柏淮跟前："喝水不？"

柏淮扫了一眼："来者不拒？"

"嗯？"

"谁送的水都要？"

"一瓶水而已，小卖部就卖两块钱，不至于吧？"

这是价钱的事？

柏淮用无药可救的眼神看了简松意一眼："人家小姑娘给你送水，是向你示好，你看不出来？"

"可我是易感者，她们也是易感者，给我示好有什么用？"

"她们知道你是易感者吗？"

简松意一时语塞。

"傻瓜。"柏淮毫不留情地戳穿真相，把简松意怀里的水接过来，顺手发给了徐嘉行他们。

等简松意反应过来的时候,已经一瓶不剩。

"你是不是想渴死我?"

柏淮递过自己的水杯:"以后别谁送的水都乱喝。"

"怎么就乱喝了?送水的林圆圆我认识,我之前帮过她忙,都是朋友,她还能在水里给我下毒?"简松意嘴上不服气,手上倒是很老实地接过了水杯。

他拧了一下,没拧开,再使劲拧又没拧开。

有点儿尴尬。

柏淮面无表情地拨开水杯盖子上的一个搭扣:"傻瓜。"

说完拿起DV,转身走了。

高冷地来,高冷地去,留一个简松意云里雾里,实在气不过,一把拉过围观看戏的陆淇风:"他刚是不是骂了我两次傻瓜?他是不是想和我绝交?"

"你喝喝看,这水酸不酸?"

简松意喝了一口,常温凉白开,挑眉:"不酸啊。"

"呵,傻瓜。"

简松意真要发火了。

陆淇风朝他身后抬了抬下巴:"你看,不愧是投票投出来的校草,人气就是高,一个项目都没参加,还有小姑娘送水送毛巾,啧啧。"

简松意转头一看,果然,一个女孩正跟柏淮说话,那女孩长得还挺漂亮,之前听徐嘉行和杨岳提过,好像是高二的级花。

看上去温柔大方,笑起来还有两个小梨窝,怪甜的,手上拿着一条白色的毛巾,应该是想送给柏淮擦汗。

而柏淮刚刚还能冻死人的冰山脸居然浮现出了笑容,虽然笑得很浅淡,也很客气,但是就是笑了,笑了就算了,还把毛巾收下了。

简松意突然觉得有点憋闷。

垃圾玩意儿,重色轻友,对着自己就是冷屁股,对着好看的易感者小姑娘就是绅士暖男。

他转回脑袋，闷不作声地"咕咚咕咚"灌了几口水。

陆淇风这人脑子是真的好，尤其是情商这一块儿，简松意的反应全落在他眼里，他戏谑道："喝出来这水酸没？"

简松意冷着脸，不说话。

陆淇风幸灾乐祸地笑了笑，拍拍他的肩："你好好品品吧，我去找周洛了。"

"周洛是六班的，你一个二班的天天找他干吗？"

"他低血糖，给他送巧克力过去。"

"我也低血糖，你怎么不给我？大家都是兄弟，你怎么这么偏心？你们两个是不是打算孤立我？"

陆淇风顿住，回头，面无表情又略带嫌弃地说出六个字："果然是草履虫。"

"嗯？"好好的怎么还人身攻击呢？！

然而不等简松意反驳，陆淇风余光已经瞥见柏淮向这边走来了，于是很有眼力见地闪人："行了，我先走了，你自己好好品品那杯水到底酸不酸吧。"

酸的。

简松意瞟了一眼走到自己跟前的柏淮，语带讽刺："谁送的毛巾都乱收，来者不拒？"

一副没好气的样子，嗓音因为刚喝了柠檬水，微酸。

本来心情还不太好的柏淮，突然就心情好了，他拿着手里的毛巾，裹着简松意汗涔涔的脑袋，使劲揉了几下。

"我跟她说了，我收下来是给你用的。"

"哦。"简松意突然觉得那水又不酸了，然后才品出柏淮这动作不对，"你干吗？"

"擦汗，不然冷风一吹，回头感冒了。"

"哦。"

简松意乖乖站在原地没动，任由柏淮把自己的一头夈毛撸顺。

然后，他突然问道："柏淮，你会给徐嘉行擦汗吗？"

"他是我祖宗转世的话,可以考虑一二。"
简松意选择闭嘴。

三千米是运动会最后一个项目,高二和高三一起比,一共十四个班,文科班弃权多,最后参赛的一共二十二人,齐刷刷在起跑线上站了一排。

简松意知道一班体育成绩差,但是没有想到一班体育凋零至此,在徐嘉行因为跳远扭了脚后,顶替他跑三千米的居然是俞子国。

柏淮看着在简松意身后蹦来蹦去做着热身运动的瘦竹竿,有点儿不放心:"要不还是我来吧。"

俞子国却拍拍胸脯,傻笑道:"没事儿,我上午跳高刚拿了第二,足以证明我运动天赋十分惊人,你们就放心吧!"

"就让俞子国来吧。"

简松意知道,俞子国一直想做点什么证明自己不是多余的,和他每天主动倒教室垃圾桶、清理黑板槽的行为一样,他是想为这个班出一份力,尽他所能地回报他在一班接收到的善意。

相比这份心意,其他的没那么重要。

柏淮了然:"行。"

简松意朝他眨眼一笑,手指放到唇上,然后向上一扬:"放一万个心,等着接松哥凯旋就好。"

他这动作本来只是做着逗柏淮的,结果无意间被众多粉丝看到。

"啊啊啊!松哥给我飞吻了!!"

"呸!明明是给我的!!"

"你走开!就是我!"

"我已经醉了,啊啊啊!松哥加油啊!!我们等你凯旋!!!"

柏淮拿起 DV,忍不住笑道:"还耍帅吗?"

简松意揉揉鼻子:"怎么这么多人。"

围观群众确实很多。

毕竟三千米要跑七圈半,报名参加就很有勇气了,能坚持跑完的只剩半数，如果还能拿第一，那就是真牛了。

往年冠军都是顶级支配者，只有去年是个例外，被还没有分化的简松意拿走了。

到了今年，简松意还是没分化，其他支配者却都已经是很成熟的支配者了，比赛就变得有悬念起来，围观的人格外多。

当然，也只是理性上的悬念，感情上大部分人都愿意相信，今年的王者还是简松意。

没有其他理由，就是因为他帅，毕竟很多人本来也不是来看比赛的。

操场上乌泱泱的一大片围观群众，除了有人参赛的班级在为自己班加油打气以外，其他的全部都在高呼简松意的名字。

这就算了，甚至还有"滥用职权""以公谋私"的。

林圆圆高二的时候是广播站站长，高三虽然退了，但是在广播站人缘好，于是蒙混到主席台上，帮忙念起了广播稿。

从此，广播稿就全是简松意的姓名。

"简松意，你是电，你是光，你是唯一的神话！我们永远只爱你！冲呀！"

"不败神话简松意，五年连冠简松意，你一定会拿回属于你的第六座长跑冠军奖杯，为你在南外的运动生涯画上完美的句号。你就是南外最了不起的传说！"

"我们相信，迟来的永远是最好的，所以我们也相信，还没有分化的你，一定会成为南外最优秀、最出色的支配者，你一定会拿回本该属于你的胜利！"

……

言者无心，听者有意。

起跑线上，李停站在简松意附近，听到这段广播稿，突然低笑一声："了不起，顶级支配者就是了不起，分化得这么晚，怪不得我们松哥这么嚣张。"

声音不低，附近的人都能听见，觉得有些阴阳怪气，但又觉得属于正常的赛前嘲讽，都没多想。

只有简松意和柏淮明白，李停还是没有放下疑心。

不过这不重要，简松意本来就不太在意外人的看法。

简松意活动着手腕，骨节发出"咔嚓咔嚓"的轻响，扯了下唇角，笑得散漫，透出一股漫不经心的不屑："我嚣张，只是因为我是简松意，和我是不是支配者有什么关系？"

懒洋洋的，轻飘飘的，傲慢又自大。

欠揍极了。

又讨人喜欢极了。

柏淮单手举着DV，一手插在裤兜里，散漫地站着，语气同样漫不经心："是这么个道理，毕竟有的支配者也挺弱的。"

李停刚想反驳，就被皇甫轶拽住，拉到跑道另一侧去了："你非要惹他们两个干吗？你作弊被抓那事我也听说了，你想找茬你有理吗？就算当时没发现，你以为事后不调监控？老实点儿，把处分消了算了。"

李停冷笑："你尿我可不尿，你追了林圆圆那么久，被简松意一吓就不追了，这种事儿我可做不出来。"

"我不追林圆圆是因为人家确实不喜欢我，我软的硬的都用了，能怎么办？而且我马上就要出国了，没必要强求。但是你本来就理亏，现在失去自招机会还算轻的，回头惹了事，处分消不了，连升学都受影响。所以，我劝你还是老实一点儿，反正你又惹不起他们。"

"你别管我，我自己有办法。"

李停没再说话，只是准备好起跑。

喜欢装就多装一会儿，装得越狠，到时候"打脸"就越疼。

信号枪响，所有人同时快速出发，在操场上带起了一阵风墙。

人群密密麻麻，差点儿分不清谁是谁，等阵型拉开后，大家才发现跑在最前面的居然不是简松意，而是高三那几个篮球队的，比如皇甫轶，比如李停。

毕竟是有体育特长的成年支配者，体能还是不一样，像俞子国他们几个无感者一开始就被甩在了后面。

而简松意只是稳扎稳打，用一种平稳的速度维持在七八名的位置，不上不下，十分中庸。

不明所以的八卦群众有点着急："松哥今天是不是状态不好啊？怎么回事啊？怎么差第一这么多？"

一班的人却都很淡定："你们是不是去年没看松哥跑三千米？"

"没……"

"那就对了。你们要相信松哥，我们松哥是带着脑子跑步的，不像最前面那几个憨憨。"

果然，到了第三圈的时候，前面遥遥领先的那几个人，体力开始透支，速度逐渐慢了下来，呼吸也变得急促，而简松意的呼吸却始终保持在一个平稳的节奏，并且逐渐提速。

很快就反超了他前面那个人。

然后是第五名。

第四名。

……

最后一口气超过了最前面的皇甫轶和李停，控制在领先十几二十米的速度上。

等后面的人想反超，咬牙接着一口气飞快冲刺，眼看就要赶上了的时候，简松意又再次提速，拉开距离，仿佛是在故意逗人玩儿。

而开局就冲刺了八百米的人，本来体力就消耗得很快，再短距离冲刺一次，彻底打乱节奏，呼吸紊乱，体力透支，后劲全然不足。

这样一来，就显得前面领跑的简松意格外游刃有余。

而且很明显，这还不是他冲刺的速度。

就这样一直到了第五圈的时候，就呈现出中间一段相对密集的长条人群，俞子国在人群前将近五十米的位置，简松意在人群后将近一百米的位置。

半路从教学楼下来看热闹的英语老师徐佳一看，愣了："简松意平时不是挺厉害的吗？怎么落后这么多？俞子国平时看上去瘦瘦弱弱的，倒是挺厉害。"

杨岳好心提醒："徐老师，松哥那是领先了将近一圈，俞子国那是落后了将近一圈,你看反了。"

话音刚落,简松意已经过了起跑线,圈数变为6。

徐佳举起自己的纤纤玉手,竖起了大拇指:"看在他为班争光的分儿上,我暂时原谅他这次英语掉出年级前二十了。"

周围的学生们顿时倒吸一口冷气,注意力纷纷转移:"成绩已经出来了?"

徐佳洋洋得意:"年级组所有老师通宵达旦改卷子,总算改出来了,正在统计分数,等你们回教室,就可以看到成绩表了。"

……也是,习惯了,以前经常第二天考完英语,前一天的数学卷子就被发下来改错了,这个速度不稀奇。

也好,"早死早超生"。

而徐佳显然就是专门来操场抓人的,简松意在比赛,她不好抓,目标就放到了录像的柏淮身上,伸出手指:"那位帅哥,你过来。"

柏淮走过去。

徐佳叉腰:"不要以为你长得帅,我就舍不得骂你,你知不知道你这次英语多少分?虽然简松意提前交卷,但是他好歹把卷子蒙完了,还混了个一百三十几,你倒好,后面五十分的题没做,只考了一百分,怎么,一百分很光荣?你们两个是不是故意要气得我提前进入更年期?"

柏淮淡定地解释道:"我和简松意昨天中午吃的外卖,吃坏肚子了,没办法。"

南外有规定,但凡正规考试,离开考场十分钟以上,就算提前交卷,不得再回考场。

所以,这个理由还算充分。

加上柏淮长得又好看,气质虽然冷,却像个君子,正经得不行,他这么面不改色地一说,徐佳就真的信了,也不好再说什么,只能一个劲儿惋惜:"可惜,太可惜了,听说你这次理综进步神速,如果不是英语这个样子,年级最高分很有希望的。"

正说着,人群突然发出一声惊呼,柏淮想也没想直接朝操场那头跑去。

就在刚才,简松意超过了俞子国,领先了整整一圈,李停憋着劲儿，愣是跟上了。

他初中是体育生，只不过是打排球的，长跑实在没经验，知道自己这次拿不到第一了，索性就想拖简松意一起下水，好好打打他的脸。

他努力跟上，别过跑道，想骚扰简松意，简松意为了后面冲刺考虑，不敢贸然加速，距离一时半会儿拉不开，躲开了一次，却被后面接二连三的几次影响了节奏。

最后，李停干脆直接伸手，试图拽倒简松意，结果被后面的俞子国发现了企图。

这一拽，只是影响比赛成绩还好说，如果真把松哥摔受伤了，这个浑蛋拿命都不够赔！

俞子国顿时火冒三丈，加快速度冲上去，从后面一把抱住李停的腰。

李停突然被抱，吓了一跳，回头一看，是那个精培生，顿时无所畏惧，直接反手一推。

俞子国秉持着"一命换一命"的战术原则，死也不撒手，两个人在跑道上滚成一团，没看清楚到底发生了什么的观众们又不敢贸然进赛道，只能惊呼着找来裁判。

简松意听到动静，回头一看，立马猜到大概发生了什么。

他知道俞子国又倔又傻，生怕他吃了李停的亏，或者真受了什么伤，连忙折返，一把拉开李停，然后蹲下身查看俞子国的伤口。

俞子国急了，不停地推他："松哥，你快跑，别管我，后面的都已经反超了，我真的没事，你快跑啊，帮我们把第一拿回来。"

简松意没理他，自顾自地把他的裤腿卷起来，看了一眼，松了一口气："还好，皮外伤。我扶你到边上，等校医过来。"

"松哥，我真不用！"

"你继续比赛，这里有我。"旁边一道声音传来，清冷从容。

简松意抬头，看见柏淮，点头："好。"然后果断起身，向第七圈冲刺。

他可以把后背交给柏淮，无所顾忌，然后朝着胜利进发。

只是中间耽误的时间实在太多，几个有长跑经验的选手都开始在最

287

后阶段提速,并且纷纷反超。

跑在简松意前面的有三个。

一个领先五十米,一个领先八十米,一个领先将近一百米。

只有最后的六百米了,情况不容乐观,所有人的心都提到了嗓子眼,提着一口气。

毕竟简松意不是铁打的,也是普普通通的血肉之躯,两千四百米跑下来,体力已经消耗大半,中间还因为停下了一段时间,被打断节奏,状态也不如之前好。

这第一,可能真的就没了。

老白安慰大家:"没事没事,同学间团结友爱才是最重要的,拿不到第一没关系,前三也很好嘛,大家快给你们松哥加油呀!"

也是,拿不到第一也没关系,大家都看在眼里了,不是实力问题,只是因为松哥人好,善良。

于是那点儿担忧和颓丧全没了,反正他们松哥就是最好的,加油声都喊破了嗓子。

徐嘉行和杨岳干脆直接跳上主席台,从林圆圆手里夺过话筒,用五大三粗的嗓子尖叫着。

"松哥勇敢飞!一班永相随!"

"友谊第一,比赛第二!人美心善,德艺双馨,简松意!你就是我们的王者!"

"宅心仁厚简松意!团结友爱简松意!牛奶皮肤简松意!我们爱你简松意……你放开我!松哥需要我们的支持!唔唔唔……"

两人被强制轰下了台。

简松意一边跑一边心里直骂两个傻瓜,他跑得本来就累,还非要逗他笑。

然而他的速度一点也没放慢,调整呼吸,提起一口气,往前冲刺着。

他现在还在不适期,虽然打了抑制剂,但是状态必然没有平时好,这种三千米长跑比赛,简直能要了一个普通易感者的小命。

可他是简松意,他永远不普通。

288

然而雪上加霜的是，简松意感受到自己的腹肌有些疼，应该是刚才停下后，身体冷了，又直接开跑，准备不够，导致腹肌痉挛或者岔气了。

汗水浸透发丝和衣物，简松意咬着牙，不去感受紊乱的呼吸和心跳，也不去想四肢的酸软，只是飞快地奔跑着。

反超了第三名。

反超了第二名。

和第一名并驾齐驱。

最后两百米。

简松意觉得自己快失去意识了，虚脱，缺氧，麻木，无力，全凭着一口气往前冲，身体似乎已经不是自己的了。

他有点儿喘不过气来，呼吸十分不顺，腹部疼得更加厉害。

什么欢呼、什么鼓励、什么加油，都听不见，只觉得自己好像随时都要窒息一般。

直到耳边突然响起一道低沉温柔的声音："跟着我的节奏来，调整呼吸，没事的。"

是柏淮。

于喧嚣嘈杂中，简松意只听见了这一个声音，他突然有很多话想说，可是说不出口。

只是在第一时间选择相信柏淮，按照他的节奏，跟着他的呼吸，一点一点调整，腹部的疼痛感也减轻了许多。

还有最后五十米，因为调整，简松意略微落后第一名。

他看了柏淮一眼。

柏淮懂他，点头："你想怎么来怎么来，我会接住你的。"

简松意放心地闭上了眼。

不去看终点在哪里，不去看自己是第几名，摒弃所有杂念，在黑暗中奔跑，把所有的一切交给身边这个值得他全身心信任的人，感受着他的呼吸节奏和步伐频率，跟着他，一起向胜利冲刺。

然后，他听见了山呼海啸一般的欢呼。

身边的人低声道："恭喜。"

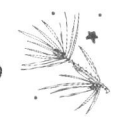

他睁开眼，自己是第一个过终点线的人，他如释重负地笑了。

却并没有停下，继续向前跑去。

力气透支，速度已然缓慢。

所有人都对这个举动丈二和尚摸不着头脑，只有柏淮没有疑问，陪着他慢慢跑了起来。

直到他们跑到俞子国身边，三个人一起在空荡荡的赛道上前行着的时候，才反应过来，他们是要带上自己的同伴。

比赛中途已经有将近一半的支配者弃权了，坚持到最后的，不过十个，也都纷纷跑过了终点。

然而即使所有人都已经结束了比赛，即使俞子国可能涉嫌犯规，没有成绩，他们还是要陪着他跑完全程。

不放弃这件事，本身就足够了不起。

四百米，两百米，一百米，五十米，十米。

看着简松意和俞子国明明都已经疲惫不堪，却依然缓慢又笃定地并肩在夕阳里一步一步奔向终点的时候，感性的小姑娘，甚至流了泪。

所谓好的朋友，从来不会有谁拖谁的后腿，都会为了彼此去付出，也都会搀扶着彼此，做到更好。

而好的陪伴，永远会在你身边，让你觉得无所畏惧。

三个人一起踩过那条红线。

南外的长跑历史上，第一次第一名和最后一名同时跑过了终点。

操场上人山人海不约而同地爆发出最热烈的掌声。

"让我们恭喜一班！获得校运动会男子三千米比赛第一名！"

简松意这次终于停下来了，俯下身，撑着膝盖深呼吸，调整好状态，然后抬起头，直起身，缓缓走上主席台，接过林圆圆手里的话筒。

声音有些虚弱，气息不算平稳，却丝毫不影响他的嚣张："有句话，我怕有的人没听清楚，我就在这里再重复一遍：我嚣张，是因为我是简松意，和我是不是支配者，没有关系。"

说完，苍白漂亮的脸蛋上露出一个自信又得意的笑容。

这次台下更是掌声和欢呼声不绝于耳。

另外一头，偷鸡不成蚀把米，还半途放弃了比赛的李停黑了脸。

他觉得，有的人就是被捧得太高了。

他起身，独自离开了操场。

简松意耍帅完毕，在此起彼伏不绝于耳的喧嚣尖叫里，淡定自若地走下主席台，下台阶的时候却一个腿软差点摔倒。

然后，落入了一个温暖的怀抱。

"我接住你了。"

"嗯。"

接住了就行，老子有点飞不动了。

简松意想着，自然而然地靠着柏淮，重心全部放了上去，自己一点力气也使不出，柏淮就撑着他，帮他顺气。

一班众人本来是想过来对简松意进行一下抛举庆祝的，结果看见这一幕，自动选择了当人墙，在隔壁班陆淇风的指挥下，拦粉丝的拦粉丝，拿水的拿水，拿毛巾的拿毛巾。

柏淮接过一条毛巾，伸手擦着他身上的汗："用不用我背你？"

"谁要你背。"

"那你自己还能走回去吗？"

"当然能，我缓一下就缓过来了。"

"确定？"

"确定。"

说着，简松意就推开柏淮，打算自己走，结果直起身子的时候，眼前一黑，差点儿栽了，还好柏淮眼疾手快扶住了。

"是不是又低血糖了？"

"好像是。"

柏淮帮他擦完汗，毛巾一扔，掏出一块奶糖，剥好塞给他："也不知道你从小到大吃的那么多糖到哪儿去了？"

柏淮拍了拍陆淇风的肩："你们把简松意送回去，我去医务室帮他拿点葡萄糖。"

"好。"

柏淮离开，陆淇风想过来扶简松意，表达一下兄弟情，结果被简松意嫌弃地一巴掌挥开："老子没那么弱不禁风。"

那么一瞬间，陆淇风想起了周洛给他解释的当代易感者现状的一条：人前林黛玉，人后伏地魔。

不过简松意显然没有意识到自己在柏淮面前和在别人面前有什么不一样，他一边抿着糖，一边在一班众人的簇拥下潇潇洒洒地往教室里走去。

到了教室，看见成绩表最高分那排"简松意"三个大字的时候，乐了。

他拿出手机，拍照，发给柏淮。

"看见没有，都是提前交卷，但哥哥就是妥妥的最高分，什么叫理科天才，什么叫硬实力，什么叫文武双全，我就问你服气不服气？"

顺便连发了七八个表情包，十足挑衅，而微信那头，只是回复了一句。

"我愿赌服输。"

上架建议：畅销·青春文学
ISBN 978-7-5570-3457-3

定价：99.60元

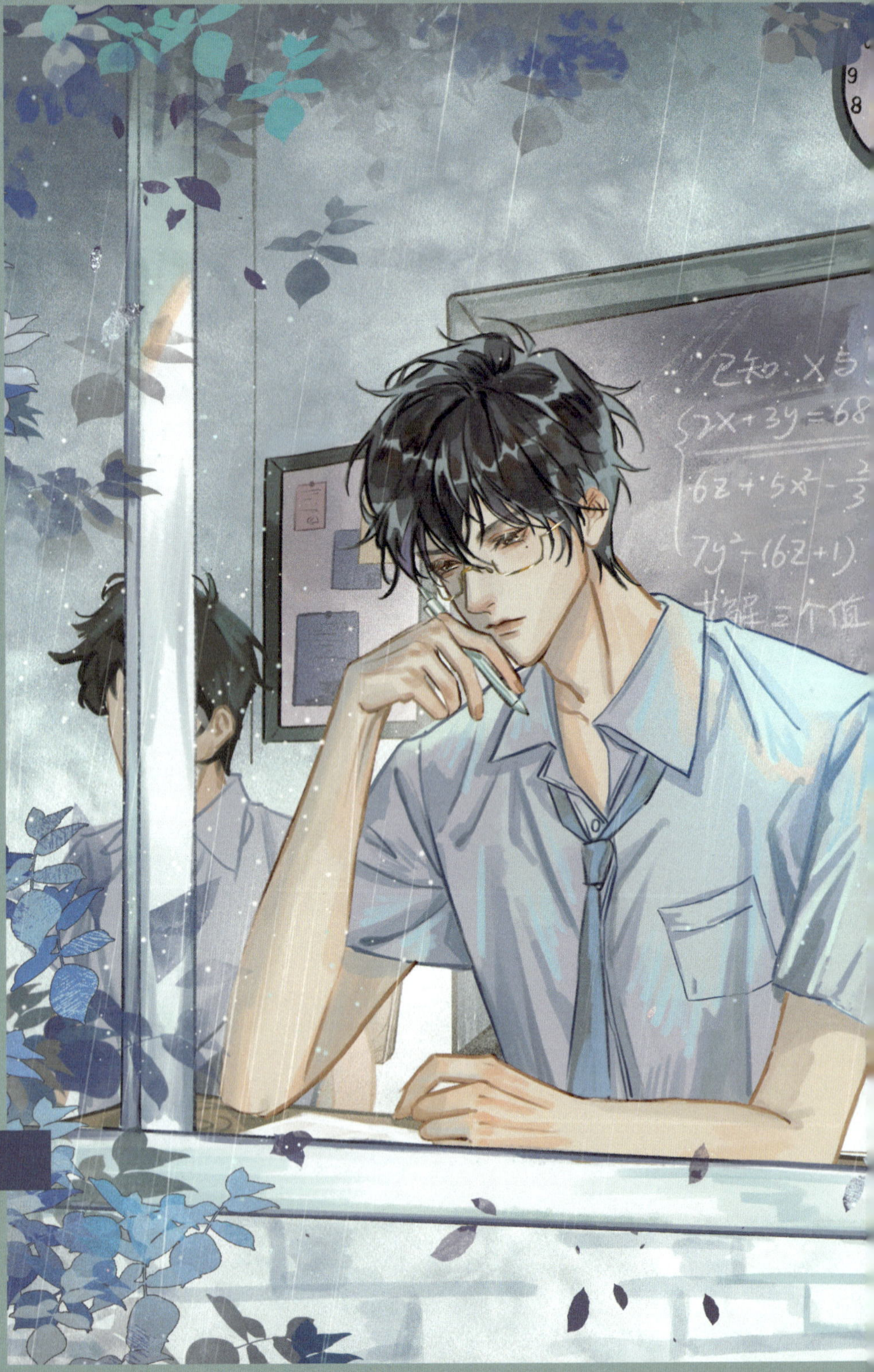

已知：X与
2x+3y=68
6z+5x²-2/3
7y²-(6z+1)
求解三个值

SONG YI

SONG YI

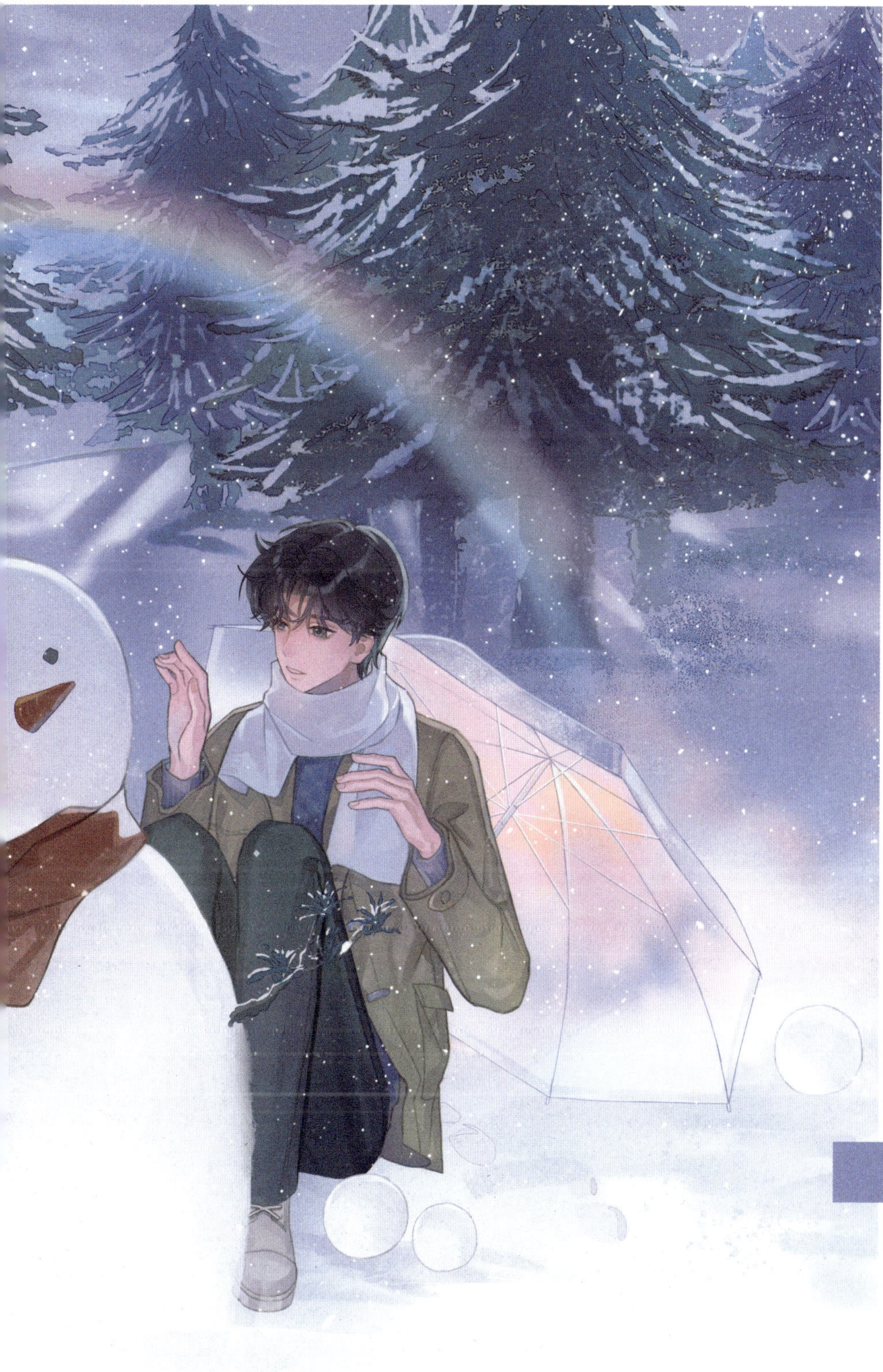

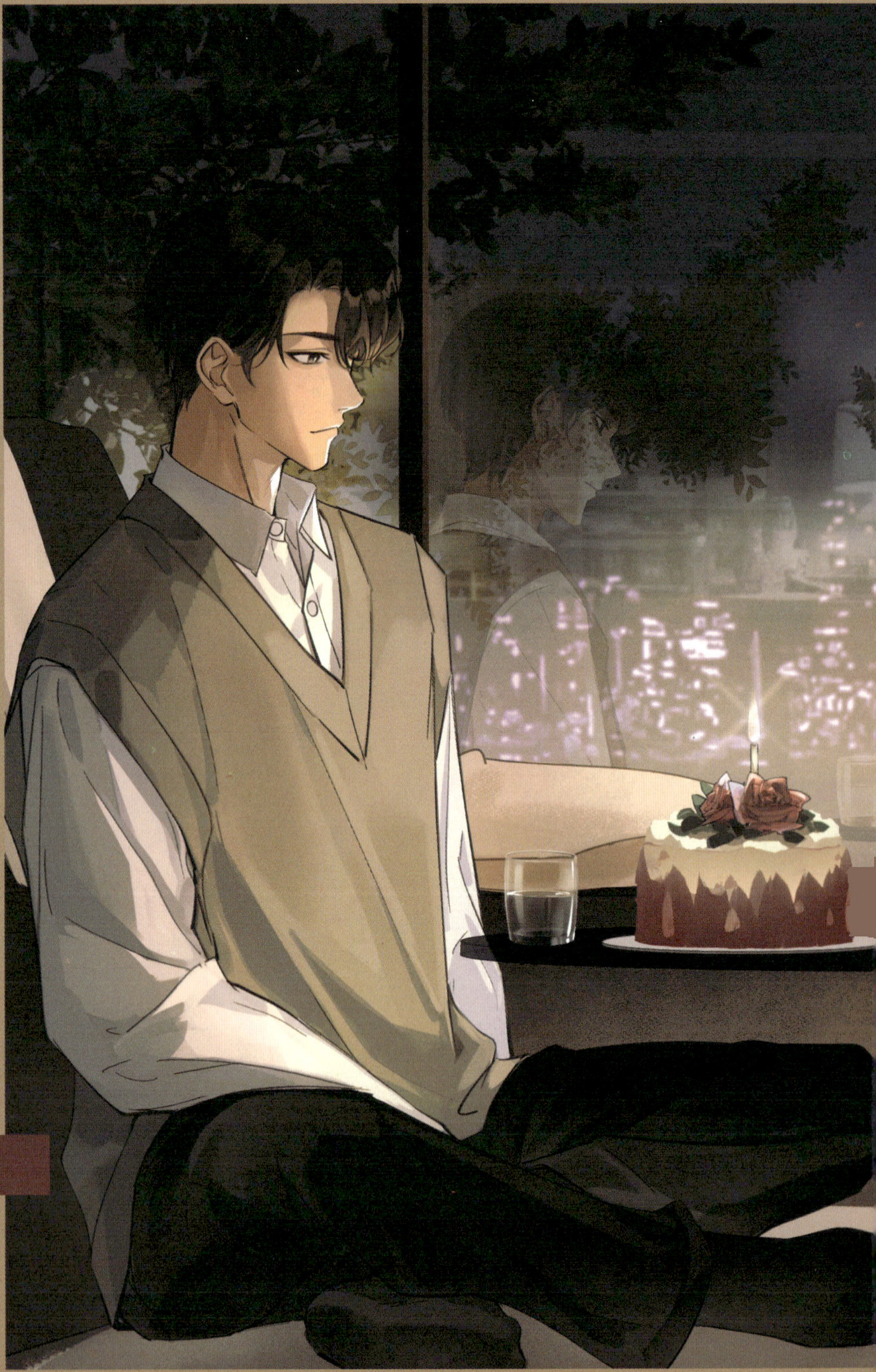

SONG YI

第九章
我是来接你凯旋的

SONG YI

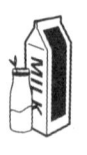

44

愿赌服输。

简松意想起来，他是说过，如果这次自己月考最高分，柏淮就要老老实实回答自己一个问题。

上次柏淮生日，简松意就浪费了一次问问题的机会，因为他觉得没什么好问的。

然而不过短短半个月，他又主动讨回了这个机会，因为很多事他实在想不明白。

比如柏淮到底为什么突然回南城。

简松意看着手机屏幕上那个白茫茫的头像，唇角抿成一条直线，薄薄的眼皮垂下，纤长的睫毛在脸颊上掩下一层荫翳，藏住眸色。

他的指尖有一搭没一搭地轻轻点着屏幕，不知道在想什么，也没人敢去打扰他。

剧烈运动后偏快的心跳已然平复，汗水也已蒸发，呼吸也很平稳。

只有心底依然莽撞无章法。

简松意输入了一行字，斟酌了一下，删掉，重新来过，然而还是觉得不够妥帖，再次删掉。

如此反复，简松意突然觉得自己回到了三年前。

那天是个很普通的日子。

阳光明媚，风也和朗，飞机从空中划过的时候，会留下一道白色的长云，再慢慢消散。

然后那一天柏淮走了，突然地，一句话也没留下就走了，什么时候回来，也没人知道。

双人合作的游戏还剩最后一个关卡，简松意给柏淮准备的生日礼物还没来得及送出去，柏淮帮简松意整理的资料还摊在桌面上。

只有对门窗台上的那一盆小雪松，没有了。

那天晚上，简松意一个人去了花鸟市场，选了很久很久，选到一盆和柏淮那盆长得最像的小雪松，带回家，放到了阳台上。好像这样，就还是什么都没有失去。

那天晚上，他把自己藏在被子里，一夜没睡。他告诉自己，可能等柏淮下了飞机，回了家，手机充上电了，就会联系自己。

可是没有。

而那天晚上，他也和现在一样，那行字输入又删去，删去又输入，反反复复，就是没有发送出去。

到了后来，节假日的时候，他复制了一条群发信息，只发给柏淮，却没有得到哪怕一个象征性的回复，他才知道，柏淮这一走，大概是真的不打算回来了。

后来没人盯着他按时吃一日三餐，没人在他贪凉的时候把冰水拿走，也没人再惯着他那些挑剔的臭毛病。

他不太缺朋友，可是再没有人能够像柏淮一样。

后来日子久了，也不知道哪一天，他就把柏淮的微信取消了置顶，然后假装自己从来没有这么一个朋友，假装从来没有一个人从他有记忆之时起就占据了他大部分的生活。

然后柏淮又回来了，突然地，毫无预兆地，回来了。

那时候，他是真的很生柏淮的气。

可是这人太霸道，太不讲道理，好像那三年从来没有缺失过一样，自己那些喜欢的不喜欢的小毛病，他全都记得。

他对自己太好，自己就舍不得再生气了。

而这十几年的情谊，他原以为早就超越了友情，达到了亲情。

可是自从柏淮三年前不告而别后，简松意就不确定了。

他分不清柏淮到底怎么想的。

简松意抓了抓头发，第十次重新输入。

手机上方突然弹出通知提示收到了一条短信。

来自陌生号码。

短信内容:"我是王海,我从我哥那儿听说了一些关于柏淮当年去北城之前的事,还和你有关,我觉得你应该有兴趣知道。老街芳草巷见,或者贴吧见。"

和王山有关,和柏淮离开北城有关。

简松意有兴趣,但也没有那么大兴趣,因为这些事他可以直接问柏淮。

他没问,是不想让柏淮再去想这些不高兴的经历。他不怕别的,就怕王家这两兄弟再出什么幺蛾子,让柏淮再走三年。

那他承受不了。

简松意直接把手机一收,站起身,拎起包往门外走去。等柏淮回来,他就去不了了,所以干脆早点解决,早点回家。反正王海一个无感者,闹不出什么幺蛾子。

走到门口,俞子国叫住了他:"松哥,你去哪儿?"

"今天反正又不上晚自习,我去找柏淮,直接回家。"

"哦,好吧。松哥拜拜。假期快乐!"

而柏淮坐在医务室里,等着医生拿葡萄糖的时候,看着聊天界面上方"草履虫"和"对方正在输入……"来回切换,抿着唇,淡淡笑着,眼神里是藏不住的期待。

他几乎能想象出单细胞生物思考高等动物的问题时抓耳挠腮的样子。

想问吧,又害臊,但是不问吧,自己又想不明白,想来想去能把自己愁死,偏偏是个憋不住心事的性子,还要抿着唇,装淡定,撑面子。

以至于柏淮一度想先发一条消息逗逗他,但又怕简松意一点就炸,不好哄,只能耐心地等着,看他能问出个什么问题来。

然而一直等到准备回教室,柏淮也没等到他的消息,甚至那个"对方正在输入……"都没了,直接停留在"草履虫"不动了。

柏淮挑挑眉,快步往教室走去。

今天这问题,简松意就算不想问了都不行。

小东西都开始思考了,难道还想赖账?

然而等他回到教室,却发现简松意的座位上空空荡荡。

柏淮转身问旁边的俞子国:"人呢?"

"咦?柏哥你咋还在这儿?松哥不是说找你一起回家吗?"

柏淮的眼神瞬间就冷了起来。

从北楼到医务室只有一条路,他回来的时候,并没有遇见简松意。

他想也没想,掏出手机给简松意打电话。

没人接。

南外占地辽阔,位置也就相对偏僻,前几年说一句"人迹罕至"也不为过,这几年南外倒是带动了周边的产业发展,后面兴起了一条老街,专做学生的生意,再后面就是城郊接合部的居民地,鱼龙混杂。

南方城市多小巷,巷窄且偏,盘踞了不少混混。

所以王海约在这个地方,简松意不奇怪。

他拿出阻隔剂,打算喷个严实,然而刚喷两下,隐约闻到了一个不熟悉的味道,简松意寻思着是不是过期变质了,没再喷,将阻隔剂收了起来,转身走进小巷。

秋日傍晚的南城,天暗得早,天光已然昏暗,幽深的小巷绕着已经开始枯萎的爬山虎,青石地板上,青苔丛生,空气阴暗潮湿。

简松意站在巷口,散漫道:"有事儿快说。"

巷子里面只有王海。

简松意身后却出现了三个人。

简松意看见地上的影子,转身扫了一眼,看打扮,应该都是附近的混混,戴着口罩,看不清楚脸。

他冷笑一声:"勒索不成,改抢劫了?"

简松意知道自己是落套子里了,想来王海也是被人指使的。

很拙劣的手段,可是他上当了。

没办法,对方抓到了他的软肋,他自己掉以轻心,怪不得谁。

他扔下书包,懒洋洋道:"说吧,想怎么样,我今天还有事儿,别拖太久。"

王海阴恻恻地笑了一下:"别着急,再等会儿。"

简松意顿住了。

他知道王海在等什么,因为他突然感觉哪里不对劲,本来被抑制剂压得很好的外激素,乱了,从体内蹿起了一股让人战栗的热流。

——刚才的阻隔剂,被人换过。

还好自己喷得不多。

王海拿出手机,晃到简松意跟前,笑道:"如果拍下简大少爷失态的样子,应该能换不少钱吧?"

还没说完,他的膝盖窝就被踹了一脚,王海站立不稳,倒在青石板上,然后被拽着衣领仰起脑袋。

"你试试?"

简松意速度之快,让那王海根本没有反抗的余地。

简松意知道后面三个人多半是支配者,来拦他的,避免他这个处在不适期的易感者不能被"好好"录下来。

所以他走不了了。

那还不如先下手为强,起码能唬一唬人,让他们以为诱发剂无效,自己说不定还能冲出去。

这一唬,还真把他们唬住了,几人愣了一下。

王海倒在地上,手机滚落到很远的地方,摄像头朝上,简松意刚想过去把手机捡起来报警,其中一个反应快的已经冲了上来。

简松意无法,只能作罢。

他反身拽住一个人的手腕,踢得另一人退后几步,然后抬起胳膊格挡住第三个人挥来的拳头,反手直击对方肩窝,对方手反射性回缩。

穿着校服的清瘦少年,浑身上下皆是冷戾之气,眉眼间还有种漫不经心的不屑,每一个动作都狠疾利落,在日暮后苍凉的小巷里像电影里一腔孤勇的英雄。

简松意和柏淮从小练过,格斗学得很好。

但其实简松意大部分时候都是拿着架势吓吓人,或者顶多是同学之间的小打小闹。

真正惹怒简松意,让他无法轻轻揭过的,一共就两次。

一次是现在,因为柏淮。

另一次是初二的时候，也是因为柏淮。

那时候的柏淮还不是支配者，是个准易感者，又长得白白净净，斯文得不行。某次两个人路过网吧的时候，有不长眼的居然欺负柏淮。

那时候柏淮勉强蹿到了一米七八，简松意却还是个小竹竿，也不知道哪里来的胆子，敢跟一群"大金链子"对峙。

如果不是网吧老板看不过去，最后会怎样还真不好说。

总归算得上印象深刻的，也就这两次。

简松意反手又逼退一个的时候，突然笑了。

他觉得自己对柏淮好像也还不错。

对面几个人看见简松意居然还在笑，顿时被激怒了，同时释放出压迫性的外激素，想逼得面前这个易感者低头。

只可惜他们都是最次一等的支配者，他们的外激素连柏淮百分之五十的强度都没有，对于简松意的影响微乎其微，还不如喷的那几下诱发剂。

三个人，依然没有占到上风。

他们难以相信，怎么可能会有不被支配者外激素所压倒的易感者？而且这个易感者明明吸入了一些诱发剂，为什么还是这么厉害？

这和他们以往印象中的那些柔弱的、为生理欲望所支配的易感者都不一样。

而且这个易感者，还在三个支配者的围攻下，笑得那么漫不经心、高高在上。

太挑衅，太讽刺，让这群本身就没有什么原则下限的混混一时间也顾不上别的了，只想折了他那一身傲骨。

于是一个眼神暗示，同时释放出诱导性的外激素。

不算强大，可是勾着简松意体内的诱发剂，无限放大了不适期的反应。

有酸柠檬的味道、铁锈的味道、烈酒的味道，混合在一起，刺激得简松意体内的诱发剂不住地翻涌。他咬牙努力反抗。生理本能的欲望源源不断地干扰着他，想让他臣服。

可是他偏不。

他觉得这些味道都太难闻了，和柏淮的比起来，太难闻了。

欲望翻滚汹涌之中，他只想到了那片雪后松林。

其他的，不过都是垃圾。

于是他扛住了，毫不动摇。

只是简松意控制得住心，却控制不住生理的本能，酥软慢慢地渗透了四肢百骸，他的攻势还是慢了下来，不再那么有力。

野玫瑰的香味也无可奈何地泄露出来，徘徊在这狭窄的巷子里。

其中一个混混察觉到了这个变化，欣喜若狂，立马增强了诱导性的外激素释放，源源不断，并且攻势从直接伤害变成了试图控制。

要怪，也只能怪他自己没有控制好外激素，诱导了支配者。自己运气不错，只要制服这个易感者就行。

即使戴着口罩，露在外面的那双眼睛也藏不住算计。

简松意和他对视了一眼，突然意识到了什么，一瞬间觉得恶心透了，直接朝他踢去。

然而这猛地一用力，让简松意忍不住趔趄了一下。

另一个人见状立马从后面乘虚而入。

猛烈的一个撞击，一声闷响，剧痛袭来。

简松意往前倾斜，差点摔倒，勉强撑住身子，立马回身逼退了那人。与此同时，身后的那个支配者爬了起来，试图控制住他，简松意再回身躲过，背抵上后墙。

然而第三个支配者也散发着浓烈的外激素气味逼到了眼前。

上午四百米，下午三千米，低血糖还没来得及补充葡萄糖，又要对抗三个支配者的诱导性外激素。有那么一瞬间，简松意觉得自己大概要折在这儿了。

他咬破唇角，用疼痛和血腥让自己保持清醒，抵着墙，勉强逼退了两个人，却无暇再顾及第三个觊觎着他的支配者。

对方试图对他进行控制。

简松意想着，大不了就是和这个人同归于尽，也绝对不可能屈服。

哪怕是这样的结果，他也不后悔来一趟。人要为自己做的每一个选择负责到底，他选择了保护柏淮，那他就什么都不怕。

简松意无所谓地笑了一下，刚准备用力，下一刻，面前的人被拎开了。

巷子里所有的人都愣住了。

戴着金丝眼镜、看上去文质彬彬的清冷少年松开手，缓缓地扫了他们一眼，语气冷淡："你们谁敢再碰他试试。"

冷淡，却极具威慑，无人敢反驳。

见柏淮来了，本来捂着肚子蜷缩在地上一动不敢动的王海突然狞笑一声："是简松意自己先乱放外激素，招惹……"

他来不及说完，就被柏淮冷戾的视线逼得住了嘴，嗫嚅着再也说不出一句话。

柏淮向来冷，但是那种疏离的清冷，极少有这般眉宇间带着戾气的时候，嗓音淡漠得没有任何情绪，让人觉得恐惧不安。

"你们最好是一句话也别说，一根手指头也别动，不然就算出点什么意外，我也是正当防卫，明白吗？劝你们不要有侥幸心理，我能不能让你们走不出这巷子，你们心里都该有数。"

没人会怀疑这句话，而他身上散发出的铺天盖地搅动着怒意的绝对压制的外激素，也让他们没有资格怀疑这句话，只能听着不远处的警铃声，绝望地闭上了眼。

柏淮见状才走向简松意，眼尾处冷白的肌肤因为怒气而微微泛红。

简松意倚着墙，站在原地，微喘着气，唇角却扯出一抹痞气的笑，似乎是想说自己没事儿，只是这一扯，扯到了刚才被咬破的地方，血珠渗了出来。

空气中带着玫瑰的味道，衬着他的容颜，更显得刚才那一幕惊心动魄。

他却浑然不知，只是戏谑般笑道："你又来救我了。"

柏淮没有回答，只是冷着眉眼，一步一步向他走来。

简松意觉得柏淮可能真生气了，毕竟自己实在太莽撞、太不自量力、太爱给他添麻烦。

柏淮就这样沉默着走到他跟前，声音低沉喑哑："不是，我是来接你凯旋的。"

301

45

简松意说过,让他放一万个心,等着接自己凯旋就好。

所以他来接他凯旋了。

他看见昏暗的小巷里,少年像一束光,穿透黑暗龌龊,依旧无所畏惧,至刚至强。

他看见王海的时候,就猜到大概发生了什么。

那一瞬间,感动、自责、愧疚,还有汹涌的骄傲和欢喜,都再也藏不住,冲破所有的禁锢,想要宣泄出来,却又因为小心翼翼,到了最后,只化作一个紧紧的拥抱。

而简松意被他这一下整蒙了,僵在原地,倚着墙,一动也不动,仿佛宕机一般。

直到警察出现的时候,简松意的智商才勉强重新上线,呆滞地抬手指了一下角落里的手机:"证据。"

警察走过去捡起手机,发现摄像头开着,还录下了一些不算清晰但勉强能佐证的音像,点点头:"事情的经过比较清楚,但还是需要两位同学配合调查,跟我们回去做个笔录。"

"还有这位易感者同学……是否需要专业的心理疏导?"因为柏淮报警的时候就强调了有特殊时期的易感者,所以随行的有易感者协会负责人员,他们看见现场,本来就揪心不已,再看见这个易感者茫然的神情,担心他是受到了什么巨大的精神打击,忍不住十分担心。

柏淮垂眸:"如果可以,请给我们十分钟时间,我想安抚一下他。"

"好,没问题。现在安抚好易感者的心理状态最重要,其他的都不着急,我在巷口等你们,有需要随时可以请求帮助。"

易感者珍稀又脆弱,所以受到格外的保护。

所有人都明白这个道理,只有简松意不明白。

巷子里只剩下他们两人。

简松意回过神,反应过来自己刚才好像被柏淮夸了,还没来得及说什么,就注意到了柏淮的表情。

像是劫后余生。

空气中残留的外激素气息和渗出的血珠带来的腥甜气息搅动着柏淮的担忧和怒意,他差点失控。

刚才随行人员的话,意思很明确,易感者在这种情况下,极有可能会受到不可逆的伤害,想到这的一瞬间,柏淮的理智就快绷不住了。

他不敢想象如果今天的支配者再强一些会怎样?如果简松意状态再差一些会怎样?如果自己来晚了一些会怎样?

而简松意自己,又凭什么不好好爱护自己?

简松意被这样的柏淮堵住了思考能力。

他没见过这样的柏淮,这么冷戾,这么强势。

简松意后背抵在墙上,微眯着眼,打量着柏淮。

他忘记了其他,只觉得看到柏淮就很安心。

简松意手指微顿,放松下来。

然而因为刚才过度的压抑,此时此刻不适期反应反噬一般地外涌。

汗水从额角滴落,背后已然湿透,四肢百骸开始痉挛。

是从来没有经历过的难受。

柏淮似乎什么都知道,低声问:"告诉我,现在难受吗?"

简松意点点头,潜意识告诉他,这样做,柏淮就会安抚他。

然而他怎么也没想到,下一秒,柏淮居然用极致冷淡的语气说道:"难受就好。"

像一盆冰水兜头泼下。

简松意茫然地睁眼看向柏淮,一向笃定从容的双眸,此时此刻泛着湿气,像平时被宠坏了、第一次挨训的小动物。

柏淮狠下心,语气理智淡漠:"我不会给你抑制剂,因为我要你记住此时此刻的难受。记住这个感觉,这就是易感者真正进入不适期的感觉。前两次只是不适期初期,所以你觉得没什么大不了。我现在就告诉你,这比你想象的要难受,而且再过一会儿,你会比现在更难受。"

简松意真的更难受了,他甚至差点站不住,如果不是倚着墙,估计已经倒下了。

简松意的手僵在半空,不知道该怎么办。

他完全不知道该怎么当一个易感者，每一次都是柏淮帮他，可是这次柏淮不帮他了，他该怎么办？

他有些无措。

在敌人面前永远强大又自负的简松意，第一次在自己最信任的人面前，流露出脆弱和不安。

柏淮继续开口，一字一句却冷静到可怕："简松意，我知道你很厉害，没有什么是你解决不了的事情，没有什么是你挺不过来的难关，你牛，哪怕你是易感者你也很牛。但是你有没有想过，易感者到底是怎样的？

"是，这次没事了。可是万一下次……是一个和我一样或者比我更厉害的支配者呢？如果是一个带了一箱子诱发剂的支配者呢？你该怎么办？你要怎么办？

"我知道你总有一天会克服这些弱点，我从来没有怀疑过，因为我没有见过比你更有韧性的人，只要你想，你总会做到。但是我说过，这不是可以急得来的，日子还这么长，我还在这儿。

"所以你能不能正视自己的弱点？能不能试着依靠我？能不能记住，你还认识一个人叫柏淮，这个人就算是拼了命，也不想让你受到一点伤害？

"如果你记不住，那这份难受你就熬着，熬到你记住为止。"

柏淮很少说这么多话，用他清冷的声音，压着情绪平静地说出，顶级支配者的外激素彰显着他天生就能让别人臣服。

然而简松意偏不服。

他梗着脖子，抬起头，直视柏淮，声音是同样的冷静："好，那我熬着。"

没有抑制剂，体内的热潮全凭着简松意的意志力，在一句又一句的冷言冷语里被生生压了回去。

他咬着唇，血珠再次渗出。

他倔强地挺直了背，一言不发。

柏淮的心被狠狠地戳了一下，却勉力维持着最后的淡漠："觉得我说得不对？不服气？"

简松意抿着唇，没有说话。

从前两人吵架，总是吵不起来，因为没说几句，柏淮总是会先让步，也从来不会对他发脾气。

然而这次不一样，他这么狼狈，柏淮却只是冷眼旁观，然后点头，淡然道："行，不服气没关系，那就继续熬着，熬到你服气为止。"

说完转身朝巷子外走去，并且同时释放出了强大的外激素，似乎是生怕简松意还没吃够苦头。

简松意却依然没有开口服软。

一步。

简松意没有开口。

两步。

简松意没有开口。

三步。

简松意没有开口。

……

第七步。

简松意还是没有开口。

柏淮停住了，没有再走。

巷子里陷入死寂，野玫瑰的味道倔强又傲慢，对抗着强大的暴风雪，怎么也不肯屈服。

柏淮认命地叹了口气，转过身，用最快的速度走回去，所有强大的外激素也在一瞬间化作极致温和的安抚。

他的声音满是无奈："简松意，你就是吃准了我狠不下心。"

"我没有。"

简松意的声音有些颤抖，却很坚定。

"我只是不服气。"

柏淮沉默地看着他，听着他理智冷静的一字一句。

"我不傻，如果知道这儿有三个支配者，我不会来。如果知道王海知道了我是易感者，我也不会来。谁知道李停那个浑蛋怎么和王海勾搭到一起的？谁想到他的手段能这么脏？我是挺自负的，但是我不蠢，不会这么不自量力。

305

"我来这里，只是因为不想让以前那些糟心事再捅到你面前来。我宁愿自己麻烦点，也不想王海去你面前蹦跶，惹你不开心，因为我怕你一个不开心，又走三年。

"我其实也不是不服气，我知道我错了，我不该这么自以为是，不该总忘记自己是个易感者，不该逃避那些弱点，我也都会改。

"我只是不服气那一句，有个人叫柏淮，他就是拼了命也不想让我受到一点伤害。

"你告诉我，说出这句话的人，他有什么资格朝我发脾气？他不想，我就想吗？"

简松意是真的吃够了苦头，除了不适期的难受，还有背后挨的那一下的疼，可就是死死地倔强地挺直了背，站在那里，不肯服软。

倔得要死的语气，却让柏淮突然觉得眼眶很酸。

柏淮偏过头，不让他看见自己微红的眼，声音有些颤抖："简松意，你说我该拿你怎么办？"

简松意的体力和意志力，在这漫长跌宕的一天里，消耗到了极致，直到这一刻，他才安心下来。

吵归吵，柏淮还是对他狠不下心的。

他一瞬间变得有底气了，居然笑了出来："能拿我怎么办？供着呗。"

"好，供着。"

"那你答应我一件事。"

"什么？"

"以后我们谁都不要为了对方拼命。"

明明都是为了对方好，明明都觉得对方好，那为什么非要自己扛，为什么不好好地一起面对？而其他人，又凭什么值得他们拼命？

年少意气的仗义，不是一成不变的冲动。

他们都会长大的。

"好，我答应你。"

那一瞬间，简松意终于卸下了所有尖锐的防备，强撑着的意志在一瞬间坍塌，身体机能也终于超过负荷，眼前一黑，昏睡了过去。

简松意醒来的时候,四肢快要散架似的。

他撑着身子从床上坐起,打量了一下四周,狭小、干净、整洁,不是在家里,也不像是医院。

一个穿警服的年轻姑娘走进来,看他醒了,连忙凑过来关切地问道:"还有没有不舒服?"

除了特别累,倒也还好。

"没有。"

"那就好。"年轻女警察给他倒了杯水,一一解答他的疑惑,"这里是派出所的休息室,你低血糖昏过去,睡了五六个小时了。给你挂了两袋葡萄糖,因为你是未成年人,所以易感者协会免费给你注射了抑制剂,你现在身体状况应该不错。你的朋友已经做完了笔录,现在是对方家属要求和解,在谈判。"

"哦。"简松意抱着水杯,乖巧地应了一声,看上去有些不自在。

女警笑道:"不过你朋友对你是真好,把你扶上警车,又一直跟着忙前忙后,记得好好谢谢他呀。

"你运气真好,你朋友对你这么尽心,我就没见过这年头还有男孩子这么细致的。而且你是没看到他对待对方家属那个态度,强硬得哦,啧啧,哪里像个十八岁的高中生,简直就是护犊子护到没边儿的……"

"姐姐,你别说了。"简松意羞愤到不行,小声嘟囔了一句。

"行行行,不说了。"女警这才打住,笑着给他续了杯水,"你歇歇吧,我去看看情况,等那边结束了我让你朋友来接你。"说完就出去了。

简松意直接趴在床上,用被子裹住自己,呈现出鸵鸟的姿势。

昏睡前的记忆慢慢地都想起来了。

不过话说回来,最关键的问题还是柏淮到底为什么不告而别,又为什么回来。

还有他说的那些话。

还有七七八八数都数不清的那些事。

简松意宕机了,闷在被子里不动了。

突然,他的被子被扯了一下,松了,他拽回来,披好。

又被扯了一下,又松了,他又拽回来,披好。

四五次后,被子外的人终于忍不住发出一声低笑:"你以为你捂着被子我就看不见你了?还是你觉得我不能把你连人带被子一起拖起来?"

简松意怕柏淮真的在这么严肃的地方损害自己的形象,连忙说道:"你等我捋捋!捋清楚了再和你吵架!"

"我不和你吵。"

"我要和你吵!"

"想吵什么?"

"吵……"

后面的话简松意怎么也说不出口,声音只能戛然而止。

他试图酝酿一下情绪,让措辞严谨规范一些。

酝酿半天后,才发现被子外面也很久没人说话了,不仅不说话,其他动静也没有,好像没人在。

难道柏淮已经走了?

简松意偷偷把蒙着脑袋的被子掀开一条缝儿,试图暗中观察。

结果刚掀开,一只纤长有力的手就捏住了被子边缘。柏淮的狐狸眼里满是揶揄,看着简松意。

46

简松意愣了三秒,回手就要抢被子,但力气没柏淮大,抢不过他,于是抿着唇,不说话。

柏淮没再逗他,只是安静地守在旁边,等他自己捋顺。

半晌,某人总算开口了:"之前说的,我月考是年级最高分的话,你就要老老实实地回答我一个问题……"

简松意手指紧紧攥着床单,揪起一道道深深的褶皱。

柏淮盯着他,低低"嗯"了一声。

简松意眼一闭,心一横:"我想问……"

"王海的监护人到了,两位当事人过去一下。"

年轻的女警敲了敲门框,打断了对话。

到底还是正事要紧。

柏淮直起身："他身体还不太舒服，我去就行。"然后跟着女警走了。

锁舌"吧嗒"轻轻扣上的那一瞬，简松意深深吐出了一口气。

侥幸，又遗憾。

"叮咚"。

他从被窝里爬出来，从床边的椅子上翻出手机，打开一看。

倒霉蛋："别挣了，再挣你该打结了，睡一觉，等我回来。"

简松意觉得柏淮这是在嘲讽自己的智力。

简松意自我挣扎着，过了很久，"嗒嗒"两声，门再次被敲响。

他以为是柏淮回来了，连忙掀开被子看过去，发现是那个女警，又蔫蔫儿地坐了回去。

女警看见他前后落差的反应，实在忍不住调侃道："等得这么着急呢？"

简松意抓了抓耳朵："没。"

女警偏不给他面子："没急就好，我估计还有一会儿呢，好多东西要他签字确认，还有几个监护人在磨着呢。我找你是有人想见你。"

"见我？"

"嗯。"

冰冷，理智，强势。

几个中年人看着桌子对面的少年，就觉得他的气质和这个地方简直完美契合。

他们的和解诉求都被拒绝了，只能寄希望于这对刚来的看上去格外可怜的夫妇。

然而那个盲人丈夫只是垂着头，一个劲儿地叹气，那个瘦得脱相的女人也只是一个劲儿地抹眼泪。

少年就坐在他们对面，看着他们，并无表情。

气氛沉默压抑到极致，只有女人偶尔的啜泣能让人缓口气。

另一头值班座位上，一个年轻警察压低声音问旁边看上去年长一些的前辈："真不用叫家长来吗？虽然十八岁了，但是……也不太合适啊。"

"人家是受害方，又不是施害方，而且又没真出什么事儿，怎么不

309

合适了?"

"那就让他这么闹?"

"闹什么闹,你没看见登记表上写着吗,人家姓柏。"

"姓柏怎么了?"

"这个柏,是柏正的柏,柏寒的柏,你说怎么了?"

声音压得极低,唯恐第三个人听见。

年轻警察噤了声,打量了两眼,又忍不住说道:"果然,虎父无犬子。"

怪不得无论对方提多丰厚的赔偿都无动于衷,怪不得年纪轻轻的就这么老成。

惹上这么个不好惹的人,这几个混混也只能认了。

然而这几个人对此却毫不知情。

因为就连王海自己也只是模模糊糊地知道柏家和简家条件很好而已,具体是怎么个情况,他也没有概念,他找来的那几个混混就更不知道了。

而他们最开始,本来只是想要钱。

钱对于他们来说,几乎就是全部的生活。

之前王海本来已经放弃了从简松意那里讹钱的念头,但是突然一个陌生号码联系到他,问他柏淮和王山的事,只要说清楚柏淮走之前发生了什么,就给他一千块钱。

他不敢去问他哥,把自己知道的说了,收了五百。

然后第二天,对方居然告诉他简松意是个易感者,只要按照对方说的做,录下简松意当众失态的视频,不仅可以再拿到一万块现金,还可以从简松意那里想讹多少就讹多少。

顺便出口气。

毕竟简松意是个易感者,这事儿听上去就是个笑话。

于是王海想也没想就答应了。

至于后来怎么从讹钱变成了意图伤害未成年易感者,全在一念之间。

那三个他找来撑场子的支配者本来就不是什么好人,而这些人在最开始都以为自己有底线,可是只要诱惑摆在跟前,就会不断往下突破。

一个人,只要有一次冲破了道德束缚,那就是无穷无尽的堕落深渊。

所以哪怕今天那个易感者不是简松意，柏淮也绝对不可能同意和解，一定要把他们送进监狱，让他们受到应有的惩罚。

柏淮一点都不为自己的冷漠感到愧疚。

更何况那个人还是简松意。

他不可能原谅这些人。

所以即使面前的女人哑着声音开口："柏淮同学，你能不能看在王山的面子上，放过王海这一次？想要什么补偿，我们两口子就是砸锅卖铁也会赔给你们的。"

柏淮也只是淡淡道："抱歉。"

女人忍不住哭出了声："我求求你了，我真的求求你了，我们两个儿子，好不容易拉扯大，一个成器的，结果摔断了腿；一个不成器的……我……我们这辈子的指望啊，我到底造了什么孽啊？怪我，都怪我，怪我没钱，给不了他们好的生活……"

女人把头埋进双掌，哭得悲切。

"阿姨，这不怪你。"柏淮的声音柔和了一些，态度却并没有改变，"你们可能觉得我站着说话不腰疼，但我还是想说，这世界上每个人都有自己的活法。我认识一个朋友，他家境也很艰难，可是他活得很好，我觉得他以后也会活得很好。每条路，都是每个人自己选择的，既然选择了，就要为自己的选择负责。"

"可是他还那么年轻，如果真的关进去了，一辈子就毁了呀，一辈子啊！我求求你了，阿姨给你跪下来，求求你了好不好？王山的一辈子已经毁了，王海不能再毁了，我求你了。"

声音沙哑，绝望而伤心。

她想要跪下来，柏淮撑住了她的胳膊，平静道："简松意也很年轻，他甚至还没有十八岁，而且他什么都没做错。"

女人愣了愣，然后蹲下身，埋着头，号啕大哭起来。

是啊，别人家的孩子也是金尊玉贵长大的，这么优秀，这么年轻，如果今天出个什么差池，毁的也是人家的一生，而且人家还什么都没做错。

她有什么资格请求别人原谅。

羞耻心让她再也无法开口，母亲的身份却又让她无法接受，她实在不知道该怎么办，只能绝望地哭泣，似乎随时都会昏厥过去。

她的丈夫摸索着过来，蹲下身，抱住她，拍了拍她的背："莫哭了，莫哭了，他们自己造的孽，自己背吧。我们回家，我们好好过日子，等小海改造出来了，一家人还在，有什么好哭的。莫哭了，莫哭了，我在呢。"

女人趴在自己残疾瘦弱的丈夫怀里，哭得更加撕心裂肺了。

似乎想借着这一次，宣泄掉几十年生活积压的苦。

他们都是本本分分、勤勤恳恳地生活着的普通人，足够努力地想过好这一生，却也还是什么都把握不住。

柏淮垂在身侧的手，指尖嵌入了掌心。

他一直觉得自己有些地方像极了父亲柏寒，冷漠而理智，并非心软之人。

但他也还只是一个少年，初见人间疾苦，尚未来得及看淡。

不过最终，他还是缓缓松开了手，淡然而坚定："抱歉，我的决定不会改变，一切都交给法律判决。"

顿了顿，柏淮又道："而且，阿姨，我不知道你了解到的情况是怎样的，但其实我不欠王山的，我问心无愧。这是你们的家事，我不方便再多说什么，也无权指摘。我只能说，我从来没有做错过什么。而做错的那些事，也都需要犯错的人付出代价才行。"

没人能够反驳他，也没人有资格指责他不通人情，这才让人绝望。

女人哭得几近昏厥。

她的丈夫扶着她颤颤巍巍地站了起来："人家孩子说得对，谁犯了错，谁就要付出代价，没毛病。别哭了，回家，好歹给我们家留点脸面。"

说完他转向柏淮的方向，叹了口气："孩子，谢谢你。"

然后他牵起妻子的手："走吧，小山还在外面等着，别让他等着急了。"

两个人走出了派出所的大门。

门外坐在轮椅上等待的男生抬起头，询问般地看向他们。

女人摇了摇头。

男生垂下眼帘。

女人走过去，摸着他的脑袋，强颜欢笑："没事的，小山，没有造成实质性伤害，最多几个月小海就回来了，你弟弟皮，是该管管了。"

旁边她的丈夫也点点头："是我没管好，要吃点亏才行。"

女人擦了擦眼泪，朝他问道："不过你刚才说谢谢是什么意思？"

他叹了口气："我眼睛不好，但是我耳朵好。我听见啦，那孩子的家人，有个叫柏正的。"

女人怔了怔，然后泪流得更汹涌了。

他们没什么文化，也不看新闻，不知道柏淮的爷爷到底是什么大人物，也不知道柏正这个名字在南城意味着什么。

他们只知道，当年王山摔断了腿，负责人员说他是自己跳下去的，谁也不管他们，也没有赔偿。

直到有一天突然有人主动找上门来调查，义务帮助他们起诉。最后他们拿到了赔偿，支付了王山的治疗费用，也从小板房里搬出来住进了小平房。

帮他们的人说是有领导突然发了话。

他们不聪明，但是那个领导的名字，他们一直记得。

就叫柏正。

有时候生活就是残忍至此，让你想怨恨一个人都没有立场。

王山从前不知道这些。

他突然开口："妈，你能不能帮我申请一下？我想见简松意。"

简松意看见王山的时候，有些恍惚。

瘦弱，苍白，憔悴，面容平静，神采黯淡。

和他记忆里不太一样。

他记忆里的王山，还是三年前在惨白色的病房里会面目可憎地说出"柏淮，我恨你"的那个偏执病人。

当时简松意陪柏淮一起去医院，从进病房的那一刻起，王山看着简松意的眼神就阴冷而复杂，还带着一种莫名其妙的憎恨。

简松意从来没被人这样看过，实在受不了，就去了病房外等柏淮，后来他们说了些什么，他也不知道，只知道第二天柏淮就走了。

所以王山的阴郁和偏执给他留下了格外深刻的印象,还带着一种埋怨,以至于他格外忌惮王山,格外不愿意这个人出现在柏淮的生活里。

简松意这次本来不想来的,但总觉得有的事还是要彻底解开心结才行,不然总提防着这个雷区,也不是个事儿。

而且就在派出所后门,很安全。

他两只手揣在兜里,缓缓走到王山跟前:"来给王海求情?"

王山淡淡道:"王海自己做错了事,总要付出代价。"

"这事儿和你没关系?"

"如果我知道,我不会让他这么做。我接受了三年心理治疗,已经没那么偏激了,你大可放心。"

简松意低头踢了一下脚下的小石子,他对王海的个人经历不太有兴趣,他只关心柏淮,懒恹恹道:"所以你这是突然良心发现,打算忏悔还是怎样?"

"我没什么好忏悔的,我还是很讨厌你们这种人,我也没有对不起柏淮,摔断的是我自己的腿,我顶多对不起我爸妈。我找柏淮,只是想跟他说声谢谢,感谢他当时不计前嫌,帮了我爸妈,让他们没崩溃。"

"别,他不需要。"

这句谢谢,于柏淮而言,实在太不重要,无关痛痒。

王山自嘲地笑了一下:"我知道,所以我来找你。"

简松意脚尖拨着石子儿:"如果你是想来我面前夸柏淮有多好,也没必要,因为我都知道。"

"简松意,你真的很惹人讨厌。"

"哦,荣幸。"

"我找你是因为其他事。"王山抬头看着他,"你知道我偷过柏淮的东西,然后和他吵了一架吗?你应该知道,当时晚自习,我们吵得厉害了,他那么冷静的人,好像还是第一次发火。"

"所以你想想你这个人多惹人讨厌。"

简松意不放弃任何一个表达自己对王山厌恶的机会。

王山也并不否认:"我是惹人讨厌,我也的确偷了他的东西,但是在这之前的那些东西,真不是我偷的。我偷的东西也不值钱。"

简松意毫不意外,柏淮是那种你在他面前把贵重的手表碾碎,他都懒得看你一眼的人,能让他着急的,肯定和钱没关系。

"那个东西,我当时从六楼扔了下去,柏淮打着手电筒找了一夜没找到,因为我藏起来了。"

王山从身后取出一个背包,拿出一个塑料袋,里面裹着一个看上去有点像本子的东西,递给他。

"我这次带来,本来是想将这个作为交换条件的,现在觉得没必要了,就物归原主。"

"柏淮的东西,你给我,算什么物归原主?"

王山低头笑了一下,双手放轮椅上,滚动着轮子,掉了头。

"简松意,你知道我为什么会恨柏淮吗?我仰慕过他,但因为自卑,所以从来没有说出口。"

而他卑微地仰望着的人,却只在意另一个人,毫不在意他。

显得自己就像是一个笑话。

略带自嘲的声音伴随着轮子碾压石板路的声音,渐渐消散在夜色里,徒留一腔怅惘。

简松意低头,拆开了那个简陋的塑料袋,里面裹着一个本子,是早些年一个品牌的儿童速写本。

沾满陈旧的水渍,染着泥泞,好多地方都看不清了,装订也散了架,一页一页,随时要散落一般,陈旧而破败。

但是简松意还是认出了这个速写本。

小时候他没个定性,什么都想学,有段时间想学画画,就拉着柏淮一起。

结果他学了一年多就没学了,倒是柏淮坚持了下来。

速写本的第一页,歪歪扭扭地画了两棵树,长得差不多,只是一棵写着"柏",一棵写着"松",假装是柏树和松树。

树的旁边有一行清隽有力的瘦金体:"希望两个小朋友能成为松柏一样的男儿——之眠叔叔。"

速写本的第二页,画了满满的方块,方块上面是草莓,旁边还有一个火柴人。

315

然后写着一排歪歪扭扭的字，别人看不懂，但是简松意看得懂——"淮 gege，shi 天下对我 zui 好 de 人。"

瘦金体批注："小松会写'淮'字啦，真棒。"

第三页是一个大火柴人和两个小火柴人，还有满篇的花。

瘦金体批注："小松会画之眠叔叔最喜欢的桔梗花啦。"

第四页，第五页，第六页……

第十七页。

两个小火柴人抱在一起，流着眼泪。

旁边没有了瘦金体批注。

第十八页，是另一种清瘦字迹。

"温爸爸，我想你，很想你。"

第十九页。

一个少年的背影，清瘦，张狂。

第二十页。

少年的侧脸，有一双很好看的桃花眼。

第二十一页。

第二十二页。

……

笑着的，蹙眉的，坐着的，睡着的，看着书的，逗着小猫的。

全是同一个少年。

第四十五页。

"爸，我居然分化成支配者了，本来应该高兴。

"可是想到……好像也没那么高兴了。"

再后面，戛然而止。

简松意深深吐出一口气，抹了一把眼尾，小心翼翼地把这本支离破碎的速写本收好，用塑料袋紧紧裹住，抱在怀里，转身，然后看见深秋的夜色里，柏淮踩着昏黄的灯光，从薄雾里缓缓走来，在他面前站定。

"不是说好让你等我吗，怎么跑出来了？"柏淮看向他的眼尾，"我们松哥怎么还红眼睛了？"

"进沙子了。"

简松意盯着地面,抽了一下鼻子。

"柏淮。"

"嗯。"

"我想问你的问题是,你当初,到底为什么去北城?"

柏淮的指尖顿了一下,然后才缓缓说道:"因为我分化成了支配者。而小时候的基因检测报告显示你也是支配者。"

迟钝如简松意,也明白了这里面藏了太久的年少挣扎、酸涩和孤独。

"那你为什么回……"

"因为我想通了。"

47

"对不起。"简松意喉头滚动,低低的三个字,像是带了哽咽。

简松意不知道该说什么,那些酸楚堆在他心里,他都不知道该从哪里触碰起,就只能说出一句对不起。

柏淮笑了笑:"没事儿,走吧,回家。"

他曾经设想过一万种坦白的方式,每一种都撕心裂肺,倒显得如今这略带哽咽的一句"对不起"格外温柔。

柏淮转身朝休息室走去,收拾好简松意的包,把休息室的床铺整理好,被子叠得方方正正,然后拿出手机打车。等车的时候,柏淮站在简松意前头,替他挡住风口。

细致妥帖,一如往常,似乎刚才的对话没有在他心里带起任何情绪。

欲盖弥彰。

倒是简松意,手足无措,就抱着那个速写本,呆呆地跟在柏淮后面,直到他被柏淮塞进出租车后座上,还是蒙蒙的。

柏淮有时候都怀疑是不是有两个简松意,平时又聪明又倔,偏偏每次到了自己跟前,就变得迟钝,让人怎么都没办法对他生气。

柏淮看了一眼简松意怀里抱着的塑料袋:"就这么抱着,不打算还我了?"

简松意这时候不讲理的脾气倒是上来了:"本来就是我的,为什么还给你？"

"你送我的。"

"送人了就不能要回来了？"

"……能，你想要什么都能。"柏淮低着头，无奈地笑了一下。

这个速写本是简松意五六岁的时候买的，后来被柏淮无意间翻到，就要了过去，简松意想着上面有之眠叔叔的批注，也就没多想，送给他了。

柏淮后来就一直带在身边，这承载着他这辈子最亲近的两个人的回忆，格外珍贵，所以王山偷走的时候，他罕见地失态发了火。

而更让他觉得不安的，是里面藏着他的秘密。

他第一次出现支配者的特征的时候，就变得不安起来。

虽然前面的十几年，柏淮也没把自己当成易感者那样来生活，但是突然之间变成了一个支配者，让他意识到他和简松意之间多了一道隔阂。

最关键的是，那时候的简松意，正是孔雀开屏的年纪，张扬得不得了，总说着要当最牛的支配者。

言者无意，听者有心。

柏淮第一次闻见自己身上属于支配者的外激素的时候，想到等简松意也分化成支配者后，两人可能会因为支配者外激素间天性互斥而渐行渐远，心里苦涩至极。

柏淮不想让简松意有负担，但他实在苦，就在那个本子上写下了那句话。

写下的时候，不巧被王山看见了。

那天晚上，王山偷了本子，说要公之于众，说要给简松意看看，他以为是易感者的好兄弟却先他一步分化成了支配者。

争执之中，本子被扔下了楼。

楼下是一片灌木丛和矮树林，柏淮打着手电筒找了一整夜，手上和脚踝被划得全是口子，却始终没有找到。

他还没来得及合眼，又听说简松意突发急性肠胃炎，而简松意的爸妈都不在家，所以他才急匆匆地请了假，赶去医院，守了一天。刚回到学校,王山出事了。

而当天晚上,柏淮进入正式分化。因为是顶级支配者,分化的过程异常压抑痛苦,也没有父亲陪在他身边,告诉他怎么当一个支配者。

他把自己关在房间,不敢让任何人发现,更不敢告诉简松意。卧室的墙壁,因为他一次又一次痛苦地捶墙发泄,掉了漆,染了血。

等他再出来的时候,淡漠如常,仿佛什么也没发生过。

简松意以为是王山的事刺激了他。

柏淮没有否认,他觉得一切都可以藏住,直到他去看了王山。

王山当时笑得阴冷又悲哀:"柏淮,你以为这种事藏得住吗?藏不住的。不过你放心,我不会说,我就想亲眼看看你是怎么藏不住的,然后你最在意的好兄弟又是怎么对你的。老天爷还是很公平,谁都不会放过。"

那天柏淮出了病房,问简松意的第一句话就是:"简松意,我对于你来说,是什么?"

当时的简松意毫不犹豫:"哥们儿啊,一辈子的哥们儿,比亲兄弟还亲。"

柏淮当时笑了笑,似乎得到了满意的答案。

然后第二天他就走了,什么也没带,只带走了那盆小雪松。

他答应自己的父亲,放弃从医,读文从政,条件就是转去北城,连户口一起转,并没有再回来的打算。

如果注定会渐行渐远,那就走吧,闹到两败俱伤的难堪,不如变成回忆里一份美好的遗憾,说不定有一天,我想通了,就又回来了。

后来,柏淮果然回来了。

我曾做好了一切最坏的打算。

而如今能说出这份漫长孤独的心情,还能和你安静地坐在一起,看车灯划破夜色,路过这座我们从小一起生活的城市,于我来说,就已经没什么不知足了。

柏淮偏头看向窗外,突然笑道:"简松意,除了这次,我好像还没输过。"

好像是。

简松意想了想,从小到大,除了这次月考,柏淮就没有输过。

他做什么都是最好的,从来都是,优秀到令人望尘莫及。

而这次如果不是因为自己,他或许也不会输。

简松意偏头看向另一侧窗外:"对不起。"

柏淮本来想说,没什么对不起的,这件事,输了就输了,输得心甘情愿。但他始终没有开口。

简松意在玻璃上哈了一口气,浓浓的白雾,挡住车窗倒映出的他的通红眼角。

他没有说的是,那句对不起,是因为如果他不那么迟钝鲁莽和自以为是,这么多年,柏淮会不会少尝些苦。

深秋的夜,雾气浓重,迷蒙地蔓延在这个城市里,驰掠过夜色,身后只剩一片又一片模糊的影子。

车窗上影影绰绰地映照着身后的人,只可惜太模糊,他没能看明白对方的心思。

只余下一片沉默。

车停。

两人下车,分别。

简松意突然转身叫住柏淮:"你没有其他想说的吗?"

柏淮顿住,没有转身,只是淡淡道:"有,很多,可是我怕你不爱听。"

"柏淮,你怎么老是这样呢?你怎么就这么能藏事呢?我和你不一样,我藏不住事,也不会猜别人的心思。你这样,我真的烦死你了。"

简松意深深吐出一口气,想眨掉眼角氤氲的雾气。

"我也烦我自己,这么多年居然什么都没发现,还怨你、怪你、气你,还……反正我就是个傻瓜。

"你怎么就这么能委屈自己呢?把那些话说出来,让我愧疚一下、难受一下,委屈委屈我,不行吗?"

简松意的脾气还是这么差,没耐性,爱炸毛,凶巴巴的,一身的刺儿。

偏偏不知道藏起自己柔软的内心。

柏淮缓缓吐出一口气,转过身,向前一步,站到简松意跟前咫尺的距离,垂眸,迎上他的双眼,一字一句,慢条斯理,却掷地有声,笃定而坚韧。

"没什么好委屈的，以前是我钻进了死胡同，但是那些都过去了，现在我回来了，我们彻底和好吧，你看行不行？"

逼着柏淮说明白的是简松意。

真说明白了，难受的还是简松意。

简松意就是见不得柏淮把酸的、苦的都自己咽了，只把甜的那一份儿掏出来给别人。

他想知道柏淮的酸和苦，想帮着他扛。

但是他没想到柏淮这人这么会说话，他有点扛不住。

夜色里，借着路灯掩映，柏淮那双琥珀色的眸子温柔得不像话。

简松意听完后，认命般地低头，支支吾吾了半天，才憋出来一句："那你……没有生过我的气吗？"

柏淮觉得这个人傻得可以。

他只能耐着性子，低声解释道："那又不是你的错，是我自己……何况，这世界上不会再有第二个人，跟我一起长大，陪我走了这十几年，知道我所有的苦、所有的孤独，然后很傻很傻地把他觉得好的都塞给我，甚至还迷信地想要分一半运气给我。我珍惜都来不及呢，又怎么会生你的气。

"而且我都为了你进派出所了，简松意，你得对我好点才行。"

简松意急了："明明是你带我进派出所的，应该是你对我好点！"

"好，没问题。"柏淮的声音压着轻笑。

"……"

简松意反应过来自己钻套子了，恼羞成怒，不说话了。

柏淮不逼他，也不催他，就是安静地陪着他。

桂花香已经有些冷，梧桐叶兜兜转转地落下，远处绽放的烟火也凋落，偶尔有喧嚣，衬得夜色更加静谧。

简松意的声音是从来没有过的柔软。

他一直像一枝带刺的玫瑰，自负、骄傲、好强、坏脾气。

可是现在，他收起了所有的刺，变得温柔。

他说："柏淮。"

柏淮的心跳缓了下去，浅浅吐出一口气，在夜色里凝成白雾。

简松意只是笨拙又努力地想要把自己的心思剖给柏淮看："我们从小到大这么多年的感情，但你当初还是什么都瞒着我，甚至不告而别。你也知道，我这人这方面有些认死理，所以我可能需要一些时间来想一想、缓一缓。我这个人轴，所以一定得想明白才行。然后，我才能真的放下那件事，对我来说才是彻底和好。"

说完，自己又觉得不好意思起来："我这么说会不会显得我特别自私？"

"不会。"柏淮立刻道，"你能说这些，我很开心。"

柏淮没想到，简松意这个草履虫居然会主动地这么认真去思考他们之间的关系。

这样的回应，对于柏淮来说，是最负责任的回应。

柏淮双手插兜，站在那儿看着简松意开门回了家，他低下头，忍不住笑出了声。

就这种脸皮薄又心软的小傲娇，到时候一定要好好欺负欺负才行，才不枉自己被他的木头脑袋气了这么久。

他转了转手上的葡萄石手链。

果然，祈祷还是有点用的。

简松意关上门，背抵着墙，刚准备松一口气，"啪"的一声，客厅灯亮了。

唐女士和简先生坐在沙发上，看着他，面带微笑。

简松意僵住。

唐女士微微一笑："儿子，你放心，我们这房子隔音特别好，什么都没听见哦。"

简先生配合道："真的没听见。只是我和你妈出来煮夜宵的时候，一不小心看见了路灯下有两个年轻人。"

"爸，妈，晚安！"

简松意也不管什么礼貌不礼貌了，顶着包飞快地逃回卧室，直接反锁上门，倒在床上，把脸埋进枕头里。

埋了半天后,他又站起来,走到窗前,把窗帘偷偷拉开一条缝,看向对面。

对面亮着灯,一个修长的影子倒映在窗帘上,来回走着。

然后"唰——"的一下,对面窗帘拉开了,简松意做贼心虚,立马蹲了下去。蹲下去后又觉得自己这个动作实在太傻气,他重新站起来,掀开窗帘缝,偷偷看过去。

对面的阳台上,重新放回了那盆小雪松。

虽然长大了些,但是简松意认出来了,那就是以前柏淮带走的那盆小雪松。

都回来了,真好。

现在就有两盆小雪松了。

简松意放下窗帘,重新回到床上,拿出手机,点开白色头像,把备注从"倒霉蛋"改成了"债主"。

刚改好,就弹出一条消息。

债主:"晚安。"

柏淮这样,简松意根本没办法缓一缓,就觉得哪儿哪儿都有他。

闷了半天,还是乱糟糟的。

简松意索性爬起来,拿着速写本,走到书桌边,打开台灯,拿出胶水、订书机、橡皮擦、铅笔、素描纸,做起了他从来没有做过的精细活。

虽然他嘴上说着还没想清楚,但是有一点可以确定,那就是无论怎样,他都希望柏淮好。

哪怕让他多高兴一丁点儿也行。

他欠柏淮的太多了,只能一点一点还。

实在还不清的话……

也不急,反正他们还有很久很久的时间。

简松意第十二次用胶水把自己的手指粘上后,自暴自弃地如是想。

而一楼的客厅里,唐女士和简先生翻看着一本有些陈旧的相册,相册里大多还是黑白照片。

人到了一定年纪,总会格外怀念年轻的时候,也会格外惋惜那些遗憾。

他们只是单纯地怀念很多年以前自己相爱的故事，惋惜那个深情温柔却未得到命运垂怜的故人。

如果可以，能让年轻的孩子们在最好的年纪里享受最好的陪伴和欢喜，也算是他们为人父母这一生的圆满。

反正他们家又不需要简松意出人头地，干出什么大事业，不就盼着他一辈子开开心心，过得好吗。

再说，对门那小子，性格确实不错，就自家儿子这臭脾气，上哪儿找第二个能这么让着他的。

唐女士和简先生再了解简松意不过，于是掏出温泉山庄的套票，放在桌上，就收拾东西，连夜坐私人飞机飞往南半球欢度假期了。

只剩一个一无所知的简松意，坐在桌前，涂着胶水，满面愁容。

第十章
物理小球

SONG YI

48

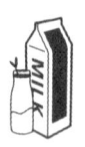

简松意是趴在桌子上睡着的,醒来的时候却躺在了床上,桌上的速写本已经被修补好了,有几处格外精细,一看就不是简松意的手笔。

他也没反应过来哪里不对,迷迷糊糊地冲完澡,换完衣服,直到开门下楼的时候,才愣住了。

厨房里有人。

这个人穿着黑色长裤和白衬衫,戴着细边金丝眼镜,挽着袖口,在自家厨房里切菜。

还切得挺好。

有点温馨。

更多的还是恐怖。

简松意原地窒息。

柏淮扫了他一眼,收回目光,淡淡道:"已经中午了。"

"……"这个重要吗?

"派出所那边查出来李停教唆犯罪,已经把人带走了,其他的还要等。不过你放心,他们压了消息,你是易感者的事没传出去。"

"就算传出去了也没什么,我现在想开了,也不是很在意。"

"行,随你。把鱼和鸡翅端出去,碗和筷子在消毒柜里,电饭煲里有饭,你自己盛,我把土豆丝炒了就出来。还有桌上的牛奶,先喝了,不然冷了。"

"哦……不对……"简松意突然反应过来,"柏淮,这是我家!"

"我知道啊,不然我为什么会在这儿?"

柏淮语气理所当然，顺手热了个锅，把土豆丝倒了进去。

滋滋作响。

简松意憋住一口气，四下环视："我爸妈呢？"

"太平洋上空。"

简松意沉默了。

大概自己真的是个意外。

简松意知道自己被丢在家了，自暴自弃地把菜端出去，顺便瞟到了桌上温泉山庄的套票。

他伸手把票拿起来："这什么玩意儿？"

"你妈送你的假期礼物，让你非去不可。"

简松意定睛一看："双人套票？"

"嗯，包吃包住，五星级温泉度假村了解一下，不去白不去。"

简松意一边喝着牛奶，一边研究套票。

柏淮端出土豆丝，放到桌上，坐到他对面。

简松意放下杯子，刚打算夹块鸡翅，手机"叮咚"响了，他低头一看，乐了："这不是巧了吗？"

"怎么了？"

"看群里。"

是"七仙女"的群。

可爱小洛洛："陆淇风他妈妈的牌友送了她一套温泉山庄的家庭套票，四人团，给陆淇风了。现在还有两个位置，你们有人想去吗？"

徐大帅："我我我！"

算命找我打6折："我我我！我不行……我要复习。"

我是一朵蘑菇："我也没时间。"

陆淇风："周小洛。"

后面跟着一个阴阳怪气的微笑表情包。

可爱小洛洛："怎么啦？不是你自己说的可以叫别人吗？"

陆淇风："行。"

依然是一个阴阳怪气的微笑表情包。

可爱小洛洛："什么？你这人好烦！"

327

柏淮轻笑："你们易感者是不是都有点傻？"

"滚！"

简松意懒得理他，使坏一般拿出自己的套票，拍照，发到群里："或许你妈的牌友，正好是一位姓唐的女士。"

可爱小洛洛："啊啊啊！松哥！你要一起吗？你也有票就正好可以带上徐嘉行了！"

可爱小洛洛："你再带上柏哥！然后我们一起泡温泉！"

可爱小洛洛被移出群聊。

陆淇风："你们一起吗？"

简松意得逗地看了柏淮一眼："这位同学，现在人这么多，你还去吗？"

"去啊，怎么不去，我本来就只想去泡个温泉，人多热闹，正好。莫非……"柏淮说着，挑眉看了简松意一眼，"你是奔着其他去的？"

简松意："……滚！"

柏淮无动于衷："你还吃着我的饭。"

算了，吃人嘴软。

"你什么时候学会做饭的？"

"在北城，寒暑假没食堂吃，外卖吃不惯，就会了。"

简松意突然觉得可乐鸡翅有点酸。

出于各种心照不宣，五个人还是一起去了。

因为五个人都还没有驾照，只好叫了专车，专车到的时候，他们才反应过来不对劲。

正常情况下，一辆车坐五个人，但是他们五个加上司机，就六个人了。没办法，他们重新打了一辆七座车。

从南城到安城城外的温泉山庄，要开五六个小时，陆淇风擅长和人打交道，就坐在了前座，陪司机聊天，避免他犯困。

周洛个子小，缩成一团，抱着抱枕就睡着了，徐嘉行也在后面打起了呼噜。

简松意也犯困，头抵着车窗玻璃想眯一会儿，结果路不平，车动不动就颠，一颠他的脑袋就要撞一下玻璃，没一会儿，就撞了七八下。

本来就不聪明，撞傻了怎么办？

柏淮伸出右手，兜住他的脑袋，往回扣到了自己的左肩上。

简松意迷迷糊糊被弄醒，一睁眼，正好看见柏淮的衬衫立领，一愣，猛地抬起头，结果"哐"的一声撞上车窗。

简松意倒吸一口冷气。

那声音听着就惨烈，惹得其他几人纷纷回头。

柏淮忍着笑，看他伸手揉脑袋："好好的让你枕我肩膀，你非不枕，非要撞傻了才甘心。"

简松意爱面子，板着脸，冷声道："我一个男的，'小鸟依人'像什么样？"

周洛不同意了："松哥，话不能这么说，我也是男的，我不也枕陆淇风的肩膀？"

徐嘉行转过身，趴在后座靠背上，露出个脑袋，"嗐"了一声："你是易感者，松哥是支配者，能一样吗？"

周洛不服："怎么不一样了？你歧视我？"

"不是，本来就不一样。你想啊，你个子小，枕着肩膀那叫撒娇，松哥一米八三猛男一个，再枕着肩膀，那叫撒泼。"

简松意噎住。

他唇角抿成一条直线，低头，拿出手机，给"债主"发送消息："我觉得，易感者的事情，其实还可以藏一藏，你觉得呢？"

柏淮瞟了一眼他一脸严肃的表情，心里憋起了坏，回复道："我觉得也行，不然你易感者身份一暴露，肯定全是起哄八卦的人，到时候流言蜚语满天飞，就不太好了。毕竟涉及你的偶像包袱，要慎重。"

简松意偶像包袱还是挺重的："得瞒着。"

柏淮："嗯，得瞒。"

然后他打岔几句，把这个话题跳过去了，没让简松意继续尴尬。

简松意觉得柏淮真好，虽然在自己面前作天作地，但在外人面前很维护自己，有分寸，没真的"见死不救"。

然而这个幼稚的想法在分房间的时候，彻底幻灭。

一套双人票，一套四人票，三个双人间，还是大床房。

简松意觉得这个房间不太好分。

徐嘉行却觉得特别好分："我们五个人，只有周洛是易感者，他单独一间，柏哥和松哥关系好，你俩一间，我和陆淇风一间，刚好。"

"不太好。"简松意和陆淇风不约而同地说。

徐嘉行疑惑："怎么不好了？松哥，你想和陆淇风住一间？我没意见，但我觉得柏哥不想和我住一间啊。"

柏淮点头："你很有自知之明。"

简松意："其实我和周洛一间也行。"

周洛睁大双眼，惊喜得语无伦次，自掐人中："天啦，天啦，天啦！松哥，我觉得可以！"

陆淇风把他扯到身后，不太友善地看向简松意："我觉得不可以。"

老子也是易感者，怎么就不可以了？！简松意气不过，正打算自证清白，柏淮突然淡淡开口："为了维持偶像光环，是不是应该适当保持距离？毕竟距离产生美。"

其他几个人没跟上节奏，一脸问号。

只有简松意突然停顿下来，然后咬牙切齿地微笑："对，确实应该。"

于是房间最后还是按徐嘉行说的分了。

608简松意、柏淮，610徐嘉行、陆淇风，612周洛。

拿到房卡，各回各的房间，一切安好。

然而房门一关上，简松意就撸起袖子，一只手半捏拳，捏得咔嚓作响，冷笑一声："柏淮，长本事了啊，敢威胁我了？"

柏淮很淡定："不算威胁，只是善意提醒。毕竟我不怕被发现什么秘密。"

简松意被堵得无话可说。

柏淮吃准了他脸皮薄，居然用这个来威胁他，真是阴险至极。

"你以为我不敢揍你吗？"

简松意眸光冷戾，指节"啪"地捏出一声脆响，十足的恶霸样，能吓哭隔壁王二狗家的小孩儿。

柏淮却不太怕："没事儿。而且……"

说着他还笑了一下。笑得简松意愣了愣，一个恍神，就被柏淮捏住手腕，反剪到身后，攻防立换。

"而且，你打不过我。"

"你放开我！"

柏淮低头瞧着他，笑得十分"小人得志"。

这该死的体力差距。

顶级支配者了不起？

"柏淮！"简松意回过神来，顿时羞愤交加，用力一把推开柏淮，"你给我滚滚滚滚滚滚！"

一个没注意，没控制好音量。

门外立马响起徐嘉行的声音："松哥？怎么了？出什么事了？你和柏哥有话好好说，千万别吵架啊！"

柏淮推了推鼻梁上的金丝眼镜："哦，没什么，就是我刚才……"

还没等他说完，简松意就提高音量打断了他，朝门外喊道："没什么，就是柏淮他刚才抢了我零食。"

"嗐，你俩怎么这么幼稚呢？我带了好多，回头分给你们，你们别抢啊！快收拾收拾，泡温泉去了。"

"行，你们先去，我们马上就到。"

听到门外没动静了，柏淮才轻笑道："挺会随机应变啊。"

要你说！

简松意气得龇牙咧嘴："柏淮！我以前怎么没发现你是这种人！这么多年我真是看错你了！你就不是人！你变了！"

柏淮笑了笑，慢条斯理地说道："不然怎么拿捏我们松哥。"

简松意蔫儿下去了。

简松意想找个洞把自己埋了。

49

柏淮挑唇笑了一下，转身走到沙发边上，放下包，低头开始整理东西："放心，我就是告诉你，以后你那张叭叭叭的小嘴收敛一点，不然哪天怎么把自己卖了都不知道。"

简松意不服气:"我小嘴有你能叨叨?"

"我其实话还挺少的,不然你出去问问,有谁觉得我能叨叨?"

"……"

道理是这么个道理,柏淮平时话真的还挺少的,一般一句话不超过五个字,上次对俞子国说了十几个字,把俞子国激动了一整天。

但是在自己面前,他这张嘴怎么就这么不饶人?

简松意把手腕转得咔嚓作响。

然后柏淮就从包里拿出两个收纳袋,走到他跟前,拍了拍他脑袋:"放心,只要你不愿意说,我就会帮你瞒着。你也别老惦记着这事儿,自己跟自己过不去。明白没?明白了就去泡温泉,别让徐嘉行他们等太久。"

简松意接过自己那个收纳袋,乖乖跟在柏淮身后出了门。

柏淮又说中了他的心事。

柏淮什么都懂,什么都看得明白,但是从来不着急,只是耐心细致地等着他,帮他解开那些顾虑。

怎么会有这么细致妥帖的人。

简松意抬头看了一眼柏淮的后脑勺,竟然觉得这个后脑勺也有着与众不同的美貌。

简松意正沉迷于自己的心事,柏淮却突然转身,他一个没反应过来,差点迎面撞上。

柏淮抬手,指向对面:"这是支配者更衣室,你给我老老实实去对面。"

"……哦。"

周洛他们应该早就换好衣服去温泉了,不怕被撞上自己进了易感者更衣室,简松意也就没和柏淮争。

不同的更衣室进温泉是不同的入口,所以两人约在了栈道入口碰头。

简松意磨磨蹭蹭地到了的时候,柏淮已经在等着了。

他没戴那副装模作样的眼镜,穿着一件黑色绸缎的浴衣,懒散地倚在栈道栏杆上,两条长腿随意搭着,低头玩着手机,看上去慵懒矜贵。

招人得很。

简松意就眼睁睁看着两个长得挺好看的女孩子,拿着手机,红着脸凑了过去。

柏淮抬头，微微勾唇，说了句什么，简松意没听见，但是看见柏淮把自己手机递了过去，然后其中一个女孩子很激动地跳了一下。

不是话少吗？不是不爱说话吗？倒是挺会逗女生的。

这才多大会儿工夫，就被自己抓了个现行。

简松意走过去。

柏淮听见脚步声，抬眸，眼里带着笑意，两个小姑娘跟着他回头一看，然后不知道怎的，就双手握拳，兴奋地跳了几下，满脸通红，激动地跑开了。

简松意挑眉，这操作怎么有点看不太懂？

他走到柏淮跟前，低头瞟了一眼他手机屏幕："怎么，小姑娘微信加到了？还一加就加俩？"

柏淮转过手机，朝向简松意，指尖点了点屏幕："很遗憾，没加到。"

柏淮收回手机："我跟她们说我在等朋友，她们可能一回头看见你更好看，太害羞了，就走了。"

语气一本正经，简松意被哄舒服了，嘚瑟地挑了挑唇，假装不在意地往前走着："凭我的颜值，这个反应很正常。"

柏淮慢腾腾地跟在他后面："我觉得你说的有道理。"

两人径直往徐嘉行发的共享位置走去。

安城外的泉山不大，但是温泉出名，早些年开发了这个温泉度假村，虽然消费高，但各项服务都是五星级的，在全省都有些名气，到了节假日人更是格外地多。

每个汤池都跟下饺子似的。

徐嘉行他们好不容易找了一眼偏僻清静的，却也还有两三个外人。

温泉就和泳池、沙滩一样，开放包容，男女都有。

简松意看见汤池里有不认识的人，蹙起眉。

池子里三个人一看这表情，就知道大少爷脾气又犯了。

简松意什么都好，就是很有几分古时候纨绔子弟的坏毛病，脾气差，臭讲究。

正不知道该怎么把这少爷哄下来，柏淮就朝他们三个道："起来吧，

333

我带你们去其他地方。"

其他人以为柏淮之前来过，有什么秘密基地，不疑有他，起来跟上了。

也不知道柏淮把他们往哪儿带，就看他在前面低头玩着手机，然后很快就出现了一个西装革履、看上去有点像大堂经理的人，步履匆匆地迎了上来："小柏先生，已经安排好了，请跟我来。"

柏淮点头，淡淡道："麻烦了。"

简松意瞟了他一眼，好像想起了什么。

其他三人则有点状况外，小柏先生？怎么泡个温泉还泡到关系户了？

等他们被带到一个非开放式的汤池的时候，才反应过来，确实是泡到关系户了。

扉门掩上。

柏淮慢条斯理地解开浴袍："这眼汤池是我姑姑的。"

徐嘉行："你姑姑还专门买了眼温泉？"

"不是。"

"哦。"

徐嘉行松了口气，他就看不惯这种奢靡作风！

"她买了这个温泉山庄的股份。"

徐嘉行沉默了。

柏淮本来没打算说的。因为他父亲的教育方式，他的成长经历和简松意完全不一样，除了格外爱干净，其他都能凑合，也不挑别。

难得高调一次，主要还是不想让大家泡个温泉都泡不痛快，才走了个后门。

简松意家里条件好，从小到大司空见惯了，也没觉得有什么，解开浴袍，准备下水。

浴袍脱下的一瞬间，就听见周洛倒吸了一口冷气："我终于看到了松哥的肌肉！得偿所愿！"

"……"

"还有柏哥的！我的妈呀！"

周洛的视线在柏淮和简松意身上来回逡巡，最后选了个看上去更好说话的，搓搓手："松哥，那什么……我能……斗胆……瞻仰一下吗？"

简松意习惯了周洛不着调的样子，笑道："给你瞻仰瞻仰。"

周洛于是颤颤巍巍地伸出手，感受了一下简松意紧致的肌肉，又低头捏了捏自己软乎乎的小肚子，对比之强烈，让他忍不住"嘤"了一声："我也想要腹肌，松哥你带我练腹肌好不好？"

陆淇风想象了一下周洛满身肌肉的样子，脸一黑："一米七的易感者，不配拥有腹肌。"

"你不要歧视易感者！"周洛也看到了陆淇风的腹肌，"啊！原来你也有！"

他又转头看徐嘉行："天啊！就连徐嘉行都有！"

说着周洛掐了一下自己的人中："为什么只有我没有好看的肌肉轮廓？"

徐嘉行反应过来："不是，周洛，你这话说的，什么叫连我都有？我好歹是体育委员好吧？我这肌肉块头不比松哥和柏哥他们的都大？"

柏淮瞥了他一眼，精准攻击："体脂高，赘肉多。"

徐嘉行："……"

周洛点头："对，你的也就看着肌肉块头大，感觉跟蛋糕坯子发酵开了一样，没有美感。还是陆淇风和柏哥的正好，精瘦结实，线条流畅，松哥你……肌肉线条是很好看，但是你太瘦了，怎么这么瘦。"

简松意冷着脸，一句话也不说，长腿一跨，迈进汤池。

柏淮跟着进去，客观地说道："简松意是比例好，其实还是很结实的。"

他有一种一开口就让人相信的气质，于是简松意被顺毛哄好了，又舒坦起来："宽肩窄腰长腿，说的就是我这种身材，你们羡慕不来。"

徐嘉行刚被说成蛋糕坯子，可就不服气了，伸手就要过来摸简松意的腹肌："我就不信了，我觉得我也挺结实的。"

结果还没摸到，就被柏淮眼疾手快地把手打了回去："别想了，你羡慕不来。"

徐嘉行："不是，柏哥，要不我摸摸你的？我不服气啊！我是体育委员啊！成绩不如你们就算了，要是肌肉都比不过你们，我还混什么混？！"

335

柏淮淡淡扫了他一眼:"你摸一个试试?"

徐嘉行:"……"

算了,屄。

徐嘉行把目光投向陆淇风,决定挑脾气好的捏:"陆淇风,你过来,我要和你比!"

陆淇风白了他一眼:"多大人了,还比来比去,幼不幼稚?"

徐嘉行:"嗯?"

回头一看,简松意正问柏淮:"你是不是背着我偷偷练无氧了?"

"嗯,你要练可以带你,但是我怕你不爱吃健身餐。"

"再说吧,我觉得我现在就挺好的。"

徐嘉行有点受伤,捂着小心肝,决定出门买瓶冰可乐缓一缓。

结果他刚出门不久,就屁颠屁颠地跑回来了:"外面在准备放烟花,围了好多人,你们去不去看?"

周洛是最爱看热闹的性子,连忙蹦起来:"真的假的?我要看我要看,徐嘉行你快带我去。"

周洛推着徐嘉行就往外走。

陆淇风无奈跟上,一起出去了。

温泉隔间里就剩下两个人。

柏淮轻笑一声:"你说他们是不是傻,躺在温泉里看,不舒服吗?"

这眼私人汤池只是地势高,四周被隔开了,但并没有修天花板。

而烟花总是要放到天上的。

简松意觉得柏淮蔫儿坏,趁着旁边没人,放松地伸展开四肢,仰着脑袋,笑道:"那你刚才怎么不拦他们?"

"嫌他们烦。"柏淮侧过身,单手支着脑袋,微眯着眼睛,看着他。

夜色里,温泉四周只有昏黄的灯光,热气氤氲,柏淮半倚着池壁,笑了笑,刚准备开口,门就被再次敲响,然后传来了刚才那个大堂经理礼貌客气却毫无感情的声音——

"小柏先生,柏先生来电话了,让你现在、立刻、马上回复他。"

50

"砰"的一声,正好有烟花应声绽放。

在藏蓝色的夜幕里极致绚烂,然后陨落。

一声又一声,此起彼伏,喧嚣繁丽。

温泉里的嬉笑怒骂声转瞬散去。

柏淮声音恢复惯常的冷漠寡淡:"好,我知道了。"

他缓缓起身,披上浴衣,拿起手机,朝外走去。

简松意跟着起身,柏淮却回头看向他,淡淡道:"在这儿等我。"

语气不容反驳。

简松意被他纵容久了,都快忘了他还有这么强势的一面,一时有些不适应。

但这是柏淮的决定,简松意不为难他。

"行,等你。"

漫长的等待。

简松意站在原地,双手插在浴袍衣兜里,抬头看着天上的烟花,突然觉得果然是到了深秋季节,这夜里,怎么就这么冷得慌。

简松意不喜欢柏淮的父亲,虽然接触不多,但留在记忆里的都是冰冷的样子。

他跟六岁的柏淮说,哭有什么用,哭了,你的温爸爸就会活过来吗?不会,所以你现在去学习。

他会在唐女士安慰柏淮"温爸爸走了,会变成天上的星星陪伴你"的时候,冷漠地告诉柏淮,这是唐女士骗他的,人死了就是死了,不会回来,也不会有另一种方式陪伴。

他不允许柏淮不是最高分,无论是学习、运动、钢琴、绘画,甚至哪怕只是一次剪纸的趣味比赛,柏淮都不能不是最高分。

而在柏淮基因检测出是易感者的前三年,他甚至没有抱过柏淮一次。

很多事,简松意都是听唐女士说的。

柏寒是不是好人,简松意无法评判,因为他从政多年,政绩斐然,

广受好评。

但温之眠忌日那天,简松意很清楚地知道,柏寒没有打过哪怕一个电话给柏淮,也没有回来看他曾经的挚友一眼。柏淮十八岁生日亦如此。

今天这通电话,大概是柏淮出现在这家温泉山庄的事传到他耳朵里,被他发现了柏淮居然在南城,于是前来兴师问罪的。

身为一个父亲,儿子转学一两个月了,到现在才发现,也算是笑话了。

而简松意对这样的一个父亲,唯一的希望就是,他不要拉着柏淮一起变成和他一样的人。

简松意努力了很久,想把柏淮拉进这鲜活热闹的日子里来,只差那么一点,就可以做到了,却半路杀出个程咬金。

他抬头,最后一簇烟花湮灭在夜空,天地恢复静谧。

热闹都很短暂,而热闹后的静谧,格外冷清。

简松意低头哈了口气,在寒冷的空气中凝成白雾。

门开了。

简松意转过身。

柏淮看着他冻得通红的鼻子,温声道:"怎么不去温泉里泡着?"

因为怕如果你有什么事,我不能第一时间冲出来。

但这话简松意没说。

他只是问了一句:"没什么事儿吧?"

"没事儿。"柏淮轻描淡写,"这边管事的是我爸以前的下属,多嘴给他提了一句,我爸就教育了我一顿,然后让我明天中午早点回家,说带上你一起吃个饭。"

"柏叔明天回南城?"

"嗯。"

简松意估量了一下自己和柏淮他老爹的战斗力,认真道:"要不我把我爸妈叫回来吧,他们现在出发,还赶得及一起回来吃午饭。"

那样子特别像打架打不过要回家叫家长的小孩儿。

不过简松意从来没有回家叫过家长,顶多就是幼儿园小班的时候,打不过大班的那个小霸王,哭唧唧地来找柏淮。

柏淮难得看见简松意这么没底气的样子,忍不住笑出声来:"怎么,担心我爸不同意,所以让叔叔阿姨来帮忙说说情?"

"我说正经的。"

"放心,我姑姑和我爷爷都站在我们这边,我爸势单力薄,不能把咱怎么样。"

简松意见他还有心思开玩笑,狐疑地打量了他一眼:"真没事儿?"

"有事儿还是有事儿的,毕竟转学还有文转理的事情……我爸肯定得说我几句。但你又不是不知道他,工作狂,对我也不怎么上心,说几句也就过去了。"

如果真说几句就过去了,那你怎么打了这么久电话?

简松意没忍住,还是问出了自己最担心的那个问题:"你爹不会把你转回北城吧?"

"他转不了。"

转不了,而不是不会转。只是柏淮的态度,不是他爹的态度。

简松意不放心:"他要真给你转学,你能怎么办?"

"转学,什么转学?柏哥你要转学?!"

不等柏淮回答,看完烟花回来的其他三个人已经推开了门。

刚好听到最后一句,徐嘉行一脸不能接受的表情:"柏哥你不是刚转来吗?又要转走?不行!你可不能转,你转了我会想你的,一想你,就分心,一分心,就没法好好复习,不能好好复习那可就影响高考了啊!就算为了我的人生负责,柏哥你也不能转!"

"对啊,你转走干吗呀,我们多可爱啊,松哥多可爱啊,你转走了去哪儿找我们这么可爱的人啊。"周洛眨着眼睛,可劲儿证明自己的"可爱"。

柏淮浅笑了一下:"我不转学。"

他以前没被人挽留过,原来被人挽留是这种感觉,还不错。

徐嘉行他们不知道具体情况,只听到他说不转学,就松了口气,张罗着把刚才买的夜宵铺开:"不转就行。松哥,柏哥不转,你别耷拉着你那张帅脸了,来来来,边泡温泉、边吃烧烤、边喝可乐,享受人生,活在当下!"

"对,我还买了烤面筋和狼牙土豆!巨好吃!"

"周小洛,我说了多少遍,这个不卫生。"

"我也说过很多遍了,我爱吃!"

"……行吧。"

"陆淇风!你有本事嫌弃不卫生,你有本事别一口一个大鸡腿啊!给我留点!你有本事抢周洛的去!"

"不行!不准抢我的土豆!"

"不跟你抢。柏哥,快来,我专门给你买的生蚝和韭菜。"

"陆淇风你个傻瓜,你给他买这些玩意儿是几个意思?"

"补身体。"

"谢谢美意,但我身体还可以。"

"不是,你们又在说什么我听不懂的话?你们是不是排挤我?!"

……

闹哄哄的一团,温泉边一片狼藉。

但很奇妙的是,烟花散去,云也散了,星星出来了。温泉山庄建在城郊的高山上,离夜幕近,星河璀璨的热闹仿佛触手可及。

就算困了,散了,回到各自的房间,抬头也都能看到。

简松意站在阳台上,倚着栏杆,突然问道:"柏淮,亮的星星,一般都是恒星,对吧?"

"对。"

"那就好,是恒星就好。"

柏淮低笑了一声:"行了,别吹风了,过来睡觉,明天早上五点就要起床,中午还要和我爸吃饭。"

想到明天还有硬仗要打,简松意的好兴致就没了,悻悻回到房间,上了床。

柏淮也关灯躺下。

两人一人一边,一人朝着一个方向,中间隔着还能躺下一个人的距离。

简松意一直没闭眼,他在等柏淮说些什么。

可是等来等去,等到都困了,却只传来柏淮浅淡均匀的呼吸。

他试探性地叫了声:"柏淮?"

没有回应。

睡着了。

简松意轻轻翻过身，借着窗外星光，打量起柏淮。

五官很好看，就是眉有些习惯性地压着，不是轻松愉悦的样子，仿佛总有心事。

每次从细枝末节处窥见柏淮离开那三年的辛苦，简松意就很不好受。

所以他是真不想柏淮再走了。

但简松意总觉得柏淮这种喜欢把所有酸和苦自己咽了的憋闷性子，一时半会儿改不了，说不定哪天他爹搞个什么事，这人又跑了，到时候自己去哪里把他找回来。

简松意想到这儿有点生气。

他超小声地恶狠狠道："再跑这辈子就别想让我原谅你。"

说完，简松意调整了个舒服的姿势，闭上眼，睡着了。

51

凌晨五点起床，对简松意来说实在太难了。闹钟响第五遍的时候，他才皱着眉，在枕头上狠狠蹭了几下，吃力地试图坐起身来，却连眼睛都睁不开。

简松意磨蹭了半天才收拾好，柏淮给徐嘉行发了条微信说明情况，两人才坐着度假村派的专车回南城。

早起实在难受，困乏至极，两人一上车就昏昏沉沉地睡去，醒来的时候已经到达目的地。

这是一家老派的茶舍，处处透着清雅古朴。

倒是很像柏寒会选择的地方。

走进包厢，一个男人正坐在窗边，翻阅着一份文件。

日光从窗棂雕花洒下，逆着光，看不清男子的脸，只见隐约勾勒出来的轮廓清俊修长，气质冷然。

那人听见门口的动静，头也没抬，语气淡漠："晚了十分钟。"

"我以为，只是父子间吃顿便饭，不用这么苛责。"柏淮的语气里有种淡淡的嘲讽。

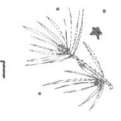

窗边的男人合上文件夹，偏头看了过来，语气依然没什么情绪："柏淮，你这样很没有礼貌。"

"我以为在别人的生辰、忌日，送上基本的问候，也是礼貌。"

"当时我在沙漠里。"

"我其实不太在意。"

"我以为你今天是来认错的，看态度，似乎不是。"

"确实不是。我今天来，只是来表明一下立场。"

父子俩的语气是如出一辙的冷淡和漫不经心的嘲讽。

柏寒终于放下文件，起身，缓缓走到柏淮面前站定，强势得毋庸置疑："柏淮，你没有资格在我面前说立场。"

年过不惑的男人，因为上天的厚爱，没有一丝发福和老态，身形笔挺，容颜英俊，看上去和三十岁时候的样子差别倒也不大。

而柏淮长得好，大多也是随了他的父亲，一样挑不出错的精致五官，一样狭长深邃的眉眼，一样薄情寡淡的气质。

只是经过岁月的历练和沉淀，看上去更加淡然强势，修长的身形、笔挺的西装、白衬衫上雕镂精美的金色袖扣，都是成熟男性的味道。

不得不承认，这是一个看上去极富魅力的男人，有学识，有才华，有权势，有良好的教养和家境，还有一副好皮囊。

淡淡一句"你没有资格在我面前说立场"，也强势又霸道，显得少年老成的柏淮青涩了一些。

然而柏淮却从头到尾都没有把对方看进眼里，只是微挑了一下唇角："我十八岁了。"

"是，你十八岁了，可是你所有衣食住行的高额支出，都没办法由你自己支付。"

说话的人姿态高高在上，听上去也的确很有说服力。

可是简松意却极度不爽。

怎么这么能装呢？没人能在他简松意面前装相，柏淮不行，柏淮他爸更不行。

不等柏淮继续和他爸针锋相对，简松意就突然笑了："叔叔，我觉得你说得挺有道理的。"

柏淮不怕柏寒，但是不愿意简松意在柏寒面前受气，想把他拽到身后，简松意却纹丝不动，只是扬起下巴，微挑着唇，语气有点儿不讲道理的痞气："按照您的意思，就是谁供柏淮的吃穿用度、衣食住行，谁就可以和他谈立场。所以以后就不麻烦叔叔您了，我来养他，我做他的主。"

　　说完简松意也懒得看柏寒的反应，拍了拍柏淮的肩："先吃饭，我都快饿死了，你放心大胆地敞开吃，哥养你。"

　　柏淮看着他笑道："行，那我可得多吃点。"

　　说着两个人还真拉开椅子，在桌边坐下，就着柏寒已经点好的饭菜慢条斯理地吃了起来。

　　简松意是这样想的，姜还是老的辣，真要讲道理比气势，他和柏淮大概比不过柏寒，回头认真吵起来，胜算不大，可能还要白受一顿气。所以不如就不讲道理。

　　柏寒最讲究礼仪规矩和体面，那简松意就偏不讲，气死他。

　　反正自己又不是他儿子，他又不能拿自己怎么样，他敢多说自己一句，自己回头就告诉老唐、老简，让他们闹柏寒三天三夜。

　　而且简松意也不怕柏寒生气，他想好了的，大不了他养着柏淮就是了，又不是养不起。自家有钱，供柏淮娶媳妇儿、买房都绰绰有余，怕什么。

　　反正就是不能让柏淮受这闲气，也不能让柏淮离开南城。

　　而柏淮什么也没说，只是眼里带着些许纵容配合的笑意，慢条斯理地吃着饭。

　　其实在昨天那通漫长的电话里，父子俩针锋相对的拉锯战之后，都已妥协让步，该谈的约定都已经谈好了，今天不过是来走个过场。

　　主要也是为了让柏寒见见现在的简松意。

　　只是他们父子俩天生不对付，一见面，一句话不注意，就是满满的硝烟味儿，所以才让简松意送了柏寒这么大一个见面礼。

　　看见简松意这护犊子的样，柏淮心里还是很欢喜的，觉得这顿饭吃得值了，他说了要养自己，那自己不赖上简大少爷都说不过去，有人管也挺好。

　　而柏寒到底是经历过大风大浪的人，会试图控制柏淮的人生轨迹，却犯不着和简松意计较，只是坐到他对面，静静地打量了他一会儿，然后开口道："你是易感者？"

简松意的语气礼貌却疏离："是，易感者。"

柏寒点点头："当时给你们做检测的，是你母亲的朋友开的一家私人机构，前两年因为接到多次举报检测结果错误，被调查了，无证经营，直接取缔。"

"……"

"闹得不大，所以估计你母亲不知道。"

闹得不大，但唐女士心挺大。

潜台词就是本来可以避免的错误，但是因为唐清清这位纯正的傻白甜女士，所以才耽误到现在都一无所知。

而柏寒明明知道，却因为柏淮已经分化，而觉得事不关己，一字未提。

简松意一时之间不知道该如何表达。

垃圾机构，毁我青春，奇葩父母，误我前程。

亏他小时候还天天想着当最帅的支配者。

结果现在却天天被柏淮欺负。

还要被柏淮他爸嘲讽。

简松意突然气不顺了。

然而柏寒却淡淡开口："不过我觉得，这或许不是一件坏事，你现在成长得很好，也算阴差阳错的福分吧。"

简松意本来以为自己胡搅蛮缠了一番，柏寒必然会压一下自己的气焰，却没想到他说出了这样一句话。

小嘴能叭叭如简松意，一时也有些哽住，只能假装漫不经心地答了一句："嗯，谢谢柏叔。"

柏寒微颔了一下首，起身，系上西装纽扣："我还有事，就不陪你们了。"

他说完，缓步向门外走去，走到门口的时候，突然想起什么，顿住，回头看向柏淮："希望你记住我们的约定。"

柏淮头也没抬，冷淡笃定："放心。"

脚步声远去。

简松意嗤笑一声:"你们家真够可以的,夏天应该很省电费,经济适用。"

"还行吧。"

"不过你和你爸做了什么约定?"

"以后告诉你。"

简松意撇撇嘴:"行吧。"

他喝了一勺汤,又说:"不过我觉得你爸好像也没么那啥,居然还能夸我两句。"

话音刚落,门被敲响,服务员拿着单子进来了:"先生,您好,刚才出去的那位先生说您买单,共计消费一千一百零八元,请问现金还是刷卡?"

简松意:"刷卡……"

"好的,先生,祝您用餐愉快。"

柏淮看着一脸难以描述表情的简松意,轻笑出声:"忘了跟你说了,柏寒这人就是这样,说一不二。你说你请客,就是你请客,你说你养我,我同意了,他以后就不会给我一分钱。"

简松意:"……"

柏淮撑着脑袋,笑道:"所以简大少爷,你要说话算数,不能不负责任。"

"你……要不考虑出道参加个选秀?"

52

简松意觉得凭柏淮的条件,出道参加选秀节目,绝对能发家致富。

柏淮却一本正经地拒绝了:"你说的这个不适合我。"

"行吧。"简松意夹了只醉虾,慢吞吞地剥着,"反正你有地方住,有饭吃,就算你爸不给你钱,也饿不死你。"

"嗯,也是。而且我四肢健全,到时候考上北城的大学,我暑假就去打四份工,攒学费,然后乘绿皮火车,站二十四个小时,一路北上。

每天白天上课,晚上打工,一日三餐都是馒头配咸菜,到了冬天连件像样的大衣都没有,手脚生疮,感冒发烧。如果遇见北城的老同学,问我为何沦落至此,我就说有个叫简松意的,背信弃义……"

"你可以闭嘴了!"简松意忍无可忍,咬牙切齿,"我觉得我还是比较喜欢你在你爸面前的样子。"

"哪样?"

"人样。"

柏淮顿了顿,笑道:"我觉得你最近语文进步神速,遣词造句的水平得到极大提升。"

"托您的福。柏淮,你是不是有人格分裂,怎么在别人面前和在我面前就这么不一样呢?非要跟我抬杠?"简松意连忙夹了一只螃蟹塞给他,"这么多吃的也塞不住你的嘴?一天到晚话怎么这么多?能不能含蓄一点?你本来不是挺内敛一人?"

"可能是想多说一点,把欠的那三年都说出来。"

柏淮总是能用最轻描淡写的语气,说出最戳简松意心窝子的话。

说得越漫不经心,越是打动人心。

简松意心软了。

他戳着那只螃蟹,一脸不情不愿:"行吧,养你也不是不可以,但是你少吃点儿,不然我养不起。"

"放心,我吃得少,干得多。"柏淮抿唇一笑。

柏淮得偿所愿,也不再跟他闹,只是顺手把"姑姑"那条对话框左滑删除。

于是无人得知里面的聊天记录。

姑姑:"你爸让我不要给你钱。"

姑姑向你转账六万六千六百六十六元。

姑姑:"但我不听他的。"

姑姑:"你先用着,要买东西就跟我说。"

短暂的三天假期结束返校后,高三的光荣榜已经做好了。

第一次月考,榜首赫然写着简松意的大名,并且挂着一张极帅的红底证件照。

简松意和柏淮路过的时候，上课铃已经响了，但简松意并不着急，一定要拉着柏淮共同细细欣赏自己的盛世美颜。

"你品品，证件照能拍得这么帅的还有谁？"

只有最高分有照片，而柏淮只有一个小小的名字，排在第四，两人中间隔着两个人名。

显得特别扬眉吐气。

简松意指着那个被压得死死的名字："实不相瞒，你配不上我。"

柏淮睨了他一眼，没良心的小东西。

没良心的小东西还十分仗义："不过你放心，我不会嫌弃你的，我交朋友从来不在乎对方成绩好不好，因为反正对方的成绩肯定没我好。"

柏淮挑唇，指了指隔壁第二次月考榜首的位置，轻哂："我觉得我也得去拍张红底的证件照，下个月就贴在这儿。"

"呵，看来松哥这次还是没有让你认清现实。"

"再赌一局？"

"赌就赌，怕你？"

"行，赌个大的，你要是输了，就换个发型，剃光头，一直到你再把优秀学生拿回来为止。"

"……"

"没事儿，怕输也很正常，不敢赌的话，我也不勉强。"

"谁不敢赌了！赌就赌！一言为定！"

柏淮转过身，轻笑道："行，一言为定。"

声音贼欠，简松意抬腿就要踹他，然而柏淮仗着身高腿长，一个侧身，两三步就跨进了教室。

简松意忍。

他跟着走进去，坐到柏淮旁边，压低声音，冷笑道："没事儿，反正我不会输。但是如果你输了，下次月考之前，你都要把你的脸捡回来，给我做个人！"

"那大概我是没法做人了，而且还会拉你共沉沦。"柏淮微眯着眸子，显得十分欠揍。

347

简松意气得牙痒痒，刚撸起袖子，后门却突然被敲响了。

彭明洪出现："简松意！柏淮！不要以为第一节课老师不在，你们就可以为所欲为！迟到了还说小话，你们能干了，是不是？"

简松意和柏淮特别淡定："是吧。"

彭明洪："……"

柏淮他爸说得对，就不能让这两个人坐一块儿，不然要翻天。

彭明洪走到他们旁边，敲了敲柏淮的桌子："你，换座位。"

柏淮抬起眼皮，淡淡地看了他一眼。

彭明洪又敲了两下桌子："别看我，这是你们家长要求的，我只是配合家长的工作。"

家长，说得含糊，不就是柏寒嘛。

怪不得平时对自己嘘寒问暖的主任突然就换了副面孔。

柏淮淡淡一笑："不想换。"

"这是你想不想换的事吗？"彭明洪很有底气，说着还要去帮柏淮搬桌子。

简松意却"啪"的一声，把桌子按下了。

他到底年轻，手劲大，死死按住，彭明洪竟然有点拖不动，索性叉腰问道："你们一个两个的想干吗？"

简松意懒洋洋打了个哈欠："不想干吗。就是我们一班向来民主，位置都是自己选的，没有老师强迫换座位的道理。而且……我不想和别人坐同桌，我就想和柏淮坐。"

"你……"彭明洪只能退而求其次，"你给我说个理由。"

简松意神色认真："柏淮能帮助我学习。"

"您看，我这次语文成绩比上次进步了十分，就是因为柏淮同学的帮助。"简松意说的倒也是实话，毫不心虚，"所以彭主任，你是想阻止学生前进的步伐吗？我唯一的短板就是语文，如果补不起来，到时候错失全省最高分，是我的损失，也是南外的损失，彭主任你承受得起吗？你能负责吗？

"而且柏淮同学是文转理，只有我的理综水平能辅导他。你坚持不让我们坐同桌，是想一口气让南外失去高考最高分和第二吗？

"所以，彭主任，春蚕到死丝方尽，蜡炬成灰泪始干，你身为祖国花朵的园丁，担负如此伟大的重任，难道不应该为了我们的未来而考虑吗？"

"……"

彭明洪离开的时候，觉得自己的教师生涯得到了升华。

整个一班则压着一阵低笑。

"松哥牛。"

"我妈说，越好看的男人，越会骗人。"

"不是我说，松哥，你和柏哥这同桌情实在有些感天动地。"

"就是，感天动地。"

一片善意的调笑中，柏淮偏头看着简松意，轻笑道："这么舍不得我？"

"滚。"

"无以为报，只能好好学习，不辜负简老师的良苦用心了。"

考虑到这是在教室，柏淮逗了简松意两句，就抽出一份理综综合卷刷了起来。

毕竟是高三，尽管他们都还算天赋不错，但是也没谁拥有天才的大脑，要在数百万的考生中脱颖而出，每个人都需要努力。

所以李停被退学乃至被拘留的事，即使传出了一些风声，也有不少人猜测那个在一群支配者中脱身的厉害易感者是谁，但很快淡了下去。

十一月中旬的期中考试在自招简历中的占比极重，所有人都认真对待。

而柏淮还有着更大的压力，不仅仅是总分要拿到年级最高分这么简单。

他和父亲的那个约定，对他来说，几近背水一战，但无可奈何，那是他能给自己争取到的最大自由。

但是柏淮并没有告诉简松意。

他希望这个没良心的小东西，可以一直没良心下去。

至于他自己，如果有时候太累了，就欺负欺负小东西好了。

而简松意嘴上说着不愿意，实际上把照顾柏淮的事做得尽心尽力。

每天的外卖、零食、游戏皮肤，就连视频网站的会员，简松意都默不作声地包了。

柏淮照单全收。

收了也就算了,每次徐嘉行和杨岳看见他桌上的奶茶的时候,问:"柏哥,你怎么又点外卖了?这家的咖啡送到我们学校,配送费就要八块啊!你太奢侈了!"

柏淮还冷着一张脸,淡淡道:"简松意给我买的。"

然后徐嘉行和杨岳屁颠屁颠去抱简松意大腿,最后被嫌弃。

每每这种时候,柏淮心情就很愉悦。

简松意给他买的。

简松意对他多好。

但简松意不傻。柏淮那些不太明显的变化,他还是能感觉到的。

尽管还是细致妥帖,尽管还是爱逗自己,但是绝大部分时候,柏淮都戴着那副金丝眼镜,寡淡沉默,冷清理智,生人勿近,好像收起了所有的心思,像极了以前的样子。

虽然没有明显的哪里不对,但是简松意能感受到,从柏淮父亲出现后,柏淮的状态似乎就有些紧绷。

好像有一只手,把他和柏淮从一个乌托邦里摔了出来,摔进现实,不得不去面对更多的问题。

简松意相信柏淮。

简松意知道柏淮一定是在为了什么目标而努力,所以他不着急。他只是怕柏淮一个人太累,所以只能每天想方设法地让柏淮吃好,再四处搜罗最好喝的咖啡外卖。

道理他都懂,但不妨碍他不高兴。

柏淮天天就知道刷题,好像自己还不如学习有趣。

可恶。

简松意坐在家里的书桌前,刷着刷着题,突然想起柏淮曾经夸过物理小球呆得可爱,然后没好气地使劲戳了一下卷子上的物理小球。

哪里可爱了?

这么圆。

一点都不可爱。

简松意扔掉笔,走到窗边,拉开窗帘,看到对面的灯亮着。

他拿出手机，打开外卖软件，给柏淮点了一杯咖啡，然后坐回书桌前，心不在焉地继续刷题。

直到听到外卖车的声音，简松意才站起身往窗外扫了一眼，看见柏淮下楼拿了夜宵，他坐回座位，等柏淮的消息。

他尽到了自己的义务，有的人是不是该有点自觉性？

可是有的人就是这么没有自觉性。

柏淮只发了一条微信："十二点了，早点睡，晚安。"

就没有然后了。

简松意冷呵一声，把手机往旁边一扔，埋头刷题。

不就是比爱学习吗？我比你更爱学习。

化悲愤为力量，简松意很快又刷完了一套理综卷。

一看时间，已经凌晨一点，他刚准备起身看看对面，门却被突然敲响："怎么还不睡？"

是柏淮。

简松意没好气道："干吗？"

"不是让你早点睡吗，怎么不听话？"

"我爱学习。"

说话有点冲，一听就是不高兴了。

柏淮拧动门把手："我进来了？"

"不准。"

然而柏淮已经走到跟前。

他扫了一眼，简松意确实是在学习，就是不知道为什么，每张卷子上的物理小球都被戳得面目全非。

柏淮觉得好笑："拿小球撒什么气？"

"你还护着它！"

柏淮愣了愣："我护着谁了？"

简松意没搭理他，扯出一张卷子继续做题，一副要通宵的架势。

柏淮伸手，指尖摁住卷子："别闹，你又不差这点儿，快睡觉。"

简松意白了他一眼："难道你就差这点儿，忙成这样？"

柏淮点头："我差。"

351

神色虽然淡,但看上去一点也不像开玩笑。

简松意觉得柏淮好像是认真的,挑了一下眉:"这么想赢我?"

"嗯,想赢你。"柏淮说着玩笑话,却笑得坚定。

简松意心里"哼"了一声,移开视线,重新抢回卷子,戳了起来。

简松意觉得自己有毛病。

自己可真矫情。

都怪柏淮。

简松意胡思乱想,卷子却饱受折磨。

柏淮笑着扯了一下那张千疮百孔的卷子:"快睡觉,不然明天早上又起不来。"

简松意一把摁住:"别打扰我学习。"

"物理小球没你可爱,你放过它吧。"

简松意觉得柏淮肯定会读心术,这都能猜到?!

柏淮看着简松意精彩纷呈的表情,忍不住想笑,还真被自己猜着了,他压着笑意说:"所以可以睡了吗?"

"不睡!"简松意恼羞成怒。

柏淮看着简松意,低声道:"怎么,还跟幼儿园一样?非要我哄你才肯睡觉?要不我现在出去给你买草莓牛奶?"

"谁要你哄了,滚出我房间。"

柏淮一般不把简松意的气话当真:"你是不是觉得我有事瞒着你,所以不高兴?"

"……"简松意抿了抿唇,小声道,"我又不是闲得慌,犯不着为你不高兴。"

"伸手。"

"干吗?"

"送你个小礼物,哄哄你。"

"谁稀罕。"

简松意边说边乖乖从被子里伸出了手。

柏淮在他掌心放了一个毛茸茸的小东西,酥酥痒痒。

第十一章
艺术节

SONG YI

53

简松意收回来一看,是一个用狗尾巴草做的兔子。

颜色有些枯黄,应该放了有一段日子,但是尾巴上的小绒籽却没掉多少,显然存放得很小心。

简松意突然想起什么。

不等他开口,柏淮就印证了他的想法:"军训的时候,你叼的那根。"

果然就是那根。

柏淮当时说要做个小礼物,只是后来没有再提,简松意就给忘了。

没想到在这儿等着呢。

简松意冷嗤一声:"幼稚,你以为自己拍戏呢,还狗尾巴草兔子。"

说完却起身把狗尾巴草兔子塞到了枕头底下。

柏淮深谙"不要听简松意说什么,只看简松意做什么"的道理,不和他计较,只是确认了一下:"你这算是收下了?"

"我这算是买的!每天给你花那么多钱,你不该回馈点什么?不过你送这玩意儿是什么意思?"

"没什么意思,就是觉得做着好玩儿。"

"好玩个头。"

"那你还给我?"

"……"

"不还给我就是收下了,收下了就别生气了。"

"我本来就没生气,我高兴着呢,学习使我快乐。"

"笑一个给我看看?"

"……"

柏淮轻笑:"行了,不逗你了,不生气就行。"

"还是有点生气的,毕竟斥巨资照顾你,就收到这么个玩意儿,真的亏死了。"简松意高冷地"哼"了一声,"不过看在你觉悟不错的分上,桌上有个本子,赏你了。"

"谢主隆恩。"

柏淮走到桌边,翻开简松意的那个本子,忍不住笑了一下:"狗爬字。"

"你这人怎么这么肤浅呢?外表重要吗?看内涵!"

内涵确实还不错。

柏淮粗略浏览了一下,都是很精妙的解题思路和一些极难极细的冷门知识点。

简松意学习大多靠的是天赋和感觉,整理笔记这种事儿,应该还是头一次做。

对于柏淮来说,理综中上难度的题已经十拿九稳,他缺少的还是长期解难题的经验和题感,而市面上的参考资料都太基础,对于他想在高难度考试里从280分段稳步提升到290分段帮助不大。

所以简松意这个笔记本,既是锦上添花,也是雪中送炭。

柏淮合上本子,走到床边,俯身看向简松意:"对我这么好?"

简松意直接抬腿踹他一脚:"滚滚滚,拿着朕的赏赐快滚!朕要睡觉了!"

"行吧,既然陛下今夜没有兴致,那我们改天再议。"柏淮也没继续闹他,道了晚安,关灯离开。

进出自如,跟自己家似的,也不知道谁给他的勇气,如此不客气。

简松意腹诽了一句。

听见大门被关上,他在被窝里翻了个身,从枕头底下掏出那个狗尾巴草兔子。

看了一会儿,简松意突然想到什么,摸出手机,打开搜索引擎,飞快输入一排字:狗尾巴草的花语是什么?

置顶结果——坚忍。

简松意一顿,紧接着胸口就泛起暖意。

还好自己还算有良心。

不然柏淮一个人该受多少苦啊。

简松意想到这儿,从床上起来,翻出一个表盒,把里面的手表随手扔进抽屉角落,把狗尾巴草兔子放进去,盖上盒子,锁进抽屉。

他走到窗边,见对面的灯也熄了,才回到床上,安心睡去。

简松意向来睡眠质量不错,睡得沉,起得晚,所以没能发现,每天凌晨一点才熄灭的那盏灯,在凌晨五点半就已然重新亮起。

在秋冬的寒夜里,独自生辉。

高三的日子,说慢也慢,实在难熬,可是说快也的确很快,小练、周考、刷题、讲题,翻来覆去,日子不知不觉间就过去了。

只是突然有一天,看见日历,才恍然大悟,啊,原来十一月都已经过了大半了。

冬天也快到了。

秋末冬初的南城,湿冷得紧,总是下着淅淅沥沥的小雨,欲断不断,惹人烦。

简松意怕冷,一到这个季节,人就开始倦怠起来。加上冬日天亮得晚,往往到了七八点,才透进一些光,于是简松意越发怠懒,赖床更加厉害。

基本上每天早上都要柏淮连拉带拽的,才能不情不愿地起来,勉勉强强赶在第一节课上课铃响之前进教室。

柏淮觉得简松意实在是像极了一只猫。

漂亮,傲娇,懒。

他一边煮着一杯极苦的黑咖,一边想着今天该换个什么法子把简松意叫起床,想着想着,忍不住笑了。然后带着愉悦的心情,坐回桌边,习惯性地想翻出笔记本再复习复习,却发现昨天晚上忘记带回家了。

今天上午考理综,柏淮还有一个类型题没来得及看完,虽然是竞赛题,但南外平时考试总是喜欢在最后一道大题安排些超纲知识点,如果考到了,自己理综分数肯定不如简松意。

柏淮想了想,收拾好东西,叫了辆车,往学校去了。

凌晨六点多的南外,安静得可怕,保安室和走廊的灯光在暗淡的天色里显得冷冷清清。

柏淮走到北楼外的时候,却发现一班的教室居然亮着灯,他疑惑地挑了一下眉,推门进去。

教室后排,杨岳搬了把椅子坐在俞子国旁边,正拿着笔写写画画,像是在讲题。

柏淮抬手,看了一眼时间。

六点二十二。

早自习是七点二十开始。

教室里的两个人看见他,明显也很惊讶:"柏哥?你怎么这么早就来了?松哥呢?"

"我忘带东西了,他在家睡觉。"柏淮走到座位上,放下书包,偏头看向他俩,"怎么这么早?"

俞子国挠挠头:"因为我期中考试如果到不了年级划的一本线的话,可能就要被退回去了。"

南外划的一本线是年级前百分之九十。

听上去不算难,但俞子国基础很差,第一次摸底考只超出二本线一点儿。

柏淮看向杨岳:"你也一直陪他这么早来?"

"也不是,前两个星期才发现的。"杨岳帮俞子国划着重点,语气有点恨铁不成钢,"这傻孩子,自己每天晚上在教室待到十一点半才走,早上五点半就来,闷头死学。旁边就坐着年级前三,也不知道开口问问。"

俞子国不好意思地抓了抓耳朵。

他的手上和耳郭上,隐隐可见冻疮。

柏淮心细,问道:"天这么冷,怎么不在家学?"

问出来就后悔了。

俞子国却似乎根本不介意,大咧咧道:"没办法,我家就一间卧室,会吵到爷爷休息的,而且开灯很费电。"

因为精培生只减免学费和学杂费,不承担住宿费,所以俞子国没有选择住校,而从他家到学校还要骑半个小时自行车。

这么冷的天,实在是不容易。

柏淮觉得自己的那些辛苦,其实一点也不辛苦,都是在富裕的生活条件下强说愁。像俞子国这样真的过得苦的人,反而会因为一丁点幸福,而觉得生活很甜。

柏淮想起自己曾经跟王山、王海的父母说过,自己有一个朋友,家境艰辛,但自己相信他以后会过得好。

那时候更多是感性之言,但是他突然觉得,自己可能真的说对了。

柏淮淡淡地"嗯"了一声:"加油。"

"谢谢柏哥!"虽然听上去很冷淡,但是柏淮能主动对简松意以外的人说句话,实在难得,俞子国开心得有些激动,一开心,话就多了起来,"不过柏哥,你到底忘带了什么东西啊?这么着急来?"

"笔记本,想在考试之前看完。"

"哇!你们学霸也这么拼吗?你都考年级最高分了,还要怎样?"

"我和一个人做了约定,我的理综成绩必须一直保持年级最高分,不然就要重新回北城复读文科。"

"啊……那假如考了第二呢?"

"如果第二,也是我输了。"

"嘶——"俞子国倒吸一口冷气,"什么变态约定,虽然柏哥你确实很厉害,但是你学理综的时间不长吧,而且松哥他理科是真的很牛啊。"

杨岳补充道:"我理综巅峰时期,也没有和松哥同分过。他的最高纪录,比理综第二高出了将近 30 分。柏哥,你这不现实。"

"那我应该可以当和简松意同分的第一个人,挺好的。"柏淮语气轻描淡写,分外笃定。

杨岳欲言又止。

俞子国却攥紧拳头:"嗯!我相信柏哥你可以的!柏哥加油啊!"

"嗯,继续复习吧。"

"嗯嗯!"

冬日凌晨的教室里恢复了安静,只有笔尖划过纸张沙沙的声音和偶尔的低语,不同的少年为了不同的目标做着不同的努力,却是同样的笃定坚持。

柏淮知道，柏寒当时之所以会提出这样的条件，肯定是了解各方面情况后，觉得自己做不到，所以才以退为进的。

然而柏淮现在觉得，自己好像也没有什么做不到。

十八岁的年纪，还不够强大，能做到的实在太少，在所谓的成人面前，筹码少到可怜，可是我们总是会努力做到我们所能做到的最好。

或许这就是我们会爱上十八岁的原因。

大概是简松意送给他的葡萄石手链实在很灵。

柏淮觉得自己的运气在十八岁这年确实好了起来。

好巧不巧，物理最后一道大题真的超纲了，恰好就是柏淮凌晨赶到教室，看完的那个题型。

十一月二十二号，成绩出来那天，全年级哗然。

一班那个精培生，居然从倒数第一，一跃进入了年级前百分之八十，如果能保持住这个成绩，一本就稳了。

不过这不是重点，重点是在难到变态的年级组组长命题的考试里，居然出现了两个理综满分。

一个是简松意，大家习惯了他的变态，不稀奇。

另一个却是文转理还不到半年的柏淮。

而柏淮的语文，还比简松意高三分。

——只高三分。

这意味着，语文成绩一直徘徊在中上的简松意，突破瓶颈，跻身一线水平，实现了质的飞跃。

距离下次月考还不到两个月。

所以大家这是都吃激素了吗？成绩怎么就噌噌噌涨这么快？还给不给其他人活路？

南外的这群天之骄子，突然一点儿都不骄了。

人间处处有变态，今年变态特别帅。

淡定，微笑，释然。

经过一轮创伤后，就连中学生涯的最后一次艺术节，都无法抚慰他们备受打击的心灵。

而期中考成绩出来的当天早上,简松意和柏淮到学校的时候,早自习已经上课了,整个校园安静又空荡。

柏淮却不着急,一定要拉着简松意在光荣榜前驻足停顿,细细欣赏自己的盛世美颜。

"我觉得,我的证件照也挺帅的。"

"呵。"

"和你帅得旗鼓相当。"

"呵。"

"先别急着'呵',我就是想提醒你,还记得在这个神圣的光荣榜前立下的赌约吗?"柏淮双手插兜,看着简松意,挑了一下唇,"该履约了。"

"……"简松意攥紧拳头,"可不可以先欠着?等下次月考,你输了,我们再抵消。"

柏淮摇头微笑:"不太可以。因为如果我没记错的话,你十二月要去北城参加竞赛集训,不参加月考。"

还真有这么回事儿。

简松意只能换了个理由:"这是在学校,你放尊重点!"

"意思是离开学校就可以?"

"你想得美!"

"那就是说话不算数,打算耍赖?"

"谁耍赖了!"

"输不起?"

"你什么时候见过我输不起了?"

"那就是愿赌服输了?"

"……"

柏淮眯着眼,声音压得极低,轻飘飘的,听上去格外挑衅:"没关系,我很大度,你就算真的说话不算数,我也不会生你的气。毕竟我们松哥要面子,不想剃光头,我也是知道的,人都有弱点,偶尔犯个怂,耍个赖,人之常情……"

简松意越听越生气，他觉得柏淮最近实在得寸进尺，自己有必要让他端正一下态度。

54

自习课正上到一半，走廊上空空荡荡，安静无声。

廊外淅淅沥沥落着小雨，掩住了浅浅的呼吸声。

一楼走廊拐角处，楼梯隔出一个三角形的隐蔽空间，匿于阴影。

简松意咬着牙，下一秒，头顶上方就传来沉重的脚步声。

简松意恍然回神，脑袋却因为退后而"砰"的一声撞上了楼梯下棱，疼得龇牙咧嘴，却不敢出声。

柏淮忍着笑，拽住他，却听到楼梯口传来慢吞吞的一声："谁在那里呀？"

刚被柏淮拽住的简松意还在气头上，想也没想，立马抬腿踹了一下柏淮，恶狠狠道："柏淮，你少幸灾乐祸！"然后转身对闻讯前来查看的老白十分镇定地说道："老师，是我，还有柏淮。"

老白走到他们跟前，一脸狐疑："你们两个不去上课，在这儿干吗？"

"活动活动，锻炼身体。"

老白："……"

柏淮也慢腾腾从阴影里走了出来，和简松意并肩站着。

老白的目光在他们两个身上来回扫了一眼，衣冠还算整洁，就是简松意脸有些红，柏淮裤子上有个脚印。

他了然，脸上慢慢浮现出了慈父般的笑容："没事没事，你们这个年纪，年轻气盛，可以理解。"

这话似乎意有所指。

简松意没听出弦外之音，柏淮却点头道："嗯，老师说得对。"

老白继续憨笑："不过呢，现在毕竟是上课时间，你们这是明目张胆地旷课，十分不好，按理来说，应该是要报给年级主任的。"

报给彭明洪？

简松意不知道为什么突然脑袋一凉。

"但是我理解你们,所以这事,我就假装不知道。"

这个优秀的大喘气。

简松意立刻乖乖道:"谢谢白老师。"

"不谢不谢,我们师生之间,情谊深厚,不用言谢。只是正好我这儿有件事,可能还要麻烦你们两个一下。"

简松意和柏淮突然有了不好的预感。

不等他们两个出言婉拒,老白就自顾自地往下说道:"你们也知道,我们学校的办校宗旨就是素质教育,所以即使你们高三了,也逃不过参加艺术节的命运。

"老师看你们两个小同学形象十分不错,艺术气质也很好,一班正需要你们这样的同学力挽狂澜。"

"老师,您过誉了。"

"不过誉,不过誉,哈哈哈。当然,你们不愿意也没关系,毕竟我都是把你们当自己孩子看的,肯定不会为难你们,今天的事还是会帮你们瞒着的,所以你们千万不要有心理负担,千万不要勉强自己。"

老白笑得慈祥又亲切,语气里既有老父亲的爱意,又有老父亲强颜欢笑的不容易。似乎他们不答应老白这个要求,就显得十分没良心。

简松意道德感很强,心又软,于是"大义灭亲":"老师,柏淮钢琴十级。"

从头到尾一句话也没说的柏淮:"嗯?"

老白自动忽视柏淮的面瘫脸,开开心心地拍了一下他的肩膀:"哎呀,那真是太好了,我们柏淮同学,真是长得帅,成绩好,还多才多艺,十分优秀啊,老师为你感到自豪!那乐器演奏老师就帮你报上去了。"

柏淮:"……"

"好了,我也不打扰你们了,你们赶紧去上课吧。"老白根本不给他们反驳的时间,心满意足地背着手,晃晃悠悠地离开了。

看着他的背影,简松意突然明白了一个道理,越喜欢笑的男人,心越狠。

而柏淮只觉得简松意心狠。

他偏过头,眯着眼睛,看着简松意,挑了一下眉,想要个说法。

简松意心虚地避开视线，揉了揉鼻子。

柏淮往前一步，准备算账。

"听说我钢琴十级？"

"你确实钢琴十级，而且还拿了那么多冠军，我不能看着你的才华被埋没。"

"那我还应该感谢你？"

"是的吧。"

柏淮把简松意堵到墙角："小东西，有没有良心？"

简松意觉得自己这次卖队友做得确实不太妥当，可是这也不能怪他。于是他挺起胸，理直气壮："你自己非要旷早读课，这叫自作自受。"

"是吗？"柏淮被他气得笑了一下。

"柏淮，你笑得我心里发毛，不会在憋什么坏水吧？小心我揍你！"

"哦？揍一个看看？"柏淮步步进逼，笑得十分不怀好意。

简松意觉得再这样下去，自己处境不妙，于是干脆撸起袖子，示意自己一点也不虚。

不过上天厚待，他刚挽起袖子，下课铃就及时响起，于是简松意一个闪身，逆着从教室里涌出的人群，躲进教室，一屁股坐上座位。

动作之迅猛，带得杨岳这个小胖子肚子抖了一抖，回头不解道："松哥，你跑啥？你都迟到一整节课了，跑也来不及了啊。"

柏淮慢悠悠晃进来："有的人做了亏心事，不跑不行。"

"亏心事？啥亏心事？"

"大概就是出卖了一个朋友吧。"

杨岳正义："松哥，你这样不行，你是我们南外的门面，要堂堂正正才行！"

"闭上你的嘴。"

简松意狠狠瞪了他一眼。

杨岳乖乖闭嘴。

徐嘉行接过他的重任，继续叨叨："松哥，你们俩早读没来，错过了一个重要消息。"

简松意觉得自己大概知道是什么消息。

363

"艺术节任务下来了,考虑到我们高三学业重,每个班出一个集体项目和一个个人项目就行,集体项目已经定了诗朗诵,全班都要参加。"

徐嘉行说着转头看向柏淮:"柏哥,要不这次还是你负责录像?但是先说好啊,不能再和上次一样了!"

柏淮淡淡道:"上次怎样?"

"你说怎样?!"徐嘉行似乎是想到了什么十分生气的事,居然敢在柏淮面前提高嗓门,"上次是要记录我们最后一次运动会的青葱岁月,不是记录简松意的个人光辉岁月!六个小时时长,全是松哥一个人,后期完全没法剪!难道要拷贝给全班每人一份简松意个人视频当纪念吗?"

简松意在旁边听着,也觉得柏淮这简直不是人干的事。

利用公共资源却不好好完成任务,可耻。

批判他。

柏淮却连眼皮都懒得抬:"整个运动会,只有简松意还算好看,所以我只拍他有什么问题吗?你知道其他人运动的时候面部表情有多狰狞吗?你有考虑过镜头的感受吗?简松意个人视频不值得你们一人拥有一份?"

徐嘉行:"……"

既觉得被冒犯了,又觉得他说得对。很生气,却无法反驳。

简松意却乐了。

他觉得柏淮做得对。

表扬他。

简松意朝徐嘉行挥挥手:"行了,这事也不能怪柏淮,你们长得不好看,又不是他的错。"

徐嘉行:"啊?"

你们还是人吗?

"这次你也别让他录了,他刚答应了老白,把这次艺术节个人项目揽下来了,没时间。"

一班这群人素来对艺术节"深恶痛绝",听此一言,徐嘉行顿时忘记了自己刚才的愤怒,用看救星的眼神看向柏淮:"柏哥,真的假的?"

简松意:"真的。"

徐嘉行感激涕零地抓住柏淮的手腕:"柏哥,你救了我们全班人的命!"

柏淮冷冷地看了一眼他的爪子,徐嘉行立马收回手。

杨岳则颤颤巍巍,满含热泪地掏出一张报名表,转过身:"来,柏哥,你说,你要报什么项目,独舞独唱还是胸口碎大石?需要组织提供什么样的支持?服装道具,组织包了!"

柏淮低头拿出习题册,并不打算说话。

始作俑者简松意替他发言:"钢琴独奏,你给他准备一架施坦威三角大钢琴就行。"

"……打扰了,你就是把我卖了,也弄不来施坦威啊。"

杨岳想了想:"不过音乐厅有钢琴,虽然成色一般,但听说也不便宜,能凑合吧?艺体馆那边还有钢琴练习室,我去申请借一下,每天晚饭时间练一会儿,应该够。"

"凑合就行。"柏淮翻过一页,漫不经心说道,"但我需要其他配套设施。"

"啥?只要不超过一百块钱,我都答应你,哪怕是豁出徐嘉行那条老命,我也一定搞定!"

"我要一个人,和我一起。"

"想合奏?有点难。我们班还有其他人会弹钢琴吗?"杨岳露出困惑的神色。

柏淮头也没抬,指了指旁边正在看好戏的配套设施简某人,淡淡道:"十级。"

55

简松意臭着一张脸,被徐嘉行和杨岳抱着大腿,摁下了手印。

他觉得柏淮可太小气了。

呵,渣男。

当天晚上回家,简松意一路上没和柏淮说一句话,还把密码门从里

面反锁，以示不想理柏淮的决心。

似乎是十分不愿意和柏淮合奏一曲。

只是不知不觉间，简松意还是走进了琴房。

简家小楼是三层建筑。第三层是一个面积较大的阁楼，有一个琉璃穹顶，贴着那种彩色窗纸，阳光落下来，很好看，还有一扇很大的窗户，风一吹，带动白色纱帘，也很好看。

而木质地板上空空荡荡，只有一架白色的三角钢琴。

简松意掀起琴盖。

想来家里阿姨勤劳又细致，钢琴上竟然没有一点灰尘，明明他已经有四五年没碰过了。

他不是一个常性的人，也没有耐心，之所以会学钢琴，是小时候看见之眠叔叔弹琴的样子，觉得实在是很好看，而柏小淮坐在钢琴前，也很像个大人的样子，所以简松意很是心动，嚷嚷着要一起学。

但简松意坐不住，又不愿意吃苦，最后勉强混了个十级，就没有下文了，柏淮却是正儿八经拿过不少冠军。

不得不承认，柏淮在这方面的天赋的确比自己好。

大概艺术气质真的要靠遗传和熏陶，想想之眠叔叔，再想想傻白甜唐女士，简松意突然庆幸，还好老简家的智商水平够高。

简松意掀开琴盖，坐上琴凳，踩上踏板，手指搭上琴键，放平肩，挺直背，准备信手拈来一首肖邦，彰显一下自己钢琴王子的气质。

然而一弹，错了好几个音。

乱七八糟，手生得厉害。

简松意觉得自己是个完美主义者，做不到完美的事，就干脆不做，于是没了耐心，"啪"的一声合上钢琴盖，走了。

算了，谁爱弹谁弹。

不练了。

大不了到时候四手联弹一首《小星星》，也甚有童趣。

反正艺术节这回事儿，对于高一的新生来说，是一件兴致勃勃的喜事；对于高二来说，是偷懒不用学习的好事；对于高三来说，就纯粹是形式主义的负担。

没什么人会特别在意。

大家还是该复习复习,该刷题刷题。

毕竟南外考试安排得紧,十二月中旬又是月考,一月中旬就是期末考,等开了学回来,就要准备自招了,行程满满,一点都不敢耽搁,所有人都很忙碌。

简松意虽然没这么大压力,但是在这种氛围下,也渐渐忘了艺术节这档子事,一心准备着马上要开始的物理竞赛。

直到十二月初,艺术节的表演名单被张贴出来后,才又提醒了他这个残酷的事实。

本来兴致缺缺的高三年级学生们,看到高三一班的节目表,顿时只剩兴致,没有缺缺。

当晚,贴吧出现无数热帖。

《铁血汉子突变文艺青年,是为哪般?》。

《他们究竟是不死不休的宿敌,还是惺惺相惜的知己?》。

《松哥那双用来打篮球的手,真的会弹钢琴吗?》。

《音乐厅价值二十万的钢琴,是否"命不久矣"?》。

《请用那双铮铮铁拳,继续捍卫我南外家园!大战在即,我们不需靡靡之音!》。

……

简松意躺在床上,挨个儿扫完那些帖子,冷笑一声。

肤浅愚昧的无知大众,他本来想低调一些,结果非要逼自己让他们见见世面。

简松意挽起袖子,露出筋骨分明的瘦削腕骨,连带着白皙细长、骨节分明的手指,选了个最好的角度,拍了张照片,上传朋友圈。

配文"这么好看的手,大概只能用来弹钢琴"。

朋友圈刚发完,柏淮就发来了微信:"明天陪我去琴房练练吧。"

还知道要帮自己撑场子。

还算有点良心。

还有利用价值。

不着急拉黑。

简松意勉勉强强回复:"行吧。"

南外有一栋很大的艺体馆,形体教室、室内体育场、美术室、乐器练习室,各占一层。

艺体馆四楼靠窗的一排房间被隔成一个又一个小小的琴房,琴房里放了一架钢琴和一张琴凳后,再没什么富余空间。

两个一米八几的大男孩儿并肩坐在里面。

简松意坐在琴凳上,手一直揣在校服衣兜里,看上去有些拘谨和不自在。

柏淮试着琴音,轻哂:"紧张什么,我还能吃了你?"

"谁紧张了?我是觉得冷,不愿意动弹。你说这艺体馆怎么阴森森的,也不知道多装几台空调。"

简松意怕冷,柏淮是知道的。十二月初的南城,温度不算很低,却阴恻恻地冷,冻到骨子里。

简松意一到夏天就热得像个小火炉,冬天就凉成小冰块,热不得,冷不得,空调吹多了还会头疼,金贵又娇气,难伺候得很。

柏淮从自己包里拿出一个暖水袋,塞到他手上,然后命令道:"转过去。"

简松意像小松鼠捧坚果一样,捧着暖水袋,乖乖转过去了。

柏淮又拿出两个暖宝宝,拆开,拽起简松意的校服和针织衫下摆,贴在他打底的T恤衫外面。

柏淮给他贴好,收回手,问道:"这下身子暖起来没?"

他一说,简松意才反应过来,好像确实暖和了些,手上也暖,背上也暖,浑身上下的血液似乎也热乎起来。

见简松意点头,柏淮道:"嗯,可以开始练琴了。"

"哦。"简松意漫不经心地应了一声,瞥了一眼琴谱,"《梁祝》?"

"嗯。四手联弹需要反复练习,但现在一共就只有四五天了,你又很长时间没碰钢琴,太难的曲子怕效果不好。这首不太难,而且能带情绪。"

校园艺术节,观众都是外行,真正的炫技他们不一定能听出来,耳熟能详、感人至深的曲目反而能带动情绪，稳妥，效果也好。

柏淮的确想得很周到。

但过了第一遍，简松意感觉却不太好。

他之前练的都是单人，第一次用联弹琴谱，有些不适应，不够流畅，细节处理得也不细腻，手指没活泛起来，偶尔还会带错音。

这样练下去，效果必然不会太好。

柏淮把琴谱推到他跟前："十分钟，过几遍，记熟，边过边活动手指。"

简松意在这种时候还是很懂事的，没计较柏淮的态度，一边看着琴谱，一边做起了手指操。

柏淮坐在一旁，闲来无事，随手就在琴键上摁了起来。

琴音自然流畅，倾泻而出。

没有琴谱，应该是早已烂熟于心，无意识下顺手弹的曲子。

简松意听了一小段，挑了挑眉："流行音乐？"

"嗯。"

简松意突然来了兴趣，他和柏淮都不爱听流行音乐，所以有些好奇到底是什么曲子，能让柏淮这种弹惯了肖邦和莫扎特的人翻来覆去地弹，以至于都形成了肌肉记忆。

那曲子听上去旋律并不复杂，抒情中带着点淡淡的感伤。

柏淮喜欢什么东西，一定是有原因的。

简松意问道："喜欢的歌？"

"之前偶尔听到，觉得还行。"

"我好像没听过。"

"嗯。"

"那小柏要不要给我唱一个？"

柏淮轻笑："那是另外的价钱。"

"只要你唱得好，爷保证给你打赏。"

"之前说好的，你如果输给我，就剃光头，都还没履约，我不信你。"

"……爱信不信！谁稀罕！"

简松意逗柏淮不成反被逗，恼羞成怒，好奇心被吊起来又得不到满足,气呼呼转过身,继续看琴谱,语气格外凶巴巴。

耳边传来一声低笑:"又生气,是不是又要我哄你?"

"没得哄!我跟你说,我现在特别讨厌你……"

简松意声音渐渐淡了下去,因为耳边响起了低而轻的男声。

柏淮的声线清沉冷然,极淡,微凉,低低从唇齿间溢出。

虽淡,却情深,像是经过许多岁月后,缓缓沉淀在记忆里,变成生命里不可分割的部分,稀松平常,却沉溺了每一个细胞,无孔不入。

一字一句,皆是如此,娓娓道来。

小小的孩子,手牵着手,仿佛一生一世,不可离分,却因为太小,别扭又稚嫩,还是虚掷了青春。

最朴素平淡的琴音和歌声,没有任何技巧可言。

简松意却突然眼角有点酸,别过头,散漫地打断柏淮:"你怎么会喜欢这首歌?"

"在北城偶然听见的,听见那句歌词,就想到你了。"

简松意抿了抿唇。

小时候,简松意很黏柏淮,总是跟着他、缠着他、闹着他,为了柏淮还和幼儿园大班的大块头打过一架。那时候简松意才三岁,打不过对方,被揍了一顿,哭唧唧地去找柏淮。

现在想来,那时候虽然不懂事,但是小孩子间的感情才是最不加掩饰、真诚直接的。

简松意不自觉地翘了下唇角。

柏淮手上依旧弹着曲子,慢条斯理地说道:"那时候偶尔晚上做梦会梦到你,可是已经两年没见,我不知道你长成什么样了,梦里梦到的都很模糊,也都是不开心的事。但很奇怪,听完歌的那天晚上,我就梦到了小时候的你,你的样子特别清楚,还都是高兴的事儿。所以后来一想到你,我就弹这首曲子。"

简松意转过身,看着他:"我还想听你唱。"

"好。"

那双常年练琴、堪称完美的手,在黑白的琴键上温柔地跳动,柏淮微垂着头,脖颈线条被拉长,薄薄的眼皮淡淡垂下,窗外冬日傍晚的日光落进来，勾勒成一个逆光的剪影，染上一层浅淡的金光。

看上去有些薄情的唇微张微合，伴随着琴音，唱着那些曾不为人知的牵挂。

温柔而惊艳。

后来，艺术节上四手联弹的视频广为流传，被誉为南外校史上最唯美的双男神同台。

但在简松意心里，丝毫不及这个冬日傍晚，狭小简陋的琴房里，那个少年弹唱的这一支简单的曲子。

那是只唱给他听的，只有他懂的故事。

56

简松意骨子里好强，但凡决定认真做一件事，就一定会尽力做到最好。

晚饭时间的练习让他找回了一些手感，简松意却还是觉得不够，晚上回家后又上了三楼琴房，继续练习。

家里很久没有响起过钢琴声，唐女士第一反应是闹鬼了。

她敷着面膜，拽着扫把，小心翼翼地上三楼一看，居然看见简松意坐在钢琴前，二话不说，直接扔掉扫把，撕开面膜，小碎步跑过去，双手捧住简松意的脸："儿啊！你是不是终于开窍了？"

简松意："啊？"

唐女士有些激动："你是不是打算弹钢琴跟暗恋的同学表白？跟谁？需要妈妈做些什么？空运玫瑰花够不够？还是要人工降雪？告诉妈妈，妈妈都可以的。"

简松意："……妈，我只是要参加艺术节。"

"哦。"唐女士兴致缺缺地放开了简松意的脸，目光失去神采。

"和柏淮一起。"

唐女士的目光重新焕发活力："什么时候？！"

"12月15号。"

"12月15号，我算算……哎呀！还来得及！你快把小淮叫过来！"

"嗯？"

"我给你们量尺寸啊！明天一早送到品牌那儿去，给你们做两套小礼服出来，虽然高定来不及了，但是保证帅气！"

"妈……不用……"

"用！怎么不用！哎呀，算了，你继续练，我去找小淮。"

五分钟后，简松意和柏淮一起乖乖站在了穿衣镜前，被唐女士拿着软尺比画来比画去，听着她莫名亢奋的话语："啧啧啧，你们俩这身材，不是我亲妈滤镜，是真的好，去当模特都绰绰有余，要不你俩组个男团出道吧？让你爸捧你，我给你们当经纪人，如果不能火遍全国就回家继承家产。"

"……"

"行了，一个比一个脸臭，不愿意就算了。欸，小淮，你喜欢黑色还是白色？"

"都行。"

"他喜欢白色。"

"咦……可是我觉得小淮肤色白，穿黑色会更好看，就西方宫廷风那种黑色晚礼服，穿上肯定像吸血鬼王子一样好看。"

既然您心意已决，又何必再问。

唐女士沉浸在自己脑补的画面里："太帅了！那小淮就穿黑色吧，小意你穿白色，可爱。"

"妈！我不可爱！我要黑色！"

"你哪里不可爱了？你就可爱。小淮，你说我们小意可不可爱？"

唐女士问得很认真。

柏淮压着笑意："可爱，特别可爱。"

简松意闭着嘴巴，不说话。

唐女士却还在喋喋不休："你们学校的钢琴行不行？不对，我就不该问，肯定不行，你们等着，我去给你们弄一架水晶钢琴，还有灯光舞美，也要专业的……"

简松意实在受不了，打断她："妈，一个艺术节而已，至于吗？"

"怎么不至于！你不知道，你们小时候我就最喜欢看你们俩一起弹钢琴了，两个小娃娃，一起坐在那里，穿着小西装，脸还有点圆嘟嘟的，别提多可爱了。你们当时连《小星星》都弹不好，坐在琴凳上，小短腿儿都踩不到地，结果一转眼，你们俩都长这么大了。"

唐女士收好卷尺，看着他俩，浮现出温柔欣慰的笑容："之眠如果在，看见你们现在长得这么好，还能在一起弹钢琴，一定也会很高兴的。"

柏淮垂眸。

唐女士连忙安慰道："小淮你放心，只要你愿意，唐姨就把你当亲儿子看，别难过。不过说起这个，你最近去看过你温爸爸吗？"

"没有，就九月去过一次。"

唐女士蹙起那双秀气的眉："咦，奇怪，那是谁送的？"

"怎么了？"

"哦，没什么，就是最近刮风下雨，我就想着去看看墓园那边落叶有没有扫干净，结果去的时候发现特别干净，还摆了一大束洋桔梗，开得正好，也不知道是谁放的，这个季节上哪儿弄到的品相那么好的洋桔梗。"

"大概是温爸爸的某位故交吧。"

柏淮语气淡淡，似乎不想再提。

唐女士也就连忙刹住这个话题，哄两个小朋友一人喝了一碗汤，赶他们去睡觉了。

接下来的日子，唐女士一边督促简松意练琴，一边催着品牌方定制礼服，一边四处找人脉想要弄一架水晶钢琴，顺便给音乐厅重新装了两盏追光灯。比简松意这个一边备战物理竞赛集训一边备战艺术节的高三学生还要忙碌。

而且不得不承认，唐女士在花钱一事上造诣极高。

当杨岳看到那两套价值高昂、略显浮夸的小礼服和送进音乐厅的那架钢琴的时候，想起自己豪言壮语的一百块钱预算，选择了闭嘴。

杨岳总算明白了，简松意这大少爷脾气，真的不怪他。

要是自己有这样一个妈，他能原地蹦到天上去不下来。

简松意还能养成这么五讲四美好好学习的样子，实属难得。

然而到底还是太高调，引起了部分人的不满。

当日热帖——《钱能堆出艺术？》。

主楼："某高三学长是否过于高调？弹个钢琴，搞得比我们高一年级史诗音乐剧阵仗还大？不知道的还以为是国际钢琴大师合奏呢。"

2楼："嗐，某学长出了名讲究，每天都不上早自习，想不穿校服就不穿校服，这点算什么？"

3楼："楼上别瞎说，松哥不用上早自习是因为他闭着眼睛都能考年级最高分，关你啥事？"

4楼："有一说一，人家家里条件好别人管不着，问题就在于，把好好一个艺术节，弄得乌烟瘴气。"

5楼："怎么就乌烟瘴气了？人家花自己家的钱，关你什么事？"

6楼："初中高中这么多年，你们见过简松意弹钢琴吗？他会吗？明显是技术不够，舞美来凑，还不乌烟瘴气？"

7楼："坐等大手笔砸出的笑话，我看不惯某'装王'真的很久了，该翻车了。"

8楼："合理怀疑，楼上的人嫉妒我们松哥。你们有本事留下名字，不然就闭嘴！"

9楼："实话实说，他们俩坐在那儿弹棉花我都爱看。"

10楼："爱看加一。"

楼主："呵呵，暴发户气质过于显著，但钱堆不出艺术。"

……

简松意坐在后台更衣室，慢腾腾翻着帖子，后勤人员杨岳提心吊胆地站在他身后。

"那什么，松哥，你别生气，他们都是嫉妒！"

简松意淡淡道："我知道啊，不过嫉妒我很正常，我不怪他们。"

杨岳："……"

是谁给他的勇气，竟然担心简松意会崩心态？

简松意瞥了一眼旁边还在做化学卷子的柏淮，慢吞吞道："他们说我和我妈是暴发户，还说我不会弹钢琴，还说钱不能堆出艺术。"

委屈死了。

柏淮收起卷子，合上笔帽，漫不经心道："没关系，反正他们会知道的，我们松哥就是有艺术天赋。"

"嗯。"简松意点点头。

杨岳:"……"

这两人的自恋,是与生俱来的吗?

然而事实告诉他,原来自恋,都是有资本的。

57

作为极为美丽的一位女士,唐女士不仅在花钱上颇有造诣,在审美上也很有天赋。

两套礼服被送到后台的时候,在一众影楼风的化纤服装里脱颖而出。

简松意看着唐女士举着的两套礼服,有些迟疑:"妈,你不觉得有点儿浮夸吗?"

唐女士斩钉截铁:"没有。"

简松意还是有些迟疑。

柏淮却上前接过礼服:"我觉得挺好的。"

然后柏淮走回简松意旁边,低声道:"既然都说我们高调,那我们就高调一次,你觉得怎么样?"

简松意觉得柏淮说得有道理。

见他们同意了,唐女士立马给他们比了一个小心心:"那你们快去换衣服,书包给妈妈,妈妈帮你们拿着。你们记得多看观众席第二排中间哦,妈妈坐在那儿,给你们录像。"

说着唐女士晃了晃手里的小DV,就高高兴兴地走了。

杨岳忍不住羡慕:"松哥,你妈真可爱。"

"哦。"

唐女士被简松意外公外婆宠到二十岁,然后就换简先生接着宠,一辈子没吃过苦,能不可爱吗。

"不过你妈很复古啊,那个DV是十年前的款了吧?"

"嗯?"简松意自己都没注意到,唐女士特别喜新厌旧,居然会用十年前的DV?

正疑惑着,柏淮钩过他的肩:"走吧,别管那么多,再不换衣服来不及了。"

"哦。"

更衣室人多,两个人打算去楼上琴房换。

走了几步,简松意突然转头对杨岳说道:"对了,我妈买的那两盏追光灯,那个什么史诗级音乐剧应该瞧不上,就不要用暴发户气质玷污他们的艺术了。"

杨岳:"……行,了解。"

柏淮笑道:"你这人怎么这么小气?"

简松意"哼"了一声,没说话。

他不是小气,他只是护短。

他在意的人,别人一句不好都不能说。

琴房狭窄,窗帘一拉,遮住光,正好适合换衣服。

唐女士给简松意准备的礼服是白色三件套燕尾服,褶皱立领,搭了一个黑色丝绒的领结。

其他都好说,就是领结不是套入式的简易领结,而是丝绒长带,要自己系。

显然,简松意不会。

他绕来绕去,绕了半天,差点没把自己给绕死。

正绕着,门被敲了两下。

门外传来柏淮的声音:"需要帮忙吗?"

简松意一边低头摆弄着领结,一边打开了门,嘟囔道:"我不会弄这玩意儿。"

"没事,我帮你弄。"

淡淡一句,柏淮的指尖就搭上了简松意的衣领,替他理好,黑色的丝绒带子在柏淮的手指下,突然就变得听话起来。

简松意的视线顺着夸张的荷叶式衬衫袖口一路上移,然后发现柏淮穿黑色确实好看。

华丽复古的中世纪黑色礼服,衬出他冷白的肌肤和浅淡的双眸,像某位行走在黑夜之下,奢靡华丽却又冷漠无情的贵族。

鼻梁上架着一副细致考究的金丝眼镜,还有一条细链,显得五官精致得不像话。

就连手上的葡萄石手链,也显得有底蕴起来。

柏淮一边帮他系着领结,一边淡淡道:"你这是什么眼神?"

"啊?哦。没什么。"

两人说话间,没注意有东西落到地上的轻响。

杨岳气喘吁吁地跑上来催他们下去。

系好后,柏淮上上下下打量了简松意一眼,低声道:"紧张吗?"

简松意是见过大场面的人:"当然不紧张。"

"但是我紧张,怎么办?"

"嗯?"

"你穿成这样,太好看了,抢了我的风头。"

"……闭嘴!"

杨岳好说歹说把两个人催去后台候场。

其实艺术节向来最不受期待的节目之一就是乐器演奏,不受期待程度几乎和集体诗朗诵不相上下。因为过于无聊。

这次因为演奏者是简松意和柏淮,大家才勉勉强强期待起来。

他们的节目是在最后几个,经历漫长的演出,到了晚上九点多,大家都已经有些兴致缺缺,尤其是前面几个诗朗诵和合唱,简直让人昏昏欲睡。

因为是周五晚上,艺术节汇报演出结束后就可以直接回家,甚至有不少人已经偷偷溜了。

音乐厅有点死气沉沉。

等到主持人报幕:"接下来,让我们有请高三一班的柏淮、简松意同学,为大家演奏钢琴曲目——《梁祝》。"现场才勉强恢复了生机。

有翘首以待准备犯花痴的,有等着看笑话的,有纯粹"吃瓜"的,总之大家都活动起筋骨,准备看看到底是骡子是马。

幕布缓缓拉开。

舞台一片漆黑。

随后缓缓打入一束冷白的追光,落在舞台上两个少年的身上,少年微微行礼,礼貌得恰到好处。

人群发出惊艳的低呼。

两人并肩而立,身形颀长,礼服完美地贴合着少年的身体曲线,平肩,窄腰,长而笔直的腿。

一个穿着白色礼服,黑发蓬松柔软,眸色墨黑,唇却嫣红,眉眼精致漂亮,微微挑着,有些傲气,更多的是玩世不恭的少年贵气,像从小被富贵将养着长大的小王子,张扬桀骜,有着未知人间疾苦的单纯明媚。

他身边的人略高一些,浅栗色的头发一丝不苟地向后拢着,露出完美而凛冽的面容,眉眼淡,唇色也淡,肌肤在灯光下白得几近透明,削挺的鼻梁上架着金丝眼镜,搭着细细的链子,斯文又冷淡。

强烈的视觉反差和气质对比,让人觉得好看得不真切。

然而还没看够,灯"啪"的一声灭了,舞台又陷入一片漆黑。

众人一愣,直到轻柔的琴音响起,才恍然回神。

伴随着旋律,几只光蝶从舞台一侧缓缓飞向另一侧,到舞台偏左的五分之三的位置,光蝶渐渐消散,一点一点晕染成一柱光束。

光束里,笼罩着一架透明的水晶钢琴,在灯光下流溢着浅浅的光泽。

并肩坐在钢琴前的两个少年,仪态优雅,四只纤长的手在琴键上流畅自如地翻飞,凄美婉转的琴声倾泻而出,一点一点浸入音乐厅每一个听众的听觉神经。

娴熟的技巧,上乘的音色,完美配合的默契,无一不让人觉得享受。

最难能可贵的是连外行人也能听出曲中那份历经艰难险阻却依旧义无反顾苦苦纠缠的深情。

这个年纪的少年,不乏琴技出众者,却难见深情。

而深情,最打动听者心。

观众沉静下来,静静聆听。

直至曲终,也未察觉。

两人演奏完毕,光束一点一点淡去,最后化作一对光蝶,兜兜转转飞走了。

落幕。

现场先是陷入短暂的沉默,继而爆发出热烈的掌声。

周洛控制不住原地蹦起尖叫："啊啊啊啊啊！简松意，我爱你！柏淮，我爱你！冲呀！！"

他喊完后发现周围一片寂静，才反应过来还有老师和家长在，立马心虚地灰溜溜缩下去，藏在了陆淇风身后。

音乐厅里响起善意的哄笑。

好看就是好看，好听就是好听。

这就够了。

不可否认，花钱定做的礼服，还有舞台全息投影以及音色上佳的钢琴，都给表演加了分，但归根到底，人家还是赢在了长相气质和琴技情感上，其他不过是锦上添花。

有人录了视频，当场上传贴吧，贴吧直接变为追星现场。

"啊啊啊啊啊！我为什么要先回家！我后悔死了！啊！心痛！"

"我的天，松哥真的会弹钢琴！还弹得这么好！天啊！这么完美，不知将来哪个女孩子可以如此幸运拥有松哥，呜呜呜！"

"柏淮是什么吸血鬼王子转世，帅死了，金丝眼镜太迷人了！"

"啊啊啊啊！我原地复活了！柏哥、松哥，冲呀！！"

"弹得也太好了！你们听听，感情多么充沛！"

……

两人在后台休息，等着领奖，闲来无事刷了一下手机，看着整整齐齐的赞叹，柏淮忍不住轻笑。

简松意正在和唐女士发微信。

唐女士："宝贝儿啊，晚上你们是不是还有聚会啊？"

简松意："嗯。"

唐女士："那妈妈就不等你了，妈妈还有点事，得现在就走。"

唐女士："你和小淮的包在妈妈这里，妈妈先帮你们带回去，免得你们晚上聚会带着不方便。"

简松意："嗯，好。"

他一边发着微信，一边扯了扯领口，蹙着眉："你觉不觉得热得慌？"

"都快零摄氏度了，哪里来的热？别贪凉，待会儿还要领奖，别扯乱了。"

"行吧。"简松意还是觉得不舒服，嘟囔道，"怎么还不颁奖？"

"好像到我们了，走吧。"

奖项颁发。

他们得了乐器类一等奖和最具人气奖。

而高一年级那出传说中的史诗级音乐剧，却因为编排和剧本过于冗长死板，而被强行砍去三分之一，最后安慰性地拿了个优秀奖。

两人返场领奖的时候，底下都是控制不住的土拨鼠尖叫，杨岳怕简松意膨胀，千叮咛万嘱咐，让主持人千万不要把话筒给简松意，免得他又说出什么拉仇恨的话。

毕竟还是有人不服气。

只是再不服气，那人气奖也是当场实名制一票一票投出来的，谁也不能说什么。

两个人被拉着合了一圈影，等人都快走完了，才勉强解放，下了舞台。

一下台，一个小姑娘就抱着三大束花冲了上来，将两束偏小的白绿色系花束塞给简松意和柏淮一人一束："这是我们简松意粉丝团集资送给你们的！祝贺两位表演大获成功！"

简松意："嗯？"

我什么时候有粉丝团了，我怎么不知道？

他还没反应过来，怀里又被塞了一束红玫瑰。

红得极纯极浓，满满一束，没有任何一丝杂质，用黑色绸缎纸包着，一束比另外两束加起来还大，塞了简松意一个满怀。

简松意挑挑眉。

林圆圆连忙解释道："这个是我们粉丝团副团长单独出资送你的。"

"副团长？"

这又是个什么玩意儿？

"我们副团长是你的头号粉丝！里面还有她送的小卡片，你千万要记得看哦！"

简松意瞟了一眼柏淮，见他没什么反应，于是朝林圆圆笑了笑："行，谢谢你，也请你替我转告这位副团长，我很喜欢她送的花。"

不笑不要紧，他这一笑，林圆圆简直要开心得原地起飞："啊啊啊！崽崽对我笑了！！"

崽崽？

简松意蹙了蹙眉。

一个身高刚到自己下巴的小姑娘喊自己崽崽，似乎有些奇怪。

林圆圆也意识到自己一不小心说出了心里话，顿时不好意思极了，二话不说，拔腿就跑，剩下简松意一脸蒙。

旁边的柏淮轻笑一声，低低念出两个字："崽崽。"

明明林圆圆说这两个字的时候没什么，被柏淮这么转着调呢喃一念，简松意就臊了起来。

"崽崽怎么了？崽崽有玫瑰花，你有吗？"

"我没有。"

"那不就得了，说明崽崽是爱称，我可爱，我惹人喜欢！"

说着简松意还嘚瑟地捧着花束在柏淮面前抖了两下。

结果抖出来一张卡片。卡片上写着：

我曾见过五千朵玫瑰花，但是它们全部加在一起，也不及你万分之一的肆意。

——B.S.

简松意刚看完，卡片就被柏淮用两根手指夹着，拿了起来。

简松意不知道为什么，有一种抢了柏淮风头的感觉。

柏淮看完，把卡片递回给他，笑道："喜欢吗？"

"喜欢，怎么不喜欢，当然喜欢，喜欢惨了，我这辈子都没收过这么好看的花。"

柏淮笑着点头："喜欢就好。"

"而且我觉得这个副团长特别会说话。"

"嗯，我也觉得。"

简松意观察柏淮的反应，一点都没有被忽略不开心的样子："所以我觉得有机会见见，也不是不可以。"

"可以见见？"

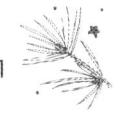

"对啊,有什么问题?"

简松意这话,幼稚得很明显了。

然而柏淮见多了简松意嘴上说得厉害,一动真格就怂了的样子,怕自己露馅,就没顺着他说下去。

只是想到简松意这孬毛脾气,如果知道了自己就是那个B.S.后的样子,忍不住笑了一下。

"你笑什么?!"

"没什么,就觉得你是可以见见。"

反正见来见去都是自己。

简松意不高兴了,冷着脸,抱着花就快步往音乐厅外走去。

十二月天冷,音乐厅里暖气开得足,穿着礼服也没觉得有什么问题,但是一旦到了室外,先不说这衣服有些浮夸,光是冻就能冻死人。

柏淮连忙回后台,去拿简松意的外套。

而简松意出门埋头走了一大截儿路,一回头,发现柏淮居然没跟上,顿时更不痛快了。

他低头看着手里的两束花也烦,往路边随便一扔,两手揣着兜就快步往教学楼走去。

简松意听到身后有跑步的声音,连忙一回头,发现是杨岳,有些失落:"跑什么跑?"

杨岳气喘吁吁:"不是,松哥,你穿这个好看是好看,但是你不冷吗?现在温度是零摄氏度啊!你不怕感冒吗?快回去穿衣服!"

简松意低头看了一眼,这才反应过来,自己还穿着演出礼服,但很奇怪的是,他确实不冷,不仅不冷,还觉得有点燥热。

不过不冷归不冷,穿这个出去还是有些问题。

于是简松意转身往音乐厅走去:"我刚被柏淮气糊涂了,忘了,现在音乐厅还开着吗?"

"音乐厅里的人都走完了,保安在清场,要去赶紧去。"杨岳哈了口冷气,"不过柏哥怎么气你了?你俩不是挺好的吗?"

"没什么,就是他这人天生就惹人生气。"

"松哥你不能这么说柏哥啊,柏哥人挺好的,而且他也不容易。"

382

简松意突然想到什么,假装不经意地问道:"他怎么不容易了,他过得不挺好的吗?"

"嘁,松哥原来你不知道啊?我就说呢,你要是知道的话,怎么也不至于上次月考理综还非要考满分。"

简松意挑挑眉:"你这都哪儿跟哪儿?"

"就是柏哥说,只要他理综成绩不是年级最高分,就要回北城复读文科。说到这个,松哥,不是我说你,你理综这么好干吗?逼得柏哥堂堂年级最高分还要早上五点就起来……欸,松哥,你去哪儿?"

简松意没理他,自顾自地往音乐厅快步走去。

杨岳挠了挠脑袋,觉得自己好像说错话了,他转头瞥见路边的那两束花,小心翼翼地抱起来,护送回了教室。

简松意是彻底不觉得冷了,浑身都很燥热,燥得他想发火。

他知道柏淮和柏寒好像是做了什么约定,也能感觉到柏淮压力更大了,但看柏淮好好留在南城,他就没问。

没想到柏淮居然敢答应这样的条件,还不告诉自己一声。

不对,不是没告诉,是说以后告诉,可是以后是哪个"以后"?是等他理综没考到年级最高分灰溜溜地滚回北城后的"以后"吗?就不知道给自己说一声,让自己考差点,让让他?

自己理综这么好,如果一个不小心考飘了,到时候柏淮转学走了,自己找谁哭去?

而且以柏淮的性子,都是七分说成三分,实际上谈的条件肯定没这么简单,肯定是在为他随时会离开南城做准备。

这人可能又要跑。

简松意越想越气,越想越气。

迎面看见柏淮走来的时候,简松意气得直接上去照着胸口给了他一拳。

可是到底没忍心,拳头重重地挥出去,轻轻地落下。

柏淮权当小猫习惯性挠人了,把大衣递给他,低声道:"怎么不高兴了?"

简松意本来就热,直接把大衣胡乱团成一团往柏淮身上一砸,恶狠

狠道："王八蛋！骗子！赖皮！"

"嗯？"

"你说了再也不会一句话不说就走的。"

"我不走。"

"不走个鬼！你瞧不起谁呢？老子理科天才，只要我愿意，我能次次考满分，你能保证自己次次考满分吗？"

柏淮知道简松意是气什么了，把大衣展开，披到他肩上："你放心，我自己有分寸的。"

"你有什么分寸！你不告诉我不就是怕我考试让着你吗？你的面子比我重要？而且你不想让我知道，不就是因为觉得自己随时会走吗？"

柏淮不知道简松意怎么得出来这个结论的，哭笑不得："我怎么就随时会走了？"

简松意热，挥手想拿掉大衣，却被柏淮手腕上的手链硌了一下，本来想赌气让柏淮还给自己，却发现手链上只有一串黑曜石。

正中间本来该串着葡萄石的那根细绳子断了。

葡萄石不在了。

而简松意清楚地记得，柏淮给自己系领结的时候葡萄石还在。

不等他细想，就传来了锁门的声音，简松意低低骂了句脏话，飞快往艺体馆后面的小门跑去。

南外周末经常有艺术生练习，所以每天凌晨五点就有清洁工清理打扫，如果今天不找到，明天可就不一定还在了。

那是他分给柏淮的运气，不能丢。

柏淮以为简松意是落了什么东西，连忙跟上，温声道："找什么？告诉我，我帮你找。"

"王八蛋！"简松意骂了他一句，打开手电筒，弯着腰，沿着后台，一寸一寸，仔仔细细找了起来。

"好好好，我王八蛋。"柏淮顺着他，"但你先告诉我你丢了什么，行不行？"

简松意想和他闹脾气，但更想先把东西找到，抿了抿唇，没好气道："你自己的葡萄石掉了你都没发现吗？"

柏淮确实没发现，荷叶边的袖口太大，把手链挡住了。

所以简松意吵架吵到一半不吵了，就是想把这个代表好运的小礼物找回来。

柏淮突然觉得，简松意怎么骂自己都行。

他低声道："先回家，明天再来找，行不行？"

"不行，万一明天早上清洁工阿姨把它扔了呢？"

柏淮顿了顿："那我陪你一起找。"

简松意推开他："离我远点，热得慌。而且我是找我自己的东西，关你什么事？"

音乐厅的暖气已经关了，但不知道为什么，简松意就是觉得热。

柏淮确实没感觉到他皮肤凉，也就由着他，想着等他冷了再把衣服穿上。

柏淮也打开电筒，找了起来。

可是两人找遍了后台和舞台，也没有找到。

简松意有点急，又闷又热，扯下领结，扔在地上，松了松领口。

柏淮看着那个领结，突然想到了什么："我们去琴房看看。"

简松意也想起来了，可能是在琴房自己和柏淮打闹的时候扯断的。

他立马转身走向楼梯。

平时普普通通的几层楼梯，简松意却觉得今天走得格外累，甚至热得出了汗，但他没放在心上，直奔琴房，蹲在地上，找了起来。

简松意一句话都不和柏淮说，柏淮劝不动他，只能替他打着光。

终于在钢琴底下找到了那颗葡萄石。

简松意却好像不打算还给柏淮，往自己衣兜里一放，站起来就准备走人，却一个头晕目眩，没站稳差点摔倒。

柏淮扶着他，然后低声道："我闻到玫瑰化的味道了。"

"哦，因为我一直抱着那两束花，所以可能沾上味道了。怎么了？"简松意一边冷嘲热讽，一边推开他。

然而后面的话还没来得及说出口，一股不适感瞬间弥漫到四肢百骸。

头顶传来柏淮无奈的叹息："简松意，你是不是又忘了自己会有不适期？"

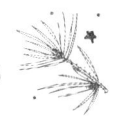

58

"我没有,我这次带了抑制剂的。"

"抑制剂呢?"

"书包里。"

"书包呢?"

"被我妈带走了……"

"……"

"这不怪我,我以前不适期都是月初,这次不是月初,它又没给我打个招呼。"

居然还委屈起来了。

柏淮只能好言好语地说:"你现在刚分化不久,还没稳定,所以确实不怪你。但是既然不适期来了,那我们就先回家,你回头再骂我,行不行?"

简松意大度,决定先不和柏淮计较。

柏淮担心他腿软:"我背你下去。"

"呵。"简松意冷笑一声,直起身子,转身就往外走,"你怕不是忘了松哥在不适期单挑三个支配者的英勇事迹了。"

简松意走得还挺利落,就是下楼的时候,腿软跟跄了一下。

柏淮上去扶住,却被他一手拍开:"别碰我。"

说完,简松意自己扶着扶梯,三步并作两步,飞快地跑了下去。

看来还生着气,而且气得不轻。

柏淮无奈地跟在后面:"你慢点儿,小心摔了。"

只得到一个简短有力的"呵"。

下了楼,简松意头也没回地往艺体馆后门走去,从背影上看,健步如飞。

但只有简松意自己知道,他的身体已经极度不适,只想马上回家,于是走得更快了。

然而到后门的时候,却愣住了。

从来不锁的艺体馆后门今天居然锁了？还带着链子锁了？锁得严严实实跟个锁妖塔似的？！

简松意伸手拽着链子，使劲晃了几下："有人在吗？"

没有回应。

又晃了几下。

还是没有回应。

再晃……

柏淮拉住他："这儿肯定没人了，我打个电话给杨岳。"

他拿出手机。

没信号。

再看简松意的手机。

连电都没了……

"我去其他地方看看能不能叫到人，或者有没有信号。"柏淮把大衣铺到地上，试了试，嫌不够软，把自己的大衣也脱下来，又垫了一层。

他抬头看了简松意一眼："怕黑吗？"

"呵。"

"行，不怕就好，在这儿等我，不要动。"

"我跟你一起去。"

"你现在不舒服，还是在这儿休息一下缓缓吧。"

"哦，那你去吧。"

柏淮的背影消失在走廊尽头。

而没了柏淮在旁边，不适期的难受越来越明显。

简松意背抵着墙，俯身撑着膝盖，缓缓顺着气，想压下自己体内的感觉，可是一闭上眼，难受的感觉越发汹涌。

最后只能顺着墙面，慢慢往下滑去，坐到地上，屈起腿，手臂搭上膝盖，低头，埋进双肘之间，大口大口喘着气。

不适期往往汹涌、强烈又突然，几乎没有易感者抵挡得住，所以易感者随身携带抑制剂是基本常识。

上次吃过亏后，简松意就记得，一直带着。但今天因为演出，不得不把抑制剂先放到了书包里，却好巧不巧就赶上了。

怎么就这么巧。

老天爷是不是看不惯他，非要玩他？让他变成一个易感者不说，还是这么狼狈的一个易感者？

简松意气得笑了一下。

他的意志力在易感者中算顶尖的了，勉强能压住本能，不至于失态。

可也仅此而已。

千万年来人类进化出的体质，写进基因里的东西，强大顽固到可怕。

玫瑰野蛮生长，外激素气息肆意蔓延。

简松意无力地垂下手，手指触碰到冰凉的地板，后脑勺抵着墙仰起，月光落下，照出他额上、颈间涔涔的汗珠。

每一分每一秒，都极为难捱。

也不知道过了多久，终于听见脚步声。

简松意偏过头，眼神已然涣散，缓缓启唇："柏淮。"

柏淮看见他的狼狈，心重重地跳了一下，走过去，蹲下："我在。"

"怎么样了？"

"没人。应该是周末没人值班。也没信号。"

简松意无奈地笑了一声："真不是我故意的，是老天爷在玩我。"

"我们大概只能在这儿过一夜了。"

"怪我，连累了你。"

"你说这话是什么意思？"

"没什么意思，本来就是我连累了你，非要来捡这破石头，不然你早就回家舒舒服服睡觉了，结果还因为我这么个不相干的人……柏淮你干吗？"

简松意说着赌气的话，扶着墙想站起来，却突然重心一失。

柏淮直接把他背了起来："你说谁是不相干的人？"

简松意抿着唇。

"如果生气，可以骂我，但不准乱说话。"

"……你放我下来。"

"那你现在这样，自己能上四楼？"

"我为什么要上四楼？"

"你不适期到了。只有琴房没监控。"

"哦。等等……没监控，所以呢？"

柏淮轻笑："琴房暖和点，你能不那么难受。"

简松意抿了抿嘴："不要你管。"

柏淮耐心道："别闹。"

"不关你的事。我，简松意，就算今天晚上死在这儿，也绝对不会要你帮忙。"

简松意语气十分倔强，偏过头，也不看他，放在腿侧的双手指尖狠狠掐入掌心。

"反正我再也不会原谅你了。你再说什么我都不信。"

"但我想和你说。"

"呸，你才不想。不然你为什么要和柏寒做那种约定？"

"只要我每次都考满分，不就行了吗？"

"万一考不到呢？"

"我肯定能考到的。"

"我才不相信你，骗子。"

简松意闭上眼，心口不住起伏，呼吸急促。

他是真的犯了倔。

柏淮的那三年，起码他知道发生了什么，相见和别离，都在他一念之间。

可是简松意的那三年，什么都不知道，懵懵懂懂，迷茫不安，甚至连个盼头都没有，根本不知道还能不能再见。

所以他比柏淮更害怕分别。

所以他会在意为什么柏淮没有再主动开口。

所以他会因为想到柏淮有可能又会走而格外生气和不安。

并不是习惯了被照顾的人就一定轻松。没有学会主动的人，反而更没有安全感，因为他不知道该怎么做，才能努力留下自己在意的人。

简松意越想越难过，实在气不过，又恶狠狠骂了一句："骗子，你言而无信，我讨厌你。"

本来凶巴巴的一句话，却无意间流露出委屈。

柏淮叹了口气："别讨厌我。"

外激素一点一点地释放，试图安抚他的不适反应。

简松意嘴上兀自强撑着："你不准动！"

"简松意，我不是骗子，我说了不会一句话不说就走，就是不会。我和柏寒的约定，是我和他之间的事，但无论怎样，我都不会走。"

简松意咬着牙，低下头，不回应。

"简松意，你可能觉得我会失误，但我知道自己不会。就算是为了完成对你的承诺，我也会做到的，所以我肯定不会走，你不能生我的气。"

清冷的声音，平静的语气，却坚定到不可思议。

柏淮犹不自知，一字一句："简松意，你什么都可以说，但是你不能说我们是不相干的人，你也不能说讨厌我。从我有记忆起，我的人生都与你有关。你这样说，我也会难过。"

简松意本来被不适期折磨得难受，被柏淮的外激素安抚，听着他的低低呢喃，缓缓闭上眼，呼吸一点一点平静下来。

第十二章
穿越人群和风雪

SONG YI

59

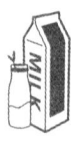

等他们被找到的时候,简松意已经彻底平静了过来。

"柏淮、简松意!你们在吗?"

杨岳的声音在空荡荡的艺体馆里回荡着。

简松意这下倒是没有腿软,站起身,开门出去了:"杨岳,我们在四楼。"

"嘻,总算找到你们了,我就知道你们在这儿,快下来吧。"

"嗯,我马上下来。"

柏淮倒是不急,慢条斯理站起身,把琴房的窗户打开,让外激素味道散出去,套上大衣,将扣子一颗一颗扣好,然后才拿着简松意的外套跟了出去,把大衣递给他。

底下又传来杨岳的呼喊:"你们俩快点儿,保安师傅还在外边等着呢。"

在下面等的杨岳看见两人下来的时候,总觉得哪儿有点不对劲,蹙着眉,啃着小胖手,来来回回打量了半天,却又说不出个所以然来。

简松意被他看得心虚:"看什么看?没见过长这么好看的?"

杨岳紧紧抿着唇,晃了晃脑袋:"不对,肯定哪里不对,你们两个人奇奇怪怪的。"

说着他往前嗅了嗅:"我好像闻见了什么味儿?"

简松意心一慌,语气就有点儿不耐烦:"我妈给我喷的香水。"

"哦……"杨岳还在思索。

然而不等他思索出一个结果,门外就又传来了保安的催促:"你们几个快点儿,大晚上的干吗呢!"

"哦哦哦，师傅，不好意思，麻烦您再等等，等他俩去后台换个衣服，我们就出来。"

被保安师傅这么一打断，杨岳也来不及细想，推着两人去更衣室把里面的礼服换了，然后又带着他们往聚会约好的火锅店走去。

这家火锅店就在附近，味道好，还不沾味儿，他们常去。

到的时候其他四人已经吃得眉飞色舞，兴致昂扬了。

周洛一看见他俩，连涮的肥牛也不要了，筷子一扔，上来激动地拽住简松意："呜呜呜松哥，你今天晚上真的太帅了，你都不知道台下多少人为你心动，所以你什么时候才分化成支配者啊？"

大概这辈子都不可能了。

简松意略微尴尬，并生出了一种负罪感，觉得自己辜负了周洛的期望。

难以想象假如有一天周洛知道了他其实也是个易感者……

简松意揉了揉周洛的一头卷毛，语重心长："乖，分不分化都不影响你松哥的人气。"

这次聚会的主要目的，一是庆功艺术节，二是给几个马上要去参加竞赛集训的人加油助威，所以话题一被岔开，大家就很快忘了这茬儿，讨论起集训的事。

简松意要参加的是物理竞赛集训，陆淇风是化学，杨岳是生物，都要去北城一个星期。

徐嘉行："羡慕你们，不用参加月考。"

"松哥不在了，那这次月考柏哥最高分稳了啊。"

"提前祝贺柏哥。"

"不过松哥走了，柏哥不是就寂寞了吗？"

"呜呜呜，我舍不得你们走，杨岳走了谁给我补课呀，呜呜呜，杨岳你不要走。"

"嗐，总要走的，高考后大家就各奔东西了，再也见不到了。"

"呜呜呜，我不想毕业，我不想离开你们。"

"我也是，嘤。"

画风急转直下，突然就从鼓舞加油，变成了仿佛要生离死别。等柏淮结了账，把几个人送上车的时候，一回头，发现简松意正站在路边眨着眼睛看着自己。

他站得笔直，眉眼间那股子傲气和暴躁散了，茫然又乖巧，像等着被家长认领的小朋友。

柏淮这才突然想起来，易感者在不适期的时候体质会格外虚弱，情绪也容易起伏，加上刚才那离别的不舍情绪渲染，眼下聚餐结束，简松意可能是突然放松下来，累蒙了。

柏淮走到他跟前，晃了晃手："累了没？"

简松意跟着他的手，缓缓地晃着脑袋，神色很认真："没有。"

柏淮确定这人是蒙了，低声笑道："没有就行，没有我们就回家。"

到家后，柏淮发现唐女士不在，简松意的书包也不在，应该是唐女士还没回家。

柏淮索性一路把简松意送到卧室，让他换了衣服上床。

柏淮坐在床边："快睡觉，我今天睡你家沙发，如果不舒服了，你就叫我。"

简松意确实有些不舒服，很快就迷迷糊糊地睡了。

简松意醒的时候，头有点疼。

他捏捏眉心，不耐烦地想翻个身，却没能翻动。

简松意愣了愣，目光下移，看向那只搭在自己被子上的手，又顺着看向坐在床边的人。

短暂的呆滞后，他什么都想起来了。

昨天晚上他那副呆呆的样子……这还怎么见人啊！

简松意把自己蜷成一只虾，双掌捂住脸，手指用力搭着眉骨，恨不得再也不露出来见人。

等柏淮醒了，指不定会怎么臊自己。

不敢看，没眼看。

这日子没法儿过了。

简松意清醒地认识到，这样坐以待毙下去，只有两个结果，一个是被柏淮嘲笑死，一个是自己原地羞愤死。

所以他只能选择第三条路——

他得跑。趁着柏淮还没醒，赶快跑。

只要他跑掉了，到了北城，往集训营一坐，手机一被没收，就可以顺理成章地不让柏淮找到自己。

能躲一天算一天。

简松意想到这儿，立马轻手轻脚地起来，下了床，随便套了两件衣服，拿起手机，蹑手蹑脚往外走去。

他缓慢地开门，缓慢地走出去，缓慢地关门。

柏淮没醒，完美。

昨晚柏淮生怕简松意不舒服，一直等他彻底睡熟了，到了天亮才歇下，这时候正睡得沉，所以还真的没被吵醒。

简松意刚舒了一口气，身后就传来唐女士幽幽的声音："怎么在自己家还跟做贼似的？"

"……"简松意转过身，面不改色心乱跳，"昨晚聚会，柏淮送我回来，就在这儿睡了，还没醒呢。"

唐女士"哦——"了一声，敷着面膜下了楼。

一副"我不拆穿你"的样子。

简松意一边胡乱地洗漱着，一边问道："妈，我包呢？"

"沙发上。"

"哦，好，那妈，我先走了。"简松意检查了一下东西，背着包就往外走。

唐女士抬抬眉："不是买的傍晚的飞机票吗？这么早出门？"

再不出门，等楼上那个人醒了，你儿子怕就没脸去北城参加集训了。

简松意没说话，鞋子都差点穿错。

唐女士忍不住好奇道："你到底怎么了，这么心虚？"

简松意骤然被拆穿心事，觉得更丢脸了，飞快地换好鞋子，连鞋带都来不及系，就摔门而出，扔下一句"妈，我先走了"，就跑得无影无踪。

什么叫"落荒而逃"，这就叫"落荒而逃"。

唐女士看多了简松意端着架子的样子，很少见到他这么惊慌失措，竟然觉得自己儿子有点可爱。

就是脸皮太薄了。

她拍拍自己脸上的面膜,忍不住笑骂了一句:"没出息。"

而没出息的某人一路跟逃难似的,飞快地蹿进出租车,催着司机快点出发,然后又改签到最近的航班,值机,登机,关机。

等终于坐上前往北城的航班,确定柏淮追不上来了,简松意才缓了一口气。

他觉得自己这个做法十分不厚道,但是没办法,不跑不行。

简松意自欺欺人地觉得,只要他跑了,等过一个星期再回去,柏淮就会忘了这件事儿,而他也就还是那个风流倜傥、英俊帅气、毫无黑历史的简松意。

反正,无论怎样,肯定都比现在和柏淮面对面强。

然而他忘了,柏淮这人看上去有多温柔,骨子里就有多记仇。

等柏淮醒来发现家里空荡荡的时候,就大概猜到了。简松意这小东西,肯定跑了。

自己这么尽心尽力地照顾他,连句谢谢都不说就跑了,可真没良心。

柏淮捻着手指笑了一下。

喜欢跑,下次就让他没力气跑。

是简松意欺人太甚,不能怪他睚眦必报。

柏淮抬眼看了下日历。

十二月十七日。

不远了。

简松意觉得北城真冷,不然为什么一下飞机他就打了个喷嚏。

简松意早上为了"逃命",走得急,穿得薄,一走进北方干冷的空气里,寒冷就渗入骨子里,冻得他打了个激灵。

好冷啊,想柏淮给他的暖宝宝了。

刚这么想,他就反应过来,低低骂了自己一句没出息,裹紧大衣,打了辆车,往市区去了。

因为怕被柏淮捉住问罪,简松意连手机都不敢开。

他只带了一个背包,除了钱包、银行卡、抑制剂和一些必备证件,其他诸如衣服、鞋子、洗漱用品,什么都没有,只能现买。

简松意没什么生活经验，生怕自己漏了什么东西，以至于封闭集训的七天过得很辛苦，于是东逛西逛，把能想到的也不管有用没用塞了满满一购物车。

等买完东西，天已经黑透了，他才拎着大包小包的东西走进了北城大学集训营宿舍。

进门的时候迎面差点撞上一个平头男生。平头人不错，主动想帮简松意分担东西，简松意谢绝了他的好意，他也不恼，问了简松意的宿舍，发现两人是一个宿舍的，乐了，非要抢过两个大的超市购物袋帮忙拎。

就是话挺多，平头道："你这是哪家的大少爷，买个牙膏牙刷都要去会员制百货商店？还有这些衣服袋子全是奢侈品，会不会过于高调了？知道的你是来集训，不知道的还以为你来代购呢。而且这大冬天的，北城这么冷，我瞅你一个保暖的东西都没买，你怕不是要凉凉。"

平头话虽然多，说得也直白，但是没什么恶意。

简松意懒恹恹道："不是说有暖气？"

"宿舍有，但是教室没有啊，你这样真的不行，我回头分几个暖宝宝给你。"

"谢了，不过暂时不用。"

"行吧，你怕冷的时候再跟我说。"

平头好不容易止住了话头，却在简松意收拾东西的时候，看着那一地玩意儿，没忍住又啰唆了起来。

"哥哥，你买这个加湿器是干吗？还有微型空气净化器？你是觉得我有多不干净！还有这衣服，我的天啊，你要风度不要温度吗，这些风衣、大衣、针织衫，你觉得挺得过北城零下几摄氏度的空气？我真的……现在居然还有现实版的不知人间疾苦的大少爷，我的天。"

简松意看平头的表情几近崩溃，挑挑眉，心想至于吗。

平头看出他的意图："至于！怎么不至于！算了，你到时候缺什么问我要吧，我家就在北城，东西带齐全。"

虽然简松意肯定不会用别人的东西，但还是表达了谢意。

这一点他和柏淮很像，无论在熟人面前怎么坏脾气，在陌生人面前，都会保持礼貌和教养。

所以虽然简松意骨子里那股懒洋洋的矜贵和傲气藏不住,但平头还是觉得这人挺不错的。

收拾完东西,平头出门去和他朋友打电话了。

简松意也想和柏淮打电话。

他一个人坐在椅子上,看着黑漆漆的手机屏幕,不敢开机。

他怕一开机柏淮就会臊他。

本来在忙碌中被淡忘的那点儿画面,重新浮现出来。

简松意觉得北方的暖气可真热,热得他耳朵发烫。

他是真不敢看消息。

但是一会儿辅导员来了就要收手机了,如果不和柏淮打个电话,就七八天都不能联系了。

简松意又忐忑,又有点儿犹豫。

纠结了半天,简松意看平头还没有回来,心一横,觉得被柏淮臊臊就臊臊,马上七八天听不见他的声音了,得抓紧时间多听听。

结果一开机,"债主"的信息却只有两条。

债主:"记得买牙膏牙刷,毛巾三条,沐浴露、洗发露、润肤露,脏衣收纳袋,保温杯,暖宝宝,热水袋,护手霜,唇膏,厚毛衣,大衣,羽绒服,七双厚袜子,两双手套,两条围巾,两盒糖。"

债主:"北城比南城冷得多,别耍帅,穿厚点,那边干,记得多喝水,多涂唇膏,乖乖听话。"

然后就没有其他的了。

没有逗他,没有臊他,没有骂他,只是知道了他连行李都没收拾就跑了出来后,猜到他不知道该买什么,就一样一样帮他罗列了出来。

简松意看了一眼自己买的那些乱七八糟的东西,觉得后悔得不行,也愧疚得不行。

于是老老实实"自首":"我跑了,要跑七八天,集训的时候手机会被没收。"

"债主"的对话框迟迟没有显示"正在输入中……"。

简松意觉得柏淮生气了。

正想着,电话打了过来,他还没来得及反应,手指就自觉地按下了接听键。

手机里传来柏淮低沉的声音："喂。"

简松意这时候也不好挂掉，只能假装若无其事："你打电话干吗？"

"你那句话的意思，不就是想让我给你打电话吗？"

柏淮是不是属蛔虫的？！

"……才不是！"

"那你说说，你是什么意思？"

"没什么意思，就是让你转告我妈，帮我报个平安。"

"嗯，很有道理，毕竟我和你妈的关系肯定比你和你妈亲。"

简松意觉得隔着电磁波，柏淮这人的声音听上去更坏了，果然，这个人的温柔都是表象，不识相才是真相。

"柏淮！你闭嘴！"

"马上七八天不见，你确定想我闭嘴？"

"我就是和你七八年不见也没关系！"

"哦？那就不知道是哪只小狗听说我可能要走，都急得……"

"你闭嘴！"

"简松意。"

"嗯？"

这时，宿舍门突然被推开。

平头灰溜溜地走进来，后面跟着辅导员。辅导员敲了敲门框，指了指简松意："十点了，马上熄灯，手机上交。"神色严厉。

"柏淮，你等我下。"

简松意刚准备开口向辅导员再争取三分钟，电话那头的柏淮却低声说道："没事儿，把手机交了吧，乖乖听话，在外面别乱发脾气，回来的时候我去接你。"

有两个陌生人在，简松意只能强装淡定："嗯，晚安。"

"晚安。"

手机被收的那一刻，简松意讨厌死自己了。

跑什么跑，就是被柏淮臊一整天也好啊。

他叹了口气，准备上床睡觉。

平头却突然蹭到他跟前:"你是南城的?"

简松意挑挑眉。

平头一拍大腿:"还真是南城的?你说的柏淮不会是我认识的那个柏淮吧!"

"哪个?"

"一脸高冷那个。"

那应该是了。

平头哥看他默认了,一捋脑袋,兴致勃勃:"嘿,这不是巧了嘛。"

60

巧了?

难道是遇上柏淮在北城的朋友了?

简松意起了好奇心。

平头哥比他更有好奇心,一脸兴致勃勃:"你和柏淮关系还可以吧?不然也不会这时候给他打电话?"

"还……可以。"简松意觉得,从小一起长大的关系,确实还算可以。

平头哥看着这个新室友,不疑有他,继续兴致勃勃地问:"那我能八卦一下吗?柏淮回南城求和成功了没?"

简松意愣了愣,什么玩意儿,这都从哪儿传出来的谣言。

他面上却很淡定地说着瞎话:"不了解。"

"啊?难道柏淮还没道歉?这不行啊。"平头哥摇摇头,"啧。"

简松意板起脸,迁怒无辜群众:"你怎么这么八卦?"

平头理直气壮:"我这不叫八卦!我这叫关心同学!人之常情。

"就是……我女神之前的偶像可一直是柏淮。"

原来柏淮在北城也这么受欢迎,简松意心里默默记下了,顺便点评了平头哥一句:"你还能这么关心柏淮,说明你很包容。"

"必须包容!而且我女神以前喜欢过别人怎么了?她现在喜欢我不就行了?你不知道,她是我们附中公认的女神,成绩好、长得好、性格好、跳舞好,这么个大宝贝仙女愿意看我一眼,我还不知足?我配吗?"

"那这么个大宝贝仙女,为什么没追到柏淮?"简松意语气里没有一点反讽,是很认真单纯的提问。

平头也就没有计较,只是怒气冲冲地说了一句:"因为他没眼光!"

平头哥继续愤愤不平:"柏淮最开始怎么都不搭理我女神,冷得跟个天山雪莲似的,后来我女神实在不甘心,直接把他堵在教室门口,然后一层楼的人都来围观,结果他一点面子都不给,直接拒绝了,我女神非要他给个理由,结果你知道他说啥吗?咕咚——"

这人说到一半居然喝起了水。

简松意想一巴掌把水杯给他打碎,最后还是忍住了暴躁。

平头喝完水,润了润嗓子,才继续说道:"他当时真的一点儿面子都不给,就瘫着那张死人脸,说'我不喜欢你,以后也不会喜欢,所以建议你们不用再浪费时间。而且,我不会留在这里,我以后是肯定要回去的'。说完就走!头都没回!碎了一地的芳心也不管!一点儿都不怜香惜玉!一点儿都不绅士!把我女神都气哭了!批判他!"

"嗯,批判。"

还"建议你们",这个"们"字厉害了啊,人气可以啊。

简松意有点儿不明白:"那你说的求和又是怎么回事?"

"他自己说的啊。"平头哥继续讲故事,"我女神性子直率,认为他是在敷衍,不相信他的话,当天晚上就又把他堵在校门口了。"

简松意:"……你女神还挺厉害。"

"才没有,她是全世界最温柔的人!"

行吧,简松意选择闭嘴。

平头哥狠狠夸了一顿自己的女神后,才继续说道:"我女神不信啊,非要问出个所以然,不然不让柏淮走。柏淮不想被她烦,就说了有重要的人在南城。然后我女神就问他既然这样,他干吗转学到北城。柏淮就说,是他自己一时冲动,而且对方肯定因为他不告而别气得再也不理他了。"

"然后呢?"

"然后我女神就急了啊,就发火了,就骂柏淮傻。"

简松意发现柏淮怎么净招惹这种暴躁易怒的女孩子,顿了顿,好奇道:"为什么说他傻?还说什么了?"

"大概就是，'柏淮你如果真的错了就去说！年纪轻轻的，连道歉都不能说出口，就等着后悔莫及吧！'"平头哥模仿得惟妙惟肖。

简松意为他的女神点赞："后来呢？"

"后来就是暑假过了，再开学的时候就发现柏淮转学了啊，听老师说是转回南城去了。我们就猜他应该是解开心结，回去道歉求和了，结果看这样子好像还没成功啊？"

简松意不说话，平头哥就当他默认了，"啧啧"两声："看来是没戏。"

简松意不高兴了："你怎么知道没戏？"

"这么久都没动静，肯定没戏。怪不得柏淮没转学籍，估计是知道难办，所以留了退路。"

"没转学籍？"简松意蹙起眉。

"对啊，你不知道吗？他学籍还在附中，高考要回来考的。"

简松意还真不知道。

柏淮这个闷嘴葫芦，真的是，自己不问，他就什么都不说。

简松意上了床，躺进被子里，后悔自己直接跑来集训了。

简松意恨不得抽自己两下。

而平头哥还在火上浇油："你看看电影里面那些有话憋着不说出口的，最后是不是都悲剧了？没一个好下场！"

"……睡觉吧，不早了，明天六点还要起来。"

"哦，行。"

平头哥还是挺会见好就收，爬上床，没一会儿就打起了轻微的低呼。

简松意让平头哥睡，自己却睡不着。

他差点就在两个人每天的吵架逗趣中忘记了曾经柏淮有过怎样辛苦酸涩的一段时光。

兜兜转转，从南城到北城，再从北城到南城，柏淮独自走过多少孤独的风雪夜，才跨过了那道鸿沟，走到了自己面前。

而自己却在两人关系有了缓和后，连一句像样的话都没说就跑了。

自己真不对。

简松意知道自己错了，想给柏淮打个电话，只可惜手机被没收了。

他现在没法儿联系柏淮，但是不说出来，心里又挠得慌。

于是简松意紧了紧被子,喊了声:"平头?"

"呼噜——"

"平头!"

"啊?啊?怎么了,叫我干吗?"

"柏淮他其实求和成功了。"

"嗯嗯?!什么?!"

"没什么,继续睡吧,晚安。"

"……"

平头哥说北城冷,起初简松意不觉得,晚上睡觉的时候,他甚至热得冒汗。

但等到第二天,天还没亮就坐到了空荡荡冷冰冰的阶梯教室的时候,简松意才觉得自己身上的大衣一点用没有,针织衫甚至还漏风。至于秋衣,不好意思,帅哥的世界没有秋衣。

简松意被冻得手僵,指节处发红,做题的速度也慢了不少。

在一众羽绒服之间,他最帅,却一点都不让人羡慕,集训讲师看他的眼神甚至还有些怜悯,总抽他起来回答问题,试图帮他活动一下筋骨。

于是一天下来,全营都认识了这个为了耍帅不要命的同学——一个无知无畏的南方人,虽然物理确实很优秀,但看上去还是有点傻乎乎。

不过这不影响他的魅力。

美丽"冻"人的大帅哥,就算傻,也傻得可爱。

不少女孩子送来手套、围巾、热水袋,却被简松意一一拒绝,最后只接受了平头哥的一沓暖宝宝和一件超大号羽绒服,并且回馈了一个自己买的小型空气净化器。

然而简松意实在太瘦了,羽绒服空荡荡的,毛衣也空荡荡的,暖宝宝贴在上面,总是贴不着背,温度聊胜于无。

但每天忙着集训,做题的时候就忘了冷,而且人生地不熟的,他也不愿意麻烦别人,觉得扛一扛就过去了,于是每天硬撑着,右手小手指根部已经长了个小冻疮,简松意也没放在心上。

直到第五天晚上回到宿舍的时候,终于熬不住,鼻塞头疼,澡都不

想洗，就缩到床上，懒恹恹的。

好在平头带了感冒药，一边帮他兑着冲剂，一边嫌弃道："你这种大少爷，自己都照顾不好，以后怎么照顾别人。"

简松意坐在床上，屈着腿，抱着热水杯，心里嘟囔道，有人会照顾我。

这么一嘟囔，就又想起柏淮了。

平时还好，虽然简松意物理好，但是集训营集中了目前全国高中物理顶尖的一群人，大家都很优秀。所以虽然冷，但他也一刻不敢懈怠，没在课上打盹儿，没睡懒觉，也没娇气地撂挑子不干。

在这种压力下，也就没时间想起柏淮。

但每天晚上，一回宿舍，闲了下来，就会想到他。

如果柏淮在，自己肯定不会冻着，现在也不至于受这份罪。

想来想去，简松意觉得都怪柏淮。

简松意抱着水杯，表情有点呆。

吓得平头连忙用手背试了试他的额头："我的妈呀，该不会是发烧，烧傻了吧？没啊……不烫啊……奇怪？要不我去借个体温计？"

果然剃平头的生物都胆大包天。

简松意摇摇头："谢了，不过不用了。"

"得用，必须得用。后天就考试，你真发烧了的话，到时候还想不想要成绩？你等我，我去宿管那儿借。"

不等简松意阻拦，平头哥已经蹦蹦跳跳地离开了。

简松意只能作罢，低下头，算了一下，柏淮他们今天应该在月考，自己这次不在，白让他捡个年级最高分，可真便宜他了。

也好，这样柏淮起码不用被柏寒重新绑回去读文科，也算好事。

不过柏淮怎么有这么讨厌一个爹，害得自己每天都担心柏淮要跑路。

简松意还没来得及吐槽完柏寒，平头已经飞快地跑着回来了，喘着气，一惊一乍："那什么，简松意，楼下有人找你。"

61

简松意想都没想,就觉得是柏淮来了。

他立马从床上弹坐起来,连外套都没来得及披,就踩着拖鞋"噔噔噔"下了楼。

到一楼看到来人,简松意愣了愣,巨大的失落之后,才反应过来,怎么可能是柏淮。

下午五点才考完试,现在九点,从南外到南城机场再飞到北城机场再到北城大学,就算一切时间都正好,就算不延误,也要五六个小时。

而且北城从昨天就开始稀稀落落地下起小雪了,极大概率会堵车延误,所以就算柏淮来了,最早也是凌晨。

更何况,柏淮为什么要来?

后天自己就考完试回去了,柏淮好好在南城等着自己就行。

简松意缓缓吐出一口气,走到门口,看见来人,淡淡叫了一声:"柏叔。"

不是柏淮,是柏寒。

柏寒点点头,他身后的助理把一个大袋子递给了简松意。

"柏淮之前让我给你送的东西,我今天刚好路过,就来看看。"

"麻烦柏叔了。"

后天竞赛结束,今天才送,也算及时。

简松意衣着单薄地站在宿舍门口,吹过一阵冷风,袖口和下摆空荡荡的,寒冷瞬间从脊椎蔓延到血液,激起一身鸡皮疙瘩。

而柏寒穿着挺括的西装,外面罩着质感厚重的大衣,身材高大,显得只穿了一件宽松线衣的简松意更加单薄。

简松意虽然都快被冻死了,却愣是撑着没打一个寒战,始终挺直脊背,不露出一点儿怯意。

他从小就对柏寒有敌意,几乎是使命一般地认为自己得对抗柏寒,好像只要自己气势汹汹地挡住柏寒,柏寒就没法儿欺负柏淮了一样。

两个人就这样面对面,在北城落着雪的冬夜里,无声地对峙着。

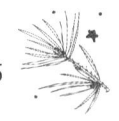

半晌，柏寒才低声道："除了这次，之眠走了后，柏淮一共就向我服过两次软，一次要转学去北城，一次要留在南城。"

简松意沉默。

他没有否认，也没有躲避，只是直直迎上了柏寒的视线。

柏寒看着眼前这个倔强骄傲的少年，打量了半晌，缓缓说道："不用紧张，我今天来找你，只是想说，我可能会适时地阻止柏淮过度地浪费时间和精力在无谓的事上。"

"什么叫无谓的事？"

"创造不了价值的事，就是无谓的事。"

简松意坦然面对，不卑不亢："您是长辈，很多话我不方便说，但我还是想冒昧地说一句，我对柏淮来说，或许远远超过了您这个父亲带给他的价值，所以我希望您明白，对于柏淮来说，到底什么才是真的无谓的事。"

柏寒眯了眯眼，垂眸打量着简松意，带着上位者的威压，然而简松意只是淡淡地回看着他，似乎根本不把他放在眼里，无所畏惧。

柏寒突然低低笑了一声："到底还是年轻。行了，回去吧。"

说完，柏寒转身离开。

似乎简松意所坚持的事情，在他眼里就是一个笑话，幼稚且脆弱，所以没什么好说的。

简松意也不恼怒，也不暴躁，只是看着他的背影，淡淡开了口："那在冬天空运一束洋桔梗花放在故去的人的墓前，这算是无谓的事吗？"

一片静谧，只有雪簌簌落下。

那个高大冷漠的背影，毫不动容，径直上车，离开。

可是简松意觉得，如果真的毫不动容，空气里又怎么会缓缓升腾起一片热气，像是从心底发出的叹息。

柏寒的态度，实在难以捉摸。

不过这不重要，简松意和柏淮想干的事，谁都拦不了。

简松意收回视线，低头看向那个袋子，草草翻了几下，全是他最近用得上的东西，而购物小票的日期是十二月十八日。

所以应该是柏淮在第二天就打电话给柏寒让他送东西，只是柏寒这种人，大抵不会专门把这种"无谓的事"放在心上，所以才拖到了今天，正好路过。

可是也没有办法，毕竟除了柏寒，在北城也没有其他人能轻松地查到自己具体住哪儿，并且畅通无阻地进入封闭集训营。

只是简松意实在没想到，柏淮会为了这点儿小事去找柏寒，毕竟他们父子俩的关系有多恶劣，简松意再清楚不过。

简松意心里暖暖的，却也酸酸的。

又一阵冷风吹过，他终于忍不住打了个寒战，抱着东西回了宿舍。

一进门，平头哥就蹭过来，一脸震惊："你和柏淮到底是什么关系？怎么他爸还能给你送东西？"

简松意挑眉："你认识他爸？"

"北城但凡有点见识的，谁不认识他爸？！简直是我男神！"

"哦，还行吧。"简松意懒恹恹地打开袋子。

平头哥真的很八卦，摁住袋子："你别打岔，你今天必须给我说实话，你和柏淮到底是什么关系？"

简松意脱口而出："出生就认识了，现在是同桌。"

"嗯……等等……同桌？！"

"嗯。"

"你不是理科生吗？"

"对。"

"等等，这个信息量有点大，你让我缓缓。"平头哥揉了揉脑壳，"所以，柏淮是放着北城大学的文科保送不要，回去读了理科？"

"是。"

"那他跟得上吗？"

"年级最高分。"

"……打扰了。不过他这是图啥啊？"

简松意也想知道柏淮图什么，他总觉得，柏淮也太辛苦了些。

"不图啥，他乐意就行，别人管不着。"

简松意把已经凉掉的感冒冲剂一口气喝下去，淡淡道："所以你也别问了。"

407

"哦，行。"平头哥感觉到简松意明显心情有些低落，自觉地没再说话了。

而简松意只觉得刚才下楼那一会儿，头被风吹得生疼，浑身发冷，昏昏涨涨的，于是也不想动，直接缩回床上躺着了。

他讨厌冬天，讨厌北方，讨厌柏寒。

简松意想着想着，迷迷糊糊地睡了过去。

他半夜醒来的时候，口干舌燥，想喝一杯水，刚下床，就一个头重脚轻，栽倒了。

动静之大，惊得平头立马从床上滚下来，凑到他跟前，伸手一摸，烫得惊人，二话没说背起简松意就往宿管处跑去。

完了完了，简松意这回真的要烧傻了。

送到医院一量体温，39.8摄氏度，直接被送去挂水。

简松意倒也还乖巧，任人摆弄，只是烧得迷迷糊糊的，嘴唇一直嗫嚅着，似乎在叫谁，但嗓子太哑，发音太含糊，平头听了半天，愣是没听明白。

"什么？简松意你说大声点？什么哥哥？什么？坏哥哥？你怎么发烧了还骂人呢？欸……不对……"

平头哥一拍脑袋，恍然大悟，立马问刚刚赶过来的辅导员要了手机，东问西问问了一圈，终于问到了柏淮电话号码，打了过去："喂，柏淮，我是祝宫。我是谁？我是谁不要紧，要紧的是简松意现在在我边上……是他发烧了，躺这儿的，一直叫你名字，你要不电话里跟他说两句？"

简松意醒来的时候，已经是第二天中午了。

床边只有辅导员，平头哥应该是赶回去上课了。

他还是很感谢平头哥的，觉得得请人好好吃顿饭。

就是有些失望，他昨天晚上做梦梦到柏淮来着，特别真，结果醒来发现是空欢喜一场。

简松意头疼，捏了一下眉心，突然感到一阵湿凉，把手放到跟前一看，发现小手指的那个冻疮，已经被细细涂上了药膏。

他疑惑地看向辅导员，辅导员只是道："给你请了一天假，现在烧退了,下午就回宿舍自己复习吧,好好准备明天的竞赛。"

"哦。"

简松意倒也不娇气,但是他总觉得哪里不对。

好像哪里暖暖的,特别暖,嘴巴也没那么干了,感觉像擦了唇膏一样。

晚上平头回宿舍的时候,看他的眼神也很不对劲。

他每次想问,平头就慌慌张张躲过去,弄得简松意莫名其妙,一脑门官司。

但是他也没太在意,只是一门心思准备明天的竞赛。

既然来了,那就要拿一等奖,辛苦这么久,不能在关键时刻分心。

也不知道是不是心理作用,简松意总觉得自己的手好像没那么僵了,第二天考试的时候,写题也顺畅了许多。

题目前所未见地难,做完后却也是前所未有地畅快。

简松意交完卷,深深地吐出一口气,走出教室,发现又下雪了,抬头,大雪纷纷扬扬地从灰蒙蒙的天空落下,他在南方长大,鲜少见这么大的雪,总有些期许。

到了现在,却发现,大雪原来也没有那么浪漫。

简松意低下头,双手揣进衣兜,快步往宿舍走去。

突然被人从后面搂住了肩,平头大口大口喘着气:"总算跟上你了,你走那么快干吗?"

"你跟着我干吗?"

平头喘着气说:"我就是突然想起忘记告诉你了,前天晚上你发烧,是柏淮来照顾了你一夜,但是他怕你竞赛分心,就没让我说,现在考完了我才敢说。"

简松意心里一紧,缓了缓,才问道:"是你打电话叫他来的?"

"不是,是你发烧的时候一直叫柏淮,我就想让柏淮跟你说几句,就给他打了个电话,但是我打电话的时候,他已经到北城了,问了我地址后十分钟就到医院了。"

那也就是说,柏淮一考完试就来了。

简松意呼吸一滞,加快速度往宿舍楼走去,想立马找辅导员要回手机,问柏淮现在在哪儿。

平头跟在他后面，一路絮絮叨叨："你不知道，昨天柏淮到的时候，正好是雪下得最大的时候，满头满身都是雪，头发都结冰碴儿了，真成冰块儿面瘫了。"

简松意只想象了一下，心头就泛起暖意。

"这就算了，你知道他怎么照顾你的吗？"平头继续掰着手指跟简松意叨叨，"你发烧，嘴巴干，又张不开嘴，没力气喝水，柏淮就拿棉签蘸水，一点一点给你涂，就这么给你润了满满两杯水，我就没见过他有这么好的耐性。

"而且你知不知道，你这人特别烦，一会儿喊人，一会儿喊人，喊了后，如果没人答应你你就皱眉头发脾气，害得柏淮一整夜没睡，一直在那儿应你。我中间睡了醒醒了睡，他还搁那儿守着，真的是脾气好。

"还有，你手上不是长冻疮了吗？他就找小盆子，用温水来来回回给你泡，给你搓，又给你涂冻疮膏，给你换热水袋，别提多麻烦了。我瞅着他也是个大少爷，怎么就这么会照顾人呢？

"柏淮照顾了你一晚上，早上我走的时候，他还让我考完试之前别告诉你他已经来了，就怕你分心，考试考不好。"

……

简松意一直没说话，就默默地听着，从平头的描述里一点一点地想象那个画面，脚下越走越快，越走越快，快到平头已经快跟不上了。

平头费力地在后面跟着，拼命地喘着气，喘了好半天，才缓过来，喊道："你走慢点，我刚想起来，他说他今天在校门口等你，让你考完试去找他，现在估计还在等着呢，欸……你干吗，别跑那么快！别摔了！"

简松意都要气死了，这人怎么不早说最关键的，这么冷的天，下着这么大的雪，柏淮冻着了怎么办？他拔腿就跑，跑了几步，才反应过来，又停下来问平头："哪个校门口？"

北城大学有四个校门口。

"……没问。"

简松意也懒得生闷气，二话不说，先往最近的东门跑去。

没有。

北门。

没有。

西门。

没有。

下着大雪的北方的冬日，每跑一步，寒风都呼呼地灌着，撕扯着脸，跟刀锋似的，掠过每寸肌肤和骨骼。

脸也疼，胸腔也疼。

眼角被寒冷的空气冻出红晕。

可是简松意却一刻都没停下，他从来没有跑得这么快过，三千米比赛都没有。

等看见西门没人，他一点都没迟疑，立马往南门跑去。

过了东门、北门、西门，就只有南门了。

虽然走了很多弯路，但是没有关系，因为他知道，剩下的那条路的尽头，柏淮一定在等他。

他们总会相见。

他跑了很久很久，终于在路的尽头，穿过漫天风雪，远远地，看见了柏淮。

柏淮穿着一身黑色的大衣，静静地站在那里，双手插在衣兜里，侧身微低着头，修长挺拔，淡漠从容。

简松意看了一眼，突然心就静了。

柏淮来了，从北城到南城，再从南城到北城，兜兜转转，走过风雪的夜，来了。

他这一路，一定很辛苦。

那剩下这一点，就自己来走。

简松意调整好呼吸，朝着柏淮走去，一步一步，坚定不移。

柏淮似乎感觉到了什么，突然偏过头，看见了他，然后朝他笑了。

于是简松意想也没想，就从走，又变成了跑，一路穿越人群和风雪，跑到柏淮面前。

柏淮看着他，轻笑："跑什么？我又不走。"

简松意喘着气，没有说话，就是抬头直直地看着柏淮。

柏淮帮他掸掉发梢上的雪花："你看你跑得，脸都冻僵了，手上长冻疮就够疼的了，脸再刮出口子怎么办？你怎么这么不会照顾自己呢，一走就生病？

"就知道你不会照顾自己，所以我一考完试就来了，连圣诞礼物都没来得及给你准备，本来还想着今天圣诞节……"

不等柏淮把话说完，简松意就低下头，小声道："没关系，这就是最好的圣诞礼物。"

62

少年的声音清朗笃定又带着几分轻快。

柏淮忍不住轻笑了一声。

雪簌簌落下，落了两个少年满肩满头。

直到身后传来两声鸣笛，两人偏头一看，脸上的笑意淡了下去。

不远处的路边停了一辆黑色商务车，倒也不是什么顶级豪车，就是牌照特殊了些。

简松意扯了下唇角："这是来干吗？"

柏淮没说话，只拉着他，一步一步走了过去。

车窗摇下，露出柏寒那张堪比北城隆冬的脸。

"上车。"

简松意不乐意："我还要收拾东西。"

"东西我让人去帮你收了，直接送到柏淮酒店，手机也帮你拿了。"

连柏淮住哪儿都知道，显然是有备而来。

两人也懒得费劲折腾，直接上了车。

车徐徐驶离北城大学。

柏寒坐在他们旁边，低头看着文件，嘴上却没忘批评柏淮："你不该来北城。浪费时间，意义不大，性价比太低。"

简松意忍不住轻哂："我觉得还行。毕竟我好歹也是南城首富之子，还挺有价值的，这趟买卖应该划算。"

柏寒翻过一页文件，轻描淡写："就算柏淮不来，你和他也是一辈子的家人。板上钉钉的事，多此一举，就是浪费。"

简松意竟然觉得柏寒说得有道理。

柏淮却勾起一抹冷笑:"反正按照你的标准,我大概还会浪费很多时间,也就不差这点儿。"

"冲动,幼稚,感情用事。"

"起码不会后悔莫及,孤独终老。"

柏寒沉默三秒,缓缓开口:"柏淮,你不该这么说。"

"你也不该这么说。"

父子俩的语气一个比一个淡,却一个比一个伤人,冰冷地对峙着。

简松意忍不住抓住柏淮的胳膊,想把自己的暖意传过去。

柏寒注意到这个动作,慢悠悠道:"你们也不用紧张,我只是带你们去一个地方,没有别的意思。"

简松意和柏淮这才注意到,车已经开入了一个不算新的小区,离北城大学和华清大学都很近很近。

不等他们问,车已停下。

柏寒把一串钥匙递给柏淮:"801,你先上去,我有话和简松意单独说。"

柏淮没有动,冷冷道:"和我说就行。"

"放心,我不为难他。"

简松意拍了拍柏淮,柏淮看了他一眼,看到的全是笃定坚持,还有无所畏惧。

柏淮觉得自己可以相信简松意,他足够强大,足够不讲道理,于是笑了笑,当着柏寒的面,对他说:"等你。"

柏寒毫无反应,一直等柏淮的背影消失在视野里,才慢条斯理地开了口:"前天晚上你问我的问题,我可以回答你。"

简松意没想到柏寒留下他是为了说这个。

柏寒一边拿着笔在文件上批注着,一边漫不经心地问道:"你记得之眠墓碑上刻的字吗?"

"记得。"

当我生来,我愿爱这个世界;当我死去,我愿世界不再爱我——温之眠。

"那是年轻的时候,我答应他的事,所以我会尽全力做到。"柏寒手上还在批注着文件,似乎说的是不甚在意的一件事。

然而这是要多么理智冷静的人和多么温柔强大的人,才能在彼此感情最好、最意气风发的时候,做下这样的约定。

当斯人已逝,所有的感受就只剩痛苦,所以若我离开,请你不要再想起我。

简松意垂眸:"然而你没有做到。"

柏寒又翻了一页资料,声音无波无澜:"这就是我不愿意柏淮感情用事,投入太深的原因。因为这会让他变得懦弱。"

简松意平静道:"我从来不认为,在我和柏淮一起长大的这十几年,我们因为对方,有变得不那么好过一次。相反,我觉得我们都变得更好了。"

柏寒倒也没否认:"我记得我说过,你成长得很好。"

"然后你让我买了一次单,还逼柏淮必须次次考年级最高分。"

"小朋友,有点记仇啊。"柏寒难得地笑了一下,"确实是这样,可是那只是你们为自己的选择负责而已,我并没有做错什么。"

"我以为你留我下来,是想让我缓解你和柏淮的关系,可你好像并不觉得自己有错。"

"我确实没错,我也不需要和他缓解关系,我是他的父亲,但也仅此而已。他不会陪伴我一生,他也从来没为我的人生做过什么,我为他做的一切,也只是因为他是我的儿子,所以,我其实也没有那么爱他。"

简松意从来不知道,原来有人可以冷漠理智至此,却又如此坦然,似乎他只在乎过一个人。

柏寒却觉得没什么不对:"而且柏淮知道这一点,之眠走后,我告诉过他。"

云淡风轻的一句话,简松意却要咬着牙,才能尽量不让自己失态。

他低低道:"即使你是这么想的,你有必要告诉他吗?你这话说出来,他和孤儿有什么区别?你知道吗?那时候我每天恨不得抱着他不撒手,就怕他有一丁点儿难过,可您是他父亲,却说出这样的话。"

他一个旁观者听着都寒心,当时的柏淮该是什么样的心情。

柏寒终于合上了那份文件夹："所以，我今天留你下来，是为了告诉你，往后，不能靠我，只有你和柏淮能互相关照。而他没能变成一个比我更冷漠的人，所以你务必要变得更强大，你明白吗？"

不等简松意回答，柏寒就淡淡道："好了，我就说这么多，你下车吧。"

雪越下越大，黑色的商务车渐行渐远。

简松意站在风雪里，突然不知道该说些什么。他深深地呼出一口气，转过身，撞进了柏淮的视线里。

他眨眨眼睛："你怎么下来了？"

柏淮手里多了一把伞和一条围巾，撑开伞挡住风雪，把围巾搭在他脖子上，低声道："上面没什么好看的，就下来了。"

"有什么特别的吗？"

"没什么，就一间空房子而已。"

简松意不信。

柏淮却只是钩过他的肩，撑着伞，往外走去："我饿了，我们去吃饭吧，吃完回酒店。"

"你不问问柏寒和我说了些什么吗？"

"如果你想说，我不问你也会说。"

"他说，让我变得更强大，好好保护你。"

柏淮知道简松意是个小骗子，可他还是信了，低声笑道："那你答应他了吗？"

"我答应他了。"

"那你要说到做到。"

"看某人表现吧。"简松意傲娇地抬了抬下巴。

两人已经走出了小区，外面是一条繁华的商业街，张灯结彩，人来人往，发着传单的红帽子白胡子的圣诞老人和绿色的亮着灯的树，在下着雪的冬日里，热闹得可爱。

简松意想到什么，突然转身挡在柏淮跟前："我们能明天再回去吗？今天晚上就在北城住一晚。"

柏淮看出他的想法："当然，我晚上都订好餐厅了。"

简松意一想也是，自己能想到的，柏淮怎么可能想不到。

他有一丢丢挫败感。

简松意低头踢了踢地上的积雪，然后反应过来不对，抬起头，看着柏淮："你不是没钱吗？喝咖啡都喝不起，哪儿来的钱买机票、订酒店、订餐厅？"

"……"柏淮这才想起自己还在装穷，面不改色心不跳，"问陆淇风借了点。"

简松意二话不说，拿出手机，打开微信，点开陆淇风的聊天界面，转账。

然后简松意抬头看向柏淮："以后缺什么就跟松哥说，松哥有钱！"

还挺骄傲。

柏淮一时不知道该说什么。

这是简松意急切地想要对他好的方式，恨不得马上把自己有的都掏出来，显得笨拙又可爱。

但这份心意，他很欢喜，也很珍惜。

于是柏淮纵容着他，轻笑道："被松哥罩着的感觉，原来还挺好的。"

"那是。"简松意骄傲地挺起了小胸脯，转过身，昂首前进。

两个人回到学校的当天，老白非常高兴，一进门就立马中气十足地喊道："简松意同学回来啦！"

所有人齐刷刷地转头看向简松意。

简松意僵了僵，觉得有些尴尬。

而老白看着简松意和柏淮，想到他们优越的成绩，只觉得他们可爱。

老白越想越高兴，露出笑容："上课前，先给大家宣布两个好消息，第一个呢，就是我们班的柏淮同学，不负众望，在这次月考中取得了优异成绩，蝉联年级最高分。"

"啪啪啪啪！"

热烈的掌声中，简松意嗤笑一声："也就是趁我不在，才让你猴子称了个霸王，好好珍惜吧，下次光荣榜与你无缘。"

柏淮也不生气，只是低声道："嗯，说好了的，期末考的年级最高分，给你，我说话算话。"

"喊，谁稀罕你给。"

简松意边低头刷题，嘴上还不忘叭叭："不过我不稀罕归我不稀罕，你不准耍赖皮。"

柏淮轻笑一声："好，不耍赖皮，一定给你。"

两个人说着悄悄话，声音极低。

台上的老白却提高了音量："第二个好消息，就是我们班的简松意同学和杨岳同学，都在国家竞赛集训中取得了一等奖的好成绩，接下来只要通过申报大学的保送资格考试，就可以直接保送高等学府，不用参加高考，让我们大家一起恭喜他们！"

这次的掌声和喧哗就更热闹了。

毕竟不用参加高考可是高三学子最羡慕的事。

所有的羡慕到了最后——不宰一顿，如何了事。

于是鼓着鼓着，就有人起头喊了一句："松哥、班长，这必须得请客吃饭啊！"

简松意正在和柏淮斗嘴，突然被点名，一抬头，发现大家都像看待宰的肥羊一样看着他，只能连忙抬了两下左手："行行行，请。"

杨岳心情也好，于是跟着大度地一挥手："请请请，没问题，一切好说。"

教室里顿时又爆发出一阵欢呼："松哥牛气！班长万岁！"

老白也嘿嘿一笑："行，你们时间定下来后跟我说一声，我也来蹭个热闹，我儿子马上中考，我来沾沾喜气。"

只要有人请客，一个班就是可以如此其乐融融。

高中生的世界，就是这么简单。

下课后，杨岳转过身，和简松意合计道："这周五是30号，正好放元旦，要不就定在那天请大家撮一顿，我看了一下，四桌就差不多了。"

"行，你安排吧。"简松意倒是真的不在意，反正杨岳肯定安排得好。

两人刚打算敲定，柏淮突然跟了一句："请客算我一个。"

不等杨岳询问由头，柏淮就淡淡地解释道："庆祝我即将蝉联年级最高分。"

"……"

"……"

所有人一时之间不知该如何作答,心头掠过千万种思绪,竟然说不出一句话。

只有柏淮淡定至极,仿佛什么都没说。

简松意不知道杨岳他们在想什么,他就觉得柏淮是在挑战自己的尊严,于是拍案而起,冷冷道:"柏淮,你给我出来一下。"

然后简松意扒拉开俞子国,就往外走。

柏淮也站起身,跟着走了出去,边走还边低头摆弄手机。

两人一前一后,一路的气场惹得"吃瓜群众"好奇不已,胆战心惊,却又没有胆子跟上。

走上天台,柏淮顺手带上门,一转身,简松意道:"说好的年级最高分给我呢?"

柏淮笑了下,还没来得及说话。

"砰——"天台门就被推开了。

"简松意,柏淮!我可算找到你们了!"

第十三章
小松鼠

SONG YI

63

彭明洪话音一落，就看见简松意对着柏淮，面目狰狞。

彭明洪顿时"哎呀"一声，跑过去，一把将两人隔开，挡在柏淮身前，张开双臂，"痛心疾首"地看向简松意："简松意同学！你怎么能欺负弱小呢！"

简松意腹诽：弱小？老师您从哪儿看出来的？

彭明洪对柏淮了解不多，只知道他虽然冷着脸不爱说话，却没怎么惹过事。

但他对简松意的了解那可就多了去了，简松意就是个筛子！全身上下堵都堵不住的爱惹事！

加上一路上听到的关于两人又闹矛盾的传闻，以及对好学生的保护欲，彭明洪坚信简松意这是在挑衅，于是义正词严地把一米八八、年轻力壮的柏淮护在身后，并用眼神谴责简松意。

而他身后的柏淮，视线则完全没有阻碍地掠过彭明洪的头顶，朝简松意笑了一下。

这一笑，让简松意回过神来。

他收回手，站直身子："老师您说得对，我不应该欺负弱小，更不应该和柏淮吵架，老师，我错了。"

简松意今日为何认错如此之快，态度如此良好？

可能是因为自己确实很有威严吧。

彭明洪想到这儿，有点自豪，端出架子，清了清嗓子："这就对了嘛，知错就改就是好同学。行了，天台风大，别吹感冒了，你们两个跟我下来，我有事和你们说。"

说完彭明洪就转过身，背着手，大摇大摆地挤出了天台小门。

简松意松了口气，和柏淮一起跟上。

两人肩并肩，跟在彭明洪身后，沿着狭窄的楼梯往下走着，宽长的围巾顺着肩线垂落。

正走着，彭明洪一个转身："哦，对了，提醒你们一下，待会儿去校长办公室的时候，表现好点，给我们高三年级争口气。"

简松意绷直背："没问题，主任您放心。"

彭明洪满意地点点头，才又转过身，继续往前走着，边走边唠叨："你们老师都说你皮，我今天接触了一下，发现你其实还是挺乖的，就是看上去有点凶。"

柏淮忍不住轻笑了一声，简松意恼怒地瞪了他两眼。

两个人就这样跟在彭明洪身后，一路下到四楼，穿过四楼走廊，再拐弯走过廊桥，向校长办公室走去。

正逢晚饭休息时间，哪儿哪儿人都多，而且十个有九个都认识他俩。

偏偏彭明洪又是爱说教的，趁此机会，非得教育两句："你说你和柏淮两人，都是高三年级的'中流砥柱'，就应该团结互助才对，闹什么矛盾？上次我要给你们换座位的时候，你们那股感天动地的友情去哪儿了？这才多长时间就友情破裂了？"

他这样一说，围观群众一听，厉害了，八卦来了，简松意和柏淮真的在天台打起来了。

所有人看向他们的眼神都兴奋异常。

看得简松意浑身不自在，觉得这群人是不是面部神经都有问题？

他不耐烦地加快步伐，走进了校长办公室。

校长办公室里不只有校长，还有一个扎着马尾的大叔，拎着个摄像机，在和校长说着什么。

看到他俩进来，马尾辫大叔上上下下打量了一番，点点头："不错，确实不错。"

简松意疑惑地挑挑眉。

校长笑道："我给你们介绍一下，这位是负责这次招生简章摄影的张摄影师。这两位就是我们南外这一届最优秀的学生：一个是柏淮，蝉联年级最高分；一个是简松意，之前也常年得最高分，而且刚获得全国物理竞赛一等奖，取得了保送资格。"

马尾辫大叔拿起相机，对着他们俩咔嚓了几张，满意地点点头："很上镜。"

没头没脑的，简松意觉得莫名其妙。

彭明洪连忙解释道："学校马上要扩招，要印新的招生简章，我看你们两个品学兼优，就推荐给了校长，当封面人物。"

"哦。"简松意了然，"就是要我们两个充当门面的意思？"

彭明洪委婉表达："是要借你们两个展现我们南外学子的优秀。"

"杨岳这次也是一等奖，也有保送资格，还是三好学生、优秀班干部，为什么不让他和我一起拍？"简松意不贫嘴几句心里不舒坦。

彭明洪却以为他还在和柏淮闹矛盾，所以不愿意和柏淮一起拍，只能继续解释道："因为柏淮同学的形象气质，可能稍微出色那么一点，更美观。"

"所以还是想找我们两个当门面的意思呗？"

"……"彭明洪不愿意承认自己这个教育家会有如此肤浅的抉择。

旁边马尾辫大叔连忙打圆场，笑道："对，就是想找你们俩当门面，来，你们俩站近一点，我先认真拍一张，试试效果。"

简松意不乐意被印在招生简章上，冷声道："不想拍。"

柏淮倒是觉得这个主意不错，公费拍写真，还能广泛传播，何乐而不为。于是他淡淡道："我都听老师安排。"

简松意回头扫了柏淮一眼，蹙起眉，这个人不是比自己还怕麻烦吗？脑子抽了？有毛病？没事儿找事儿？

不等他想出柏淮又在盘算什么，彭明洪就开始苦口婆心地劝说："简松意，你看看人家柏淮，脾气好，性格好，单纯善良，所以你就不能放下你的偏见吗？不是答应了老师要化解矛盾的吗？不是说好知错就改的吗？能不能让老师看到你的诚意和悔过之心？如果能的话，就站近点，让老师相信你们和好了。"

简松意无话可说，站着没动。

这可急死彭明洪了，直接上手，拽着柏淮的胳膊就搭上了简松意的肩："友好一点，大家都是好兄弟、好朋友！"

柏淮一本正经："老师说得对。"

马尾辫大叔趁机咔嚓拍了一张，然后把屏幕放到校长跟前："您看，效果还是很好的，尤其是柏淮同学的状态，很到位。就是这个简松意同学好像有点排斥啊，两个人之间是不是有什么不愉快？"

彭明洪怕校长知道简松意挑衅柏淮的事，连忙说道："嗐，这个年纪的男孩子，有点小打小闹都很正常，简松意刚跟我说了，他们没事，对吧，简松意？"

简松意："……"

"校长，您看，简松意他不排斥。您放心，这两天我一定督促他们，团结友爱，互帮互助，争取到时候呈现出最好的状态，展示出我们南外学子的风采。"

校长点点头，然后笑眯眯地看向他们："两位同学，愿意吗？"

柏淮淡然："不胜荣幸。"

简松意只能咬牙："愿意。"

彭明洪很满意："行，过两天拍摄的时候通知你们，还有，尺码报一下，给你们定做校服。"

"我们有校服。"

"哎呀，宣传的校服和平时穿的还是有一点点区别的。"

"……行吧。"

见简松意答应下来，彭明洪又欢天喜地在校长面前夸了几句，才高高兴兴把两人送出门。

出门的时候，两人恨不得距离一丈远。

彭明洪这一看，可就不乐意了，一人拽住一只手臂，让两人肩挨着肩，命令道："你们两个！就这么给我回教室！我就在阳台上看着你们！不准再吵架了，不然就去主席台念检讨！一天天的，就知道闹矛盾，要团结友爱知道吗！"

迫于检讨的威胁，两个人在彭明洪慈爱的注视下远去了，一路上引来无数惊诧的眼神。

简松意简直尴尬得想死的心都有。

一路从四楼走到一楼。

两人终于肩并肩走进教室的那一刻，众人立刻屏住了呼吸。

这是什么魔鬼画面？

俞子国惊喜、惊吓双重交加："松哥、柏哥，你们和好了？"

简松意甩开柏淮，坐回座位："谁和他和好了？"

我们俩就没崩过。

简松意说什么就是什么。

柏淮也点头："嗯，没和好。"

俞子国反应夸张地开始飙戏，一副大悲大喜之间，承受不住，快要昏倒在课桌上的样子。

杨岳两只手捧着手机，递到简松意跟前，瑟瑟发抖："那……那贴吧说的都是真的？你俩又闹矛盾了，去天台'约战'，被彭明洪捉住了，然后被迫和好？"

简松意狐疑地看了柏淮一眼。

柏淮翻开书，淡淡道："和我没关系。"

简松意不信，从杨岳手里接过手机一看，果然和柏淮没关系，却更让人窒息。

题目叫《报！简松意把柏淮打啦！》就算了，内容更是瞎编乱造，添油加醋，不忍直视。

主楼："听说简松意在天台把柏淮打了！我亲眼看见彭明洪把他们两个拎下来的，边走边教育，还去了校长办公室，估计闹大了！"

2楼："我做证，我也看见了。"

3楼："我以前以为志趣相投、惺惺相惜就是柏淮和简松意这样，人群中最璀璨的两颗星，相互辉映。终究是我天真了。"

……

简松意看着看着，突然在一排又一排密密麻麻的跟帖中捕捉到一个熟悉的昵称。

"B.S.？这名字我好像在哪儿见过？"

柏淮友情提示，指了指教室前面的电视柜："艺术节给你送花那个。"

简松意顺着一看,电视柜上的两束花已经开始枯萎,赫然就是艺术节那两束。

"谁捡回来的?"

杨岳骄傲地举起爪子:"我!"

您还挺自豪。

简松意无话可说,想骂人又找不到正当理由,刚准备起身去把那束花扔了,柏淮就点了两下手机屏幕,幽幽开口:"这个 B.S. 好像对你很崇拜啊。"

听上去有点意有所指。

简松意心中升起不好的预感,低头,刷新贴吧界面,看见最新热帖,眼前一黑,觉得天要亡他。

发帖人:B.S.

主楼:"送你的花还在教室,或许你很喜欢。听说你今天心情不好,那我就再送你一束,希望你能开心一点。"

这个 B.S. 真的是,搞什么事啊?这种时候添什么乱?还嫌关于自己的流言不够多吗?

刚想到这儿,简松意觉得自己好像闻到了花香。

偏头一看,是陆淇风抱着一大束花走了进来,一路走到简松意跟前,放到他桌上,略带玩味地说道:"刚去校门口,正好遇到花店送花来,就帮你拿上来了,松哥你看看,谁送的?"

陆淇风一边假装很客气地问着谁送的,一边又自觉地把一张卡片端端正正地放到简松意和柏淮面前。

上面那行字,一目了然。

署名 B.S.。

简松意和柏淮的目光同时落在卡片上,然后缓缓对视。

简松意"噌"的一下站起来,抱着花就准备往外走:"我去扔掉!"

柏淮却一手摁住他,一手接过花,缓缓走到电视柜前,替换了原来那束已经开始枯萎的花。

然后他走回座位,坐好,淡淡道:"别人都送了,你就收着呗。"

晚上放学,简松意跟着柏淮回了家,一起复习物理。

做完一套题，柏淮转头，却发现简松意趴在桌上，不知道什么时候睡着了。

柏淮看着他乱糟糟的软毛，没忍住，笑着揉了一把，然后把他叫醒，让他去客房睡。

大概是小时候养成的习惯，那时候温爸爸刚去世，只有简松意软乎乎地抱着他的时候，柏淮才会觉得，原来这个世界上，他不是孤零零一人，还会有人陪着他，他可以松懈下来。

长大后也一样，向来眠浅的柏淮，每次有简松意在的时候，却睡得格外安稳。

冬夜是最适合安眠的夜。

睡得极为舒服。

而冬晨却是最难起床的晨。

简松意定好的六点的闹钟，叫醒的却只有隔壁的柏淮一人。

而简松意本人却像是聋了似的，闹钟响了八百回，柏淮起床洗漱穿衣，又刷完了一套英语听力题，他都还没一点儿动静。

柏淮没办法，只能去客房喊他："起床了。"

简松意洗漱完，总算是回过一些神，但还是有点呆。

看得柏淮想笑："都七点多了，今天估计又赶不及早读课。"

"嗯……七点多了？！"简松意虎躯一震。

唐女士是每天早上七点二十叫他吃早饭。

简松意想也没想，穿着柏淮的睡衣，抱起自己的衣服就往外跑。

"噔噔噔"，健步如飞，"啪唧"一下，戛然而止。

客厅里赫然端坐着一个精神矍铄的老人，拿着报纸，戴着老花眼镜，坐在面朝楼梯的沙发上，正低头，透过镜片上方打量着他。

简松意避无可避："柏……爷爷……"

柏老爷子放下报纸，摘下老花镜，朝他和蔼一笑："小意啊，起床了？快过来吃早饭吧，不然一会儿凉了。"

简松意抱着一大堆衣服，不知该何去何从。

柏淮则衣冠楚楚地从房间里出来，路过他身旁，淡定地拍了拍他的肩膀："吃早饭。"

然后柏淮径直走到餐桌旁，端起粥碗，漫不经心地闲话家常："爷爷你什么时候回来的？都不说一声。"

"昨天半夜回来的，听小刘说小意来了，时间太晚，就没打扰你们。"

"哦，这样啊，那爷爷你吃完饭记得再休息会儿。"柏淮说着，抬起头，看向还站在楼梯上的简松意："站那儿干吗？过来吃早饭，粥都要凉了。"

简松意觉得自己还是吃亏在脸皮太薄，得多学学柏淮，人不要脸，天下无敌。

于是他假装从容地把衣服放到沙发上，坐到餐桌边，埋头喝粥。

然而喝了几口粥后，简松意实在是忍不住解释道："昨晚柏淮有题不会，我给他讲，讲到太晚，就在这儿睡了。"

简松意说完，在餐桌底下踹了柏淮一脚，让他帮忙打圆场。

柏淮体贴地补充："嗯，昨天晚上让简松意帮我复习了一下物理，主要是力学和热学那部分，我还不太熟悉。"

柏老爷子听他们这么一说，立马亲切又欣慰地笑道："爱学习是好事儿，你们两个从小一起长大，就该互帮互助，就是太麻烦小意了。"

"没事儿的，爷爷，他不嫌麻烦。"

"嗯，小意的确是个好孩子。如果下次还有这种情况，你们就给阿姨打个招呼，让她给你们煲点汤，正好我这次带了些上好的鹿茸回来，给你们补补身子，免得身体吃不消，累坏了。"

"嗯，行，简松意是该补补了。"

补什么补！老子强壮得很！

简松意飞快地扒拉完一碗粥后落荒而逃。

然而逃得了初一逃不了十五。

刚回到家，还没来得及喘口气，一抬头就看见沙发上端坐着的简先生和唐女士。

简松意做出最后的挣扎："妈，如果我说我是出去晨跑了，你信吗？"

唐女士点头："信，怎么不信，你晨跑这衣服挺好看。"

简先生附和："就是大了点儿。"

唐女士细细观察，翘起兰花指："哎呀，这大概是一米九的码吧？"

427

简先生推了推眼镜,点头:"确实,估计给对面柏淮穿,刚刚好。"

简松意回到房间,原地自闭。

64

简松意收拾好下楼,出门,上车,坐好。

早就坐在车里等着的柏淮看见他这个样子,想笑,但又怕某人翻脸;想顺毛捋,但车上有司机在,某人脸皮薄,自己如果主动提起反而是在火上浇油。

于是只能等到了学校再说。

然而车一停,简松意就迈着两条长腿走得飞快。

还好柏淮的腿更长,他紧跟在后面,压着笑,低声解释:"我真不知道我爷爷会突然回来,不然我六点之前肯定把你叫起来。"

简松意顿住,回头,透过帽檐和口罩的窄缝,凶巴巴地瞥了他一眼:"你意思是怪我赖床?"

"不是,怪我。"

"怪你什么?"

"怪我太爱学习,非要拉着你复习物理。"

就知道这个人说不出什么好话!

简松意咬牙忍住当场揍柏淮一顿的冲动,转身走进教室。

一班众人抬头一看,立马噤声,心中纷纷感叹,喜怒无常的人真可怕。

众人又看向后面慢条斯理走进来的柏淮。

只见他走过去,坐到简松意旁边,轻声道:"都是我的错,都怪我,别生气了,行不行?"

简松意十分不满意。

这让别人听见了,那不就显得是自己无理取闹了吗!

于是简松意立马恶狠狠道:"不准跟我说话!"

杨岳生怕两人闹崩,忙着和稀泥:"柏哥,松哥就这脾气,过会儿就好了,你也别往心里去。"

"没事儿,他不想我说话,我不说就是了。"

柏淮语气冷淡,似乎刚才那句道歉已经用完了他的耐心,听得众人心里不免感叹人情凉薄。

殊不知,简松意桌肚里的手机亮了。

债主:"真不和我说话了?"

小松鼠:"滚!"

发完就真的不理柏淮了。

于是不出一天,"简松意和柏淮正式决裂,柏淮有意求和,简松意却冷漠对待"的谣言就传得沸沸扬扬,并且愈演愈烈。

一传十,十传百,添油加醋,以至于来通知他们去拍招生简章的学生会小干部紧张得舌头打结。

"那……那什么……简松意学长……柏……柏淮学长,彭主任让我来叫你俩……叫你俩一起去拍个照片。"

简松意挑了下眉:"我记得你不是结巴?"

"不……不,结巴,就是紧张。"

"紧张什么?"

"怕你们两个吵起来,我一个人拦不住。"

"……"倒是很诚实。

看来自己和柏淮关系不好的印象已经深入人心。

简松意把下巴藏进围巾里,冷冷道:"放心,我尽量让着他。"

柏淮看着前一秒还发微信跟自己抱怨今天太冷的某人,现在居然这么装腔作势,就觉得想笑。

不过简松意的面子还是要给的,于是柏淮也没说什么,就慢腾腾跟在后面,往图书馆走去。

彭明洪远远看见他们两个中间隔着十万八千里的距离,一下子气就上来了,等他们走近,叉着腰,质问道:"你们两个是不是又吵架了?"

简松意淡定点头:"是吧。"

"你,你,你……"彭明洪被简松意气得语无伦次,"算了!"

他拿起校服,给两人一人塞了一套:"行了,你们俩快换衣服,换完来阅览室,早拍完早结束,我懒得和你们操这个心。"

两个人抱着衣服，拐了个弯，在厕所前站定。

柏淮偏头，朝简松意笑了一下："现在没有别人，你得去易感者的卫生间换吧？"

"滚。"

简松意转身走进卫生间，把校服展开一看。

这个中老年人审美……为了拍摄招生简章，也不知道彭明洪去哪里搞了这么一套校服，咖啡色制服，白色衬衣，还配着领带，有板有型，土味十足。

说好的蓝白运动服方能展示我校学子的青春活力呢？

呵。

然而这不是最大的问题，等简松意换完衣服才发现，最大的问题是冷。

这个季节，一件衬衣，一件制服外套，校服裤子还露了一截儿脚踝，简直是要冻死。

本来就冷，简松意还怎么系都系不顺眼那领带，又担心耽误太久，彭明洪会找来，只能拿着领带就出去了，眉眼间全是不耐烦。

他出去的时候，柏淮已经在外面等着。

不得不说，虽然这款校服有点浮夸的土气，但是柏淮身高腿长，穿上去还挺像那么回事儿。身形把校服轮廓撑得刚刚好，衬衣系得规整，领带打得熨帖，金丝眼镜那么一戴，半倚着墙，怪不得彭明洪要拉他来拍摄招生简章。

简松意突然就起了玩心，拽着他的领带，笑得有点痞气："小学弟，该交保护费了知不知道？"

话音刚落，就传来彭明洪一声怒喝："简松意！我就说你们怎么磨磨蹭蹭的，你又挑事儿！"

简松意二话不说，立刻配合地松手。他认命地往阅览室快步走去，路过学生会小干部身旁的时候，小干部背对着彭明洪，拼命地点着手机屏幕，疯狂输出八卦。

简松意一直到走进阅览室，才叹了一口气。

开个玩笑而已，为什么每次都会被彭明洪打断？真是煞风景，没意思。

柏淮走进来的时候就看见简松意脸上又嘚瑟又庆幸又有些许遗憾的

表情。

他发现草履虫自从进化后,脑回路变得过于迂回,以至于他都有点跟不上。

柏淮走过去,从简松意手里拽出领带,不等他反应过来,就绕上他的领子。

"你不是不会系吗?我帮你。"

简松意任凭他帮自己把领带打好,然后拿出两片暖宝宝递过来。简松意伸手接过,拉开自己的外套,把暖宝宝贴在衬衣外面。

两人自然而然,旁边的学生会小干部却已经被这神奇的转折惊掉了下巴。

彭明洪则看得一脸欣慰,还不忘批评简松意:"简松意同学,我作为老师,要严肃批评你!并且向你提出要求,以后你要像柏淮同学对待你一样,如沐春风地对待他,不然三好学生就没了!"

简松意满脸问号。

旁边的柏淮却乖巧得很异常:"那老师,您能具体说一下要求吗?我尽量帮助简松意同学完成。"

简松意狐疑地看了柏淮一眼,他总觉得这人又在玩什么阴谋诡计:"柏淮,我警告你,你别在我面前耍心机啊。"

而柏淮只是冲他笑了笑,然后放在衣兜里的手,熟门熟路地按下了一个键。

彭明洪却毫不知情,仍然严肃认真地强调:"总之就是要你们互帮互助,给大家树立一个正确的、团结友爱的榜样……"

旁边的马尾辫摄影师实在看不下去了:"主任,要不我们还是先拍照吧。"

彭明洪这才反应过来止事要紧,连忙又说道:"这次拍摄的主要内容呢,是要展示我们南外雄厚的教学实力和我们南外学子求知若渴的学习态度,所以需要你们展示出这样的精神风貌……"

"就是要你们去书架前假装看书。"马尾辫摄影师简明扼要地提出要求。

简松意和柏淮点头:"了解。"

两人走到马尾辫摄影师指定的书架前。

大概是为了突出南外图书馆书真的很多，书架明显超负荷，书架旁还有一个梯形置书架，上面的书也摆得高高的。

　　简松意虽然不怎么来南外图书馆，但也知道这里平时肯定不是这样，不由得再次感叹了一句。

　　两人随便抽了一本书，简松意正好抽到一本物理教辅，于是真看了起来。

　　刚看进去，就听到彭明洪"哎呀"一声："你们这样不行，离得太远了，而且你们能不能笑笑？长这么好看的俩小伙子怎么就是不会笑呢？到底是有多大仇，多大怨？两个人同看一本！给我笑！"

　　简松意觉得两个人同看一本实在有些做作，眉眼间写满嫌弃："我们来图书馆是学习知识的，自己看自己的就挺好。"

　　话音刚落，柏淮就把自己手里的书放了回去，然后一只手捏着简松意手里的书的一头，另一只手点了点书的一角："你看这个物理小球，可爱吗？"

　　简松意想起之前的事，忍不住笑了一下。

　　"咔嚓"，这一幕被摄影师完美捕捉。

　　马尾辫大叔不住地点头："太好了，这张太好了，笑得也好看，看上去氛围融洽。"

　　这个表扬让简松意立刻"戏精"之魂觉醒。

　　他一把扒拉掉柏淮的手，义正词严地说："谁和他融洽了！"

　　"呵。"彭明洪也冷笑一声，"他俩啊……"

　　说完彭明洪就和摄影师低头讨论起照片和其他拍摄问题。

　　柏淮转身，抬手，准备把书放回原位，同时看向了简松意。

　　简松意挑眉。

　　柏淮却挑了下唇："我小气。"

　　简松意心里浮现出不好的预感，本能地就向后退了一步，然后……

　　"哗啦啦啦啦——"

　　被堆得满满的置书架倒了，几百本书齐齐压上旁边超负荷的书架，然后书架上的书也多米诺骨牌一般，跟着哗啦啦地倒了。

　　哗啦啦的声音绵绵不绝，现场陷入死寂。

彭明洪赶过来一看，痛心疾首："简松意！你在干吗？"

简松意有口难辩："是柏淮刚才……"

彭明洪气得原地打转，指着他，对摄影师说道："我跟你说，他俩要是能好好相处，我这辈子再也不管他们了，权当积德！"

柏淮听见这话，背对着彭明洪，手放进衣兜，重新按下一个键，然后朝简松意笑了一下，笑得蔫儿坏。

一看就有什么阴谋诡计。

简松意刚要说话，他就转过身，端出那份淡定正经的样子："老师，对不起，我的错，是我先招惹简松意的。"

彭明洪气得扔下一句："你们两个今天不把这里收拾好不准走！"

说完他就气冲冲地带着摄影师离开，去拍校园其他地方的景色了。

而学生会小干部跟在他身后，手指一刻没得闲。

人一走，简松意正要说话，柏淮却连忙笑着赔罪道："都怪我，我的错，我在这儿收拾，你去换衣服，别冻感冒了。"

简松意气归气，也不是没良心的人："我跟你一起收拾。"

"那还是要先去换衣服。"

两个人吵吵嚷嚷着换了衣服，又吵吵嚷嚷地收拾起成百上千本书。

要一本一本按编号排。

柏淮倒是觉得没什么，简松意可就没这个耐心了，正烦躁，一个电话就打了进来。

简松意不耐烦地接起："喂，干吗？"

"喂，松哥啊，你是不是又和柏哥打架了？"

"没……"

"怎么没！到处都传开啦！你和柏哥把阅览室都掀啦！！"

"……这都哪儿听来的？你怎么什么都知道？"

"看贴吧啊！"

话音刚落，微信分享链接就发过来了。

简松意点开一看。

配图是一片狼藉的阅览室。

简松意沉默了。

433

电话那头听见这边长久的沉默，连忙问道："喂，喂，松哥？还在吗？还好吗？"

"在。"

"所以你和柏哥真的彻底闹掰了？"

简松意继续沉默。

杨岳叹了口气："算了，松哥，我知道你心里不好受，但是咱不能让别人看笑话对不对？而且今天是大喜的日子，咱就消消气，克制一下，行不行？"

简松意不想理他，岔开话题："什么大喜的日子？"

"元旦假期啊，还有之前说好的请客啊。咱们班除了你和柏哥，其他人都已经到了，周洛和陆淇风我也叫上一块儿了，你不介意吧？"

"不介意。"

"不介意就行。今天说好的大家一起聚聚，顺便提前把生日给你过了，所以你和柏哥就收敛一点，权当给我杨某人几分面子。"

"别废话，地址。"

"哦，就是商贸旁边的金玉酒家，我们刚到，先点菜，你们快点来。还有，松哥你乖乖的……"

"啪——"简松意挂掉电话。

杨岳是吃了熊心豹子胆了，敢对他说乖？他简松意这辈子就听不得别人让他乖！

等他打完电话，柏淮已经把最后一本书放回书架，走上前："谁又惹我们松哥生气了？"

"刚杨岳说，让我们这边结束后直接去金玉酒家。"

"嗯。"

"你不爱热闹，要是不喜欢这种场合就不用去，先回家等我，我给你带吃的回来。"

柏淮低笑："说了请客算我的，我怎么能不去。"

金玉酒家是南外附近的一家星级酒楼，学校但凡有什么升学宴、庆功宴，都爱在这儿摆几桌，差不多成了一个传统。

于是好巧不巧，冤家路窄，简松意和柏淮到的时候，被皇甫轶给撞上了。

皇甫轶看见简松意和柏淮，阴阳怪气地笑了一下："哟，这不是我们松哥和柏哥嘛，两人还真是形影不离啊。"

简松意睨了他一眼。

他耸耸肩，呼朋唤友往里走去。

杨岳生怕简松意憋不住暴脾气，当场把铁牛原地炭烤，连忙赶过来打圆场："铁牛拿到国外那家商学院的录取通知了，手续都办妥了，下学期就不来学校了，所以赶在这周请他们班的人，正好撞上。不过他们在海棠厅，我们在百合厅，不碍事儿。"

简松意斜眉："我发现我在你心里，好像是很爱惹事的形象？"

……难道您不是吗？

可是杨岳不敢说，只能偷偷瞥了旁边的柏淮一眼，然后默默地把自己肥胖的身躯挤进了简松意和柏淮之间，试图充当一个坚实的堡垒。

今天只要有他杨岳在，就一定不会让这两人吵起来！

然后杨岳一手拉一个，三个人往百合厅走去。

百合厅在大堂东侧，外围用镂空木雕隔着，摆了四张大圆桌，坐三十个人刚刚好。

皇甫轶他们的海棠厅则在大堂西侧，两个包厢中间隔着大厅，还有一个临时搭建的台子，井水不犯河水。

简松意坐下后，随便扫了一眼，发现大堂中间的台子上还搭着罗马柱和花拱门。

他随口问道："还有人在这儿结婚？"

"对，就我们学校初中部的两位老师，是一对情侣，明天在这儿结婚，台子刚搭好。"

"哦。"

简松意没什么兴趣，柏淮却淡淡地抿了口茶，带着点笑意："看来还真能沾点喜宴的光。"

话音一落，全厅安静。

简松意还来不及反应，周洛就愤怒地摔下筷子："柏淮，行了啊，你见好就收！还真想蝉联年级最高分？别给我松哥添堵！"

435

陆淇风拽了一下周洛，周洛一把甩开："你别拽我！"

然后周洛转头对柏淮说道："是，你刚转来的时候我是崇拜过你，觉得你又帅成绩又好，后来觉得你人也很好，但松哥永远是我心里最牛的，所以不管我以前觉得你怎么样，你但凡让松哥不高兴，我就和你没完！"

这么多天，八卦的八卦，打圆场的打圆场，周洛看着心里早憋了一肚子气，替简松意委屈死了。

"陆淇风你别拽我，陆淇风你放我下来！"

周洛被陆淇风拉走了。

柏淮挑眉看了简松意一眼。

简松意尴尬地仰头喝饮料。他一时之间也不知如何是好。

不得不说，周洛今天能说出这番话，简松意十分感动。

然而越感动，就越无法想象周洛知道事情真相的那一天会有什么反应。

简松意心里竟然泛起难以言说的愧疚，想跟上去解释，柏淮却拦住他，自己起身离开了。

气氛十分尴尬。

还是徐嘉行人傻胆子大，直接一拍桌子："今天是个好日子！为了庆祝我最好的两个朋友都获得保送资格，我今天请大家喝饮料！来来来，大家都别客气！"

一班众人恍然大悟。

此时此刻还有能比吃吃喝喝更能活跃气氛的办法吗？没有。

于是三十个人，齐刷刷地排队敬饮料。

"松哥，你是我永远的男神！"

"松哥，你永远是我们一班的骄傲，南外的骄傲！"

"松哥，祝你福如东海，寿比南山！"

"松哥……"

简松意之前懒得理会关于他和柏淮的无聊的谣言，但是现在解释又骑虎难下。

自己作的孽，自己还，所以只能借着闹腾，缓解尴尬。

然而饮料喝着喝着，简松意有些撑，他站起身，往卫生间走去。

没等简松意走进卫生间,就听到了皇甫轶的声音。

"嘿,你说简松意和柏淮有意思吗?当时柏淮为了简松意各种威胁我,三番五次地,我还以为多好的关系呢,结果还不是说闹翻就闹翻。"

"啧,最讨厌柏淮那副谁都看不上的样子,偏偏那些女生就喜欢他那样的,平时装成一朵高岭之花……简松意,你有毛病啊!"

简松意冷冷道:"就你们也配说柏淮?嘴巴给我放干净点。"

"我说的不是实话?还是说戳到你心窝子了,你不乐意了?"

简松意语气冷淡:"你们平时废话多,爱编故事,我不管,是觉得没必要,大家图个乐子。但是我这人有个毛病,就是听不得别人说柏淮不好。"

"柏淮都跟你闹翻了,你还这么护着他,你有毛病啊!"

这句话一说,闻讯赶来劝架的众人都站在原地,不敢前进一步。

皇甫铁牛这个憨憨,真以为拿到录取通知,就可以为所欲为了吗?这不是故意挑衅松哥,往松哥伤口上撒盐吗?

果然,下一秒简松意漆黑眉眼间的戾气又重了几分,挑唇一笑:"我怎么样,不关你的事,但你有本事再说柏淮一句不好试试。"

皇甫轶被下了面子,又有几分旧怨,不服气道:"柏淮到底是你什么人你就这么护着他,你问问他稀罕吗?"

话音刚落,人群外围就传出一声怯怯的"柏淮"。

众人一回头,就看见柏淮正站在人群外围,后面跟着陆淇风和周洛。

人群自动闪开一条道。

简松意在听到柏淮名字的时候,就松了些劲儿,转过身,看着柏淮一步一步向他走来。

柏淮缓缓站到简松意跟前,低声问道:"怎么我不在一会儿,你就空腹喝这么多饮料?胃疼了怎么办?"

语气温和,却有点说教怪罪的味道。

众人再次屏住呼吸。

今天所有人都疯了吗?柏淮你居然敢管松哥?还是暴走状态的松哥!

不等简松意动作,众人就一窝蜂上前把两人分开,然后一个劲儿把柏淮往外推,拼命劝道:"松哥,冷静,你冷静一点,别跟皇甫轶一般见识。犯不着。也别跟柏哥生气，柏哥也是关心你。"

"对，冷静，别伤了和气，这么多年的情分，没必要，柏哥有时候是气人了点，但他对你还是很好的。"

……

闹闹哄哄，密密麻麻，吵得简松意头疼。

简松意觉得头晕晕乎乎地疼，不耐烦极了，冷着声音，怒斥一声："你们都给我让开！"

众人不敢动了，只能拼命暗示柏淮快走。

然而柏淮却站在那里，纹丝不动，看着简松意。

简松意则不耐烦地拨开人群，朝柏淮走去。

简松意走到了柏淮面前。

众人心悬到了嗓子眼儿，紧紧攥着拳头，不敢呼吸，随时准备拯救柏淮。

千钧一发。

然后，他们刚才还冷戾到极致的松哥开了口："头疼。"

65

简松意说完还歪了一下脑袋，可可爱爱。

围观群众原地石化。

我是疯了吗？

我为什么会觉得这个刚才还在暴躁的简松意竟然有点可爱？

所以到底是简松意疯了，还是我疯了？

不明真相的"吃瓜群众"同时陷入了一种深深的自我怀疑。

下一秒，他们心中那个高冷不近人情的柏淮说话了，声音低沉又温柔："好，哥哥在，不疼。"

哥哥？

叠字？

平时话都懒得多说一句的柏淮居然说出了这么可爱的叠字？

好的，一定是我疯了，是这样没错了，我出现幻觉了。

哈哈哈哈哈……所有人在内心笑着笑着，沉默了。

场面诡异地安静。

而远远被陆淇风拉着的周洛迷茫地睁大了双眼。

怎么回事儿？发生了什么？他们俩的关系到底是好还是不好？

原地石化的众人慢慢回过神来，然后簇拥着简松意和柏淮重新回到了餐厅。

简松意不知为什么有些头疼，又被这群人搅和一通，他都烦死了。

实在忍无可忍，简松意不耐烦地喊道："你们走开，我自己走。"

"松哥，你这是去哪儿？"

"台子。"

"不行啊，松哥。"杨岳死死拦住，"那边是别人明天要用的台子，你别给人砸了。"

"我说了，我要去。"

"松哥，真的不行，别……哎哟！"

求生欲使众人不得不放开手，然后眼睁睁看着简松意一步一步登上台阶，站到舞台中央的水晶灯底下。

全场聚焦，万众瞩目。

俞子国装模作样地掐指一算，绝望看天："今晚，是一个注定不平静的夜晚，松哥这是要在最惹人注目的地方搞事啊。"

这是要打擂台赛啊！

果然，简松意在舞台上站定后，就冷着脸，挑着眉，朝柏淮勾勾手指头："你，过来。"

柏淮毫不迟疑地向他走过去。

该发生的拦不住，他们尽力了，他们也很心累。

众人齐心协力，准备在最猛烈的暴风雨来临前，速速离开这个是非之地，并且消化一下到底发生了什么。

然而简松意之所以是简松意，就是因为他不讲道理。

众人溜到一半，身后突然传来一声厉斥："站住！"

"……"

"回来！"

"……"

"坐下！"

"……"

"我说完了吗？准你们走了吗？"

"……"

"都给我坐好了听！我没准你们走，你们谁都不准走！"

众人回头，求救般地看向柏淮，柏淮却只是淡淡看了他们一眼，以示简松意想干吗就干吗，他拦不住，也不想拦。

无辜群众都快哭了，秉持着要死一起死的原则，撮着对面班的皇甫铁牛一起乖乖坐在台下，听简松意讲过去的故事。

简松意很满意这个效果，指了指柏淮，问道："帅吗？"

"帅。"

"聪明吗？"

"聪明。"

"优秀吗？"

"优秀。"

"钢琴弹得好吗？"

"好。"

"温柔吗？"

"不温柔。"

本来听得很满意的简松意突然不干了："不对！重说！"

"……"真的没看出来。

大萝卜们欲哭无泪，昧着良心点头："温柔。"

简松意又不干了："你们根本不知道他有多好！你们什么都不知道，只会跟着瞎传谣言！动不动就说我跟柏淮不和！你们一群骗子！"

大萝卜们这回是真的哭了。

"我们从小一起长大，是最了解彼此的人。我不吃的东西，他会很细心地帮我挑出来。我喜欢吃的东西，他会跑遍大半个南城给我买。我胃不好，他就永远备着药和热水。我生病了，他会连夜冒着大雪赶去北城看我。所以我不准你们说他不好。"

此时此刻的简松意，看上去却格外地认真。

"所以，皇甫铁牛，你刚才问我，柏淮是我什么人，我这么护着他。我现在就告诉你，柏淮，是过去十八年陪伴我最久的人，所以我不护着他，我护着谁？"

说简松意清醒吧，他显然是上头了，不然不可能说出这样的话，他向来最要面子，偶像包袱最重。

可如果说他冲动，这一字一句，又没谁会觉得是一时兴起不负责任的言论，反而字字剖心，动人心弦。

有的话，因为从来没有说出口，所以显得异常珍贵。

而柏淮就站在那里，看着简松意，听他说着这些话。原来，所有的事，他都记着，他都明白。

他只是性子别扭，不是真的没良心的小东西。

而众人也在震惊和惶恐中突然品出了些许感动。

他们其实大都和柏淮不算太熟，对于柏淮的了解，更多是可远观而不可亵玩焉的瞻仰。柏淮太冷淡，除了和简松意有关的，几乎都不参与，所以也无人了解他。

相反，简松意虽然暴躁、脾气差，实际却心软得很，让人觉得温暖可靠，这么多年，班上的人没谁不喜欢简松意。

所以简松意和柏淮有矛盾后，大家第一反应都是帮着简松意。

他们就是觉得柏淮太疏离、太冷淡、太凉薄，像是随时都会走的人，没有牵绊。

也很少见到柏淮笑。

可此时此刻，柏淮却笑了。

他和简松意，仿佛有一个自己的世界，在这个世界里，他们在彼此面前是最真实纯粹的样子。

这一点，让他们这些不相干的局外人，竟也觉得动容。

简松意顿了顿，继续道："所以，以后你们可以说我不好，但是不准说柏淮不好，不然我见一次揍一次，记住了吗？"

众人："记住了。"

"大声点！"

"记住了！"
"记住什么了？"
"可以说松哥不好，但是不准说柏哥不好，不然见一次揍一次！"
"好，回去默写十遍，返校检查。"
众人满脸蒙。
"暴君"挑眉威胁。
"奸臣"在后助阵："他没让你们写听后感就不错了。"
众人只能含泪应答："好，默写。"
"暴君"看着众人的反应，满意地点点头，转过身，朝"奸臣"抬起下巴："我威风不？"
柏淮轻笑："威风。"
希望一觉起来，还能继续威风。
本来柏淮已经让这群人答应了后面不提这事儿，结果某人非要给自己留下点证据，希望到时候不要羞愤得离家出走。
不过柏淮到底还有几分良心，作为给众人的精神补偿，这顿饭所有花费他都买了单，然后带着简松意提前回家了，没有让他继续留下来"迫害"广大无辜群众。
这个时候的简松意，整体来说，还算是听话的。
起码在柏淮面前是听话的。
柏淮看了看旁边要睡不睡的简松意："小松鼠。"
"嗯？！"简松意突然坐直了身子，"叫我干吗？！"
柏淮忍不住笑出了声。
幼儿园的时候，刚开始学习辨认植物和动物，温之眠告诉他们俩一个要当柏树，一个要当松树，不畏严寒、刚强不屈、傲骨铮铮。
那时候才刚学会拼音的简小松听得懵懵懂懂，不太明白，问柏小淮是什么意思，柏小淮就告诉他，是要当英雄的意思。
然后当天晚上简小松就抱着一张看图识拼音的小松鼠卡片爬进自己的被窝，傻乎乎地问道："淮哥哥，这个songshu看上去胖嘟嘟的，也可以当英雄吗？"
那时候简小松还有点奶嘟嘟的婴儿肥，于是柏小淮就很认真地点头:"嗯,可以的,胖一点打架才厉害。"

"哦,那小松也要当小松鼠!"

于是简小松就当了挺长时间的小松鼠,直到他上了小学,才以两个人打了一架为句号,结束了这个没什么英雄气概的外号。

没想到这么多年过去,倒是又叫回来了。

柏淮看着呆呆的简松意,实在没忍住,狠狠揉了两下他的脑袋:"没什么,到家了,下车。"

"嗯。"

简松意乖乖地跟着下了车,走到家门口。

还没来得及按密码锁,门就开了。

妆容精致的唐女士站在门后,半探出身子。

柏淮打了个招呼:"唐姨,简松意有点不舒服,我送他回来。先让他休息吧,我先回家了。"

唐女士推开门,走出来,理了理头发,笑道:"哎呀,小淮呀,真是太不巧了,小意他爸爸加班,我今天晚上又约了陆淇风妈妈打牌,所以小意只能交给你照顾了。麻烦啦,辛苦啦。"

说着就往车库走去,走了几步,唐女士突然回头,娇俏一笑:"明天下午我们家要出发去海边别墅跨年,还有给小意过十八岁生日,你记得把你俩的东西收拾好,一家人都要到齐才行。"

一家人。

大概有十年没人对自己说过这个词了吧。

柏淮笑了一下:"嗯,好的,唐姨路上注意安全。"

唐女士比了一个 OK 的手势,美滋滋地转身走了。

66

太阳底下,并无新事。

当简松意再一次醒来时,他又感觉到了头疼。

他皱着眉缩回被窝,想继续睡。

楼下客厅却传来嘈杂的说话声,吵得他越发头疼。

他想知道为什么会疼,但记忆像是被上了一道锁,需要费点力气才能想起来到底发生了什么。

简松意懒,不乐意费脑子去想,就把自己整个儿陷进枕头和被窝里,闭着眼,放空大脑,呈现半睡半醒的状态。

不一会儿,楼下的说话声消失了,大门关上,传来上楼的脚步声,门打开了。

简松意不用动脑子,也知道是柏淮,于是保持着原状没动。

很快,耳边就传来柏淮的声音:"起来把蜂蜜水喝了,喝了再继续睡。"

"不想喝。"简松意把自己的小脑袋往回缩了缩,小声嘟囔道,"你怎么又在我家?"

柏淮本来打算提醒他某个残酷的事实,但想了想,还是忍住了。

算了,刚起床,让小可怜缓缓。

于是柏淮只是让他靠着床头坐着,然后端起床头柜上的杯子:"把水喝了,胃药吃了,再接着睡。"

柏淮等他吃完药,说:"再睡会儿吧。"

简松意蹭了蹭被子,抱怨道:"头疼。"

"再睡会儿就不疼了。"

可是简松意被这么一折腾,却精神了些,睡不着了,微微睁开眼,看向柏淮:"刚才家里是不是来人了?怪吵的。"

柏淮顿了顿,措辞避开关键部分:"嗯,刚才杨岳他们来了。"

"他们来干吗?"

"代表全班同学送上生日礼物。"

简松意余光一瞥,果真瞥到了床头上的一个礼盒,应该是柏淮刚才拿上来的。

于是他半撑起身子,想拿过来瞧瞧到底是什么玩意儿。

柏淮有点不放心,他总觉得杨岳和徐嘉行今天像是来公报私仇的,于是伸手摁住礼盒:"要不再睡会儿?"

简松意扒拉开他的手:"你是不是嫉妒?我告诉你,松哥人缘好,是这么多年积攒下来的,你嫉妒不来,也羡慕不来,让开,别挡着我拆礼物。"

然后简松意嘚瑟地把盒子拿到了跟前。

盒子用绸缎包装得十分精致典雅，看上去就很昂贵。

简松意觉得这群人还算有良心，自己平日里待他们不薄，他们也都还记着。

毕竟杨岳和徐嘉行送柏淮的生日礼物都是球鞋，那送自己，起码也得送个纯金等比小雕像。

这么想着，简松意生出了些许期待，弯着唇角，懒洋洋地拆起包装。

解开彩绳，剥开绸缎，打开盒盖，闪耀夺目的……

这乌漆麻黑的是什么玩意儿？

简松意愣了愣，然后看到标签——××牌仿真假发（男士）。

……假发？两顶？

两顶蓬松自然乌黑发亮的假发？

简松意手不自觉地抓了抓自己的一头参毛，挺茂盛的啊。

他目光呆呆地挪到盒子另一个角落。

一沓纸，整整齐齐。

或许，是全班人感人肺腑的真情表白？

那也行。

礼物不重要，重要的是心意。

简松意怀揣着最后的希望，拿起一张纸，定睛一看。

白纸黑字，赫然写着——

松哥语录：可以说我不好，但是不准说柏淮不好，不然见一次揍一次。

密密麻麻，写了十遍。

简松意升起了一种不好的感觉，他放下，换一张。

另一种字迹，松哥语录……

再换一张，还是松哥语录……

再换一张……

简松意沉默了。

上了锁的大脑，被一句又一句松哥语录解开了封印。

他想起来了。

他当着全班人的面发疯,还不准围观群众走,非要让别人坐下来听他夸柏淮,听完了还要别人默写十遍,返校检查。

短暂又漫长的沉默。

简松意平静地放下盒子,掀开被子,起身,下床,走到窗边,拉开窗帘,打开窗户,长腿一跨,踩上窗台。

柏淮连忙从后面把他拦腰抱住,拉了回来。

简松意面无表情,心如死灰,连反抗的欲望都没有。

他从小到大最爱面子,这么多年的形象,如今就这样毁于一旦。

他一拳一脚打下来的"江山",就这样没了。

就因为一个柏淮。

想到这儿,简松意绝望地闭上双眼,戏瘾又上来了。

"柏淮,给我个痛快吧,然后从此忘了我,我们两不相欠。"

柏淮昨天晚上想好的,今天一定要以安抚为主,绝对不逗某人,也绝对不火上浇油。

然而看着简松意这样,他还是没忍住轻笑了一声:"那可能不太行,我下不去手。"

简松意毫无生存意志:"那你放开我,我自己来。"

柏淮忍住笑,低头拍了拍他:"不至于,没那么丢人,他们答应了我的,不会再提这事,我也保证不提,就当没发生过,行不行?"

话音刚落,手机响了。

简松意偏头一看。

杨岳:"松哥,生日礼物是我们全班人的心意,礼轻情意重,希望你能喜欢。——爱您的一班学子。"

简松意开始找刀,却被柏淮拦住:"稳住,别冲动。"

"滚。"简松意暴躁地一把推开柏淮,"你让开!"

然后简松意站起身,找了半天从房间角落拎起一根棒球棒就往外走去。

柏淮伸出胳膊,把他拉了回来:"穿着个皮卡丘的睡衣要去哪儿?"

昨天晚上闹着要穿超萌皮卡丘睡衣的简松意同学,此时此刻满脸"杀气",语调冰冷:"杀人灭口,在场三十人,一个都不留。"

"别闹。"

"那我给你两个选择,要么杀了我,要么把他们灭口。"

"那好,你先睡一觉,睡醒了,我就回来了。"

柏淮说完,接过棒球棒,转身开门,似乎真的要去为他报仇。

"给我回来!"

柏淮回来了。

简松意知道自己完了。

气无可气,他自暴自弃地蹲下身,把自己团成一个球,埋着脑袋。

柏淮把"球"拉起来。

简松意就着被子缩进去,双手捂脸,弓起背,蜷起腿,膝盖抵上手背,尽职尽责地当一只小虾球。

他就是一只小虾球,他不配做人,他不愿意面对这个世界,不愿意面对到底发生了什么。

别问。

问就是丢人。

真的太丢人了。

他简松意这辈子还没这么丢人过。

啊啊啊啊!

他是疯了吗!

是的,他疯了。

就这样辟谣了,但是面子没了,形象没了,尊严没了。

全都没了,一切的一切都没了。

好丢人。

真的好丢人。

柏淮怕他闷坏了,伸手把他从被子里扒拉出来:"打算躲一辈子?"

简松意头埋得更低了,恨不得整个人钻进地下把自己藏起来。

柏淮低声问道:"觉得丢人?"

"废话!换你试试!"

简松意想到这儿就气,抬起头,睁大眼睛,气呼呼道:"你昨晚为什么不拦我!你把我拽走不行吗?你是不是故意的!你是不是就等着这一天呢！"

"对不起，都怪我，但我不是故意的。"柏淮声音耐心而温柔，却让简松意突然愧疚起来。

他明知自己想干吗没人拦得住。柏淮如果不顺着自己，说不定会闹得更难堪。现在迁怒柏淮，实在不讲道理。

简松意连忙乖巧道："我不是那意思，你不要不高兴。"

柏淮压根儿就没多想，看见简松意突然乖巧，愣了愣，然后反应过来，是简松意自己想多了，不由得笑了一下。

谁说简松意粗神经，明明细致起来比谁都体贴。

柏淮忍不住笑道："想什么呢？你昨晚都那么情真意切了，我还怎么生气。嗯，我们的霸道校草？"

"……滚！"简松意就见不得柏淮这种给点阳光就灿烂的人，狠狠踹了他一脚，"你给我滚！现在就滚！我再也不要看到你，滚滚滚！"

柏淮笑得更厉害了："行，我滚，我先回家收拾东西，我们松哥冷静冷静。"

"滚！"

简松意朝柏淮狠狠扔了个枕头，把他赶出了自己的房间，然后翻过身，把自己的脸埋在床上，又死命地蹬腿，翻来覆去，覆去翻来。

像一根点燃后被平放在地上扭来扭去的小鞭炮，吱吱吱，恨不得一个弹射把自己送上天，从此告别人间。

就这样暴躁了足足十分钟后，红皮松意终于气衰力竭，喘着粗气，接受了自己无法上天的事实，决定冷静下来，想一下补救措施。

方案一，宁为玉碎不为瓦全。

算了，我还年轻。

方案二，转学。

只要我转学转得足够快，八卦就跟不上我，面子就能保住。

简松意打电话给简先生，对面"呵"一声，然后电话被挂掉。

简松意打电话给唐女士。"哎呀，小意呀，你转小淮也得转呀，不然你们俩……""啪"，简松意自己挂掉。

方案三，退学，离家出走。

只要我离开南城，我就拥有一个新世界，从此往事与我无关，就是吃不饱，穿不暖，没有专车接送，也没有零花钱。

　　算了。

　　方案四，强势禁言，遏制谣言滋生。

　　可行。

　　简松意拿出手机，第一步，打开了南外最大是非之地——贴吧。

　　然后愣了愣。

　　他本来以为，这一定是"血雨腥风"的一天，网络上肯定到处充斥着对他的无情嘲笑。

　　然而没有。干干净净，没有一点不好的传言。

　　他退出贴吧，又打开了朋友圈。

　　依然如此。

　　微博、校内网、QQ空间，他能想到的社交网络，都平静如初。

　　习惯了自己惹事体质的简松意觉得肯定是哪里不对。

　　他直接找到杨岳："昨天晚上后来发生了什么？"

　　杨岳："松哥，这你可得问柏哥啊！你们发生了什么，我真的不知道！"

　　简松意："我是问为什么这次你们都这么自觉，嘴巴这么老实。"

　　杨岳："……"

　　杨岳："算了，我觉得我还是得说，为你们的友情添砖加瓦。"

　　简松意："嗯？"

　　杨岳："本来这事儿大家肯定要吵吵好久的，但是昨天晚上柏哥一条一条给我们每个人发信息，说你给大家添麻烦了，打扰大家了，很不好意思，一个一个道歉。他买了单不说，还给每人发了红包。还说不介意大家平时开开玩笑，但是希望我们尽量不要把昨天晚上的事情说出去，不希望你十八岁生日过得不开心，也不希望别人对你有不好的议论。"

　　杨岳："说实话，柏哥转来这么久了，跟很多人可能连一句话都没说过，但是他昨晚一个一个加微信，一个一个解释，都没有群发，估计就是为了显得有诚意。连国际班那边他都想办法让铁牛他们闭嘴了。就

柏哥那种人,我都没想过他能说这么多话。其实多大点儿事儿啊,说这么多,不就是知道你爱面子、脸皮薄,怕你觉得丢人不高兴吗?"

简松意看完消息,放下手机,把自己安安静静地埋在被子里。

他有点生气,柏淮那么清高冷淡的一个人,凭什么要一个一个去找别人欠人情。

自己这点臭面子是面子,柏淮的面子就不是面子吗?

他觉得内疚死了,柏淮凭什么要受这种委屈呀!

都怪自己这个臭弟弟,臭爱面子,面子再重要,能有柏淮重要吗?

而且他上次跟柏淮打赌,答应输了就剃光头,一直没有兑现。既然柏淮为他做了这么多,他为柏淮不要一次面子,剃一次光头,又怎么了?

简松意下定决心,决定给柏淮一个惊喜。

于是他起床,换衣服,挑了一个墨绿色的绒线帽,出门,一路往小区外那家理发店走去。

第十四章
新年快乐

SONG YI

67

今年的最后一天，简松意觉得格外冷。

南城的风儿，有些喧嚣。

他站在理发店前，看着玻璃门倒映出的自己，摘下了那个墨绿色的绒线帽，伸手从额前往后一捋，乌黑蓬松的头发就听话地顺着往后，露出光洁饱满的额头。

指缝间的触感很柔软，很舒服。

可惜很快他就揉不了了，简松意遗憾地"啧"了两声后，推门走了进去。

理发店的理发师很热情："帅哥，洗头还是烫头？"

"剃头。"

"剃什么头？"

"光头。"

"……"

"不行？"

"行……"理发师虽然不知道这位帅哥为什么想不开，但顾客就是上帝，"先洗头，剪头发的话，前面还有两个人，得等等。"

"嗯。"

简松意洗完头，坐在沙发上，百无聊赖，打开手机搜索：头发生长速度。

平均每月一厘米。

这么一算，那高考后自己也能有个七八厘米的头发。

还行，能帅着毕业。简松意长舒一口气。

刚打算再搜索一下光头护理小技巧，屏幕突然一黑，弹出"柏淮"两个大字，简松意本能地手一抖，按下了接听键。

电话那头传来柏淮的声音："怎么我回家收拾个东西，你人就不在了？"

"嗯……就是……我突然想开了……"

简松意打算编一个合情合理的说法。

然而不等他编好，理发师就中气十足地喊了一声："要剃光头那个帅哥，到你了！"

声音洪亮，穿透力极强。

"啪——"简松意想也不想，立马挂掉电话。

可不能给柏淮听到，这是惊喜！

而电话那头的柏淮听着突如其来的忙音，愣了愣，低低骂了一句脏话，然后立马向小区外飞奔而去。

简松意这个草履虫，一个没看住，居然就自己溜出去剃光头？

柏淮想象了一下头上光秃秃的简松意，居然气笑了。

算了，真剃了也好，让他藏在家里不好意思出门，长长记性，看以后还敢不敢闹。

虽然这么想着，但是脚下的步伐却一点儿也没停。

小区外的商业街有三家理发店，柏淮一家一家找过去，等终于找到简松意在的那家理发店的时候，一推门，就看见了一颗漂亮的小脑袋在理发师手下乖巧地僵着。

简松意紧闭双眼，眉头紧锁，一脸视死如归的表情。

地上已经掉落了不少"松鼠毛"。

既然这么不愿意，为什么要剃？这人脑子是怎么长的？

柏淮心中憋着一股浊气，素来冷静如他，也终于没忍住，咬牙问："简松意，你是傻吗？"

虽然是问句，但语气十分笃定。

简松意转过头。

柏淮站在门口，喘着气，胸口起伏，呵出的白雾一点点在空中蒸

腾，大概因为跑得急，向来冷淡的面容也显得不那么冷淡了。

不仅不冷淡，还很丰富，无奈、担心、急切、好笑、想揍人，混杂在一起，看得简松意不知道为什么，有种做坏事被抓包的感觉。

他心虚地问了一句："你怎么来了？"

"我怎么来了？"柏淮垂眸看了看地上的"松鼠毛"，又抬眸看了看紧张兮兮的松鼠本鼠，好气又好笑，"我再不来，等着家里多颗蛋？"

"……"

可能因为本人实在是抗拒秃头，所以简松意的表情居然显得有些委屈，加上一头狗啃毛，看上去怪可怜的。

看着简松意可怜兮兮的样子，柏淮都不想骂他，走过去，拨了拨他的头发，已经被剪了不少。

但好在这个理发师是慢工出细活的类型，没剪得太狠，还留了三四厘米的长度。

柏淮指尖在简松意脑袋上比画了两下，对理发师说道："两边和后面可以修短，顶上和前面稍微留长点，他有美人尖，留着好看。"

理发师虽然不知道这个人和小帅哥是什么关系，但看上去像是能说了算的，于是立马点头："好嘞。"

简松意不乐意："反正过几天也要剃光的，不如一步到位。"

柏淮扫了他一眼："我能让你剃光头？"语气有点强势。

柏淮大部分时候都是让着他的，但一旦开始强势，就说明他的主意没得改。

简松意撇撇嘴，闭上眼，不说话了。

不给剃光头拉倒，反正回头别说他不认账就行。

柏淮看简松意没继续闹，转头重新看向理发师："就着这个长度给他剪短，剪细致一点，好看一点，时间不着急。"

"欸，好嘞，你坐那边等等。"

"嗯。"

柏淮应了，却没有去坐，只是站在旁边看着，带着死亡般的凝视。

那个气场让理发师有理由怀疑，如果今天把这颗脑袋剪砸了，自己和自己的店，将会遭受无妄之灾。

于是格外兢兢业业，以至于远远超出他平常的水平，硬生生地把一个普普通通的寸头剪出了国际顶尖造型的气质。

也就剪得格外慢。

简松意本来想的是，心一横，眼一闭，快刀斩乱麻，秃就秃了，结果现在剪得慢条斯理，反而有一种凌迟处刑的感觉。

他闭着眼，感受着头发一点点掉落，什么都看不到，突然有些担心。

柏淮刚才为什么凶巴巴的？为什么不高兴？是不是剪得特别丑？

居然有点紧张。

柏淮感觉到他的紧张，轻笑一声："现在开始担心了？不是还想剃光头来着？"

"呸。"简松意死鸭子嘴硬，"别说光头了，双马尾我都不怕。"

"行，网店已下单。"

"……滚！"

简松意虽然说着不怕，但是等理发师终于放下剪刀的时候，他还是有点不敢看，闭着眼，不愿意接受现实。

柏淮斜靠在理发台上，挡住镜子，打量着他："睁开眼睛，让我看看。"

简松意睁开了漂亮的大眼睛。

柏淮都没想到，简松意剪短了头发会这么帅。脸小，下巴尖，五官立体，头型饱满，没有了厚重的头发分散注意力，脸型轮廓的立体精致得到了更好的凸显。

没了刘海遮挡，斜长的剑眉完整地露出来，利落的发型让平时显得多情的那双桃花眼多了几分英气和痞气。

干练，帅气，野，偏偏五官又很漂亮，还有点儿酷。

等回了学校，不知道又要招惹多少芳心。

柏淮觉得自己真不是什么好人，又想逗他了。

他把大衣往简松意身上一裹："回家。"

简松意想扒开他："你先让我照照镜子。"

"别照了，有点儿不好看，怕你不高兴。"

柏淮都说不好看了，那肯定不好看了，简松意情绪突然低落下去：

"行,那你等我把帽子戴上。"

不说还好,一说帽子,柏淮瞥了一眼,一口气差点背过去,一把抢过帽子:"这破帽子别戴了。"

"怎么破帽子了?这是联名新款,今年最火的牛油果色,我刚买的,老贵了,你还我。"

柏淮无话可说,一手拎着帽子,一手拎着简松意,出了理发店。

简松意觉得自己的地位受到了挑衅,试图反抗,然而反抗无效,被柏淮一路拎回了家。

回到家,简松意道:"你要干吗?"

"算账。"

"算什么账?"

"你差点儿就把自己变成了一颗蛋,我还不能找你算算账?"

"……"

柏淮揉了揉他的短毛,比想象中手感好,不扎手,毛茸茸的,痒酥酥的。

"你能不能说说你是怎么想的?怎么突然想起来去剃光头?想一出是一出?"

"我没想一出是一出。"

"那你是不是傻?今天如果我不来,你是不是真打算剃光?你不是最爱面子吗,这会儿又不爱了?"

出乎柏淮意料的是,简松意居然没和他吵,只是偏过头,抿了抿唇:"我以后不爱面子了。"

柏淮挑挑眉。

"我就是臭爱面子、臭别扭,所以之前没少让你难过,现在还连累你拉下脸欠人情。我不高兴你老是为了我委曲求全,我过意不去,所以我想改改这臭毛病。"

从侧面看,这个发型把简松意的轮廓拉得硬朗了些。

然而也就是看上去冷酷,实际还是软乎的。

柏淮心里一下就软了:"我不委屈。"

"你委屈。"简松意转过头,认认真真看着柏淮,"我脾气差我知道,你从小一直惯着我,我也就没当回事儿,仗着你对我好就矫情。我以前没意识到这点,但是现在有人给我说了,我知道了,我就得改。我去剃光头就是想证明,你在我心里比面子重要,上次说好了输了要剃光头,我说到做到。"

不知道是不是换了发型的原因,柏淮突然觉得他好像变成熟了些,懂事了。

说不感动是假的。

柏淮笑了笑:"我刚骗你的,其实你剪了头发特别好看,很酷,很帅。"

简松意心情突然好了:"那必须!"

他心情一好,挑眉一笑,就更张扬了,痞气又骄傲。

柏淮也忍不住笑了。

68

唐女士和简先生回来的时候,听见楼上有动静,抬头一看,见柏淮和一个有点儿面熟的帅气男孩子,不知道在说什么。

柏淮怎么在自己家和别人说话?小意呢?

唐女士尴尬又不失礼貌地笑道:"小淮,带朋友过来玩啊?小意呢?"

空气陷入短暂的沉默。

简松意绝望地叫了声:"妈!"

伴随着一声"妈",唐女士愣了愣,定睛一看,旋即"扑哧"一声,伏在简先生身上笑得花枝乱颤:"哈哈哈哈哈哈……"

简先生搂着唐女士,抬头看着简松意,也压着笑意:"不错,看上去挺凉快,适合过冬。"

简松意剪了头发后,到现在也没照过镜子,好不好看都是柏淮一个人说的,现在看着唐女士和简先生是这个反应,就铁了心认为肯定是不好看了。

垃圾柏淮,肯定指使理发师给自己剪了一个丑得不行的发型,就是想看自己笑话。

简松意恼羞成怒气急败坏,又夺门而去,"啪"地摔上了门。

唐女士在楼下笑得喘不上气，边笑边说道："好了，妈妈不笑了，你快下来，我们出发了。小淮，你东西收拾好了吗？"

"收拾好了。"

"那行，你把小意拎下来，别让他闹，不然一会儿堵车，晚上赶不及了。"

简松意不等柏淮拎，自己出来了："妈，去海边跨年，你带柏淮干吗啊？"

"咱们这么多年的关系，跟一家人有什么区别，那既然是一家人了，当然要一起跨年。"

简松意又不能像骂柏淮一样骂自己亲妈，所以满心羞怒只能憋着，气急败坏地把帽子往头上一戴，围着围巾就噔噔噔下了楼。

出门，上车，闭眼装睡。

柏淮看着那个牛油果色的帽子，就知道这小东西是故意的，又气又好笑，回房间拎着箱子跟了下去。

出门的时候，唐女士的笑还没完全收住，一边走一边说道："小淮，你快去车上看看，别让他把自己气坏了。其实新发型挺好看的，我就是想逗逗他，他逗起来太好玩了。"

您是开心了，我这可能哄不回来了啊。

柏淮心里无奈地笑了笑，快走几步，上车，坐到简松意旁边，刚想说什么，唐女士和简先生上车了。

唐女士似乎时隔多年又找回了玩崽子的乐趣，坐在副驾驶座上，转过头，递过一面小镜子："儿子，你看看，好看的，真的，妈妈不骗你，我们宝贝儿超级好看。"

"妈！"

虽然说了以后要不那么爱面子，可是这么多年的偶像包袱已经深入骨髓，简松意索性一翻身，整个人蜷缩起来，把毯子一扯，蒙住自己的脑袋，谁也不理了。

柏淮知道不能再逗了，连忙朝唐女士说道："阿姨，简松意昨天好像没太休息好，让他先睡会儿吧。"

得，开始护着了。

唐女士比了个OK的手势，转过身，给驾驶座上的简先生剥起了葡萄。

车缓缓向东边行驶。

其实去东边的海边别墅跨年，以前是两家人的传统。

只是后来老爷子们年纪都大了，门生又多，一到了节假日，不是忙着视察就是忙着见学生、下属，就没再跟着。而温之眠去世后，柏寒就去了北城。于是渐渐就变成了简家一家三口，带着个柏淮。

再后来，柏淮也走了，就只剩下简家一家三口。

去年唐女士还说，也不知道为什么，这日子越过越冷清，越过越不热闹。

她是喜欢热闹的人，所以今年柏淮回来了，她是真的高兴。

等到了地方，夜幕已经初降。

简松意被叫醒的时候，发现自己不知道什么时候睡着了，头发还被柏淮揉来揉去，顿时就不乐意了，一巴掌拍开他，坐起身，打开车门，就往别墅走去。

柏淮心里笑骂了一句，过河拆桥的小东西，然后才慢条斯理地从后备厢拿出行李，跟上。

这个小岛其实有些荒凉，是早些年被老简同志趁着便宜买下来的，当时交通不方便，面积还特别小，所有人都觉得是一笔失败的投资。

结果后来发现，人家哪是投资，人家是要修个别墅自己住。

据说简家夫人少女时期的梦想就是在小岛上有一个大大的玻璃房，一睁眼就可以看见大海和阳光，所以简总其实是斥千金博夫人一笑。

后来通了桥，地价翻了几十倍，所有人都劝老简卖了挣一笔，老简也没卖，不仅没卖，顺便还给别墅换成了最新型的智能玻璃落地窗。

就是为了一睁眼便可以看见海和阳光。

别墅一共五个房间，夫妻俩自然而然选了最大的那间主卧。

简松意熟门熟路地往最角落那间走去，那个房间虽然小，但是离海最近，他从小就喜欢那儿，成了习惯。

柏淮自然而然地跟在他后面，简松意却顿住，转身，朝他不太友好地挑了挑眉。

柏淮解释道:"你妈只让人收拾了相邻的两间房。不过你要是介意的话,我去跟唐姨说,就说你不让我住旁边,得再收拾一间房间。"

说什么说!说了后就又是一顿无情嘲笑!

简松意意识到自己孤立无援,于是气呼呼地转过身,进了门,往沙发上一坐,开始玩手机。

柏淮则打开行李箱,慢条斯理地收拾起了东西,就待两三天,东西也不多,主要就是两个人的换洗衣服。

简松意结束了一把游戏,冷着脸,准备去客厅,结果刚推开门,就撞上了简先生和唐女士。

两个人已经换了套衣服,打扮得花枝招展的。

简松意有种不好的预感:"你们这是要干吗?"

简先生搂过唐女士:"我带你妈去对岸吃个法餐,看个灯光秀,再回来。"

简松意:"……那我呢?"

"我管你?自己找小淮去。这么多年,终于能把你个小兔崽子甩开了,我不得抓紧时间和你妈舒舒服服过个二人世界?你自己这么大人了,随便看着办吧。"简先生说着拍了拍柏淮的肩:"辛苦小淮了,实在不行你俩煮点方便面吃,东西厨房里都有。"

简松意无语凝噎:"我还是你们亲生的吗?别人家都是有了孩子,夫妻感情淡了,你们是有了夫妻,跟孩子感情淡了。"

简先生给唐女士披了件大衣,笑道:"小兔崽子,你能和你妈比?心里有点数。"

简松意实在看不下去了,把他们往车上一送:"行了行了,你们去过二人世界吧,这么多年是我打扰了。"

话虽这么说,心里却还是替他爸妈高兴的。

简先生和唐女士离开后,简松意一转身,看见柏淮倚在门上,朝他比了两根手指。

他警惕地问道:"干吗?"

说完,简松意"啪"的一声关上房门,拉上窗帘,缩进沙发,开始打游戏。

通常来说,按照柏淮的性子,下一秒就跟进来了。

然而简松意玩了三把游戏吃了三把鸡屁股后,门口都还没动静,不由得挑了挑眉。

柏淮呢?

简松意刚想开门叫他,又想起自己还在生气,得高冷,于是站起来,又坐回去,重新开了一把游戏。

结果心不在焉,落地成盒。

柏淮还没出现。

又开一把,又落地成盒。

柏淮还是没出现。

一看时间,晚上十点了。简松意开始坐不住了。

柏淮不会是生气了吧?自己今天是不是有点过分?好像是有点过分。

自己这臭毛病。

简松意摘掉帽子,揉了揉脑袋,毛茸茸的短发触感提醒了他,要多考虑柏淮的感受。

真男人,能屈能伸。

简松意起身,开门,别墅里一个人影都没有,空空荡荡,冷冷清清。

柏淮跑了?

简松意加快脚步往外走去,结果一转身就愣住了。

玻璃窗外,是冬夜的海边,夜幕低垂,星河璀璨,一不注意,就落进了海里,然后被微凉的海水伴着浅潮,送上了沙滩。

在夜色里组成了莹润明亮的几排大字。

简松意。

生日快乐。

荧荧星光,遍布整个沙滩。

而柏淮就站在那些荧荧星光之间,长身玉立,看着他。

夜风带起发丝,扫过他的眉眼,映着温润的光亮。

简松意推开门,走了出去,带着海边腥涩味道的寒风吹过,瞬间泛起彻骨的寒意。

真冷。

室内的温暖让他差点忘记这是深冬湿冷的季节。

所以柏淮一个人在外面待了两个小时,就为了折腾这么个惊喜。

简松意不争气地心软了:"又土又俗。"

说得软绵绵的。

实际是心里过意不去了。

柏淮太了解这个小傲娇,笑了。

简松意低下头,一步一步缓缓走了过去,走到柏淮跟前。

柏淮轻笑:"不是说不理我吗?"

简松意作势转身就要走。

柏淮把他拉回来:"这么狠心?我头都被吹疼了,你也不感动感动。"

"我又不是周洛那种泪腺发达的,你折腾这些干吗?"简松意明里嫌弃,实际还是心软。

"想让我们简松意这个特别的生日过得浪漫点。"

"矫情。"

"希望我们可以一直都这么好,也希望你永远都快乐。"

"你别以为这样我就会原谅你。"

"嗯,简松意小朋友难哄,我知道,所以我还准备了两个礼物,抬起头看看?"

简松意抬起头,才发现沙滩上不知什么时候装了个室外投影仪。

柏淮按了下遥控,幕布垂落,影像缓缓开启。

背景声音应该是拍摄者,是一个温柔的男声。

屏幕上是一个奶娃娃,好看是好看,却板着脸。

拍摄者似乎也发现了这点,戳了戳奶娃娃的脸蛋:"哎呀,我们淮淮怎么不会笑呢?淮淮,笑一个,给温爸爸笑一个,温爸爸就带你去看比你还小的小娃娃。"

奶娃娃"吧唧"一下,翻了个身,露出一个小屁股。

看到这儿,简松意忍不住轻笑:"你说你怎么从小就这么讨人嫌呢?"

柏淮拍了一下他的脑袋:"好好看你的视频。"

视线回到屏幕上,奶娃娃虽然不配合,但最后还是被抱起来了,镜头摇摇晃晃,似乎是从一间病房,到了另一间病房。

推开门。

"小韵,我带淮淮来看小朋友啦。"

画面上是年轻时候的唐女士,怀里抱着一个小不点儿,镜头一点点凑近,拍到小不点儿的样子,还紧紧闭着眼睛,皱巴巴的,一点都不好看。

但是那个不怎么配合的奶娃娃却突然"叭"了一下。

然后传来拍摄者惊喜的声音:"欸,笑了,淮淮笑了。淮淮是不是喜欢弟弟,所以笑了?"

奶娃娃:"叭!"伸出小手要去摸小不点儿。

大人们都乐了,边笑边哄:"乖,弟弟还小,你不能碰,碰了他要哭的,等他长大了你再带他玩。"

一阵喧嚣后,画面切换。

奶娃娃似乎已经长到一岁多了,坐在铺满软垫的婴儿房里。对面坐着个更小的小圆球,白白嫩嫩的,爬来爬去,似乎是想站起来,结果站起来,刚抬腿,吧唧,摔一次,又站起来,又抬腿,吧唧,又摔一次,翻来覆去,小圆球眼泪汪汪。

一岁多的娃娃看着哭得惨兮兮的小圆球足足十分钟后,终于放下手中的玩具,站起了身,一路走到他跟前,奶兮兮、酷唧唧地说了两个字:"看我。"

然后一岁多的娃娃绕着婴儿房走了一圈,稳稳当当,走完还回头看了小圆球一眼。

前面的没印象,但是这一段简松意知道,因为曾经被唐女士翻来覆去拿出来笑过无数次,说自己从小就是被柏淮欺负的命。

简松意想到这个就生气:"你说说你小时候怎么那么欠呢?不就是比我早学会走路吗?显摆什么显摆?能死你了!"

柏淮没想到简松意居然还记着这个仇,哑然失笑:"虽然年代久远,我记不太清楚当时到底发生了什么,但是以我对自己的了解,我这不是在显摆,是在教你走路。"

"你的眼神明明就是蔑视!"

"你知道为什么我不近视,还要戴眼镜吗?"

"你装模作样!"

"我先天性轻微散光。"

"……"

柏淮轻笑:"我说为什么有段时间你天天要和我打架,和我比谁跑得快呢,原来在这儿记着我的仇。简松意,你就说说,你误会了我这么多年,怎么补偿我?"

"……"简松意转移话题,指着屏幕,"你看,你打我,这次总不是我冤枉你吧!"

画面上果然是两个鼻青脸肿的小豆丁,一个矮一点、圆一点,哭唧唧的:"呜呜呜,小松再也不要和淮哥哥玩了,淮哥哥不喜欢小松,呜呜呜呜,小松好难过,呜呜呜……"

哭得可怜死了,唐女士心疼地把小圆球抱走了。

只剩下另一个高一些、瘦一些的小豆丁,抿着嘴,不说话。

拍摄的人低声问道:"来,告诉温爸爸,为什么和小松打架?"

小豆丁依然沉默。

"温爸爸是不是教过你,长辈问话,一定要回答,嗯?"声音耐心而温柔。

小男孩抿了抿嘴:"小松说要保护我,我不愿意。"

拍摄的人明显愣了愣,然后低低笑了一声:"你不是说最喜欢小松吗?为什么不愿意?"

"因为父亲说要努力变强才能保护自己在乎的人,但是我不想让小松保护我,我要保护小松。"

拍摄者把镜头换了个方向:"这位先生,请你给我解释一下,为什么和一个四岁的小孩子讲这么严肃深刻的事情?"

镜头里的男人坐在沙发上,抬头,挑唇笑了笑:"我又没说错。小淮,表现不错,就是要这样,不愧是我儿子。"

……

简松意回头瞥了柏淮一眼:"你就因为这个,当时就要打我?"

"你讲讲道理,是你要打我,我那叫正当防卫。"

简松意回忆了一下,确实是这么回事。

他也有些好奇,柏淮放的这些视频到底是哪儿来的,又到底还有些什么内容，于是转过头，继续看了起来。

视频主要记录的其实是柏淮的成长经历，但或许是因为两个人过于形影不离，于是从简松意零岁到五岁的第一次走路、第一次说话、第一次学画画、第一弹钢琴，也都记录了下来。

拍摄者是温柔的之眠叔叔。

只是后来突然变了，变成了唐女士。

简松意知道，那一年，温之眠叔叔去世了，是唐女士接替了他的职责，记录着两个小朋友的成长。

只是再后来，不知道为什么，拍摄的人就变成了柏淮，而拍摄的内容，也逐渐从以柏淮为中心，变成了以简松意为中心。

简松意每一次生日、每一次运动会、每一次演讲比赛、每一次钢琴得奖……都记录其中，记录着他一点一点从一个小圆球，长成了一个张扬跋扈、恣意明媚的少年。

而镜头视角，一点一点从到成人腰部的高度，再到肩部，最后平行。

他们都长大了。

然而从六岁到十四岁，这八年，镜头里只有简松意。

"为什么只有我？"

"你小学二年级，第一次参加运动会，你妈拿着DV要录，结果她穿高跟鞋，跟不上你，就只能我来录了，后来就习惯了。"

简松意这才想起，虽然自己和柏淮从小学开始就不在一个学校，但是自己的各种活动，柏淮一次都没有缺席。

难怪。

难怪柏淮明明不是不爱运动的人，上次运动会却没有报名，只愿意录像，而录像里全是自己。

那是他的习惯，习惯了看着自己闹，看着自己笑，而他就只是在一旁守着。

在这十几年的人生里，简松意什么都没有缺失过，物质、亲情、天赋，含着金汤勺，所以肆无忌惮地生长，对一切的好习以为常，却忽视了那个明明比自己更优秀的人，总是守在自己旁边，纵着自己，让着自己。

从未缺席。

柏淮说他们不是家人胜似家人，倒也没错。

简松意看着屏幕上张扬热闹的自己，突然觉得自己这么多年过得何其顺遂，何其如意，何其幸运。

以至于一切热闹戛然而止，镜头突然变得落寞时，他的心疼了一下。

空荡荡的房间，少年看着镜头，孤独而温柔。

"简松意，今天是你十五岁生日，也是第一个我没有陪着你过的生日。记得以前有一次我忘记了第一时间给你说生日快乐，你就生气了，我哄了很久，不知道这次会不会生气更久。但是这次别生气了，因为我不能哄你了。

"简松意，今天是温爸爸的忌日，我回南城了。我没忍住，去偷偷看了你一眼。你长高了，更挺拔了，我放心了些，你要照顾好自己，你会很好很好的。

"简松意，今天你十六岁了，一年多了，我好像没有那么频繁地想起你了。嗯，我不想你了。

"简松意，今天你十七岁了，我其实还是经常想起你。

"前几天 DV 坏了，师傅说是我翻来覆去看了太多遍，机子太老，禁不住烧，让我以后省着点儿用，我以后可能没办法每天都看一遍了。所以这可能是我最后一次录像，这句话你或许永远不会听见，但我还是想说——简松意，我很在意你。"

……

简松意觉得眼睛酸胀得厉害，他低下头，声音有点发颤："海边就是风大，吹得眼睛干。"

他没再看屏幕，只是听见了《梁祝》的琴音。

艺术节那天唐女士拿的旧式 DV 是柏淮的。那是之眠叔叔留给他的，他舍不得看，舍不得用，只拿来记录和自己有关的一切。

简松意觉得柏淮这人坏透了，就是想在生日这天把自己弄哭。

柏淮帮他挡着风，耐心地解释道："简松意，这个 DV 陪了我很多年，因为我失去过太多东西，那些东西太短暂，我留不住，只有这种形式能够证明我拥有过。所以每一份记忆，我都很珍惜。你平时太倔，都没说过什么好听话,但其实我喜欢听,所以总想留着,有时候听着,心里就很高兴,所以能不能不要让我删掉?我想留着。"

简松意蹭了蹭眼角:"不删了,你以后想听什么,我都给你录。"

"那你把手伸出来。"

简松意乖乖地伸出手。

柏淮放上了一串钥匙:"这是我的第二个生日礼物。"

简松意抬起头。

"北城那次,父亲带我们去的房子是温爸爸留给我的,以前他上学的时候买的。正好等我们上了大学可以住。我去看了,挺大,还有个很大的阳台,就是有些旧,我这几天画了图纸,联系了我姑姑,让她找人帮我重新装修一下。

"你喜欢赖床,我给你的房间买了最大最软的床。你喜欢打篮球,我就安了室内篮板。还有一个书房,我们俩的电脑挨在一起,可以一起玩游戏。还有个榻榻米,给你偷懒用。阳台很大,我想种满花,找最好看的花种。每天早晨我们一起去学校,还像现在一样,放学一起回家。"

大概真的是风太大,简松意很多年不知道液体从眼角滑落是什么感觉了。

他也不知道为什么会想哭,大概是这十几年的人生,用这样最直接的方式呈现出来,他才恍然明白——

他和柏淮已经一起走过了这么这么多年。

明明他们都还很年轻,可是这年轻的生命里,所有的喜怒哀乐,都与彼此有关。

而柏淮对他那么好,温柔地、沉默地、执着地守护着他。

明明他也只是少年,却因为不如自己幸运,而早早懂得了人间疾苦,自己该把幸运分给他些。

无人的沙滩上,星空浩瀚,灯光明媚,夜风温柔。

零点的钟声响起,远处烟火绚烂。

年少的情谊,总是为人诟病,说是来得莽撞、粗浅、不堪一击。

可是无人懂得,他们就是彼此的年少。

唐女士和简先生打来视频电话的时候,身后是绚烂的灯光和烟火,两个人笑得像小孩儿。

"我亲爱的宝贝,我的简松意小朋友,十八岁生日快乐。"

简松意脸红了红:"妈,别叫我小朋友,也别叫我宝贝。"

"怎么不能叫了,你就是妈妈的宝贝、妈妈的小朋友。不过妈妈和爸爸被交通管制了,今天晚上回不来了,所以不能第一时间出现在你身边,不要生爸爸妈妈的气。"

简先生"啧"了一声:"人家才不生气,没有我们两个碍事,人家高兴都来不及呢。"

简松意:"爸!"

简先生嘿嘿一笑:"放心,儿子,就算以后你有喜欢的人了、结婚了,你也永远是爸爸妈妈这辈子第二爱的人!好了,我和你妈玩去了,你们也好好玩!"

然后视频挂掉。十分不走心。

简松意撇撇嘴:"爹不疼,娘不爱。"

柏淮轻笑了一声:"我陪你。"

第二天简松意醒得早,他洗漱完后,到了厨房,决定在长大成人的第一天,给柏淮做个早饭。

烧水,拿出两桶泡面,打开,放调料包,倒水,盖上盖。

五分钟后,简松意端着两桶泡面回到房间,站在床前,抬腿,轻轻踢了踢柏淮。

柏淮以为简松意不舒服了,一下就醒过神来,等看见床前端着两桶泡面的简松意,才哑然失笑。

"爱心早餐?"

某人还挺骄傲:"嗯哼。"

"行,松哥真棒。"柏淮坐起身,准备接过来。

简松意踹了他一脚:"去刷牙洗脸!"

柏淮笑了笑,去了浴室。

牙膏已经挤好了,毛巾也在热水里泡好了。

虽然有人少爷性子,会做的不多,但是柏淮就觉得好。

你看,这牙膏挤得多有艺术性,满满一牙刷,满得都掉到桌上了,一般人都不敢挤这么多。

多阔气,多大方。

柏淮刷着刷着牙,就笑出来了。

没想到一觉醒来,发现又金贵又懒的某人居然开始会照顾人了。

会帮自己准备洗漱用品,会给自己做早饭。

不愧是十八岁的简松意,懂事儿。

而这也是柏淮这四年来,第一个不是独自度过的新年。

柏淮觉得一切都很满意。

于是两个人在简松意十八岁的第一个清晨,盘腿并排坐在海边别墅的地毯上,看着玻璃窗外潮起潮落,日光和煦,吃了柏淮这辈子觉得最好吃的一顿泡面。

他们聊天,他们说笑,他们在沙滩上打闹欢笑,他们看着日出日暮、潮涨潮落,他们在浩瀚的星空下,一遍又一遍毫不吝惜地说在意。

柏淮觉得,十八岁,真是很好的年纪。

会有张扬明媚天真骄傲的少年,带着他的玫瑰花,走进自己的生命里,然后在自己这贫瘠孤独的土地上,开出繁花盛宴,为自己建一个梦寐以求的乌托邦。

两人返校的时候,穿着同款衣服。

同款大衣,一个黑,一个白,全靠着两人的颜值支撑,才勉强不那么像黑白无常来勾魂。

这也就算了,连鞋子、书包、围巾,简松意都一口气全换成了同款。

美其名曰,新年新气象,就差把"我们关系好"五个字贴脑门儿上了。

本来就扎眼的两个人,这下走在一块儿,就显得更加扎眼。

一班众人看见的时候,先是愣了愣。

这是哪里来的大胆狂徒，居然敢和我们柏哥穿同款？！

然后定睛一看，才反应过来，这是松哥？！我松哥的夯毛呢？！

不过松哥这发型有点帅，有点野，有点酷啊，看上去居然比柏哥还帅。

贴吧一下子热闹起来了。

简松意倒也不在意一直被点评，晚自习就一手撑着脑袋，一手拿着手机，专挑那种夸他新发型好看的回复给柏淮看。

柏淮还在刷题，写几笔被他戳一下，写几笔被他戳一下，倒也不觉得烦，反而很耐心，时不时还点评几句。

两个人这状态看得杨岳愁得慌，按捺不住，操心地问道："松哥，你这么招摇，真不怕彭明洪找你麻烦啊。"

简松意指了指自己的新发型："帅吗？"

杨岳诚实："贼帅。"

"帅就对了。"

"……"

"我自己乐意，所以去剪的，但只要我不乐意，谁也别想碰我的头发，懂了吗？"

杨岳虽然懂，但还是有点担忧："松哥啊，没多久就要毕业了，要不你再考虑考虑？咱低调点儿？"

简松意往后一靠，跷起椅子，挑唇笑道："就是因为快毕业了，所以我才得高调点，争取在毕业之前造福一下广大的学弟学妹。"

杨岳有了不好的预感，求救般地看向柏淮。

柏淮却连眼皮子都没抬，淡淡道："你听说过'助纣为虐'这个词吗？"

"嗯？"

"说的就是我。"

"……"他就知道，这两人凑到一起，那就是祸害！

简"霸王"看着杨"贤臣"痛心疾首的表情，起身，拍了拍他的肩膀："放宽心。"说完就美滋滋地出门去解决生理问题。

为了在彭明洪面前刷个存在感，他特意去了办公楼的卫生间。

简松意在门前站了一会儿,然后理直气壮地走进了易感者的卫生间。

简松意觉得自己很有觉悟。

他刚走进隔间,就听见有人起身洗手的动静,随后传来说话的声音。

简松意本来不爱听八卦,偏偏听到了自己的名字,就站在原地,认真听了起来。

说话的人似乎很震惊:"天啊,我刚才刷贴吧,简松意和柏淮好像真和好了。"

"真的假的?!"

"真的啊,但不是说柏淮人品很差……"

"砰——"隔间门被推开了。

简松意面无表情地走了出来,走到两人旁边,打开水龙头,慢条斯理地洗着手。

两个正在聊八卦的人蒙了。

简松意抬头,对着镜子,挑了挑眉:"看什么?"

两人齐刷刷出门,抬头看了看标志,又齐刷刷地走回来,继续蒙蒙地看着简松意。

简松意挑唇笑了下:"傻了?刚才八卦的机灵劲儿哪儿去了?"

说完,简松意扯了张纸巾,慢条斯理地擦着手:"你们得庆幸自己是易感者,因为我一般不和易感者计较,但是如果再被我逮到一次,我就不会这么好说话了。"

说完,简松意头也不回地走了。

两个易感者原地蒙了半天。

"刚才那个是简松意?"

"是。"

"我们说他和柏淮的坏话,被他听到了?"

"是。"

"这是易感者的卫生间吧?"

"是。"

"所以……"

"啊啊啊！败类！乱闯易感者厕所还威胁我们！这是什么极品人渣！我要去告他！！"

70

简松意回教室的时候不太高兴。

他隐约听到了那两个人的崩溃控诉，他就不懂了，为什么他们宁愿相信他是个变态，都不愿意想想他是个易感者的可能性呢？

自己支配者的身份如此深入人心？

柏淮不知道这人怎么上个厕所的工夫就又不高兴了，忍不住多看了他一眼："怎么了？"

简松意偏过头来，认真地问道："我是不是看起来很凶，很不好惹，一点都不可爱？"

"嗯？"

不等柏淮回答，徐嘉行、杨岳、俞子国同时转头，用一种极为惊恐的眼神看向简松意，像是听了什么鬼故事。

看得简松意更不高兴了。

至于？

只有柏淮很淡然："没有。"

其他人的眼神更惊恐了。

柏哥是对松哥有什么误解吗？这滤镜也太厚了。

徐嘉行忍不住了："柏哥，您那眼镜该换换了。"

柏淮缓缓抬起眼皮，扫了徐嘉行一眼，徐嘉行悻悻地闭上了嘴。

柏淮这才偏过头看着有点委屈不开心的某人："怎么突然问这个？"

简松意撇撇嘴："我觉得是不是因为这样，所以没人觉得我像易感者。"

"不是，是因为你太厉害了。"

"是这样吧，我也觉得。"

"嗯。"

徐嘉行："……"

杨岳:"……"

俞子国:"……"

哪里不太对,大脑有点卡机。

重点是他们的对话内容为何如此诡谲。

徐嘉行又管不住他那张找死的小嘴了:"松哥,你这话问的,你从头到尾哪里像个易感者?就算我徐嘉行是个易感者,你简松意都不可能是个易感者!"

简松意看了看五大三粗一身肌肉的徐嘉行,有点无法接受自己不如他像易感者的事实。

不等他反驳,就听到清清脆脆一声:"易感者?哪里来的易感者?你们一班还有易感者?"

周洛捧着一杯奶茶走了进来,陆淇风跟在他后面。

徐嘉行嘴快:"我们一班全是支配者和无感者,哪里来的易感者?是松哥问我们他为什么看上去不像易感者。"

周洛顿时睁大眼睛:"松哥,以你的聪明才智怎么会问出如此愚蠢的问题?"

"怎么愚蠢了?"

"你是南外最帅的支配者!全校人都变成易感者了你都不可能是易感者。所以你怎么可能看着像易感者?松哥你不能妄自菲薄!"

"……我没有。"

"你有!"周洛很激动。

简松意还打算说什么,陆淇风连忙制止:"得了,我好不容易哄好的,你别招惹他。"

我没招惹他。我真的是易感者。

对于自己一直瞒着没跟周洛说这件事,简松意居然生出了一种说不清道不明的愧疚。

简松意一时竟然有点不知道该怎么办,正尴尬着,就瞥见低头刷题的柏淮嘴角勾起很淡的一抹笑意。

幸灾乐祸的意味不要太明显。

他一笑,简松意就手痒,结果还没来得及出手,就看见彭明洪怒气冲冲地走了过来："简松意！你给我过来！"

彭明洪很少有这么疾言厉色的时候，本来还在打打闹闹的一班众人瞬间安静下来。

这是出什么大事了？

不然以彭明洪的性子绝对不会这么凶，这么严肃。

杨岳恨铁不成钢地低低道："松哥，我就说吧，你太高调了。"

简松意却很淡定，懒洋洋地伸了个腰，抻了两下腿："我去去就回。"

说完就跟着彭明洪走了。

其他人看向柏淮，柏淮却很淡定地刷着题："别看我。"

"柏哥，你不能见死不救啊！"

"等我做完这套理综试卷再说。"

柏淮一点都不担心。

既然简松意没叫他，说明问题不大，那先留个舞台，让某人独自表演会儿，表演高兴了他再上场。

而简松意本人也确实觉得问题不大，他觉得彭明洪这么生气，十有八九是那两个易感者真的去告自己乱进厕所的状了。

所以这种问题还能是问题？

简松意想着甚至有点想笑，一路走得优哉游哉，看得彭明洪气上加气，门一关，语气严厉道："简松意，你是不是到现在都没意识到自己犯了多么严重的错误？！"

简松意倒是乖巧，摇摇头："不知道。"

彭明洪气得说不出话，背着手绕着屋子转了好几个圈圈，抓心挠肝的。

好不容易消了点儿气，彭明洪才低斥道："你知不知道现在的政策有多保护易感者？李停怎么进去的，你知道吧？这种风口浪尖上，你居然还敢做这种事情！真以为简家家大业大你就可以为所欲为了？你不要太猖狂！"

"我做什么事情了？"

"你还问！你居然还有脸问？！"彭明洪是真的生气了，"我都不好意思替你说！你明明知道那是易感者的卫生间，你还进去干吗？你进去干吗呀你！还威胁人家？你这叫骚扰易感者！你是不是嫌日子过得太畅快了？"

"不是，主任，我本来就该去易感者的厕所。"

"你不要以为你成绩好就可以掩盖人品的问题……什么？"彭明洪愣了愣，没反应过来，"什么叫你本来就该去易感者的厕所？"

简松意的声音轻飘飘的："我是易感者，我不去易感者厕所去哪儿？"

"什么叫你是易感者？"彭明洪觉得自己有点没转过弯来。

简松意难得地很有耐心："就是，我，性别，男，第二身份，易感者，所以本来就应该进男易感者厕所，换言之，我也是被保护的那个。"

简松意看着彭明洪迷茫又震惊的眼神，又补充了一句："我包里抑制剂、阻隔剂都有，实在不行的话，我把体检报告拿来？或者您给我家长打个电话？"

这种事撒不了谎，因为查起来太容易被揭穿。彭明洪到底当了二十年的教导主任，虽然极为震惊，呆呆地站在原地迷茫了许久，最后还是回过神来。

"你真的是易感者？"

"我真的是易感者。"

"你，你，你……"彭明洪看着简松意无比真诚的眼神，一时不知道该说什么好，手指指着他，"你"了半天，才教育道，"那你怎么不早说呢？！你瞒着自己易感者的身份不登记，学校怎么给你提供福利和保护？没有保护，你出事了怎么办？被欺负了怎么办？你这孩子怎么这么不让人省心呢！"

虽然是骂，但相比之前的严肃和痛斥，现在的语气变得婆婆妈妈起来，一副操心样。

简松意笑了笑，"主任你之前不是还担心我欺负弱小吗？"

"那是因为我以为你是支配者，只是还没分化！"

"那说明我虽然是易感者，但我和支配者一样厉害啊，所以我是易感者还是支配者有什么区别？您说是不是这么个道理？"

彭明洪竟然觉得简松意说得有道理。

简松意继续给自己戴高帽："我隐瞒身份，主要就是为了不在学校

475

里引起骚乱，带来不必要的麻烦，节约学校医务室的公共资源。结果没想到被冤枉了。当然，这是我的错，我不怪您。"

语气诚恳真挚，说得彭明洪愧疚起来。

他想到自己平白无故给人孩子安了这么大一个罪名，心里有点过意不去，抿了抿唇，又放不下教导主任的架子，只能顺便夸了句："行，我知道了。你头发剪得不错，精神，男孩儿就得这样，回头我拿你当范本，让全校男生照着这样剪。其他就没什么事儿了，你先回去吧，后面的我来处理。"

"好的，主任。"

简松意心里还憋着更大的招，也就不急在这一时半会儿气彭明洪，于是格外顺从，转身就走。

刚走到门口，简松意又被叫住："等等，只有你是易感者吧，柏淮不是吧？"

"哦，不是，他纯支配者。"

"哦……行了，没事儿，你走吧，"

彭明洪皱着眉，看着他离去，然后背着手，抬起头，看着天花板，思索了一会儿，越想越不对，越想眉头皱得越厉害。

他觉得自己好像遗漏了什么特别重要的事情，好像有哪里不太对。

可到底是哪里不对呢？

彭明洪皱眉思索了很久，都没有思索出来，只得作罢，正打算去找那两个"受害者"易感者谈谈，就被叫去开会了。

简松意回教室的时候，众人看向他的眼神有点诡谲，像是惊恐不安，又像是难以置信，还有点打抱不平。

简松意不能理解他们的表情，走到座位上坐下，问柏淮："他们这么看着我干吗？"

"你好看。"

"我好看又不是一天两天了，他们现在才发现？"

众人："……"

如果不是有更重要的事情，他们一定要唾弃一番这种旁若无人的自恋和吹捧行为！

简松意被他们的表情弄烦了:"有事儿说事儿,没事儿就让开。"

"有事儿。"

杨岳把手机放到简松意跟前:"松哥,这事儿是假的吧?"

简松意低头一看,突然觉得,就自己这个体质,如果去当明星,大概可以住在热搜上不下来。

屏幕上又是那个熟悉的贴吧界面。

标题赫然写着《南外最帅支配者简松意,实际是个乱闯易感者厕所的低素质者》。

主楼:"我有个朋友,他今天和他的朋友去上厕所的时候,讨论了几句柏淮和简松意的八卦,说着说着居然被简松意抓包了!"

2楼:"让你背后说别人坏话。"

楼主:"刚才太激动,没打完字就发出去了,这里补充,这是背后说别人坏话被抓包的问题吗?!问题是被抓包的地点啊!易感者厕所啊!简松意在易感者厕所啊!我朋友和我朋友的朋友当时就吓傻了好吗!这就算了,他居然还威胁我朋友和我朋友的朋友!"

楼主:"因为实在事关重大,行为十分恶劣,出于自我保护和惩罚坏人的意图,我朋友和我朋友的朋友决定把这件事情告诉老师,等着老师为我们主持公道。某主任确实是找了简松意,我们就在拐角处等着,结果不到十分钟就让他走了,没有任何的惩罚措施!也没有给我们一个交代!"

楼主:"本来我们也觉得这事儿应该大事化小,小事化了,但是我们又想,易感者本来就是弱势群体,很容易被欺负,我们没有保护自己的能力,所以我们必须捍卫易感者的权利不受侵害!所以我们决定发帖,让大家帮我讨回公道,让易感者得到应有的保护!"

6楼:"惊天大'瓜'啊!这是犯法了吧?"

7楼:"不至于吧,先不说这事是真是假,如果是真的,个人合理怀疑,简松意其实是有认知障碍,内心深处以为自己是个易感者。"

8楼:"还有这么一回事?"

9楼:"楼主和楼上的,你们说话有证据吗?能不能不要乱造谣了?松哥到底是不是支配者、到底人品怎么样,这么多年你们看不出来吗!"

楼主:"什么原因我不管,但他确实这样做了。而且他进没进易感者厕所,查下监控就知道了,我们犯不着这么造谣。"

11楼:"看楼主的话,我信了简松意去易感者厕所是真的。无论是哪种原因都细思恐极啊。"

12楼:"简松意到底是变态还是心理认知障碍啊?"

13楼:"心理认知障碍也算变态!"

14楼:"难道这事儿就这么不了了之了?"

15楼:"支持维权吧。易感者先天弱势,绝不能放任这种行为。"

16楼:"但我还是觉得松哥不是这种人。"

17楼:"建议楼主报警,报警是最好的解决方法,到时候会有一个公正的说法。"

18楼:"对,我们必须捍卫我们受到保护的权利,这种行为绝不能姑息!"

19楼:"简松意根本就不是你们说的这种人!他很好的!他经常保护易感者!我就遇见好多次了!你们别乱说了,求求你们,大家都高三了,好好学习,不行吗?"

20楼:"加一,简松意人真的很好的,就是看上去凶,其实特别正直。"

21楼:"楼上请继续表演。"

……

简松意一手撑着脑袋,一手滑动着手机屏幕,慢吞吞地看着。

其他人也都刷着手机,一条一条看着实时更新,越看越心惊,越看越生气。

当事人却很淡然,简松意旁边的柏淮甚至还在心平气和地配化合价。

周洛看着看着,实在气不过,把手机一关,狠狠嚼着嘴巴里的珍珠,咬牙切齿:"怎么一天到晚都有这种人造谣,想诋毁我松哥形象,气死我了!"

"没。"简松意淡淡道,"不算造谣,我确实去易感者厕所了。"

周洛惯性思维,无脑维护简松意:"不就是不小心走错厕所了吗,这不是很正常?我上次走错还去支配者厕所了呢,我还……嗯嗯嗯……"

陆淇风捂住了周洛的嘴。

简松意抬头看了他一眼,八卦地笑了笑:"你还干过这种蠢事?"

陆淇风白了他一眼:"就你这情况还有闲情逸致损别人?"

"这才多大点儿事儿啊,怎么就不能有闲情逸致了?"

简松意把手机还给杨岳,拿出自己的手机,随便敲了两下,然后懒洋洋地伸了个腰:"行了,散了吧,解决了。"

解决了?

人家都要拿出证据报警了,你这就解决了?

几个人刚想质疑,教室里突然响起了一声尖叫:"松哥!回帖的那个人真的是你吗?!"

"哦,是吧。"

回帖?什么回帖?

众人立马低头,刷新页面,最新回复出现。

然后全体静默。

三秒后。

"周洛!周洛!你怎么了!坚强点!别晕!"

第十五章
你就是我的凡尘

SONG YI

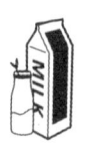

71

——"我，简松意，易感者，懂？"

不太懂。

杨岳尬笑两声："松哥，你又开玩笑。"

徐嘉行"哈哈"两声："松哥好幽默啊。"

"哈哈哈哈哈哈……"

教室里响起此起彼伏的自欺欺人的笑声。

被简松意无情打断："我没开玩笑。"

笑声凝滞。

"我真的是易感者。"

众人呆滞。

周洛瘫在陆淇风怀里，被俞子国掐人中掐回来了，醒过来第一秒，就听到"易感者"这个词，顿时疯狂呐喊："谁？！谁是易感者？！一班没有易感者！我不允许！！"

陆淇风心疼地拍着他的小脑壳："你松哥。"

"不！"周洛发出呐喊，"松哥，你告诉我，这不是真的！你不是易感者！你不是！"

简松意有些于心不忍地道："我是。"

柏淮淡定地补了一刀："他确实是。"

鸦雀无声。

如果简松意说这话众人还会怀疑他在开玩笑，但是当柏淮顶着他那张脸说出这句话的时候，所有人就知道，这是真的了。

他们的松哥，是个易感者。

周洛眼睛一翻，差点又要昏厥过去。

简松意挑眉："至于？"

"至于！"悲愤让周洛又活过来了，"怎么不至于！松哥你可是南外最强的支配者啊！！你怎么能是个易感者呢？！我感受到了背叛……"

周洛缓过一口气，朝简松意可怜巴巴地说了一句："不过松哥，你就算是易感者，也是最完美的易感者，你还是我心中的男神。回头我就给你介绍哪个牌子的抑制剂和阻隔剂好用……"

陆淇风实在受不了，把周洛拎走了。

教室里安静下来。

三秒之后，才爆发出一声惊天怒吼："松哥！你是不是背着我们去做手术了？！"

简松意："……"

很想把脑回路惊人的徐嘉行送进实验室研究研究他是什么奇葩物种。

不等他打醒徐嘉行，旁边呆滞了整整五分钟一动不动的俞子国突然仰天长啸，又哭又笑："苍天啊！我是全世界最幸福的人！呜呜呜呜呜呜！松哥是个易感者！我没有看走眼！不辱师门！我有脸去见列祖列宗了！"

简松意："……"

果然，南外除了自己和柏淮，没一个正常人。

被徐嘉行和俞子国这两嗓子一号，一班众人也从无法接受的震惊中回过神来，惊恐地质问。

"松哥你真的是易感者？"

"哪家易感者能一拳一个支配者？你是个易感者的话我们还怎么活？"

"松哥，你让我对于易感者柔弱需要保护的美好幻想破灭了！呜呜呜，易感者不是你这样的！易感者是可爱的！呜呜呜，幻灭了，以后都不能直视易感者了。"

"现在的易感者都是这样的吗？天要亡我支配者啊！"

"反正松哥你不可能是易感者！你绝对不可能！"

"松哥！我知道了！我们都在一本书里！然后书外面的世界的人穿到了你的身上！你被穿书了！你不是我们的松哥了！所以你的灵魂变成

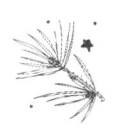

了一个易感者！但是你的身体还属于支配者！"

……

一班教室一片兵荒马乱。

简松意头疼："你们这是偏见。"

"这是事实！是你违背了自然规律！你还说我们！"

众人愤懑不平，因为过度的震惊和悲愤，他们甚至都敢直言反驳简松意了。

简松意被众人号得没了脾气。

他低头一看贴吧的帖子，比一班众人的反应还要夸张。

清一色的"哈哈哈哈，这里有个傻瓜，还冒充简松意，不怕被揍？简松意是易感者？怎么可能？有易感者体力这么厉害？有易感者拿三千米长跑冠军？有易感者能长到一米八几？"

诸如此类。

看见自己被别人骂冒充自己的感觉有些神奇。

简松意顺手又回了一句。

——"是世人的偏见造就了你们的妄自菲薄，以至于你们无法想象世界上会有我简松意这么完美的易感者，不怪你们，怪我，太帅。"

刚才还在质疑简松意的一班众人，顿时不质疑了。

这个语气，是简松意没错了。

除了他，极少有人能自恋得如此之欠揍又行云流水。

一班众人再次静默。

静默了五分钟后，他们居然勉强接受了这个事实。

然后他们觉得，这么震惊又可怕的消息，不能只有自己知道，必须得让大家一起感受不幸。

于是纷纷实名回复。

"高三一班杨岳，证明这人是简松意本人。"

"高三一班徐嘉行，证明这人是简松意本人。"

"高三一班陆仁贾，证明这人是简松意本人。"

……

于是世界上又多了另外一群神志不清的人。

简松意刷了一会儿贴吧,觉得南外的学生脑子都有点问题。

他懒洋洋地打了个哈欠,趴在桌子上,面朝柏淮:"我想睡觉了。"

"嗯。"柏淮拿出耳塞和毯子,递给他,"睡吧,下晚自习了叫你。"

"嗯。"

今夜的南外,不得安宁,能疯的全疯了。

只有高三一班的教室角落,岁月静好。

一个睡得香甜,一个学得投入。

然而世界上哪有什么岁月静好,不过是八卦没到。

柏淮正刷着题,桌肚里的手机屏幕就开始不停地一闪一闪,没完没了。

柏淮拿出来一看,是冰激凌小圆子。

冰激凌小圆子:"啊啊啊!姐妹!据说我崽是只易感者宝宝!真的假的?!"

柏淮偏头看了一眼旁边熟睡的易感者"宝宝",回复道:"真的。"

冰激凌小圆子:"啊啊啊啊啊!你都这么说了,那肯定是了!呜呜呜,柏淮肯定早就发现了,所以才欺负松哥打不过他,呜呜呜,大坏蛋!"

柏淮竟然无法反驳林圆圆的话。

因为全是事实。

冰激凌小圆子:"算了,先不骂他了。现在不是内讧的时候,现在要一致对外,让那群人闭嘴!我真服气这群人,以为松哥是支配者的时候,说他仗势欺人,现在知道松崽是易感者了,又说他让南外丢脸了,气死我了,我要去教他们做人!姐妹你掩护我!"

B.S.:"怎么掩护?"

冰激凌小圆子:" 起上!"

冰激凌小圆子:"算了,你不会骂人,我把内容发给你,你复制粘贴就行。"

柏淮看了一眼发过来的句子,再次感叹于语言的博大精深。

他最开始加粉丝团,是为了打入敌军内部,后面发现这群易感者居然用看崽的心态看简松意,莫名其妙地就成了"姐妹",尤其是林圆圆,对简松意是真心实意地崇拜。

所以柏淮一时半会儿还有些难以拒绝，只能点开了贴吧。

一点开如堕修罗场。

"简松意真的是易感者吗？！我三观都要碎裂了！啊啊啊，不相信人生了！！"

"呜呜我的暗恋破灭了！"

"我作为南外仅有的三名女支配者之一，是不是有希望了！"

"不是，你们怎么还花痴呢？简松意居然是个易感者，说出去我们南外的脸还要不要了？"

"就是，笑死我了，以前天天说自己是南外第一支配者的人居然成了易感者。"

"简松意就算是易感者，也丝毫不影响他的厉害！说他是个笑话，那长相、成绩、智力、体力被全方面碾压的你们，啥都不是！"

"简松意怎么可能是易感者？哪儿有这样的易感者？当我们傻？"

"不会真的是认知障碍吧？"

"也可能是想逃避责任。"

"逃避个鬼的责任！简松意平时难为过易感者吗？被他帮过的易感者你两只手都数不过来！我当时被支配者欺负，就是他保护了我，还为了我的名声不对外说，这么好的人，你们就听信一面之词胡乱诋毁？！"

"这倒是，简松意一直很保护易感者，也很尊重易感者，这次也是隔壁楼主说坏话，活该。"

"简松意确实人还蛮好的，不像是那种人。"

"我也觉得可能性不大，彭明洪还是有原则、很公正的，既然愿意放过简松意，应该就是因为简松意是个易感者。"

"啊啊啊啊！虽然但是，我的少女心还是破灭了！"

"我的酷松哥，呜呜呜，我突然心态有点不好。"

"简松意是易感者影响他的优秀吗？！你们这些人能不能不要这么有偏见？你们自己不是易感者吗？"

"我还是难以接受简松意是易感者，他怎么可能是易感者！拿三千米冠军的易感者？把铁牛打得嗷嗷叫的是个易感者？"

"谁被他打得嗷嗷叫了？我好歹是个支配者好吧？外激素压都能压死他。"

"但是篮球场那次，你们确实输得很惨啊。"

"对啊，当时你们乱放外激素，简松意不是什么事儿都没有？"

"对啊……难道那时候还没分化？"

"或者简松意根本不是易感者。"

"有人敢去验证一下吗？"

"不敢。"

"铁牛，你还在吗？还在的话出来应答一声，来趟学校？"

"他肯定不敢，如果再被松哥削一顿，那可就太丢人了。"

"我是皇甫轶，我在，我已经出门去学校了，晚自习见。"

"……

这一天的南外，除了柏淮，没有一个人写完了作业。

而等简松意一觉起来，晚自习已经结束，教室门外挤满了密密麻麻的人。

他蒙了蒙："这是干吗？"

"应该是围观。"

"嗯？"

徐嘉行有些羡慕："我什么时候才能被这么围观？"

简松意出谋划策："或许你可以试一下裸奔？"

徐嘉行闭嘴了。

简松意不知道这群人怎么这么无聊，不过他是见惯了大场面的人，也就没把这群大萝卜放在眼里。

他淡定地收拾好书包，就和柏淮并肩走了出去。

然后已经拿到录取通知，升学稳稳当当的皇甫轶，无所畏惧地出现在教室门口，拦住了两人的去路。

"简松意，我有话要问你。"

简松意刚睡醒，还有点恹恹的，他一眼扫过去，皇甫轶有点怵。

然而想到自己身后有几十号人围观，而且简松意还是个易感者，他也不能拿自己怎么样，皇甫轶顿时有底气了些："就是同学间的友好交流。"

简松意想回家睡觉,没什么耐心:"是不是想挑事?"

"……"

有点直接,皇甫轶有些不适应,但他确实是来挑衅的。

之前屡次三番因为简松意丢了脸,现在知道他是个易感者了,没有忌惮了,还能不把场子找回来?

而且皇甫轶追了林圆圆两年,林圆圆偏偏就喜欢这个简松意,到现在还顶着"冰激凌小圆子"的昵称帮简松意说话,他就越想越气,越想越要找回面子。

于是皇甫轶胆子一壮:"对,敢不敢?"

简松意挑眉看了他一眼,觉得也是服气,就因为自己当时帮林圆圆出了一次头,这个铁牛就逮着机会不依不饶了。

不过也不难理解,毕竟这个年纪的男生,天大地大,面子最大,把面子找回来才最重要。好歹铁牛每次都是明着找碴,和李停、王海那种玩肮脏手段的比起来,居然显得有点憨乖憨乖的。

只是他运气不好,因为说到爱面子,大概没人比得过简松意。

简松意挑唇笑了一下:"行吧,就在这儿吧。有话快说。"

"就在这儿?"皇甫轶觉得不够正式。

简松意是真的困,也是真的不耐烦:"不说就滚。"

这个"滚"听得皇甫轶可不干了,直接一个拳头冲过来。

他体格很好,速度也快,块头也比简松意大,这一冲,围观群众都提了一口气。

简松意现在可是个脆弱的易感者啊!周洛和林圆圆撸起袖子就打算冲上前保护他。

然而袖子还没撸好,就看见皇甫轶已经被一脚踹得往后退了一步,半蹲在地上。

简松意干净利落地收回那条大长腿:"我这鞋第一天穿,你不亏。"

人群呆愣了一下。

还是熟悉的松哥,熟悉的味道,一切都没变。

说好的易感者呢?

皇甫轶其实被简松意揍得多了,都习惯了。但是这次不一样,这次简松意自曝易感者，他如果还打不过，那他这个支配者就没脸当了。

他一个支配者，不可能打不过易感者，简松意不可能是易感者。

皇甫轶本能地就想释放外激素去试探，却顾忌在场其他人，忍住了。

简松意看着他，轻轻一笑："是不是想用外激素压制我？但又怕惹事？"

"……"

"来吧，我不追究任何责任。"简松意说得漫不经心，"只不过先让其他易感者离远一点儿再说。"

其他易感者十分自觉，一听这话，纷纷撤退到可视范围内的安全距离，毕竟支配者的压制性外激素对于易感者来说太可怕了。

所以他们更加怀疑简松意到底是不是易感者了，如果是个易感者，怎么敢提出这样的要求？

而简松意和柏淮却始终淡淡地站在那儿，没有一点紧张的表情。

这种从骨子里透出来的散漫的高傲和不屑，让皇甫轶不爽极了。

从某种方面来说，他确实希望简松意是个易感者。只要简松意是个易感者，那以前那些陈年旧账就可以一笔一笔翻出来，做个了结了。

就算他再厉害，也得臣服于基因决定的外激素克制的本能。

皇甫轶站起身，冷笑一声："你自己说的，可别反悔。"

"少说话，多做事。"

皇甫轶一点也不客气，瞬间释放出强大的外激素，浓烈的威士忌的味道瞬间袭来，退到十几米以外的易感者们有的已经腿软蹲下了身。

皇甫轶嘴角挂起了邪魅狂狷的笑意。

只要简松意是个易感者，这么近的距离，他不可能撑得住！

然而笑意渐渐僵硬。

他怎么还不认输？

自己都释放老半天了，他怎么一点反应都没有？站在原地，岿然不动，甚至还懒洋洋打了个哈欠？

皇甫轶不服气，又加强了外激素浓度。

简松意依然毫无反应。

再加，还是没有动静。

如果再加下去，周围的易感者就该出事了。

陆淇风一边安抚周洛，一边厉声呵斥皇甫轶："你够了！"

皇甫轶不甘心地收起外激素，看向简松意："你根本不是易感者，玩儿我们？"

简松意有些无奈："我真的是。"

"那你怎么可能一点反应也没有？！"

"你太弱了，我能怎么办？"

皇甫轶偷鸡不成蚀把米，恼羞成怒："易感者嘲笑支配者弱？笑死我了，简松意，你别是为了逃避责任，假装易感者吧？"

"唉。"简松意叹了口气，晃了晃脖子，"我本来打算低调点的，结果你们怎么这么烦呢，不证明一下，你们是没完了？"

语气漫不经心，听上去有商有量，然而话音一落，野玫瑰的香味瞬间霸道地充斥了整个走廊，肆意地野蛮生长，浓郁强烈，不容忽视。

易感者和易感者的外激素，不会像支配者那样产生敌意，也不会压制支配者。

只是会激发支配者的本能。

所有支配者和易感者都闻到了简松意外激素的味道。

不如一般易感者的外激素气息甜，但确实是属于易感者的外激素的味道。

简松意控制得有度，对于远处的人来说还好，对于离他只有几步之遥的皇甫轶来说，这个味道过于浓烈和霸道，让他突然就涌起了一种源于本能的冲动。

然而不等他做出本能反应，一股冰冷强大的外激素瞬间把他压制下去，像骤降了一场大雪，玫瑰的香味也瞬间被覆盖。

皇甫轶体内的冲动退去，只有被压制后不甘心的臣服感。

好在大雪稍纵即逝，一切很快又归于平静。

皇甫轶单膝蹲在地上，手撑着地，抬头看向对面。

那个刚释放完外激素的易感者，正散漫地站着，垂眸看着他，张扬又高傲。而他身后站着的那个支配者，冷漠又强势，没有动作，只是在无声地宣告着自己的立场。

显得皇甫轶格外没事找事，不自量力。

简松意淡淡开口："现在信了吗？我是个易感者。"

除了无感者，所有人都闻到外激素了，不可能不信。

但皇甫轶还是不甘心："怎么可能有易感者不受支配者外激素的影响？还能打得过支配者！"

"我都说过了，怪我，太厉害，厉害得你们无法想象有我这么完美的易感者，你非不信，能怎么办呢？"简松意扯着唇角，笑得欠揍，"而且，我还说过，我牛，只是因为我是简松意，和我是不是支配者没有关系。结果你们都听不进去，我又能怎么办？"

所有人都沉默了。

简松意是易感者是事实。

简松意是易感者却碾压了支配者也是事实。

简松意说的话也是事实。

当事人的漫不经心和轻描淡写，显得他们的大惊小怪格外拙劣和狼狈。

然而他们不知道，此时此刻的轻描淡写，是多少个夜晚的疼痛、汗水和自我抗争换来的。

他们只是想不明白，怎么会有这样的易感者，这不科学，难道上天真的特别优待简松意？

简松意见众人终于不闹了，才懒懒道："行了，都散了吧，这件事就到此为止。天天这么闹，不知道的还以为你们都能考年级最高分了，闲的。"

说完又看向人群里那两个瑟瑟发抖的八卦的易感者，语气恹恹："我不和你们计较，是因为我怜悯你们，你们好自为之。"

怜悯他们，不是因为他们的弱小，而是因为他们把弱小当作理所当然的资本。

这话，有的人懂了，有的人没懂。

不过这些都不关简松意的事，他只想和柏淮快点回家。

两个人不顾呆傻地站在原地的众人，慢吞吞地走出了众人视野之外。

简松意觉得自己今天晚上这次耍帅很成功，他已经很久没有这么舒畅了，然而刚走出教学楼就听到了怒气冲冲的三个字。

"简松意!"

一回生,二回熟。

简松意淡定地拍了拍柏淮的肩膀:"不是我不愿意乖乖回家,是天时地利人不和。"

然后两人一起转身,看向气势汹汹走来的彭明洪。

很明显,这次的彭明洪,比前两次都要凶。

"简松意!怎么有人反映你又惹事了?还带着柏淮一起!"

简松意扬了扬眉毛,语气十分无辜:"主任,不是我惹事,是铁牛非要来找碴。至于柏淮,你忘了上次你非要让我们一起的事了吗?"

"那是我以为你是支配者!"彭明洪站在两人面前,"现在你是个易感者,别说皇甫轶那样没轻没重的性子,就是柏淮也一样,知不知道跟支配者保持距离?"

"我本来是知道的,但您说过,我和柏淮就应该互帮互助,给大家树立一个正确的、团结友爱的榜样。"

彭明洪是觉得这话有些耳熟:"我说过吗?"

"您说过。"

好像确实说过。

简松意偏头看向柏淮。

柏淮淡定地从书包里拿出一个屏幕碎裂的手机,彭明洪刚想怒斥他们居然敢明目张胆地在老师面前玩手机,就听到熟悉的声音。

"……我跟你说,他俩要是能好好相处,我这辈子再也不管他们了,权当积德!"

彭明洪听得难以置信,自我怀疑,小小的眼睛透出大大的震惊。

柏淮顶着那张好学生脸,一本正经地解释道:"当时也不知道怎么回事,一不小心就按到了手机,无意间就录下来了。"

简松意面不改色:"可能是上天的旨意,想让我们时时刻刻聆听彭主任的教诲。"

"应该是的。"

"是个……"彭明洪把后面的字吞了回去,"我那是气话!气话听不出来吗?!"

"古人云，一言既出，驷马难追。"

"南外校训，勤学笃行，诚信为善。"

"自我入校以来，就十分尊敬彭明洪主任，您的育人良言我始终谨记于心，时时刻刻不敢忘记。"

"所以听从彭主任的教诲，和简松意同学友好相处、团结互助，以求为南外同学树立正确榜样。"

简松意就算了，彭明洪被他气了这么多次，已经气出了抗体，勉强能扛住。

但是柏淮不一样，柏淮在彭明洪心里是多省事、多内向、多乖巧的一个好孩子啊，现在突然展现出如此魔鬼的一面，让彭明洪的心理防线直接崩塌。

恨不得现在就让他们闭嘴。

但是录音摆在那儿，这两人还搬出南外校训，自己作为老师，总不好不讲道理地自己"打脸"，只能解释道："我让你们团结友爱，是让你们别闹矛盾，好好学习！"

"我刚拿到保送资格。"

"我年级最高分。"

这倒是事实，彭明洪一时不知道说什么好。

简松意却很乖巧："不过，主任，我们都听你的。如果你坚持要惩罚我们，我们一定听从你的意见，在主席台下进行演讲，详细讲述我们的心路历程……"

"少来！"彭明洪恨铁不成钢，"我是为了我自己吗？我是你们的敌人吗？为了惩罚你们而惩罚你们？我图什么？我还不是为了你们好？"

彭明洪苦口婆心："你们现在是高三，是最重要的一年，你们两个这么优秀，更是不能掉以轻心，要多把心思放在学习上，老师是真的不想看你们自毁前程啊。"

彭明洪虽然婆婆妈妈、教育观念保守、手段传统，但的确都是基于为学生好，是一个负责任的老教师。

而简松意也是讲道理的人。

只要你和他讲道理，他也和你讲道理。

看见彭明洪是真的为他们着急,简松意也就不故意气他了,正经了许多:"老师您换个角度想,如果没有柏淮,我语文不会进步这么快,如果没有我,柏淮理综也不会这么短时间内取得这么大的突破,说明只要是良好的关系,就有利于对方进步。"

有理有据,彭明洪竟然有点被说服了。

他也知道简松意的性子,说到做到,不是不知轻重的人。

这俩小子混是混了点儿,但确实也是高考状元的种子选手,能互相激励一把,自然再好不过。相反,真逼得太紧,反而不美。

于是彭明洪把心一横:"行,你俩好好记着这话。"

"成交。"简松意的耐心也用完了,保持着最后的礼貌说了句,"老师再见。"

然后简松意拉着柏淮,转身就走。

彭明洪却叫住他们:"站住!"

"嗯?"

"手机交出来!其他账我先不和你们算,但是私自带手机到学校,绝对是违规的!必须没收!"

这次两人倒是没闹,柏淮二话不说,交出了手机。

彭明洪接过一看,挑眉:"你这屏幕怎么碎成这样了还在用?"

"家里条件不好。"

"……"彭明洪觉得自己真的是被猪油蒙了心,以前才会觉得柏淮是个老实孩子。

为了避免自己被气得血压升高,他收了手机,怒气冲冲地就走了,准备回去缓缓。

等到了家,简松意问柏淮:"你什么时候把我那坏手机带上的?"

"我最近就一直带着,免得没收手机,麻烦。"

"你怎么这么聪明。"

"不然怎么救你?"

"那你这次期末考能考全市第二吗?"

"为什么不是全市第一?"

"上次说好的,期末考把年级最高分给我,你是不是想耍赖!"

简松意可小气了,他不是真的想要柏淮让着自己,就是觉得前面两次都是柏淮最高分,自己亏了,必须得赢回来,才显得自己有面子。

"我就知道你当时在骗我!大骗子!"

原来某人还记着这事儿。

柏淮低声笑道:"不耍赖,说了给你,就是给你,我说话算数。"

72

简松意觉得哪里不太对,柏淮怎么可能这么好说话。

然而还没想出到底是哪里不对,就被柏淮拎起来做了两套语文阅读,摁着他一个一个分析完所有得分点,才能睡觉。

这世上大概没有第二个像自己这么辛苦的高三学生了吧。

然而玩笑归玩笑,该学习还是要学习。

柏淮和柏寒的赌注还在那儿,这是他们父子之间经年累月的对抗,他不会允许自己有任何的失利。

而对于简松意来说,虽然拿到保送资格了,但是保送名额还没有送审,一切都还未定,关键是他还喜欢耍帅。

而对于一个耍帅之人,首要的就是成绩一定要好。

所以两人虽然天天看似轻松,正儿八经的学习却都没有落下。

而且似乎是为了证明给别人看,他和柏淮就是会一起变得越来越好,也是为了不让其他人再在背后说些闲言碎语,简松意竟然破天荒地坚持每天早上六点起床,和柏淮一起去上早自习。

不迟到了,不早退了,上课也不睡觉了。

每天就乖乖巧巧地和柏淮一起准时准点上下学,除了偶尔会和柏淮争论简便算法争得跳起来以外,其他时候都很老实。

难得省心,所有老师甚是欣慰。

而其他人看着连简松意这种爱惹事儿、长得帅、学习好、有保送资格的人都开始沉迷学习,觉得自己实在没有资格堕落,于是也都静下心来,备战期末考。

今年南城的第一场细雪在一月末悄然而至。

北城的雪，来得猛烈又狂肆，偌大的雪片夹杂在干冷的寒风中，打得人措手不及。而南城的雪，却像这个城市一般，湿润又温暾，在夜里无声无息地落下，安静得让人无法察觉。

第二天起来一看，才发现光秃秃的梧桐枝上已经挂起了微薄的积雪，路边常绿的冬青也沾染上了白。

这雪，也就算下过了。

像唐女士这种要睡美容觉的女士往往瞧不见，却便宜了凌晨苦熬的高三学生。

简松意往后跷着椅子，看向窗外，只见对面砖红的小楼二楼的窗口还亮着昏黄的灯光，映照出纷纷扬扬落下的细雪，在沉黑的夜里，显出一种让人安心的平淡和温馨。

灯也温柔，雪也温柔，雪的那头，灯光里的人，应该也很温柔。

如果换成小时候，简松意这会儿估计已经趴在窗台上，朝着对面大喊："淮哥哥，淮哥哥，下雪啦！可以堆雪人啦！"

喊得整个小区的人都能听见。

但是南城的雪，哪里能堆得起来雪人。

每次两个人都是裤子、衣服弄得一身湿，然后被拎回家揍屁股。

雪人就一直成了他们童年的一个遗憾。

所以看着下了雪，简松意突然就想到柏淮了。

他拿起手机，给"债主"发送消息："今天的理综卷子刷完没？"

债主："刷完了。"

小松鼠："下雪了。"

债主："又要堆雪人？"

小松鼠："滚。"

债主："明天一模好好考，考好了，淮哥哥就给你堆雪人。"

小松鼠："占谁便宜呢？就你还想当我哥哥？"

债主："今天刘姨煲了梨汤，暖身子的，你要不要过来喝？"

小松鼠："不来，我刷牙了。"

债主："我有道磁场题做得不太顺。"

又来这套。

简松意找出件外套披上,打开房间门,一边往楼下走,一边发送消息:"你做得不顺,关我什么事?"

柏淮笑了笑,没再回复,就静静地等着自己的房间门被打开。

果然,裹着一身风雪的简松意很快就猫着腰走了进来,门一关,直接坐到柏淮旁边。

他瞥了一眼桌上的卷子,二话不说,拿起笔就写了起来,写完放下笔,搓搓手,嘚瑟地挑挑眉:"懂了吗?"

"懂了。"柏淮一边回答,一边找出暖手宝递给他。

北城惹出来的冻疮还没完全消下去,柏淮每天都恨不得给他捂着,生怕治不好根,以后每年都长。

结果简松意自己却根本没放在心上,扫了一眼其他题,立马把手抽出来,拿起笔,继续画,边画还边叭叭:"你怎么这么笨呢,这个解题方法太笨了,你直接这样,这样,不就行了吗?"

"你那样没有步骤分。"

"明明每次都有。"

"那是老师不和你计较,统一阅卷肯定会扣你步骤分的,用笨方法保险,反正又不是时间来不及。"

"算了,不和你说,尔等凡人,不配和我们天才相提并论。"

简松意是真的聪明,但也是真的懒。

柏淮却是一个谨慎细致惯了的人,宁愿多费一番功夫,也要保证万无一失。

"听话,你不好好写步骤,全市最高分怎么给你?"

"松哥我不差那点儿步骤分。"

"差不差?"

"不差。"

"差不差?"

"不差。"

"差不差?"

……

最后，简松意被问烦了："差，差，差！行了吧？"

"那老老实实写步骤吗？"

"写！全都写！行了不？"

"行。"柏淮说完就给简松意裹上大衣送他出了房门。

简松意难以置信："你这就要赶我走？！"

"明天考试，早点回去睡，下楼把梨汤喝了，送你回去。"

"我不喝！"

"下雪，湿冷，不喝点热的祛湿的，你冻疮又要痒。"

"我不喝！"

事实证明，虽然两人之间看上去向来是简松意说什么就是什么，然而最后莫名其妙的都是反抗无效。

简松意被灌了一碗梨汤后就被送回自己家了。

他裹着被子，趴在床上，气呼呼的。

自从生日过后，两个人沉迷学习，柏淮现在甚至开始赶他了。

简松意生着气，关灯睡觉了。

而对面的柏淮，看见细雪那头的灯光暗下，知道某人睡了，才关了吊灯，拉上窗帘，打开书桌上昏黄的台灯，低头继续刷起了题。

他总要再努力些才行，才能确保万无一失。

冬夜的雪，静谧地落下。

简松意睡得很熟。

因为空气里，都是下雪的味道。

那天晚上，柏淮只是强调了几句让简松意好好写步骤，点到即止。

却没想到简松意这个人，不吃点教训，根本不长记性。

考试成绩出来那天，语文卷子最先发下来，几家欢喜几家愁。

杨岳拿着自己131分的卷子，美滋滋回头一看。

柏淮，137。

不那么美了。

杨岳准备看一眼简松意的卷子寻找一下心理平衡，却呆愣在当场。

他揉了揉眼睛，又看了一眼，更愣了。

反应了一会儿，杨岳尖叫出声："松哥！你语文居然考了138分！！"

全班顿时齐刷刷回头，眼神十分惊恐。

据说这次全市语文最高分就是138分，有三个，但是他们没想到其中之一居然是简松意！

简松意？！

那个感性神经死绝了的人。

那个把老白气得眼不见为净的人。

居然考了语文最高分？！

甚至超过了曾经的文科天花板柏淮？！

全场震惊。

简松意嘚瑟地跷着椅子，手指懒散地点着桌面："看见没？天才之所以是天才，就是因为只有我不想拿的最高分，没有我拿不到的最高分。"

说着简松意朝柏淮挑了挑眉："不错，小朋友很讲诚信嘛。"

不等柏淮做出反应，徐嘉行突然原地弹射而起，欣喜若狂："杨岳、俞子国，一人十包辣条，愿赌服输！"

俞子国心痛地抱住自己的辣条："不可能！我不可能算错！这才出了一门成绩，你着什么急！"

徐嘉行先把杨岳的辣条抢过来，一边抢一边嘚瑟道："这还用等其他几科？只要松哥语文赢了，其他几科，柏哥顶多和他打个平手。所以还是老老实实交出辣条吧，收完你们的，我还要去二班和六班收陆淇风和周洛的。四十包辣条，够我吃到过年了。"

虽然徐嘉行的语气十分欠揍，但道理，确实是他说的这么个道理。

俞子国看着辣条，心疼得都要哭出来了。

简松意第一次语文考了最高分，还压过了柏淮，年级最高分也是囊中之物，正是心情甚好，也不计较这几个人拿他打赌的事，大度地挥挥手："行了，别沮丧了，这是喜事儿，待会儿去小卖部给你买二十包。"

可俞子国还是很沮丧。

自从简松意自曝易感者身份后，江湖人就送了俞子国一个外号叫"俞铁嘴"。

这次他信誓旦旦说柏淮会是年级最高分，招牌可不能砸。

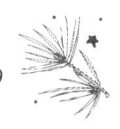

俞子国卑微地等着其他科的卷子发下来。

英语卷子发了。

两人分数一样,146 分。

数学卷子发了。

两人分数一样,150 分。

也就是说,柏淮要理综超过简松意才可能拿到年级最高分。

然而,理综超过简松意,这在南外近两年的历史上,从未发生过。

俞子国抹了把眼泪,开始数辣条。

而为了保持神秘的仪式感,简松意和柏淮的理综卷子都是扣着的,没有第一时间揭晓。

不过简松意觉得没什么好神秘的,因为他对过答案,全对,满分无误了。

柏淮再牛能考 301 分?不存在。

自己这次终于光明正大地超过柏淮排第一了。

简松意用一个十分帅气的姿势,把卷子翻了一个面。

然后看见三个鲜红的数字,298 分。

居然不是满分?!

不可能!

他可以确保他这次所有答案都正确!

不然他凭什么得物理竞赛全国一等奖?!

简松意觉得这个 298 分十分扎眼,气呼呼地把卷子翻过来一看。

物理最后一道大题赫然扣掉了 2 分。

答案正确。但是因为用了简便算法,步骤分没了。

简松意生气地看向柏淮:"乌鸦嘴!"

柏淮则慢条斯理地把自己的卷子叠起来:"不听哥哥言,吃亏在眼前。"

"市里的老师改卷实在没水平!"

"嗯,不巧,高考也是他们改。"

"……"

简松意知道是自己错了,没把柏淮之前的话听进去,自知理亏,再不讲道理也不好发脾气。

他正气鼓鼓着，教室外一声高呼："光荣榜出来啦！"

俞子国顿时抱着他的辣条飞奔出去，然后传来一声尖叫。

这尖叫声听上去有些喜悦。

简松意狐疑地看向柏淮："你说话算数没？"

柏淮淡定地点点头："我说话算数了。"

说话算数了，那就说明年级最高分是自己了。简松意松了口气，小胸脯顿时又骄傲地挺了起来。

哼，就算扣了步骤分又怎样？扣了步骤分，他也是年级最高分，全方面碾压。

这就是天才的优势。

他就是这么牛。

简松意丝毫不懂得饶人处且饶人，十分欠揍地挑了一下眉："小朋友，以后考试成绩决定地位，没毛病？"

柏淮叫了他一声小朋友，时隔一学期，都非要找补回来。

简松意真是一个很记仇的人。

于是柏淮十分顺从："没毛病。"

简松意想到自己终于可以光明正大地压柏淮一头了，只觉得神清气爽，懒洋洋地起身，美滋滋地走出教室，准备欣赏一下光荣榜上自己的盛世美颜。

然后远远地看着光荣榜上那张帅得人神共愤的照片，沉默了。

片刻之后，他愤怒地转过身，指着照片上那个戴着金丝眼镜、衣冠楚楚的人，原地爹毛。

"柏淮！你个大骗子！你又比我高一分！"

骗子！大骗子！

简松意气呼呼地走回座位，一巴掌拍上柏淮的桌子，恨不得直接把那张写着"300"分的理综卷子拍得粉碎。

"说好的期末考的年级最高分给我呢？！"

这语气，比第一次被抢了年级最高分的时候凶多了。

不过柏淮看得出来，第一次被抢的时候，简松意是真不高兴，但这次被抢，简松意就是单纯地夯个毛。

毕竟简松意这种人，绝对不可能真的要求别人让着他，现在只是一只暴躁松鼠日常夯毛而已。

柏淮偏着头，朝简松意轻笑了一声："有什么不对嘛，我是年级最高分，给你。"

然后双手放进他的大衣衣兜，逗他："看，已经在你口袋里了。"

三秒以后，简松意满脸震惊，语气超凶："你耍诈！你跟我玩文字游戏！谁说这个年级最高分了？！"

柏淮却依然眯着眼睛笑着，慢条斯理地问道："早就跟你说了，好好写步骤，你不听，怪谁？"

这个问题，问得简松意一时语塞，憋了半天，只能憋出一句："你给我让开！我要睡觉！"

说完简松意扒拉开柏淮，一屁股坐到椅子上，埋头就睡。

柏淮忍不住笑道："既然这样，那我就是说话算数了？"

"滚滚滚！"

"那我真滚了？"

"给我回来！"

"回来了。"

简松意就是单纯地觉得柏淮这人居然当着班上这么多人的面套路自己，实在太丢人了。

实在有损他威严的形象。

所以为了维护一下自己的人设，他足足撑到下午放学都没理柏淮。

无论柏淮怎么逗他，简松意都闭着嘴，冷着脸，似乎要把这种冷战进行到底。

于是柏淮也不闹他了，只是帮他接热水、记作业、盖毯子，十分细致。

众人冷眼看着，觉得果然还是松哥比较有地位，看看柏哥这认错态度，多诚恳，多乖巧。

松哥不愧是松哥，简直是易感者的骄傲！

然而他们不知道的是，易感者的骄傲最后是被柏淮拎回家的。

一下车，柏淮就拽着简松意往柏家大门走，简松意臭着脸，象征性地挣扎了几下，发现无济于事，索性就不挣扎了。

不仅不挣扎，他心里甚至还生出了些许期待。

他可以先看看柏淮的表现，再决定要不要勉强原谅柏淮。

简松意心里十分高傲。

下一秒，他就被柏淮摁在了书桌前，手里被塞了支笔。

剧本走向有些不对。

简松意有点蒙。

柏淮却自顾自地抽出一个本子，再摊开卷子，一本正经："把考试时候没写的步骤写五十遍，写到记住了为止。"

"什么？！"

本来已经忘记生气的简松意顿时不得了了，直接起身："柏淮你想挨打就直说！我还没和你这个心机狗计较，你居然让我写步骤？！你就说你什么意思？！"

简松意这下是真的恼羞成怒了。

柏淮也没真想罚他，就是想逗逗他，看见他炸毛，忍不住笑道："肯说话了？"

简松意闭上嘴。

"你说说我怎么心机了？"

"说好了年级最高分给我，结果是给我下套子耍我？"

柏淮面不改色："我怎么给你下套子了？你说说，这次如果你写了步骤，年级最高分是不是就是你的了？"

顿了顿，柏淮又补充道："这么看来，我的确是一个说话很算数的人。"

"呸！你还说对我好？成天这么算计我？理综居然还考满分？你说，你对我好是不是根本就是为了得到我的理综笔记！"

柏淮喉间溢出低低的一声笑："好了，不闹了，我去个洗手间，然后一起复习。"

柏淮转身出去了，床头柜上的手机开始不停地"叮咚叮咚"地响。

响得简松意心烦，打算直接把手机关掉。

简松意拿过手机的时候，一不小心就看到了屏幕上的消息。

冰激凌小圆子："姐妹！气死我了！年级最高分又是那个柏淮！气死了气死了！！"

嗯？简松意愣了愣，重新检查了一下，发现确实是柏淮的手机，于是更愣了。

姐妹？什么姐妹？难道柏淮背着自己偷偷混进了女生群？！

而且这个冰激凌小圆子怎么回事？给柏淮发信息骂柏淮？

其中必定有诈。

不待他思索，下一条信息又来了。

冰激凌小圆子："松哥这学期就考过两次年级最高分，还有一次是跟柏淮并列，崽肯定生气死了！这个柏淮，真是我们这种事业粉路上最大的阻碍！"

简松意又蒙了。

不等他醒悟，很快，新消息又来了。

冰激凌小圆子："算了，不说这个了。姐妹，你上次艺术节给崽订花的那家花店联系方式可以给我一下吗？我那天闻到崽的外激素是玫瑰味，所以粉丝团想订一束差不多的，送给松哥，算是鼓励，希望他夺回年级最高分！"

艺术节？玫瑰花？粉丝团？

B.S.？！

简松意这下不蒙了。

他正要找柏淮算账，紧接着又是一声"叮咚"。

简松意低头一看。

这次换人了。

姑姑："小淮，我往你卡里转了点钱，马上过年了，你给小意买点礼物，带他吃点好吃的。"

姑姑："你最近是不是遇到什么事了？上次圣诞节你要去北城，我不是给你转了钱吗？我怎么听你唐姨说你的衣服都是小意买的？"

姑姑:"钱用完了就问姑姑要啊。"

简松意内心:"亏我以为柏淮没有生活费了,结果他竟然如此富有?!"

可以啊,柏淮,又骗友情又骗钱?!

简松意觉得柏淮的手机可真是个宝藏。

里面埋着一万个谋杀柏淮的正当理由。

简松意在房间角落找到了一把青龙偃月刀,是一比一制作的《三国演义》周边,未开刃。走近一瞧,比自己还高两个头。

做工也十分精致。华丽大气,庄严肃杀,很是逼真。

一看就是一把价格不菲的好刀。

简松意扯着唇角,冷笑一声,伸手,握刀,手臂用力,准备单手拎刀,帅气地杀出去,杀得柏淮片甲不留。

结果没拎动。

他深呼吸,提一口气,再来一次。

……这是哪家周边店做的,还真的一比一做了一把八十几斤的刀?!

怎么不沉死呢?!

简松意理了理衣服,活动了一下手腕,然后气沉丹田,怒吼一声,扛起那把青龙偃月刀就往门外冲去。

去他的苦衷!

有朝一日刀在手,杀尽天下柏姓狗!

他刚冲到门口,"吱呀——"一声,门开了。

柏淮站在门外,看着他,愣了愣。

简松意猛地看见柏淮,也愣了愣。

他只愣了一秒,立即怒喝一声:"柏淮,今天不教训教训你,我就不配叫简松意!"

柏淮第一反应是简松意别把他自己伤到了,第二反应是以后家里不会再出现任何类似周边了,第三反应才是简松意怎么好好的突然又暴躁了?

就他这个反应顺序,没有被简松意得逞,全得益于刀太长,门太矮,刀被门框卡住了。

简松意试了几次,也没能成功把刀挥出去。

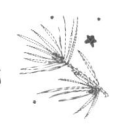

柏淮反应过来，连忙伸手摁住刀柄："这是怎么了又？"

简松意双手举着八十几斤的刀，实在没力气和他争，只能咬牙切齿："你自己做过些什么，心里没点数？！"

柏淮沉默了一下。

他倒是有数，但是瞒着简松意做的事有点多，不太确定简松意要和他算哪个账。

简松意冷笑一声："你自己今天要是老老实实交代，我就饶你一命。"

柏淮小心试探道："你要不给个提示？"

"呵，提示？行，我就提示提示我的粉丝团副团长，请问我每天给你点的咖啡好喝吗？"

说着简松意腾出一只手，想把柏淮的手机扔给他。

结果单手扛不住刀的重量，两米高的大刀带得他整个人往后仰去，眼看着要连人带刀都栽了，柏淮连忙伸手撑住。

柏淮二话不说，把刀换了个方向，往门外一扔，关上门，然后带着简松意坐到了沙发上。

等简松意反应过来自己刀没了的时候，柏淮已经低头看向了手机。

这一看，什么都明白了。

柏淮觉得大概是老天爷要亡他，翻车也就算了，还连环"车祸"，惊心动魄，是铁了心要让他交待在这儿了。

他看了一眼旁边东踹西踹吱哇乱叫的某人，觉得自己不能以暴制暴，要通过智慧和诚意保住自己的命。

于是柏淮收起手机，看向简松意："你听我解释。"

"解释个头！没什么好解释的！你就是个骗子！"

"善意的谎言，不能算骗。"

"你用 B.S. 的名义送花，也是善意的谎言？！"

"我当时刚从北城回来，很多你的事儿我都不知道，就想着混进粉丝团，了解一下情况。"

"了解着了解着就了解成姐妹了？！我当时跟你炫耀的时候，你是不是就是在看我笑话？"简松意越想越气。

柏淮对这点倒是问心无愧："没有，绝对没有。其实当时我就是想让你开心的,结果你自己笨,没发现。"

"你说我笨?!"

"你自己想想,B.S.是什么意思?"

"鄙视?"简松意搜索了一下自己贫瘠的词汇库,顿时不干了,"你鄙视我?!"

柏淮一时之间有些无语凝噎,缓了缓,才解释道:"是柏、松。"

简松意呆了呆,反应了一下,突然有点感动,但还是说:"你给我起开,别以为我这么好糊弄,你解释几句,我就原谅你。我告诉你,没门儿!"

柏淮只能低声道:"那你说怎么办?你说怎么办就怎么办,我全听你的。"

简松意冷着一张脸:"我说怎么办就怎么办?"

"嗯,都听你的,我都接受。"

"那你先把你最近做过的、没告诉我的、可能惹我生气的事,全部招供,然后我们一一清算。"

脸又冷又臭。

柏淮想了想:"趁你睡着了就偷拍你的照片然后修成小松鼠算吗?"

简松意:"什么?!"

"录了你说'淮哥哥,求求你了'的时候的声音,然后在做作业的时候戴着耳机听,算吗?"

简松意:"什么?!"

"偷偷把你牛油果色的帽子扔了算吗?"

"柏——淮——"

简松意气得想直接让柏淮看不到明天的太阳。

虽然凶,但比冷脸生动多了。

柏淮忍不住轻笑:"骗你的,我没做这些事,有贼心,没贼胆,有贼胆做的都已经被你发现了。骗你的那些确实是我不对,我以后都不骗你了,我保证。"

想到柏淮小心翼翼试探的那些日子,简松意就怎么都生不起气了:"那你发誓,永远都不骗我了。"

"好，我发誓，以后永远都不骗简松意。"柏淮说得很认真。

简松意相信了，但又觉得不能这么草草了事："你先放开我。"

刀还在门外，柏淮不敢放。

简松意不耐烦道："我不动手！"

柏淮终于松开了手。

简松意真的没再动手，只是走到书桌前，一拍桌子："过来！"

"干吗？"

"写检讨。"

柏淮从小到大就是被捧在手心里的好学生，从来没有写过检讨。

简松意挑挑眉："写不写？"

"写。"柏淮毫不犹豫地坐到了书桌前，拿起了纸笔。

简松意很满意："态度诚恳点，字迹端正点，写完了拍下来，一式三份存档。"

"好。"

"还有，陆淇风的那两万元亏空，你给我补上。"

"好。"

柏淮低头认真写起检讨。

检讨书暨保证书

本人柏淮，于1月29日，在此深刻检讨反省自己的行为。

本人对简松意多次行骗，伪装清纯贫苦男高中生的形象，使其心软，从而达到目的，此种行为实在恶劣，令人发指，当受唾弃。

本人对此深感自责和羞愧（却并不后悔）(被简松意划掉了）。

因此，做出如下保证。

1. 永远不欺骗、隐瞒和算计简松意。

2. 如有需要，欺骗、隐瞒、算计了简松意，则视情节轻重，一个星期到一个月之内听从简松意的吩咐，不得反抗简松意的要求。

3. 如果是原则上的事情欺骗了简松意，需在欺骗之前，自行购买人身意外伤害险,受益人:简松意。

柏淮

1.29

写完,他放下笔,偏头朝简松意笑了一下:"怎么样,这样可以吗?"

简松意看了一眼,勉强算过关吧。

柏淮问:"检讨书和保证书也写了,你说的惩罚我都接受,所以是不是就不生气了?"

简松意哼哼唧唧:"再说吧,看你表现。"

柏淮浅浅地笑了笑:"说了以后正经事都不骗你,不瞒你,不算计你,我说到做到。"语调格外正经。

简松意突然觉得不太对,抬头看向他:"柏淮,你是不是有什么事要和我说?"

"嗯。"

74

简松意有种不好的感觉。

果然,他的感觉是准的。

柏淮缓缓开口:"过完寒假,我就要走了。"

刚刚还鲜活闹腾的简松意脸上的神色一瞬间就黯淡了下来,抿着唇,不说话。

"我的户籍在北城,没转回来,得回去准备参加高考。柏寒的身份……你也知道的,很多事不方便,我如果想学理,就只能答应他。本来想早些和你说,又怕你不高兴。"

简松意低着头,闷闷的:"这事儿也不怪你。"

"怪我,我当时就不应该走。"柏淮淡淡地笑了一下,"我现在就后悔我怎么不早点和你说开。"

简松意还是低着头,一动也没动。

这是真不开心了。

柏淮叹了口气："是我浑蛋，你打我一顿吧，我不还手，别生闷气，把自己气坏了。"

简松意小声道："我没生气，我就是想到你又要一个人待在北城，就心里难过。多冷清啊。"

柏淮想了一万种道歉的方式，却没想到简松意只是在担心他一个人会冷清。

柏淮只能安慰道："不冷清，只要你每天陪我说说话就行。而且我二月底走，六月高考，就三个多月而已。"

"三个多月呢。"简松意的声音还是有点蔫蔫的。

"但是我们寒假可以天天在一起玩。"

整个寒假，他们果然天天待在一起。正值年关，唐女士、简先生、柏老爷子，一个比一个忙，几乎不着家，他俩也就更无拘无束了。

简松意怕柏淮走，怕柏淮孤独，怕柏淮又活得冷清没有人情味儿。因为简松意知道，柏淮所有的热闹都是他给的，让这样一个人离开，回到冷冰冰的北城，他怎么都放心不下。

生活不是电视剧和小说，高冷不食人间烟火的人并没那么快活。

而简松意觉得自己就是个彻头彻尾的凡尘俗人，所以他想把柏淮也拉进这俗气的热闹的生活里，让他过得真实一点、温暖一点、快活一点。

毕竟除了把柏淮在其他地方缺失的关心成倍补给他，自己什么也不能为柏淮做。

所以大年三十晚上，柏家从未有过地热闹。

简家老一辈不在了，简先生和唐女士决定和柏家一起过这个春节。

柏老爷子年轻的时候，和柏寒、柏淮一个性子，冷清，孤傲。但是年过古稀，人总是会开始渴望、留恋一些温暖的东西，比如热闹，又如亲情，再如年轻人身上朝气蓬勃的希望。所以两家人一起过年，他是再高兴不过。

柏韵也难得地忙里抽闲，从国外赶回来过年。

出乎所有人意料的是，柏寒也回来了。

往年的春节，柏寒都会受邀去各大晚会，虽然厌烦极了那样的场合,但是他总觉得去陌生人多一些的地方,就不会想起最熟悉的人,所以从来不拒绝邀请。

今年却不知道为什么,居然回南城过年了。

虽然柏寒穿着一身黑色西装,罩着黑色大衣,裹挟着北方的干寒走进温馨热闹的柏家客厅的时候,直接把温度降了十摄氏度,但是大家也没有嫌弃他。

这人是煞风景了些,但是能回来,也算一家人齐了,总是好的。

起码有个盼头,图个团圆。

看着柏寒礼貌性地打了招呼后就直接上了三楼阁楼,唐清清女士还是忍不住叹了一口气:"唉,这人也就之眠还在的那几年讨人喜欢些。还好小淮和小意小时候是之眠教大的……"

简松意朝他妈使了个眼色。

唐女士连忙笑道:"算了,不说这些了,快把饺子包完,包完了下锅,简松意你快过来。"

简松意边走边拒绝:"妈,你又不会包,别给刘姨和我爸添乱了。"

"我怎么不会包了?"唐清清不服气,胡乱捏了几下,"你看,这不就包好了吗?"

简松意没眼看:"你那叫包子,不叫饺子。"

"臭小子,怎么跟你妈说话的?有本事自己包。"简先生瞪了简松意一眼,"刘姨包的是柏爷爷他们家吃的,我包的是我和你妈吃的,你要想吃,自己包。"

简松意:"……"

大过年的不让孩子吃东西了?

柏淮看着日常被自己亲爸亲妈撒狗粮的简松意同学,从沙发上起身,走到简松意旁边,拿起饺子皮,低声道:"没事儿,你吃我包的。"

柏淮细长的手指几个翻转,一个漂漂亮亮白白胖胖的元宝饺子就新鲜出炉了。

放在唐清清女士包的"包子"旁边。

碾压。

简松意顿时就乐了:"我要吃三十个,要豇豆馅儿的。"

"好。"柏淮淡淡笑道,"换十个牛肉馅儿的行不行?全是素的,不顶饿。"

"行。"

唐清清看着两人,忍不住还是浮现出了老母亲的微笑。

行,自家儿子找到靠山了,都不好欺负了。

唐女士这么想着,心里很高兴:"欸,我们来包硬币吧。"

简松意挑眉:"妈,你少女心能不能不要这么泛滥?"

话音刚落,简先生就淡淡道:"简松意,你下个月零花钱没了。"

简松意:"什么?"

柏淮轻笑一声。

简松意瞪了他一眼。

柏淮连忙道:"我有,我给你。"

"你的钱不还是我的钱?小小年纪就会惯着小意,一看就是个没原则的。"一旁看热闹的柏韵已经洗好硬币送来了,递给刘姨,笑道:"硬币包还是要包的,不过要给刘姨包,不然老简和小淮肯定要作弊,这个硬币怎么轮都轮不到我这儿来。你们别欺负我孤家寡人。"

正在计划着怎么给包硬币的饺子做记号,好让自家媳妇和简松意吃到的老简和小柏,被戳穿了心事,尴尬地笑了笑,然后假装什么都没发生过一样继续包起了饺子。

柏韵见状笑骂了几句,一屋子老老少少说笑开来,饺子包了一屉又一屉。

等终于包完了饺子,其余人都去洗手,只剩下一个从头到尾十指不沾阳春水的简松意,在厨房偷偷徘徊。

那一顿年夜饭,极为丰盛。

但具体吃了些什么,柏淮不记得了。

就记得很热闹。

他就记得那天晚上,自己被简松意塞了一个又一个饺子,每个饺子的边缘看上去都有些破烂,他已经吃得吃不下了,给他塞饺子的简松意还是不甘心。

最后干脆盯着每一个饺子,看见一个边缘破烂的就往回夹,夹得眉头紧锁,等柏淮终于咬到了硬币的时候,简松意才终于笑了。

唐女士连忙鼓掌:"小淮不得了,新的一年肯定运气特别好,阿姨祝你和小意都金榜题名!"

柏老爷子也笑道:"你这小子,运气不错,新的一年,别的不重要,开心就行。"

柏韵也笑了:"二三百个饺子,就这一个硬币,都给你吃到了,这是福气,所以以后别老学你爸冷着一张脸,多笑笑,不然福气跑了。"

"嗯,别学我。"柏寒淡淡地抿了口酒,"你以后会比我好的。"

而简松意看着柏淮,笑得眉目舒展,得意扬扬:"我就说吧,今年你会是运气最好的人,说了把运气分给你,很灵的。我就是你的福星。"

柏淮也笑了:"对,你就是我的福星,不然我运气怎么会变得这么好。"

所有人都看穿了简松意的小心思,也都纵容着他的小心思。

就连柏寒看着他们,眼底深处也浮现出浅淡的笑意。

简松意那天给他打电话的时候说得对,这世上,总有人会幸福下去,他没有资格因为自己的绝望,就让自己的儿子失去拥有幸福的资格。

如果死去的人回不来,那好歹给活着的人少留点遗憾。

那天晚上,众人闲话着再普通不过的家常,窗外的烟花格外绚烂,屋里倒计时的声音也格外大,暖黄色的灯光映照着红彤彤的春联和福字,俗气得有些好看。

简松意拉着柏淮站在阳台上,看夜幕里的火树银花,听屋内几十年如一日的春晚节目和人声嘈杂。

他偏过头,看向面颊微红的柏淮,嘴角挑起一抹得意的笑:"柏淮,你看,我还是比你厉害,因为我把你拉入凡尘来陪我了。"

他的眼神很明亮,带着孩童般的沾沾自喜。

柏淮知道,两家人一起过年,是简松意提出来的,柏寒和柏韵也是简松意劝回来的,那个带着好运气的饺子,也是简松意作弊做出来的。

都不是什么大事,就像小时候简松意非要和自己一起睡觉,非要让他的爸妈一起帮自己开家长会,非要告诉所有人他是自己最好的朋友一样,不过就是为了让自己心生欢喜,让自己明白,这世上自己不是孤单一人。

他怕自己冷清。

简松意从六岁开始,就怕自己冷清,所以在这十二年里,他做了他能做的一切,陪伴自己,把他所拥有的一切温暖和热闹,一股脑儿地塞给自己。

朋友、家人、荣誉、运气。

这样纯粹的温暖,毫无保留,是只有简松意这样从小在爱里长大、什么都不曾缺失的小孩儿,才能给出来的。

带着他的那份得意,天真又骄纵。

而柏淮眷恋他这份天真,也眷恋他这份骄纵,如同眷恋他明媚不知世事的那份纯粹温暖。

他的眼神过于明亮,衬得他身后的星河和烟火也黯然失色。

"简松意,你就是我的凡尘。"

因为有你,所以我未曾真正地孤身一人。

第十六章
永远年少

SONG YI

75

大年初一的早上,简松意是被柏淮喊醒的。

柏淮低头看着他,拿出一个红包,眼角带笑:"淮哥哥给你的压岁钱。"

红包看着还挺厚。

简松意满意地接了过来,捏了捏,发现手感不对,他警惕地挑眉:"柏淮,大过年的,你别搞事。"

柏淮觉得自己在简松意心里的形象好像出了点问题,无奈地笑道:"我有那么坏?你打开看看,是好东西。"

简松意将信将疑,打开一抖,一条折得整整齐齐的红布掉了出来。

简松意觉得这条红布有些眼熟,展开一看,红布上写了一行字。

——愿和你年年岁岁。

字迹是他熟悉的字迹,红布也是他熟悉的红布。

温之眠叔叔忌日那天,他们两个逃课去灵安山的时候,路上简松意禁不住小孩儿缠,花五十块钱买了两条许愿布。

那天简松意的精力全放在那个葡萄石上了,也没在意,柏淮说红布扔了,他也就信了。

原来又是骗自己的。

简松意凶巴巴:"柏淮,你看看,你又骗我!"

凶得毫不走心,一点威慑力都没有。

"陈年旧事,不算数。你快起床,我们去灵安山。"

简松意这段时间赖床赖习惯了,有点不想起,挣扎着缩回被窝:

"才六点多，去灵安山干吗？"

柏淮耐心道："把这条红布系在许愿树上，还个愿，再顺便去看看温爸爸。"

简松意乖乖起来了。

也对，新的一年了，总得去看看之眠叔叔才行。

两个人轮番给长辈拜完年，除了柏寒一大早就不在家，其他长辈都给他们每人发了一个大红包，最后全部放进简松意的小收藏室。

挣得盆满钵满后，两人出发去了灵安山。

从秋天，到冬天，又到了春天。

灵安山上大觉寺那棵生长了许多年的老树，落了叶，光了枝，重新发了芽，连带着那一树密密麻麻的红布都充满了希望。

看上去，似乎佛祖也是垂怜世人的。

两人合力踩着山崖的高石，在树的顶端，系上了那条红布。

早春微寒的风吹过，红布在空中起舞，招摇无比。

简松意抬头呵了一口气，看着空气中白雾蒸腾，笑了笑："柏淮，你说我们俩怎么这么迷信呢？"

柏淮跟他一起慢腾腾往山下走去："这不叫迷信，这叫有盼头，人只要有盼头，就能活得好些。"

无论什么话，好像只要被柏淮这么慢条斯理地一说，简松意就觉得很有道理。

"那我贪心一些，希望我们能一直好好的，而且健康、富有，还要帅气。"

"是有些贪心，不过温爸爸应该会保佑我们的，上次我让他保佑我，他就答应了。待会儿你说点好听的，哄哄他，说不定他一高兴，就成全了你的贪心。"

"放心，我从小就比你嘴甜。"

简松意说的是实话，他小时候奶甜奶甜的，最会撒娇，所以从小所有人就惯着他，温之眠也一直教柏淮要照顾他。

这么想来，他们俩和好了，温之眠应该是开心的。

或许是因为有了盼头，两人再次同时走进清晨的墓园时，少了许多上次来时的感伤。

然而简松意准备好了一大堆让温之眠放心的说辞,却在看到墓前那个身影的时候,烟消云散。

墓前放着一束新鲜的、开得正好的白色洋桔梗,沾满了清晨的露珠。

而墓前站着的那个男人,发梢、肩头已经凝起了一层浅霜。

不知已经站了多久。

明明高大的背影,看上去却有些萧瑟。

两人同时驻足。

短暂沉默后,简松意温声开口:"你过去吧,和他聊一聊,我在这儿等你。毕竟在之眠叔叔跟前,你不要跟他吵架。"

最爱吵架的人,也会劝别人不要吵架了。

柏淮浅浅笑了一下:"好,听你的。"

清晨的墓园,太过安静,冬暮春初,连虫鸣鸟啼也没有。

柏家父子俩的交谈声,不经意地就落入了简松意的耳内。

不知道是不是他的错觉,他竟然觉得今天柏寒的声音,其实也很温柔。

"你带小意来看他?"

"嗯。"

"告诉小意你过完年就要走了吗?"

"告诉了。"

"确定学医了?"

"嗯。"

柏寒没再说话。

墓园里陷入了寂静。

过了很久,柏淮才缓缓开口:"你为什么一直不愿意让我学医?"

柏寒没有回答。

"你就那么怕想起温爸爸吗?怕到你这么多年都不愿意多关心我一点,怕到连我学医你都觉得排斥?"

柏寒依然没有回答。

"你这样有意思吗?你觉得你这样温爸爸能开心吗?"

"他走了。"柏寒的声音理智冷静到可怕,"他走了,所以他不会有任何开心与不开心，这一切都是没有意义的。"

那一刻，简松意突然明白了柏淮说的"人要有盼头才会活得好一些"是什么意思。

如果没了盼头，大抵就会像柏寒这样吧。

又是良久的沉默。

两人像是在无声的悲伤中达成了和解。

柏寒淡淡开口："你比我幸运，你会过得比我好。"

而这一次，柏淮没有和他父亲争执，只是带着一种成年人的笃定和温和："我知道。"

"但你有没有想过，如果你学医，很难维持现在富足的生活。"柏寒的声音也柔和下来，像最普通的父亲和自己的儿子闲话家常。

简松意听着，恨不得马上赶过去反驳。

然而不等他赶过去，柏淮已经淡淡地开口："我打算学易感者医学药物研究方向，不学临床。"

"嗯。"柏寒点了点头，"这算是最近几年最有前景的行业了，国家政策也支持，如果毕业了自己开制药科研公司，确实还不错。"

"嗯。"

"但应该不是因为这个。"

"嗯，他性子傲、粗心、还懒，所以我得想想办法。"

"看来你还记得小时候我教给你的话。"

"嗯。"

"我没做到，希望你可以做到。"

"我会的。"

"你带他回家吧，我想再陪陪之眠。"

柏淮沉默了很久，终于点头："好。"

回家的路上，简松意对柏淮说："我以为你会赶他走，结果你自己走了。"

柏淮目光看向远方，语气淡淡："他已经有白头发了。他才四十二岁。"

送柏淮离开的那天，南城下了最后一场春雪。

向来最讨厌冬天的简松意突然发现，自己其实已经喜欢上了雪的味道。

他不想让柏淮看出来他的舍不得，站在登机口前，强装镇定，淡淡道："你放心，在北城安心学习，不要担心我。我不会那么冲动了，会细心，也尽量不偷懒，我会好好保护自己，所以你也要。"

柏淮垂眸，看着越来越懂事的简松意，笑了笑："你这么厉害的易感者，连我这种支配者都随便揍着玩，我也不怕你被欺负。"

"这时候你还开玩笑！"简松意瓮声瓮气道，"我有正经事要跟你说。"

"你说，我听着。"

"我不想保送了。"

简松意说什么，柏淮都觉得很正常，倒也不惊讶，只是比较好奇："为什么？"

"我是物理竞赛拿的保送资格，就算送审过了，也只能去华清的物理系。"

"你不是喜欢物理吗？"

"也不是喜欢，就是单纯地觉得物理题做起来好玩儿，也没想以后学一辈子物理，而且我觉得我这个人的性子也不适合静下心来搞学术。"简松意把下巴往围巾里藏了藏，"所以我就不想学了。"

柏淮温声问道："那你想学什么？"

"学金融，挣钱。"

这个答案，柏淮倒是有些意外，他愣了愣，想起了什么，然后忍不住笑道："你那天是不是听到我和柏寒说话了？所以担心我以后挣不到钱，支撑不了我想要的生活？"

简松意虽然没觉得柏淮会挣不到钱，但确实想的是科研清苦，所以得自己挣钱，才能让柏淮安安心心搞科研。

被柏淮这么一笑，简松意觉得自己心思被戳破了，不好意思起来："笑什么笑，不准笑！"

"好好好。"柏淮声音里依然全是笑意。

"你还笑！"

"不笑了，真不笑了。"

等到柏淮真的不笑了，简松意才哼哼唧唧说道："我就是个俗人，从小到大做什么都觉得特别简单，所以也没有什么特别的梦想，你的梦想也算是我的梦想，我得养着你的梦想。"

"但是你不保送了，就要六月才能见面了，你保送的话，四月就可以见到。"

简松意犹豫了，表情认真，似乎在进行严肃的思考。

柏淮被他思考的样子逗得忍不住又笑了出来："你的梦想好像有点脆弱，这么容易动摇。"

简松意这才反应过来柏淮又在逗自己，偏偏还每句话说的都是真相，顿时恼羞成怒，一拳砸上。

柏淮挨了一拳，笑道："不愧是我小时候一天三盒草莓牛奶养出来的，就是力气大。"

说完，柏淮又道："所以我不在的这段时间，你也要努力学习，好好写解题步骤，争取将来支持我安心搞科研。"

简松意高冷地"哼"了一声，还打算说什么，机场广播却已经开始催促登机。

"我真的要走了。"

"嗯。"

"我不在，你要好好吃早饭，每节课下课自己记得去接水，不要喝冰的，不要贪凉。"

"嗯。"

"好了，你快走，烦死了，磨磨叽叽的。"简松意推了一把柏淮。

柏淮转身要走。

简松意却又叫住了他："等等！"

柏淮回头。

简松意掏出速写本，递给柏淮，抿了抿唇："我补好了。脏的地方全部擦掉了，散架的也重新装订了，有的实在补不了的，我就自己重新画了。我不会写瘦金体，练了好久，还是不怎么好看，我争取以后多练练，你现在先凑合拿着，也算个念想。"

顿了顿，简松意又说："我和之眠叔叔会一直在的，所以你不要觉得自己是一个人。你多笑笑,回北城了多交点朋友,多热闹热闹,没事儿和朋友出去吃个饭、打个篮球、聚个会。我加了祝宫微信,我会问他的,真的……"

柏淮伸手拍拍他,带着即将分离的所有不舍。

"等我回来,下次回来,就不走了。"

76

柏淮走的第二天早上,简松意就迟到了。

其实闹钟响了,他也听见了,可是半梦半醒之间,他忘记柏淮已经去北城了,还等着柏淮来喊他。

只是他没等到,迷迷糊糊间又睡着了。

直到试图寻找依靠却突然落空的失重感让他猛然从梦里惊醒。

然后发现天光大亮,春日的阳光落了一地,却冷冰冰的、空荡荡的。

简松意愣了愣,坐起身,手肘撑在膝盖上,脸埋进掌心,使劲搓了搓,搓到整张脸都开始泛红,才起来洗漱,出发上学。

一切如常。

出门之前,简松意想起什么,还专门回厨房拿上了牛奶和面包。

他答应了柏淮的,要好好吃早饭,好好照顾自己。

坐上车,后座只有他一个人。之前旁边坐着一米八八的柏淮的时候,他嫌挤,现在却只觉得空落落的。

简松意低头看着手里不怎么热乎的早餐,也不知道为什么,就鬼使神差地拿出手机,拍了张照片,想发给柏淮。

然后才看到微信延迟推送的密密麻麻的未读消息。

债主:"简松意,起床了。"

债主:"快起来。"

债主:视频未接通。

债主:"你不起来我也喊不到你了。"

债主:"算了,你多睡会儿吧,记得吃早饭。我让刘姨每天早上给你煲粥,打包好,你去对门拿就行。午饭、晚饭刘姨还是会送。"

债主:"我第一节课都已经下课了。"

简松意觉得柏淮可真话痨,嘴角却不由自主地上扬,回复消息:"你怎么这么能叨叨?我难以想象以后更年期的你。"

这个点柏淮应该已经开始上第二节课了,估摸着一时半会儿不会回复,简松意刚想放下手机,屏幕却立马弹出一条消息。

债主:"醒了?吃早饭没?今天南城要降温,倒春寒,你多穿点。热水袋给你放书包最外面那层了,晚自习的时候记得换热水焐着,别让冻疮落病根。"

简松意一边嫌弃他啰唆,一边乖乖地把早餐照片发了过去:"吃的这个。看你的消息看晚了,明天找刘姨。"

想了想,简松意又发了一条:"你不是上课吗?还玩手机?"

债主:"在等你起床。怕没有我跟你一起上学,你不习惯,又要迟到。"

简松意撇撇嘴:"你想得倒是美,谁不习惯了。"

债主:"没有就好,没有我就放心了。"

看到最后一条微信,简松意垂下眼帘,默默拆开面包袋子,慢条斯理地啃了起来。

其实很不习惯。

可是简松意不能说,他超酷的。

但简松意不是一个擅长撒谎的人,他什么都藏不住。

尽管他表现得和柏淮转来之前没什么不同,依然每天冷着、臭着一张脸,偶尔和朋友说笑几句,依然不喜欢吃食堂的饭菜,总是留在教室自己吃饭,依然不听老师讲课,自顾自学习,但还是次次考试都是年级最高分。

什么都没变。

然而杨岳他们都看得出来,柏淮离开后,简松意有多不习惯。

他会每天闹钟一响,就准时起床,而不是像以前那样赖床赖到天昏地暗。

他会每节课下课不厌其烦地去接一杯热水喝,而不是像以前那样一瓶一瓶地喝冰饮料。

他会自己把饭菜里一不小心放进的香菜、芹菜仔仔细细地挑出来，然后乖乖吃饭，而不是像以前那样干脆就什么都不吃了。

　　他会认认真真记笔记，一点一点梳理清楚，字迹也越来越工整，而不是像以前那样随心所欲地省略步骤，龙飞凤舞。

　　他把柏淮曾经为他做的，都自己做了，好像这样，就不会觉得柏淮离开后，生活有什么不对。

　　只不过偶尔午后小憩，杨岳戳他醒来上课的时候，他会迷迷糊糊地嘟囔几句"柏淮你不要闹，我困"，才不经意地把那层粉饰太平撕了一条口子。

　　每每这时候，杨岳他们都格外小心翼翼，然后转头偷偷给柏淮发微信，让他晚上给松哥打个电话。

　　于是，简松意没说，柏淮却已经知道原本幼稚、任性、不懂事的简松意，已经学会照顾自己了。

　　其实简松意觉得还好。

　　总归这也不是第一次了。

　　上一次是三年，这一次只有三个月。

　　上一次他不知道柏淮为什么不告而别，这一次他好好送了送柏淮。

　　上一次他不知道柏淮还会不会回来，这一次他知道柏淮一定会回来。

　　上一次他只能一个人无助不安地辗转在每一个无眠的黑夜，看着对面空荡荡的窗台发呆，这一次对面的窗台留下了那盆小雪松。

　　上一次他每一句精心雕琢的想念、质问、关心都会输入又删除，输入又删除，最后了无踪迹，这一次他可以每天收到数不清的关心。

　　上一次的分离和思念那么无望，而这一次，他有了盼头。

　　所以他觉得其实也没有那么难捱。

　　简松意一直不敢告诉柏淮，在十四岁柏淮走的那一年，他因为不习惯和想念，曾经偷偷红过眼，也偷偷问过地址，偷偷买票去了北城。

　　却又在机场直接返回。

　　因为他不确定柏淮愿不愿意见到自己。

　　三个月，也不难熬。

春天来了又走，转眼已经入了初夏，南城又要进入雨季，空气里充满了黏湿的闷热，并不好受。

杨岳的保送审批已经下来，却没有收拾东西离校，而是把桌子搬到了俞子国旁边，全程给他精准辅导。俞子国也很能吃苦，早上五点起，晚上十二点睡，竟然硬生生地把成绩拉到了年级前百分之二三十。

杨岳也开始减肥，每顿饭把自己盘里的肉全部分给俞子国，然后绕着操场跑一个小时，两三个月下来，竟然瘦了二三十斤，因为晒黑了一些，看上去很有些阳刚之气，比军训时候那个白白胖胖的"蘑菇"，看上去成熟了许多。

倒是俞子国被养得白胖了些。

简松意问过杨岳为什么，杨岳只是说，像他和俞子国这样学校里最普普通通的学生，其实很多时候，在前途有了保障后，才敢于去想更复杂长远的东西。

但是杨岳也说，他们都会努力的。

无论平凡还是优秀，生活总有盼头。

因为这股劲儿，连徐嘉行都开始认真学习，想着总归还是争取考到北城去，不然就他一个人掉队，多不好。

而陆淇风和周洛吵了一架，吵得很厉害，周洛哭了好久，一直没有理陆淇风。

简松意知道周洛的经历，所以总是心疼他，觉得周洛这么好脾气的人能气成这样，一定是因为陆淇风做了什么事。

陆淇风没回答他，却也没反驳，只说自己是个傻瓜。

那个自责颓丧的样子，倒是让简松意感情泛滥了一把，告诉他，没关系，谁没做过傻事。

就连柏淮那么聪明冷静的人，都能做出不告而别消失三年，然后又转学回来这种傻事，更别说其他人了。

不过这大概就是十几岁的少年吧。

所有的爱恨都那么冲动又纯粹，所有人都为了自己想要的美好笨拙地努力，而这份笨拙和努力，让那些错误也变得美好起来。

这天晚上，简松意一边和柏淮开着视频刷题，一边絮絮叨叨地讲着这些鸡毛蒜皮的琐事。

因为题有些难，也就没注意柏淮没有像往常一样时不时逗他几句。

直到写完最后一道题，简松意才看着面前支架上的平板电脑，伸了个懒腰："啧，今天我又比你快，果然还是我比较厉害。"

屏幕上，柏淮放下笔，挑了挑唇："你最厉害。"

"好了，退下吧，我要睡觉了！"简松意作势要关视频。

往常这时候，柏淮都会跟他多说几句再挂断，今天柏淮居然只是淡淡笑道："嗯，早点睡，晚安。"

简松意这才发现哪里不对，狐疑地看向柏淮："你有些不对劲，怎么了？"

柏淮轻笑："就是今天有点不舒服，想早点睡，你要是想聊的话，就陪你再聊聊。"

隔着屏幕，很多事儿都看不出来，简松意只能发现柏淮神色间确实像是有些不舒服的样子，连忙说道："我不闹你了，你快好好休息，如果明天还是不舒服，就去医院。"

"好。"柏淮笑容如常，"听你的。"

视频挂断后，简松意心里就一直绷着一根弦，在心底隐隐颤动，扰得人心慌。

第二天醒来后，第一件事就是打开手机。

然而并未如往常一样收到柏淮的消息。

简松意打了视频电话过去，没接。

打电话，对方手机暂时无法接通。

简松意毫不迟疑地翻出祝宫的微信，打了个视频电话过去。

"喂，祝宫，你在学校吗？你能帮我找一下柏淮吗？"

"我还在去学校的路上。不过你怎么突然让我帮你找柏淮，你联系不上他？"

"嗯。电话打不通，所以你到了学校能先帮我找一下他吗？麻烦了。"

"没问题，我大概还有十分钟到，回头给你回信。"

"嗯，谢谢。"

那十分钟过得格外漫长。

简松意换好了衣服，收拾好了证件，订了去北城的机票，做好随时去找柏淮的准备。

然后他盯着手机屏幕发呆。

其实不过是很平常的一个早上。

柏淮可能只是不舒服多睡了一会儿，可能只是晚上忘记给手机充电，可能只是早上去学校的时候忘记带手机了。

不过是很普普通通的一次没回消息而已。

可是已经习惯了每天早上睁眼就看柏淮微信的简松意，习惯了随时随地回头都能看到柏淮的简松意，习惯了无论何时都被柏淮事无巨细地照顾着的简松意，因为这么一次短暂到都不能算失联的失联而觉得紧张不安到极致。

距离就是这么可怕的东西，一点异常都会让人心惊胆战。

他担心柏淮是不是生病了，没人照顾，一个人在家发着烧昏迷。他担心柏淮是不是遇到了什么难过的事，没人陪伴，一个人在家封闭自己。他担心很多很多。

每想到一种可能，简松意就恨自己为什么不在柏淮身边，那样就可以照顾他，可以陪他。

而不是像现在这样，什么也做不了。

终于，祝官发来了消息："我帮你问了，柏淮生病请假了，今天没来学校。"

简松意背着包噌地就起了身。

77

简松意到北城的时候，北城正下着暴雨，电闪雷鸣，大雨倾盆，整座城市陷入一种灰蒙蒙的繁华。

他穿着短袖，觉得有些冷。

看了一眼手机，柏淮还是没回消息，他一边刷新着聊天界面，一边焦急地等待着出租车。

等终于排到他，简松意立马熟门熟路地报出了一个地址，似乎是他常去的地方。

其实他从来没去过。

这个地址最开始存在于柏淮姑姑和简松意的聊天记录,后来存在于聊天记录收藏,再后来被写在笔记本上锁在柜子里,到了最后简松意就记得很熟了。

那三年,简松意翻来覆去地默念这个地址,他一直想去找,却始终没敢走近,只能懵懂地胆怯着。

而如今,他终于可以毫不犹豫、无所顾忌地来到这里。

雨下得格外大,简松意从下车到保安亭跑的这一小段路就被淋了个透湿。

他的头发又长长了,乌黑蓬松的头发耷下,淌着水珠,沿着白皙的面容滑落,最后顺着下颌骨砸在了锁骨上,黑色的T恤也被打湿,贴在身上,勾勒出少年单薄的身形,看上去格外清瘦。

简松意甩了甩头发,水珠四落,然后朝保安亭的大叔露出一个讨人喜欢的笑:"哥哥,我来找朋友,你能让我进去吗?"

水珠氤氲着他漂亮的五官,好看极了。

年近五十岁的"哥哥"觉得自己很久没见过这么讨人喜欢的少年了,但是讨人喜欢归讨人喜欢,工作却是另外一回事儿。

于是大叔摇了摇头:"不行,必须有门禁卡才行,或者让你朋友来接你。"

柏寒名下的房产都比较高档、私密,小区管得严,简松意也不好为难保安大哥,只能乖乖地站在保安亭的屋檐下,一遍又一遍地拨打着柏淮的电话。

风吹得有些狂,小区里的树东倒西歪似乎随时都会断裂,这么一吹,湿透的衣服贴在背上,难受不说,主要是冷得发慌,简松意搓了搓胳膊,继续打着电话,倒也不觉得等待着急,就是很担心柏淮。

简松意低头盯着自己的脚尖,听着一声一声忙音,心里慌乱,甚至打算再不接就报警。

好在就在他决定报警的前一秒,电话接通了。

电话那头的声音有些沙哑,听上去很疲惫,却始终很温和:"怎么啦?"

就那么一瞬,就那么短短一句话,听得简松意松了一口气。

"保安大哥不让我进小区,你能来接我吗?雨好大呀。"他假装得云淡风轻。

电话那头短暂地沉默了一秒,立马说道:"站在那儿别动,我马上来接你。"

"嗯,我在一号门。"

"好。别挂电话,不然我不放心。"

"嗯。"

简松意握着手机,听见电话那头衣料窸窣的声音,还有匆匆忙忙的脚步声,然后背景变成了嘈杂的雨声。

柏淮应该是已经下了楼。

"怎么突然来了?"

"早上找不到你。"

电话那头的柏淮似乎很自责,有些不知道该怎么解释:"我昨晚太难受,一晚上没睡,早上才眯过去,没注意手机没电了,对不起。"

"我没怪你。我就是……我就是有点儿担心你。"

柏淮飞快地往简松意在的地方走去,一分一秒都不敢耽搁。

简松意看见他撑着伞从暴雨里走来。

他的步履一点也不从容,素来冷淡好看的眉眼也全是焦急。

简松意突然不知道该说什么了,只是站在原地,钩了钩书包带子,轻轻叫了一声:"柏淮。"

然后下一秒就被一把大伞罩住。

"简松意,你是傻瓜吗?"

"我不是,我就是担心你。"

简松意一动不动地站着,被骂傻瓜也没有多毛,就是声音有些委屈。

柏淮本来就有些不舒服,又怕简松意感冒:"我们先回家。"

"嗯。"

简松意和柏淮撑着同一把伞,一路回了家。

风雨很大,简松意却没有再淋湿,只有柏淮湿了半边肩头。

529

到了家，柏淮先把简松意推进浴室，放好热水："先洗澡，别感冒了。我去给你找换洗衣服。"

简松意洗完澡出来的时候，就看见柏淮已经换了一身衣服，正坐在客厅沙发上，除了看上去有些疲惫不适，似乎没什么异常。

柏淮听见动静，抬头看了一眼简松意。

简松意穿的是柏淮的衣服，有些大，他踩在纯白的长绒地毯上，揉了揉自己的头发，看向柏淮："我没找到吹风机。"

柏淮招手："过来。"

简松意听话地走了过去，盘腿坐在柏淮身前的地毯上。

柏淮道："头发又长长了。"

等吹完头发，简松意一转身，却发现柏淮的眼角是红的，寡淡冷漠的眉眼沾满了潮气。

他愣了愣，连忙起身，有些慌张无措："柏淮，你怎么了？你有什么事跟我说啊，你别这样，我有点怕。"

柏淮低声道："没怎么。"

简松意才不信，今天的柏淮太反常了，他终于忍不住发了脾气："柏淮，我要生气了，你答应过再也不骗我的！"

"我没骗你，真的没事，就是有点发烧。"

"发烧了怎么不早说？你这是没事的样子吗？你不知道我会担心你吗？你生病难受还瞒着我！"

简松意一声比一声凶。

柏淮看向简松意："吃过饭，我就送你回去吧。"

简松意气得咬牙："我千里迢迢来看你，你发着烧还赶我走？"

"我不是赶你走，我是不想让你担心，万一感冒发烧传染给你就不好了。"

"你赶我走我就可以不担心了吗？柏淮，我也长大了，我也想像你照顾我那样照顾你，你能不能别总是拿我当小孩？"

他说得那么倔强，像是想竭力证明什么。

柏淮在那一瞬间，心里重重地一软，小朋友原来真的长大了。

他低声道："嗯，好，那麻烦我们松哥来照顾我好不好？"

简松意这才勉强放过柏淮,不跟生病的人怄气,等柏淮好了有的是时间算账。

他点了清淡的粥,看着柏淮喝完,又喂他吃完退烧药,让他在床上好好休息。

柏淮确实难受,加上药物反应,又有简松意在旁边,安心之下迷迷糊糊睡着了。

简松意一直在旁边守着,不敢合眼,还学着网上的方法,用湿毛巾一遍一遍地擦拭、冷敷,帮助退烧。怕柏淮缺水,翻出棉签给他一点一点润湿嘴唇。

难得大少爷也会照顾人了。

简松意一边看着柏淮,一边想自己在北城发烧的那次,柏淮就是这样照顾自己的。

真好,他们有彼此,永远不会走散。

简松意来北城,是唐女士同意的。

柏淮也没忘记抽空替简松意向唐女士报告行程,所以在唐女士心里,简松意这两天是在一边照顾生病的柏淮,一边复习功课。

她觉得很欣慰,儿子终于长大了。

大人就该有大人的独立权。

第二天,柏淮的烧退了,他体质好,恢复得快,加上心情好,一点都没有不舒服了。

反而是简松意一夜没睡,终于放松下来睡了个昏天黑地。

简松意醒来的时候,天黑了,暴雨也停了。

他懒恹恹地躺在床上,一动也不想动。

柏淮走进来:"你睡了十几个小时了,有这么困吗?"

简松意已经连白眼都不想翻了。

柏淮轻笑出声:"你再醒醒神,然后我们出门吃饭。"

简松意哼哼唧唧:"我不想动,我累。"

柏淮今天心情格外好,也就格外迁就简松意,连哄带骗,总算是把人给拐出了门。

531

大雨后的城市，泥土里放线菌的味道格外好闻，五月的夜，不热也不凉，清风舒畅。

两人慢悠悠地走着。

吃过饭后，柏淮叫了一辆车。

车开进一个小区，在一栋楼前停下。

简松意认得，这是柏寒上次带他们来的地方。

"你带我来这儿干吗？"

"带你看看我们三个月以后住的地方。"

柏淮打开门，带着他走了进去。

柏淮现在住的房子是柏寒的，装修是典型的现代清冷高奢风。一看就是所谓的成功人士住的地方。可是简松意其实不太喜欢，那个房子太大太空了，只住着柏淮一个人，怎么想怎么冷清。

而这间藏于市区的旧小区里的公寓，没那么大，估计一百二三十平方米，却哪儿哪儿都是简松意喜欢的样子。

羊皮灯、布艺沙发、厚地毯。

看上去就很温馨舒适。

柏淮柔声道："装修好有一个月了，等九月份开学，甲醛就除干净了，到时候搬进来住，正好。"

"你不会平时除了上学，还要忙装修吧？"

"我姑姑的朋友开的装修公司，还算省心，每周末去选家具的时候，其实也很开心。"

"这有什么好开心的？"

"想象着装修好的样子，就很开心。"

柏淮拿出拖鞋给他换上。

"沙发我选的最软最宽的那种，躺着舒服。电视我选的大尺寸、高分辨率，这样打游戏舒服，顺便还装了一个全息投影，以后下雨天，我们可以一起窝在沙发上看电影、打游戏。

"地毯也软，因为你不老实，总是喜欢坐地上。

"哦，还装了一个篮板，在这边。还有跑步机，你太瘦了，得锻炼结实点儿。"

柏淮笑着，继续带着他往里走。

"这是厨房，我买了很多煲汤的锅，以后不忙的时候就做饭给你吃，保证营养又美味。放心，洗碗机和消毒柜也买了，以后不用为了谁洗碗打架。当然，就算没有洗碗机，也是我洗。

"浴室里我安了一个大浴缸，冬天的时候，北城冷，可以多泡泡，暖暖身子。

"我住次卧，主卧是你的。主卧也装了投影和大屏。

"飘窗很大，我装了榻榻米，想着到了阳光好的时候，我们可以一起窝在那儿晒太阳，应该也会很舒服。

"还空了一块地方，给你装乐高玩儿。

"这个落地镜，是我自己喜欢才买的，但我觉得你也会喜欢。"

柏淮说着，回头看向简松意，带着笑："所以，你喜欢吗？"

简松意只觉得哪儿哪儿都喜欢。

他一脸感动："都喜欢。"

"还有地方没带你看呢，你应该也会很喜欢。"

最后一扇门被推开。

空旷的房间，房间那头垂着米色的窗帘，木质的地板上放了一架白色的三角钢琴，四周的墙上钉着许多画，有素描，有油画，还有草草几笔的轮廓。

不同的形式，都是同一个少年，有着好看的桃花眼和肆意的笑颜。

简松意一幅一幅看过去，有些看不过来。

柏淮站在钢琴旁，手指轻轻抚过琴身："这钢琴是温爸爸留下的。"

"画呢？"

"我画的。"

"怎么会有这么多？"

"那年来北城后，想起你的时候，就画一张，我也没想到，居然存了这么多。"语气是克制的云淡风轻。

简松意背对着柏淮，指尖一寸寸抚过那些画。

然后他听到了"唰"的一声窗帘拉开的声音。

简松意回头，愣住了。

落地窗外是浓厚的夜色。

亮着灯的宽阔阳台上，挤满了一簇又一簇带刺的玫瑰。

在墨黑的夜色里，映着冷白的灯光，红得艳丽张扬。

"找专业花匠扦插过来的，普通的野生玫瑰，不算名贵品种，因为我怕我养不好，但是其实也很好看，生命力还很强。"

柏淮推开窗，走上阳台："你看，昨天暴风雨那么大，它们不但没有折断，还一夜之间全开了花，开得这么好看。"

说完，他回过头，看着简松意笑了："你说它们是不是知道我今天要带你来，所以给了我这个面子？"

简松意走过去，抬头看着他："柏淮，它们是为了你才开花的。"

简松意黑亮的眸子，全是直接炽热的欢喜。

他说："柏淮，你等我，等几个月，我来北城，我们一起读大学，你就再也不用一个人了。"

"好，我等你。你要说话算数。"

78

高考那天早上，简松意给柏淮打了个电话。

他说："小柏同学，所谓人生八喜，金榜题名就在眼前，你能不能得偿所愿，全看今朝，所以还请好好努力。"

柏淮一本正经："放心，就算是为了将来的地位，我也必须金榜题这个名。也请小简同学好好努力。"

"放心。"

两人立下过赌约，谁高考名次高，以后就听谁的。

为此，从北城回来后，简松意埋头苦学，甚至爱上了物理小球，连不适期都是和题库一起度过的。

柏淮哭笑不得。

这份踏实的努力，最终都有了回报。

高考那天，简松意因为有底气，所以格外从容。

在某人的监督下，他总是被扣卷面分的潦草字迹逐渐工整，曾经偷懒不写的步骤一步一步清晰缜密,那些令他头疼的阅读理解和抒情作文也显得容易了许多。

简松意交了一份很漂亮的答卷。

他感觉还不错。

平静得好像这不过就是一场普普通通的考试,像这许多年来,他们无数次参加过的那样。

而考完试后,两人却没有第一时间相见。

柏淮没有回南城,简松意也没有去北城。

假借着毕业后还有许多事要处理的借口,两个人都在默契地等待一个契机。

他们并不着急,因为他们都相信,他们将会在某个日子,带着属于各自的荣耀和骄傲,在顶峰之处会合,分享彼此的荣光,然后让所有的质疑、嫉妒、轻视,都溃不成军。

他们要证明,他们因为彼此,成了更好的人。

这像是一种仪式,更像是某种信念。

他们相信自己,也相信对方。

而他们也做到了。

简松意考了一个很好的成绩。

语文132分,数学150分,英语146分,理综298分。

总分726分。S省理科最高分,高出第二名整整10分。

成绩出来那天,简松意突然觉得,他曾经被柏淮比下去的那三次考试,一点也不值得生气。

他输的那三次,都是因为他顺风顺水的人生带来的自负,怪不得柏淮。

如果不是因为有一个这么优秀的柏淮对比,简松意也不会努力想走得更高。

是柏淮让他变成更好的人。

而柏淮本人,也在北城以725分的成绩独占鳌头。

成绩出来那天,媒体例行采访省高考最高分。

采访柏淮的时候,所有记者最好奇的就是,柏淮为什么会文转理,又是为什么能够在短短一年的时间里就转得这么成功。

不过他们虽然问了,其实心里没抱太大的希望。

因为他们都知道,这是柏家的公子,根据他们了解到的情况,这位柏家的公子似乎和他父亲一样,有些冷淡。

然而这个冷淡的少年,却缓缓开了口:"决定学理,是因为想学医。"

柏淮没有看摄像机,只是继续淡淡道:"至于能取得好的成绩,是因为我曾经不得不拼了命地努力,每天凌晨睡、凌晨起,那段时间,没有一天睡眠时间超过五个小时。"

他语气很淡,仿佛在说一段稀松平常的往事。

柏淮抬起眼皮,扫了众人一眼,观察到他们的反应,微挑了下唇:"当然,我说这些不是为了渲染什么。我只是想说,这世上从来没有什么轻而易举,如果你非常渴望得到某些东西,那么你就必须为之努力。只不过恰巧我的目标是能和某人一起上大学,而他正好又十分优秀,所以我也成了更好的人。"

说着柏淮垂眸浅笑了一下:"这么想来,认识他,是一件很幸运的事。"

他那一笑,采访他的记者突然觉得,所谓传闻,果然不能尽信。

因为这个传闻中和他父亲一样冷漠的少年,明明眼底盛满了温暖的光。

这次采访,时间并不长。报道也并没有被上面拦下,很顺利地发了出去。这样的默许,或许是那位父亲对儿子无声的认可。

柏淮说完自己想对简松意说的话后,就启程登上了回南城的飞机。

柏淮其实并不在意别人怎么看,只是想换种方式告诉简松意,他对于自己来说,是多么幸运的存在。

或许是轻狂了些,可是这个年纪,轻狂却刚刚好。

而简松意,却还要狂。

当记者问他"请问简松意同学对于自己拿到了省理科最高分有什么看法"的时候,他回答得言简意赅:"我真厉害。"

"……那简松意同学有什么学习经验给大家分享一下吗?"

"也没什么经验,就是天生聪明,再找个人刺激、激励我。"

"……"记者尬笑两声,"那学霸的朋友成绩怎么样?"

"哦，勉勉强强，凑合吧。他这次没考好。"

"怎么没考好了？"

"比我低一分，勉强在北城混了个最高分。"

"……"记者想收拾机器走人。

简松意却还在继续说："不过他是文转理，所以虽然比我低一分，但还是挺厉害的是不是？"

"是……"

"你们看过我们学校招生简章没？另一个就是他，是不是特别帅？"

记者瞟了桌上的招生简章一眼。

嗯……确实帅。

不过您能谦虚一点吗？你自己骄傲自满就算了，还带帮别人骄傲自满的？

简松意无视记者平静下压抑着扭曲的表情，指了指教室外面的光荣榜："不过他这人有点烦，在的时候老是跟我争最高分，那个学期我一共只考了两次年级最高分，三次输给他，差点气死。后来我就想必须得赢他，所以开始认真学习，结果一不小心就拿了个省最高分，你说说，找个人刺激、激励是不是很重要？"

记者觉得自己好像被说服了。

简松意看着记者呆滞的表情，对方居然没有带头喝彩，他觉得这记者专业素养可真不行，于是有些兴致缺缺。

看了看时间，估摸着柏淮应该已经上了飞机，简松意懒洋洋地起了身："还有什么想问的吗？"

"没有了。"

"哦，那我先去接我朋友了。"

记者如获大赦。

简松意走了几步，却又顿住，回头："哦，对了，再帮我加一句。"

记者如临大敌。

简松意轻笑："不能因为对方而变得更好的人，不配并肩而行。"

说完，简松意挑眉笑了一下，嚣张又可爱。

然后转身走进雨幕。

记者先是愣了愣,然后低头笑了。

算了,虽然有些轻狂,但也不打紧。

总归,少年人的故事,本就该说给少年人听。

成绩公布的那一刻,南外就炸开了。

亲眼见证了他们两个的传奇的南外学生们恨不得逮到人就炫耀。

甚至连周洛几个月大的小侄子都没放过,导致他的小侄子现在听到柏淮和简松意的名字就吓得直哭。

就在他们把身边的亲朋好友都叨叨烦了,正苦于无处开发新听众的时候,采访报道出来了。

与简松意、柏淮有关的词条紧跟着上了热搜。

于是他们开始在互联网上疯狂安利这段可歌可泣的传奇故事。

本身出色的相貌、优越的家庭和傲人的成绩,就足够惹人艳羡了,再加上这么一段因为彼此而变得更好的双学霸的故事,两个人的名字在这个暑假成了互联网上的"热门景点"。

花痴的,羡慕的,嫉妒的,感叹人比人气死人的,还有无比怀念那段青春年少时光的,比比皆是。

如果是以前的简松意,最少显摆一整个暑假。而这次简松意只偷偷显摆了一个晚上,就跟柏淮连夜飞去国外,享受他们的毕业旅行了。

他们一起去以前未曾去过的地方,见以前未曾见过的风景,了解以前未曾了解过的故事。

最后还一起去了国外温之眠死去的地方,看见了战争带来的荒凉颓败和因为战争失去父母的可怜小孩。

他们突然懂得了为什么温之眠会放弃舒适优越的生活,来到这里无偿支援,又是为什么会为了保护素不相识的小孩儿,而牺牲自己的生命。

因为温柔的怜悯。

那天晚上,简松意第一次睡在了地上,吃着干硬的馕馍,忍受着夏夜的酷热和蚊虫的叮咬,却一句挑剔也没有,甚至还把一个脏兮兮的小孩一路抱回了难民营。

简松意坐在残垣上,抬头看着因为硝烟而失去星星的夜空,跟柏淮说:"柏淮,我们都很幸运,所以以后,我们还要做很多才行。"

柏淮说:"好。"

他们都是善良美好的少年,未来属于他们。

不仅仅属于简松意和柏淮,还属于每一个心怀热忱、懂得爱和感恩、努力又上进、善良美好的少年。

他们或许有各种各样的缺点,可是他们是这个世界的希望。

回学校拿录取通知书那天,这群少年又聚在了一起。

杨岳早就保送了华清大学生物医学系。

俞子国的努力,加上那几分说不清道不明的运气,让他填志愿的时候捡了个大便宜,竟然也考上了同一个大学城的一所顶级高校,和徐嘉行一个学校。

陆淇风成绩一向不错,加上竞赛二等奖加分,堪堪擦过了北城大学录取线,周洛则去了城市另一头的北城外国语。

而柏淮如愿被华清大学易感者药物医学研究系以本硕博连读的方式录取。

简松意则去了北城大学金融系。

拿到录取通知书的时候,周洛有点儿不高兴。

简松意偷偷拉过他问:"怎么了?"

结果周洛瘪着嘴说:"从初中开始我们三个就一起玩儿,结果现在你们俩都去了北城大学,就我一个人在城郊。我看了,坐地铁要两个小时呢……"

简松意拍了拍他的肩膀:"没事儿,交通还是很方便的,周末可以经常聚。"

徐嘉行看不下去了,推着简松意和柏淮就往外走:"行了行了,咱先去金玉行不?"

今晚高三年级的毕业聚会,订在了金玉酒家,摆满了整整一个大堂。

想起上次的那番闹剧,众人难免又闹了会儿,毕业壮怂人胆,想到以后就可以逃离简松意的魔爪了,顿时胆子大了,声泪俱下地控诉了一番他的"暴君"行为,又详细地阐述了一下他们当时内心震惊崩溃的心情,以及默写简松意语录时的魔幻现实感。

简松意一边听着，一边笑着提腿踹过去，被踹的众人连忙喊柏淮管管，柏淮却只是淡淡抿了一口酒："我是助纣为虐的奸臣。"

说着柏淮腿一伸，替简松意拦住了一个准备逃窜的家伙。

这下算是引起了众怒，大家群起而攻之，饭也不吃了，就死命灌两个人酒，说这是他们两个欠的。

两人挡了许多，顺便连哄带骗地拐着大家一起喝。

你来我往，嬉笑打闹，一片闹腾。

老师们也都由着他们去。

毕竟谁也不知道，他们还能这样放纵多久。

闹着闹着，最后也不知道是谁感叹了一句："真好啊。"

是啊，真好啊，他们吵过、闹过、荒唐过，可是到了最后，只剩下一句，真好啊。

"只是以后可能都见不到了啊。"

这句话一出口，就有人红了眼。

他们即将各奔东西，各奔前程，或许再见面时，他们都已沉没于辛苦忙碌的人生，再也不是此时此刻无忧无虑的鲜活少年。

有人闷了一杯酒。

有人开始红着眼找自己的好友。

有人借着酒意，把学生时代说不出口的那些抱歉、遗憾、误会、喜欢，都宣泄而出。

他们笑着，却也哭着。

简松意喝了不少，却不知为什么，始终没醉，好像有什么信念支撑着他。

他想清醒地再看一看这群陪了他好几年的朋友。

再看一看，他终将离去的高中时代。

俞子国是第一个哭着把酒杯递到他跟前的人："松哥，真的很谢谢你们，我觉得自己运气特别好——能来南外，能遇到你们。你们从来不嫌弃我、嘲笑我，别人孤立我，你们就带我玩儿。我没钱买早饭的时候，你们肯定就会有人早饭买多了。周洛每次都说有店家送的赠品用不上，可是哪里那么巧，每次的赠品就刚好合适我？我也知道，你帮我警告过骂我乞丐的人，你一直没跟任何人说，但我看见了。还有杨岳，每天起早贪黑帮我补课，每顿饭的肉都分给我，大晚上还送我爷爷去医院，帮我照顾我爷爷，我真的……我真的太喜欢你们了，我觉得我这辈子可能都遇不到你们这么好的人了。"

他的眼泪抹都抹不完。

这个出身贫苦的少年，平凡而普通，却从来没有自怨自艾，他记住了别人给予的所有善意和帮助，他也拼尽全力地想要活得更好。

杨岳拍了拍他的肩，也有些哽咽："松哥，我们这么多年朋友了，我也今天才跟你说，其实最开始每次都是你考最高分，我是有点不服气的。后来每次我题不会，虽然你表面不耐烦，但是都认真给我讲，还帮我找类型题，我就觉得这帅哥人不错啊。后来军训那次，我就庆幸，幸亏我当时跟你成了朋友，值了！"

说完仰头干了。

杨岳又倒了一杯，递到柏淮跟前："还有柏哥，你多笑笑，多和我们联系联系，明明也是个好人，干吗总是摆得冷冰冰呢？我们现在也算朋友了不是？咱们以后在大学里碰面了，你能不能请我吃个黄焖鸡？"

"能。"

柏淮也将杯中酒饮尽。

杨岳笑了："嘻，就冲这个'能'，我也得再喝一杯。柏哥、松哥，我们的情谊都要地久天长！"

旁边徐嘉行也倒了一杯酒："我这个人是傻大个，不会说话，就一句，谢谢大家这么多年来不嫌弃我。只要以后你们有需要我徐嘉行的地方，我随叫随到，干了！"

柏淮和简松意毫不犹豫地又干了一杯。

陆淇风也带着哭得快喘不过气的周洛走了过来，看向简松意："他找你。"

刚说完，周洛就冲过来一把抱住了简松意："呜呜呜，松哥，我好舍不得你，想到以后我们不在一个学校了，我就更难过了。你不在了，以后晚上谁送我回家，谁帮我打坏人，如果那个浑蛋又回来欺负我和我姐姐了，谁帮我呀，呜呜呜……"

简松意想起那时候豆芽菜一样的周洛每天满身是伤,却倔强不肯哭的样子,有些心疼地揉了揉他的脑袋:"你松哥永远是你松哥,以后你柏哥也罩着你。"

周洛一听哭得更厉害了。

陆淇风也举起杯子,递给简松意:"我们认识这么多年了,估计以后还能常见,我也不说什么矫情话了,就一句,简松意你也懂事点儿,照顾好自己。"

听到这句,周洛也把脑袋露出来,边哭边说道:"柏淮,你也要对松哥好点儿。他虽然脾气臭,还特别作,但是他真的很好的,真的真的很好的。如果不是他,我现在估计还在天天挨打。你们都要好好的……"

周洛越说哭得越厉害:"还有,俞子国,杨岳不敢说,怕你嫌弃他胖,但是杨岳瘦了也很好看的,你不要嫌弃他,你们……你们都要好好的……呜呜呜,陆淇风,我好难过啊,我好舍不得你们啊,我不要和你们分开,呜呜呜……"

"不难过不难过,我们都会好好的。"

"对!我们都会好好的!喝!不醉不归!"

红着眼,诉着衷肠,对朋友掏心掏肺的真言。

那是对酒当歌的长夜,那是毫无保留的少年。

那些鲜活明媚的情感,是他们最美好的少年时代。

柏淮就静静地看着这群醉着哭着吵闹着的人,眸底浅笑。

这群人每个人都有很多毛病,有时候惹人生气、惹人讨厌、惹人烦,可是更多时候,他们都是好的。

他们热忱、善良、阳光、向上,而且无比真实。

他们会在自己离开后,时不时找自己絮叨絮叨,会关心自己,担心自己,操心自己和简松意的事,会婆婆妈妈,也会行侠仗义。

他们甚至在自己贫瘠空白的世界也留下了些许牵绊,让他相信了最简单纯粹的友情。

而这一切,都是简松意带给他的。

柏淮通过简松意,看到了一个和他从前认知里完全不一样的世界。

这里错漏百出,这里色彩斑斓,这里吵闹不堪,这里明媚温暖。

这就是人间。

这就是凡尘。

这就是圆满。

后来，柏淮回忆他的少年时代，便都是这样的记忆。

他本该清冷孤单，是因为有了他们，青春才得以圆满。

那天晚上，很多人都醉了。

简松意和柏淮却始终没醉。

曲终离场的时候，南城的夜，下起了雨。

他们撑伞走进了这个雨夜。

他们什么也没说，就只是不约而同地想在这个夜里走一走。

他们想看看这个熟悉的城市。

这个他们从小一起长大的城市。

"柏淮，你会舍不得吗？"

"不会。该相见的，总还会再见。"

"那你想念小时候吗？"

"会想，但也喜欢现在，我想我也会喜欢以后。"

"柏淮，你还记得这家蛋糕店吗？"

"记得，你小时候馋这家的草莓蛋糕，人家卖完了，你就在人家店里哭了一晚上，抱都抱不走，老板都要哭了。"

"最后还不是被你骗回家了。"

"嗯，被你的小奶牙咬了好几口，才骗回去的。"

"滚！"

柏淮笑了笑，把伞往简松意的方向偏了偏："这个亭子你还有印象吗？"

"有，我们两个当时在这儿困了得有一夜吧？"

"没，就两个小时。"

"就两个小时啊？我还以为很长呢。"

"小孩子记时间都比较长。"

"那时候我们才四五岁，怎么就想到离家出走了呢？"

"因为你觉得你是孙悟空，我是唐僧，你必须得送我去西天取经。"

"……"简松意尴尬地揉了揉鼻子，"你记性怎么这么好呢？"

简松意偏过头："欸，我记得以前这里是个游乐场来着？怎么没了？"

"拆了，几年前拆的，那时候你早就不去游乐场了，所以不知道。"

"那你怎么知道得这么清楚？"

"你喜欢吃这边的一家冰激凌，我经常来帮你买。"

"你还说，后来你就不准我吃冰激凌了。"

"还不是因为你初中住校把胃弄坏了。"

"……你好烦。"

柏淮轻笑。

两人听着雨珠在伞上砸碎的声音，漫无目的地走在他们熟悉的街道上，有一搭没一搭地说着闲话。

简松意突然看见了一个霓虹广告牌："等等，这家网吧居然还开着？这么破的网吧，居然能开这么久？"

"好像生意还不错。"

"要不上去玩两把？"

"你是想再跟网管打一架？"

"你还说，我当时还不是为了你，那个臭混混居然敢欺负你！气死我了。你知不知道，当时我以为你是个易感者，可保护你了。"

"那你当时怎么不说？"

"我的脾气你又不是不知道，才不会主动说这些。"

"怪我。如果我没有不告而别，十四岁的时候我们就不用分开了。"

听上去似乎是随意玩笑的话语。

然而清冷的声音，借着微微的酒意，那些遗憾和愧疚，在雨夜里无处可藏。

这始终是柏淮觉得自己对不起简松意的地方。

或许，他们本来可以更好的。

简松意听到这句话，突然顿住了脚步。

他往前一跨，跨到柏淮面前，抬头看着他，语气郑重："柏淮，你要相信，世界上所有的阴差阳错，都是最好的结果。"

柏淮垂眸看向他漆黑的双眸。

明明是雨夜，却看见了星河。

简松意目光灼灼,带着些许酒后藏不住的感性和矫情。

是曾经经历过的一切幸与不幸、挣扎与离别,才造就了现在的你我,所以又何必苛责过去所缺失的那些遗憾。

你从前的人生,我都曾参与,你往后的人生,我也永不会缺席。

这世上,哪里还有比这更好的事。

所以我,何其有幸。

南城雨夜的长街,一把伞,两个少年,雨幕迷蒙,喧嚣又浩大。

雨珠顺着伞骨垂落成帘,为伞下的少年隔出一方只属于他们的天地,任车来车往,灯光明灭,他们始终不曾走散。

南城的雨季从此记住了那一年的那两个少年。

他们在雨季重逢,他们也在雨季相拥。

他们亲密无间。

他们言笑晏晏。

他们将朝夕相伴。

他们也将,永远年少。

番外篇

SONG YI

番外一　当简松意变成小松鼠

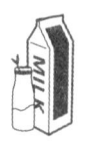

大学开学后的第二周，周六早上。

柏淮醒来的时候，发现家里空空荡荡，客厅和简松意卧室里都没人。

他愣了愣。

简松意呢？

不等他回房间拿手机，就听到了一道小小的、有些着急的声音。

"柏淮！柏淮！"

柏淮又愣了愣。

声音是简松意没错，但那是小时候的简松意的声音。

有点奶里奶气。

瓮瓮的，像是被什么东西给蒙住了。

而声音的来源方向也分外诡异。柏淮看向旁边明显无法藏下那么大一个简松意的平坦的被褥，陷入了沉思。

他一定是幻听了，不然怎么会觉得声音是从这儿传出来的？

然而奶里奶气的声音却越来越着急了。

"柏淮！柏淮！你听得见吗？听得见吗？"

那声音分外真实。真实得让柏淮的心都提了起来，所以即使十分难以置信，他还是掀开了被子。

然后就看见了被子下简松意昨天晚上穿的黑色丝绸睡衣。

睡衣在，穿睡衣的人却不在了。

只有中间微微鼓起了一个小包。

当有些厚重的被子被掀开后，被压着的那个小包似乎松了一口气，开始缓慢地向领口处蠕动。

柏淮有些没反应过来，就愣愣地看着那个小包，蠕动呀，蠕动。

蠕动到领口处，一点一点露出了一个棕色的、小小的、毛茸茸的东西。

看上去……

有些像……

尾巴。

松鼠尾巴。

然后就是雪白雪白的小短爪子，小短腿，以及小小的、差不多就一个拇指指甲盖儿大小的身子。

最后是一个并没有比身子小太多的小脑袋。

以及……小脑袋上一对尖尖的小耳朵。

柏淮突然觉得自己脑子不好使了。

他看着这个大拇指长短、长着松鼠耳朵和尾巴的小东西，无法思考。

等那个趴在床上、从睡衣里倒退着爬出来的小东西抬起脑袋看向他的时候，他彻底疯了。

这居然真的是简松意。

长着松鼠耳朵和尾巴的、软乎乎的、二头身的、脸蛋圆嘟嘟的简松意。

简松意本人却全然不知道自己现在有多可爱，捏着拳头冲柏淮大喊大叫："柏淮！出事啦！你变得好大啊！！超级无敌大！！！"

柏淮看了看这只拇指松鼠，又看了看一切正常的房屋，顺便走到窗边往下看了一眼行人。

回到床边，柏淮于心不忍地说道："如果全世界都变大了的话，从某种意义上说，其实是你变小了。"

简松意蒙蒙地眨巴眨巴眼睛。

柏淮视线下移，看着变小的某人，顿了顿："而且，真的很小。"

简松意瞬间暴躁了："你才小！"说着跳起来就要捶柏淮。

结果使劲一跳，离地五毫米。

然后啪唧，摔在床上了。

颜面无存的简松意气呼呼地转过身，用大尾巴盖住了自己。

柏淮杵了杵他。

他超级凶:"不准碰我!"

柏淮把他拎起来,放在掌心,面朝着自己,语气虽然温柔,但是很严肃:"现在不是闹别扭的时候,我们现在首先要知道你为什么会变成这样,还能不能变回来。"

简松意僵在了柏淮掌心。

柏淮把他放到了鼠标垫上,自己打开电脑。

简松意揪着自己的尾巴:"你要上网查吗?"

"嗯。"

简松意蔫蔫儿地把脑袋埋在尾巴里:"如果我变不回来了怎么办?"

"会变回来的,肯定会的。"

"那万一呢……"

"那我就给你做小衣服,买小房子、小车子,去哪儿都带着你。"说着柏淮看着小东西笑了一下,"这下你可就真的在我口袋里了。"

简松意能看出柏淮的担心,知道他是在安慰自己,也不想表现出自己的慌张让他过于担心,于是抖了抖自己的大尾巴:"那也还行。"

柏淮笑了笑,手上飞快地敲打着键盘。

最后凭借着计算机技术,摸进了一家很隐秘的会员论坛,找到了一个帖子——《请问家里的易感者一觉起来变成一个小不点,还有兔子耳朵和兔子尾巴,该怎么办?》。

帖子下没人回答。估计没人当真。

柏淮私聊了那个楼主:"你好,请问一下你家易感者变小的事情后续如何了?我朋友今天也变成了一只小松鼠。"

他没抱太大的希望。

然而很快,那个楼主就回复了:"养了几天,自己就变回来了,一切正常,就像一个梦一样。"

柏淮松了口气。

他看了看把自己整个小身子埋在尾巴里藏起来的简松意,又问道:"那请问,小朋友的衣服怎么办?"

楼主回复:"专人定做。"

柏淮觉得简松意可能还要等好几天。

楼主又补了一条信息:"地址。"

柏淮:"嗯?"

楼主:"之前给我家宝贝儿做了一百多套,没来得及穿完,寄你。"

柏淮:"……"

楼主:"所有裤子后面都可以放尾巴出来。"

柏淮:"……"

听上去很不错。

柏淮低头看向简松意,看着他小小的样子,忍不住就像哄小孩儿一样问道:"小松鼠想要新衣服吗?"

简松意觉得他说的是废话,尾巴顿时夯开了:"你看看老子现在这个样子是不想要新衣服的样子吗?!别说新衣服了,给我一块布都行呀!"

柏淮知道过几天就会变回来,而且一切无异样,心里轻松了很多,压着笑:"那小松鼠喜欢什么新衣服?小西装还是小背带裤?"

"去你的!不要叫我小松鼠!再叫咬你了!"

简松意变成二头身后,脸圆乎乎的,白嫩嫩的,一发脾气,耳朵就跟着抖。实在没有威慑力。

柏淮忍不住又叫了一声:"小松鼠。"

简松意气得扑过去就抱着柏淮的手指咬。

咬了半天,却愣是没留下一个牙印,气得他原地打转转。

柏淮怕他转晕了,把他捧起来,轻轻给他顺毛:"乖,不气不气,我已经问过了,过几天就变回来了,没事儿的。"

"哼!"

"明天就有衣服穿啦。"

"哼!"

简松意人变小了,脾气却一点没变小,直接就想从柏淮手掌心跳下去,结果被柏淮轻轻握在了手里。

柏淮不费吹灰之力,简松意就挣扎不得。

简松意都要气死了。

柏淮一只手敲着键盘,和那个语气听上去十分"霸道总裁"的热心楼主讨论着各项事宜。

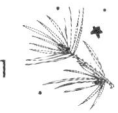

551

等终于敲定之后，柏淮才拎着吱哇乱叫的简松意的后脖颈，把他提溜到了浴室的洗漱台上。

简松意重获自由，刚想冲过去对柏淮拳打脚踢，然而等他冲到洗漱台边缘的时候，却突然一个急刹车，吓得脸色惨白。

好高！

简松意吓得尾巴都耷下去了，小脚偷偷往回挪了一步。

柏淮看着他的小动作，强忍着笑意，叠了方毛巾，把简松意放上去："乖，坐着别动，给你洗漱。"

简松意现在就柏淮拇指那么大小，还是个二头身，还有毛茸茸的大尾巴，洗漱的确很成问题。

如果扔进大浴缸，人就没了。

柏淮找了一个小咖啡杯，调好水温，拎起简松意，想放进去。

简松意连忙捂住自己的尾巴，一脸惊恐："尾巴！尾巴会打湿的！"

柏淮也不是很懂，小动物是不是都怕水，只能柔声哄道："没事，湿了我帮你吹干，吹得漂漂亮亮的。"

简松意一脸不信。

但还是小心翼翼地捂着尾巴，乖乖被柏淮放了进去。

嗯，舒服。

简松意倚着咖啡杯的杯壁，闭上了眼睛。

耳朵和尾巴都不自觉地抖了抖。

柏淮拿出一支崭新的用来勾工笔画的极细极细的毛笔，放在消毒柜里，高温除菌，然后蘸了点牙膏，对泡在咖啡杯里美得都要上天的简松意说道："啊——"

简松意睁开眼，看向柏淮的眼神格外嫌弃："你好幼稚。"

柏淮："……"

主要是你现在长得实在是让人没有办法不童心泛滥。

不过柏淮为了酷哥的自尊心，没说出来，只是恢复正常语气："张嘴，我帮你刷牙。"

简松意是那种只要别人伺候他，他就很乐意的人，于是十分顺从地张开了嘴，露出一嘴小奶牙。

柏淮看着这一口动不动就咬自己的"凶器",轻飘飘地说:"你说我要不要趁这个机会都给你拔了算了,免得你还敢咬我。"

简松意警惕地看向柏淮。

柏淮轻笑一声:"现在知道怕了?"

嘴上这么说着,他手上的动作却很轻柔,一点一点把小奶牙刷得白白的。

细毛笔刷牙,加上动作轻柔,和平时刷牙的感觉完全不一样,扫过牙龈的时候,痒酥酥的。十分舒服。

于是简松意也就不和柏淮计较他的出言不逊,美滋滋地享受着上门刷牙的顶级服务。

好不容易伺候完了,柏淮自己也洗漱过了,才从棉T恤上剪下一块小布,把简松意包住,抱到了卧室。

耳朵和尾巴都湿了,得吹吹。

简松意就背对着柏淮坐着,任凭他给自己吹着尾巴。

简松意的尾巴快比他整个人都大了,打湿后就黏答答一条,但是吹干后毛茸茸的,蓬松松的,看上去手感格外好的样子。

柏淮到底没忍住,揉了一把。

柏淮走到哪儿把简松意带到哪儿。

柏淮盘腿坐在沙发上看书,简松意就坐在他膝盖上看电视。

柏淮打游戏,简松意就在键盘上滚来滚去。

柏淮做饭的时候,简松意就坐在他脑袋上,拽着他的头发瞎指挥。

"哎呀!柏淮!不要放这个!"

"这个放了好吃。"

"不好吃!"

"……行。"

"柏淮,多倒点醋!"

"这个是酱油。"

"哦。那你多放点糖!"

"你早说你想吃糖醋排骨不就行了?"

简松意坐在柏淮头上扭了扭:"排骨汤的肉味道好淡啊。"

"那我就做糖醋排骨好了。"

"嗯嗯……欸!你多做点儿啊!不要这么小气,那一整块都放进去不行吗?"

柏淮无奈地叹了口气:"就你现在这个大小,能啃一口就不错了。"

事实证明,简松意的确是啃了一口——就撑了。

可是柏淮做的糖醋排骨实在是太好吃了,换作大个简松意的时候,起码能吃一盘。

简松意抱着肚子,坐在盘子旁边,咂了咂嘴。

白乎乎的脸上沾满了酱汁,尾巴摆来摆去,眼神可怜巴巴的。

看得柏淮心软了,小心翼翼剔下牙签大的一丝肉,送到简松意嘴边,简松意立马高兴了,捧着肉就吃了个干干净净。

吃完了,简松意咂巴咂巴嘴,刚想摸摸肚子,结果柏淮突然一戳,他"吧唧"一下,就往后倒了下去,四脚朝天,露出圆鼓鼓的小肚皮。

简松意想坐起来,可是肚子实在太鼓了,怎么坐都坐不起来,急得他大喊:"柏淮!柏淮!你快帮帮我呀!"

柏淮看着那个小圆球,唇角止不住地上扬。

一大一小就这么在家里窝了一天。

到了晚上,柏淮担心简松意睡觉时会被被子压到,于是在自己卧室的飘窗上给他做了一个小窝,把他放了进去,然后还给他剪了一块小被子盖上,掖得严严实实的。

结果柏淮刚上床,一转身,就看见简松意已经偷偷摸摸走到了飘窗边上。

应该是想下飘窗,但飘窗对于现在的他来说实在太高,于是又有些不敢跳,就探着脑袋,磨着小脚丫子,耷拉着小尾巴,不知道该怎么办。

似乎是感觉到了柏淮在看他,简松意抬起头,眨巴眨巴眼。

可怜兮兮的。

柏淮顿时心就软了,把他抱到床上,自己躺好,然后把简松意放在旁边,只露出一颗小脑袋。

柏淮用手指杵了杵他的小脑袋:"晚上就在这儿睡,不要乱跑,不然就要变成松饼了。"

554

"哼。"简松意不屑地"哼"了一声,然后乖乖听话没再乱动。

柏淮笑了一下,又杵了杵他的小脑袋。

那天晚上柏淮一直没怎么睡好,脑袋里随时绷着一根弦,不时地醒来确认简松意是不是还在。

每次醒来看见旁边呼呼大睡的简松意,就笑着松了口气。

那位不知名的热心网友办事效率很高,第二天一早就送来了一箱小衣服,设计剪裁和布料都是一等一的水平。

简松意选来选去,挑中了一套机车夹克,用小脚指了指。

结果柏淮直接忽视,自顾自地拿出一件白T恤和一条牛仔背带裤。

小时候简松意穿背带裤的样子就贼可爱,但是长大后,一直想立酷哥人设,就再也没碰过了。

柏淮也不管等简松意变回来后会不会把他打死,反正他现在就是想看简松意穿背带裤。

简松意感受到柏淮的眼神,警惕地往后退了一步,却被柏淮迅速地抓了回来。

"我不穿!

"柏淮你给我住手!

"老子揍人了啊!

"……等我变回来了再揍你!

"尾巴!尾巴给我拿出来!

"哼!"

八厘米小人最终不敌一米八八大汉。

柏淮看着穿着白T恤和蓝背带裤的小可爱,心都要化了。

"真乖。"

"你再惹老子试试!"

柏淮轻笑了一下,拿起钥匙,准备出门。

被放在飘窗上的简松意顿时急了:"柏淮!你去哪儿呀!你带上我呀!快回来带上我呀!"

说着简松意就摸着飘窗的边缘,小心翼翼往下探。

吓得刚回头的柏淮连忙把他接住，捧在手心里说："我出门给你买松子，不然你吃肉又要不消化。"

"那你带上我呀！"

"我怕弄丢你。"

"你把我放在口袋里，我又不乱跑。"简松意急得尾巴又耷起来了。

大概变小后看见全世界都变大了，很不适应，所以很没有安全感吧。

柏淮有些自责，低头揉了揉他，然后把他放进自己的衣服口袋："把你放在口袋里了，你乖一点，不要被发现了。"

简松意扒着衣服口袋边缘，探出小脑袋，点了点头。

等看见有人来了，又立马缩进去。

到了超市，四下无人，柏淮手指杵了杵简松意，简松意偷偷露出脑袋。

柏淮拿起一袋松子："这个牌子？"

简松意嫌弃地摇摇头。

"那这个？"

"不要，不好吃。"

柏淮眼神扫了一圈，选了个最贵的："这个？"

简松意终于勉为其难地点了点头。

柏淮选好松子，又去芭比娃娃区遛了一圈。

导购很少见到这个年龄的男孩子来买芭比娃娃，试探道："这位先生是买来送妹妹的？"

"不是。"

"那是？"

"送弟弟的。"

导购愣了愣，然后笑道："大概多大？"

柏淮用一根手指摁住气得想从口袋里弹射出来的简松意，另一只手拨弄着展架上的芭比娃娃礼盒，压着笑意："满打满算也就三岁吧。"

"那先生有什么要求吗？"

"质量最好的，最无害的，小衣柜、小衣架、小盆、小碗、小筷子、小床全部配套的。"

"价格……"

"价格无所谓。"

"好的。"

晚上回家，在飘窗上给简松意布置出一个粉粉嫩嫩，堪比豌豆公主待遇级别的小房间后，柏淮很满意，很有成就感。

简松意却气得磨牙："柏淮！"

柏淮一脸坦然："你不觉得可爱吗？"

"可爱个头！"

"乖，过来，我们试一下这件衣服。"

"试个头！"

"好乖，笑一个，给你拍照。"

"拍个头！"

"欸，就这样，尾巴翘一点，完美，我们再换一套。"

"柏淮！你是不是在玩我？！"

"没有，就是看你可爱，以后可能就看不到了，舍不得，所以拍下来做个纪念。"

"纪念个头！你这就是留下我耻辱的证据！"

"我没有。"

"滚！"

"喂你一颗小松子。"

"滚！"

"明天带你一起去上学。"

"……"

简松意也不知道怎么回事，他明明记得自己一直在反抗，可是莫名其妙地，他就又换了好几套衣服，然后被柏淮拎着放在玫瑰花上，拍了好几十张照片。

看着屏幕上那个二头身小短腿，简松意觉得自己一世酷哥英名毁于一旦，气得用尾巴把自己藏起来，一直到晚上睡觉都不肯理柏淮。

好在柏淮说话算数，第二天真的把他揣在口袋里，带着一起去上学，顺便还帮他请了个病假，简松意才勉为其难原谅了柏淮。

柏淮也知道简松意是个闲不住的，怕把他闷坏，于是选了最后排、最角落的位置，摆出一摞书挡在前面。

其他人都知道他们这个新晋校草有点冷，加上校草哪里有化学公式好看，于是也没人理会。

柏淮就这样给简松意争取到一个小天地，然后把他放了出来。

大一刚进校，学得比较基础，加上简松意天赋确实高，所以他虽然少上了两节课，竟然也跟上了。

柏淮低头演算的时候，他就坐在书上，一边看着柏淮配化合价，一边摇头晃脑地跟着一起思考，每次比柏淮先想出来的时候，就乐得疯狂摇尾巴，耳朵也高兴得翻折过来。

看着那条毛茸茸的大尾巴就在自己跟前摇来摇去，柏淮上着上着课，心思就不在化学上了，全盯着简松意看了。

他就想不明白，怎么会有这么可爱的小松鼠，比什么物理小球可爱起码一百倍。

就在他看着简松意的尾巴发呆的时候，简松意已经把题做出来了。

他看柏淮捏着笔半天没动，一下急了："你怎么还没想出来！你怎么这么笨呀！"

简松意急得直接抢过笔。

结果笔太重，刚抢过去，就"吧唧"一下，一屁股坐了下去。

柏淮差点没忍住笑出声。

但是为了不惹怒简松意，还是咬着牙，生生憋了回去。

然后就看着简松意哼哧哼哧地爬了起来，双手抱着笔，扛在肩头，颤颤巍巍地往前走了几步，开始写答案。

写了什么，柏淮没注意，他就看见那条大尾巴，扫来扫去，扫来扫去。

柏淮忍得好辛苦，最后实在没忍住，伸手挼了一下简松意毛茸茸的尾巴。

简松意立马回过头，气呼呼地瞪了柏淮一眼。

他本来想转身给柏淮一脚的，但是笔太重，压得他转不动，只能眼神威慑。

柏淮被"威慑"到了。

太可爱了。

简松意转过头，继续扛着笔写题。

终于哼哧哼哧地写完后，简松意长舒了一口气，抱着笔，转过身，下巴一抬，小短腿一伸，嘚瑟地点着脚尖："老子厉害不？"

"厉害。"

"就你这个天赋，比我差远了。"

"嗯，你说得对。"

"智商不够，就好好学习，不要一天到晚看着我笑。"

"那有点难。"

"好好上课！"

"好。"

"你还笑！不准笑！"

"不笑了。"

"看黑板！不准看我！"

"好，不看你。"

柏淮忍着笑，在简老师的监督下，认认真真上起了课。

那天以后，华清医学院多了一个传说。据说那位新晋校草，脑子有点问题，喜欢在上课的时候笑，边笑还边自言自语。

不过柏淮自然不会管这些，他每天就沉迷于把小松鼠揣在口袋里到处晃悠，给他喂松子，给他吹尾巴，给他换小衣服，拍可可爱爱的照片。

每当简松意缩成一团藏在柏淮的身上挥着小短手叫"柏淮！柏淮！"的时候，柏淮都能感到小小的简松意把自己当成全世界一样地信任着、依赖着。

时间一久，他竟然都习惯了。

简松意也习惯了。

不知不觉中，两个人都没有想起说好的过几天变回来，到底是过几天。

于是在某个风和日丽的早上，柏淮醒来发现小松鼠不见了，正在到处找的时候，就看到从外面大摇大摆走进来、一脸怒气冲冲要找他算账的简松意……

番外二　小时候

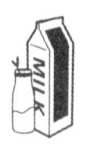

"呼——咕噜噜——啪!"

隔壁的小包子睡午觉的时候打了个呼噜,还冒了一个小鼻涕泡。

简小松有些嫌弃。

他在床上扭来扭去睡不着。

他可讨厌睡午觉了。

因为睡午觉的时候,他就不能和淮哥哥玩了。

想到这儿,简小松偷偷从床上爬起来,环视一圈,发现漂亮姐姐不在,于是撅着屁股,爬下小床,滴溜溜地跑到房间那一头。

柏小淮姓氏开头字母是"B",和简小松的"J"隔了好几个字母,于是他们两个的床位中间也隔了好几个小朋友。

简小松为此一度想改名字叫柏小松,把他爸气得差点厥过去。

为此父子俩在家里打了一架,简小松屁股被轻轻地揍了一巴掌,简先生被咬了好几个牙印,还被罚睡了两晚上书房。

但是简先生坚决不妥协,于是简小松没有改名成功。

简小松只能"跋山涉水"地蹭到柏小淮的床边。

柏小淮睁开眼,板着一张小脸:"你又不睡午觉。"

简小松开始撒娇:"我睡不着嘛。"

白白嫩嫩的小圆脸上,一双黑漆漆的眼睛,眨巴眨巴,小手还拽住柏小淮的小被子。

柏小淮没办法了,只能往里缩了缩,掀开被子,腾出一个空位。

简小松立马就高兴了,撅着屁股吭哧吭哧地爬了上去,任凭柏小淮给他盖上被子。

可是盖上被子了,有的人还是不老实,哼哼唧唧,扭来扭去。

柏小淮假装小大人："小松乖，快睡觉。"

"不嘛。"

继续扭。

柏小淮想了想，翻了个身，从小床边的小书包里拿出一盒草莓牛奶："小松乖乖睡午觉，淮哥哥就给你喝草莓牛奶。"

简小松舔了舔嘴巴，纠结了一会儿，然后勉勉强强说道："好嘛。"

柏小淮帮他把吸管插进去，刚送到嘴边，咕噜咕噜，就没了。

简小松眨眨眼："还想喝。"

柏小淮翻了翻书包，没了："今天先乖乖睡觉，明天淮哥哥再给你喝，好不好？"

饱了就困，简松意哼唧了一会儿，最后还是乖乖睡着了。

睡着后，柏小淮杵了一下他胖嘟嘟的小脸蛋。

嗯，小松的脸好软呀。

而且好乖，乖得像个洋娃娃。

第二天午休前，简小松还在被漂亮姐姐哄着吃饭的时候，柏小淮带着自己的小钱包，去了幼儿园里面的小超市，想多买几盒草莓牛奶，却发现没有了。

他有些垂头丧气。

几个刚刚买了草莓牛奶的小姑娘脸红红地蹭过来："我们有草莓牛奶呀。"

"嗯……"柏小淮看着那两盒草莓牛奶开始思考。

小松喜欢喝这个。

可是父亲告诉过他，不能随便收别人的东西。

但是温爸爸又说过，要好好照顾小松弟弟。

那到底听谁的呢？

柏小淮板着脸，认真思考了一会儿，想起什么，从书包里翻出父亲从国外买回来的据说特别特别贵的巧克力，递给几个小姑娘："我请你们吃巧克力，你们可以把草莓牛奶让给我吗？"

巧克力包装得精致又漂亮，最讨女孩子喜欢。

于是柏小淮成功地收获了三盒草莓牛奶，抱在怀里，高高兴兴地就准备去找简小松。

可是吃饭的地方没有人，午休的地方也没有人。

柏小淮刚想去问漂亮姐姐简小松去哪里了，就在拐角处遇见简松意抽抽搭搭地走了过来。

白白嫩嫩的小团团，脸上多了块瘀青，看上去就很疼的样子，可是小团团死死抿着嘴，就是不哭出声，看上去就更惹人心疼了。

结果一看见柏小淮，小团团就忍不住了，"哇"的一声："呜呜呜呜，淮哥哥……痛痛……小松痛痛……呜呜呜……"

眼泪哗啦啦地淌了一脸，看上去好可怜。

柏小淮连忙拉住他，鼓着嘴巴，呼哧呼哧地吹："淮哥哥给你吹吹，小松不要痛痛。"

"呜呜呜呜……我……我打不过胖熊，呜呜呜……"

"他都大班啦，你才小班，打不过也没关系的。"

"呜呜呜……痛痛……"

"我们喝草莓牛奶，喝了就不痛了。"

简小松听到草莓牛奶，哭得没那么厉害了。

柏小淮一边看着简小松捧着小盒子，把牛奶喝得干干净净，一边轻轻拍着他的背给他顺气。

等把几盒牛奶全都喝完后，也不知道是喝撑了，还是哭累了，每次睡午觉都要哄半天的简小松居然乖乖地趴在床上睡着了。

小脸蛋上瘀青和泪痕交织。

柏小淮拿出小帕子，轻轻地把眼泪鼻涕给他擦掉，就小心翼翼地躲开漂亮姐姐，溜出了午休室。

没有人可以欺负简小松。

如果有，那就一定要欺负回来。

秉持着这样的信念，加上从小就优于常人的体力，柏小淮最终把那个胖熊摁倒在了沙坑里，骑在他身上，照着他的脸就给了一拳。

胖熊被打得嗷嗷叫："你！你不是易感者吗？你怎么这么凶！你这么凶！我要告诉老师！"

不说还好，一说这话，柏小淮二话不说，照着另一边脸，又给了他一拳。

柏淮从小就人狠话不多。

等漂亮姐姐带着简小松赶到的时候，就看见一个小胖子被摁在地上揍得吱哇乱叫，而柏小淮则抿着唇，一言不发。

柏小淮可是班上最听话的小孩儿。

漂亮姐姐连忙去把他抱开。

还好，三四岁的奶娃娃，力气再大也大不到哪儿去，没出什么大事。

但事情还是很严肃的。

漂亮姐姐们把他们三个抱到办公室，让他们排排站站好，然后开始给家长打电话。

简小松看向柏小淮："淮哥哥，你好厉害呀。"

大大的眼睛里面是大大的崇拜。

柏小淮板着脸，一点也没露出骄傲的神色，心里却美滋滋的。

简小松觉得淮哥哥真酷。

"淮哥哥，你只跟我玩好不好？不要理胖熊，他没有我好看。等我长大了，我也会保护你的。"

柏小淮皱起了小眉头："不要。"

简小松一下子就急了："为什么不要？！"

"就是不要。"

"要！"

"不要。"

"要！"

"不要。"

"嗷呜——"

简小松急得跳了起来，拽着柏小淮的手就咬了一口。

柏小淮吃痛，想把手抽回来，一不注意，把简小松推倒了。

简小松"吧唧"一下坐到了地上，要说痛，其实也没有多痛，但是简小松心里委屈。淮哥哥不愿意和他一起玩，还推他，呜呜呜呜，淮哥哥大坏蛋！

想到这儿，简小松嘴巴一咧，就哭出来了。

他一哭，柏小淮就慌了，连忙蹲下来哄他："小松不哭，不哭不哭。"

"呜呜呜呜……你走开！我不要理你了！我不和你玩了！呜呜呜……"

"小松你不能这样说，温爸爸说过的，我们不可以说不要和对方玩了。"

"你还凶我！呜呜呜……"

柏小淮觉得小松说了不能说的话，他不高兴。

简小松更不高兴。

两个人扭打了起来。

漂亮姐姐一回头，吓坏了，连忙分开两人。

等唐清清和温之眠来的时候，两个小孩儿，一个朝着窗户坐着，面无表情，一个埋在漂亮姐姐怀里，哭得上气不接下气。

唐清清心疼得连忙把简小松接过来："宝宝乖，宝宝不哭。"

温之眠看了柏小淮一眼，然后温和地微笑着问幼儿园老师："两个小朋友打架了吗？"

"是啊。"幼儿园老师叹了口气，"两个小朋友平时关系挺好的，今天也不知道怎么了，问他们为什么打架，也不说。"

温之眠点点头："辛苦老师了，两个小朋友我们先领回家，可以吗？"

"可以可以，就是……还有另外一个同学也被打了，他家长应该也快到了。"

话音刚落，响起一个暴躁的男人的声音："谁！是谁打了我儿子？"

温之眠转身，微微垂首："这位先生，很抱歉，是我家的孩子和您的孩子发生了冲突。"

男人冷嗤一声："看你斯斯文文的，怎么儿子这么没教养。熊海咨，你过来，说，是不是就是那个小孩儿打的你？"

胖熊点了点头："就是他！"

"瞧你这熊样，去，打回来！"

大人们都被这个套路惊得愣了愣。

倒是哭得上气不接下气的简松意吱哇乱叫："不准打淮哥哥！明明是胖熊先打我的！你们为什么只骂淮哥哥，还要打淮哥哥，呜呜呜……不准打淮哥哥……"

温之眠眸色微微一凛，拦住了那个小孩，看着那个男人："先生，请问您就是这样教育小朋友的吗？打架确实是我家的孩子不对，但是我了解他，我相信他绝对不会无缘无故打人。而且您也听见了，是您的孩子先打了我家孩子的好朋友，所以我想这件事大家都有错。我们现在应该教孩子的是以后怎么用正确的方式解决问题，而不是单纯地为了出一口恶气而打架，您觉得呢？"

"呵，小孩子说什么就是什么？你说我儿子打人了，我儿子就打人了？"

"我没记错的话，幼儿园是有监控的，如果您时间充裕，我们可以坐下来看一看。"

"……我忙着呢！"

"您孩子的医药费，我们会以医院账单为准进行赔付，这是我们应该做的。至于您孩子打伤了另一个小朋友，我们暂时保留追究的权利，因为小孩子还有教育的空间，但是如果下次再出现这样的情况，我一定会追究到底的。所以希望这位先生，能好好教一教小朋友。"

说完温之眠也不打算和这个不讲理的男人纠缠下去，转过身，朝柏小淮柔声道："小淮，过来，牵温爸爸的手，我们回家啦。"

柏小淮乖乖地牵过温爸爸的手。

简小松则埋在唐清清怀里，哭得惨兮兮的。

温之眠担心唐清清抱胖团团太久了会抱不动，笑着接了过去，拍着简小松的背："小松哭什么呀？"

"呜呜呜呜，之眠叔叔，淮哥哥大坏蛋。"

"淮哥哥怎么大坏蛋了？"

"呜呜呜呜呜呜……嗝儿——"

简小松哭岔气儿了。

温之眠偏头看了看旁边紧紧抿着唇、死死绷着脸的柏小淮，无奈地笑了一下："你怎么就这么像你父亲？好的坏的都学？"

柏小淮终于开口了："父亲全世界最厉害。"

温之眠微微低头，唇角溢出笑意："嗯，你父亲就是全世界最厉害。"

温之眠把两个鼻青脸肿的小豆丁带回家的时候，柏寒正坐在沙发上看文件。

他抬头看见两个小娃娃狼狈的样子，挑了挑眉："你们俩早该被揍一顿了。"

温之眠嗔怪地瞪了他一眼。

柏寒笑了一下，低头继续看文件。

温之眠拿出DV，对着两个小布丁拍摄，柔声问道："你们今天为什么打架呀？"

简小松都要委屈死了，一听之眠叔叔这么问，立马变得哭唧唧："呜呜呜，小松再也不要和淮哥哥玩了，淮哥哥不喜欢小松，呜呜呜呜，小松好难过，呜呜呜……"

哭得可怜死了，唐女士心疼地把小圆球抱走了。

柏小淮还是抿着嘴，不说话。

温之眠很有耐性，蹲下身子，和他平视，柔声问道："来，告诉温爸爸，为什么和小松打架？"

柏小淮依然沉默。

"温爸爸是不是教过你，长辈问话，一定要回答，嗯？"温之眠的声音始终耐心而温柔。

柏小淮抿了抿嘴，还是开口了："小松说要保护我，我不愿意。"

小大人一本正经的语气，让温之眠愣了愣，然后低低笑了一声："你不是说最喜欢小松的吗？为什么不愿意？"

"因为父亲说要变强才能保护自己在乎的人，但是我不想让小松保护我，我要保护小松。"

温之眠闻言把镜头换了个方向，对准柏寒："这位先生，请你给我解释一下，为什么和一个四岁的小孩子讲这么严肃深刻的事情？"

柏寒抬头，看着他，挑唇笑了："我又没说错。小淮，表现不错，就是要这样，不愧是我儿子。"

"你还说！"

"好了好了，我不说了。"

柏寒妥协地朝佯装生气的温之眠笑了笑。

温之眠将镜头转回来，对准柏小淮，对他说："小淮，你和小松都是好孩子，你们可以一直做好朋友，像家人一样彼此照顾。"

柏寒偏过头，看向柏小淮，面容冷淡严肃："小淮，父亲是不是教过你，要照顾小松、保护小松？"

"嗯。"

"所以你怎么能让小松哭呢？"

柏小淮低下头，好像有些愧疚。

"父亲带了玩具回来，你拿去和小松一起玩，把他哄好。"

"可是……"

"没有可是，你比小松大，你就要处处都照顾他、让着他，这是你当哥哥的职责。明白了吗？"

柏小淮想了想，点头："明白了。"然后拿着新玩具出了门。

温之眠嗔怪地看了柏寒一眼："你怎么这么凶？你这样小淮以后会不喜欢你的。"

"你这么温柔好说话，我就只能凶一点了，不然怎么把他教成一个好男人？再说，小淮可崇拜我了。"

"这倒也是。"温之眠一边低头摆弄着DV，一边慢慢朝沙发走去，"他今天还说，父亲是世界上最厉害的人。"

"那你怎么说的？"

温之眠低着头，抿着唇浅笑了一下，唇角漾起一个小小的梨窝："我说，对，你父亲就是全世界最厉害。"

他从少年时就没有掩饰过对柏寒的崇拜，却从没有丝毫的自卑，因为他自己本身就足够优秀。

而这份优秀和内心的强大，让他能坦然地面对一切，也教会了情感有些封闭的柏寒，如何去打开心扉，感受人世间的喜怒哀乐。

相识多年，岁月的沉淀让他褪去了一些稚气，更加从容，却始终未曾丢失那份年少时的感觉。

他这一笑，仿佛连时光都变得温柔。

温之眠放下DV，看向柏寒，声音有些闷："寒哥，我要去国外了，医疗支援。"

柏寒的手僵了僵，他不想让温之眠去。

他本能地想拒绝。

可是他说过的,会尊重温之眠。

于是只能不情不愿地"嗯"了一声。

温之眠从"嗯"的那声里,听出了一些小孩子赌气的感觉,笑了。

"寒哥,等我回来了,我们一起教小松和小淮好不好?"

"好。"

"寒哥。"

"嗯?"

"你说等小淮他们长大了,我们老了,我们还会像现在这样吗?"

"会。"

温之眠第一次去国外的时候,只去了三个月,战争就中止了。

他回来之后,开始教柏小淮弹钢琴,教简小松画画,教着教着,就是两个小朋友一起学了。

每次看见两个小朋友形影不离的样子,他就会笑着对唐清清说:"看他们现在真好,长大后应该也会一直这么好吧?"

唐清清当然点头:"肯定的,等他们一成年就让他们互相照顾,我们就自己去逍遥快活。"

温之眠笑道:"好呀。"

可是没等到那天,就等来了战争再起的消息。

他曾见过战争的残酷,于是他走得毅然决然。

温之眠走的那天,所有人都以为只不过是如同往常一样的,一次普通的、短暂的离别。

柏寒等着他归来,柏淮等着温爸爸回家,简松意也在等着之眠叔叔回来,告诉他自己终于会弹《小星星》了。

可是他们都没有等到那个人。

他们等到的,不过是一则死讯、一个烈士表彰和一个骨灰盒。

从小到大几乎没哭过的柏小淮哭了。

他哭的时候,身边没有一个亲人。

而柏寒,没人知道他去了哪里。

所有人都联系不上柏寒,他就这样消失了足足一个月,再回来的时候，就彻底变了一个人。

以前的柏寒，虽然也冷淡强势，但是眸底总有光亮。

现在却只剩一片无尽的深渊。

当柏小淮哭着抱着他，问他温爸爸是不是变成了星星的时候，他说："不，柏淮，你听着，人死了就是死了，永远死了，他不会变成星星，他也不会陪着你，他就是永远离开你了，永远。"

就是永远地离开了，他怎么舍得。

柏小淮人生里第一次明白了死亡，也第一次明白了绝望。

第二天，柏寒就离开了南城，调任北城，直升两级。从此步步高升，青云直上。

只是他从此再也没有笑过，仿佛成了无情的机器。

而无情伤人。

最伤的就是当时只有六岁的柏淮。

六岁的柏淮，身边只有五岁的简松意。

当那天晚上，偌大的别墅里，只有柏小淮一个人的时候，他抱着温爸爸的照片，在被窝里无声地哭着。

他很难过，他从小就被教育要懂事，比别人都懂事得早。

可是他也不过才六岁。

他真的好难过。

他想要温爸爸回来，想要父亲抱抱，或者无论是谁，能告诉他他不是没人要的小孩儿就行。

他那么难过，那么想哭。

可是爸爸告诉过他，男子汉大丈夫，要坚强，不能哭。

小小的孩子，眼泪浸湿了床单被褥，牙齿咬破了嘴唇。

就那样孤独地、无声地哭着。

房子太空，秋夜太冷，他无法入睡。

他在被窝里轻轻发抖。

门什么时候开了，他也没注意。

他只知道自己的被窝被掀开了一道缝，一个小小的娃娃挤了进来，被子又落下了。

黑漆漆的被窝里，那个小娃娃抱住了他。

那个拥抱那么柔软，那么温暖。

小娃娃稚嫩笨拙地拍着他的背："淮哥哥想哭就哭吧，小松在，小松陪你。"

那一刻，隐忍了许久的小孩子，终于哽咽出声："小松，温爸爸死了，父亲不要我了。我以后都是一个人了。"

那时候的小孩儿还不会写"孤独"两个字，就已经明白了孤独。

小娃娃双手紧紧抱住他，奶声奶气的，却那么认真："不会的，淮哥哥不会一个人的，小松永远陪着淮哥哥，永永远远陪着淮哥哥，一辈子，十辈子，一百辈子，一百的一百辈子，我都陪淮哥哥。"

"小松你抱抱我。"

"好！我抱得好紧好紧！"

小娃娃的手有些短，可是真的抱得好紧好紧。

柏淮也不知道自己哭了多久，终于抹了抹眼泪："简松意。"

"嗯？"

"我以后要当大人了。"

"那我们一起当大人！"

"不，你要当小朋友。"

"为什么呀？"

"没有为什么。我们睡觉吧。"

"嗯！我给你唱《摇篮曲》吧，像之眠叔叔唱的那样！"

"好。"

"淮哥哥。"

"嗯？"

"生日快乐。"

"谢谢小松。"

那个夜晚，稚嫩的童声磕磕绊绊地唱着《摇篮曲》，先睡着的却是那个唱《摇篮曲》的小孩儿。

那个小孩儿，或许是世界上最幸福的小孩儿，可是他永远记得把自己的幸福分给那个孤独的小孩儿一半。

他会每天晚上偷偷跑来陪柏小淮。

他会把所有自己喜欢的东西装进箱子里,哼哧哼哧地拖到柏小淮的房间。

他会请求自己的父母在每一个节假日给柏小淮准备礼物,送上长辈的祝福。

他会告诉所有人,柏淮是他最好的朋友,过命的那种。

他会永远在柏淮身边,只要柏淮不离开。

然而从那天夜晚开始,他们终究还是成长为截然不同的少年。

可是他们始终又是相同的。

孩童时代的那位年轻长辈,教会了他们温柔,教会了他们善良,教会了他们爱。

他们从未忘记。

所以这一生,即使他们曾犯过错,有过分离,可是他们再次相遇,始终都是最好的少年。

而那个唱《摇篮曲》的小孩儿,也终于兑现了他的承诺。

番外三　少年友情

陆淇风第一次注意到周洛,是在某个周五的傍晚。

他和简松意打完篮球后,本来想约着一起回家打游戏,结果被柏淮在校门口抓了个正着,于是最后就只剩下陆淇风一个人走在回家的路上。

他抄了近路,要经过一条破旧的小巷子。

那时候天色已经很晚,太阳彻底落下地平线。

巷子里光线暗淡。

然而陆淇风看见周洛的那一刻,却觉得光是温柔的。

狭窄的巷子里,瘦小的少年蹲在角落里,摸着小猫咪的脑袋,一点一点给它喂着牛奶。

少年很单薄,瘦得大概陆淇风一只手就能拎起来,头发有点浅色的黄,还微打着卷儿,皮肤白白的,眼睛大大的,夕阳的余晖落在卷翘的睫毛上,泛着金色涟漪的质感,温柔又乖巧。

小猫咪也很瘦小,温顺地用脑袋蹭着周洛的掌心,发出一点点呜咽的声音。

奶声奶气,听上去可怜极了。

少年揉了揉它的脑袋,叹了口气:"对不起呀小团团,哥哥不能带你回家,因为哥哥的家里有坏人,会欺负你的呀。"

听上去是很悲伤的话,然而少年的神色却没有阴霾,眼睛干净得不像话。

清澈又柔软,在昏暗逼仄的巷子里,亮得像星星。

陆淇风突然就顿住了脚步,然后敏锐地捕捉到了周洛话里的重点——家里有坏人。

他微蹙起眉,开始搜索脑海里关于周洛的记忆。

易感者，小小的一只，人缘很好，成绩也很好，但是因为不擅长运动，所以和陆淇风还有简松意他们这群人没有太多交集。

如果说有什么特别的地方，就是喜欢穿长袖长裤，有时候夏天也会在短袖衬衫里套一件长袖 T 恤。

除此以外，一切正常，是大多数人都会喜欢的那种温柔又热情的小太阳。

大概是自己想多了吧，陆淇风自我宽慰。

正犹豫着要不要开口打个招呼，蹲在地上的少年已经偏过了头，朝他笑了一下，眉眼弯弯："陆淇风，你怎么在这儿呀？又急着回家打游戏吗？"

这个年纪的男生喜欢打游戏是再正常不过的事，然而不知道为什么，他这么一笑，陆淇风突然生出一种做坏事被抓包的心虚感，于是面不改色心不跳："不是，我是来喂猫的。"

猫歪了一下脑袋："喵？"

似乎是为了说服周洛，又似乎是为了说服猫，陆淇风从书包里拿出一盒水煮鸡胸肉。

他正值男生臭美的年纪，为了健身，天天带着这玩意儿，结果实在难吃，没吃下，没想到这时候派上了用场。

他蹲下身，假装熟练地把鸡胸肉喂到小猫嘴边，小猫歪着脑袋看了一会儿，似乎是感受到对方没有敌意，软软地"喵"了一声，然后开始舔舐起来，舔舐了一会儿，终于试探性地咬下了第一口。

陆淇风暗自松了口气。

还好这猫给面子。

于是他得寸进尺地伸出手试图揉一把猫，以证明自己的确和这猫挺熟的，结果手刚刚触碰到小奶猫的肚子，小奶猫突然受了惊一样，猛地抬起小爪子就挠了过来。

好在陆淇风反应快，一个后退避开了，不过避得太快，身形一个不稳，往后趔趄了一下，周洛连忙探身拽住了他。

然而周洛到底太瘦小，力气也小，不仅没拽住陆淇风，自个儿还被陆淇风拽倒了。

始作俑者小奶猫蹿过来,歪着脑袋,"喵"了一声。

周洛连忙灵活地爬起来,T恤因为动作掀起了一个下摆,露出少年纤细的背部。

单薄得可怜,几处瘀青也显得格外刺眼。

陆淇风一眼看见那几处瘀青,脱口而出:"你受伤了?"

周洛站起身,拽了下衣摆,笑了笑:"对呀,今天下楼的时候不小心摔了一跤,从楼梯上滚下来了,疼死我了。"

他笑得很干净,声音很轻,尾音软软糯糯的,看上去就是一个娇气的易感者,陆淇风隐隐觉得哪里不对,可到底还是被这个笑迷惑住了,没再问下去。

毕竟这么阳光可爱的小男生,怎么瞧都不像是遭遇过不幸的样子。

周洛似乎根本没把这段对话放在心上,拍了拍裤子,弯下身,一把捏住小奶猫的后脖颈,拎起来,看着它,假装凶巴巴道:"小团团你怎么能挠人呢?"

"喵呜。"可怜巴巴的。

"这个哥哥是给你吃肉肉的哥哥,是个好哥哥,以后不准挠他了,听到了吗?"

周洛说这话的时候一本正经。

如果放在平时,陆淇风和简松意看见有人这么说话,肯定觉得对方是个傻憨憨,然而现在看着周洛这么说话,陆淇风竟然觉得一点都不违和。

好像周洛本来就应该是会和猫说话的人。

陆淇风突然觉得易感者和支配者可能真的是两个世界的生物。

正想着,周洛把猫送到他跟前,笑道:"它现在不会挠你了,你抱抱它?"

他歪着脑袋,眼睛弯成月牙儿,嘴角有个小小的梨窝。

好可爱。当陆淇风抱住小奶猫的时候,脑子里满是这个念头,然后很快做出了一个决定。

他挠了挠小猫的肚子,淡定地说道:"要不我收养它吧。"

猫是只可爱的猫,陆淇风是个有钱的陆淇风。

陆家经济条件很好,父母还很开明,养一只猫自然不在话下,一套装备下来，小团团就从小巷子里的灰姑娘摇身一变成了城堡里的小公主。

而自从养了小团团后，陆淇风的问题就变得多了起来。

比如小团团今天吐奶了，小团团今天没精神了，小团团今天喵喵叫了，小团团打疫苗不听话了。

总归小团团一有风吹草动，陆淇风就会找上周洛，美其名曰周洛是小团团的干爹，不能撒手不管。

周洛性子单纯，脾气又好，心又软，每次都跟着他回家去看猫猫到底怎么了，然后一看就是一天。

看着看着，两个人的关系莫名就熟了起来。

比如，周洛抱作业的时候，陆淇风总是会把厚厚的一沓书本都接过去。陆淇风打球的时候，周洛总是会自觉地帮他打饭。

而周洛身上也没有再出现过那些莫名的瘀青，陆淇风也就没把这事儿放在心上。

直到某一天周洛突然请了病假没来上课，第二天来的时候嘴角挂着个不大不小的伤痕，陆淇风心里那个隐隐不好的念头又浮现了出来。

陆淇风知道，问了周洛他也不会说，反而还会给他增加心理负担，于是没有再问。

只是周五快放学的时候，陆淇风找到简松意："松哥，帮我个忙。"

简松意很少看见陆淇风这么严肃的样子，挑了一下眉："你说。"

"陪我跟踪一个人。"

"嗯？"

"周洛。"

"……陆淇风！你想干什么？"

陆淇风不知道简松意这个脑回路是怎么考到年级最高分的，忍住了没翻白眼，耐心地把来龙去脉解释了一遍。

说完的时候，简松意的神色已经不太好，背起书包，声音明显冷了下去："走。"

他完全没有犹豫，根本没有质疑是不是陆淇风过于敏感多想了，又或者是什么误会。

因为有的事，宁愿只是个误会。

而一直到很久之后，陆淇风都很庆幸自己的那份敏感和多想，不然他不知道周洛还会受到多少伤害。

当他们看到周洛在小区楼下被一个醉酒的支配者男人直接拎着书包往墙上撑，然后一棍子打下去的时候，简松意二话没说直接扔下书包，冷冷扔出两个字"报警"，冲上去一把推开那个男人，把周洛护在了身后。

简松意从小训练，散打、武术都会，陆淇风这方面还真不如他。

但是陆淇风向来冷静，他飞快地报了警，清楚地说明白事情缘由和地址，又打开手机摄像头，把那个醉酒的男人骂骂咧咧的丑态和对未成年易感者动手的行为录了进去。然后才收起手机，冲上去帮简松意的忙。

男人醉了酒，有些神志不清，反应不如两个少年灵敏。

然而到底是成年支配者，很有几分力气，打斗间简松意还是吃了些亏，狠狠挨了那男人一棍子，他却咬着牙，直接反身，就着棍子的力度，把男人整个掀翻在地上，狠狠压了上去。

等警察赶来的时候，醉酒的男人已经被简松意用皮带捆住两只手，摁在了地上，周洛则被陆淇风紧紧护着。

警察看清楚周洛和躺在地上的男人后，叹了口气："怎么又是你们家？"

简松意向来最看不得别人欺负弱小，正被这男人气得烦躁，又看到警察这态度，明显有内情，直接问："警察叔叔，什么叫'又是你们家'？这浑蛋殴打我同学不止一次了？！"

"你看未成年人被打成什么样子了！"说着简松意一把拽过周洛，掀起他的校服下摆，指着上面大大小小的瘀青，"这是人下得去的手吗？"

周洛整个人还有点蒙，慌里慌张地摁下衣服下摆，小声道："松哥你别和他们急，没用的。"

大概是因为那一棍子打得疼，又或许是被同学撞见了丑事，再或许是第一次被人这么保护，周洛的眼睛红红的，看上去像只受了惊吓的小兔子。

陆淇风心里顿时难受得紧，把周洛从简松意手上接了回来，低声安慰了句:"没事,别怕。"

然后陆淇风转身看向那个警察:"又是他们家是什么意思?以前也有人报过警?"

"可不嘛。"警察也头疼,"报了好几次了,但是你说我们有什么办法,清官难断家务事,这种事我们除了教育几句,还能怎么办?"

陆淇风很冷静:"这叫家暴,涉嫌违反《未成年人保护法》和《易感者保护条例》。"

"而且他才不是我爸!"周洛声音哽咽,像是长久堆积的无奈终于找到了宣泄的口子。

警察叹了口气:"算了,跟我回去做个笔录吧。"

然而简松意却冷笑一声:"然后你们教育几句,就又放了,下次继续让人挨打?"

说完简松意看向陆淇风,朝他挑了一下眉。

陆淇风微点了下头,拿出手机,淡淡道:"爸,跟你咨询个事。"

那天晚上,周洛的继父以故意伤害未成年罪被拘留。周洛母亲得到消息,千里迢迢从北城赶了回来,看见周洛满身伤痕的时候,流着泪把他抱进了怀里,哽咽道:"对不起,是妈妈不好,妈妈工作忙,没有注意到这些,可是傻孩子,你怎么不早点告诉妈妈呀?"

"因为妈妈喜欢那个叔叔,我不想妈妈难过。"周洛拍了拍妈妈的背,"而且晚上家里空荡荡的,只有我一个人,我害怕,不敢睡觉。"

即使身上布满伤痕,即使说的话这么委屈,即使是在警局的灯光下,周洛的眼睛依然是干净柔软的:"可是妈妈今天回来看我了,我好开心,而且我还交到了两个新朋友。"

说完,周洛笑了,眼睛弯弯,嘴角漾起小梨窝。

有的人生来单纯美好,即使见过了黑暗,依然单纯美好。

周洛的继父被拘留了三个月,周洛的母亲也和他离了婚,并且决定放弃部分薪水回到南城照顾周洛,只不过因为工作安排,要半年以后才能回来,于是暂时请了专门的保姆照顾周洛。

然而陆淇风和简松意总是不放心,担心他的继父又突然出现报复,于是坚持每天放学的时候送周洛回去,风雨无阻。

周洛则每天给他们带早饭和午饭，他们打球的时候帮他们打饭、送水，有时候还负责帮忙解决理科天才简松意头疼到不行的作文题。

两个支配者的友情里多了一个脾气好又很细心体贴的易感者，发现生活也方便了不少，那天晚上的事情也成了三个人的小秘密，其他人都不知道。

只是简松意周末大部分时候都是和柏淮一起玩儿，所以陆淇风和周洛独处的时间越来越多。

等到周洛生日那天，陆淇风送了周洛一只一米八几的薰衣草大熊毛绒玩具。

周洛抱着比自己还高一截儿的熊，喜欢得不得了："陆淇风你怎么知道我喜欢这个熊啊？"

"你不是说你怕一个人睡觉吗，有它陪你，你就不怕了呀。"

那时候的陆淇风已经分化成了支配者，剪着利落的短发，五官已经褪去稚气，有了利落的轮廓。

周洛突然想起了自己挨打那天，陆淇风紧紧把自己护在怀里的样子。

他抱着薰衣草大熊，把脸埋进去，在别人看不见的地方傻笑。

从那天开始，周洛给陆淇风带的便当就比给简松意带的便当多了一个煎鸡蛋。

这是他的小秘密，没有任何人发现。

番外四　平行世界（一）

"简小松！简小松！快起床啦！"

秋天总是让人困乏，简松意又正值贪睡的年纪。

天才微微亮，他正睡得香甜，楼下却已经有人开始叫他的名字。

他迷迷糊糊地被吵醒了，揉揉眼睛，费力地想起身，然而刚刚坐起来，又一个没忍住，栽了下去。

好困哦，真的好困哦。

才五岁的简松意，怎么睡都睡不够，脑袋一挨上枕头，就又睡着了。

柏淮在楼下叫了半天，也没得到回应，知道简松意肯定又在赖床，于是熟门熟路地按开了简家大门的密码锁，噔噔噔地跑到了简松意的房间。

柏淮打开门一看，被子鼓鼓囊囊，凑过去，掀开一角，露出一张白白嫩嫩的小圆脸，长长的睫毛安静垂下，又卷又翘，好看得像个洋娃娃一样。

简小松真的是柏小淮见过的最好看的小娃娃，整个幼儿园都没有比他更好看的，电视上也没有。

大人们都说一般易感者宝宝会很好看，可是简小松明明是个支配者宝宝，为什么也这么好看？

比自己这个易感者宝宝都要好看。

柏淮觉得等温爸爸回来了，一定要问问他。

想到这儿，柏淮才想起自己来找简松意的目的，于是又轻声哄道："简松意起床啦，你答应今天陪我去接温爸爸的，你不能说话不算数。"

"嗯……"简松意不情不愿地"嗯"了一声，皱着小眉毛，看上去很痛苦的样子。

柏淮杵了杵他的脸蛋，白皙光滑的小圆脸凹下去一个小窝，弹弹的，软软的，好舒服。

柏淮顿时语气更软和了："快起床呀，懒宝宝，再不起床就接不到温爸爸了，你不是还要给温爸爸弹你刚学会的《小星星》吗？"

简松意被杵了一下，有些不开心地在被子里蹭了蹭，然而到底清醒了些，隐隐约约想起来自己好像确实答应过柏小淮，等之眠叔叔回来了要陪他一起去接机的。

当时之眠叔叔说好了要回来陪柏小淮过生日，结果生日那天，他们等了好久都没有等到，大人们说之眠叔叔遇到危险了，可能要很久很久以后才回来。

柏寒叔叔担心之眠叔叔，就出门找他去了。

只剩下柏淮一个人可怜巴巴地在家里，又难过又无助。

简小松就只好每天陪着他，安慰他，告诉他柏寒叔叔一定会带着之眠叔叔回来的，到时候要陪着他一起去接之眠叔叔，还要一起弹《小星星》给之眠叔叔听。

所以，现在是之眠叔叔回来了吗？

那也就是说之眠叔叔没事了？

那柏小淮肯定很开心吧！

简松意顿时清醒过来，睁大眼睛，奶声奶气地问道："之眠叔叔回家了吗？"

柏淮点点头："张叔叔说他们马上就要到机场啦！"

"太好啦！"简松意开心得一下子从床上蹦起来，一把搂住柏淮的脖子，"那淮哥哥你快带我去接之眠叔叔呀！我好想他呀！"

"那你要快点起床哦，不然来不及了。"

"好！"

简松意立马哼哧哼哧地爬下床，搬了个小板凳到洗漱台前开始洗漱。

柏、简两家家教都好，虽然是富贵人家，但从小就教育两个孩子自己的事情要自己做。

不过柏淮从小就被教育简松意是弟弟，要好好照顾他，所以还是熟门熟路地帮简松意挤好牙膏，烫好毛巾，还特意给他选了一套小西装，帮着他换上。

把简松意打扮成一个干干净净的洋娃娃后，才手牵着手坐上车，让司机载着他们往机场去了。

柏寒的私人飞机有专门的通道，所以两个小娃娃并不用去和人挤，只要乖乖地坐在休息室里，等着家长回来就行了。

柏淮有些紧张，端端正正地坐在座位上，背挺得笔直，小手乖乖地放在膝盖上，一张小脸绷得紧紧的。

简松意察觉出来柏淮好像有哪里不对，凑过去，眨眨眼睛，奶唧唧地问道："淮哥哥，你怎么看上去好像不开心呀？"

柏淮抿了抿唇，垂下脑袋，小声道："听说温爸爸受伤了，受了很严重的伤，我担心……"

话还没说完，司机小张的手机就响了，接起，三秒后，放下手机，笑着对他们说道："先生们回来了。"

话音刚落，两个小娃娃就已经手牵着手飞快地跑了出去。

柏淮本来是想一头扑进温爸爸怀里要抱抱的，然而在看见他的那一刻，顿住了脚步。

温之眠瘦了。

易感者的身形本就比支配者要纤细许多，再加上在前线几个月的辛苦救助和失踪几天的不吃不喝，整个人已经完全瘦得脱了相。

温之眠的面容没有一点儿血色，苍白到几近透明。

站在高大的柏寒身边，俨然像一个纸做的人。

手臂还打着石膏，挂在脖子上，不可谓不狼狈。

然而即使如此，他面上却依然带着温和的笑，身形依然挺拔，一步一步走来，从容又儒雅。

仿佛狼狈只是这个恶劣的世界跟他开的幼稚玩笑，并不能影响他分毫。

柏淮突然想起温爸爸以前跟自己说过的话。

他说："小淮，是支配者还是易感者不重要，因为成为一个厉害的人，和这些都没有关系，只要你很厉害很厉害了，那就什么都不用怕了。"

柏淮还太小，这些话其实并不太听得明白，只是隐隐约约明白自己要变得很好很棒很勇敢。

但是看见他的温爸爸逆着光走过来的那一刻，六岁的孩子，好像隐约明白了一些什么。

柏淮站在原地没有动。

小手紧紧地捏成了拳头。

倒是旁边的简松意，一下子扑过去，抱住了温之眠的腿，哭得眼泪汪汪的："呜呜呜……之眠叔叔肯定好痛痛，小松给你呼呼，呼呼就不痛了，呜呜呜……"

温之眠长得好，性子也好，会做饭、会弹琴、会画画，在简松意和柏淮心里简直就是万能的，所以简松意惯来爱黏他，也喜欢他、尊敬他。

如今看着他受伤了，小孩子虽然不懂得事情的严重性，但知道那一定是很疼很疼的，于是哭得可厉害了。

小圆脸挂着大滴大滴的眼泪，一抽一抽，还偷偷把鼻涕往温之眠身上蹭。

温之眠眼底的笑意更浓了，刚打算蹲下身揉揉他的脑袋，哄哄他，结果旁边的柏寒实在看不下去，直接冷着脸拎着简松意的领子把他提溜了起来。

简松意被拎到半空中，顿时不敢哭了，但又实在想哭，只能憋着，憋到最后没留神，打了个嗝儿。

这下连柏寒也忍不住，"扑哧"一声笑了出来，单手把他搂在怀里，看了看前面一脸担忧和紧张的柏淮，朝他招了招手："小淮，过来。"

柏淮顿时像得到某种指令一样，开开心心地跑了过去，一只手牵住柏寒，另一只手牵住温之眠。

四个人就这样往停车场走去。

司机小张跟在后面瞧着，偷偷拍了一张，发给了简先生和唐女士。

正在约会的唐女士看着照片，忍不住对简先生笑道："你看看这一家四口，多和谐，干脆我们找对门结个干亲算了，直接把小意送到对门养，我们俩还能图个清静。"

而简松意也的确是赖在柏家不愿意走了。

柏寒本来想让温之眠多休息休息，然而温之眠在长途飞机上已经睡了一路，早就休息够了，现在又看见两个孩子扑闪扑闪的大眼睛里期待的目光，越看越不忍心。于是干脆让两个小孩儿都换了睡衣，陪他一起窝在被窝里，给他们讲起了故事。

倒是柏寒没了地方，只能憋屈地坐在沙发上，随手抽过文件看了起来。

温之眠看着他紧紧抿着的唇角，心里觉得好笑，寒哥还真是越活越回去了，跟小孩子计较什么。

而简松意和柏淮丝毫没有察觉到两个大人的微妙，只是扒着温之眠，一个劲儿地问战场上的事。

温之眠声音好听，像初夏雨后的空气，裹着青草气息的湿润，还带着书卷气的儒雅，缓缓地给孩子们讲着故事。

他会讲沙漠上壮阔的日落，也会讲战争带来的流离失所；他会讲那些救死扶伤的医生，也会讲恪尽职守的军人。

他把那些世界上最复杂又纯粹的善恶，一点儿一点儿掰开揉碎了讲给孩子们听。

"坏人轰炸过来的时候，温爸爸正好在给那些没有爸爸妈妈的小孩子看病。当时温爸爸就想啊，这些小孩子都还没有和小松还有小淮做朋友呢，还不能去天上当星星，所以温爸爸就特别勇敢地把他们救了出去。"

两个孩子满眼的崇拜。

"但是后面温爸爸累了，跑不动了，一不小心就和一个小朋友一起被倒下来的房子困住了，没人听得见温爸爸的呼救，怎么叫都没有人理我，温爸爸当时以为再也看不到你们啦。"

简小松一把抱住了温之眠，好像怕他真的要不在了一样。

温之眠笑着揉了揉他的脑袋："但是我后来被救了出来，你们知道是谁救了温爸爸吗？"

"动感超人！"

"钢铁侠！"

"父亲！"

突然被点名的柏寒瞪了两个小兔崽子一眼："是那群孩子。"

"对。"温之眠柔声道,"是温爸爸之前救出去的那些小朋友。他们安全后,哭着喊着一定要让人来救温爸爸。是他们找到了温爸爸被困的地方,不然温爸爸可能再也见不到你们了。"

简松意心有余悸地把温之眠又搂紧了些。

柏淮歪着脑袋:"那是因为温爸爸先保护了他们,所以他们才会保护温爸爸。"

"对呀,所以无论是支配者小朋友,还是易感者小朋友,都要变成很好很好的小朋友,然后保护其他小朋友,这样其他小朋友也会保护你。"

简松意和柏淮似懂非懂地点了点头。

他们还是太小,不能够全部明白,然而来自亲近的长辈的那些美好品质,已经在他们小小的心里生根发芽。

除此之外,柏淮想了想,还是没忍住问道:"那支配者小朋友和易感者小朋友有什么不一样呢?"

"嗯……"

不等他组织好措辞,旁边看文件的柏寒率先开了口:"支配者小朋友更高,更壮,力气更大;易感者小朋友更漂亮,更可爱,更温柔,所以支配者小朋友长大了要好好保护易感者小朋友,不能欺负人。"

听到是这样,柏淮就蔫耷耷地垂下了脑袋:"可是我比小松高,比小松力气大,小松比我漂亮,为什么我是易感者宝宝,小松是支配者宝宝呀?我想保护小松,不想让小松保护我。"

温之眠愣了愣,打量起两个孩子,越打量越觉得有些不对劲。

虽然他觉得柏寒说的话带着固有的偏见,然而支配者和易感者确实先天基因就有很大不同,尤其是幼年时期,支配者长得一般都比易感者快,但柏淮已经快比简松意高出小半个脑袋了。

而且遗传基因是强大的,一般长得像哪一方,大概率性别基因也是一样的。

但是柏淮长得和柏寒像是一个模子里刻出来的就不说了,简松意眉眼之间倒是很有几分唐清清的漂亮。

温之眠忍不住偏头看向柏寒:"两个孩子的基因鉴定是在哪家机构做的?"

柏寒微蹙了下眉，回忆道："唐清清那个朋友开的。怎么了，有什么不对吗？"

温之眠不是一个会妄自下判断的人，并没有直接回答，只是看了看漂亮得像个洋娃娃一样的简松意和复刻缩小版柏寒一样的柏淮，思忖了片刻，温声道："没事，就是过几天再给孩子们做个体检吧。"

体检结果显示两个孩子都很健康。

然而体检结果出来的第二天，南城某家鉴定机构就被查封了。

据查封该机构的陆局长称，该机构的营业执照是花钱买的，鉴定医生的文凭是伪造的，连机器都是淘汰下来的。

总而言之，就是检测结果全是不靠谱的。

并且建议所有在该机构进行鉴定的家庭，带着孩子重新到拥有合法资质的机构进行鉴定。

而刚刚重新鉴定完的柏、简两家，看着桌子上的两张报告单，陷入了沉思。

鉴定报告上写着：

简松意，激素偏A型易感者。

柏淮，顶级支配者。

纯得不能再纯的那种。

对于柏家来说还好。毕竟他们从小也没有把柏淮当一个易感者养，甚至为了让他不那么娇气，柏寒还一直有意无意地拒绝抱他，训练他的独立。

但是简家人心情就有些复杂了。

倒不是他们搞歧视，只是单纯地把简松意当支配者养了五年后……

他们看了看拿着把玩具枪满屋子乱窜，皮得差点儿就要上天的简松意，感到忧愁。

再想想他家儿子在幼儿园里的英勇身手和小霸王一样的做事风格，更加忧愁了。

他们发誓，绝对没有刻意引导过，他们儿子天生就是这么暴躁且脾气不好。这种性格的易感者，以后出去又爱惹事，又打不过人家，还可能被支配者欺负，简家父母愁得都快哭了。

温之眠察觉到他们的情绪，温声道："其实易感者也很好的，像小松这种性格的孩子，以后肯定会成为很厉害的易感者，不会被人欺负的。"

柏寒心情正好，也点了点头："我本来是打算过两年把小淮单独扔老爷子那儿去练练的，如果你们不心疼，就让小松一起跟着去练。"

就算练不成武林高手，起码也可以学到防身术。

到时候不至于招惹了别人又打不过别人。

而且……

他们看了看屋子角落的两个孩子，一个哼哧哼哧爬着梯子，另一个紧绷着神经在旁边紧紧护着，忍不住低低笑了一下。

而且对面的柏小淮一定会当一个称职的哥哥。

有这么一个顶级支配者哥哥的保护，简松意无论如何也不会受欺负了。

两个孩子，一定可以好好长大。

番外五　平行世界（二）

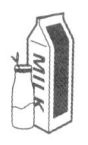

"简松意。"

冷冽的声音在夏日黏闷的傍晚像冰过的矿泉水一样，让人觉得舒适又清凉，平静淡然，不带任何情绪。

然而简松意还是凭借多年来的默契意识到这三个字里隐隐的不满。

他钩着陆淇风的肩膀，转过身，微偏着头，看向柏淮，懒恹恹地挑了下眉："干吗？"

刚打过篮球的少年，乌黑的额发被汗水浸湿，耷在眉眼间，肤色冷白，和身边剪着利落短发的支配者比起来，多了几分说不出的清俊。

虽然看上去比一般的易感者要强壮些，然而纤细的骨骼，还是透露了这个和支配者打成一片的男孩儿其实是个易感者。

一个还没分化的易感者。

柏淮看了一眼他钩着陆淇风肩膀的胳膊，淡淡道："跟我过来，有事儿跟你说。"

"有什么事儿你就在这儿说呗。"简松意不以为意。

然而柏淮并没有像平时那样纵容他，反而缓缓抬起眼皮，睨了他身边的陆淇风一眼，比方才还要冷淡，不悦的情绪也已经很明显。

相比简松意的迟钝和粗神经，陆淇风要敏锐得多，很快意识到问题出在哪儿，笑了笑，不动声色地把简松意的胳膊从自己身上拿了下去，然后拍了拍他的肩："柏哥既然有事儿要单独跟你说，那肯定是重要的事，你就去吧。我先去找周洛吃饭了。回见。"

说完陆淇风就招呼着一大群人走了，剩下简松意独自看着柏淮，不解地挑了挑眉。

柏淮扫了他一眼："回教室，饭送来了，有冰镇银耳汤。"说完转身

就走。

简松意撇撇嘴，虽然不情不愿，但还是跟了上去。

他也不知道怎么回事，自从到了初三，身边的朋友、同学陆陆续续地开始分化之后，柏淮就经常莫名其妙地甩脸色。

毫无理由，毫无征兆，经常弄得简松意一头雾水，只觉得烦人得很。

其实在重新做了基因检测后，简松意对于自己突然从支配者宝宝变成了易感者宝宝这件事，是没有任何感觉的。

他照样该调皮调皮，该撒娇撒娇，成长路途上学习、体育两手抓，一点也没落下。从柏爷爷那儿训练回来后，简松意的身高蹿了一大截，比同龄的易感者都高出不少，还有了漂亮的肌肉线条。

当然，其中自然不乏柏淮每天监督他按时按点好好吃饭的功劳。

但对于柏淮来说，却完全不一样了。

他本来就比一般孩子早熟，从第一眼看到婴儿床上那个小不点奶娃娃开始，就模模糊糊有了当哥哥的意识，大人也都教育他要照顾好弟弟。

后来隐约知道了支配者和易感者的区别后，还沮丧了好久，等再后来知道自己是支配者了，那股保护欲就又膨胀起来。

本来柏寒的意思是让柏淮去公立学校，免得养得娇气，最后为了迁就简松意，还是一起送去了私立学校。

然后两个人从幼儿园到小学，再到初中，一直都是一个班。

他们争年级第一，争体育第一，甚至争校草第一。

哪儿哪儿都争，谁也不服输。

不过争归争，关系却是越来越好，谁也听不得别人说对方一句坏话。

再加上简松意性子好强张扬，柏淮稳重内敛，处处纵着简松意，于是简松意也就在柏淮的纵容下，成长得越发肆意妄为，甚至还以一个易感者的身份在支配者中混得风生水起。

本来是没有任何问题的。

一直到了分化的年纪，简松意身边的好友许多都已经分化成了支配者，而简松意作为一个准易感者，依然每天混迹其中，毫不避讳。

想到这儿，柏淮转过身，准备教育简松意几句。

然而一转身，看见简松意乖乖地跟在后面的样子，柏淮叹了口气，把手里的干净 T 恤递给他："快去厕所换了，身上衣服都湿了，别感冒了。"

"哦。"简松意闷闷地应了一声，拨了拨头发，接过衣服，转身往厕所走去。

他早上出门时忘记今天有篮球赛了，没带换的衣服，还好柏淮随身多带了一件。

不过穿上去怎么大这么多？

简松意换好衣服后，不满地扯了扯，结果没留神看路，"咚"的一声，迎面撞上一个人，额头直直地磕上对方的下巴，疼得他倒吸一口冷气。

还没来得及道歉，对方就捂住了他的脑门："走路不会看路？"

明明是关心，语气却冷淡又欠揍。

简松意顿时不打算道歉了，不仅不道歉，还不讲道理地哼哼唧唧起来："谁让你堵门口了？"

"我不在这儿守着，万一有人进去了怎么办？"

简松意想了想，觉得柏淮说得有点道理，一时语塞。

顿了顿，他突然意识到自己额头撞上的居然是柏淮的下巴，抬头一看，才发现柏淮不知什么时候已经比自己高出了一大截儿。

难怪他的衣服自己穿着大了。

简松意突然有点不服气："你多高？"

"开学体检的时候好像过一米八五了。"

简松意开学体检只有一米七五。

他拨开柏淮，闷闷不乐地走进教室，坐到桌边，抱着碗，埋头开始刨饭。

柏淮大概知道他在不高兴什么，坐到对面，温声道："我是支配者，长得高很正常。"

简松意更不高兴了，头埋得更低了。

柏淮觉得自己再安慰下去，反而像是在炫耀，索性换了个话题："听说周洛前几天分化了。"

"嗯。"

"你应该比他还大两个月。"

589

"所以呢？"

"所以你该注意点。"

"注意什么？"简松意抬起头，懵懂地看了柏淮一眼，似乎是真的没明白柏淮话里的意思。

柏淮头疼，低低叹了口气："虽然你还没分化，但应该也快了，所以要注意和支配者保持一些距离。"

他少年老成，加上多年来习惯性的对简松意的保护，让他说这话的时候无意识流露出一种毋庸置疑的说教语气。

这让简松意心里突然升起一股没来由的烦闷。

柏淮这到底是什么意思？

难道自己分化成易感者后，就不能和他一起上学、放学、吃饭、打游戏了吗？

简松意正烦着，门外突然传来怯怯的一声："柏淮你可以出来一下吗？"

转头一看，一个长得白净漂亮的女生正抱着东西站在门口，看着柏淮的时候，眼睛亮亮的，脸颊还带着点粉色。

柏淮虽然性子冷，但也绅士，总不至于让人家小姑娘太过难堪，于是低声和简松意说了一句"等我一下"，就出门去了。

教室门被带上那一刻，简松意心里的那股烦闷像加了泡腾片的白开水，开始沸腾起来，连带着这饭吃得也没什么滋味。

他把筷子一扔，往后一倚，深深吐出一口气，开始等柏淮。

然而柏淮说的等一下，却不止等一下，简松意觉得自己等了有半个世纪那么久，柏淮也没回来。

他掏出手机，百无聊赖地翻了起来，发现也没什么意思，把手机往包里一扔，背起书包就往外走。

迎面撞上柏淮，柏淮拽住他的手腕："干吗？"

简松意一把甩开，语气冷淡："你是个支配者，注意和我保持距离。"

说完就走，头也没回。

而柏淮听到这话，缓缓松开手，盯着简松意的背影看了片刻，然后转身走进教室，没有多说一句。

一直到晚自习结束，简松意也没回来，柏淮发了条微信给陆淇风，得知简松意是去找周洛玩了后，也就没再管，自己一个人回家了。

然后就是漫长的周末。

简松意跟着父母去了海边别墅度假，临走前唐女士问他要不要把柏淮叫上，他看了看手机，没有一条新消息，又点开柏淮的朋友圈，一片空白，于是淡淡道："不用了。"

其实简松意经常和柏淮拌嘴，但通常情况下都只是简松意一个人说个不停，柏淮偶尔逗他几句，等把人逗炸毛了，再笑着道歉，也就算过去了。

两人之间从来没有隔夜仇。

但这次却整整两天三夜没有联系，在简松意和柏淮的十几年人生里，是绝无仅有的事。

简松意在海边度假度得一点都不快乐。

等周一早上回到教室，发现柏淮不在，他就更不快乐了。

刚准备把书包一扔，埋头睡觉，学习委员就凑过来了："简松意。"

"干吗？"声音透着烦躁。

学习委员好声好气答道："不干吗，就是柏淮今天不是请病假了吗，你晚上记得帮他把卷子带回去……欸！你跑什么！马上要上课了！"

学习委员喊得很大声，简松意却头也没回。

和简松意不欢而散的当天夜里柏淮就失眠了，实在是睡不着，他索性不睡了，下楼去冰箱拿了瓶冰水，试图缓解自己的烦闷。

柏淮咕咚咕咚一口气灌完，却并没有觉得更好受，开始盯着窗外发呆。

突然，灯亮了，他本能地伸手挡了一下眼睛，然后身上多了一件外套。

柔软温暖，带着令人心安的书卷香气。

柏寒出差了，所以是温之眠在家陪着柏淮。

温之眠走到他旁边，和他并肩站着，比画了下身高，浅浅笑道："已经比温爸爸高这么多了啊，我们家小淮也成大人了。"

他笑得温柔，却好像敏锐得一眼就看出了柏淮的心思。

柏淮向来稳重成熟，此时此刻却也显露出少年的稚嫩和局促。

他垂下眸，抿着唇角。

温之眠也不急，只是偏头看着他，温声道："如果你有什么不开心的，可以和温爸爸讲讲，我保证这只是我们两个人之间的秘密，不告诉其他人。"

岁月并没有在这个温柔儒雅的男人身上留下狼狈的印子，只是在玉石上雕琢出温润的光泽，显出一种让人信任的睿智和亲和力。

柏淮从小就亲近、尊敬温之眠，此时此刻，向来内敛的他，也生出几分倾诉的欲望。

然而柏淮张了张嘴，却又不知从何说起。

温之眠拉着他在沙发上坐下，眸子里带着点笑意："是和小松闹别扭了吧。"

柏淮眸底闪过一丝不易察觉的复杂神色，旋即恢复了平日的淡然，点了点头。

温之眠心中大抵有了数："那想和温爸爸聊聊吗？我也是从这个年纪过来的，或许你的烦恼我能够明白。"

柏淮抱着空空如也的矿泉水瓶，感受着冰凉的瓶壁慢慢变得温热，良久，终于还是把自己的心事讲了出来。

包括那些不讲道理的想法和因为这些情绪而产生的自责和不安。

温之眠就一直安静耐心地听着，末了，笑着揉了揉柏淮的头发："果然是长大了。"

柏淮垂眸低声道："我这样做是不是过了？"

"当然不是。"温之眠觉得柏淮可真傻，平时聪明得跟什么似的，遇到这种事情，怎么像块木头。

他笑道："你应该告诉他。"

柏淮不明白。

温之眠拨了拨他的额发："温爸爸是看着你们两个长大的，你们是最好的朋友，这点谁也改变不了。只是随着你们慢慢长大，会认识越来越多的人，会有越来越多的想法，自然就会有些不愉快。但是小淮，这些不愉快是美好的。"

他的声音在夜色里显得格外温柔:"你们的争执、别扭、不开心,都是因为你们在意彼此,你们可以放心大胆地吵架,因为你们总会和好,所以要坦诚地把心里的想法表达出来,只有表达出来才能解决问题,而逃避,只会带来更多的误会。"

柏淮大抵明白了些:"可我不知道该怎么说。"

"就说你想说的。小淮,少年心事是美好的,不要去否认它。"

长辈的话语带着从容的笃定,让柏淮在一瞬间明白了许多事情。

他点点头:"好。"

他打算明天找简松意好好聊聊。

然而还没来得及,他就迎来了他的分化期。

支配者和易感者的分化都是一件很痛苦的事情,需要承受巨大的身体改变。

还会在分化期间无限放大情绪特征。

比如支配者的强势、易怒、暴躁、焦虑。

越高级的支配者,分化的时候越痛苦。

柏淮不愿意让简松意看见自己这样,于是请求温之眠先不要告诉简松意,免得他担心。

分化的过程很漫长,向来清冷内敛的少年也终于失了态,唇角咬出血印,拳头一拳一拳捶在沙袋上,眼底通红,整个人的痛苦无法发泄出来。

好在有柏寒的远程引导和温之眠的宽慰,倒也还算顺利,柏淮终于在第三天早上精疲力竭地昏睡过去。

等简松意收到柏淮请病假的消息,一路火急火燎地赶回来的时候,看到的就是一个从来没有见过的、脆弱的柏淮。

他安安静静躺在床上,皮肤苍白得没有血色,几近透明,唇角留着血痂,掌心掐下深深的印子,好看的眉头紧紧蹙起。

除了五岁那年温之眠差点回不来,柏淮从来没有流露过这样脆弱的一面。

简松意习惯了柏淮像个哥哥一样照顾自己、保护自己,突然看见这样的柏淮,一时间有些手足无措。

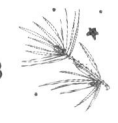

再想到自己之前不讲道理地发脾气和冷战,心里更难受了。

温之眠心中了然,安抚性地拍了拍他的肩:"我要去上班了,你可以陪陪小淮吗?支配者刚分化,可能情绪还不太稳定,需要他信赖的人守在身边。"

信赖的人?

自己是柏淮信赖的人吗?

简松意看着床上的柏淮,突然想起以前自己生病发烧的时候,只要柏淮守在身边,好像就没那么难受了。

于是他点点头:"好。"

房间里只剩下柏淮和简松意。

简松意静静地坐在床边,看着柏淮紧紧皱着眉头的睡颜,忍不住想伸手给他抚平。

这人年纪轻轻的怎么就这么爱皱眉头,以后要长川字纹的,简松意心里嘟囔道。

而柏淮似乎是感受到了某种熟悉的气息,缓缓放松下来,然后侧了个身,继续睡了过去。

末了他还低低地说了声:"小松乖。"

小时候柏淮总是说这句话,只是后来长大了,"淮哥哥"和"小松"这样的称呼,就再也没叫过。

简松意心里突然有些不好受。

难道人和人之间的关系,随着长大,终究是要渐行渐远的吗?

十几年的陪伴成长,有着连父母都替代不了的默契和熟悉,然而这种关系就要因为长大而失去了吗?

等柏淮醒来的时候,简松意已经就着这个姿势趴在床边睡着了。

柏淮一睁眼看见简松意,先是愣了愣。

简松意本来睡得就不实,柏淮这一动,他就醒了,迷迷糊糊地用一只手揉着眼睛:"你醒啦,渴不渴?要不要喝水?饿不饿?我去点外卖。"

"不渴,不饿。"

柏淮低声道:"你是不是傻?"

简松意不乐意了:"你骂谁呢?"

"骂你。"柏淮毫不动容,"不是不想理我了吗?就是这么保持的?"

简松意没想到柏淮一醒过来就哪壶不开提哪壶,顿时气不打一处来,直接就准备走,却被柏淮拽住。

他刚想骂一句脏话缓解这种窘迫,就听见柏淮低低道:"简松意,你知道我的外激素是什么味道吗?"

"啊?"他蒙了蒙,"我还没分化,我怎么知道。"

"是雪松的味道。"

"啊?"

"你说是不是因为我以前天天'小松''小松'地叫,所以才连外激素都带个'松'字?"

明明知道这个毫无科学依据,简松意还是莫名地觉得有点不好意思:"瞎扯什么呢?"

"没瞎扯,就是想说我以前对你那么好,结果你现在这样对我,是不是太没良心了?"

"不是你让我和支配者保持距离的吗?"

"我是让你和别的支配者保持距离。"

"那你这叫双重标准。"

"对,我双重标准。"

柏淮过于坦诚,简松意一时间竟无言以对。

柏淮慢条斯理地解释道:"其实也不是保持距离,你们都是朋友,该怎么样还是怎么样。只是如果分化了,万一碰上不适期,外激素失控了不安全,我是真的为了你好。"

"那你不也分化了吗?"

"我不一样。"

"你怎么就不一样了?"

"我给你当了十五年哥哥,护了你十五年,能和别人一样吗?"

不一样的。

就像虽然都是朋友,可是柏淮在简松意心里永远是第一位,还是断层式领先的第一位。

这一点,在闹别扭的这几天,简松意已经想得很明白了。

他面上却故作无所谓，嫌弃地撇撇嘴："行吧。我知道了。"

"知道什么了？"

"知道我是个易感者，要学会和支配者保持距离，学会保护自己，还知道……"

"知道什么？"

什么都知道，却又觉得说出来为时尚早，少年对视一眼，又匆匆移开视线。

良久，简松意才说："等高考结束后再说。"

"好。"柏淮轻笑，"等高考结束后再说。"

高考结束那天，温之眠给两个少年送了一对桔梗花胸针，还有来自长辈最温柔的教导和祝福。

当柏淮帮简松意别上胸针的那一刻，他回头，看见柏寒正好带了一束桔梗花进门。温之眠上前接过花，插进花瓶里，柏寒靠着墙，看着他的背影，温柔地笑着，然后脱下西装，转身进了厨房。

窗外的阳光暖洋洋地洒了一屋子，桔梗花开得正好，厨房里传来低低的笑语，身前的简松意笑得明艳又张扬。

柏淮突然觉得自己大抵是世界上最幸运的人。

有最好的家人，还有最可爱的朋友，他们一定会一生平安顺遂。

图书在版编目（ＣＩＰ）数据

松意 / 厉冬忍著. -- 广州：广东旅游出版社，2025. 1. -- ISBN 978-7-5570-3457-3

Ⅰ. Ⅰ247.5

中国国家版本馆CIP数据核字第2024VD1279号

松意

SONG YI

出 版 人：刘志松
责任编辑：陈　吉
责任技编：冼志良
责任校对：李瑞苑

广东旅游出版社出版发行
地址：广州市荔湾区沙面北街71号首、二层
邮编：510130
电话：020-87347732（总编室）　020-87348887（销售热线）
投稿邮箱：2026542779@qq.com
印刷：三河市中晟雅豪印务有限公司
（地址：三河市泃阳镇错桥村）
开本：880毫米×1230毫米　1/32
字数：551千
印张：19.125
版次：2025年1月第1版
印次：2025年1月第1次印刷
定价：99.60元

【版权所有 侵权必究】

如发现图书质量问题，可联系调换。质量投诉电话：010-82069336